오늘날 중국의 문화연구

본 도서는 동서대학교 공자아카데미·대한중국학회 〈중국 인문·사회과학 학술저서 번역·출판 지원 사업〉의 지원금으로 번역·출간되었습니다.

동서대학교 공자아카데미·대한중국학회
〈중국 인문·사회과학 학술저서 번역·출판 지원사업〉

오늘날 중국의 문화연구

타오둥펑·허레이·허위가오 저

김태연 역

역자 서문

이 책은 중국의 대표적인 문화연구자인 타오둥펑(陶东风)이 허레이(和磊), 허위가오(贺玉高)와 함께 2016년에 출판한 『当代中国的文化研究(约1990~2010)』을 번역한 것이다.

최근 한국 중국학 분야에서 중국 문화연구에 대한 교학과 연구의 수요는 날로 높아지고 있다. 기존에는 학부와 대학원에서 문학을 연구하고 가르치는 비중이 매우 컸으나, 오늘날에는 그 비중이 많이 축소되고, 대신 '문화연구'로 채워지고 있는 실정이다. 대부분 대학의 중문과(및 중국관련 학과)에서 중국의 문화연구를 다루는 수업이 개설되어 있고, 대학원에 진학하는 학생들도 다수가 문화연구 전공을 희망하고 있는 상황에서 정작 중국의 문화연구를 본격적으로 다루고 있는 체계적인 교재가 부재한 것 또한 사실이다.

타오둥펑의 『오늘날 중국의 문화연구』는 이러한 문화연구 교재의 수요를 충족시켜줄 수 있는 책이다. 이 책은 1990년부터 시작하여 2010년대까지의 시기에 걸쳐, 현대 중국의 문화연구 현황을 소개하고 분석하며, 특히 중국에서 문화연구가 등장하게 된 배경부터 시작하여 그 전개과정을 체계적으로 정리하고 있어 중국 대륙이 아닌 해외 중국학 연구자들이 중국 문화연구에 접근할 때 매우 유용한 입문서로 기능하고 있다.

물론 이 책의 부족한 점들도 많다. 이미 이 책이 중국에서 첫선을 보인 지도 거의 10년이 다 되어가기 때문에, 최근 10년간 문화연구 영역에서 돌풍을 일으키고 있는 '디지털/AI 전환'이나 포스트휴먼 논의 등은 전혀 반영되어 있지 않다. 또 어떻게 보면 개별 학자나 기관에 대한 소개가 과하게 지엽적이고 상세하여 한국의 일반독자의 눈에는 다소 거추장스럽게 느껴질 수도 있을 것이다. 그리고 애초에 독자들의 이해를 돕기 위해 풍부한 역주를 통해 친절한 번역을 하고자 했으니, 빠듯한 출판일정 상 그렇게 하지 못했다. 역자로서 그 점이 가장 송구스럽다. 추후 다양한 채널을 통해 이를 보충하고자 한다.

개인적으로는 이 번역을 통해 대학이라는 기관의 일선에서 중국 문화연구를 배우고 가르치는 분들에게 작은 자료라도 하나 제공하여, 우리의 학술공동체에 기여하고 싶은 마음에서 작업을 시작하였다. 마침 동서대학교 공자아카데미와 대한중국학회가 공동진행한 "중국 인문·사회과학 학술 저서 번역·출판 지원 사업"으로부터 큰 지원을 받았다. 이 자리를 빌어 거듭 감사의 말씀을 올린다.

역자 김태연

저 자 서 문

타오둥펑

1.

오늘날 중국에서 문화연구는 이미 인기 학문이 되었다. 수많은 학술회의가 그 명칭을 사용하고 있으며, 학술지에도 '문화연구' 특집이 개설되었다. 총서 같은 것들도 있다. 관련 조직은 셀 수도 없을 정도이다.

연구 방법이나 경로, 취지, 입장으로서 문화연구는 이미 인문사회 분과의 각 분야에 침투한 상황이며, '문화연구'라고 명명되지 않은 수많은 학술연구에서도 문화연구의 그림자와 그 결과물을 볼 수 있다. 더 중요한 것은 문화연구가 특히 청년학자들에게 유독 선호된다는 점이다. 그리고 청년은 곧 미래를 의미한다.

그러나 엄밀히 말해 전문적인 의미에서 문화연구의 흥기는 영국 버밍엄대학교 현대문화연구센터가 세워진 시점부터라고 보아야 할 것이다. 그런 의미에서 '문화연구'가 중국에 도입된 것은 매우 최근의 일이다. 중국에서 진정한 의미의 문화연구가 나타난 것은 대략 1980년대 후반과 1990년대 초반이다. 물론 그 정확한 시점을 특정하기는 쉽지 않다. "무엇이 문화연구이고", "무엇이 문화연구가 아닌지"에 대해 명확하고 설득력 있게 구분짓기 어렵기 때문이다. 예를 들어 80년대의 문화토론은 '문화연구'인가 아닌가? 넓은 의미에서는 그렇다고 할 수 있겠지만, 좀 더 제한적인 의미에서는 아니라고 할 수도 있다. 전통문화연구, 차 문화연구, 음식문화연구 등에 관해서는 더욱 단정짓기 어렵다.

　나는 비교적 제한적인 의미에서 '문화연구'를 규정하고자 한다. 즉, 즉 영국 버밍엄대학교 현대문화연구센터의 설립(1964년)으로 상징되는 그 '문화연구'(서구 학계에서는 대개 일반적인 의미의 '문화에 대한 연구'와 구분하기 위해 대문자를 사용하여 Cultural Studies라고 쓰는) 말이다. 이런 의미에서 중국에 '문화연구'가 중국에 도입되었음을 상징적으로 보여주는 두 권의 책이 있는데, 바로 제임슨의 『포스트모더니즘과 문화이론』(1986년)[1]과 호르크하이머와 아도르노의 공저 『계몽의 변증법』(1990년)[2]이다. 하지만 당시 사람들은 문화연구(그 특수한 연구취지, 문제의식, 정치적 입장, 분석방법 등)라는 전공용어가 있다는 사실을 알지 못했다. 사실 호르크하이머와 아도르노의 대중문화(그들은 '문화산업'이라고 지칭하는)에 대한 비판은 오늘날 문화연구계에서 널리 문화연구의 정전으로 여겨지지만, 이들이 대중문화를 연구하던 당시인 1940, 50년대에는 누구도 '문화연구'라고 부르지 않았다. 본인들 역시 이러한 명칭 대신, '비판이론'이라고 불렀다. 대중문화에 대한 그들의 견해 또한 이후의 사람들에 의해 추가적으로 '문화연구'에 포함된 것이다.

　그러나 연구대상에 있어서 중국의 초기 문화연구가 대중문화에 매우 주목했다는 점만은 확실하다.(이 점에서는 오히려 서구의 상황과 비슷하다. 서구에서의 문화연구 역시 대중문화, 주로 미국 헐리우드의 상업영화와 팝뮤직으로

1　※ 역자 주: 이 책은 제임슨이 1985년 베이징 대학에서 강연한 내용을 엮어 중국의 산시사범대학 출판사에서 출판한 것이다.

2　※ 역자 주: 번역서의 경우, 괄호 안의 연도는 중국어 번역본이 출판된 해이다.

인해 생겨났기 때문이다), 특히 1990년대 초반 선풍적인 인기를 끌었던 드라마 〈갈망(渴望)〉, 왕숴(王朔)로 대표되는 이른바 '건달문학', 그리고 새로 등장한 대중음악이 주목의 대상이었다. 개인적인 의견이지만, 당시 사람들은 이러한 특정 문화 현상에 대해 서로 견해가 달랐고, 이론적으로도 '문화연구'를 하나의 총체로 간주하여 이론과 방법에 있어 이를 의식적으로 구성하고 성찰하고자 하지는 않았던 것 같다. '문화연구'란 무엇인가? '문화연구'의 특징은 무엇인가? '문화연구'와 문학연구는 어떤 관계인가? 같은 논의들은 뒤늦게, 대략 2000년을 전후해서 나타나기 시작하였다. 예를 들어 2001년에 '일상생활의 심미화' 문제나, 문예학과 '문화연구'의 관계 같은 문제들이 논의되기 시작했을 때, 이미 사람들은 전문적인 의미에서 '문화연구'라는 용어를 의식적으로 사용하고 있었다. 아마도 문화연구의 실천이 선행되고, 문화연구에 대한 의식적인 이론적 성찰이 뒤따랐다고 할 수 있을 것 같다.

개인적으로도, 처음 문화연구 이론을 접한 것 역시 90년대 초반이었고, 연구 대상 또한 대중문화였다. 내가 읽은 책도 역시 위에 언급한 『포스트모더니즘과 문화이론』과 『계몽의 변증법』, 그리고 마르쿠제의 『일차원적 인간』 같은 프랑크푸르트 학파의 책들이었다. 이 책들에서 도출해낸 대중문화의 특징들, 이를테면 대중의 마비와 통제, 감각화, 상업화, 평면화, 기계 복제 등은 나를 비롯한 엘리트주의 성향 지식인들의 문화적, 심미적 취향에 아주 잘 부합했다. 특히 『계몽의 변증법』에서 "문화산업" 장은 인용 빈도가 매우 높았다. 마치 대중문화의 비밀을 풀 열쇠를 단번에 찾은 것만 같았다.

그러나 우리가 프랑크푸르트 학파의 대중문화 이론을 적용했을 때, 기계적이고 무비판적으로 베끼기에 급급한 경향이 있었음을 지적하지 않을 수 없다. 즉 중국 대중문화가 등장하게 된 특수한 맥락과 특수한 정치문화 기능에 주목하지 않았던 것이다. 이런 상황이 당시에는 심각했고, 지금도 여전히 존재한다.

초기의 문화연구를 언급할 때 빼놓을 수 없는 또 한 권의 책이 바로 윌리엄스의 『문화와 사회』(1991년)이다. 이 책은 영국 문화연구의 이론적 토대 중 하나인 동시에 중국 문화연구의 흥기에도 선도적인 의의를 지닌다. 이 책에서 윌리엄스는 "문화란 삶의 방식"이며, "문화는 일상적"이라는 유명한 명제를 제시했기 때문이다. 이러한 반엘리트주의적 문화관은 주로 엘리트 문화가 아니라 대중문화에 주목하는 문화연구에 합법적 토대를 마련해 주었다. 이 책 또한 공교롭게도 1980년대 말과 1990년대 초에 나왔다.

2.

나에게 있어 대중문화연구는 시민사회 토론과 관련된다. 나는 이 자원이 매우 중요하다고 생각하는데, 그간 아무도 주목하지 않은 것 같다.

1995년 즈음 나는 어떻게 내가 프랑크푸르트 학파의 비판이론을 기계적으로 적용하고 있다는 것을 깨닫게 되었는가? 이 역시 우연에 가까운데, 마침 1990년대 중반 중국 학계(주로 사회학)에서는 시민사회(혹은 '공민(公民)사회'로도 번역됨)에 대한 논의가 진행 중이었다. 이 논의는 당시 덩정라이(邓正来)가 편집장으로 있던 『중국사회과학 계간(中国社会科学季刊)』이 주도하였고, 참가한 이들은 주로 사회과학계의 학자들, 특히 사회학자들이었다. 정치학, 법학 계열의 학자들도 일부 참여하였지만, 인문 계열 학자들은 거의 개입하지 않았고, 특히 문학과 미학 계열의 학자들은 거의 없었다. 중국에서 대중문화연구란 기본적으로 문학비평 분야과 미학 분야 학자들의 몫이었기 때문에 이 두 개의 논의는 대화 자체가 성립되지 못했다.

『중국사회과학 계간』은 민간 간행물의 성향이 강해서 주로 동인들 사이에 많이 읽혔다. 시민사회 논의는 1980년대 말부터 90년대 초반 동유럽 국가 ― 대부분 전체주의 또는 포스트 전체주의 국가 ― 의 민주화로부터 큰 영향을 받았으며, 전체주의 국가에서 민주-자유 국가로의 전환에 대해 이론적인 차원에서 호응하고 싶다는 현실적인 동기를 가지고 있었다. 이 점에서 그것은 우리의 높은 관심을 끌었다. 물론 이것이 내가 이 논의에 관심을 갖게 된 주요 원인이기도 하다. 나의 개인적인 경력과 당시 중국의 정세를 보면 나의 이러한 관심은 매우 자연스러운 것이었다. 내가 관심을 가지고 있던 문제는 "중국이 과연, 혹은 얼마나 '전체주의 사회'에 비해 상대적으로 시민사회인가 하는 것이었다. 나는 중국이 전형적인 시민사회도, 전형적인 전체주의 사회도 아닌, 전체주의 사회에서 시민사회로 넘어가는 과정에 있다는 의견에 공감하는 편이었다. 이 토론은 나의 대중문화연구에 큰 영향을 끼쳤다. 나는 중국 대중문화에 대한 나의 견해 속으로 이 토론을 끌어들여, 나의 이전 관점이나 당시 다른 학자들의 관점과도 다른 대중문화관을 형성했다. 즉, 1980년대와 1990년대 중국 대중문화란 일종의 특수한 유형의 시민 문화로, 전체주의 사회에서 시민사회로의 과도기라는 배경 속에서 만들어진 것이라는 생각이었다. 당시 중국의 미성숙한 공민사회와 마찬가지로 대중문화 또한 정부에 의존적이면서도 어느 정도 독립적이기도 했고, 민간적 성격이 강하면서도 정치권력의 통제로부터 자유로울 수 없었으며, 이미 시장화와 상업화가 시작되었으면서도 시장과 상업의 논리를 완전히 따를 수도 없는 상태였다. 따라서 중국의 대중문화는 대항과 타협, 전복과 수용이라는 이중성을 지니며, 그 내용과 기능이 모두 복잡하여 단순하게 이해할 수 있는 것이 아니었다.

한편으로 중국의 대중문화는 문화의 영역을 확장하였고, 관방의 정치문화가 모든 것을 주도하던 상황을 타파하였으며, 상업문화가 관방문화를 해체하는 힘을 보여주었다. (이는 당시 리쩌허우(李澤厚) 등이 주장하던 바이기도 하다). 그러나 또 한편, 관방문화의 견제와 제약으로 인해 타협적이고 수동적이기도 하였다(당시에는 이 점에 대해 지적하는 이를 거의 찾아볼 수 없었다). 물론 나름의 상업성도 있었다(하지만 이 점은 크게 과장된 것이다). 이로 인해 대중문화, 특히 중국 본토의 대중문화에 대한 나의 인식도 크게 달라졌다. 지금 돌이켜보면 이 인식의 전환으로 인해 나는 시민사회 이론을 대중문화연구에 도입함으로써 프랑크푸르트 학파 일색의 입장에서 벗어날 수 있었고, 기존의 단순화된 엘리트주의적 입장과 단일한 인문학적 시각(시민사회이론은 일종의 사회이론에 속한다)을 상당 부분 바꿀 수 있었다. 이러한 배경에서 나는 대중문화에 관해 일련의 글을 썼다. 그 중 비교적 중요한 것으로 다음의 글들이 있다. 「관방과 시장의 틈새에서 살아남기―중국 대중문화의 이중성」, 「도덕주의와 역사주의의 이분법을 넘어―대중문화를 대하는 제3의 입장에 관하여」, 「비판이론과 중국 대중문화(批判理论与中国大众文化)」 등. 이 글들을 통해 나는 기존의 연구 시각과 결론을 대폭 수정했다. 특히 마지막 글은 중국 대중문화연구에서 프랑크푸르트 학파의 이론을 기계적으로 남용하는 경향에 대해 성찰한 것이다. 나는 이러한 변화를 통해 중국 대중문화의 복잡성 및 그것이 만들어내는 특별한 맥락에 대해 더 많이 볼 수 있었던 것 같다. 이 두 가지는 내가 지금까지도 견지하고 있는 것이다.

3.

1990년대 초중반 중국의 문화연구 분야에서 또 하나 언급할만한 사건이 발생한다. 바로 1993년 『독서(读书)』 잡지가 에드워드 사이드와 포스트식민주의 비평을 소개하는 글을 연달아 발표한 것이다. 이로써 문화연구에서 제3세계 의식, 지정학적 의식이 강화되었고, 일부 글에서는 편협한 민족주의 경향이 나타나기까지 했다. 비슷한 시기에 자본주의 근대성에 대한 학술계의 성찰, 세계화 이론, 포스트모던 이론, 세계체제론 등이 들어오면서 근대화와 근대성에 대한 관점에도 변화가 생기기 시작했다. 이는 문화연구 분야에서도 뚜렷이 반영되었다. 주지하다시피 1980년대 인문사회과학 분야의 주류는 근대화 이데올로기였다. 너도나도 중국과 서구 문화가 근대화에 도움이 되는지를 놓고 논의하였는데, 비록 관점의 차이는 매우 컸지만, 이론적 지식과 담론 방식은 비슷한 것 같았으며, 입장역시 일치했다. 즉, 근대화와 근대성은 좋은 것이라는 것이다. 거기에는 누구도 의문을 가지지 않았다. 문제라곤 단지 중국의 전통문화가 근대화에 적합한지, 중국이 어떻게 근대화해야 할지 하는 것 뿐이었다. 1990년대 초반 프랑크푸르트 학파의 영향을 받은 대중문화연구는 비록 근대화이데올로기에만 매달리지는 않았지만, 지정학적 문제나 문화적 식민주의문제에 대해서는 거의 다루지 않았다.

포스트식민주의 이론이 도입된 이후 상황이 바뀌었다. 중국은 자신들의 전통문화로 인해 근대화가 뒤처진 것일까, 아니면 자본주의 세계체계에 처한 탓에 자본주의 세계체제의 압박을 받아 근대화가 어려웠던 것일까? 이것은 더이상 자명한 문제가 아니었다. 이른바 '신좌파' 인사들(그들대부분은 민족주의자이기도 했다)은 종종 근대화 이론과는 다른 시각을 견지했다. 중국의 근대화가 뒤처진 것은 전통문화가 근대화에 적합하지 않기때문이 아니라 자본주의 세계체제에서 중국이 소외되었기 때문이라는 것이다. 또한 그들은 마오쩌둥의 사회주의 근대화 모델을 서구 자본주의 근대성에 대항하는 또 다른 근대성 방안이자, 중국 자체의 근대화 노선을모색하고자 한 위대한 시도로 간주하였다. 심지어 안강헌법(鞍钢宪法)을포스트 포드주의와, 문혁 시기의 군중운동을 대민주(大民主)와 동일시하는 이들도 있었다. 이것들은 1980년대에는 생각할 수도 없는 것들이었다.

이러한 의미에서 포스트식민 이론의 도입은 중국 문화연구에 매우 깊은 영향을 미쳤기에 그 역할은 절대 폄하할 수 없다. 예를 들어 사이드의『오리엔탈리즘』은 중국 문화연구는 물론 사상계 전체에 매우 큰 영향을미쳤는데, 그 원인은 책 자체의 깊이만이 아니라, 그것이 중국의 역사, 특히 근대사에 대한 많은 중국 지식인들의 시각을 변화시켰기 때문이다. 5·4운동부터 1980년대까지 중국 사상계의 주류는 줄곧 중국이 서구의 영향 속에 근대화를 이룬 역사를 긍정적으로 보았다. 하지만 포스트 식민주의 이론을 통해 '깨달음'을 얻은 일부 학자들이 나타나 중국 근대화의 역사를 '타자화', 즉 민족적 자아정체성 상실의 역사로 해석했고, 심지어 루쉰과 같은 계몽사상가들의 국민성 개조 사상은 서구 식민주의의 논리를 내재화한 자발적 망명, 자기타자화라고까지 주장했다. 이는 5·4 이래의 계몽 담론을 완전히 뒤집고, 중국 현대사의 서술방식을 새로 쓴 것이다. 그러나 이처럼 민족주의와 신'좌'파 색채가 짙은 이론들이 새로운 이론적 지평을 연 것인지, 아니면 원래부터 심각하게 논의되지 않았던 문제들을 은폐한 것인지는 시간을 두고 검증할 필요가 있다.

4.

세기가 바뀌면서 중국 경제는 급속하게 발전하였다. 소비주의 사상이 세상에 만연하였으며, 사회에는 향락주의, 실리주의, 냉소주의, 인스턴트주의(이것은 내가 만들어낸 용어로, 미래에도 무관심하고 역사에도 무관심한 문화적 태도와 생활방식을 말한다)가 유행했다. 동시에 사람들의 정치적 열정이 식고, 시민의식이 약화된 반면, 오락에 대한 열기는 고조되었다. 물론 이전에는 이런 사회현상이나 문화사조가 없었다는 말이 아니다. 세기가 바뀌면서 이런 것들이 더욱 강하게 부각되었다는 것이다. 문화연구는 또다시 변화에 직면했다.

바로 이 시기에 나는 하비 등의 포스트 전체주의 이론을 접하게 되었다. 하비 등의 연구에 따르면 포스트 전체주의 사회의 큰 특징은 소비주의와 전체주의의 결합이다. 대중은 물질적 소비와 감각적 오락에 탐닉하게 되고, 이쪽으로 전례없이 자유가 확장된다. "노래하고 싶으면 노래하고", "내 구역에서는 내가 주인"이 되는 것이다. 한편으로 대다수의 사람들은 정치에 무관심하고, 공공참여에 대한 열의도 없고, 시민의 권리에도 무관심하다. 한편으로는 회의주의가 유행하여 모든 것을 불신한다. 또 다른 한편으로는 실리주의를 신봉하여 현실적인 이익만 있으면 무엇이든 하고자 한다. 한편으로는 이데올로기의 빈말과 거짓을 불신하면서, 또 한편으로는 이러한 회의정신을 허무주의, 냉소주의라고 몰아붙이면서, 심지어는 현실을 변화시킬 가능성마저 의심하였다. 여기에서는 개괄적으로 정리하였지만, 이러한 포스트 전체주의 현상은 도처에서 보였다.

포스트 전체주의 사회는 대중문화에서도 그에 상응하는 다양한 표현을 드러내며, 나름의 문화 형태를 가진다고 할 수 있다. 내가 관심을 가진 것은 대화(大話)문학과 현환(玄幻)문학이다. 나는 대화문학이 포스트 전체주의 사회에서 젊은 세대의 독특한 정신 상태를 보여준다고 생각한다. 한편으로는 강한 회의 정신과 권위에 대한 급진적인 부정을 보이는데, 이는 고전에 대한 패러디의 형태로 구체화된다. 그러면서 한편으로는 되는대로 살아가고, 긍정적인 이상 없이 만사에 조롱적인 모습을 보인다. 현환문학은 가벼움만 추구하며 무거운 주제는 회피하는 경향을 보여준다. 이들은 현실에는 관심이 없고 역사적 감각도 부족하며, 게임과 같은 가상의 세계에 빠져든다. 그 세계는 과거도 미래도 없는 진공 상태와 같다.

5.

어떤 이들은 중국의 문화연구가 겉으로는 매우 활발해 보이지만 제도화 및 국가 교육이나 연구 기관의 지원 측면에서 봤을 때는 아직 매우 미미하다고 생각한다. 문화연구는 여전히 주변부에 머물러 있다는 것이다. 나는 이에 동의하지 않는다. 문화연구는 단지 겉으로만 활발한 것이 아니다. '활발하다'의 기준을 제도화 수준이나 관방 기관의 지원에 두어서는 안 된다. 특정 연구 분야의 조직화 및 학문화 정도는 활발함을 평가하는 기준이 될 수 없다. 그 이유는 간단하다. 시스템이 전부가 아니기 때문이다. 오늘날에는 특히 그러하다. 그렇지 않으면 한한(韓寒), 궈징밍(郭敬明) 및 스타 배우나 가수들에 대한 관심이 마르크스-레닌주의만큼 활발하지 못하다는 황당한 결론에 이르게 된다.

이 점을 강조하는 것은 문화연구에 특히 중요한 일이다. 문화연구는 원래 체계적인 학문화가 덜된 영역이었으며, 다들 그 자체가 간학제적 또는 반학제적임을 인정하는 바이다. 오늘날의 학문 시스템에서 분과학문화는 제도화의 기본 방법이자 표지이며, 중국에서는 더욱 그러하다. 많은 사람들이 이미 이 문제를 반성하고 있지만 기본 패턴은 여전히 변하지 않았다. 교육부의 대학 발전 전략(이를테면 전공 설치, 학부생 모집, 대학원 학위과정 설치 등)은 여전히 고도의 분과학문 체계를 따르고 있으며, 앞으로도 근본적으로 변화하기 어렵다.

그러나 다른 한편으로 볼 때, 문화연구는 하나의 연구 방법, 경로, 목적 및 입장으로서, 또 비판적 정신 및 공공적 관심사로서 이미 인문사회학의 다양한 학문 분야에 침투했다. 실제로 '문화연구'라고 명명되지 않은 많은 학술 연구에서도 문화연구의 그림자와 성과를 찾아볼 수 있다. 예를 들어 오늘날의 커뮤니케이션 연구, 영화와 TV 연구, 문학이론 연구, 비교문학 연구, 현대문학 연구 등, 문화연구를 찾아볼 수 없는 영역이 있을까? 다시 한 번 말하지만, 문화연구를 학술 연구의 취지와 방법으로 이해한다면 매우 이해하기 쉽다. 이는 곧 어떤 연구가 문화연구에 속하는지의 여부는 그것이 속한 학문분과가 아니라 연구의 목적, 방법, 입장에 달려 있음을 말해준다. 이를테면 커뮤니케이션 연구의 경우, 이는 문화연구일 수도 있고, 아닐 수도 있다. 중요한 것은 연구가 문화연구의 목적을 체현하고 있는가에 달려있는데, 이 목적에는 정치학적 성향, 간학제적 방법, 주변부적 입장, 비판적이고 개입적 경향을 포함한다. 문학이론, 문학비평 분야도 마찬가지이다. 나는 나와 다른 친구들의 문학연구, 문학비평도 문화연구라고 생각하지만, 물론 그렇지 않은 경우도 많다. 많은 의문과 비판에도 불구하고 문화연구의 방법, 목적 및 정신이 인문사회학의 다양한 학문분과 연구에 점점 더 깊숙이 침투하고 있음은 반가운 일이다. 중국에서 문화연구의 전망은 매우 밝다.

문화연구의 가장 큰 장점과 생명력은 그 실천성에 있으며, 이는 주요 사회문화 현상에 대한 민감도와 시기적절한 대응, 방법 선택에 있어서의 유연성, 최신의 다양한 이론(철학, 사회학, 언어학, 사회이론 등)에 대한 민감성과 유연한 활용에 있다. 현재 중국의 문화연구에는 많은 문제가 존재한다. 예를 들어 최신 이론에 아직 충분히 익숙하지 않고, 실천과 운영 면에서 정통성과 학술성이 부족하다. 특히 가장 근본적인 문제는 언론 공간의 결여 및 중국적 맥락과 중국 문제의 특수성에 대한 관심의 부족, 서구 이론의 기계적 적용·차용 등의 현상이 여전히 존재한다는 것이다.

문화연구의 이론적 자원은 문화연구 너머에서 찾아야 한다. 심지어 나는 서구 학계에서 일반적으로 인정받는 문화연구 학자 중에서도 최고의 대가는 거의 없다고 생각한다. (문화연구의 정신적 원조인 윌리엄스도 엄밀한 의미의 문화연구자는 아니다. 문화연구에 있어 그의 의의라면 문화연구의 이론적 기초를 제공했다는 것이다). 사상과 이론의 깊이와 체계성으로 본다면 하이데거의 『존재와 시간』, 가다머의 『진리와 방법』, 아렌트의 『전체주의의 기원』과 『인간의 조건』, 푸코의 『지식의 고고학』, 부르디외의 『구별짓기』, 하버마스의 『의사소통행위 이론』에 비견할만한 저작이 거의 없다. 비유하자면, 문화연구는 '기생충'이다. 마르크스, 푸코, 부르디외 같은 거장들의 사상이라는 나무에 기생하는 '기생충'이다. 개인적으로 문화연구 분야에는 사상적 거장도 없고, 중요한 이론적 독창성을 가진 고전적 저작도 없다고 생각한다. 솔직히, 나에게 가장 큰 영향을 준 서구 사상가와 내가 가장 좋아하는 학술 저서 중 어느 것도 좁은 의미의 문화연구에는 속하지 않는다. 예를 들어, 내가 좋아하는 하버마스, 부르디외 등은 문화연구에 전례 없이 큰 영향을 미치긴 했지만, 엄밀한 의미의 문화연구자에 속하지는 않는다. 그러나 나는 그들의 책을 읽는 것이 엄밀한 의미의 문화연구 저작을 읽는 것보다 문화연구에 더 중요하다고 생각한다. 그것들이 우리 의 학문적 시야를 근본적으로 형성하거나 재구성할 수 있기 때문이다.

부르디외에 대한 관심은 문학과 미학에 대한 나의 생각을 크게 바꾸어 놓았다. 예를 들어, 나는 문학이든 미학이든 모두 사회적 구성물이라고 굳게 믿는다. 이는 1980년대에 우리가 말했던 문학의 자율도 마찬가지이 다. 그것은 원래부터 그런 것이 아니라, 일종의 사회적 조건 속에서 자율 적인 문학과 문학 이론이 만들어진 것이다. 문학의 자율성은 자명하지도, 영원하지도 않다. 이러한 나의 생각은 모두 부르디외의 영향을 받은 것으 로, 특히 부르디외가 권력을 예술 분석에 도입한 것으로부터 영향을 받 았다. 그러나 후에 나는 부르디외의 이론만으로는 충분치 않다는 생각 이 들었다. 그의 방법론은 주로 서구 국가를 분석하는 데 적용되는데, 과 연 중국의 특수성은 어디에 있을까? 중국 특유의 권력과 문학예술 사이 의 특수한 관계는 무엇일까? 이런 문제는 부르디외를 읽는 것만으로는 해결하기 어렵다. 따라서 우리는 부르디외를 기반으로 한 걸음 더 나아가 중국의 독특한 사회 구조, 문화 구조 및 문화와 정치 간의 관계에 대한 논 쟁에 대해 더 깊이 논의해야 한다. 여기에는 중국 사회의 성격, 국가의 구 조, 정부와 시장의 관계, 국가와 민간의 관계 등의 문제에 대한 사고를 포 함된다.

이러한 것들을 더 깊이 이해하기 위해, 나는 아렌트의 이론에 관심을 갖기 시작했다. 특히 내가 심취한 것은 전체주의, 공공성, 정치란 무엇인 가에 대한 그녀의 글이었다. 또한 하비의 포스트 전체주의에 대한 통찰도 내가 1949년 이후의 중국 사회 및 현재의 사회문화 현황을 파악하는 데 도움이 되었다. 이러한 서구 문화이론에 대한 상세한 독해와 통찰이 나의 학문을 한 걸음 더 진전시켰다.

특히 나는 아렌트와 하비가 중국 문화연구에서 얼마나 중요한지 강조하고 싶다. 서구 문화연구는 마르크스주의의 영향을 가장 많이 받았으며, 거의 모든 문화연구의 유명한 인물은 모두 '좌파'이다. 이것은 주지의 사실이다. 서구 좌익 전통의 영향을 받아 중국의 문화연구도 점점 더 '좌'경화되는 것 같다. 하지만 서구와 중국의 상황은 다르다. 1949년 이후 중국은 줄곧 사회주의 국가인데, 중국의 문화연구가 서구를 따라 단순히 자본주의 비판을 자신의 과업으로 삼는 것은 좀 우습지 않은가?

포스트모더니즘과 프랑크푸르트 학파에 비해 나는 아렌트와 하비의 이론과 사상이 현대 중국의 문화비평에 더 적합하다고 생각한다. 나의 초기 문화연구는 프랑크푸르트 학파와 포스트모더니즘에 경도되어 있었다. 하지만 이후 스스로 돌아보니, 포스트모더니즘과 프랑크푸르트 학파는 종종 현대 중국의 문화 현상 분석에 잘 들어맞지 않고, 이론적 담론과 문화적 현실 사이의 괴리가 더 뚜렷하게 드러나는 것을 발견했다. 이 이론들은 서구의 선진 자본주의 국가들의 사회문화적 상황에 맞춰 만들어진 것이고, 중국과 이들 국가는 큰 차이가 있기 때문이다. 하지만 이에 비해 하비와 아렌트의 이론은 중국에 더욱 적합하다. 아렌트는 주로 독일의 경험을 기반으로 삼았으며, 하비는 동유럽 체코의 사회주의와 포스트사회주의 문화를 이론의 현실적인 참조로 삼았다. 확실히 두 나라의 사회문화적 상황이 중국과 더욱 유사하다.

최근 나는 전체주의와 포스트 전체주의 문화연구 패러다임을 구축하는 데 전념하고 있다. 쉽지 않은 일이다. 위에서 언급한 바와 같이 서구의 문화연구는 모두 서구 자본주의 사회를 모델로 하기 때문에 문화연구는 기본적으로 '좌파' 위주이며, 자본주의 사회와 대중문화 비판이 주요 동력이다. 하지만 중국에서 서구의 문화연구 이론을 그대로 모방하여 서구 자본주의 사회와 대중문화를 비판의 대상으로 삼는다면, 우선 그 비판 대상 자체가 어긋나게 되고, 이론 또한 어긋날 수밖에 없다. 그래서 내가 지금 쓰고 있는 몇몇 글들, 예를 들어 「우리 자신의 『죽도록 즐기기』이해—

중국으로 납치된 어떤 서구 문화이론의 여정」에서 나는 닐 포스트먼의 '죽도록 즐기기' 이론을 중국에 적용하는 것은 적절하지 않다고 주장한다. 포스트먼은 사람들이 너무 많은 자유, 너무 많은 정보, 너무 많은 선택 속에서 어쩔 줄 몰라 하다가 결국 흥미의 바다에서 길을 잃는다고 보았다. 그는 또한 문화가 전체주의 통치 하에서 죽게 될 것이라고 주장한 오웰의 예언이 서구에서는 실현되지 않았다고 하였다. 대신에 서구에서의 또다른 예언인 헉슬리의 '멋진 신세계' 예언이 실현되었다고 본다. 헉슬리는 인류의 문화가 전체주의 통치 하에서 죽는 것이 아니라, 너무 많은 민주, 너무 많은 흥미, 선택의 범람 속에서 죽게 될 것이라고 하였다. 사람들은 '멋진 신세계' 속에서 너무 많은 것을 누리고, 너무 안락하게 생활하다가 결국 오락에 집착하게 된다는 것이다. 나는 중국은 상황이 다르다고 생각한다. 중국의 현재 상황은 매우 복잡하다. 중국은 전체주의이면서도 소비주의를 받아들였기에 아름다운 신세계도 아니고 완전한 전체주의적 통치도 아닌, 이를테면 양자의 결합이다. 나는 이러한 생각을 바탕으로 현대 중국 사회의 구체적인 문화적 사례에서 시작하여 우리만의, 새로운, 그러면서 다양한 서구의 문화이론과 구별되는 대중문화 연구의 모델을 만들어보고자 한다.

제1부

중국 문화연구의 맥락

제1장

중국 문화연구 등장의
사회문화적 맥락

오늘날 문화연구는 중국 인문사회과학계에서 누구도 소홀히 할 수 없는 존재가 되었다. 하지만 전공자들이 모두 잘 알고 있듯이, 전문적 의미의 '문화연구'(Cultural Studies)가 중국에 등장한 것은 오래되지 않았다. 타이완의 문화연구 학자 천광싱(陳光興)은 중국 본토의 문화연구와 중국의 '문인 전통', 특히 루쉰(魯迅)으로 대표되는 현대 문화비판 전통 간의 관계를 강조하지만, 이렇게 '소급'으로 만들어진 지식계보가 곧 5·4 시기에 이미 전문적 의미의 문화연구가 존재했음을 의미하지는 않는다. 전공자들 사이에서 기본적으로 합의하는 바, 중국대륙에서 전문적 의미의 '문화연구'가 출현한 것은 1980년대 후반과 1990년대 초반으로 본다.

이 장에서 우리가 대면할 질문은 이것이다. 중국 대륙에서 문화연구가 왜 하필 이 시기에 등장한 것일까?

1. 중국에서 문화연구의 등장

문화연구가 중국에 도입된 시기를 정확하게 규정하기 위해 가장 먼저 해결해야 할 문제는 바로 전문적 의미의 '문화연구'란 무엇인가? 하는 것이다.

타이완의 천광싱과 '호응하여', 대륙 학자 딩서우허(丁守和) 역시 현대 중국의 문화연구는 5·4 시기에 출현했다고 본다. 여기에는 5·4 시기의 도덕가치관, 쑨원의 신삼민주의, 신중국 성립 후의 마르크스주의, 사인방 몰락 이후 사상적 재정립, 80년대 중국 근대화 문제를 둘러싸고 나타난 '문화열' 등이 모두 포함된다.[1] 딩서우허가 말하는 소위 '문화연구'는 거의 문화에 대한 모든 연구를 포괄하는 것으로서, 전공자들이 사용하는 일반적인 용법과는 차이가 있다. 1993년에 대륙에서는 『중국문화연구』처럼 중국 전통문화를 연구하는 학술지가 등장하기도 했다. 복식문화연구, 차(茶)문화연구, 황제문화연구 및 각종 지역문화연구도 모두 '문화연구'로 명명되었다. 하지만 이런 것들과 이 책에서 다루고자 하는 '문화연구'는 연구방법, 연구대상과 연구의 입장, 취지 등 모든 면에서 매우 다르다. 이처럼 별별 '문화연구'를 모두 이 책의 연구범위에 포함시킨다면 이 책을 쓰는 것 자체가 거의 불가능할 것이다(서술의 시작점을 5·4가 아니라 수천 년 전으로 거슬러 올라가야 할 것이다).

이 책에서 고찰할 '문화연구'의 범주를 실질적으로 정의하기 위해 우리는 서구 학자들이 일반적으로 사용하는 방식을 채택한다. 영국 버밍엄 대학의 '현대 문화연구 센터'가 1964년에 설립된 것을 전문적 의미에서 '문화연구'가 확립된 표지로 삼는 것이다. 마르크스주의, 정신분석, 기호학, 구조주의 등, 이전에 이 센터의 연구 작업에 영향을 미쳤던 학술사조들은 문화연구의 중요한 학술 자원으로 우리의 범위에 포함된다. 버밍엄 현대 문화연구 센터가 수행하는 연구 작업의 기본 특징, 즉 간학제적 방법론, 강력한 정치 참여와 비판성, 현대 문화, 특히 대중문화에 대한 높은 관심,

---

1 丁守和, 「中國文化研究70年」, 『文史哲』 1990, 제2기.

사회적 약자의 문화적 권리에 대한 높은 관심, 문화 내부의 권력 관계에 대한 고도의 민감성 등이야말로 문화를 대상으로 하는 연구가 전문적인 의미의 '문화연구'에 속하는지 여부를 결정하는 기준이 된다.

이 기준으로 볼 때 1986년 출판된 미국 마르크스주의 문화이론가 제임슨의 『포스트모더니즘과 문화이론』 중국어판과 1990년 출판된 프랑크푸르트학파의 대표적 이론가 호르크하이머와 아도르노가 공저한 『계몽의 변증법』 번역본은 아마도 중국 대륙에 문화연구가 진출하였음을 알리는 저작일 것이다. 그러나 이 두 권의 책도 처음에는 학계의 대다수로부터 '문화연구'로 불리지 않았다. 심지어 당시에는 '문화연구'가 무엇인지 자체에 대한 이해가 일천한 상태였다. 중국 학계가 오늘날 서구의 문화연구에 대해 이해하기 시작한 것은 아마도 1990년대 초반부터일 것이다. 1994년 9월 『독서(讀書)』 잡지에서 개최한 "문화연구와 문화공간"이라는 토론회가 중국 최초로 열린 진정한 의미에서의 '문화연구' 학술회의라고 할 수 있을 것이다. 1995년 8월, 한층 더 기준에 걸맞는 '문화연구' 학술회의라고 할 수 있는 "문화연구: 중국과 서구" 국제학회가 다롄에서 개최되었다. 학회에서는 서구 문화연구의 역사적 전개와 현황, 중국 당대 문화연구의 이론 과제, 비교문학과 문화연구의 관계에 대해 논의하였다. 학회의 발기인들은 이미 매우 명확한 의미에서 협의의 '문화연구'라는 용어를 사용하고 있었다. 1996년 7월, "문화의 수용과 변형"이라는 주제의 국제회의가 난징에서 개최되었다. 회의의 의제는 유럽과 미국의 대중문화가 중국에 미친 영향, 문화연구의 충격과 우리의 대책, 문화 세계화와 문화 정체성 연구 등을 다루었다. 문화연구를 주제로 삼은 이 세 차례의 학술회의가 중국에 문화연구를 소개하는 과정에서 중요한 의의를 지녔음은 물론이다.[2] 2000년을 전후하여 대륙학계에서는 '문화연구'가 무엇인

2 马征, 「文化研究在中国」, 『文艺理论与批评』 2005년 제1기에 수록.

지, 문화연구와 문학연구는 어떤 관계인지를 놓고 열띤 토론을 벌이기 시작했고, 이로써 '문화연구'는 학술적인 자의식을 가지고 사용되기 시작하였다.

서구의 경우, 버밍엄 문화연구센터가 설립되기 전에 이루어진 연구성과들, 예를 들어 프랑크푸르트 학파의 초기 대중문화연구는 센터가 설립되고 '문화연구'라는 용어가 수용된 후에야 '문화연구'로 '추인'되었다.(오늘날에는 문화연구를 대표하는 중요한 성과의 하나로 널리 인식되지만) 이들 연구성과도 처음부터 '문화연구'로 칭해지지 않았고, 센터의 구성원 자신들도 그렇게 명명하지 않았던 것이다. 중국의 상황도 비슷하다. 중국의 문화연구 역시 연구 실천이 선행한 상태에서 이론적 자각이 뒤따랐다. 따라서 오늘날 중국 문화연구의 역사를 고찰할 때 이론적 자각이 일어난 시점을 출발점으로 삼을 수는 없다. 다만 전반적으로 학계의 일반적인 의견은 중국의 문화연구가 1990년대 초에 시작된 것으로 인정한다.

2. 대중문화의 흥기와 비평의 곤경

문화연구가 1990년대 초 중국 대륙에 처음 등장한 이후, 지금까지 불과 20여 년 만에 이렇게 크게 발전했다는 것은 매우 놀라운 일이다. 중국에서 문화연구의 등장과 신속한 발전은 중국의 특정한 사회문화적 맥락과 밀접한 관계가 있다고 볼 수 있다. 솔직히 그것은 대륙의 사회문화적 현실의 수요에 맞아 떨어진 것이지, 서구의 책 몇 권이 번역·소개된 결과는 아닌 것이다. 중국에서 제임슨의 『포스트모더니즘과 문화이론』을 받아들인 역사가 이 문제를 설명할 수 있다.

1986년 출판된 이 책은 중국에 처음으로 선보인 서구 문화연구 성과물이라고 할 수 있다. 이 책은 오늘날 서구 주요 문화연구 사조와 학파를 이해하기 쉬운 형식으로 소개하였다. 그러나 당시 이 책은 큰 반향을 일으키지 못했고, 이 책에 주목한 소수의 사람들 또한 이를 '문화연구'로 분류하거나 이것이 '문화연구'의 도래를 의미한다고 여기지 않았다. 1992년을 전후해 이 책에 대한 학계의 관심이 급증한 이유는 간단하다. 이때 중국 대륙에서 대중문화가 갑자기 급성장했기 때문이다. 중국 대륙 대중문화의 흥기야말로 문화연구를 촉진한 가장 직접적인 원인이라고 할 수 있다.

또 다른 증거는 호르크하이머와 아도르노의 『계몽의 변증법』이 1990년에 출판되었지만 이에 대한 많은 인용(특히 「문화산업: 대중 기만으로서의 계몽」 부분)은 1992년 이후에 이루어졌다는 점이다.

이 두 가지 예는 중국학술계가 서구 문화이론을 선택적으로 수용하는 것이 현실문화의 수요에 따라 크게 영향을 받았음을 보여준다.

그렇다면 1992년을 전후하여 중국의 사회문화적 맥락이 어떻게 변했길래 갑자기 서구문화이론에 대한 절박한 필요성이 대두된걸까? 이 문제에 대해서는 그때나 지금이나 대부분의 학자들은 비교적 일치된 의견을 가진다. 보편적으로 인식하는 바, 1990년대 중국의 경제 개혁이 갑자기 가속화되고 시장화와 세속화의 흐름이 걷잡을 수 없이 진행되면서 문화에도 변화가 일어났다. 속문화, 소비문화, 대중문화, 특히 중국 본토의 대중문화가 급부상하였다(과거 중국의 대중문화는 홍콩과 타이완 및 미국에서 수입된 것이 위주였다). 이는 80년대 문화계에 엘리트 문화와 아방가르드 문화가 독보적인 양상을 띠었던 것과는 대조적이었다. 인문학계의 이상주의, 엘리트주의, 비공리와 초월성을 강조하는 인문주의적 담론은 새로운 문화 현실에 대처하는 데 어려움을 보였고, 많은 탐구적인 학자들은 서구에서 도입한 문화연구의 이론과 방법에 기댈 수 밖에 없었다. 또한 이는 위에서 언급한 제임슨의 저작에 대한 사람들의 관심이 주로 포스트모던 대중문화의 형태와 텍스트 특성(예: 평면화, 기계 복제 등)에 집중되는 이유를 설명할 수 있다.

이 판단은 당시와 이후의 학자들의 발언에서 뒷받침된다. 예를 들어, 일찍이 문화 비평에 종사했던 학자 리퉈(李陀)는 다음과 같이 회고한다. "80년대 중반, 특히 1990년대 이후 시장 경제의 급속한 발전으로 인해 문화시장과 문화산업이 갑자기 '부상'하면서 대중문화가 전국으로 퍼져갔고, 불과 몇 년 만에 중국의 문화 경관이 단번에 바뀌어버렸다. 비평계와 이론계는 이에 대해 어떻게 반응해야 할까? ... 문화연구는 이러한 문제를 다루기에 유리한 점이 있었다."[3] 다이진화(戴锦华)는 자신이 주도한 베이징대학 비교문학연구소 문화연구실의 설립 동기를 언급하면서 다음과 같이 말하였다. "이 연구실을 설립한 동기는 확실히 90년대 문화 현실이 우리에게 던진 도전에 대응하려는 시도였으며, 내가 개인적으로 겪은 90년대의 당혹스러움과 무관치 않다", 이 당혹스러움이란 "상업화가 갑자기 전방위적으로 중국에 닥치는 것을 용납하지 못해 느꼈던 일종의 절망감 내지 정신적인 붕괴"였으며, "마치 정신을 차리고 보니 일순간 대중문화·상업문화·문화시장이 전면에 흥성하고 있는 것 같았다"는 것이다. 이러한 상황에서 현실 문화의 도전에 대응하기에 원래의 지식 구조는 매우 빈약한 상태였다. 이것이 그녀가 문화연구실을 만든 근본적인 동기이자 서구의 문화연구 이론에 대한 대응이었다. 그녀 자신의 말을 빌리자면, "중국의 문화연구를 설립하려는 시도는 첫째, 중국의 현실로 인해 제기된 문제들이 뜻밖에도 문화연구소의 기본 의제에 들어맞았고, 둘째, 중국 문화연구의 전개 그 자체가 곧 중국의 현실과 서구 이론이라는 이중의 도전에 대응하려는 시도였기 때문이다.[4] 또한 타오둥펑 등이 편집한 『문화연구』(중국 대륙 유일의 문화연구 전문학술지)는 창간호 서문에서 중국문화연구소가 서구의 영향을 받았음을 인정하면서도 "중국의 90년대 문화연구는 근

---

3 戴锦华, 『犹在镜中: 戴锦华访谈录』, 知识出版社, 1999년, 214쪽.

4 상동, 216쪽.

본적으로 자국 국정의 산물"이라는 것을 강조하였다. 또한 그렇기에 서구 문화연구의 본토화 문제가 강조된다. "서구의 문화연구 이론과 방법이 중국에 도입될 시, 맥락이 다르기 때문에 반드시 대대적인 변형을 거칠 수밖에 없다. 중국의 문화연구는 반드시 중국 사회와 문화 자체의 토양에 뿌리를 내려야 한다."[5]

과연 대중문화는 비평계에 어떤 난제를 던졌길래 원래의 이론과 방법이 더 이상 대처하기 어렵다고 느끼게 한 것일까? 한 가지 예를 들어 구체적으로 설명해보자. '건달 작가'로 불리는 왕쉬는 1980·90년대 중국 문화의 변화를 가장 잘 대변한 작가로, 그의 경력 자체가 하나의 전형적인 실례라고 볼 수 있다. 그가 80년대에 창작한 문학 작품들은 건달 주인공과 건달 같은 말투를 내세우며 지식인 엘리트들을 끊임없이 대놓고 조롱하였으며, 관방의 주류담론까지도 조롱하면서 다른 작가들의 이상주의적 성향과는 다른 면모를 보였다. 1988년는 그의 소설 네 편이 영화로 만들어지면서 그는 '영화화'에 성공한 최초의 통속작가로 꼽혔으며, 드라마 〈갈망〉의 각본과 제작에 참여해 공전의 히트를 기록하기도 하였다. 후에 그는 직접 회사를 설립해 드라마 제작에 참여하였고, 당시 대중문화 생산에 가장 먼저, 가장 깊이 개입한 작가가 되었다. 왕쉬는 자신의 체험을 바탕으로 1980년대와 90년대에 그의 문화관이 큰 변화를 겪었음을 논한 바 있다. "1980년대 내내 우리는 눈을 뗄 수 없이 문화의 향연 속에서 지냈다. 하나하나가 다 새로운 것이었다 … 당시 우리에게 있어 문화란 개념은 대중문화나 소비문화를 포함하지 않는 것이었고, '엔터테인먼트'라는 말조차 없었다."[6] 그러나 1990년대에는 "하루아침에 중국이 소비의 시대로 접어든 듯했다. 대중문화는 더 이상 저 멀리서 울리는 천둥번개가

5 陶东风·金元浦·高丙中 등 주편,『文化研究』제1집, 天津社会科学院出版社, 2000년, 3쪽.
6 王朔,『随笔集』, 云南人民出版社, 2004년, 141쪽.

아니라, 우박처럼 마구 우리 머리 위로 떨어지고 있었다." 그러나 왕쉬는 여전히 "새로운 시대가 도래했다는 것을 깨닫지 못하고, 그저 경제가 발전하다보니 생활방식이 바뀐 탓이라고 생각했다. 나의 문화관은 여전히 과거에, 즉 문화란 소수의 정신적 활동이고, 비산업적이며, 대중을 위해 베풀고 대중을 선도하는 일방적인 관계이지, 그 반대는 아니라는 입장이었다. 나는 여전히 대중의 자발적인 취미를 경멸하였고, 한편으로는 그들을 얻으려고 하면서도 다른 한편으로는 그들과 결코 섞이지 않았다."[7]

그러나 그가 진정으로 전형적인 대중문화, 즉 영화와 드라마의 창작 관행에 진입했을 때, 그는 문화의 시장화와 상업화로 인한 현실적인 도전을 깊이 느꼈다. 그는 드라마 제작 센터에 들어갔다. 그 센터에는 자체 스튜디오가 있었는데, 이 스튜디오는 매일 촬영이 있어야 간신히 손해가 나지 않는 구조였다. 이런 상황에서, 기존의 엘리트적 창작 방식은 시대에 뒤떨어진 것처럼 보였다.

> 작가가 심사숙고 끝에 심혈을 기울인 작품을 내놓기를 기대한다면 이미 너무 늦다. 그것은 먹고 살기 위해서 아무 것도 하지 않는 것이나 마찬가지였다. 규모를 키우고 효율성을 중시하기 위해서는 산업화된 조직과 산업화된 생산의 길로 가야 한다. 이것이 바로 대중문화의 작동 방식이다! 생산성 향상에 대한 열망은 생산 관계를 변화시켰다. 이 팀에 들어가자마자 나는 이전과 다르다는 것을 느꼈다. 사람들은 모두 처음부터 합의를 공유한다. 이것은 개인적인 창작이 아니다. 모두 자신의 추구와 가치관은 제쳐둔다. 이 작품은 대중들에게 보여주는 것이기 때문에, 이 작품의 주제와 재미는 모두 대중의 가치관과 감상 습관을 존중해야 한다 … 이게 바로 대중문화의 게임의 규칙이자 직업윤리다! 일단 참가하

---

7 상동, 143쪽

기로 결정했으면, 자신의 개성, 예술적 이상, 심지어 창작 스타일까지 포기해야 한다. 대중문화의 가장 큰 적은 작가 자신의 개성이다. 그 개성이 마침 대중이 원하는 것에 부합하는 것이 아니라면 ….[8]

구체적인 과정에 대해 그는 다음과 같이 회상하였다.

그 과정은 수학 문제, 방정식을 푸는 것과 같다. 좋은 사람이 있으면 별로 안 좋은 사람도 있어야 한다. 후통에 사는 사람이 있으면 아파트에 사는 사람도 있어야 하고, 열정적인 사람이 있으면 조용한 사람도 있어야 한다. 만약 너무 좋은 사람이 있다면, 반드시 저울 반대편에 불운이란 불운은 모두 그녀에게 올려놓는 식으로 균형을 맞춰야 그녀가 계속 좋은 사람으로 있을 수 있다. 모든 캐릭터의 성격적 특징은 미리 할당되어 있다, 장기판 위의 차, 포, 말처럼, 직진만 하거나, 대각선으로만 가야 한다. 그녀는 모든 것과 하나하나 다 싸워 이겨야 장기를 무사히 끝낼 수 있다. 우리는 이것을 유형화라고 부르며, 이는 각자 맡은 바를 수행하는 것이다 … 통속문예는 그 자체의 규율이 있다. 그것은 당신이 어떤 예술적 통찰력과 예술적 양심을 가지고 있다 해도 넘을 수 없는 것이다. 그것은 반드시 밀도 있는 줄거리, 극적인 갈등, 극단적인 인물을 필요로 한다. 작품에서 작가의 예술적 포부를 따지는 것은 헛된 꿈이며, 작품을 통해 작가의 문화적 입장을 판단하려고 하면 종종 오해가 발생한다.[9]

그는 또한 다음과 같이 말한 바도 있다. 드라마 쓰기라는 "이런 작업은

---

8 王朔, 『随笔集』, 云南人民出版社, 2004년, 144—145쪽.
9 상동, 145쪽

다른 기준으로 평가할 수 없다 … 대중들은 꿈을 꾸고 즐기고 싶을 뿐이다 … 글을 쓰기 전에는 그렇게 구체적으로 생각하지 않는다. 생각나는 대로 쓸 뿐이다. 사실 통속극은 창작이 아니라 조작이며, 기술적인 일이다. 극중 인물들은 모두 유형화된 인물들이다."[10]

이 드라마들의 목표는 오락, 즉 "대중들이 꿈을 꾸고 놀 수 있게 하는 것"이다. 그는 〈편집부 이야기(編輯部的故事)〉에는 어떤 의미도 없다며, 이렇게 말한다. "모든 것이 (코미디) 효과만을 노린 것이다. 가장 큰 걱정은 웃기지 않는 것이다. 연출부터 연기까지 한 가지 목적, 즉 웃기는 것 밖에 없다."[11]

이러한 목적과 방식으로 생산된 문화상품에 대해 주류 문학 비평계는 한동안 크게 당황했다. 그들은 1980년대 엘리트 문화의 사고방식에 빠져 있었기 때문이다. 1980년대 문화계의 초점은 무엇이었을까. 어떤 이는 80년대를 다음과 같이 묘사한다.

1970년대 후반, 중국인들은 중세의 몽매함에서 깨어난 후 인류가 창조한 문명과 문화적 성과에 굶주린 듯한 열정을 보였다. 교향곡, 발레, 서구회화, 고전문학의 명작들이 유행이 되었고 추상예술, 몽롱시, 부조리극, 모더니즘 소설도 각광 받았으며 심지어 사르트르, 프로이트, 매슬로의 철학과 심리학 저서도 베스트셀러가 되었다. 사상해방운동을 앞세운 중국문화 전체가 계몽주의적 열정과 현실비판 정신으로 충만해 있었고, '불을 훔친' 프로메테우스의 영혼이 새로운 시대 문화 속에서 몸부림치며 외쳤다. 이 기간 중국 문화는 현실에 대한 적극적인 개입, 역사에 대한 진지한 성찰, 예술 언어의 혁명적 변혁을 통해 인도주의적 이상과 미

---

10 王朔, 『我是王朔』, 国际文化出版公司, 1992년, 47쪽.

11 상동, 49쪽.

학적 비판의 자각을 보여주었다. '상흔문학(伤痕文学)', '반사문학(反思文学)'처럼 비판적 현실주의에 집착하거나 〈아버지(父亲)〉 같은 소위 '하이퍼 리얼리즘' 회화의 사실주의 미학에 대한 열정, '5세대 영화'의 고전영화 서사 패턴에 대한 반항, 〈뉴스 계시록(新闻启示录)〉, 〈샛별(新星)〉 같은 TV 프로그램의 사회적 이슈에 대한 관심은 세계를 재해석하고 개조하려는 책임감과 사명감, 동시에 문화적 진보와 예술적 혁신에 대한 열정을 보여주었다.[12]

이런 분위기 속에서 십수 년을 살아온 비평가들이 왕쉬 같은 작품을 어떻게 경멸하고 무시했을지는 짐작할 수 있다. 그들은 그의 진지하지 않은 글쓰기 태도, 장난스러운 인생관, 모든 것에 대한 조롱, 비판의식의 결여, 대중에의 영합, 허무주의 등을 비난했다.[13] 하지만 비판은 늘 어긋나는 느낌이었으며, 그 효과와 신뢰성도 크게 떨어졌다. 순수 예술, 미학, 이상적, 주체성을 표방하는 기존의 비판 담론은 대중문화 상품에 대해 분노와 전면 부정 외에는 할 말이 없었다. 그러나 대상 내부까지 파고들지 못하는 비판은 무력하다. 왕쉬 자신도 이러한 비판은 옳지 않으며, 핵심을 짚지 못한다고 비판하였다.

문예 작품에는 세 종류가 있다. 첫 번째는 선전과 교화를 위한 것으로, 어느 나라 정부든 모두 이를 유지하고 지원한다. 두 번째는 대중적이고 상품화된 문화이다. 세 번째는 순수예술이다. 사람들은 이 세 가지를 혼동하고 있다. 통속문화를 하는 사람들이 흥분하는 부분이 바로 이 점이다(단순히 재미만을 추구하는 것— 인용자 주). 당신은 그것에 다른 기능을

---

12 黄会林·尹鸿, 『当代中国大众文化研究』, 北京师范大学出版社, 1998년, 2쪽.
13 王晓明 등, 「旷野上的废墟: 文学和人文精神的危机」, 『上海文学』, 1993년 제6기.

요구할 수 없다 … 지금 당신이 아방가르드한 작품을 만들면, 누군가는 대중적이고 통속적인 기준으로 당신을 평가할 것이다. 반대로 대중적인 오락거리를 만들면, 누군가는 또 예술적인 순문학의 기준으로 당신을 평가할 것이고, 결국 이도 저도 아니게 될 것이다. 그래서 핵심을 짚지 못한다고 말하는 것이다.[14]

왕숴의 지극히 솔직한 '자기비판' 중에서 기존 비평담론의 무력감은 특히 두드러진다. 그는 종종 자신의 대중문화 상품에 경멸을 표한다. 다른 사람들이 시나리오 작가라는 직업에 대한 견해를 묻자 그는 다음과 같이 대답하였다. "나는 현재 중국에서 가장 인기 있는 시나리오 작가이다. 하지만 나는 지금까지 이 직업을 좋아해본 적이 없다 … 어떤 여자가 명기 (名妓)가 되었다면 그걸 자신의 직업을 사랑했기 때문이라고 말할 수 있을까? 옛 이야기를 보면 불구덩이에서 벗어나려고 가장 결연하고 비장한 모습을 보여준 것이 모두 명기 아니었던가? 베이징에서 시나리오를 쓰는 친구들의 모임에는 종종 자신을 '파는 몸'이라고 저급하게 묘사하는 이들이 있다. 파는 물건만 다를 뿐 순수함이나 행동을 보면 기생이나 다름없는 게 사실이다."[15] 나중에 왕숴가 만든 소설에서 그는 자신의 작품들을 '정신적 아편'으로 간주하고 "전 세계의 가벼운 열등감, 조기 우울증 경향을 가진, 약물 치료가 필요하지 않은 중국인들에게 보여주기 위한 것 … 정신지체에도 치료 효과가 있다고 하며, 외국인들도 좋아하여, 유럽과 미국의 많은 변태 연구 센터에서 수입품으로 지정한 것"이라고 하였다.[16] 이처럼 '자기파악이 확실한' '창작 목적'을 가지고 있으며, 이처럼 자각적

14 王朔, 『我是王朔』, 国际文化出版公司, 1992년, 49—50쪽

15 상동, 제65쪽

16 王朔, 『和我们的女儿谈话』, 人民文学出版社, 2008년, 78—79쪽

인 대중문화에 대해 순수예술의 비평기준을 가진 비평가들은 당황할 수밖에 없었다. 물론 이는 문학비평계가 새로운 문화적 현실에 적응하기 위해 자신들의 담론을 바꿀 것을 강요하는 것이다.

3. 인문정신대토론

일반적으로 1980년대는 인문학적 분위기가 강하고 엘리트 작가와 예술가, 인문학 지식인들이 흐름을 선도했던 시대로 여겨진다. 정부와 지식인이 함께 주도한 개혁개방은 사상해방운동과 일종의 호응관계를 형성하여 1980년대 인문계에 새로운 계몽운동을 이룩했다. 이 새로운 계몽운동은 이론계에서 '진리의 기준'에 대한 토론, '소외' 문제에 대한 토론, 인성론과 인도주의에 대한 토론, 문학의 주체성과 자율성 문제 및 심미적 속성에 대한 토론 등으로 나타났다. 새로운 계몽담론은 5·4와 연결되어 문학계에서 인도주의와 개인 권리 사상을 선양하였고, 문학예술의 비실용성과 심미성을 강조하였다. 이는 당시 정치·문화 전반의 환경과 잘 맞아떨어졌고, 동시에 지식인들이 시대를 선도하는 위치에 서게 되었다. 실제로, 80년대는 이상주의, 급진적인 자기비판, 그리고 서구사상에 대한 적극적인 개방적 태도를 상징하는 중국의 낭만시대였다.[17]

---

17 査建英,『八十年代: 访谈录』, 生活·读书·新知三联书店, 2006년, 9쪽

80년대와 관련된 유행어[18]								
격정	열성	반항	로맨스	이상주의	지식	단층	흙	
바보	멋짐	천박함	광기	역사	문화	천진	단순	사막 계몽
진리	팽창	사상	권력	상식	사명감	집단	사회주의	
엘리트	인문	갈증	화끈함	우정	논쟁	지식청년	늦은 청춘	
90년대부터 지금까지와 관련된 유행어								
현실	이익	금전	시장	정보	새 공간	명백	세상물정	패션
개인	권력	체제	성형수술	조정	영리함	불안	상업	소란
대중	분노청년	자본주의	신체	서재	학술	경제	주변	상실
접궤	국제	다원	가능성					

1980년대 중국 문화를 엘리트 문화가 주도했다는 시각은 물론 옳지만, 그렇다고 대중문화가 존재하지 않았다고 볼 수는 없다. 사실 시민적이고 세속적인 문화는 어느 시대에나 가장 많이 소비되는 문화 품종이다. 5·4 시대에도 발행부수가 가장 많았던 출판물은 원앙호접파(鸳鸯蝴蝶派)의 작품이었다. 1980년대도 예외는 아니었다. 개혁개방 이후 중국의 대중문화는 정치적 억압에서 빠르게 회복되어 세속적인 일상생활을 포용했다. 1980년대 문화의 역사와 기억을 돌이켜보면 당시 생활 속에서 대중문화가 매우 활발했음을 알 수 있다. 1979년, 사교댄스가 인민대회당에 등장하여 전국적인 춤 열기를 불러일으켰다. 1980년, 노래 〈고향생각(乡恋)〉, 〈군항의 밤(军港之夜)〉이 큰 논란을 일으켰고, 덩리쥔(邓丽君)의 노래는 금지되었음에도 불구하고 여전히 인기였다. 1981년, TV 외화 시리즈 〈게리슨 유격대(Garrison's Gorillas)〉가 히트한 후, 몇 년 동안 〈스가타산시로(姿三四郎)〉, 〈곽원갑(霍元甲)〉, 〈혈의(血疑)〉, 〈배구 여장부(排球女将)〉[19] 등 홍콩과 외국의 TV 드라마가 잇따라 방영되었다. 1984년, 영화 〈소림

---

18 상동, 표지

19 ※ 역자 주: 일본 드라마 원제는 불타는 어택(燃えろアタック)

사(少林寺)〉가 전국적인 열풍을 일으켰다. 1984년, 에어로빅, 오토바이, 비디오방이 신조어로 떠올랐다. 1985년 드라마 〈상하이탄(上海灘)〉, 1986년 유행가 〈아무 것도 없어(一无所有)〉, '서북풍(西北风)' 노래, 〈죄수의 노래(囚歌)〉, 1987년 〈겨울에 타오르는 불꽃(冬天里的一把火)〉, 1988년 왕쉬의 영화, 1989년 시무룽(席慕蓉)의 시 등은 모두 오늘날 중국의 문화사에 깊은 흔적을 남겼다.[20]

대중문화는 항상 존재하고 활성화되어 있었는데 왜 1990년대에야 중요한 사회문화적 이슈로 부각되었던 걸까? 부인할 수 없는 한 가지 이유는 1992년 덩샤오핑의 남순강화 이후 시장화 개혁이 가속화되면서 대중문화가 시장의 힘을 빌려 더 빠르고 크게 발전할 수 있었기 때문이다. 그러나 더 중요한 이유는 공식 주류 문화, 엘리트 문화 및 대중문화 간의 관계가 변화한 것이다.

1980년대 대중문화 자체가 진지하거나 도전적인 '문제'가 되지 않았던 것은 어느 정도 엘리트 문화 및 관방 주류 문화와의 '동맹 관계'가 존재했기 때문이다. 이때 관방 담론에서는 개혁과 보수의 목소리가 교차하고 있었고, 지식인들은 개혁파와 연합하여 5·4 이래 두 번째로 큰 계몽운동을 일으켰다. 홍콩과 타이완에서 막 전해진 대중문화(예를 들어 덩리쥔의 노래)는 전통적인 정치적 보수파의 권력담론으로부터 비난을 받으면서 오히려 일종의 비장한 엘리트주의 색채를 띠게 됐다. 금욕적인 전체주의 이데올로기가 집단적으로 의심받던 시대에는 아무리 '저속'한 것이라도 사상해방이라는 가치를 지닌 것으로 해석된다. 따라서 대중문화와 지식인의 엘리트 문화는 이 시기에 화목하게 공존하였고, 서로 간의 차이는 부각되지 않았다. 실제로 대륙의 상품화된 대중문화도 1980년대 후반부터 이미 크게 발전을 이루었다. 예를 들어 1988년에는 왕쉬의 소설 4편이 영화화됐

20 尙伟 주편, 『文化记忆: 1978—2008』, 中央文献出版社, 2009년 참고

고, 그가 다른 사람들과 함께 각본을 쓴 드라마 〈갈망〉도 1989년 초부터 기획, 제작되고 있었다. 다만 당시의 인문 지식계에서는 그것을 대단히 대립적인 것으로 여기지 않았을 뿐이다.

그러나 상황은 1989년 이후 달라졌다. 문화 엘리트들이 주창하는 새로운 계몽 운동은 정치적으로 큰 좌절을 겪었고, 사회 정세는 인문학이 정치 및 정치와 관련된 문화 비판에서 멀어질 수 밖에 없게 만들었다. 기존의 엘리트적이고 비판적이었으며 고도로 정치화된 담론은 점차 사회적 토양을 잃고 주변부로 밀려났다. 이와 함께 상품화라는 급행열차를 타고 빠르게 발전한 대중문화가 문화의 중심무대를 차지하였다. 이는 엘리트 언어를 구사하던 지식인들로서는 적응할 수 없는 것이었다. 게다가 그들의 주변화는 이중으로 진행되었다. 그들은 문화와 정치의 무대뿐만 아니라 사회경제석 지위도 소외됨을 경험하였다. 일부 학자들은 당시 지식인의 어려웠던 경제적 상황이 그들의 사상에 끼친 영향을 회상했다.

사회 구조의 급격한 변화는 분명히 인간의 정신 세계, 특히 경제적 지위의 상승과 하락은 그 영향을 더욱 가중시킨다. 원래 거의 고정되어 있던 사회 구조가 갑자기 수평적, 수직적으로 급격히 흔들리기 시작하면서 1990년대 초 평범한 교사들에게도 큰 스트레스가 되었다. 예를 들어서 당시 우리는 출장 시 비행기를 탈 수 없었는데, 돈이 없는 문제 뿐만 아니라 직급 문제도 있었다. 보통은 기차를 타는데, 역에서 내려 택시를 탔더니 기사가 어디 가냐고 묻는다. 화동사범대학교라고 하자, 한동안 침묵이 흐른 뒤 운전기사가 하는 말이 "교수님은 참 형편이 어려우시군요!"라는 것이다. 이 일은 내가 다른 곳에서 한 번 이상 이야기한 적이 있을 것이다, 왜냐하면 역사를 좀 아는 사람들에게 이 광경은 굉장히 아이러니하기 때문이다. 지난 70~80년을 돌이켜보면 5·4 시대에 루쉰, 후스(胡適), 저우쭤런(周作人), 리다자오(李大釗)등은 모두 산문이나 시에서 급격한 사회구조 변화 속 하층 노동자들인 인력거꾼에 대한 동정을 표했다. 그것은 계몽주의자들에게서 비교적 보편적인 감정이었다. 그들의 수입은 인력거꾼의 수십 배였기에, 가난하고 노동에 시달리는 대중들에게 도덕적 죄책감을 느낄 수밖에 없었다. 하지만 이제는 정반대로, 운전기사가 대학교수를 동정하게 된 것이다, 그 당시 택시기사의 수입은 한 달에 3, 4천 위안이었지만, 젊은 대학교수의 수입은 아마도 한 달에 3, 4백 위안에 지나지 않았다. 세간에는 소위 "미사일 개발자가 찻잎 계란 파는 사람보다 못하다"는 말이 유행하지 않았나? … 이런 지식인의 상대적 빈곤화는 많은 사람들을 불안하게 한다. 더구나 다가오는 상품경제의 사회질서에 대해 일반 인문학자들은 실질적인 마음의 준비가 되어 있지 않았다. 누군가 분개해서 다음과 같이 말한 것이 기억난다. 새로운 시대의 사회 질서는 이미 정해져 있다. 장사꾼이 최고고, 문화 장사꾼이 그 다음이고, 문화인이 제일 아래다. 많은 사람들의 마음속에서는 여전히 전통적인 사농공상 서열이 남아있어, 장사꾼을 경멸한다. 개혁개방 이전의 순위는 '공(工), 농(農), 병(兵), 학(学), 상(商)'으로, 이때도 장사꾼은 맨 아래에 있었다. 지금은 완전히 뒤바뀌었다, 그것이 야기하는 상실감은 엄청나다, 심지어 사람들은 자신의 직위를 무엇으로 가늠해야 할지도 모른다. 학술적인 용어로 표현하자면, 가치의 혼돈이요, 가치 충돌의 표현이다.[21]

정치적 좌절, 문화적 침묵, 경제적 어려움 등 다중적인 충격은 지식인들로 하여금 깊은 신뢰의 위기와 정체성의 위기에 직면하게 했다. 3~4년의 침묵 끝에 1993년 중국 문학계는 인문정신 대토론에서 새로운 목소리를 낼 수 있는 돌파구를 찾은 것 같았다. 『상하이 문학(上海文学)』 1993년

---

21 陈思和·高瑞泉·王晓明·张汝伦, 「人文精神再讨论」, 『东方早报』, 2012.05.27, B02—06

제6기에 발표된 왕샤오밍(王曉明)과 화동사범대학 중문과 대학원생들의 좌담회 기록인 「광야의 폐허: 문학과 인문 정신의 위기」는 '문학과 인문 정신의 위기'에 대해 문제를 제기했다. 이어 1994년『독서』제3기부터 제7기까지 '인문정신탐사록'이라는 주제의 특집이 연재되면서 문학, 역사, 철학, 경제계 전문가와 학자들이 참여하여 전국의 인문학계에 큰 반향을 일으켰다.『동방(东方)』,『광명일보(光明日报)』,『문예이론과 비평(文艺理论与批评)』,『문예쟁명(文艺争鸣)』,『문예보(文艺报)』등 많은 간행물들도 토론에 참여하여 1995년 여름과 가을까지 계속되었다. 문단에서는 장청즈(张承志)와 장웨이(张炜)가 펜을 깃발로 삼고, 이상을 위해 싸운다는 명목의 소위 '항전문학'을 내세우며 논쟁에 뛰어들었고, 베이징대학의 홍쯔청(洪子诚), 셰몐(谢冕) 등은 당대 문학에 대해 강하게 비판하며 '당대 문학의 이상에 대하여'라는 주제의 토론을 조직하였다. 이들은 서로 호응하면서 인문학 지식계 전체에 걸쳐 이론 논쟁을 형성했다. 이 사건은 매우 중요한 의미를 가진다. 1990년대 이후 오늘날까지 인문학계 담론방식에 깊은 영향을 미쳤을 뿐만 아니라 중국 문화연구 발흥의 계기가 되었기 때문이다.

이 토론은 다음과 같은 의제로 요약될 수 있다. (1) 인문 정신이란 무엇인가? (2) '인문 정신의 상실'이라는 명제가 성립하는가?('상실' 전에 과연 '인문 정신'이 있기는 했는가?) (3) 인문 정신을 어떻게 재건할 것인가? 참여자들은 '인문정신' 논의가 주로 대중문화 비판을 위주로 했다는 것을 부인하지만, 대중문화는 적어도 그들의 비판의 주요 표적 중 하나였다.[22] 관

---

22 명판화는 당시 왕멍과 왕빈빈이 왕숴의 소설에 관해 논쟁했던 것을 논의하며 "통속문학이나 왕숴의 문체는 결코 논의의 주요 화제나 '정비'의 목표가 아니었다"(孟繁华,『众神狂欢』, 175쪽)고 말했다. 그러나 당시 논쟁 자료와 당시 참여자들의 회고를 살펴보면, 그의 말에는 문제가 있음을 알 수 있다. 논쟁을 촉발한 첫 번째 글 「광야 위의 폐허」에서는 이미 문인의 상업화, 왕숴의 '건달 문학'과 대중에 대한 영합, 그리고 장이머우 영화의 외국인에게의 영합 등을 언급하고 있다.(王曉明等,『旷野上的废墟:文学和人文精神的危机』,『上海文学』1993년 제6기) 인문 정신 재건을 주장했던 사람들 중에는 사상사를 연

건은 이것이다. 과연 인문정신의 호환이 결국 대중문화에 대한 비판으로 이어진 이유는 무엇일까" 당시 토론에 참여했던 천쓰허(陈思和)는 18년 뒤 당시를 회상하며 이렇게 말했다.

> 지식계는 기본적으로 개혁개방을 지지하는 입장이었다. 그런데 1992년 이후 갑자기 시장경제, 상품경제의 물결이 거세게 들이닥쳤다 … 시장 경제가 갑자기 개방된 데다 1989년 정치적 격동이 겹치면서 지식계로 서는 정치적 상황에 대해서는 공개적으로 성찰할 수가 없었다. 그래서 성찰의 열기를 경제적 화두로 돌린 것이다 … 우리 세대는 어릴 때부터 받은 교육이 반자본주의적 경제 교육이었기 때문에, 당시 우리에게 익 숙했던 사고방식은 시장경제에 대한 경계심이었다 … 1970년대에 나는 마르크스의 『자본론』을 읽었고, 당시의 소위 정치경제학 이론을 읽었다. 오늘날 사회에서 높은 이윤을 추구하기 위해 사람들이 도덕과 법률을 무시하는 현상은 마르크스가 지적한 바, 자본가가 300%의 이윤을 추구 하기 위해 단두대에 오르는 것조차 두려워하지 않았던 바로 그 현상과

구하는 학자도 있었고, 문학을 연구하는 학자도 있었다. 후자의 경우 순수 문학의 상 실과 문학의 통속화가 인문 정신 상실의 주요 표현이라고 보는 경향이 강했다. 비평 가 바이예는 왕쉬 등과의 대화에서 당시 상황에 대해 이렇게 언급했다. "인문 정신이 최근 화제이다. 올해 『상하이문학』 제6기에 왕샤오밍과 상하이의 몇몇 젊은 학자들이 문학의 위기와 인문 정신에 관해 대화한 글이 실렸다.… 얼마 전는 상하이에서 열린 전국문예이론학회 연례 회의에서도 많은 이론가들이 이론적 혼란과 인문 정신의 위 기에 대해 이야기했다. 며칠 전 중국사회과학원에서도 인문정신 문제에 관한 소규모 토론회를 열어 내년에 열릴 대규모 토론회를 위한 준비 작업을 했다.… 이런 문학 위 기와 인문 정신에 대한 논의에서 왕쉬가 자주 언급되고 인용되는데, 물론 문학이 고 급에서 통속으로 하락한 사례로서 언급된 것이다." (白烨·王朔·吴滨·杨争光, 「选择的自由与 文化态势」, 『上海文学』 1994년 제4기) 실제로 많은 증거에 의하면 왕명과 왕빈빈 모두 상 대방을 오해하지 않았으며, 통속문학과 대중문화가 논쟁의 주요 초점 중 하나였음을 알 수 있다.

마찬가지이다 … 1994년 당시 우리는 이러한 시장경제의 대변혁이 우리 일상적 윤리와 도덕적 관습에 강한 충격을 줄 것이며, 인문학적 입장에서는 더 큰 충격을 줄 것이라는 느낌을 받았다 … 그러나 우리가 제기하는 인문정신의 상실 문제는 그때 막 시작된 시장화가 아니라(그 폐해가 아직 충분히 드러나지 않았기 때문), 바로 50년 가까운 역사, 이른바 계획경제와 고도의 이데올로기 통제라는 정치체제가 지식인의 인문정신의 상실과 인격의 약화를 초래했기 때문이었다. 문제의 복잡성이 여기에 있다. '인문정신' 토론은 '성찰'에서 시작되는데, '성찰'은 인문정신이 상실되었음을 의미한다, 그러나 우리는 시장경제가 부상한 뒤에야 비로소 '토론'이 가능해진 것이다. 그리고 토론의 문제는 시장경제 초기에 부정적인 결과가 나타날지도 모른다는 우려에서 비롯되었다.[23]

이 글은 매우 의미심장하다. 정치 풍토의 변화로 인해 지식인은 기존의 계몽 지향적 비판담론을 지속할 수 없었지만, 그들의 비판적 자세는 단기간에 바뀔 수 없었으며, 따라서 비판적 입장을 지속하기 위해 새로운 비판 대상, 혹은 일종의 출구가 필요했던 것이다. 대중문화를 표적으로 삼은 것은, 문화에 대한 토론이야말로 지식인의 특기이기 때문이다. 객관적인 사회 정세의 관점에서 볼 때 대중문화를 비판의 대상으로 삼은 것은 1990년대 중국의 정치, 경제, 문화 분야가 서로 단절된 결과이기도 하다. 당시 중국 경제는 시장화를 향해 치닫고 있었고, 정치적으로는 1980년대보다 훨씬 보수적이었다. 따라서 자본주의를 비판하거나 시장화를 비판하는 것은 비교적 안전한 선택이었다. 인문정신토론에서 대중문화에 대해 강하게 비판한 학자들은 프랑크푸르트 학파의 이론(특히 호르크하이머와 아도르노의 공저인『계몽의 변증법』에서 문화산업에 관한 부분)을 의도적이든

---

23 陈思和·高瑞泉·王晓明·张汝伦,「人文精神再讨论」,『东方早报』, 2012.05.27, B02—06

무의식적이든 활용했다. 그들의 눈에는 아도르노가 비판하는 대중문화의 상품화, 깊이의 부재, 감각적 오락화 등이 이미 중국에서 나타나고 있었다. 대중문화는 엄밀한 의미에서 문화가 아닌 문화산업으로 간주 되었으며, 돈에 의한 정신의 억압, 현실에 의한 이상의 소멸 등을 대표한다고 여겨졌다. 요컨대 대중문화는 진정한 문화에 대한 위협이자 도전이며, 해결해야 할 '문제'였다. 이 기간에 중국 문화계에서 벌어진 큰 변화에 대해 수많은 인문학자들은 걱정과 안타까움에 휩싸여 서로 유사하게 묘사했다. 예를 들어 궁류(公刘)는 다음과 같이 서술하였다.

90년대 들어 국가 이데올로기 문화, 계몽주의 지식인 문화, 현실주의, 낭만주의, 모더니즘을 불문하고 모두 조용히 퇴장하거나 무대의 중앙에서 밀려났다. 화려하지만 금방 사라지는 문화 '패스트푸드'가 중국 문화 시장을 거의 독점했다. 대중음악이 진지한 문학을, 하위문학이 순수문학을, 천편일률적인 연속극이 스타일 있는 예술영화를 대체했으며, 문화인들이 영화의 타락이라고 여긴 〈당백호점추향(唐伯虎点秋香)〉은 흥행 1위를 차지했다. 예술가들은 어쩔 수 없이 다양한 상업 포장에 의존하여 자신을 홍보해야 했다. 현대판 『금병매(金瓶梅)』로 알려진 『폐도(废都)』와 '천 호랑이(布老虎)' 시리즈와 같은 다양한 책들이 등장했다. 한때 엄숙했던 휴머니즘의 책임감과 사명감은 왕숴 식의 조롱 이후 이렇게 허약하고 허위적으로 변했다. 해방과 해소를 목적으로 하는 소비문화가 휩쓸고 있는 가운데 그 비장하고 숭고한 프로메테우스의 모습은 중국 문화에서 조용히 사라지고 있는 것 같았다. 대중이 생각하는 '영웅 우상'은 더 이상 50~60년대의 황지광(黃继光)과 추사오원(邱少云)이 아니며, 70년대 '반조류'의 대표도 아니고, 80년대 사상해방운동에서 생겨난 사상적 선구자와 예술적 선봉도 아닌, 홍콩의 이른바 '4대 천왕', 동방 미녀 궁리(巩俐), 코미디 천재 거유(葛优), 헐리우드 스타 마이클 더글러스,

데미 무어, 축구의 신 마라도나이다. 이 모든 것은 중국 문화가 대중 문화의 시대에 진입했음을 의미한다.[24] 모더니즘이 포스트모더니즘으로 전환되는 한편, 동시에 '사실주의'에서 '신사실주의'로의 전환이 나타나면서 이야기의 기법이 다시 중시되고 있다. 하지만 과거의 대중화와는 확연히 달리, 이제는 명확한 상업적 목적을 지닌다. 이러한 변화는 문학에 국한되지 않고 음악, 연극, 미술을 망라한다. 일부 인기 작가들은 '베이징 스타일(京味)'의 정석으로 추앙받았다. 『마음껏 즐겨(过把瘾)』와 『닥치고 해(沒商量)』처럼 문맥도 없는, 시정잡배들 간의 '잡소리'가 신문기사 제목에 반복적으로 등장하였다. '패스트푸드 문화'가 유행하면서 각종 고대 경전의 백화 번역본 및 세계 명작 요약본, 각종 애정시와 산문, 연애편지, 의도를 알 수 없는 금서 모음집, 저속한 유머 등이 쏟아져 나왔다. 어떤 것은 높은 수준의 것과 엉터리가 선별되지 않은 채 한데 섞여 있었다. 민간 출판업자의 전폭적인 지원과 일부 작가의 참여로 인해 '글쟁이들'이라는 무리가 등장했다. 책 파는 노점상에는 예로부터 늘 인기였던 '히트작'(음란, 폭력) 위로 새로운 '히트작'(무협, 연의, 주식, 탈세, 풍수, 관상, 점술, 대인관계, 초능력, 고위층 비화, 사회 비리 등)이 등장했다. '글쟁이들'은 대세가 되었고 그들의 좌우명은 "풀과 가위로 마구 오려내고 베끼자. 컬러 잉크를 아낌없이 쓰자."[25]였다.

1990년대의 인문정신 대토론과 중국 대중문화연구 사이의 밀접한 관계는 황후이린(黃会林)이 편저한 『당대 중국 대중문화연구(当代中国大众文化研究)』의 서문 부분에서 잘 드러난다. 1998년에 출판된 이 책은 "중국 최초로 중국 대중문화의 역사, 현황 및 진행 추세를 체계적이고 종합적으로

---

24 黃会林·尹鸿, 『当代中国大众文化研究』, 北京師范大学出版社, 1998년, 2—3쪽
25 상동

기술, 분석 및 평가한 책"이라고 한다. 부편집을 맡은 인흥이 쓴 서문의 제목은 "인문정신을 지키자"이다. 제목과 일치하게, 서론의 전반적인 시각과 논점은 인문정신의 재건하자는 입장을 반영한다. 서론은 우선 대중문화를 심각한 '문제'로 간주하는 것으로 시작한다. 중국 대중문화가 대두한 몇 가지 원인을 비교적 객관적으로 분석하고 있다. 첫째, 경제체제 개혁이라는 배경 속에서 문화생산기관이 시장으로 내몰리면서 경제적 이익이 문화 상품을 측정하는 중요한 척도가 되었고, 생산자와 소비자 사이에 직접적인 이익관계가 확립되었기에 생산자는 최대한 많은 소비자의 요구를 충족시켜야 한다. 둘째, 대중문화의 소비층이 빠르게 형성되고 커졌다. 셋째, 영상매체가 발전하였다. 넷째, 이데올로기적 통제가 느슨해졌다(이 점은 전혀 현실에 부합하지 않는다), 다섯째, 소비사회가 형성되고 이상주의와 계몽주의의 목소리가 청중을 잃었다. 여기서는 서구의 대중문화연구를 소개하면서 독일 프랑크푸르트 학파의 비판 이론과 영국 '현대문화 연구센터'로 대표되는 문화연구 학파만 소개하고 있다. 주목할 만한 점은, 후자를 소개할 때 '현대문화 연구센터'의 관점이 아니라 레비스의 '문화와 문명' 전통을 따르는 것 같다는 점 ― 대중문화는 미학적 가치가 없으며, 고상한 문화에 저항하고, 소극적인 수용자를 만들며, 사회 전체의 취향 수준을 낮추고, 미학을 퇴화시킨다면서 비판하는 관점이다. 그리하여 '현대문화 연구센터'의 대중문화에 대한 복잡한 태도가 여기에서는 크게 단순화되어 있다.

  인문정신을 추구하는 지식인들은 엘리트적 자세에서 상업화된 사회의 물질만능주의를 비판하고, 이것이 도덕적 부패와 사회적 무질서를 가져왔다고 주장한다. 그들은 서구와 중국의 고전 철학으로 돌아가 궁극적인 배려와 윤리 규범을 찾고, 결국 안심입명(安身立命)을 목적으로 한 개인의 도덕적 실천과 전문적인 학술 활동에 초점을 맞추었다. 이 시기에 대중문화를 연구하던 다수의 학자들은 인문정신을 추구하던 지식인들과 입장,

담론방식, 정서적으로 매우 유사하였으며, 이는 80년대 신계몽 담론의 변형된 연장선상에 있다고 볼 수 있다. '인문정신의 재건'을 주장하던 인물들의 시대적 배경과 정서적 특성을 파악해야만 이들의 대중문화에 대한 기본적 태도와 서구문화연구의 선택적 소개가 이해될 수 있다.

4. 문예학 분과의 위기와 전환

영미 문화연구는 대부분 영문과를 기반으로 하고 있으며, 중국의 문화연구 종사자도 대부분 문학 전공, 특히 문예학(문학이론) 전공 출신이다. 문예학은 중국 특색이 강한 학과이며, 그 핵심과목은 문학개론이다. 이 전공은 근현대 중국의 특별한 역사적 배경, 특히 중화인민공화국 건국 이후 학문의 정치화라는 맥락에서 매우 강력한 정치적 성격을 가지게 되었다. 더 긴 역사의 관점에서 볼 때 문학의 정치적, 도덕적 교화적 기능을 강조하는 것은 줄곧 중국 유교 전통의 정교 체제 중요한 특징 중 하나였다. 이러한 정치성은 황권과 예교를 수호하는 측면이 있을 뿐만 아니라, 유가의 민본(民本), 인정(仁政) 및 문학의 원망과 풍자(怨刺) 기능을 강조한다. 후자의 사상은 실제로 중국 문인 전통의 주요 정신적 내용을 구성한다.

신중국 성립 초기부터 1970년대 말까지 중국의 문예학은 기본적으로 마오쩌둥의 1942년 「옌안 문예좌담회에서의 연설」(이하 「연설」)과 소련 문학이론의 틀에 따라 만들어졌다. 「연설」은 문학이란 노동자와 농민과 병사를 위하고, 정치를 위해야 하며, 문예비평은 첫째가 정치적 기준, 둘째가 예술적 기준이고, 보편적 인성론에 반대한다는 일련의 원칙 및 기준을 확립했다. 그것들은 신중국 초기 30년 문예학의 주요 내용을 구성했다. 이러한 문학 이론은 민족의 존망이 달린 전쟁 상태에서 만들어졌기에, 이후 평화롭게 국가를 건설하던 시기가 되면서 그 한계가 점점 더 분명해졌다. 특히 '문혁' 시기에는 이러한 문학 이론이 극단으로 치달았고, 남용된 권력과 더불어 정치적 권모술수를 행사하고 예술 종사자를 탄압하는 도구가 되었다.

1970년대 말부터 중국은 개혁개방 정책을 시행했다. 개혁을 추진하기 위해 사상 해방이 중요한 부분이 되었는데, 이러한 맥락에서 문학의 심미적 특성이 강조되고 인도주의 문제, 소외 문제, 인간의 주체성 문제가 당시 뜨거운 토론 주제가 되었다. 기본적인 경향은 문학 연구가 정치적 간섭에서 벗어나 심미적 특성, 이른바 '타율'에서 '자율'로, '외부 연구'에서 '내부 연구'로 돌아가야 한다는 것이었다. 이것은 일종의 정치의 개입에 반대하는 문학 이론이지만, 그렇다고 그 자체가 완전히 비정치적인 것은 아니며, 오히려 당시 개혁개방 및 사상해방운동과 밀접한 관련이 있다. 이러한 전환은 1980년대에 상당한 성공을 거두었으며 다양한 문학 이론 교재는 문학의 본질을 심미적으로 정의하고 문학 작품의 형식 연구를 강조하기 시작했다. 어떤 측면에서 문예학 분야의 이러한 자주와 독립은 현대화 과정 전반의 일반적인 규칙에 부합한다. 현대화는 전문화를 의미하며, 정치, 학술, 경제 등 각 분야에서 상대적 독립과 자치를 의미하기 때문이다.

그러나 문예학의 이러한 독립성과 자율성에 대한 소구는 1990년대 이후 새로운 위기를 맞이하게 되었다. 문학 창작과 문학 비평이 과도하게 형식을 강조한 나머지 점차 현실과 동떨어지면서, 현실을 파악하고 현실에 참여할 수 있는 능력을 상실하였고, 문학의 공적 차원이 점차 축소되었다. 또 한편으로 시장화와 상업화로 인해 문학예술을 포함한 문화 생산, 커뮤니케이션 및 소비 방식에 큰 변화가 일어났고, 문학의 자율성은 이제 상업화·시장화의 도전에 직면하게 되었다. 또한, 문화 영역에서 문학의 위상도 변화하였다. 문학은 더이상 문화와 의미의 생산과 소비의 중심이 아니고, 영화와 TV, 광고, 인터넷, 대중적 베스트셀러 등 신흥 미디어 문화가 문학을 대체하여 새로운 의미를 생산하는 주요 매체가 되었다. 이로 인해 문학을 포함한 문화 생산 및 전파의 기술적, 제도적, 실천적, 물질적 측면이 점점 더 중요해졌다. 사회에는 새로운 지식인/문인 유형, 신흥 문화예술 종사자, 신흥 '중개인' 계층(예: 아트 딜러, 도서 출판업자, 관방과 대중과 시장 사이를 연결하는 언론인 등)이 등장했다. 문화 생산 기관과 보급 기관(예: 출판사, 갤러리, 공연장, 박물관 등)의 종류와 성격이 변화했으며, 중국적 특색을 지닌 다양한 문화예술 기관(예: 음반사, 영화 및 드라마 제작 센터)도 등장했다. 문학 예술은 대부분 산업이 되었으며, 그 물질적, 기술적, 상업적 속성이 점점 더 두드러지게 되었다. 1980년대에 확립된 문학 연구방법은 텍스트의 해석과 형식의 자율성을 강조하는 대신, 문학 활동의 물질적, 제도적, 기술적 차원을 중시하지 않으며, 문학 예술의 생산과 보급에서 문화 기관, 문화 중개인 등의 역할은 거의 연구되지 않았다. 소위 '내재적 연구' 패러다임은 새로운 대중매체와 대중문화 생산의 부상과 더불어 그 한계를 드러냈다.[26]

상업화와 매스 커뮤니케이션 방식의 보급으로 인해 대중의 일상생활의 심미화, 그리고 그에 상응하는 심미 활동의 일상화(또는 심미의 보급화)가 이루어졌다. 드라마, 광고, 대중가요 등은 대중의 주요 문화 소비대상이 되었으며, 도시 환경은 점점 더 기호화되었다. 이로 인해 심미/예술과 일상 생활의 경계가 점차 축소되거나 사라졌으며, 문예/심미 활동은 소위 순수예술/문학의 범위를 넘어 대중의 일상생활에 침투했다. 심미적, 예술적 활동의 장소도 대중의 일상생활과 엄격하게 분리된 고급 예술 장소에 국한되지 않고, 도시 광장, 쇼핑몰, 슈퍼마켓, 거리의 공원 등 일상 생활 공간으로 확대되었다. 오늘날의 심미 활동과 문학예술 활동이 명백하

26 陶东风 주편, 『文学理论基本问题』, 「导言」, 北京大学出版社, 2004년

게 '외부로 확장하는' 추세를 보인다고 한다면, 1980년대 '자율론'에 기반한 문예학 담론은 오히려 '내부로 수렴하는' 추세를 보였다. 이는 서구 신비평 및 형식주의의 이론적 자원으로부터 영향을 받은 결과인 한편, 또한 '속물 사회학'의 청산과 결별에 대한 절박함이 이러한 '내재적 연구' 방법과 자연스럽게 결합한 결과로서, 이는 문학 연구의 소위 '내부로의 전환' 추세를 형성하였다. 당시 문학 연구는 문학의 문체, 서사, 은유, 상징, 원형, 리듬 등에 대한 연구에 집착하였고, 텍스트의 꼼꼼한 분석과 예술 형식 및 예술 기법에 대한 연구를 강조했다. 그러나 이러한 자율론적 문예학의 개념과 방법은 1990년대 일상생활의 심미화라는 현실에 직면했을 때, 해석의 역량이 부족한 모습을 드러내곤 했다.[27]

요컨대, 1980년대에 확립된 자율성을 핵심으로 하는 문예학은 1990년대의 새로운 문화와 문예 상황에 대해 적시적이고 효과적으로 대응하지 못했다. 문학 연구는 현실의 사회정치적 문제, 문화 활동, 심미적·예술적 실천과 심각하게 괴리되었으며, 공적 영역의 주요 문제에 대한 해석과 참여 능력도 점차 약화되었다. 통시적 관점에서 봤을 때, 이는 문학의 현실 정치적 의미를 강조하는 중국적 전통에 부합하지 않는다. 공시적 관점에서 봤을 때, 이미 영역별 분화가 완료되어 독립적이고 완전한 현대적 학문 시스템을 구축한 서구 학계의 경우, 점점 더 많은 비판적 지식인들이 현대 학문 시스템의 약점을 인식하고 학제 간 연구를 강조하기 시작했다. 이러한 상황에 직면하여 현실에 관심을 가진 일부 문학 연구자들은 점점 더 문화연구에 호감을 보이기 시작했고, 일부는 아예 문학 분야를 떠나 광의의 '문화'(윌리엄스가 말하는 '생활 방식'으로서의 문화) 연구에 뛰어들었

---

27 陶东风, 「日常生活的审美化与文化研究的兴起 ― 兼论文艺学的学科反思」, 『浙江社会科学』, 2002년 제1기. 「日常生活的审美化与新文化媒介人的兴起」, 『文艺争鸣』 2003년 제6기. 「日常生活的审美化与文艺社会学的重建」, 『文艺研究』 2004년 제1기. 「日常生活的审美化与消费文化批判」, 『天津社会科学』, 2004년 제4기 참고.

다. 또다른 일부는 문화연구의 시야와 방식을 문학 연구에 도입하여 문학 연구에 문화 비평 방법론을 도입했다. 문화연구의 간학제적 방법론과 참여적 성격은 소비시대 대중문화에 대한 해석력을 충분히 발휘할 수 있기 때문에, 정치적 민감성, 사회생활에 대한 참여성, 지식생산에 대한 자기 반성 등은 위기에 처한 중국 문예학에 필요한 요소들이었다. 따라서 80년대 후반부터 90년대에 걸쳐 서구의 '문화연구' 이론과 실천이 중국에 소개되면서 점차 현대 중국 문학과 문화연구에 활용되었고, 이는 1990년대 사회-문화 비평의 주요 담론 중 하나가 되었다.

제2장

문화연구 등장의
학술적-지적 배경

중국 문화연구가 부상한 배경에는 중국 본토의 문화적 원인 말고도 학술적-지적 분야의 원인을 들 수 있다. 그중에는 서구의 문화연구와 문화이론의 도입뿐만 아니라, 중국 본토 이론계에서의 분과학문에 대한 반성과 성찰도 포함된다.

중국 학술의 초창기 30년(약 1949-1979년)을 제외하더라도 현대 서구학문의 영향이 본격적으로 나타나기 시작한 것은 1970년대 후반과 1980년대 초였다. 1980년대의 사상 해방은 중국 5·4 운동 이후 또 하나의 르네상스라고 불렸다. 1970년대 말부터 시작된 개혁개방이 점차 추진되면서 서구 현대 학문 사상, 특히 서구 인문학 사상이 중국에 급속히 유입되었고, 이는 인문학계에 큰 반향을 불러일으켰다. 당시 철학, 문예학, 미학은 사회 전체의 주목을 받을 정도로 큰 관심을 모으는 학문이 되었다. 칸트의 주체 개념에 관한 연구는 인간의 자유의지에 대한 학계의 큰 관심을 불러일으켰으며, 이는 문학과 예술 이론에서 작가와 예술가의 주체성에 대한 열띤 탐구로 이어졌다. 서구 마르크스주의에 대한 논의는 인도주의와 소외 문제에 대한 재고를 촉발했다. 니체, 사르트르, 프로이트의 저작은 베스트셀러가 되었으며, 문학 창작에서는 작가들이 서구 현대의 다양한 창작 방식을 신속히 시도했다. 1980년대 사상 해방 운동의 주요 내용 중 하나는 서구 현대 사상의 재도입이었다고 할 수 있다. 이러한 사상의 도입 없이는 오늘날의 중국 문화 연구가 가능하지 않았을 것이다. 초기에 도입된 서구 사상은 대중문화 연구와 직접적인 관련은 없었지만, 중국 문화 연구의 중요한 사상적 배경을 구성했다. 예를 들어, 후에 진행된 인문 정신 대토론에서 제시된 이상, 궁극적 관심, 인문 정신, 독창성, 심미성 등 문화 비평의 기준은 모두 1980년대에 도입된 서구 사상(특히 서구 마르크스주의, 실존주의, 생명철학)의 영향을 반영하고 있다.

그러나 80년대만 해도 대중문화는 입에 오르내리지 못했다. 1980년대 말에 이르러서야 국내 출판물에는 대중문화에 대한 논의가 산발적으로 진행되기 시작했다. 지샤오펑(季嘨风), 리원보(李文博)가 주편한 『문화연구─타이완, 홍콩 및 해외 중문 신문자료 특집(文化研究 ─ 台港及海外中文报刊资料专辑)』이 그 일례로, 예치정(叶启正)의 「현대 대중문화 정교화의 조건(现代大众文化精致化的条件)」, 량치쯔(梁其姿)의 「프랑스의 통속·대중문화 스케치(法国通俗及大众文化扫描)」, 황다오린(黃道琳)의 「대중문화의 본질(大众文化的本质)」, 리쭈천(李祖琛)의 「매스미디어와 대중문화(大众媒介与大众文化)」 등이 포함되었다.[1] 그러나 이 글들은 서구의 대중문화 이론을 소개하거나 홍콩·타이완, 그리고 서구의 대중문화 현상을 논하는 것들로서, 중국 대륙의 대중문화는 관심을 가지지 않았다.(당시 대륙의 대중문화 상품들이 아직 관심을 가질 만한 상태에 이르지 못한 이유도 한몫했다). 이와 함께 훗날 더 큰 영향을 미칠 일부 서구 저서가 번역 소개됐지만 당시에는 아직 사람들의 관심을 끌지 못했다. 그중에는 제임슨의 『포스트모더니즘과 문화이론』, 호르크하이머와 아도노의 『계몽의 변증법』도 포함되어 있었다. 이처럼 해외로부터 들어온 학술 자원들 덕분에 점차 중국 문화연구의 서막이

---

1 陆扬·王毅, 『文化研究导论』, 复旦大学出版社 2006년, 313쪽

열리게 되었다.

중국문화연구가 받은 외부 영향에는 크게 독일 프랑크푸르트학파의 대중문화 비판 이론과 버밍엄학파로 대표되는 영미 문화연구가 있다.

1. 프랑크푸르트 학파의 도입

인문정신 대토론 때 대중문화에 대한 비판에서 한 가지 중요한 특징이 있었는데, 즉 하나같이 프랑크푸르트 학파의 문화산업 비판이론을 인용하고 있었다는 점이다. 프랑크푸르트 학파에 의하면 선진 자본주의 사회에서 대중문화란 사실 시장가치를 추구하는 자본주의에서 하나의 산업분야, 일종의 '문화산업'에 불과하다. 상품성을 강조하기에 문화예술이 가져야 할 초월성과 정신적 가치는 상실되었고, 이익을 추구하기 위한 경쟁적 모방과 복제기술의 활용으로 문화예술의 독창성과 개성이 상실됐다. 뿐만 아니라 대중문화는 대중을 기만하고 사회를 고착화하는 도구로 작용하며, 대중의 정신적 의식은 물론 무의식 심리까지 조종한다. 그만큼 대중문화는 문화적 가치도, 진정한 대중성도 없다. 프랑크푸르트 학파의 이러한 심오하고 급진적인 문화비평 이론은 중국 현대 대중문화 비평을 포함하여 전 세계적으로 깊은 영향을 미쳤다.

타오둥펑이 1993년 발표한 「욕망과 침몰: 당대 대중문화 비판(欲望与沉沦: 当代大众文化批判)」(『문예쟁명』 1993년 제6호)은 초기의 대표적인 글이다. 이 글은 기본적으로 대중문화에 대한 추상적인 도덕적·미학적 비판을 다루고 있으며, 특별히 중국 본토의 대중문화를 겨냥하지는 않았다. 대중문화는 거짓된 만족을 제공해 현실감각과 비판성을 상실하게 하고, 대중문화의 텍스트는 빈곤(기계 복제, 평면화, 깊이의 부재, 독창성 결여)하며, 대중문화의 관객(대중)은 적극성과 비판성이 없어 텍스트를 적극적이고 선택적으로 읽을 수 없다는 요지이다. 또 다른 대표적인 논문은 1994년 장루룬(張汝伦)이 발표한 「대중문화론(论大众文化)」으로 하이데거부터 아도르노, 아렌트 등을 인용하여 대중이 문화적·정치적으로 갖는 부정적 의미를 논하였다. 그의 논문은 대중문화란 사실 일종의 문화산업이며 상업적 원칙이 예술적 원칙을 대체하고 시장의 요구가 정신적 요구를 대체하기에 대중문화는 평범하고 비슷비슷할 수밖에 없다고 주장한다. 문화산업의 대규모 생산과 보급에서 소비자로서의 대중은 사실 대중문화의 스타일과 내용을 결정하지 못하고 그것에 의해 형성되고 변형된다. 막강하면서도 어디에나 편재하는 대중문화의 영향으로 인해 대중은 독자적인 판단력을 상실한 채 온전히 수동적인 문화소비자가 된다. 대중문화는 현대사회에서 일종의 독점적 권력으로 개인의 생존공간을 침범하고 박탈하며, 인간의 마음과 사상, 인간의 문화생태계에 심각한 악영향을 미치기에, 대중문화에 대한 비판이 필요한 것이다.[2] 이러한 대중과 대중문화에 대한 기본적인 판단은 훗날 대중문화 비판 이론에서도 지속되었다. 예를 들어 천강(陈刚)은 『대중문화와 오늘날의 유토피아(大众文化与当代乌托邦)』(작가출판사, 1996년)에서 대중문화를 "산업사회에서 발생하여 도시 대중을 소비 대상으로 하고, 매스미디어를 통해 전파되며, 깊이 없고, 패턴화되고, 복제가 용이하며, 시장 원리에 따라 대량 생산된 문화 상품"으로 정의했다. 이 정의는 프랑크푸르트 학파의 영향을 크게 받은 것으로 보인다. 이 시기에 출판된 대중문화 관련 저작들, 이를테면 샤오잉(肖鹰)의 『이미지와 생존: 심미시대의 문화이론(形象与生存: 审美时代的文化理论)』(작가출판사, 1996년), 황후이린(黃会林)이 주편한 『당대 중국 대중문화연구(当代中国大众文化研究)』(베이징사범대학 출판사, 1998년), 왕더성(王德勝)의 『확장과 위기: 당대 심미문화연구(扩张与危机: 当代审美文化研究)』(중국사회과학출판사, 1996년), 야오원팡

---

2 张汝伦, 「论大众文化」, 『复旦大学学报』, 1994년 제3기

(姚文放)의『당대심미문화비판(当代审美文化批判)』(산둥문예출판사, 1999년) 들 중에 프랑크푸르트 학파의 비판 이론, 특히『계몽의 변증법』에서 문화산업을 논한 부분을 대거 인용하지 않은 책은 한 권도 없을 정도이다.

류샤오신(刘小新)은 당시 대중문화에 대한 비판의 주요 논점을 다음과 같이 요약하였다. 1. 문화산업의 존재와 범람은 한 시대의 문화적 병리현상으로 인간의 자유를 상실케 한다.(황리즈(黃力之), 「'문화산업'이라는 유토피아의 우려("文化工业"的乌托邦忧思)」,『문예보(文艺报)』1993년 5월 8일). 2. 대중문화 오락의 평범함, 빈약함, 조악함은 예술정신과 생명의 죽음을 초래하며, 이는 통치이데올로기의 도구이다.(장루룬,「대중문화론」,『푸단대학학보(复旦大学学报)』1994년 제3호). 3. 문화산업으로 인해 문화의 주류는 5·4의 사상적 전통으로부터 멀어졌고, 인문 지식인들은 문화적 통제권을 상업자본에 넘겨주게 되었다(인훙,「인문정신을 지키자(为人文精神守望)」,『톈진사회과학』1996년 제2호). 4. 문화산업은 일종의 반문화이다. 왜냐하면 그것은 문화시장을 독점하고, 진지한 문화를 배척하며, 인문정신과 진지한 예술의 생존기반을 침식하기 때문이다(장궈펑(章国锋),「문화산업은 일종의 반문화(文化工业是一种反文化)」,『문예보(文艺报)』1998년 7월 28일). 5. 문화산업은 서구에서 전래된 것으로, 자본주의 특유의 문화 생산 방식이다. 그것은 향락주의를 배양하고 저항의식을 말살시킨다(류룬웨이(刘润为),「문화산업론(文化工业论)」,『당대사조(当代思潮)』, 1999년). 6. 문화산업은 문화 식민주의와 밀접한 관계가 있으며, 그것의 글로벌한 작동 방식은 전세계 문화의 통합과 균질화로 이어져 초국가적, 초지역적, 초민족적 문화통제를 형성한다(야오원광,「문화산업: 당대 심미문화 비판(文化工业: 当代审美文化批判」,『사회과학집간(社会科学辑刊)』1999년 제2호). 이러한 견해들은 문화 식민지와 관련한 논의를 제외하면 대부분 아도르노 사상을 단순하게 적용한 것이다. 훗날 타오둥평은 이 그들의 기본관점을 상품 물신론, 허위만족론, 텍스트 빈곤론, 개성상실론, 감각자극론, 독자 바보론으로 간단하게 요약하였다.

1990년대 초 지식인들은 대중문화의 충격을 접하게 되면서 자연스럽게 프랑크푸르트 이론을 떠올렸던 것 같은데, 이는 사실 놀라운 일이 아니다. 앞 장에서 인용한 천쓰허(陳思和)의 말처럼 당시 중국 대륙의 학자 대부분은 어릴 때부터 마르크스주의의 가르침 속에서 성장한 세대였다. 그들은 자본주의 근대성에 대한 마르크스의 비판에 매우 익숙하였다. 『1844년 경제학 철학수고』에서 마르크스는 정치, 예술, 문학을 "산업 자체의 특수한 영역"[3]으로 이해하였다. 마르크스는 잉여가치론을 설명하면서 예술가의 노동을 생산적인 노동과 비생산적인 노동으로 구분했다. 비생산적 노동은 "본성의 능동적 표현"이자 소외되지 않는 노동인 반면, 생산적 노동은 자본가에 의해 고용되어 "자본의 가치를 증가시키기 위해 수행되는 노동"이다[4]. 그리고 자본주의적 생산은 예술이나 시와 같은 정신적 생산의 영역과 적대관계이다[5]. 프랑크푸르트 학파의 비판이론은 마르크스주의 사상의 소외이론에 기초한다. 그렇기에 지식인들은 프랑크푸르트 학파의 '문화 산업'에 대한 비판을 받아들임에 있어 전혀 거부감이 없었고, 중국에서는 마르크스주의가 관방의 주도적 지위를 지니고 있기에 이러한 담론 모델이 쉽게 생존하고 전파되어 성장할 수 있었다.

중국 대륙 학계의 프랑크푸르트 학파 수용은 '서방 마르크스주의'라는 이름으로 시작돼 크게 발전했다. 1978년 『철학역총(哲学译丛)』 제5호는 소련 학자 포겔리에가 프랑크푸르트 학파를 소개한 「프랑크푸르트 철학 – 사회학 학파 기본사상의 역사적 발전」을, 제6호는 「프랑크푸르트 학파 및 그에 대한 비판」 특집을 마련해 마르쿠제의 「선진산업사회의 공격성」과 하버마스의 「이데올로기로서의 기술과 과학」을 번역하였다. 또 이 학

---

3 程代熙 주편, 『马克思〈手稿〉中的美学思想讨论集』, 陝西人民出版社, 1983년 제27쪽
4 『马克思恩格斯全集』 제26권 제1책, 人民出版社, 1972년, 432쪽
5 상동, 제296쪽

파를 평가하고 비판한 소련 학자와 동독 학자의 글 두 편도 함께 실었다. 1980년대 초 쉬충원(徐崇溫)의 『프랑크푸르트 학파 술평』(생활·독서·신지 삼련서점 1980년)과 장톈지(江天驥)가 편집한 『프랑크푸르트 학파－비판적 사회이론』(상하이인민출판사, 1981년)에서 이 학파의 대중문화 비판 이론이 부가적으로 언급되었다. 쉬충원의 연구는 1980년대 중반 철학계에 논쟁을 불러일으켰고, 이 논쟁은 중국에서 '서방 마르크스주의'의 확산을 가속화했다. 이에 따라 점점 더 많은 인문학자가 '서방 마르크스주의' 이론에 깊은 관심을 가지게 되었고, 이 이론의 중요한 한 흐름인 프랑크푸르트 학파도 학계에 널리 퍼졌다.

그러나 이 시기 중국 학계에서 프랑크푸르트 학파에 대한 소개와 연구는 주로 정치학, 사회학, 철학 및 미학에 대한 관심에서 비롯되었으며, 이 학파의 대중문화 이론은 크게 주목받지 못했다. 소개 역시 산발적이고 단순하게 이루어졌다.

어우양첸(欧阳谦)은 1986년 저서에서 아도르노와 호르크하이머의 '문화산업' 개념을 간략하게 소개하며 다음과 같이 설명했다. "호르크하이머와 아도르노는 '문화산업'을 새로운 사회통제 형식으로 삼았으며, 이러한 '의식의 조작'은 현대 자본주의의 통치 형태이다. 마르크스주의가 중시하는 정치경제적 통치 형태는 이미 '의식의 조작'으로 대체되었다."[6] 류지(刘继)가 『철학연구』 1986년 5호에 발표한 「프랑크푸르트 학파의 문화비판(兰克福学派对文化的批判)」과 자오이판(赵一凡)이 『독서』 1989년 1호에 발표한 「미국 프랑크푸르트 학파 문화비판(法兰克福学派旅美文化批评)」은 이 학파의 문화비판을 전문적으로 소개하고 연구하는 논문이다. 그러나 이 두 글에서 다룬 문화 비판은 대중문화 비판뿐만 아니라 이데올로기 비판, 계

---

6 欧阳谦, 『人的主体性与人的解放 — 西方马克思主义的文化哲学初探』, 山东文艺出版社 1986년, 82쪽.

몽 정신과 기술적 합리성 비판 등도 포함한다.[7] 어우리퉁(欧力同), 장웨이 (张伟)가 1990년에 출판한『프랑크푸르트 학파 연구(法兰克福学派研究)』(충칭 출판사)에서는 한 장(章)을 할애하여 대중문화에 관한 프랑크푸르트 학파 의 기본적인 관점을 총정리하였다. 여기에는 대중문화의 상품화, 물신주 의적 특성, 대중문화 생산의 표준화와 획일화, 그리고 대중문화의 지배적 ·강제적 특성이 포함된다. 저자는 프랑크푸르트 학파의 대중문화관에 동 의하며, "자본주의 사회에서 문화 상품화라는 병적인 현상을 폭로하고 비 판한 프랑크푸르트 학파의 견해는 오늘날 우리에게도 깊은 현실적 의의 를 지닌다. 이는 경계하고 제지할 가치가 있다"고 주장하였다. 리샤오빙 (李小兵)이 1991년 펴낸『자본주의 문화의 모순과 위기(资本主义文化矛盾与危 机)』역시 비슷한 시각과 취지를 담고 있다. 아도르노를 논하는 장에서 그 는 '대중문화와 문화산업' 부분을 통해 아도르노의 개념을 설명했는데, 그 관점은 기본적으로 어우양쳰과 동일하여, 모두 문화산업의 조작 기능 을 인식하고 있다. "'문화산업'은 자본주의 합리화의 한 구성 요소이며, 그 것은 종종 '이데올로기적 통제'의 역할을 하며, 현대 자본주의 문명을 의 심, 비판하고 폭로하는 대신, 그것을 강화한다."[8]

프랑크푸르트 문화비판 이론의 전래는 중요한 저서의 번역 출판과 불 가분의 관계에 있다. 1988년부터 쉬충원은 '해외 마르크스주의·사회주의 연구 총서' 편찬을 주관하고 많은 번역서와 전문서를 잇달아 출판했다. 마르쿠제의『일차원적 인간』(1988), 호크하이머의『비판이론』(1989), 하버 마스의『커뮤니케이션과 사회진화』(1989), 루카치의『역사와 계급의식』 (1989), 그람시의『실천철학』(1990), 호르크하이머와 아도르노의『계몽의

7 尤战生, 「接受与误读 — 法兰克福学派大众文化理论在中国」, 『山东社会科学』2011년 제 10기.
8 李小兵, 『资本主义文化矛盾与危机 — 当代人本主义思潮研究』, 中共中央党校出版社 1991년, 160쪽.

변증법: 철학적 단편』(1990), 어우리퉁·장웨이의 『프랑크푸르트 학파 연구』(1990), 아도르노의 『부정변증법』(1993), 하버마스의 『의사소통 행위이론』(1권·2권, 1994), 천쉐밍(陈学明)·장즈푸(张志孚)가 편집한 『당대 해외 마르크스주의 연구명저 제요(当代国外马克思主义研究名著提要)』(상·중·하 3권, 상권 1996년 출판, 중·하권 1997년 출판)와 펑셴광(冯宪光)의 『서구 마르크스주의 미학연구("西方马克思主义"美学研究)』(1997)는 모두 충칭출판사에서 출판되었다. 기타 출판사에서도 프랑크푸르트 학파의 저작을 출판하였다. 상하이 역문출판사(上海译文出版社)는 1987년에 마르쿠제의 『에로스와 문명』을, 생활·독서·신지 삼련서점은 마르쿠제의 『미적 차원』(1989), 프롬의 『자기를 위한 인간』(1988), 『소유냐 존재냐』(1989) 등 프랑크푸르트 학파의 저서들을 잇따라 출간하였다.

그 중 호르크하이머와 아도르노의 『계몽의 변증법: 철학적 단편』은 중국 대중문화 비평에서 가장 많이 인용되고 가장 큰 영향을 미친 저서다. 제임슨은 프랑크푸르트 학파의 구성원은 아니지만 미국 마르크스주의 비평의 대표적 인물로, 『포스트모더니즘과 문화이론』도 자본주의 정치경제구조를 기반으로 당대 대중문화를 비판한 것으로 프랑크푸르트 학파의 취지에 가깝다. 이러한 저서의 번역과 소개는 서구 마르크스주의, 특히 프랑크푸르트 학파의 중국 확산에 큰 역할을 했다. 프랑크푸르트 학파와 당대 서구 마르크스주의 주요 인물들의 대표 저서가 1980년대에 중국 학계에 소개되었지만 일반적으로 1980년대와 1990년대 초에 사람들의 주요 관심사는 서구 마르크스주의가 진정한 마르크스주의인지 여부였지, 아도르노 등의 '문화산업' 이론에는 별 관심이 없었다. 이것은 물론 시대적 상황에 의한 것이었다. 당시 서구 마르크스주의를 옹호한 사람들의 주된 비판 대상은 역시 문화대혁명의 비인도적 만행과 강권 하에서 벌어진 인간성의 소외 문제였다. 게다가 1980년대의 중국 대륙에는 아직 본토의 '문화산업'이라 불릴 만한 것이 존재하지 않았다.

1990년대 중국의 특수한 사회정치적, 경제적 배경으로 인해 대중문화는 중국 사회문화계의 관심의 초점이 되었다. '인문정신 대토론'에 힘입어 프랑크푸르트 학파(특히 대중문화 비판이론)의 연구, 소개, 활용은 인문학계에서 급속히 관심을 모았다. 1993년『문예보』는 포스트모더니즘 논의에서 문화산업 문제에 주목하기 시작했고, 1997년부터 1998년까지 문화산업에 대한 대규모 토론을 개최하였다. 프랑크푸르트 학파의 대중문화 이론을 학술적으로 다룬 논문과 저서 또한 쏟아져 나왔다.[9] 21세기에 들어서면서 연구서가 잇따라 출판되었는데, 비교적 대표적인 것이 자오융(赵勇)의『정합과 전복: 대중문화의 변증법 – 프랑크푸르트학파의 대중문화이론(整合与颠覆: 大众文化的辩证法-法兰克福学派的大众文化理论)』(베이징대학출판사 2005년), 여우잔성(尤战生)의『유행의 대가: 프랑크푸르트학파의 대중문화비판이론流行的代价:法兰克福学派大众文化批判理论』(산둥대학출판사, 2006년)이다. 독일학자 아멜룽(Amelung) 등의 편집한『중국에서의 프랑크푸르트 학파(法兰克福学派在中国)』(사회과학문헌출판사, 2011년)과 같이 프랑크푸르트 학파의 중국 확산에 대한 전문 연구도 있다. 2012년 12월 현재 중국국가도서관의 검색 페이지에서 '프랑크푸르트 학파'를 키워드로 검색하면 1600여 편(1993년부터 현재까지)의 관련 논문과 64편(가장 오래된 것은 1980년 쉬충원의「프랑크푸르트 학파」이며, 그 중 43편이 1994년 이후 등장)의 저서를 찾아볼 수 있다. 이 학파의 영향력을 짐작할 수 있는 수치다. 이 학파의 이론은 대중문화연구의 초기(1993년부터 1999년까지)에 절대적인 지배력을 가졌을 뿐만 아니라 오늘날까지도 상당한 영향을 미치고 있다.

---

9 초기의 대표적인 논문으로는 다음이 있다. 刘春,「法兰克福学派与大众文化批判」,『现代传播』1992년 제3기. 郑一明,「法兰克福学派的"文化工业论"析评」,『哲学研究』1994년 제7기. 陈振明,「当代资本主义社会变化了的文化模式 — 法兰克福学派对大众文化的批判」,『哲学研究』1995년 제11기. 薛民·方晶刚,「法兰克福学派"文化工业"理论述评」,『复旦大学学报』1996년 제3기 등.

2. 영미 문화연구의 도입

중국 대중문화연구가 프랑크푸르트 비판이론 패러다임이라는 단일한 시각에서 벗어날 수 있었던 것은 중국 자체의 역사적 현실 문제와 프랑크 푸르트 비판 이론 사이의 불일치 때문이지만, 버밍엄 현대문화연구 센터를 기반으로 한 영미 문화연구의 도입도 상당한 역할을 했다. 사실 비교적 전문적인 의미의 '문화연구'는 바로 이 센터에서 만들어진 학문적 전통을 지칭한다. 오늘날 중국 학계에서 말하는 문화연구는 이런 전문적 의미의 '문화연구'를 말한다.

미국의 저명한 문학이론가 조너선 컬러(Jonathan Culler)는 "문화연구는 1990년대 인문학의 주요 활동이었다"며 "일부 문학교수들은 밀턴에서 마돈나로, 셰익스피어에서 드라마로, 문학연구를 뒤로 하고 떠났다"고 하였다.[10] 1990년대 영미 학계는 문학연구에서 문화연구로 옮겨갔고, 문화연구는 문학 계열 전공학부의 새로운 총아로 떠올랐다. 1980년대 개혁개방 이후 서구 학문의 영향을 많이 받은 중국 문학계 역시 그 영향에서 자유로울 수 없었다. 문화연구가 처음 중국에 도입된 것 역시 영미문학이나 비교문학 전공자들을 통해 이루어졌다.

그렇다면 전문적인 의미의 영미 '문화연구'는 어떤 전통일까? 영국의 문화연구도 '대중문화'에 대한 관심에서 비롯됐다. 19세기 이전까지 전통적인 영국 사회에서는 권력층의 고급 문화가 압도적으로 지배적이었다. 그러나 19세기에 이르러 산업화와 도시화의 전환이라는 큰 배경 속에서 문화가 분화되기 시작했고, 귀족의 고급문화가 상황을 통제하지 못하면서 피지배계급의 독립적인 문화가 나타나기 시작했다. 이런 새로운 문화는 한편으로는 문화산업에서, 또 한편으로는 혁명가의 격려 속에서 비롯

---

10 乔纳森·卡勒, 『文学理论』, 李平 역, 译林出版社 1998년, 45쪽.

되었다. 문화적 분열과 계급투쟁에 직면하여 대중문화에 대한 정치적 연구가 활발해졌다. 매슈 아놀드와 리비스로 대표되는 '문화와 문명 전통'은 신흥 대중문화를 엘리트의 입장에서 바라보았다. 그들은 그것이 진정한 문명의 붕괴를 의미하며, 진정한 문화와 문명만이 이런 상황을 구제할 수 있다고 여겼다. 아놀드(1822-1888)에게 문화는 세계에서 가장 뛰어난 사람이 기여한 최고의 것이며 대중문화는 문화라고 할 수 없고, 일종의 '무정부 상태'일 뿐 심각한 정치적 혼란와 동의어다. 진정한 문화는 소수의 사람들에게만 속한 것으로, 그들의 임무는 문화의 힘을 동원해 대중사회의 불안요소를 통제하는 것이다. 리비스(1895-1978)도 전통적인 권위의 쇠퇴와 대중문화의 부흥을 걱정하며 소수의 고상한 문화로 대중을 교화시켜 대중문화를 길들이고 규범화하며 통제해야만 사회적 혼란과 문화의 쇠퇴를 해소할 수 있다고 주장했다. 이런 논조들은 중국의 '인문정신' 대토론과 매우 비슷하다. 또 중국 대륙의 '인문정신' 대토론과 마찬가지로 '문화와 문명의 전통'은 엄밀한 의미의 '문화연구'라고 할 수는 없지만 '문화연구'의 배경이며 후자에 지대한 영향을 미쳤다. '문화와 문명의 전통'은 중국 대륙의 '인문정신'보다 훨씬 앞서 논의되었지만 전자가 후자에 직접적인 영향을 미쳤다는 증거는 없다. 따라서 이러한 관점의 유사성은 사회적 배경의 유사성, 예를 들어 문제에 대한 유사성, 입장의 유사성으로 해석될 수 있다.

1950~60년대 리처드 호가트, 레이먼드 윌리엄스, E.P.톰슨 및 스튜어트 홀 등으로 대표되는 '문화주의'는 영국 문화연구의 시작을 상징한다. 이 학파가 생각하는 '문화'는 더 이상 리비스주의가 말하는 소수의 대문자 '문화'가 아니라 특정 생활양식의 표현이며, 문화분석은 특정 생활양식의 재구성이다. 그런 의미에서 노동자 계급의 문화는 엘리트의 문화와 동등한 가치를 지닌다. 이들은 문화 소비의 수동적 과정보다는 문화 상품을 수용하는 노동자(대중)의 주체성과 재창조를 강조한다. 구체적인 문

화와 그 역사적 배경에 대한 분석을 통해 특정 집단(계급)이나 사회 전체의 지각 구조를 재건하고, 문화를 사회학적·역사학적 의미에서 특정 사회 형태를 충분히 이해하는 핵심 요소로 삼으려는 것이다. 1964년에 설립된 버밍엄 '현대문화연구센터'의 직접적인 원천인 '문화주의' 학파의 작업은 대중문화에 대한 동정적 이해와 대중의 문화 수용에서의 능동성을 강조하며, 아놀드와 리비스가 대중문화를 대하는 엘리트주의적 입장과 확연히 구별된다. 리비스주의는 영국에서 대중문화를 위한 교육의 장을 열었고, 문화주의와 그 직접적인 산물인 '현대문화연구센터'는 대중문화를 대상으로 한 문화연구의 길을 열었다. 이것은 영국 문화연구의 기본 기조를 구성한다.

문화주의 전통의 사상적 배경 중 하나는 마르크스의 경제적 토대와 상부구조 이론이다. 문화주의는 경제의 토대와 상부구조 사이에서 상부구조를 더 많이 강조하고, 인간과 문화의 능동적 역할, 그리고 문화와 당사자의 구체적인 경험을 통해 사회경제적 구조의 작동을 더 잘 인식하고 이해할 수 있다는 점을 강조한다. 센터가 세워진 지 얼마 되지 않아 이러한 문화주의는 프랑스의 구조주의와 대립하며 혼전 상태에 빠졌는데, 후자는 바로 사회 심층 구조가 문화에 미치는 결정적 역할을 강조했기 때문이다. 이 두 가지 패러다임 간의 투쟁의 결과는 문화연구의 소위 그람시적 전환을 초래했다. 그람시의 '헤게모니' 이론은 기존의 두 이론에 비해 대중문화에 대해 더 변증법적인 관점을 제공했다. 그는 대중문화를 구조주의처럼 완전한 자본주의 사회의 이데올로기 기계로 보는 것도 아니고, 문화주의처럼 노동자 계급의 속성을 강조하지도 않았다. 대신 대중문화를 지배 계급과 피지배 계급 간의 쟁탈과 협상의 장으로 간주했다. 이 전환 이후 대중문화에 대한 영미 문화연구의 태도는 대중이 상업적인 대중문화를 받아들일 때 권력과 이데올로기에 대항하는 도구로 사용할 수 있는 능력이 있다는 긍정으로 바뀌었다. 이로써 대중문화는 전에 없던 긍정적인 의미를 부여받았다. 이러한 경향은 나중에 영국 학자 존 피스크의 관련 저서에서 정점에 도달했으며 짐 맥기건(Jim McGuigan)이 이러한 경향에 대한 상세하게 분석하고 비판한 『문화적 대중주의』를 썼을 정도로 대중적인 견해가 되었다.

영국 현대 문화연구에서 대중문화의 능동적 차원을 강조하는 것은 중국의 '인문정신' 대토론에서 나타난 프랑크푸르트식 엘리트주의적 시각에 대한 강력한 보완책임에 틀림없다. 그러나 1990년대 전반 중국 학계는 현실적 문제 때문에 대중문화에 주목했을 뿐, 전문적 의미의 '문화연구'에는 별로 관심이 없었다.

1994년부터 1996년까지 영미 '문화연구'는 『독서』 잡지가 개최한 "문화연구"라는 주제의 좌담회와 중국에서 열린 비교문학 국제학술대회를 통해 도입되었다. 『독서』 1994년 12호에 실린 바이루(白露)의 글 「'이해불가' 상태의 삶: 『독서』 9월호 "문화연구와 문화공간" 토론회의 기록과 소감(生活在"不可理解之中": 对〈读书〉九月份"文化研究与文化空间"讨论会的记录与感想)」은 이 회의의 내용을 기록한 것이다. 건축사·미술사·사회학·TV 제작·현대문학 등 각 전공 분야별로 참석자들이 모여 여러 개의 사례에 대해 논의했다. 주제로는 인종, 민족국가, 지식인, 소비주의, 번역 등이 다루어졌다. 이중 미국 출신의 인류학 박사 벤자민 리(李湛忞)는 영국 문화연구의 두 가지 학문적 배경을 다음과 같이 소개했다. 하나는 대학의 문과가 점점 더 기술화되고 전문화되고 있는 것에 대한 반발이다.[11] 둘째는 정체성 정치의 문제, 즉 통일된 문화적·정치적 정체성의 대상으로 미국이 직면한 위기로, '멜팅팟(melting pot)' 신화가 무너지면서 소수민족과 여성주의, 탈식민주의 지식인들은 "미국이란 무엇인가"에 대해 각기 다른 시각으로 의

---

11 白露, 「生活在"不可理解之中": 对〈读书〉九月份"文化研究与文化空间"讨论会的记录与感想」, 『读书』, 1994년 제12기.

문을 제기한다는 것이다. 1995년 8월 "문화연구: 중국과 서구"라는 주제의 국제 학술대회가 다롄에서 개최되어, 서구 문화연구의 역사적 변천과 현황, 현재 중국 문화연구의 이론 주제, 비교문학과 문화연구의 관계 등에 대해 논의하였다. 공개된 요약문에서는 서구의 '문화연구'에 대해 매우 간략하게 소개하면서 "오늘날 문화연구는 서구의 포스트모더니즘과 포스트식민주의의 논의에 이어 지배적인 사조와 경향이 되었다"며 "이론적 주제는 비엘리트 문화, 영역, 인종, 헤게모니, 포스트모던, 포스트식민, 여성문학, 젠더연구, 흑인문제연구, 제3세계비평, 동성애 연구, 소수민족 담론연구 등이며 북미 고등교육기관에서 영문학 교육과정의 상당 부분을 차지하고 있다"[12]고 주장했다. 1996년 7월 난징에서는 "문화 수용과 변형"이라는 주제의 국제 학술대회가 개최되었으며 회의 주제는 중국에서 유럽과 미국 대중문화의 영향, 문화연구의 영향 및 중국의 대책, 문화 전 지구화 및 문화적 정체성 연구에 관한 것이었다. 이들 학회들은 영국에서 기원한 '문화연구'라는 것을 학계에 알리는, 일종의 예열 작용을 했다.

'예열작용'에 그쳤다는 것은 1999년 이전까지 중국 대륙에서 '문화연구'를 비교적 자세히 소개한 저서가 한 권도 출판되지 않았고, 문화연구를 본격적으로 다룬 논문도 단지 2편에 불과했기 때문이다. 장이우(張頤武)는 1996년 「문화연구와 매스커뮤니케이션(文化硏究与大众传播)」(『베이징 광파학원학보』, 1996년 제2호)를 발표했는데, 이는 중국 대륙 최초로 영국과 미국 문화연구의 시작, 주요 의제, 특징, 전개과정을 전면적으로 소개한 글이다. 논문의 주석을 보면 저자의 자료는 1980년대와 1990년대 초 영국과 미국의 '문화연구'에 관한 주요 문헌을 포함하고 있어, 영미 '문화연구'에 대한 파악이 비교적 포괄적임을 알 수 있다. 이 글은 버밍엄 학파 이후 '문화연구'의 발전을 소개하고, 그로스버그(Grossberg)가 책임편집자

12 徐燕红, 「文化研究: 中国与西方国际研讨会综述」, 『天津社会科学』 1995년 제6기.

인 학술지『문화연구』와 사이먼 듀링(Simon During)이 편찬한『문화연구독본(Cultural Studies Reader)』을 토대로 '문화연구'의 주요 의제와 최신 경향을 소개했다. 저자는 특히 중국의 상황에 대해 '문화연구'에서 포스트식민주의적 시각과 대중문화를 프랑크푸르트 학파와 다르게 대하는 새로운 방법과 새로운 태도가 중국 문제를 생각하는 데 특히 중요한 의미를 갖는다고 강조한다. "프랑크푸르트 학파의 대중문화에 대한 단순한 배척을 전복"했으며, "첫째, '문화연구'의 대중문화의 '수용자'에 대한 연구(이 글은 홀의 「인코딩/디코딩」 및 그와 관련한 피스크의 관점을 주로 들었다)는 프랑크푸르트 학파의 '문화산업' 비판 패러다임을 근본적으로 바꾸었다", "둘째, 대중문화 텍스트의 독해 역시 더욱 다각적이고 성숙한 인식을 갖게 되었다… 광고, 뮤직비디오, TV드라마 등이 연구 대상에 올랐다". '대중문화' 연구에서 '인상주의 비평' 및 '문화산업' 비판이라는 낡은 패러다임을 돌파하기 위해서는 중국의 독특한 맥락에 입각하여 현지적 특성을 지닌 대중문화 이론으로 '지금'을 분석하고, 오늘날 문화연구의 성과를 활용해야 한다는 것이다.

타오둥펑은 영향력 있는 학술지『문예연구』에 게재한 논문을 통해 많은 주목을 받았다. 「문화연구: 서구의 담론과 중국의 맥락(文化研究:西方话语与中国语境)」라는 제목의 이 글은 '문화연구'를 좀 더 전문적으로 소개한 논문이다. 이 논문은 '문화연구'의 간학제성, 실천성, 주변성, 정치성, 비판성, 개방성에 대해 하나씩 논하였는데, 그 자료는 위에서 언급한 장이우와 대부분 일치한다. 그러나 이 글의 가장 중요한 특징은 문화연구에 있어 맥락화의 중요성을 강조하고 있다는 점이다. 그러나 이 글의 가장 중요한 특징은 문화연구에서 맥락화의 중요성을 강조하고 있다는 점이다. 저자는 모든 담론, 이론, 방법이 특정한 맥락에서 형성되며, 이는 특정 맥락에서 발생한 문제를 다루기 위한 것이라고 지적한다. 이런 특정 맥락의 것을 보편적인 것으로 받아들일 경우 여러 문제가 발생할 수 있다. "비판적이고 급진적인 이론이 다른 맥락에 적용되면 비판성과 주변성을 상실하고 심지어 중심화된 보수적 담론으로 변질될 수 있다." 저자는 중국적 맥락에서 대중문화는 프랑크푸르트 학파의 문화산업과는 다른 정치적 의미를 갖고 있다고 주장하며, 현재 중국 학계의 탈식민주의 이론 활용에도 문제가 있다고 본다. 또 이 글에서 긍정적인 어투로 소개한 문화연구의 개방성은 순수한 텍스트 연구를 넘어 문화연구와 문학연구의 관계에 관한 훗날의 끊임없는 논쟁에 복선을 깔고 있다. 이 두 글은 엄밀한 의미의 '문화연구'가 중국 학계에 자각적으로 나타나기 시작한 징조로 볼 수 있다.

그외에 1998년 11월. 타오둥펑은 『학술교류』에 기고한 글에서 피스크의 대중문화 이론을 집중 조명했다.[13] 1995년 쉬번(徐贲)이 「현재 대중문화 비평의 심미주의 경향 평가(评当前大众文化批评的审美主义倾向)」에서 피스크를 처음 언급한 이후 1998년 타오둥펑의 피스크에 대한 전문적인 논문에 이르기까지 동시대 영미 '문화연구'의 일부 사상이 점차 중국에 진입하기 시작하여 기존의 프랑크푸르트 학파 '문화산업' 비판 모델의 헤게모니에 지속적으로 도전하고 있었음을 알 수 있다.

그 후 1999-2000년에 학계에서 갑자기 문화연구에 대한 논의가 활발해지기 시작했다. 1999년 12월 수도사범대학 중문과, 수도사범대 미학연구소, 『문학전연(文学前沿)』 편집부가 공동으로 '문학이론과 문화연구'라는 주제의 학술대회를 개최했다. 회의의 주요 의제는 '문화연구'의 역사, 특징 및 개황이었다. 2000년 4월과 7월 베이징 사범대학 중문과와 베이징어언대학은 각각 "문예학과 문화연구"와 "문학이론의 미래: 중국과 세계"라는 주제로 베이징에서 학술대회를 개최했다. 전자의 주요 의제는 문화

---

13 陶东风, 「超越精英主义与悲观主义: 论费斯克的大众文化理论」, 『学术交流』 1998년 제6기.

연구소가 제시한 도전과 기회에 문예학이 어떻게 대처할 것인가 하는 문제였다. 후자는 문학이론의 미래를 논한 것이었는데, 역시 문학이론과 문화연구의 관계를 주요 의제로 삼았다. 중국 문예이론계에서 가장 큰 두 개의 전국적 조직인 중국문예이론학회와 중국 중외문예이론학회는 이후 연례회의 때마다 '문화연구'를 주요 의제로 삼았다. 이러한 상황에서 점점 더 많은 학자들이 "버밍엄 현대문화연구센터로부터 발전한 문화 전통에 대한 심층적이고 체계적인 연구를 바탕으로 우리 자신의 문화연구를 수행해야 한다"고 인식하게 되었다. 2000년 6월 톈진 사회과학원 출판사에서 출간된『문화연구』는 스튜어트 홀의 대표작인『문화연구: 두 가지 패러다임』의 발췌번역을 비롯, 국내 일부 학자들이 문화연구를 이론적으로 탐구하고 실제로 적용한 학술논문을 수록하였다. 현재까지『문화연구』는 거의 매년 한 권씩 출간되고 있으며, 지금까지 외국문화연구에 관한 특집은 주로 하버마스 민족국가 특집, 시각문화연구(3집), 부르디외 기념특집(4집), 신체문화정치 특집(5집), 매스커뮤니케이션과 공공성 특집(6집), 문화연구의 계보 특집(7집), 하위문화 연구 및 팬문화 연구 특집(9집), 공간연구 특집(10집), 문화기억 특집(11집), 스타문화 연구, 대중문화 가치관 특집(12집), 뉴미디어와 청년 하위문화, 도시문화 특집(13집)을 출간하였다.

2000년 9월 뤄강(罗钢)과 류샹위(刘象愚)는 국내 최초로 서구 문화연구를 체계적이고 전면적으로 번역소개한『문화연구 독본(文化研究读本)』(중국사회과학출판사, 2000년)을 편집하고, 「문화연구란 무엇인가」, 「문화연구의 기원」, 「차이의 정치와 문화 정체성」, 「미디어연구」 등 영미문화연구의 고전으로 일컬어지는 논문 25편을 수록하였다.

2000~2001년, 리퉈(李陀)가 편집한 '대중문화연구 번역총서' 5권이 중앙편역출판사에서 출판되었다. 이 총서는 패션, TV드라마, TV연구, 피스크의 대중문화론 등의 저서 5편으로 구성되었다. 2000년 난징대학 출판사에서 장이빙(张一兵)이 편집한 '당대 학술프리즘번역총서'를 시작으

로 2012년까지 약 100종의 번역서가 출간됐는데, 이 중 문화연구와 직접 관련된 중요한 저서로는 존 스토리의 『대중문화와 문화이론』, 밀러(Toby Miller)의 『문화연구 입문』, 버거(Arthur Asa Berger)의 「미디어 대중문화 및 일상생활에 관한 에세이」, 피스크의 『대중문화의 이해』, 맥기건의 『문화적 대중주의』 등이 있다. 그외에도 문화연구와 관련된 50종 이상의 저서가 출판되었는데, 대략 다음과 같다.

1. 소비사회 분야: 보드리야르 『소비의 사회』, 『기호의 정치경제학 비판』, 모트 『소비문화』, 루리 『소비문화』 등.

2. 세계화 문제: 톰린슨, 『세계화와 문화』, 제임슨, 『세계화된 문화』, 딜릭, 『글로벌 모더니티: 전지구적 자본주의 시대의 근대성』 등.

3. 문화와 지식 사회학 주제: 리스먼 『고독한 군중』, 밀스 『파워엘리트』, 크레인, 기 드보르 『스펙타클의 사회』, 데이비드 하비 『희망의 공간』, 크랭 『문화지리학』, 바우만 『실천으로서의 문화』, 페더스톤 『언두잉 문화』, 세르토 『일상의 발명』, 터너 『사회와 문화』, 비에르나키 『문화적 선회을 넘어서』, 클라인 『경계를 넘어서』, 부르디외 『과학의 사회적 사용 - 과학장의 임상사회학의 위하여』, 소칼 『소칼 사건과 과학전쟁』 등.

4. 정보 및 미디어 연구 주제: 맥루한 『에센셜 맥루한』, 애버크롬비 『TV와 사회』, 포스터 『제2 미디어 시대』 등.

5. 문화이론 주제: 베스트·켈너 『포스트모던 선회』, 지젝 『이데올로기 맵핑』, 콩파뇽 『이론의 악마』, 후이센 『대분할 이후』, 바트 무어-길버트 『탈식민주의! 저항에서 유희로』, 이글턴의 『문화의』, 『달콤한 폭력 - 비극의 관념』, 프랑크 『쿨함의 정복』, 스콧 래시 『정보 비판』 등[14]

---

14 ※ 역자 주: 한국어 번역본이 있는 책들은 원문 제목을 표기하지 않았다.

2000년을 전후해 상무인서관, 베이징대학 출판사, 중앙편역출판사, 푸단대학 출판사, 중국사회과학출판사, 런민대학 출판사 등 각 대학의 학술 출판기관들은 자체적으로 커뮤니케이션 분야 번역총서를 출간하였다. 이 중 저우셴(周宪)과 쉬쥔(许均)이 편집한 "문화와 커뮤니케이션 번역총서"는 2000년에 첫 번째 번역서인『미디어의 이해: 인간의 연장』을 출간한 데 이어 2010년까지 서구 커뮤니케이션, 대중문화이론과 문화연구 분야의 번역서 21권을 출간하였다.

'문화연구'를 직접 소개하는 각종 '입문서'과 '독본'도 대거 번역 소개 되었다. 위에 언급한 스토리의『대중문화와 문화이론』과 밀러의『문화연구 입문』외에도, 타오둥펑이 번역·해설한『문화연구』(볼드윈 등 편집), 뤄강·류샹위가 편집한『소비문화 독본(消费文化读本)』, 왕펑전(王逢振)·셰샤오보(谢少波)가 편찬한『문화연구 대담록(文化研究访谈录)』, 타오둥펑이 편집한 『문화연구 에센셜 독본(文化研究精粹读本)』, 지광마오(季广茂)가 편역한『문화연구의 짧은 역사(文化研究简史)』(하틀리 저), 타오둥펑·양링(杨玲)이 편역한『팬문화 독본(粉丝文化读本)』, 뤄강·류샹위가 편역한『포스트식민주의 문화이론(后殖民主义文化理论)』이 출판되었다. 서구 문화연구의 번역소개가 이루어지면서 서구의 '문화연구'라는 좌표에 따라 중국에 원래 있던 일부 문화비평까지 '문화연구'로 추인되는 현상이 일어났다. 프랑크푸르트 학파의 '문화산업' 비판 외에 가장 중요한 것은 포스트식민주의와 페미니즘 비평이다. 이 두 연구의 방향은 모두 서구 문화이론의 영향을 강하게 받았다. 관련해서는 이 책의 후반부에 소개될 것이다.

이러한 번역소개 작업은 신체 문화연구, 미디어 연구, 동성애 연구, 청년 하위문화연구, 시각문화연구, 도시 문화공간 연구, 문학정전 연구, 팬문화연구, 문화기억 연구, 온라인 문화연구, 광고문화연구 등, 중국의 문화연구에 새로운 영역과 차원을 열었다. 이들 연구의 발전은 대부분 서구의 '문화연구' 자원과 밀접한 관련을 가진다.

제2부

의제와 패러다임 분석

제3장

대중문화연구의
몇 가지 패러다임

서구에서나 중국에서나 대중문화는 문화연구의 가장 중요한 연구 대상이며, 이는 문화연구가 등장한 이래로 변함이 없었다. 위에서 거듭 지적했듯이 현대 중국(주로 대륙)의 대중문화연구는 80년대 말과 90년대 초에 시작되어 21세기 초에 절정에 달했다. 이 장에서는 프랑크푸르트 학파의 비판이론 패러다임, 근대화 이론 패러다임, 정치경제학 연구 패러다임 등 현대 중국 대중문화연구의 몇 가지 패러다임에 대한 분석에 초점을 맞출 것이다.[1]

1. 비판이론과 중국대중문화연구

프랑크푸르트 학파의 대중문화 비판이론은 현대 중국의 문화연구를

---

1 그 외의 패러다임에 대해서는 다음을 참조. 陶东风 주편, 『大众文化教程』, 广西师范大学出版社, 2012. 陶东风, 「研究大众文化与消费主义的三种范式及其西方资源—兼谈"日常生活的审美化"并答赵勇博士」, 『河北学刊』, 2004년 제5기. 陶东风, 「大众消费文化研究的三种范式及其西方资源—兼答鲁枢元先生」, 『文艺争鸣』 2004년 제5기.

위한 가장 중요한 이론적 자원 중 하나이다. 중국 대중문화연구와 비평 초창기에는 프랑크푸르트학파의 대중문화 비판이론이 대중문화에 대한 학문적 비평과 연구의 거의 유일한 시각이었으며, 지금도 그 영향력이 크다. 이 책의 2장에서 이미 그것이 현대 중국 문화연구에 미친 영향을 상세히 설명했으므로 여기서 반복하지는 않겠다. 우리가 이제 그것을 하나의 패러다임으로 이야기할 수 있다는 사실은 이제 우리가 그것의 밖으로 나와 더 이상 그것만이 정확하고, 자명한 진리라고 받아들이지 않는다는 뜻이기도 하다. 따라서 이 장에서 중국 대중문화연구의 비판적 이론적 패러다임을 소개하는 것은 주로 비판과 반성의 과정에 초점을 맞춘다.

90년대 후반에 이르러, 중국 학계의 일부 학자들은 프랑크푸르트 학파의 대중문화 이론에 대한 태도를 점차 바꾸기 시작하면서, 이 이론을 반성하고 의문을 세기하기 시작했다. 이러한 반성과 의문에는 실세적인 이유뿐만 아니라 학문적 발전에 대한 내적 이유도 있다. 한편으로는, 대중문화가 현실 속에서 점점 더 뚜렷한 지배적 위치를 차지하게 되면서, 지식인들은 초기의 충격, 분노, 그리고 의심의 단계를 지나, 점차 대중문화에 적응하기 시작했고, 이에 대해 다양한 관점을 가지게 되었다. 또 다른 한편으로는, 프랑크푸르트 학파에 대한 학술적 연구가 점차 심화되면서, 그 이론이 가지는 역사적·시공간적 특수성에 대한 관심이 커졌고,[2] 동시

2 이전에 중국 학계에서 프랑크푸르트 학파와 그들의 문화산업 비판을 수용하는 데 있어, 대체로 모호하고 추상적이거나 무비판적인 성격이 강했으며, 그 과정에서 오독이 발생하는 것은 불가피했다. 1990년 위우진(俞吾金)과 천쉐밍(陈学明)은 저서『국외 마르크스주의 철학유파(国外马克思主义哲学流派)』에서 "각 학파의 대표작을 원문 그대로 소개하여 그들의 원래의 진정한 기본 관점을 반영하고자 한다"고 주장했다. 마틴 제이의 『변증법적 상상력』(광둥인민출판사, 1996년)의 중역본이 출판되면서 학자들은 "이 책의 중역본 출판 이후 국내 학계의 프랑크푸르트 학파 연구가 비로소 과학적인 연구 궤도에 진입했다"고 평가했다. (赵涛,「近年来国内法兰克福学派研究述评」,『甘肃社会科学』2005년 제6기) 이러한 언급들은 프랑크푸르트 학파가 중국에 초기 전파되는 과정에서 나타난 오독에 대해 후속 연구자들이 상당히 불만족스러워했음을 보여준다. 21세기에 접어들면

에 이 이론이 중국적 맥락에서 얼마나 적합한지에 대해 의심이 생겨나기 시작했다. 이러한 반성과 의문은 크게 세 가지 측면으로 나타난다. 첫째, 이 이론 자체의 한계를 성찰하는 것, 둘째, 이 이론과 중국 대중문화 사이의 적합성을 반성하는 것, 셋째, 국내 학계에서 이 이론을 이해하는 데 있어 오독이 있었는지를 반성하는 것이다. 본문에서 논의하고자 하는 문제와 관련하여, 후자의 두 가지 문제는 하나의 질문으로 통합하여 논의될 수도 있다.

이 이론의 한계와 맹점에 대해서는 사실 서구의 프랑크푸르트 학파 연구자들이 이미 오래 전부터 논의해 왔는데, 가장 비판받는 것은 나치-파시즘 대중문화와 미국의 상업적 대중문화를 구분하지 않고 동일하게 간주한다는 점이다. 중국에서는 90년대 초반부터 프랑크푸르트학파의 '문화산업' 이론을 비판하는 목소리가 등장하기 시작했다. 예를 들어, 정이밍(鄭一明)의 「프랑크푸르트학파의 '문화산업론'에 대한 분석과 평가(法兰克福学派的"文化工业论"析评)」(『철학연구』 제7호, 1994)는 프랑크푸르트학파가 서구와 중국의 대중문화를 이해하는 데 중요한 시사점을 준다는 점을 인정하면서도, 프랑크푸르트학파의 구성원들이 기본적으로 과학기술문명

서 중국 학계의 서구 마르크스주의 연구는 더욱 학술화되었다. 2005년 중국 교육부는 "국외 마르크스주의 연구"를 "마르크스주의 연구" 산하의 2급 학문 분과로 공식 승격시켰다. 이에 따라 1차 자료를 기반으로 다양한 관점에서 프랑크푸르트 학파와 그들의 대중문화 이론을 심도 있게 분석한 논문, 저서, 번역서 등이 발표되었으며, 프랑크푸르트 학파에 대한 평가도 점차 객관적이고 성찰적인 성격을 띠게 되었다. 예를 들어, 자오융의 『정합과 전복』은 "프랑크푸르트 학파의 대중문화 이론을 그 특정한 맥락으로 되돌려, 그것이 형성된 필연성과 합리성을 설명함으로써 이를 오늘날의 다양한 대중문화 이론과 대화할 수 있는 귀중한 자원으로 삼고자 한다"고 했다. 그는 중국 학계가 프랑크푸르트 학파의 대중문화 이론을 포함한 다양한 대중문화 이론을 비교하고 감별함으로써, 중국의 실제 상황에 맞춰 적용해야만 우리만의 독자적인 대중문화 이론을 발전시킬 수 있다고 주장했다. (赵勇, 『整合与颠覆: 大众文化的辩证法—法兰克福学派的大众文化理论』, 北京大学出版社, 2005년, 321쪽 참조)

과 대중문화의 반대편에서 모든 것을 바라본다고 주장하였다. 그들의 대중문화 비판은 표면상으로는 고급문화를 옹호하는 것처럼 보이지만, 사실 뼛속까지 보수주의로 충만하다는 것이다. 역사적으로 보았을 때, 고급문화는 언제나 귀족계급의 문화였으며, 그것은 바로 사회발전과 수많은 대중의 참여권 박탈을 전제로 하고 있다. 천전밍(陈振明)은 「현대 자본주의 사회의 변화된 문화 양식 – 프랑크푸르트학파의 대중문화 비판(当代資本主義社会变化了的文化模式──法兰克福学派对大众文化的批判)」(『철학연구』, 1995년 제11호)에서 프랑크푸르트학파의 대중문화 비판의 일면성과 결함을 지적했다. 이를테면 프랑크푸르트 학파는 대중문화를 변증법적으로 다루지 않았기에 대중문화의 성취를 간과했다는 것, 문화와 예술의 독립성과 자율성만 강조하였기에 마르크스 정치경제학 비판의 의미를 잘못 이해하고 정치경제학 비판을 문화비판으로 대체했다는 것, 프랑크푸르트학파의 대중문화나 문화산업 비판은 낭만주의적 색채가 뚜렷한데, 이는 근대 서구 낭만주의의 잔재로 볼 수 있다는 것 등이다.

이러한 성찰의 흐름 속에서 1995년 쉬번이 발표한 「미학, 예술, 대중문화: 오늘날 대중문화비평의 심미주의 경향(美学·艺术·大众文化──评当前大众文化批评的审美主义倾向)」(『문학평론』, 1995년 제5호)은 국내 학계에 큰 영향을 미쳤다. 이 글에서 쉬번은 프랑크푸르트학파가 나치-파시즘 대중문화와 미국의 상업적 대중문화를 하나로 논하는 중대한 착오를 저질렀다고 지적하고, 나아가 "아도르노 패러다임에서 벗어나자"고 명시적으로 제안한다. 그는 아도르노의 대중매체 문화이론 자체가 강한 심미주의 경향을 지닌다고 주장하였다. 엘리트문화와 대중문화의 구별을 강조하고, 엘리트문화만의 정신적 자유와 사상적 가치를 강조한다는 것이다. 쉬번의 관점에서 아도르노의 좌파 대중이론은 그 엘리트주의로 인해 정치적으로 보수적이다. 아도르노는 대중문화를 지배 이데올로기를 구현하는 문화산업의 생산물이자 현대 사회의 일종의 독점 권력으로 간주하며, 대중은 순전히 피동적인 문화 소비자이자 통치이익에 의해 통제되는 사회적 주체로 간주한다는 것이다. 대중문화에 대한 이러한 비판은 대중을 희생자로 묘사하는 동시에 대중은 스스로를 해방시킬 수 없는 존재로 간주한다. 하지만 정말 그럴까? 쉬번은 그렇지 않다고 보았다. 그는 대중문화의 창조성에 대한 긍정과 대중의 주체적 행위에 대한 긍정적 평가를 포함하여, 비엘리트 대중문화비평(세르토, 피스크의 이론 등)의 엘리트 문화비평에 대한 검토와 비판은 문화연구의 심화에 매우 실천적인 의의가 있다고 강조했다. 이를 통해 우리는 고급문화뿐만 아니라 대중문화 내부에서도 현재의 사회 개혁에 필요한 이데올로기적 역동성을 구상하고 탐구할 수 있다. 또한 문화 소비자를 단순히 지혜를 열기 위해 소수의 문화적 수호자에 의존해야 하는 맹목적인 집단이 아니라, 사회 변화의 참여자이자 새로운 사회적 가치의 공동 창조자로 볼 수 있다. 이 글은 영미 문화연구의 관점에서 대중문화의 긍정적 가치를 논한 최초의 글이기도 하다.

보다 현실적인 질문은 이 이론이 중국 대중문화를 비판하는 데 직접적으로 사용될 수 있는가 하는 것이다. 이런 의문이 제기되는 이유는 중국 사회의 역사적 경험에 비추어 볼 때 중국 대중문화가 실제로 부정적인 기능만을 했던 것은 아니라고 여겨지기 때문이다. 타오둥평의 논문 「비판이론과 중국 대중문화 비평(批判理論与中国大众文化批评)」(『동방문화』, 2000년 제5호)은 프랑크푸르트학파의 기본관점, 역사적 맥락 및 그 한계를 상세히 분석한 뒤, "역사적 탐구와 중국에서의 비판이론의 적합성"를 집중적으로 검토하였다. 그의 기본 관점은, 중국 대중문화란 기실 세속화를 특징으로 하는 문화 근대화 초기의 산물이라는 것이다. 반면 프랑크푸르트학파가 비판한 대중문화는 세속화가 이미 완성된 시기의 대중문화이다. 그들은 서로 다른 역사적 발전 단계에 속하기 때문에 그들이 수행하는 사회적·문화적 기능은 근본적으로 다르다. 서구의 근대화는 오랫동안 진행되어 왔으며, 세속적 이성과 과학적 정신은 이미 탈신성화라는 사명을 성공적으로 완수하였다. 동시에 그것은 탈신성화의 혁명성을 점차 상실하여, 고도로 상업화되고, 지배 이데올로기와 밀접하게 결합된 '문화산업'이 되었다. 반면 중국의 대중문화, 특히 개혁개방 초기의 대중문화는 일원적 이데올로기와 일원적 문화 전제주의를 해소하고, 정치와 문화의 다원화 및 민주화 과정을 촉진했다는 점에서 긍정적인 역사적 의의를 갖는다. 세속화 시대 문화의 주류로서 오락을 중심으로 한 대중문화는 중국의 특정한 전환기에 객관적으로 정치 문화와 정통 이데올로기를 해체하는 기능을 수행했다.

객관적으로 그것은 기존 문화의 일원적 판도를 타파하였다. 수많은 대중 소비문화 상품이 대중의 문화 독서 공간을 점령하면서, 기존의 일원화되어 있던 문화의 '시장'과 '영역'은 크게 축소되었고 그 영향력 또한 크게 감소되었다. 현대 미디어도 마찬가지다. 이미 계몽이 이루어진 서구에서 미디어는 계몽, 자유, 개성 등 근대성의 가치를 약화시키는 역할을 할 수도 있지만, 근대적 계몽이 아직 실현되지 않은 중국에서 미디어는 근대 계몽적 가치의 전파에 활용될 수 있기에 긍정적인 역할을 한다. 현재 중국의 대중문화와 세속문화는 단순히 기술에 의해 결정되는 것이 아니라 (기술적 요인과 불가분의 관계임에도 불구하고), 중국의 문화전통 및 사회제도와 더욱 밀접한 관계를 맺고 있기에, 그 폐단 역시 자국의 본토 환경에서 원인을 찾아야 한다. 서구의 대중문화 비판이론을 맹목적으로 적용하게 된다면 필연적으로 중국 대중문화, 특히 개혁개방 초기에 등장한 대중문화에 대한 오독으로 이어질 것이며, 새로운 문화를 만들어감에 있어 진정한 위협 요소를 회피하거나 간과하게 되고, 허구의 적을 만들어낼 위험이 있다.[3]

---

3 관련 타오둥펑의 논문으로 다음의 것들도 있다. 陶东风, 「批判理论与中国大众文化」, 刘军宁 주편, 『经济民主与经济自由』, 生活·读书·新知三联书店1997년. 「批判理论与中国大众文化批评」, 『东方文化』2000년 제5기. 「批判理论的语境化与中国大众文化批评」, 『中国

마찬가지로 우쉬안(吳炫)은 현실생활이 시장경제의 궤도에 진입한 후, 대중문화와 엘리트문화 모두 다소간 '평면화, 상업화, 복제화'라는 특성을 지니게 될 것이므로, 프랑크푸르트학파의 개념을 대중문화 비판에 단순히 적용하게 되면 이는 해석의 무력함으로 이어질 뿐만 아니라 "중국 대중문화의 본질적 문제를 건드리지 못할 것"이라고 보았다.[4] 하오젠(郝建)은 프랑크푸르트 학파가 오늘날의 중국에 수평적으로 이식되는 과정에서 적어도 세 가지의 탈구가 발생했다고 지적했다. 서로 다른 시대 및 서로 다른 대중문화 판도에서 오는 탈구, 사회 구조에서의 탈구, 문화에서의 탈구가 그것이다.[5] 주쉐친(朱学勤)은 프랑크푸르트 학파가 문화 결정론이라는 오류를 범했고, 서구 사회에 대한 정치적·경제적 비판을 방기했기에, 그 '문화비판'은 아무리 급진적이어도 결국은 현실과 동떨어진 망상일 뿐이라고 비판하였다. 그러한 비판은 "말로만 비판이지, 거대한 문화의 극히 일부분만 살짝 건드리거나, 아예 자본 구조에 비판적인 척 하지만 실제로는 그것에 영합하는 모양새에 지나지 않는다".[6]

쉬여우위(徐友漁)는 마르쿠제, 호르크하이머, 아도르노와 같은 서구 마르크스주의 이론가들이 "미래 지향적인 관점에서 현대 사회를 비판하지 않고, 과거에 집착하여 강렬한 복고적, 낭만적 비관주의를 표출한다"고 지적하였다. 또한 "정신적 가치를 맹목적으로 찬미하고, 물질을 거부하며, 대중을 경멸하면서도 자신을 대중의 대변인으로 자처하면서 매우 귀족적, 엘리트적 성향을 드러낸다"면서, "유럽 중심주의와 유럽 우월주의가 보여진다"고 비판하였다. "그들의 비판에 근거해 서구 사회와 서구 문화를 평가하게 되면 때로는 필연적으로 편향되고 부정확할 수 밖에 없으

社会科学』2000년 제6기.

4 吳炫, 「中国的大众文化及其批评」, 『上海文学』 1998년 제1기.

5 郝建, 「大众文化面对法兰克福学派」, 『北京电影学院学报』 2000년 제2기.

6 朱学勤, 「在文化的脂肪上搔痒」, 『读书』 1997년 제11기.

며, 오히려 중국에서 그들을 무비판적으로 모방했다가는 더욱 부적절한 결과를 낳게 될 것이다."[7] 푸용쥔(傳永軍)은 프랑크푸르트 학파의 문화비판이 현실의 물질적 역량과 동떨어진 추상적이고 관념적인 성격을 지니고 있기 때문에, "비평의 허위"을 드러낸다고 하였다.[8] 또한 프랑크푸르트 학파는 "과학기술 문명과 대중문화를 철저히 대립적 관점에서 바라보며, 산업화 이후 문화 발전과 성과를 평가"하기 때문에, 그들의 문화 비평은 "엘리트 문화에 집착하는 어리석음"과 "보수적 의식과 귀족적 오만으로 가득 차 있다"고 주장하였다.[9]

프랑크푸르트 학파의 비판이론이 전통 인문학적 사고방식과 가치관을 주로 대변하고 있다면, 타오둥평 등은 여기서 근대화 이론의 관점을 대변한다. 이 관점 역시 대중문화의 세속성에 초점을 맞추지만, 그 가치 척도는 비판이론과 매우 다르다. 이들은 대중문화의 미학적 가치보다는 중국 사회와 문화의 근대화와 세속화라는 관점에서 대중문화의 진보적 정치적 의의를 긍정한다(이들 대부분 역시 미학적 관점에서는 대중문화에 긍정적이지는 않다). 왕멍(王蒙), 리쩌허우, 장이우, 류신우(刘心武) 등도 세속화, 대중문화, 인간의 욕망, 문예의 오락성 등에 대해 긍정적인 태도를 취하면서, 세속정신, 시장경제, 대중문화는 '인문정신'의 반대가 아니며, '인문정신'의 반대는 다름 아니라 계획경제와 이에 상응하는 극좌 이데올로기임을 주장한다. 리쩌허우는 대중문화의 기능에 대해 다음과 같이 논한다. "대중문화가 문화비판을 염두에 두고 있는 것도 아니고, 사람들이 노래방에서 노래를 부르면서 이를 통해 무언가를 개혁해야 한다고 생각하는 것도 아니다. 하지만 이런 태도 그 자체가 결과적으로 무언가를 개혁하는 결과를

---

7 徐友渔, 「西方马克思主义在中国」, 『读书』 1998년 제1기.

8 傅永軍 등, 『批判的意义 － 马尔库塞, 哈贝马斯文化与意识形态批判理论研究』, 山东大学出版社, 1997년, 227쪽.

9 傅永军, 『控制与反抗 － 社会批判理论与当代资本主义』, 泰山出版社, 1998년, 130쪽.

가져온다. 이것이야말로…정통 시스템과 정교일치적 중심 시스템을 효과적으로 부식시키고 해체하는 것이다."[10] 전반적으로 이런 논의는 대중문화 텍스트의 질적 수준이나 초월적· 궁극적 가치 척도에 근거했다기보다는, 대중문화와 중국의 역사적 현실 및 개혁개방 과정의 관계에 기반하여 대중문화의 정치적 기능을 분석한 것이다. 이것이 비판이론과 구별되는 근본적인 특징이다.

프랑크푸르트의 문화비판이론에 대한 지속적인 성찰 속에서 90년대 말에 이르면, 문화비판이론의 지배적인 영향력은 보다 다양한 문화이론의 관점이 등장하기 시작한다.

2. 근대화론과 중국대중문화연구

비판이론이 전통 인문학의 사유 방식과 가치 입장을 더 많이 구현했다면, 근대화 이론은 사회과학이나 사회이론에 더 가깝다. 근대화 이론의 관점에서 중국의 대중소비문화에 대한 연구는 대개 대중문화의 세속성에 초점을 맞추지만, 그 관점과 가치척도는 비판이론과 매우 다르다. 근대화 이론은 중국 사회의 근대화와 세속화로의 전환이라는 각도에서 대중문화의 진보정치적 의의(다만 대체로 심미적 가치는 아닌)를 긍정한다.

(1) 세속화와 근대화

근대화는 널리 사용되는 개념이지만, 명확하게 정의하기는 어렵다. 근대화 이론은 단일한 이론체계가 아니기에 다양한 학파와 주장이 공존하

---

10 李泽厚 등, 「关于文化现状与道德重建的对话」, 『东方』 1994년 제5기.

며, 국가와 학자마다 근대화에 대한 이해가 다르기 때문에 서로 다른 근대화 이론이 형성되게 마련이다.[11] 그러나 일반적으로 근대화는 전방위적인 사회 변혁을 의미한다. 이는 정치적, 경제적, 문화적 층위를 모두 포함한다. 또한 제도적 변혁과 가치지향의 변화를 포함하며, 시간의 종적 변천 과정뿐만 아니라 사회 구조의 변화까지 포함하는 개념이다.[12]

국제사회의 근대화 역사의 경험에 따르면 근대화는 역사적, 논리적으로 다음과 같은 현상을 동반한다. 경제발전의 시장화, 정치발전의 민주화, 산업발전의 산업화, 지역사회발전의 도시화, 규칙발전의 법리화, 문화발전의 세속화 등이 그것이다. 즉, 근대화는 경제적·사회적 변혁뿐만 아니라 필연적으로 문화적 진화와 심리적 변화를 수반한, 다중적 요인의 역학적 메커니즘에 의해 추동되는 일종의 총체적 변화이다.[13]

사실 중국의 근대화는 경제, 정치, 문화에서 사회 구조와 가치관의 변화를 포함하는 과정을 거쳤다. 진야오지(金耀基)는 20세기 이후 중국 근대화 변혁의 특징을 다음과 같이 일련의 이분법적 대조의 방식으로 표현하였다. 즉 신분에서 계약으로, 신성에서 세속으로, 공동체에서 사회로, 농경사회에서 산업사회로, 1차 집단에서 2차 집단으로, 특수주의에서 보편주의로, 꽌시에서 성취로, 일반화에서 전문화로의 변화가 그것이다[14]

중국의 근대화 과정에서 세속화는 문화적 근대화의 중요한 징후임을 알 수 있다. 세속화는 근대화의 도약 단계에서 나타나는 문화적 변화의 가장 중요한 특징이다. 세속화의 핵심 의미는 일종의 문화적 속세주의 또

11 路日亮 주편, 『現代化理論与中国現代化』, 宁夏人民出版社, 2007년.

12 谢永宽, 范铁中, 「论中国現代化理论与实践模式的变迁－马克思主义中国化视角」, 『重庆大学学报』(社会科学版), 2011년 제4기.

13 沈杰, 「中国現代化进程中的大众文化与青年社会化」, 『中国青年政治学院学报』, 2002년 제1기.

14 金耀基, 『从传统到現代』, 中国人民大学出版社, 1999년, 64—65쪽.

는 사회 가치관의 강한 현세 지향(종교문화의 초월 지향과 대조적)으로 이해될 수 있다. 여기에는 두 가지 근본적인 의미가 포함된다. 첫째, 과학의 발전과 함께 이성적 원리가 신학적 교리를 대체했다는 것이다. 둘째, 사람들이 현실 생활에 관심을 기울이고 참여하기 시작했다는 것이다. 세속화는 현세적 삶과 감각적 향유를 전면적으로 긍정하고, 사회생활에서 대중의 지위와 역할을 인정한다. 또한 구체적인 공리주의적 이익을 추구하고, 감각적 향유를 만족시키며, 현재의 이익을 목표로 하는 가치 지향을 보여준다. 세속화는 시장 경제, 민주 정치, 국가 법률 체계 및 지역사회 참여 등과 같은 사회발전의 추세를 따라가기 위한 심리적 준비과정이기도 하다.[15]

많은 학자들은 중국의 개혁개방과 시장경제 도입에 따른 일련의 변화를 목도하고 긍정했으며, 이를 거스를 수 없는 중국 사회발전의 객관적 추세로 간주하였다.[16] 시장경제 체계의 확립은 낡은 사상과 관념에 큰 영향을 미쳤고, 사람들의 정신세계에 새로운 요소를 주입했으며, 현실 생활에서 민간 영역을 회복시키고 확장하였다. 민간 영역의 확대, 시민사회의 출현, 시민적 취향의 형성과 고양은 모두 개혁개방 이전의 정치와 이데올로기로는 다룰 수 없는 것들이다. 이는 시장경제가 가져온 새로운 현상이다.[17] 이를 통해 우리는 세속적 문화로서의 대중문화가 중국의 근대화 과정에서 필연적으로 나타날 수밖에 없는 문화적 현상이며, 그 자체로 정치적 성격이 강하다는 것을 알 수 있다.[18]

---

15 沈杰, 「中国现代化进程中的大众文化与青年社会化」, 『中国青年政治学院学报』 2002년 제1기.

16 杜书瀛 등, 「市场经济的文化效应和民间空间(一)」, 『改革』, 1996년 제1기.

17 杜书瀛 등, 「市场经济的文化效应和民间空间(三)」, 『改革』, 1996년 제3기.

18 胡晓明, 袁进, 「现代化=世俗化? 中西结合的多元考察」, 『社会科学报』, 2003.1.30.

(2) 근대화 이론과 대중문화연구

대중문화연구에서 근대화 이론의 패러다임은 '인문정신'과 '도덕적 이상주의' 토론에서 비롯되었다. 예를 들어 당시 타오둥펑이 발표한 일련의 논문[19]은 기본적으로 '인문정신'과 관련된 것이었다. 이 과정 속에서 그는 점차 사회이론으로 전향하기 시작하였고, 초기에 프랑크푸르트 학파의 이론에 대해 가졌던 신념에 수정을 가하기 시작하였다.

타오둥펑은 '인문정신'을 옹호하는 사람들이 도덕주의, 심미주의 또는 종교적 가치 척도에서 출발하여 세속화와 대중문화를 전면 부정하는 것은 바람직하지 않다고 여겼다. 세속화와 대중문화를 이해하고 평가하기 위해서는 먼저 역사주의적 관점 – '문화대혁명'식 전체주의적 금욕 문화를 넘어 '문화대혁명' 이후 세속문화로의 역사적 변천에 입각한—을 바탕으로 현 사회의 문화문제를 분석하고 검토해야 하며, 중국 역사, 특히 중화인민공화국 건국 초기 30년의 역사적 교훈과의 연관성을 강조해야 한다고 주장하였다. 또한 이를 통해 중국문화의 발전 방향을 결정하고, 중국 사회변혁의 역사적 과정에서 파악해야 한다고 주장하였다. 그는 중국식 정치문화의 일원적 지배를 돌파할 때 세속화된 대중문화의 합리성을 긍정하거나 부분적으로 긍정한다고 강조하였다. 세속화/근대성의 핵심은 탈주술화와 탈신성화인데, 중국의 신시기라는 맥락에서 세속화란 "양개범시(两个凡是)"로 대표되는 주술을 제거하는 것이었다.[20]

세속화는 인간의 존재 및 일상생활과 "신성한" 것(종교적이든 이데올로기

---

19 「批判理论与中国大众文化批评 – 兼论批判理论的本土化问题」, 『东方文化』, 2000년 제5기. 「超越历史主义与道德主义的二元对立: 论对于大众的第三种立场」, 『上海文化』, 1996년 제3기. 「人文精神遮蔽了什么?」, 『二十一世纪』, 1995년 제6기. 「人文精神与世俗化」 (金元浦와 공저), 『社会科学战线』, 1996년 제2기 등.

20 陶东风, 「文学的祛魅」, 『文艺争鸣』, 2006년 제1기.

86 오늘날 중국의 문화연구

적이든) 간의 관계를 약화시키고 해체하기 때문에, 사람들은 더 이상 일상 생활의 요구(물질적 삶과 관련된 다양한 욕망, 취향, 여가, 오락 등을 포함하여)를 "정당화"하기 위해 초월적인 영적 자원을 찾을 필요가 없어진다. 이것이 대중문화의 흥기에 정당성을 부여하는 근거가 된다. 타오둥펑은 다음과 같이 주장하였다. "중국 개혁개방과 근대화 운동의 반박불가한 역사적 합리성과 진보성를 부정하지 않는다면, 오늘날 사회의 세속화 과정에 수반된 세속문화 또한 중국의 근대화와 사회 변혁의 필수 전제조건이기 때문에 그 역사적 의의를 인정해야 한다". 80년대 문화계와 지식인들이 유사 종교화된 정치문화와 개인숭배의 후광을 제대로 걷어내지 못했다면 개혁개방의 역사적 성과는 상상할 수 없었을 것이다."

따라서 타오둥펑은 세속화와 대중문화에 대한 평가는 먼저 역사주의적 관점을 가져야 한다고 주장한다. ("먼저"라고 함은 다른 척도를 배제하자는 것이 아니라 새로운 시대가 시작되는 특수한 역사적 시기에는 역사주의가 다른 척도보다 우선한다는 뜻이다). 즉 중국 사회변혁의 역사적 과정 속에서 파악해야 한다는 것이다. 세속화된 사회문화의 발전 방향은 1980년대부터 90년대까지 급속히 가속화되고 심화된 중국의 사회적, 문화적 변혁에 필연적으로 수반된 것이었다. 이러한 변혁은 기술적, 물질적 분야에만 국한되지 않았으며, 계획경제에서 시장경제로의 단일 경제적 층위의 개혁 뿐만 아니라, 사회 구조의 모든 측면을 포함한다. 그것은 중국의 개혁개방과 중국의 근대화 과정과 동시에 전개되었다.

이런 의미에서 타오둥펑의 글은 중국 사회의 역사적 변화의 관점에서 볼 때 세속화와 대중 소비문화(특히 개혁개방 초기의 세속적 대중문화)가 일원적 문화 전제주의를 해체하고 신시기 초기의 정치적 민주화와 문화 다원화를 추진하는 과정에서 긍정적인 역사적 의의를 갖는다고 주장한다. 세속시대 문화의 주류로서 오락 위주의 대중문화는 객관적으로 중국의 특정한 전환기에 일원적 문화와 정통 이데올로기를 해체하는 기능을 수행했다. 물론 이것은 대중 소비문화가 정치문화에 대항하여 직접적이고 진지한 비판적 자세를 취했다는 뜻이 아니라, 객관적으로 그것이 기존 문화의 일원화된 판국을 깨뜨렸고, 수많은 대중 소비문화 상품이 대중의 문화 독서 공간을 점령함으로써 기존의 일원화된 문화의 '시장'과 '영역'을 대대적으로 축소하였고, 그 영향력을 대대적으로 약화시켰음을 의미한다. 대중 소비문화의 본질상 오락은 가장 중요한 것이며, 엘리트 문화의 방식으로 오락에서 궁극적인 의미를 요구할 필요도 없다. 이는 오히려 대중 소비문화의 존재 자체를 부정하는 것과 다름없기 때문이다. 물론 대중 소비문화에서도 품위나 심미적 수준의 저속화 문제는 비판의 여지가 있다. 하지만 타오둥펑이 보기에 이러한 부정적 측면의 근본 원인은 대중문화에 유토피아적 정서나 궁극적인 인간애가 부족해서가 아니라 중국의 대중문화에 여전히 충분히 자유롭고 민주적인 사회환경을 갖추지 못했기 때문이다. 이는 권력이 대중문화에 개입하고 통제하기 때문이며, 1990년대 이후 이러한 경향은 더욱 분명해졌다. 특히 권력과 애매한 관계를 맺고 있는 소비주의의 만연은 신시기 초기에 대중문화가 가졌던 해방적 역할을 크게 약화시켰고, 점점 더 보수화되는 결과를 초래했다. 그리하여 타오둥펑은 대중문화와 그 정치적 기능을 고정되고 불변의 것으로 간주할 것이 아니라, 특정한 역사적 맥락에서 검토해야 한다고 주장한다. 그것이 과연 전체주의에 저항하고 자유와 민주주의를 증대시킬 수 있는 정치적 기능을 가질 수 있는지의 여부는 타오둥펑이 대중문화와 소비주의를 평가하는 가장 중요한 기준이며, 오늘날에도 여전히 그렇다.

그 외 '세속정신'의 제창자들, 이를테면 왕멍, 리쩌허우, 장이우, 류신우 등은 세속화, 대중문화, 인간의 욕망, 문예의 유희적 오락성에 대해 긍정적인 태도를 취하였다. 그들은 세속정신, 시장경제, 대중문화는 '인문정신'의 반대가 아니고, '인문정신'의 반대말은 계획경제 및 이에 상응하는 극좌파 이데올로기라고 주장한다.

1993년, 왕더성(王德胜)과의 대담에서 리쩌허우는 중국 대중문화의 역사적 의의에 대해 분명한 평가를 내렸다. "우리는 한편으로는 현재 대중문화의 긍정적인 기능을 직시하고 인정해야 한다. 또 한편으로는 삶의 이유처럼 의미와 가치에 관한 질문들을 생각해 봐야 한다." 리쩌허우가 언급한 대중문화의 긍정적 의의란 대중문화가 정통 이데올로기에 대해 수행하는 비판적 기능이다. "대중문화가 문화비판을 염두에 두고 있는 것도 아니고, 사람들이 노래방에서 노래를 부르면서 이를 통해 무언가를 개혁해야 한다고 생각하는 것도 아니다. 하지만 이런 태도 그 자체가 결과적으로 무언가를 개혁하는 결과를 가져온다. 이것이야말로…정통 시스템과 정교일치적 중심 시스템을 효과적으로 부식시키고 해체하는 것이다". 왕더성도 대화에서 다음과 같이 분명히 밝혔다. "우리는 오늘날 중국 문화의 변화 속에서 대중문화가 조용히 일으키고 있는 해체의 역할, 즉 그것이 주류 문화 이데올로기를 해체하고 있음을 직시해야 한다."

또한 대화 중에 리쩌허우는 지식인 문화가 대중문화와 소통해야 한다고 주장하였다. 이렇게 해야만 "대중문화를 이끌고 만들어갈 수 있기 때문"이라는 것이다. 따라서 그들을 소통시킨다는 것은 두 가지 목적을 가진다. 첫째, 정통 이데올로기를 무화시키는 것이고, 둘째, 대중문화를 건강한 방향으로 이끄는 것이다. 지식인 문화는 두 측면 모두에서 긍정적인 역할을 할 수 있으며, 관건은 지식인들이 이 점을 스스로 더 잘 인식하고 있어야 한다는 것이다."[21]

요컨대, 대중문화에 대한 리쩌허우의 긍정적 평가는 엘리트 문예나 문화의 기준이 아니라, 당시 사회의 변혁을 촉진하는 대중문화의 역할에 초점이 맞추어져 있다. 그 근거는 다름 아니라 사회학이었다.[22]

---

21 李泽厚, 王德胜, 「关于文化现状道德重建的对话」, 『东方』, 1994년 제5·6기.
22 宋炳辉, 「大众文艺: 传统的与现代的」, 『上海文论』, 1991년 제1기.

사실 그 전에 왕멍은 1993년 『독서』 창간호에 실린 「숭고로부터의 도피(躲避崇高)라는 글에서 왕쉬를 옹호하다가 많은 비판을 받은 바 있다. 왕멍에 의하면 5·4운동 이후의 작가들도 무엇이 진실이고 선하고 아름다운 것인지, 무엇이 거짓이고 사악하고 추한 것인지에 대해 의견이 꼭 일치하지는 않았으며, 심지어 그 때문에 치열하게 싸우기도 했다. 하지만 그들은 모두 자신이 일종의 선구자라고 생각하고 순교자의 비장함과 인내, 교육자의 가르침, 사상가의 깊이와 지혜, 예술가의 감성과 독립성, 장인의 정교함과 엄격함을 실현하기 위해 노력하였으며, 왕멍은 이야말로 일종의 선견지명을 갖춘 '엘리트'의 자세라고 하였다. 하지만 왕쉬는 문학에 임하는 자세에서 이른바 합리성과 도덕적 책임을 완전히 뒤집었기에 많은 이들은 그를 '신성모독'이라고 비난했다. 이에 대해 왕멍은 다음과 같이 반박하였다.

솔직히 말해서, 이미 삶에서 신성은 이미 더럽혀졌다. 장칭(江靑)과 린뱌오(林彪)만 해도 얼마나 신성한 척하면서 그토록 졸렬하고 불쾌한 짓을 해댔는가, 우리의 정치운동이란 것 역시 얼마나 많은 신성한 것들—이런저런 주의(主義), 충성심, 당적, 칭호, 그리고 목숨에 이르기까지—을 가지고 장난질을 쳐댔던가 ... 먼저 잔인하게 '놀이'을 시작한 것은 그들이었다! 왕쉬는 그 다음에야 나타난 것이다.

왕쉬같은 사람이 몇 명이라도 더 있었더라면 "장칭 동지를 지키자"고 외치며 서로 죽이고 죽임 당했던 홍위병이 몇 명이라도 줄었들었을 것이다. 특히 왕쉬의 냉소적인 언어야말로 홍위병 정신과 양관희 정신에 대한 반동이다 ... 그는 거짓된 숭고의 가면을 찢어버렸다.

왕쉬의 소설은 세속적인 것으로서, 소위 '숭고'로부터 도피함으로써 거대한 정치적 기능을 발휘한다. 이야말로 중국이 독재에서 근대화로 나아가기 위해 필요한 것이었다.

1996년, 장이우는 『문학자유담』 제2기에 발표한 「"세속적 관심"를 논함(说"世俗关怀")」라는 글에서 '인문정신'을 비판하며 자신의 '세속적 관심'에 대한 견해를 설명했다. 장이우에 의하면 당시 중국에는 두 가지의 이상이 있는데, 하나는 '새로운 신학(新神学)'과 '인문정신' 담론으로 대표되는 문화적 모험주의의 '이상'이다. 이 이상은 이른바 '궁극적 관심'을 추구하며, '신학'의 숭배를 기초로 삼는다. 다른 하나는 '세속적 관심', 즉 유기적 지식인의 이상이다. 장이우는 "이른바 '세속적 관심'은 오늘날 우리가 공유하는 공동체에 대한 진심 어린 관심, 평범한 사람들과의 대화와 소통, 그리고 차이점 속에서 보여지는 이해를 의미한다"고 말했다. 그것은 거만한 귀족식의 '훈계'나, 대중영합적인 쾌락, 돈키호테식의 충동, 아판티(阿凡提)식의 해학도 아니지만, 언제나 세속적 삶의 가치와 평범한 사람들의 물질적 욕망의 정당성을 긍정한다. 그는 이를 전제로 공동체의 공통된 이익과 소망을 부각시키고, 새로운 사회적 공간을 창조할 가능성을 강조한다. 장이우는 당시 중국에서 '세속적 관심'이 매우 가치가 있다고 주장하였다. 사회 대전환이 초래한 세계화와 시장화의 다양한 문제와 도전은 이러한 관심을 필요로 하며, 보통의 중국인들 또한 그러한 관심을 절실히 필요로 한다고 여긴 것이다.

요컨대, 리쩌허우나 왕멍 같은 세속론자들은 중국 근대화에서 세속화의 정당성을 주장하기 때문에 인문정신 논자들과 극명한 대조를 이룬다. 그들은 세속정신, 시장경제, 대중문화는 인문정신의 반대가 아니며, 인문정신의 반대는 계획경제와 그에 상응하는 극좌 이데올로기라고 주장하였다. 한 논자는 다음과 같이 논하였다. "나는 도덕과 문명을 사회의 진보와 대립시키거나, 인간의 정신을 인간의 사회적 삶과 대립시키는 것에 동의하지 않는다. 인문을 세우는 것을 경제개혁과 대립시키거나, 문학과 시장을 대립시키는 것에도 동의하지 않는다." 그는 서구의 예를 들면서 역사적 관점에서 인문주의(즉, 인문정신)가 "상품 경제 발전의 결과이며, 정신적 삶 속에 물질적 삶의 변화가 반영된 결과이며, 세속 문화의 시대가 도래했음을 알리는 것"이라고 주장한다.[23] 어떤 논자는 인문정신 논자들이 현재 중국의 사회문화를 거부한다고 비판하면서 다음과 같이 비판했다. 이는 "현재 중국 문화산업을 처절하게 경멸한 이후 과거의 주체로 돌아가고자 하는 마지막 방법이다", "그러면 5·4 이후 지식인들이 추구해온 '근대성'이라는 구체적이고 세속적인 목표를 포기하는 대가를 치르게 된다", "그것은 인문정신/세속문화라는 이원대립을 설계하고, 이 이원대립 속에서 스스로를 초경험적 신화로 변화시킨다. 그것은 현재의 특징을 거부하고 신화적 '과거'에 희망을 두는 것이다", "우리는 세속의 사람들과 계속 대화하고 소통해야 하며, 발전하는 중국의 대중문화에 대해 더 명확하고 예리한 관찰과 사고를 가져야 한다".[24]

또한 세속주의자들은 대중문화가 객관적으로 극'좌' 이데올로기를 해체하는 기능을 가지고 있다고 믿으며, 이러한 '인문정신' 회의론자 (또는 '세속정신' 논자)는 실제로 신본주의와 반대되는 서구적 의미의 인문주의를 높게 평가한다. 그들은 세속화가 이전의 정치 사회와 절대주의에 대한 거부임을 강조하고, 인간 자신의 가치를 온전히 긍정하며 인간의 존재에 주목했다. 특히 중국의 현실에서 이런 관심은 단지 궁극적인 관심이나 종교 정신에 대한 공허한 외침이 아니다. 그것은 맹목적으로 무겁고 고통스럽기만 한 것이 아니라, 사람들의 생활 수준을 향상시키고, 특히 문화적 절대주의, 통합된 교조적 이데올로기, 물질적 궁핍으로부터 그들을 부단히 해방시키는 것이다. 중국이라는 특수한 환경 속에서 왕쉬와 같은 조롱

23 秦晋, 「关注与超越」, 『作家报』, 1995.6.17.
24 王晓明 주편, 『人文精神寻思录』, 文汇出版社, 1996년, 140—141쪽.

와 해학, 문학과 인생에 대한 장난스러운 태도는 하나의 유효한 해체전략
이 된다. 인문정신을 옹호하는 일부 사람들의 입장에서 왕쉬의 조롱과 장
난기가 삶의 의미에 대한 망각, 무거운 존재로부터의 도피, 가치 허무주
의를 의미한다면, 왕멍 등의 입장에서 왕쉬의 이러한 조롱과 장난기, 그
리고 대중문화에서의 감각적 자극 추구는 정치적·문화적 전제주의를 해
체하는 유용한 도구이다.[25]

(3) 근대화의 이론적 모델에 대한 성찰과 확장

물론 중국의 세속화와 대중문화에도 경계해야 할만한 오점이 있는 것
또한 사실이다. 먼저, 세속화는 결코 상업화와 시장화에 국한된 것이 아
니며, 소비주의, 물질만능주의, 향락주의, 허무주의와 동의어도 아니라는
점을 명확히 해야 한다. 건강한 세속화란 새로운 도덕, 새로운 규범, 새로
운 가치의 구축을 포함해야 한다(종교적인 의미에서의 도덕이나 규범, 가치는
아니라 하더라도). 서구 르네상스 시기의 세속화가 이 점을 잘 보여준다. 반
면 중국은 새로운 도덕, 새로운 규범, 새로운 가치의 구축이라는 면에서
세속화가 기대한 만큼 이루어지지 않았다, 사회적 전환기에 도덕적 마지
노선에도 못 미치는 여러 현상이 수시로 발생하고 있으며, 물질만능주의
적 가치관이 사회적으로 널리 퍼져 있다. 그러나 세속화에 대한 양측의
이해가 편파적이기에, 세속화를 물질만능주의나 속물화와 동일시하고,
도덕주의적 입장에서 그 역사적 의의를 전면부정하거나, 반대로 탈주술
화라는 역사적 의의만을 강조할 뿐 그 이면에 대한 경각심을 소홀히 하는

---

25 사실, 논쟁의 양측은 왕쉬의 한 측면만을 바라봤으며, 이 두 가지를 결합해야 비로소
완전한 왕쉬를 이해할 수 있다. 이러한 분석은 왕쉬 외의 다른 대중문화에도 적용될
수 있다. 현재의 대중문화는 공식 이데올로기와 엘리트 문화 양쪽에 대해 이중으로
소외되어 있으며, 양날의 칼과 같은 양상이다.

경향이 있다.

여기서 핵심은 중국의 세속화와 대중문화 자체가 매우 특수한 환경에서 나타났다는 점이다. 이는 전근대, 근대, 탈근대의 문화가 교차하는 과정에서 형성되었기에, 매우 혼합된 가치와 문화적 형태를 보여준다. 이러한 세속화는 탈신성화라는 근대적 의미를 지닐 뿐만 아니라(의식적이지는 않을지라도), 수직적으로는 전통적인 전근대적 쾌락주의를 수용하고, 수평적으로는 서구 포스트모더니즘이 전이된 것이기도 하다. 이를테면 전자는 광고에서 반복적으로 과시되는 '황실 스타일', 대중 서적에서 현대 생명 과학의 미명 하에 사용되는 봉건적 미신, 왕쉬의 작품에 나타나는 반(反)지성주의(이는 전근대적 소농(小農) 사상, 포스트모던적 유희 정신, 베이징 사합원의 '허세'를 결합한 것) 등 세속 문화와 대중문화에서 수시로 구현되는 전근대적 가치이다. 그런 의미에서 인문정신 논자들이 지적하는 대중문화의 세속화와 '저속화'는 부인할 수 없는 사실이다. 인문정신 논자들이 비판하는 '문학과 삶에 대한 장난', '허무주의', '폐허와의 동일시', '무거움과 고통의 회피' 등은 실제로 대중문화의 부정적 현상을 포착한 것이다. 그러나 일부 세속화 지지자들은 이에 대한 경계심이 부족하다. 그에 반해, 인문정신론자들과 도덕적 이상주의자들은 중국의 대중문화와 세속화를 종종 포스트모던 문화의 범주에 포함시키고, 서구의 비판이론(포스트모던 문화 비판, 미디어 헤게모니 비판, 기술 합리주의 비판 등)을 무분별하게 적용하여 중국의 세속화와 대중문화를 비판하는 데 사용한다. 이러한 방식은 비판의 정확성과 강도를 크게 약화시킬 뿐만 아니라 세속화와 대중문화가 지닌 진보적 의의를 간과하게 만든다.

위의 분석에서 볼 때, 중국의 세속화와 대중문화, 그리고 문학과 예술에서 오락적 요소가 두드러지는 현상을 이해하려면 그 모든 측면을 충분히 고려해야 함을 알 수 있다. 자신의 가치평가 척도가 역사주의적인지 문화철학적인지, 그 구체적인 방향성과 한계를 충분히 인식하고, 환원주의의 방법으로 대상을 단순화하기보다는 자신이 말하는 세속화의 차원을 명확히 해야 한다. 세속화를 권위주의 해체라는 근대적 의미로만 보거나, 포스트모던적적인 유희적 인생관과 허무주의로만 바라보는 것은 매우 편향적인 시각이다. 결론적으로 우리는 대중문화와 세속화에 대해 그것을 단순히 거부하거나 무조건적으로 수용하는 것이 아니라, 이를 최적화하는 태도를 가져야 할 것이다. 그 핵심은 전근대적인 악습을 비판하고, 탈근대적인 오해를 경계하며, 근대정신을 강화하는 데 있다.

근대화 이론의 패러다임 내에서도 차이가 존재한다는 점을 주목해야 한다. 예를 들어, 타오둥평과 진위안푸의 견해는 매우 다르다. 진위안푸의 대중문화에 대한 연구 패러다임과 평가 기준은 크게 변화한 바 있다. 그는 1994년에 발표한 논문 「당대문화산업 시론(试论当代的文化工业)」(『문예이론연구』, 1994년 제2기)에서 기본적으로 프랑크푸르트학파의 비판이론을 이용하여 대중문화에 대해 도덕적·미학적으로 비판을 가한 바 있는데, 이는 '인문정신' 논자들의 견해와 다를 바 없었다. 하지만 2001년에 발표한 「대중문화 재검토(重新审视大众文化)」(『당대작가평론』 2001년 제1기)에서 그는 대중문화 옹호로 전향하였고, 현대 중국 대중문화는 다음과 같은 점에서 정당성을 가진다고 강조하였다. (1) 계획경제에서 시장경제로의 역사적 전환, (2) 대중문화가 구현하는 것은 현대 과학기술과 현대 생활, (3) 대중문화는 오늘날 중국의 이데올로기를 변화시키고, 공공 문화 공간의 형성에 긍정적 역할을 했으며, 시민 사회가 자신들의 문화적 이익을 보편적으로 긍정하고 샤오캉 시대에 대중 문화 생활의 수요가 합리적이라는 것을 보여준다. 진위안푸는 대중문화가 정치를 진보시킬 수 있는 잠재력을 가지고 있다는 점에 매우 낙관적인 태도를 보였다. 그는 대중문화가 민주주의의 정신과 소외계층의 이익을 구현하고, 대중문화의 형성이 현대 중국의 시장경제 조건 하에서 시민사회 성장의 동반자이며, 단위 소속제의 정치등급 공간 및 가족혈연이라는 윤리 네트워크과는 완전히 다른, 자유로운 상호작용이 이루어지는 공공 문화공간을 열어준다고 믿었다. 타오 둥핑은 진위안푸의 견해 중 일부가 대중문화, 특히 인터넷과 같은 뉴미디어의 민주화 잠재력과 소외계층이 이 공간을 활용할 수 있는 가능성을 예리하게 포착했다고 지적했다(SARS 기간 동안 중국 인터넷이 발언의 공간을 확장한 것과 같은 매우 구체적인 사례 연구는 제시하지 않았지만). 그러나 타오둥핑은 진위안푸의 글에서 다음과 같은 문제점도 짚고 넘어가야 한다고 보았다. 첫째, 중국 대중문화의 부정적 측면, 특히 중국 대중문화의 생존을 위한 불완전한 제도적 환경에 대해 거의 언급하지 않고 있다. 둘째, 매스커뮤니케이션에 의한 공적 공간의 확장에 대한 그의 담론은 다른 주류 전통적 매스미디어보다는 대중문화와 매스미디어 내의 특정 미디어(주로 인터넷)에 주로 적용되며, 소외 계층의 입장을 반영하지 않는 대중문화의 중산층 중심 영역(『명품구매가이드북(精品购物指南)』같은 패션 잡지)에 대해서는 간과한다. 대중 소비주의와 일상 생활의 관심사에 대한 그의 평가는 이상주의적이거나 역사적 분석이 부족하다. (이를테면 그는 노래방이 개인 공간과 개성적 표현의 방식을 제공한다고 보았으나, 실제로 노래방 등의 유흥 장소가 항상 그러한 정치적·문화적 기능을 갖고 있는 것은 아니다.) 다시 말해, 대중문화와 소비주의(일상생활의 미학화를 포함하여)의 정치적 의미에 대한 분석은 특정한 역사적 맥락과 밀접하게 통합되어야 하며, 역사적 맥락에 의해 끊임없이 다시 쓰여지기 때문에 구체적 수용의 맥락에서만 명확하게 표현될 수 있다는 점에 유의하는 것이 중요하다.

타오둥핑의 최근 논문 「기형적인 세속화와 현대 중국 대중문화(畸变的世俗化与当代中国大众文化)」(『탐색과 쟁명』 2012년 제5기)는 세속화와 대중문화 문제에 대한 성찰을 심화하여 "두 가지 세속화"라는 분석틀을 제안했다.

이 글은 중국공산당 제11기 중앙위원회 제3차 전체회의부터 1980년 말까지 중국 사회가 서구와 유사한 '탈주술화' 또는 세속화 운동을 경험했다고 주장한다. 평등과 합리적 상호작용이라는 의미에서 공적 영역이 부상하기 시작했고, 진리 기준, 인도주의, 주체성에 대한 논의는 획기적인 사건이었다. 특히 이러한 세속화가 문화대혁명 시기의 빈곤 숭배를 거부하고 물질적 삶의 합리성을 긍정했다는 점은 주목할 만하다. 이 세속화의 물결은 개별성의 각성, 개인주의, 물질적 삶의 합법화를 동반하였지만, 그것이 공적 삶의 쇠퇴를 의미하지는 않았다. 오히려, '탈주술화(사상해방)'를 토대로 한 새로운 공적 영역의 형성은 각성한 개인의 등장을 통해 그 특징을 드러냈다.

타오둥펑은 1980년대 초에 등장한 중국 대중문화의 진보적 의의를 긍정적 세속화의 틀 안에서 생각하고 긍정해야 한다고 지적했다. 신시기에 등장한 최초의 대중문화는 아마도 홍콩과 대만에서 유입된 덩리쥔의 대중가요에서 시작되었을 것이다. 단일한 '혁명문화' 속에서 성장한 그 시대의 젊은이들에게 이 노래들을 듣는 것은 마치 봄바람 같았고, 그 충격과 친밀감은 형언할 수 없었으며, 이러한 감각은 매우 대중적인 것이었다. 이른바 '퇴폐적인 소리(靡靡之音)'로 불린 이 노래들은 금욕주의를 특징으로 하는 전체주의 문화에 대한 반작용으로, 당시 중국인들의 단조롭고 궁핍한 문화생활을 크게 풍요롭게 했을 뿐만 아니라 인간의 본성을 일깨웠다. 이런 의미에서 신계몽주의, 인문주의 사상과 정신적으로 매우 일치하며, 나름의 방식으로 사상과 이론계에서 신계몽주의와 인본주의 사상의 경향을 반향하고 추진했다고 볼 수 있다. 덩리쥔의 '퇴폐적인 소리'를 좋아했던 수많은 사람들은 이 때문에 공공 세계에서 소외되지 않았고, 오히려 이 노래와 다른 문화적 흐름들이 결합하여 자율적이고 독립적인 성격을 가지면서도 공공 사안에 적극적으로 관심을 가지는 새로운 개인을 형성하는 데 기여했다. 따라서 80년대의 대중문화는 공적 영역의 구축에 중요한 역할을 했다고 평가할 수 있다.

그러나 90년대 초반부터 중국의 세속화는 왜곡되기 시작해 이러한 사상의 경향은 90년대 중후반에 심화되었다. 중국 사회는 여전히 세속사회이지만, 이 세속은 더 이상 그 세속이 아니었다. 1990년 이후의 세속은 물질주의적 세속, 즉 신체 미학과 나르시시즘 문화가 지배하는 세속이다. 개인주의는 여전히 유행하고 있지만, '개인적'이라는 말의 의미는 바뀌었다. 신체에 대한 관심이 정신에 대한 관심을 초과하고, 사생활에 대한 열정이 공적 사안에 대한 열정을 압도한다. 변태적 물질주의와 자기도취적 성격이 점차 만연하기 시작했다. 이러한 물질주의적 열풍은 사치에 대한 극단적 애착, 물질적 욕망과 육체적 쾌락에 대한 무절제한 추구, 개인의 내밀한 경험에 대한 병적 집착으로 나타날 뿐만 아니라, 공공성의 쇠퇴, 즉 공공의 사안에 대한 무관심, 정치 참여에 대한 열정의 쇠퇴, 그리고 공적인 인간관계의 축소로 이어진다. 이 모든 것이 1990년 이후 대중문화가 생존하고 발전해온 기본적 맥락이 된다. 사람들은 사후 세계에 대한 믿음뿐만 아니라 공공 세계에 대한 신뢰까지도 잃어버리고, 신체화된 개인적 자아로 후퇴하며 자신만의 사적 관계를 통해 자신을 대신하려는 경향을 보였다. 1990년 이후의 대중문화는 '철문'으로 둘러싸인 '밀실'이나 화려한 노래방에 숨어 80년대를 배신했다고 할 수 있다. 다른 말로 하면, 이 속세가 저 속세를 배신한 셈이다. 이러한 비정상적 세속화는 대중의 정치적 무관심과 냉소주의, 소비주의와 물질주의의 깊은 결합을 특징으로 하며, 이는 공공 세계의 죽음을 의미한다. 기형적인 세속화는 기존의 정치 체제와 이데올로기를 고수하면서 소비주의를 흡수하고, 시민들로 하여금 재테크, 유명인 추종, 패션 추구, 헬스, 명품에의 집착 등 일상적인 소비에 에너지를 쏟도록 장려한다. 그러면서 공공 세계의 부패와 어리석음을 애써 무시하도록 한다. 다수의 지식인을 포함한 대중이 미디어가 만들어내는 일상의 미학적 이미지에 집착하고, 탈정치화된 자기 상상과 개성 상상에 몰두할 때, 정말로 주목해야 할 주요 공적 사안들은 미디어에 진입조차 하지 못하고 현실에서 배제된다. 이러한 세속화는 최악의 결과를 초래할 수 있다. 사실 우리는 시민의 기본적 정치적 권리를 위해 싸우고 확대하며 시민들의 정치 참여를 촉진해야 할 긴급한 사회적 환경에 살고 있음에도 불구하고, 모든 사람들이 자신의 라이프스타일, 미용, 화장, 세련된 신체를 만드는 데에만 열중하고 있다. 이는 다소 우스꽝스러우면서도 슬픈 현실이다. 오늘날 우리가 가장 경계하고 우려해야 할 것은 정치적 자유가 부재한 상황에서 이른바 소비의 '자유'만이 존재하는 기형적인 사회의 출현이다. 이것이 바로 오늘날 중국 소비문화와 대중문화 이면에 숨겨진 가장 심각한 문제라고 할 수 있다.

타오둥펑은 마지막으로, 위의 분석이 대체로 사실이라면, 90년대 이후 중국의 물질주의를 극복하기 위해 '문화대혁명'으로 회귀하거나 서구의 신을 수입하는 방식에 의존할 수 없으며, 오직 공공 정신을 다시 활성화하고 시민사회를 건설하는 데 초점을 맞춰야 한다고 지적했다. 중국과 서구의 현실 모두 우리에게 보여주는 것은, 건강한 세속적 환경에서 금욕주의를 벗어난 대중이 커다란 열정으로 새로운 공공 세계를 건설하고 건강한 공공 생활을 시작할 수 있다는 것이다. 그러나 만약 공공 세계에 참여할 수 있는 통로가 막히고, 제도적 요인으로 인해 사람들 간의 공적 교류가 차단된다면, 결국 유일한 탈출구이자 어쩔 수 없는 선택은 물질주의를 받아들이는 것뿐일 것이라고 강조했다.

3. 신좌파 비판 패러다임과 중국 대중문화연구

신좌파의 대중문화 비판 패러다임과 도덕주의 및 미학주의 비판 패러다임 사이에는 연결점과 차이점이 존재한다. 연결점은 두 패러다임 모두 대중문화에 대해 급진적이고 비판적인 태도를 취한다는 데 있다. 차이점은 신좌파는 추상적인 도덕적 비판이나 미학적 비판보다는 정치경제학적 분석과 계급 분석에 더 중점을 둔다는 점이다. 신좌파는 자신들이 사회적 약자나 소외된 계층의 이익을 대변한다고 주장한다. 반면, 도덕주의와 미학주의 비판 패러다임은 종종 추상적 주체로서, 대문자로 표기된 '인간'을 자처한다는 점에서 차별화된다.

대중문화 비평의 신좌파 패러다임이 집단적으로 처음 등장한 것은 1997년 『독서』 제2호에서였다. 이 저널의 특집 시리즈인 "대중, 문화, 대중 문화"는 대중문화에 대한 신좌파 이론의 핵심을 제시했다. 이 이론은 대중문화란 진정한 대중문화가 아니라 중산층(화이트칼라)과 특권층의 문화라고 주장한다. 그 중 한샤오궁의 글 「어떤 '대중'인가(哪一种"大众")」는 '대중'이라는 개념이 거의 항상 '빈곤'과 동의어였고 비극적 운명의 대명사였으나, 근대 산업소비사회에 진입하여 부와 이익의 분배구조가 근본적으로 재구성되면서 빈곤층은 소수가 되고, 시민계급은 급속히 팽창하며, 부유하고 충분한 소비력을 가진 '대중'이 부상하였다고 주장하였다, '화이트칼라 귀족', '컴퓨터 귀족', '광고 귀족', '주식 귀족' 등이 '대중'의 별칭이 되었다. 대중은 부자가 되었을 뿐만 아니라 패션과 동맹을 맺기 시작했다. 따라서 한샤오궁이 보기에 대중문화의 '대중'은 더 이상 가난했던 '대'중(大衆)이 아니라 중산층의 '소'중(小衆)이다. 한샤오궁은 이 격변의 시대를 강조하면서도 "부의 부패를 청산하고 패션의 오염을 경계하는 것은 엘리트들이 귀족 진영에서 반란을 일으켜 벗어날 때 유념해야 할 과제"라고 지적하며 우려를 표했다.

「문화적 상상력으로서의 '대중'(作为文化想象的"大众")」에서 쾅신녠(旷新年)은 대중문화 개념의 출현으로 '대중'의 의미가 역전되고 변화했으며, '대중'의 역사적 주체가 화이트칼라 대중으로 변모했음을 분명히 지적했다. TV과 신문을 주요 매체로 삼는 대중문화는 우리의 잠재의식 깊은 곳까지 침투하면서, 가슴에서 몸까지 깊은 위안을 제공한다. 글로벌 통합의 맥락에서 권력, 엘리트, 대중문화가 오늘날처럼 긴밀하게 결합된 적은 없었다. 대중문화는 담론의 분열을 통합하고, 담론을 모든 것을 아우르는 합창, 무적의 이데올로기적 신화로 바꾼다. 요컨대, 대중문화는 모호하고 혼란한 시장에서 '화이트칼라'라는 명의의 아름다운 기치를 내세운 셈이다.

또 다른 대표적인 논문인 「문화연구라는 '탱크탑 셔츠'(文化研究这件"吊带衫")」(『톈야』 2003년 제1기)에서 쾅신녠은 대중문화 비판에서 문화연구 전체(물론 대중문화를 포함하여)에 대한 냉소주의로 전환했다. 이 글에서 그는 문화연구를 자본주의와 중산층이라는 '남편/주인'의 '세컨드', '첩', '외간여자'에 비유하며, 그것이 자본주의의 범죄 행위를 진정으로 비판하는 것이 아니라 이를 단지 '유혹거리'로 삼고 있다고 주장한다. '세컨드'는 기분 내키는 대로 행동하거나 도발할 수 있지만, 결국 자본주의와 한통속이라는 것이다. 문화연구는 소비주의를 비판하지만, 스스로 소비문화의 첩이 되어 버린 상황을 보여준다. 그는 문화연구가 중산층의 깊은 토양과 기반 위에 세워졌으며, 중산층의 감각적 삶을 두드리고, 그것을 지키는 자연스러운 야경꾼 역할을 하고 있다고 지적했다. 인간 본성을 밝게 만드는 유일한 미래는 그것을 개혁하고 개선하는 데 있으며, 정치적 가능성의 유일한 경로는 군중 정치를 학문적 정치로 대체하는 것이라는 점을 문화연구가 알고 있다고 본다. 그 결과, 저자의 비판은 문화연구의 '계급적 기원'에서 학문적 정체성으로 옮겨간다. 학문적 정치는 진정한 정치적 목표가 없는 정치이다. 정치적 목적이 없는 일탈 행위로서 문화연구는 대학의 학문 체계에 빠르게 흡수되어 근대 체제와 긴밀한 유대를 형성했고, 전통적 좌파에서 현대적 좌파로의 전환을 상징하게 되었다. 문화연구는 자본주의 정치·경제 구조를 붕괴시키거나 폭파하지 못했을 뿐 아니라, 부르주아지에 대항하는 문화투쟁을 전개하는 데에도 무력했다. 근본적으로 문화연구는 전쟁터를 외부에서 내부로 이동시켰다. 즉, 문화연구는 "부르주아지 내부로부터 부르주아지를 공격"하여 계급투쟁을 점점 더 무해하게 만들었다. 요컨대, 문화연구는 프롤레타리아트와 부르주아지 사이의 생사를 건 정치적 투쟁을 고무탄으로 장전된 언어적, 문화적 투쟁으로 바꾸어 버렸다. 쾅신녠은 이를 포격전이라기보다는 포스트모던 사회와 소비주의 시대를 장식하는 화려한 불꽃놀이에 비유하며, 문화연구가 가진 한계를 신랄하게 지적한다.

신좌파 비평 패러다임의 또 다른 대표자는 다이진화이다. 「대중문화의 숨겨진 정치학(大众文化的隐形政治学)」(『톈야』 1999년 제2기)에서 다이진화는 '광장'이라는 단어의 의미 변화를 통해 현대 사회에서 비즈니스와 정치 사이의 결탁을 능숙하게 드러낸다. Plaza가 '광장'이라는 명칭을 취한 것은 소비주의와 시장 자본주의의 논리가 과거에 항상 '혁명'과 연관되어 있던 '혁명'의 담론을 전유하고, 다시 쓰고, 위반하고, 모독한다는 것을 보여준다. 이는 혁명 시대의 종말과 소비 시대의 도래를 상징하며, 소비주의가 지배적인 이데올로기가 되었음을 나타낸다. 다이진화는 광고와 같은 상업 문화에서 혁명의 역사적 담론을 차용한 사례를 제시하여, 혁명과 상업 사이의 상호 관계를 설명한다. 그런 다음 대중 문화와 그 안에 구현된 소비주의 사이의 관계와 현대 중국의 중산층 또는 신흥 부유층의 이익에 대해 논의한다. 다이진화는 90년대에 번성했던 대중문화와 매스미디어가 한결같이 중산층의 취향과 소비를 기반으로 위치를 설정했다고 주장한다. 대중문화는 중산층 문화라는 것이 신좌파의 핵심 관점이다. 중산층 문화는 그 자체의 강력한 영향력를 통해 중국의 중산층 사회를 "먹여 살리고" "구조화"하려고 한다. 『엘르』, 『명품구매 가이드』와 같은 출판물은 사람들에게 중산층의 "자격을 갖춘" 사람이 되는 방법을 "섬세하게" 가르친다. 90년대 중반 이후 왕쉬로 대표되는 대중문화와 통속문화는 전복적 성격을 상실했을 뿐만 아니라 중산층 문화, 즉 대중문화의 건설에 효과적으로 참여했으며, 그 전복적 요소도 효과적으로 흡수되고 다시 쓰여졌다. 그러나 이 화려한 중산층 문화는 대중문화가 중산층의 이익을 정당화하는 '문화적 헤게모니'를 행사하면서 중국에서 급속히 진행되는 사회적 양극화를 은폐한다. 다이진화는 80년대의 문화적 실천과 비이데올로기적 이데올로기 구조 이후, "혁명과의 작별"이 90년대 많은 사람들의 사회적 합의가 되었다고 주장한다. '혁명'과 함께 계급, 평등에 관한 개념과 논의도 추방되었다. 혁명, 사회적 평등의 이상 및 그 실천은 단순하게 거짓말, 재앙, 심지어 '문화대혁명'의 기억과 동일시되었고, 그 자리에는 이른바 '경제법칙', '공정 경쟁', '강자 숭배', '사회 진보' 같은 개념이 자리 잡았다. 다이진화의 글은 대중문화를 비판하는 것뿐만 아니라 이른바 소극적 자유주의에 의문을 제기한다. 그는 대중문화와 소극적 자유주의가 공모 관계에 있으며, 둘 다 계급 갈등과 빈부 격차라는 새로운 현실을 지우고, 신흥 부유층에 '정당성'을 부여하는 이데올로기라고 주장한다. 이 새로운 이데올로기의 맥락에서 볼 때, 계급을 인지하고 평등을 논하는 것은 개혁개방을 거부하고, 역사의 '퇴행'을 요구하며, '민주주의'를 거부하고, '자유'를 침해하는 것으로 간주된다. 사회적 분화의 실체는 명백히 넘쳐나지만, 그것은 익명의 사실로 은폐되어 있다. 다이진화는 소극적 자유의 화자들을 평등과 계급 분석에 반대하는 사람들로 취급한다. 사실, 신좌파 학자들의 진정한 관심은 대중문화 자체의 연구가 아니라 이를 통해 자유주의에 의문을 제기하고 비판하는 데 있다. 그들의 글에서 자유주의자들은 소비주의의 대변인이다.

대중문화 연구의 신좌파 패러다임은 대중문화의 최신 발전 동향을 날카롭게 파악했지만, 동시에 여러 가지 문제점을 안고 있다. 첫째, 대중문화의 복잡성을 충분히 인식하지 못한 채, 마치 모든 대중문화가 중산층 이데올로기인 것처럼 단순화하여 환원시키는 경향이다. 이들의 계급 분석은 지나치게 단순화되어 있다. 둘째, '혁명과의 작별(告別革命)'론, 소극적 자유주의, 대중 소비문화, 주류 문화는 단순히 동일시해서는 안 된다. 리쩌허우 등이 대중문화를 옹호하고, 그와 류짜이푸가 '혁명과의 작별'론을 제안한 것은 사실이지만, 리쩌허우 등이 주류 문화나 공식 이데올로기의 대변인이라는 주장은 사실과 다를 수 있다. 신좌파 비평가들은 리쩌허우가 대중문화와 소비주의를 지지한 측면만을 강조할 뿐, 그가 민주화를 옹호하며 나름의 견해를 가지고 있었다는 점을 간과한다. 중요한 것은 중국의 소비문화가 반드시 진보적이거나 보수적인 것으로 간주될 수 없다는 점이다. 소비문화의 정치적 의미는 그것이 위치한 특정 역사적 맥락에 따라 달라진다. 따라서 중국의 구체적인 문제에 대해서는 추상적인 시장 비판, 상품 비판, 또는 미적 비판만으로는 문제를 해결할 수 없다.

어쩌면 가장 중요한 것은, 대중문화에 대한 신좌파의 비판은 보다 근본적인 판단, 즉 중국 사회가 글로벌 시장경제와 소비주의가 지배하는 자본주의 사회에 진입했다는 판단에 기초하고 있다는 점이다. 신좌파는 중국의 대중문화를 자본주의 사회의 소비문화로 간주하지만, 정작 많은 학자들이 지적하듯이, 현재 중국의 사회 형태는 자본주의라기보다는 권력 자본주의에 가깝다. 중국의 시장화 개혁은 그에 상응하는 정치제도 개혁의 부재와 법제도의 부재로 인해 시장에 대한 권력의 지배를 초래했기 때문이다. 따라서 신좌파의 이 같은 근본적인 판단은 문제가 있을 뿐만 아니라 검증에도 취약하다. 이러한 잘못된 판단에 기초한 대중문화 비판은 결국 이론적·경험적 함정에 빠질 수밖에 없다.

4. 대중문화 경험연구와 민족지학적 연구방법의 흥기

프랑크푸르트 학파의 비판이론 패러다임이든, 근대화 이론과 신좌파 연구 패러다임이든, 그것이 대중문화에 대한 비판이든 긍정이든, 모두 분명하고 강력한 가치 입장과 정치적 요구를 가지고 있다는 점에 주목해야 한다. 이러한 접근들은 상대적으로 사변적인 데 강하고 실증적인 데 약하며, 때로는 다소 공허하게 느껴지기도 한다. 최근 몇 년 동안 대중문화 자체의 복잡성과 이러한 문제에 대한 인식이 높아지면서 현지조사와 민족지학적 연구 방법이 점차 사람들에게 친숙해짐에 따라 대중문화 현상에 대한 사례연구와 실증연구가 점점 더 많이 등장하고 있다. 이러한 연구들은 다양하게 민족지학적 연구방법을 사용하며, 대중문화에 대한 가치 입장 역시 더 복잡하고 변증법적으로 접근한다. 하지만 이러한 연구들은 수가 많고, 뚜렷한 이론적 경향이나 정치적 입장을 찾아내기가 어렵기 때문에 일괄적으로 분류하기 어렵다. 따라서 여기에 대한 소개 역시 상당히 임의적이며, 사례 중심적이라고 할 수 있다.

「스니커즈와 대중문화의 권력 관계(波鞋与流行文化的权力关系)」라는 글에서 청원차오(程文超)는 스니커즈, 해방화, 그리고 흔히 운동화로 알려진 신발들 뒤에 숨겨진 권력 관계를 생생하고 심층적으로 해석한다. 저자는 먼저 신중국 건국 초기에 해방화가 운동화에 비해 갖고 있던 특별한 권력을 분석한다. 해방화는 단순한 신발이 아니라 당시 정체성과 지위를 상징하는 아이콘이었으며, 아무나 신을 수 없었다. 해방화와 일반 운동화 사이에는 계급적 특권이 존재했다. 그러나 사회가 발전하면서 스니커즈가 등장하자, 이는 해방화의 권력 구조에 도전하게 된다. 스니커즈의 등장은 기존의 계급 질서와 특권의 붕괴를 의미했다. 이제는 단순히 돈만 있으면 스니커즈를 구매하고 누릴 수 있게 되었다. 하지만, 이러한 변화로 인해 새로운 계급 질서가 형성되었다. 저자는 스니커즈가 경제적 위계를 상징하게 되었음을 지적한다. 모든 사람이 스니커즈를 신을 수 있는 것은 아니며, 돈이 있어야만 이러한 소비와 특권을 누릴 수 있게 되었다. 돈이 있으면 누릴 수 있는 특권이 생기지만, 돈이 없으면 다른 사람들이 누리는 것을 구경만 해야 하는 새로운 형태의 차별이 나타난 것이다. 이로부터 저자는 스니커즈와 대중문화가 단순한 소비가 아니라, 경제적 계급과 권력 관계를 반영하는 상징적 장치라는 점을 강조한다.

해방화에서 운동화에 이르기까지 '운동화 패션'의 역사에서 우리는 정치 권력 관계와 금전 권력 관계라는 두 종류의 권력 관계를 보게 된다. 두 권력 관계 모두에서 우리는 위계질서, 특권, 및 그에 상응하는 관념을 본다. 시야를 발에서 몸 전체로 넓히거나 신발에서 옷 전체로 넓혀도 같은 결론에 도달하게 된다.[26]

여기서 저자는 명확히 역사적 발전의 관점에서 문제를 분석하고, 현재 유행 문화의 기원이 되는 역사적 발자취를 보아야 하며, 대중문화 발전 과정에서 나타나는 다양한 권력 관계를 인식해야 한다고 강조한다. 하나의 권력 관계만을 보는 것은 역사적 시각이 아니며, 역사와 현실에도 부합하지 않는다. 예컨대, 극좌 시기의 정치 권력 관계를 고려하지 않고 중국 대중문화를 단순히 비판하는 것은 이론적 함정에 빠질 수 있다. 반대로, 중국 대중문화가 극좌 시기의 정치 권력 관계에 반기를 든 측면만 보고, 새롭게 형성된 금전 권력 관계를 간과한 채 대중문화를 전적으로 긍정하는 것 또한 위험하다. 또한, 중국 대중문화의 복잡성으로 인해 역사적 발전의 시각을 고수할 뿐만 아니라, 문제를 포괄적으로 이해해야 하며, 특히 현재 중국 현실에서 두 권력 관계가 여전히 동시에 존재한다는 점을 주목해야 한다. 중국과 서구의 권력 관계, 즉 금전 권력 관계가 정치 권력 관계에 영향을 미쳤지만, 이로 인해 정치 권력이 완전히 사라진 것은 아니다. 오히려 이 두 권력 관계는 협력하며 함께 작동하고 있다. 이는 우리가 흔히 "권력과 금전의 거래"라고 부르는 것으로, 이를 통해 우리의 사회는 매우 복잡한 상황에 처하게 된다.

청원차오는 운동화 유행의 권력 관계를 역사적 관점과 사회학적 시각

26 程文超, 「波鞋与流行文化的权力关系」, 陶东风 등 主편, 『文化研究』(3輯), 天津社会科学院出版社, 2002년, 242쪽.

에서 비교적 객관적으로 분석했다. 이는 대중문화를 분석할 때 우리가 참고해야 할 중요한 관점이다.

쉬쉬(徐旭)는 「가을비 속 신체의 축제 — 제2회 진잉 TV상 생방송 해독(狂欢在秋雨中的身体——解码第二届金鹰电视节现场直播)」에서 홀의 기호화(coding)/기호해독(decoding) 모델과 바르트의 기호학 이론을 사용하여 제2회 진잉 TV상의 생방송 중계에 대한 구체적인 문화적 분석을 수행했다. 저자는 이 행사에 참여한 주체들을 다음과 같이 다섯 가지 범주로 나눈다. (1) 생산자. 국가 이데올로기를 대표하는 공식 참여자인 중국 TV 협회, (2) 가장 중요하고 직접적인 이벤트 제작자: TV 상군(湘军)과 후난 지방정부, (3) 일종의 피지배 신분이지만 이벤트의 제작과정에 적극적으로 참여하는 가장 기초적인 기호화의 원천: 영화·TV 및 연예 산업의 스타들, (4) 가장 이성적이고 직접 이익을 추구하는 광고주: 기업주, (5) TV 생방송 이벤트의 배경 역할을 하는 현장 관객. 이러한 주체들과 단위들이 협력하여, 본토 대중문화의 고전이 될 수도 있는 TV 텍스트와 문화 상품을 만들어냈다. 쉬쉬는 중국 TV 협회와 광고주가 서로 매우 다른 의미적 요구를 제시했음을 지적했다. 이로 인해, 기호화의 임무를 맡은 후난방송 그룹은 이념적 지향성과 상업적 셀링 포인트(가시성과 시청률) 사이에서 갈등과 모순에 직면하게 되었다. 그러나 TV상군의 기민함과 융통성, 전략적 사고에 능한 후난인 특유의 경영마인드 덕분에 텍스트 인코딩 과정에서 모순이 조화롭게 해결되었고, 어렵고 힘든 텍스트 제작 과정을 성공적으로 마칠 수 있었다. 저자는 이러한 유형의 참여자들이 활동을 수행하는 과정에서 겪는 모순, 갈등, 타협을 상세히 분석하며, 이 사건이 긴장된 상징적 코드를 의도적으로 선택하고 이를 텍스트 서사 담론의 수평적 구성에 효과적으로 녹여냈다고 설명한다. 이러한 작업은 생방송 프로그램에 의미의 확장과 재생산을 위한 공간을 남겼다. 그리하여 이 TV 미디어 버전의 대중문화 읽기는 독자들에게 텍스트 읽기의 즐거움을 제공했다.

물론 여기에서 가장 중요한 것은 신체의 향유를 핵심으로 내세운 축제적 특성이었다. 이는 의미 생산의 인코딩 과정에서 주류 문화와 엘리트 문화를 교묘히 공격하며, 회피, 해소, 도전, 변형과 같은 '게릴라 전술'을 적극적으로 활용했다. 그러나 동시에, 대중을 즐겁게 하는 과정에서 "흥분을 유발하면서도 적절한 선을 지키고", "재미있되 과하지는 않게" 적정선을 유지했다. 이 점은 중국 본토 대중문화의 특색으로, 홍콩 및 대만의 유사한 문화 상품과 구별되는 차별점으로 평가될 수 있다.[27]

위의 두 가지 사례 외에도 「상하이의 술집(上海酒吧)」 저자들은 헝산루(衡山路) 술집 거리의 소비 공간과 푸단대학과 퉁지대학을 중심으로 한 술집의 소비 공간이라는 두 그룹의 관찰 대상을 선택했다. 이 두 가지 사례의 관찰을 바탕으로 세기전환기 상하이의 독특한 도시 소비문화 현상을 분석하고자 했다. 또한 현실의 소비 공간과 문학 텍스트를 통해 상하이 소비주의의 문화적 경험과 역사를 추적하며, 근대성과 세계화의 맥락에서 상하이 도시 공간의 변화를 이해하고, 또 소비의 관점에서 현대 상하이의 복잡한 사회적, 문화적 현실을 해석하고자 하였다.

연구진은 '민족지학적' 연구 방법을 사용하여 현장 조사와 인터뷰를 통해 상하이 술집의 공간 생산, 문화적 상징, 신체와 젠더, 노스탤지어 정치, 섹슈얼리티 및 여가를 해석하고 몇 가지 계몽적인 결론에 도달했다. 연구자들의 눈에 헝산루의 술집은 의심할 여지 없이 고도로 소비주의적인 공간이며, 소비의 선택은 이 공간에서 매우 중요한 역할을 한다. 소비주의는 단순한 소비 행위를 지칭하는 것이 아니라 주로 술집 공간에서 상징적 물질의 생산, 유통, 욕망, 획득 및 사용을 의미하며, 이 과정에서 소비주의와 정치는 불가분의 관계를 형성한다. 소비 공간은 정치적이 될 뿐만 아니라 개인의 소비 행동에서 나타나는 정체성과 같은 사적 경험 자체가 정

---

27 상동, 271쪽.

치적 힘이 된다. 예를 들어, 연구자들은 술집의 이국적인 분위기가 여러 관계를 이어주는 매듭이 된다고 지적한다. "여기서 이데올로기와 상업적 소비, 국가 권력과 상업 자본, 세계화와 민족 의식은 복잡하게 얽혀 당혹스럽고 얼룩덜룩한 장면을 보여준다."[28]

술집에서 드러나는 '노스탤지어'에 대해 연구자들은 다음과 같이 지적한다. 노스탤지어는 의심할 여지 없이 자본, 소비주의, 세계화, 국가권력에 저항하고 지역적 지식을 재구성할 수 있는 문을 열어준다. 하지만 또 한편으로 노스탤지어 자체가 소비주의와 세계주의의 추구이기도 하다. 그리고 동시대 상하이의 문화적 현실에 대응하기 위해 어떤 타자성을 사용해야 하는가 하는 것이 옛 상하이의 노스탤지어를 불러일으키는 정치의 핵심 물음이다.[29]

요컨대, 연구자들은 구체적인 조사를 통해 상하이 술집에 내재된 복잡한 문화 현상을 분석했으며, 이는 우리가 대중문화를 이해하는 데 유용한 참고 자료를 제공한다.

현대 중국 대중문화를 연구하기 위해 민족지학적 방법을 사용하려는 전형적이고 의식적이며 성숙한 시도는 양링(楊玲)의 박사 학위 논문『슈퍼걸 팬들과 현대 대중문화 소비(超女粉丝与当代大众文化消费)』(수도사범대학, 2009)이다. 이 논문은 TV 오디션 프로그램인 〈슈퍼걸(超級女聲)〉 팬들이 참가자를 통해 현대 중국 사회를 이해하고, 의미와 정체성을 창출하고, 커뮤니티 문화를 구축하는 방법에 초점을 맞춘다. 저자는 팬 정체성이 선진국에서는 일반화되어 분석 범주로서의 효용성이 의문시되었지만, 경제와 문화 발전이 극도로 불균형한 중국에서는 문화 미디어 소비의 선구자로서 팬과 일반 관객의 구분이 일정 기간 존재할 것이라고 주장한다. 슈

---

28 包亚明 등,『上海酒吧: 空间, 消费与想象』, 江苏人民出版社, 2001년, 115쪽.

29 상동, 153쪽.

퍼걸 팬들이 형성한 문화적 소비 패턴을 살펴보면 중국 도시 지역의 신세대가 어떻게 뉴미디어 기술을 사용하여 자신의 대중문화를 생산하고 소비하며, 이를 통해 사회적·삶의 이상을 표현하는지 이해할 수 있다. 사실, 저자는 이러한 사고방식에 따라 아카팬(학자 팬)으로서의 정체성과 민족지학적 조사를 활용해, 현대 중국 문화연구의 일부 편견을 바로잡으려고 시도한다. 이는 이론적 추론과 이데올로기적 비판을 지나치게 중시하고, 문화 현상에 대한 경험적 조사를 상대적으로 소홀히 해 온 중국 본토 문화 연구자들의 단점을 보완하는 데 중요한 의미를 가진다. 본 논문은 슈퍼걸 팬의 문화적 소비 패턴, 팬 정체성의 형성과 표현, 팬슈머(fansumer), 슈퍼걸 팬픽 등에 대한 구체적인 분석과 연구를 수행한다. 저자는 슈퍼걸 팬들이 자신들의 문화적 실천을 통해 현대 사회에서 소비행위의 복잡성과 다면적 특성을 보여준다고 지적한다. 소비는 사회적 분절의 지표이자 사회적 통제의 수단이 될 수 있지만, 동시에 사회 각 계층이 공유하는 문화적 공간을 창출할 수도 있고, 정체성을 표현하고 변화를 촉진하는 장이 될 수도 있다. 문화소비/소비문화는 세속적, 쾌락주의적이고 천박하며, 쇼핑의 즐거움을 통해 사유와 감정의 영역의 심도 있는 문제들을 망각하게 만드는 것만은 아니다. 소비는 동시에 다양한 사회적, 문화적 의미를 생산하는 중요한 장치로 기능한다. 이 논문은 대중문화의 복잡성과 다층성을 잘 보여주며, 단일한 관점과 가치관으로 대중문화를 단순화하는 접근이 부적절함을 드러낸다. 이는 현대 대중문화를 이해하고 연구하는 데 유용한 통찰을 제공한다.

이를 통해 우리는 경험적 관점과 민족지학적 관점에서 대중문화를 연구하는 것이 중국 대중문화의 복잡성을 더 깊이 이해하고, 대중문화가 지닌 내재적 풍요로움을 파악하며, 단순화, 공허화, 슬로건화를 피하는 데 크게 기여할 수 있음을 알 수 있다. 이는 대중문화 연구에서 장려되어야 할 접근 방식이다. 사실 이러한 관점은 세기 전환기에 이미 많은 학자에 의해 인식되던 바였다. 현상의 풍부함에 대한 관심은 우아함과 천박함, 우매함과 고상함, 자유로움과 점잖음과 같은 이분법적 대립 개념에 집착하는 대신, 특정한 인류학적·사회학적 방법과 성과를 활용해 현대 중국 대중문화 현상을 심층적으로 분석할 것을 요구한다.

물론, 경험적 연구와 민족지학적 연구의 장점을 강조한다고 해서 연구에 입장이나 가치 판단이 전혀 개입되지 않는 것은 아니다. 가치관이 완전히 배제된 연구는 거의 불가능하다. 여기서 강조하고자 하는 점은, 경험적 대상을 연구할 때, 연구자는 구체적이고 심층적이며 세밀한 과정을 통해 자신만의 가치 입장을 점진적으로 구축해야 한다는 것이다. 반대로, 처음부터 지나치게 명확한 입장을 가지고 대상을 연구한다면, 이는 현상에 대한 전반적 이해를 방해하고, 나아가 연구의 객관성과 과학성에 부정적인 영향을 미칠 수 있다.

짧은 결론

대중 문화에 대한 연구가 중국에서 여전히 상승 추세를 보인다는 것은 의심의 여지가 없다. 이는 주로 중국 대중 문화의 형식과 내용 및 양식이 지속적으로 "업그레이드" 되었기 때문이다. 예를 들어 인터넷 문화는 오늘날 대중연구의 주요 대상이 되었다. 그러나 이처럼 활발한 논의 속에서도 우리는 연구의 관점과 방법이 여전히 비교적 단순하다는 것, 중국 대중문화의 생성, 발전 및 변화에 내재된 복잡한 정치, 경제, 문화적 맥락에 대한 보다 심층적이고 상세한 연구가 여전히 부족하다는 것을 인식해야 한다. 한편, 우리는 중국 대중문화의 다양성, 복잡성 및 차별성에 충분한 관심을 기울이지 않고 있다. 1차 자료를 심층적으로 탐구하지 않는다면, 연구가 이론에 맞춰 자료를 해석하거나 이론이 자료를 압도하는 결과를 초래할 수 있다. 이는 엄격한 학술 연구 방법으로 보기 어렵다. 또 한편, 우리는 대중문화연구에서 민족지학적 방법을 많이 사용되지 않고 있다. 이는 대중문화에 대한 우리의 경험적 인식을 제한한다. 더 나아가, 처음부터 끝까지 이론에만 의지하는 방식만으로는 중국의 고유한 경험을 진정으로 포착하기 어렵다. 이는 중국의 독특한 대중문화 이론을 구축하려는 시도에도 한계를 초래한다. 결국, 대중문화 연구는 단순히 이론적 논의에 그칠 것이 아니라, 경험적 접근과 민족지학적 방법을 통해 중국의 독창적이고 구체적인 학문적 성과를 만들어내는 데 집중해야 할 필요가 있다.

제4장

종족과 정체성 의제

1. 민족 정체성 의제의 출현

민족국가 건설은 본래 사상사를 포함한 중국 근대사의 핵심 쟁점이었으나, 1950~70년대에 들어서면서 중국에서 민족국가 문제는 이데올로기적 계급론에 가려지거나 계급 문제로 대체되어 효과적으로 발전할 수 없었다. 90년대 초반이 되어서 중국 학계에서 중국 민족 문화 정체성을 논하는 목소리가 급증했는데, 문화연구 분야도 예외는 아니었다. 그것은 중국 문화계의 담론 분위기와 국면을 크게 바꾸어 놓았고 그 영향력은 오늘날까지도 강력하다.

문화연구에서 민족정체성에 대한 연구는 일반적으로 '포스트식민주의 문화이론', '포스트식민주의 비평' 혹은 '제3세계 비평'의 범주로 분류된다. 이러한 이론적 틀은 민족 정체성과 관련된 담론을 분석하는 데 중요한 기반이 되며, 중국 민족 정체성 연구 역시 이러한 비판적 틀 속에서 발전해왔다.

(1) 포스트식민주의 문화이론, 문명의 충돌론과 그 영향

서구의 포스트식민주의 문화 이론과 문명충돌론은 의심할 여지 없이 중국의 민족 정체성 의제의 출현에 명백한 영향을 미쳤다. 먼저, 이 주제는 사이드(Said)의 『오리엔탈리즘』의 소개과 토론을 통해 중국 문화의 담론 영역에 처음 진입하였다. 1993년에 사이드와 그의 '오리엔탈리즘'에 대한 여러 글이 『독서』 잡지 제9기에 실리면서 중국의 민족문화 정체성에 대한 다양한 논의가 대중화되기 시작했다. 둘째, 일부 논자들은 중국의 민족문화 정체성 의제의 출현을 헌팅턴의 '문명의 충돌'론의 영향으로 연결시킨다. "문명의 충돌"에 대한 헌팅턴의 글이 중국의 주요 신문인 『참고소식(参考消息)』(1993년 8월 20~26일)에 연재되었고, 이는 중국 학계에서 열띤 토론을 불러일으켰다. 이러한 논의를 더욱 명확히 이해하기 위해, 먼저 포스트식민주의 문화이론과 문명충돌 이론의 기본 개념과 배경을 간략히 살펴볼 필요가 있다.

오늘날 서구 문화연구는 주변부에서 중심부로의 반란이라고 할 수 있으며, 그 본질은 서구 사회의 정체성 정치가 문화 분야에서 구현된 것이다. 문화연구는 정체성의 가장 중요한 세 가지 차원인 계급, 종족 및 젠더를 중심으로 하는 권력 비판에 중점을 둔다. 문화연구에서 종족적 차원은 주로 근대 이후 서구의 식민주의 활동과 밀접한 관련이 있다. 유럽의 경우 제2차 세계 대전 이전에는 주로 유럽 국가들이 세계의 다른 지역을 식민지화하고 서구의 정치와 문화를 식민지 지역으로 이식하였다. 제2차 세계대전 이후에 과거 식민지 국가들이 하나씩 독립하면서, 과거 식민지 주민들이 대규모로 식민 본국으로 이주하기 시작했으며, 이는 유럽 국가들에 각종 종족 갈등과 종족 정체성 문제를 가져왔다.

종족 정체성 정치 문제는 미국에서 가장 두드러진다. 아메리칸 인디언 외에도 식민지화와 함께 발생한 흑인 노예 문제도 있다. 세계화가 심화됨에 따라 제3세계 이민자들이 대거 미국으로 몰려들면서 미국 사회의 인종 구성은 더욱 다양하고 혼합된 구조가 되었다. 미국은 여전히 백인 유럽인들의 앵글로색슨 문화 전통에 의해 지배되고 있지만, 소수자들의 목소리를 더 진지하게 받아들여야 했다. 이것은 근본적으로 국내 정치에 의해 좌우되었다. 미국 사회에서 1960년대의 흑인 인권운동은 전 세계적인 공감을 얻어 결국 큰 성공을 거두었고, 그 결과 법으로 규정된 평등선거권이 점차 시행되었다. 이런 상황에서 소수 민족의 표를 얻는 것은 미국 선거 정치에서 중요한 요소가 되었다. 이른바 '소수 민족'은 이미 전체 인구의 3분의 1 이상을 차지하고 있으며, 이들은 집중 거주과 공동체적 소외감을 공유함으로써 더욱 잘 조직화되어 있다. 이에 따라 문화 분야에서도 과거 식민지의 소수자들과 그 후손들은 점점 더 피식민자의 관점에서 식민주의를 성찰하는 목소리를 키워가고 있다.

  19세기 말까지 대부분의 기간 "식민주의"는 중립적이고 심지어 긍정적인 용어였다. 그것은 계몽주의 사상과 밀접한 관련이 있다. 계몽은 인간을 더 '합리적'이고 '문명화'시키는 것을 목표로 하며, 이 기준에 따르면 비서구 민족의 '합리성'과 '문명화'의 정도는 분명 부족한 것으로 여겨졌다. 계몽주의의 맥락에서 식민주의는 이성과 문명의 확장을 위한 불가피한 '진보적' 과정으로 간주되었다. 그러나 반식민지 운동과 민족 독립 운동이 고조되면서 19세기 말에 이르러 식민주의는 국제 정치 어휘에서 경멸스러운 용어가 되었다. 마르크스와 레닌은 모두 식민주의에 대한 가혹한 비판자였다. 제2차 세계대전 이후, 독립한 전 식민지 정치인들과 지식인들은 식민주의가 본질적으로 적나라한 침략과 강탈이며, 서구 문화는 이들의 공범이라고 비난했다. 유럽과 미국 사회의 소수 민족 이민자들, 특히 미국 흑인들은 문학과 예술 작품을 통해 서구 사회와 문화에 만연한 인종주의를 격렬하게 공격해 왔다.

  사이드의 1978년 저서 『오리엔탈리즘』은 비판적 종족 정체성 연구에 새로운 학문적 지평을 열었다. 이 책은 그람시의 헤게모니 이론과 푸코의 담론 이론을 통해, 학문적 형태로서 '오리엔탈리즘'(유럽 내부에서 '동양'을 전문으로 하는 학문)이 '동양'을 표상하는 방식이 객관적이고 공정한 것이 아니라 권력과 밀접한 관련이 있으며 편견과 진부함으로 가득 차 있음을 지적한다. 이 책은 "포스트식민주의 비평"으로 알려진 새로운 연구 분야를 개척했으며, 그 주된 목적은 문화적 차원에서 식민주의의 부정적 결과를 청산하는 것에 있었다. 이러한 관점은 포스트모더니즘 비평과 많은 전제를 공유한다. "포스트모더니즘의 관점에서 볼 때, 근대성(modernity)은 전체성과 보편성의 개념을 사유와 세계 전체에 강요할 필요가 있다. 사실, 근대성의 과제는 무질서에 질서를 부여하고 주변부를 길들이는 것이다. 그러나 세계의 권력 균형이 서구에서 멀어지고 더 많은 목소리가 서구로 돌아오면서 근대성이 보편화되지 않을 것이라는 강한 인식이 형성되었다. 근대성은 서구의 과업이자, 서구가 자신의 가치를 세계에 투영한 것으로 여겨지기 때문이다. 사실, 근대성은 유럽인들로 하여금 그들의 문명, 역사, 지식을 보편적인 것으로 여기게 만들었다."[1] 근대성에 대한 성찰의 관점에서 볼 때, 포스트식민주의는 사실 포스트모더니즘에 귀속되어야 하며, 어쩌면 포스트모더니즘의 가장 중요한 부분 중 하나일 수 있다.

그러나 사이드의 저작이 서구에서 진정으로 중대하고 광범위한 영향을 미치게 된 것은 1980년대 말 냉전이 종료된 이후이다. 이 시기에는 사회주의 진영의 해체로 인해 민족주의가 냉전 시기의 정치적 이데올로기 대립을 대신하여 국제 질서를 재구축하는 중요한 기반이 되었다. 헌팅턴(Huntington)은 1996년에 다음과 같이 말했다. "냉전 시기 세계 정치구조

---

1 迈克·费瑟斯通, 『消解文化: 全球化, 后现代主义与认同』, 杨渝东 译, 北京大学出版社, 2009년, 14쪽.

는 양극화되었고, 세계는 세 부분으로 나뉘었다. 하나는 미국이 이끄는 가장 부유하고 민주적인 사회 진영이었고, 다른 하나는 소련이 이끄는 다소 빈곤한 진영이었다. 이 두 진영은 전방위적인 이데올로기적, 정치적, 경제적, 때로는 군사적 경쟁을 벌였다. 이와 같은 많은 갈등은 두 진영 밖에 있는 제3세계에서 발생했는데, 이 국가들은 종종 가난하고, 정치적 안정성이 결여되어 있으며, 최근 독립한 비동맹 국가들이었다."[2] "1980년대 말, 공산권의 붕괴와 함께 냉전 체제는 역사의 일부가 되었다. 탈냉전 세계에서 인간들 사이의 가장 중요한 차이는 이데올로기적, 정치적, 경제적인 것이 아니라 문화적 차이였다. 국민들과 민족들은 인류가 직면할 수 있는 가장 근본적인 질문에 답하려고 시도하고 있다. '우리는 누구인가?'"[3] "탈냉전 세계에서는 국가들이 점점 더 자신들의 문명에 기반하여 이익을 정의하고 있다. 그들은 자신들과 유사한 문화를 가진 국가들과 협력하거나 동맹을 맺으며, 다른 문화를 가진 국가들과 종종 갈등을 일으킨다. … 일반 시민과 정치 지도자들은 자신들이 공통의 언어, 종교, 가치, 제도, 문화를 공유하는 민족을 이해할 수 있고 신뢰할 수 있는 대상으로 간주하기 때문에, 그러한 민족으로부터는 위협이 발생한다고 생각하지 않는 편이다. 반대로, 그들은 자신들과 다른 문화를 가진 국가들의 사회는 이해할 수 없고 신뢰할 수 없다고 여기며, 그들로부터 위협이 발생한다고 생각할 가능성이 더 크다. 이제 마르크스-레닌주의 소련은 더이상 자유 세계에 대한 위협이 아니며, 미국도 공산주의 세계에 대한 위협이 아니기 때문에, 양쪽 세계의 국가들은 점점 더 이질적인 문화의 사회로부터 위협을 느끼게 되었다.[4] 헌팅턴은 구 유고슬라비아의 갈등과 중동 분

---

2 塞缪尔·亨廷顿,『文明的冲突与世界秩序的重建』, 周琪等 역, 新华出版社, 2002년, 5—6쪽.

3 상동, 6쪽.

4 상동, 15—16쪽.

쟁을 예로 들어 두 개 이상의 문명이 교차하는 지점에서 왜 그렇게 많은 갈등이 발생하는지, 그리고 전 세계 국가들이 '문명(문화)'을 경계로 어떻게 진영을 나누고, 편을 선택하고, 분쟁에 개입하는지 설명한다. 그는 또한, 문명에 기반하여 정체성을 정의하지 않는 국가들은 방향을 잃은 국가가 되어 외교적으로 끊임없이 어려움을 겪게 될 것이라고 주장했다. 헌팅턴은 역사가 일부 사람들이 말하듯이 '종말'을 맞이한 것이 아니며, 단지 정치적 이데올로기의 전쟁에서 문명(화)의 충돌로 전환되었을 뿐이라고 결론지었다.

90년대 이후, 특히 9·11 이후의 분쟁으로 볼 때, 헌팅턴의 견해는 상당히 일리 있는 말이다. 문화적 갈등이 점차 국제 문제의 주요 원칙이 되고 있는 바로 이 시기에 동서양의 문화관계를 비판적으로 연구하거나 자국의 문화적 정체성을 무비판적으로 긍정하는 담론이 전 세계로 확대되고 있다. 중국의 민족 문화적 정체성 문제가 대두된 것도 의심할 여지 없이 이러한 서구 이론의 영향을 받은 것이다.

(2) 민족문화 정체성 의제의 중국적 맥락

오늘날 중국문화연구의 전반적인 상황과 마찬가지로 중국의 민족문화 정체성 의제의 등장은 서구 이론 담론에 의해 제기된 것만은 아니다. 이는 중국 자체의 상황과 더 밀접한 관련이 있기 때문에, 중국 자체의 역사적 현실이라는 맥락 속에 위치할 필요가 있다. 사실 사이드와 그의 오리엔탈리즘은 늦어도 1986년에 출간된 제임슨의 강연록에서 이미 언급된 바 있다. 1988년에는 사이드에 대한 인터뷰가 출판되었으며, 1990년에는 오리엔탈리즘에 대한 포괄적인 입문서가 출간되었지만, 큰 논쟁을 불러일으키지는 못했다. 몇 년간의 침묵기를 거친 뒤, 1993년에서 1994년 사이에 포스트식민주의와 중국의 민족적 문화적 정체성에 대한 논의가 갑자기 폭발하면서, 이는 많은 이들로 하여금 깊은 성찰을 요구하게 되었다.

　포스트식민주의 이론과 포스트식민주의 문화비평은 구 종주국과 구 식민지 간의 관계가 현재 유럽과 아메리카 국가 내의 다인종 관계, 특히 문화적 관계에 미치는 영향, 그리고 현대 유럽과 미국의 제1세계와 제3세계 국가 간의 문화적 관계에 미치는 영향을 다룬다. 문명으로서 중국의 경우, 1840년 아편전쟁으로 근대에 접어든 이래 중국과 서구 문화의 관계에 대한 논쟁이 끊임없이 있어왔다. 중국 문화는 유아독존에서 서구 기술의 학습('중체서용(中體西用)'), 서구 정치 시스템의 학습(무술변법과 신해혁명), 서구 문화의 전면 학습(신문화운동) 단계를 거쳤으나, 일본의 침략으로 민족 문화 가 고양(옌안의 공산당과 충칭의 국민당 정부 모두 문학과 문화의 민족화와 대중화를 강조)되었다가, 중화인민공화국 건국 후 냉전 체제 속에서는 아예 서구 문화를 전면 배격하였다. 그리고 개혁개방 후 두 번째로 서구 문화를 받아들이는 과정을 거쳤다. 이처럼 중서 문화 관계의 문제는 중국의 근대화 과정에서 결코 피할 수 없는 핵심 의제로 자리 잡았다. 리쩌허우가 요약한 중국 근대 사상사의 주요 흐름인 '계몽과 구국의 이중주'는 사실상 중서 문화의 충돌과 상호작용의 역사라고 할 수 있다. 이 점은 왕후이(汪暉)의 말에서 더욱 분명하게 드러난다. "중국 지식인들에게 근대화란 한편으로는 근대 국민국가를 건설하기 위해 부강을 추구하는 방법이었으며, 다른 한편으로는 서구 근대 사회의 문화와 가치관을 규범으로 삼아 자국의 사회와 전통을 비판하는 과정이었다. 따라서 중국 근대성 담론의 가장 중요한 특징 중 하나는 '중국/서구'와 '전통/근대'라는 이분법적 대립으로 중국 문제를 분석한 것이다."[5]

　1980년대 중국 대륙에서 일어난 문화열은 두 가지 층차를 가지고 있

---

5 汪暉, 「当代中国的思想状况与现代性问题」, 『天涯』, 1997년 제5기.

다. 하나는 문화대혁명으로 큰 타격을 입은 중국 전통문화의 뿌리를 찾는 것이고, 또 하나는 5·4 시기의 계몽주의 전통을 계승하여 서구 문화를 이용해 중국 전통문화와 국민성을 비판하는 것이다. 이 두 가지 측면 중 어느 것이 지배적이냐는 당시의 주류 정치와 이데올로기적 태도에 달려 있는 경우가 많다. 90년대에 이르러 지식인들의 시선과 관심은 명백히 서구에서 본토로 전환되었고, 이른바 '국학 부흥'이 나타났다. 서구 문화는 지식계 내부에서 점점 더 의문과 비판을 받기 시작했고, 여기에 중국 정부의 애국 담론, 민간의 민족주의 정서, 그리고 지식계의 '내부로의 전환'('서구'와는 반대 방향으로)이 합쳐져 90년대에는 1980년대와 크게 다른 문화적 분위기와 풍경을 형성했다. 80년대의 '서풍이 동풍을 압도'하는 형국에서 '동풍이 서풍을 압도'하는 형국로 급격히 변하면서, 재차 구망(救亡)이 계몽(啓蒙)을 압도한 듯했다.

중국 근현대사에서 구망과 계몽의 주도권이 교차했던 역사와 유사하게, 이번 전환도 단순히 사상 분야의 변화가 아니라 중국의 현실적 상황과 깊은 관련이 있다. 특히 중요한 사건은 80년대 말과 90년대 초 세계를 뒤흔든 정치적 격변이다. 이 사건은 국제 사회주의 진영의 붕괴를 초래했으며, 유럽의 전 사회주의 국가들에 연쇄적인 반응을 일으켰다. 이는 계몽주의 담론의 위기, 더 나아가 중국 지식인들의 정체성 위기를 촉발했다. 뿐만 아니라 90년대 초 중국과 미국 및 다른 서방 국가들과의 관계에 갑작스러운 긴장이 야기된 것도 그 원인 중 하나가 여기에 있었다.[6] 중국에서는 민족주의적 성향이 강한 책이 다수 출간되었는데, 그중 가장 영향력이 컸던 책은 『"노"라고 말할 수 있는 중국(中国可以说"不")』과 『중국 악

---

6 1989년 이후, 중국과 미국은 인권 문제로 끊임없이 마찰을 빚었다. 1993년 여름, 중국 선박 은하호가 공해상에서 "모욕"을 당했고, 같은 해 가을 중국의 올림픽 유치 실패는 서방 국가들의 "편견" 때문이라는 의견이 전국적으로 확산되었다. 이어 중국 주유고슬라비아 대사관이 폭격당한 사건은 전 국민의 민족주의적 분노를 더욱 격발시켰다.

마화의 배후(妖魔化中國的背后)』이다.[7] 일부 학자들은 1989년 이후 중국 지식인들의 정체성 변화 과정에서 매우 주목할 만한 현상이 나타났는데, 즉 일부 지식인들이 '본토'라는 민족적 정체성이 바로 정체성 위기에 빠진 중국 지식인들에게 '임파워먼트(empowerment)' 효과가 있음을 발견한 것이다. 이들은 '본토'라는 새로운 소속감을 통해 자신을 '민족 문화'와 '민족 문화 이익'의 대변인으로 세우고자 했다.[8] 이 분석은 시사적이기는 하지만, 80년대와 90년대의 전환기라는 특수한 맥락에서 이해되어야 한다. 특수한 사회계급으로서 지식인의 정체성은 종종 비판과 부정의 대상이 필요하고, 부정을 통해 자신의 정체성을 확립할 수밖에 없는데, 이는 지식인 계급의 특징인 비판 정신과 비판적 담론과 맞물려 있다. 80년대에는 지식인들의 비판 대상이 극좌파의 공식 이데올로기와 전통문화였다면, 90년대에는 계몽주의의 좌절과 민족주의의 부상으로 인해 이른바 '시장경제'와 서구(특히 미국) 자본주의가 새로운 비판의 대상으로 떠올랐다. 이리하여 '인문 정신' 대토론, 포스트식민주의 논의, 다양한 근대성 비판 및 국학열 등이 나타나게 되었다. 이때 문화민족주의가 부활하여 '동양문화 부흥론'이 나왔고 일각에서는 21세기가 중국문화의 세기이며 미래세대들이 어릴 때부터 사서오경을 체계적으로 배울 수 있도록 해 국민의 인문정신을 되살려야 한다는 주장이 등장하였다.

인문학계의 흐름은 조용히 변화하였다. 상징적인 사건의 하나는 1991년 베이징 대학의 『국학연구(國學硏究)』가 출간되고, 이를 『인민일보』에서 대대적으로 보도한 것이다. 이는 전통문화(국학)에 대한 주류 이데올로기의 태도가 크게 변화하였음을 보여준다. 이후 '국학원', '독경반', '공자학원' 등이 국내외에서 중국의 문화 현상 겸 산업 현상이 되었는데, 이는

---

7 李希光, 刘康等, 『中国可以说"不"』, 『妖魔化中国的背后』, 中国社会科学出版社, 1996년.
8 徐贲, 『走向后现代和后殖民』, 中国社会科学出版社, 1996년.

'국학 산업'이라고 칭할 수 있겠다. 전통문화연구에 관한 논문과 단행본이 대거 발표되었다. 정부 입장에서는 문화 담론의 시야를 '글로벌'로 전환시키는 것이 (정치, 경제, 문화 등을 포함하여) 1980년대 말 국내 정치 사건으로 인해 발생한 국가와 사회 간의 긴장 관계를 완화하는 데 분명히 도움이 되었다. 이처럼 다양한 요소들이 복합적으로 작용한 결과, 포스트식민주의 이론의 인기도 상승하고 민족 정체성 문제가 부각되기 시작하였다.

90년대 초반, 포스트식민주의 이론은 중국 사상·문화계에 널리 확산되기 시작했다. 1993년 사이드를 비롯한 포스트식민주의 비판에 관한 일련의 글이 『독서』에 실렸다. 문화연구에서는 제3세계 의식과 지정학적 의식이 강화되었고, 일부 글에서는 편협한 민족주의 경향까지 나타났다. 동시에, 혹은 조금 더 일찍, 자본주의적 근대성, 세계화 이론, 포스트모던 이론, 세계체제 이론 등이 중국에 유입되었다. 민족주의와 함께 등장한 지정학적 의식의 강화로 인해, 근대화와 근대성에 대한 관점도 변화하기 시작했다. 문화연구계에서는 중국의 근대화 지체 문제를 자본주의 세계체제가 중국을 억압한 결과로 간주하는 목소리가 점차 커졌다. 이는 1980년대(물론 5·4운동도 포함)처럼 주로 중국 내부의 문화적 문제(이를테면 '국민성')를 성찰하던 관점과는 뚜렷이 구별된다. 이는 사상사 연구에서 매우 중요한 전환점으로 평가될 수 있으며, 많은 지식인이 중국 현대사를 바라보는 시각에 깊은 영향을 미쳤다. 문화연구는 그 강렬한 현실성과 동시대성 덕분에 이 전환의 선두에 서 있었으며, 이러한 변화의 흐름을 두드러지게 반영했다.

2. 정체성 의제라는 문제 영역

포스트식민 비평이 중국에서 불러일으킨 논쟁은 여성주의나 대중문화와 같은 문화연구의 다른 주제들에 비해 훨씬 더 격렬했다. 이는 이 주제가 지난 한 세기 동안 중국 근대화 문제에 대해 지식인들이 가지고 있던 인식에 깊숙이 파고들었기 때문이다. 포스트식민주의 비평은 이미 80년대 후반 중국 본토에 소개되고 있었지만, 중국 학계의 주목을 받기 시작한 것은 앞서 언급한 바 1993년 잡지『독서』9호에 '오리엔탈리즘' 및 '포스트식민주의 비평'과 관련된 4편의 글이 수록되면서부터이다.[9] 이 글들은 포스트식민주의의 몇몇 주요 사상가들과 그들의 저술을 소개하였고, 또 이 새로운 이론을 사용하여 중국 현대사의 문제를 분석하고 성찰하고자 했다. 사이드의『오리엔탈리즘』에서 영감을 얻어 중국인에 대한 서구인들의 편견과 차별을 비판하고, 또 중국 학계가 중국을 묘사하거나 중국에 대해 사고할 때, 서구 식민주의의 영향 하에 서구의 헤게모니가 자기 인식에 내재화된 결과, 서구 중심주의적 시각으로 스스로를 바라보고 있다고 비판하였다.

그들은 1980년대의 계몽 사조에 대해서도 비판과 반성을 가하며, 이를 서구 식민주의 사고의 연장선으로 간주했다. 이후, 이러한 반성은 더욱 거슬러 올라가 5·4 운동 이래의 반전통 사조까지 확장되었다. 이들은 신문화운동 이후 중국인의 근대화 노력, 즉 급진적 반전통주의는 서구 관념을 표준으로 삼아 이루어졌다고 보았으며, 이는 서구 우위, 동양 열등이라는 계층적 관념과 선형적 역사관을 인정하고 내재화한 결과라고 주장했다. 이로 인해, 자기 문화의 정체성을 상실하는 '타자화' 과정이 발생

---

9 张宽,『欧美人眼中的"非我族类"』, 钱俊,『谈赛义德谈文化』, 潘少梅,『一种新的批评倾向』, 李长莉,『学术的趋向: 世界性』.

했다는 것이다. 이처럼, 그들은 서구 포스트식민주의를 통해 중국의 근대성, 특히 신문화운동 이래 서구화와 급진적 반전통을 특징으로 한 계몽 프로젝트를 반성하고 문제를 제기했다.

이 논의는 중국 근대화의 길, 근대성의 상황, 중국 전통문화의 역사적 평가와 미래 발전 등 매우 중요한 문제를 다루고 있기 때문에 즉시 학계에 큰 반향을 불러일으켰다. 『독서』에 실린 글과는 반대로, 5·4의 계몽주의적 입장을 고수하는 일부는 서구 포스트식민주의 이론을 보다 신중하게 다루어야 하며, 단순히 중국의 계몽주의를 부정하는 데 사용해서는 안 된다고 주장했다. 일부는 중국 학계에서 오리엔탈리즘이 인기를 끌고 있는 것은 최근의 문화보수주의, 동양문화 부흥론, 세계정치의 신질서에 따른 민족주의와 관련이 있다고 지적하였다.[10] 또 "포스트식민주의 문화비평이 중국 본토에 '식민'되었을 때, 학문적 측면에서의 문화비평이 없었던 것은 아니다. 하지만 그보다는 문화적 민족주의로 인한 분노와 이에 따른 반항 심리, 그리고 배후의 전복 전략이 주류"였기에, 그것은 문화적 '냉전'으로 볼 수 있다는 주장도 있었다.[11] 또한, 계몽주의 및 자유주의 입장에서 중국의 포스트식민주의 비평을 의심하는 이들은, 중국의 포스트식민주의가 국제적 패권에는 저항하면서도 국내적 억압에는 반대하지 않는다는 점을 지적했다. 이들은 제1세계의 억압은 중국이 직면한 주요 억압 형태가 아니기에, 이는 매우 의도적인 회피라고 주장했다.[12] 다른 학자들은 이에 대해 정면으로 반박하며 현재 중국이 직면한 주요 억압 담론은 서구 세력을 대변하는 '국제 체제 담론'이며, 포스트식민주의의 저항성은 국내에서 실현되어야 하는 것이 아니고, 오히려 국내에서의 대립을 유발

---

10 王一川, 陶东风 등, 「中心·边缘·东方·西方」, 『读书』, 1994년 1월호.

11 许纪霖, 「"后殖民文化批评"面面观」, 『东方』, 1994년 제5기.

12 徐贲, 「第三世界批评在当今中国的处境」, 『二十一世纪』, 1995년 2월호.

하지 않도록 신중히 다뤄야 한다고 강조했다.[13]

위의 논의를 통해 알 수 있듯이, "오리엔탈리즘이든 다른 서구의 포스트식민주의 이론이든, 그것들이 중국 지식인들에게 호소력을 가진 것은 단순히 서구문학 및 문화 비평의 새로운 모델을 소개했기 때문이 아니라, 중국 전통문화(또는 동양 문화), 중국과 서구문화의 관계, 5·4 운동의 문화적 급진주의처럼 중국 지식인들을 오랫동안 괴롭혀온 문제들을 새롭게 성찰할 수 있는 새로운 관점과 척도를 제공했기 때문이다. 따라서, 포스트식민 비평에 대한 논의가 5·4 운동 및 중화 문화를 재평가하려는 흐름과 자연스럽게 동시적으로 진행된 것은 전혀 놀랄 일이 아니다. 이론 자체가 늘 민감했던 신경을 건드렸기 때문에, 중국 학계에서 즉각적인 논쟁을 촉발한 것이다."[14]

포스트식민주의 이론은 본래 서구의 문화적 성찰에서 탄생하여 서구 내에서 전개되었지만, 이후 중국을 비롯한 제3세계 지식인들도 이 논의에 참여하면서 현재의 포스트식민주의 이론을 함께 형성했다. 중국의 맥락과 서구의 맥락 간에는 큰 차이가 있기에 포스트식민주의 이론은 중국의 특수한 국가 정세와 결합될 수밖에 없으며, 이는 다시 중국 포스트식민주의 비평의 독특한 문제 영역을 형성하였다.

(1) 제3세계 문화비평

서구 포스트식민주의 문화 이론은 중국의 민족 정체성 문제를 새롭게 성찰하는 데 중요한 영감을 주었으며, '제3세계 문화' 이론과 비평은 포스트식민주의 문화 이론이 중국화되는 과정에서 가장 초기의 담론 형

---

13 张宽, 「关于后殖民主义的再思考」, 『原道』(제3집), 中国广播电视出版社, 1996년.
14 陶东风, 『文化研究: 西方与中国』, 北京师范大学出版社, 2002년, 203쪽.

태였다. '제3세계 문화' 이론은 미국의 네오마르크스주의 이론가 제임슨이 제시했다. 1986년 미국의 『소셜 텍스트(Social Text)』 가을호에 실린 「초국적 자본주의 시대의 제3세계문학(Third-World Literature in the Era of Multinational Capitalism)」이라는 글에서 그는 '제3세계 문화'라는 개념을 처음 제시했다. 이 글의 중국어 번역본은 1989년 『당대전영(当代电影)』 제6호에 실려 중국 학계의 큰 주목을 받았다. 1990년 『문예쟁명』 창간호에는 장이우의 「제3세계 문화와 중국문학(第三世界文化与中国文学)」이 실렸고, 같은 해 제3호에는 제3세계 문화 문제를 논의한 웨다이윈(乐黛云), 우샤오밍(伍晓明) 등의 글이 실리면서 국내 학계에서 '제3세계 문화'에 대한 논의가 급증하여 붐을 이루었다.

일부 학자들은 이와 관련해, 이전까지 '제3세계'라는 개념은 국제 관계에서 중국의 자기 위치를 정의하는 국가 공식 담론의 일부였을 뿐, 문화비평과는 거의 관련이 없었다고 지적한다. 거의 20세기 전반에 길쳐 중국의 문화 비평은 항상 중서 문화 관계에 대한 성찰을 포함했지만, 제1세계와 제3세계의 대립/구분을 기본적인 분석 범주로 삼은 적은 없었다.[15] 따라서 90년대 중국에서 '제3세계 문화 비평'을 촉발하고 재정의한 것은 제임슨의 글이었다고 할 수 있다.

제1세계 학자로서 제임슨은 왜 '제3세계 문화'에 주목했을까? 그의 설명에 따르면, 제3세계 문화를 연구하는 것은 필연적으로 서구 문화를 새로운 관점에서 바라보게 하며, 서구 문화를 외부에서 비교 분석할 수 있게 함으로써 전체적인 문화 비평을 발전시킬 수 있다는 것이다.[16] 즉, 미국 학자인 제임슨이 제3세계 문화에 주목한 이유는 그것을 제1세계 문화를 반성하는 하나의 전략으로 삼으려는 데 있었다. 그의 관점에서 모

---

15 徐贲, 『走向后现代与后殖民』, 220—221쪽.
16 王逢振, 『今日西方文学批评理论』, 漓江出版社, 1988년, 3~7쪽.

든 제3세계 문화는 독립적이거나 자율적인 문화가 아니며, 제1세계의 '문화적 제국주의'와 생사를 건 투쟁 속에 존재한다. 따라서 제3세계 문화를 연구하는 것은 어느 정도 서구 문화 자체를 연구하는 것과 다름없다는 것이다.

그는 사회적 맥락의 차이로 인해 오늘날 서구 학자들이나 일반 독자들이 제1세계 문학의 기준으로 제3세계 문학을 본다면 다소 오해가 있을 것이라고 한다. 가장 중요한 측면 중 하나는 제3세계 소설이 왜 그렇게 정치적 색채가 강한지 이해하지 못한다는 것이다. 이와 관련하여 그는 다음과 같이 분석했다.

> 자본주의 문화의 결정요인 중 하나는 서구 리얼리즘의 문화와 모더니즘 소설인데, 이는 공적인 것과 사적인 것, 시학과 정치, 섹슈얼리티와 리비도의 영역과 계급, 경제, 세속적 정치권력이 작용하는 공적 세계 사이에서 심각한 분열을 일으킨다. 다시 말해, 프로이트와 마르크스의 대립이라고 할 수 있다. 서구에서는 개인의 삶의 경험이 추상적인 경제 과학이나 정치적 역학과 본질적으로 무관하다는 강한 문화적 확신이 항상 있어 왔다. 이러한 맥락에서, 정치란 서구 소설에서 스탕달의 유명한 표현을 빌리자면, "음악회에서 울린 총성"과 같이 극도로 부조화적인 요소로 나타난다. 반면, 제3세계의 텍스트는, 심지어 개인과 리비도적 충동에 관한 이야기로 보이는 경우조차, 민족적 알레고리의 형태로 정치적 메시지를 투영한다는 특징이 있다. 즉, 개인 운명에 대한 이야기여도 제3세계의 대중 문화와 사회가 직면한 충격을 담은 하나의 알레고리를 담고 있다.

이 글에서 그는 루쉰의 소설 「광인일기」, 「약」, 「아Q정전」에 특히 주목했다. 그는 서구인들이 텍스트의 알레고리적 공명을 경험하지 못한다면 루쉰 텍스트의 표현력을 제대로 이해하기 어려울 것이라고 지적했다. 반대로, 서구의 소설 텍스트는 알레고리적 구조를 가질 수는 있지만, 그것은 무의식 속에 존재하며 명시적으로 표현되지 않기에 독해를 위해서는 특별한 해석 메커니즘이 필요하다. 그러나 제3세계 소설 속의 민족 알레고리는 의식적이고 공개적인 것이다. 정치와 리비도 사이에는 서구의 관념과는 매우 다른 객관적 연관성이 존재한다.

제임슨은 이러한 민족적 알레고리의 긍정적 의미를 높이 평가하며, 미국으로 대표되는 제1세계와 제3세계 간의 문화적 관계를 헤겔의 유명한 '주인과 노예의 변증법'에 비유했다. 주인(제1세계)은 노예(제3세계)를 지배하고 그들의 노동을 착취하지만, 노예는 노동을 통해 객관적으로 현실을 인식하고, 주인(제1세계)은 자신의 상상 속에서 점점 주관주의에 빠져 현실을 제대로 인식하지 못하게 된다는 것이다. 물질적, 문화적 조건의 한계로 인해, 제3세계의 문화가 순수하게 주관적으로 상상하고 투사하는 것은 불가능하다. 그러기에 "바로 이 점이 제3세계 문화의 알레고리적 특성을 설명해 준다. 개인과 개인적 경험에 관한 이야기가 결국 전체 집단의 경험을 어렵게나마 서술하는 형태로 담겨 있는 이유가 바로 여기에 있는 것이다." 이 글에서 그는 제3세계 지식인들의 정치 참여와 집단주의적 가치관에 대해 존경을 표했다.

제임슨의 논문에서 드러난 '제3세계 문화'의 주요 진실, 즉 제3세계 국가들의 소설은 강한 정치의식을 가진 민족 알레고리라는 사실은 일반적인 중국 독자들에게는 기본적인 상식과 같다. 이 상식이 없다면 수많은 격렬한 문화 정치 투쟁 속에서 살아남을 수도 없고, 초등학교부터 고등학교까지의 어문 시험을 통과할 수도 없었을 것이다. 상식적으로 생각해보면, 그들에게 진정으로 신선한 것은 오히려 제임슨이 '상식'이라 여겼던 것, 즉 서구의 상식—서구 소설은 철저히 개인적이고 비정치적이라는 것이다. 독자적인 문학적, 문화적 환경에서 형성된 문학 해석 방식으로 인해 오랫동안 중국 학자들은 서구 소설을 해석할 때에도 고도로 정치화된 경향을 보여왔다. 이로 인해 제임슨의 '서구적 상식'이 중국에 유입된 후에 상당한 충격을 준 것이다. 그러나 중국 학계는 이에 주목하지 않고 오히려 '제3세계 문화' 이론이 중국에 갖는 의의를 이해하고 논의하기 시작했다. 그중 가장 대표적인 인물은 장이우다.

장이우는 1989년부터 일련의 문학 비평과 이론 논문에서 '제3세계'라는 용어를 자주 사용하기 시작했다. 예를 들어, 그는 자젠잉(查建英)의 미국 유학과 생활을 묘사한 소설을 평가하면서, 이들 소설이 "제3세계 문화의 생존 딜레마"를 부각시켰다고 언급했다. 자젠잉 소설의 주제는 사실 유학생 소설에서 흔히 다루는 것으로, 주인공이 중국을 '탈출'하지만 미국 사회에 완전히 융화되거나 동화되지 못하는 이야기다. 장이우는 이러한 소설들을 문화적 통제와 반(反)통제라는 주제로 해석해내며, 이 소설이 "제1세계와 제3세계의 날카로운 이분법적 대립"을 표현한다고 보았다. 그는 이를 다음과 같이 설명했다.

소위 "제1세계"는 고도로 발달된 경제와 강력한 물질적·문화적 힘을 가진 사회와 민족을 의미한다. 제3세계는 경제적으로 빈곤하고 문화적·사회적 발전 수준이 상대적으로 낮으며, 제1세계의 문화적 제국주의에 맞서 스스로의 존재를 확립하기 위해 노력하는 사회와 민족을 지칭한다. "제2세계"는 이 둘 사이의 중간 항목으로, 양자 사이에 위치한 사회와 민족이다. 제1세계/제3세계는 첨예한 이항 대립을 형성한다.… "제1세계"와 "제3세계"는 날카로운 이분법적 대립을 형성하고 있다. 제1세계의 문화적 가치는 대중매체와 고도로 발달한 현대 출판업의 성과를 통해 모든 영역에 걸쳐 제3세계로 스며들고, 제3세계의 문화가 그와 동일시하게끔 유도한다. 따라서 제1세계가 제3세계 문화에 가하는 통제, 억압, 흡인력 및 이에 대한 제3세계의 동일시, 거부, 반발은 하나의 중요한 문화적 주제가 된다. "제3세계 문화"가 제1세계와의 관계를 어떻게 다루고, 제1세계의 편재하는 서구적 가치와 이데올로기의 도전에 어떻게 대응할 것인가 하는 문제는 문화와 언어의 영역에서 기본 구도를 형성하고 있다.

그는 자젠잉의 소설에서 제1세계와 제3세계 간의 일련의 이분법적 대립을 발견했다. 예를 들어, 제3세계는 이상주의적인 반면, 제1세계는 물질적 욕망이 넘쳐난다. 제3세계는 가난한 반면, 제1세계는 풍요롭다. 제3세계는 (성적으로) 억압되어 있는 반면 제1세계는 개방적이다. 이러한 대립 구조가 자주 나타난다. 1989년 6월 1일에 완성되었다고 하지만 실제로는 9월에 발표된 이 논문은 제3세계, 곧 중국의 이상주의의 파멸을 제1세계 문화 패권이 가져온 물질적 욕망의 범람 때문으로 귀결시키고 있는데, 이는 매우 흥미로운 논점이다.[17]

장이우가 '제3세계 문화' 비평 이론을 체계적으로 서술하며 큰 영향을 끼친 글은 1990년 『문예쟁명』 제1호에 발표한 「제3세계 문화와 중국 문학(第三世界文化与中国文学)」이다. 이 글에서 그는 세계화라는 배경 속에서 국제적인 문학 비평이 등장했음을 지적한다. 그러나 이러한 글로벌 학술 담론은 사실상 제1세계의 담론이다. 제1세계는 매스 미디어와 문화 산업을 통해 헤게모니를 장악하고 있으며, 이는 제3세계 민족의 본토 문학이론과 창작 전통을 억압하는 경우가 많다. 제1세계의 담론으로 제3세계의 문학과 문화를 사고하고 평가하면 필연적으로 많은 오해가 발생할 수밖에 없다. 중국에서는 이러한 현상이 '5·4' 운동 이후부터 계속 존재해 왔다. 장이우에 따르면, '제3세계 문화' 이론은 고정된 형식이 아니라 제1세계와 제3세계의 대립 속에서 후자의 입장에서 발언하는 비평과 성찰

---

17 张颐武, 「第三世界文化的生存困境: 查建英的小说世界」, 『当代作家评论』, 1989년 제5기.

의 담론이다. 이 이론은 "나를 중심으로" 기존의 이분법적 대립을 뒤집고 전복하며 해체하려 한다. 또한, 학문적 체계를 지향하기보다는 "민족적 감정의 재구성"을 목표로 하며, 생존의 경험, 태도, 처지, 감정을 표현하는 약자의 저항과 해방을 지향한다. 장이우는 이 이론이 이데올로기적 편향성을 지닌 토착주의 이론임을 인정하지만, 제3세계 문화가 처한 열세적 위치를 고려할 때 이러한 이론적 접근은 필요하다. 그렇다면 '제3세계 문화' 이론을 구체적으로 어떻게 구축할 수 있을까? 장이우는 다음과 같은 방법을 제안한다. 첫째, 언어 분석. 토착 언어의 특성을 반영하는 서사 이론, 시학 이론, 수사학 이론을 창출해야 한다. 이를 통해 서구 이론과 진정으로 대화하고 교류할 수 있는 권력을 획득할 수 있다. 둘째, 문학 비평의 맥락화. 문학 비평은 반드시 맥락과 연결되어야 한다. 이러한 맥락화의 방법 중 하나는 문학 작품을 모두 민족적 알레고리로 간주하는 것이다. 중국의 경우, '제3세계 문화' 이론에서 강조하는 '토착성'은 수십 년간 중국에서 주장되어온 '민족화'와는 다르다. '민족화'는 정치적 선전 구호에 불과하지만, '토착화'는 이론적 분석과 사고의 관점이며, 창작에 대한 제한이 아니다. '토착화'는 단순히 고대 전통 문론을 정리하고 발굴하는 데 그치는 것이 아니라, 언어 자체의 특성을 바탕으로 종합적인 분석을 시도하는 것이다. 이는 개별 용어의 변경이 아니라 전체 담론의 변화를 지향한다. 마지막으로, 장이우는 '제3세계 문화' 이론의 핵심은 이 이론이 다양한 형태의 교류와 대화의 가능성을 자극하는 데 있다고 강조한다. 이 이론은 다원적 대화 속에서만 생존하고 발전할 수 있다. 그는 '제3세계 문화'의 현실적 근거로 중국 문학에 '포스트모더니티' 흐름이 나타났다는 점을 든다. 즉, 토착화된 스타일의 문학이 '국제적 스타일'의 모더니즘 문학을 대체하고 있다. 포스트모더니즘 이후 서구 문론은 침묵에 빠졌지만, '제3세계 문화'는 점점 풍부해지는 인문적 담론으로 사람들의 기대 속에 등장할 것이라고 그는 전망한다.

이 글에서 '제3세계 문화' 이론을 논함에 있어서 가장 큰 어려움은 그 모순성에 있다. 한편으로는 자신의 입장과 이데올로기적 편향성, 비학문적 성격을 단호하게 강조하면서도 동시에 분석적이고 이론적이며 복잡한 프로파간다라고 말한다. 한편으로는 토착성을 강조하면서도 동시에 타문화, 특히 서구의 해체주의를 적극적으로 흡수할 필요성을 언급한다. 한편으로는 제1세계와 제3세계 간의 이분법적 대립과 대항을 강조하면서도 동시에 이러한 이론이 대화와 교류를 통해서만 생존하고 발전할 수 있다고 주장한다. 이러한 모순 속에서, 구조와 논의의 비중을 보면, 저자는 본질적으로 본토성에 기반한 대립적 입장을 더 중요하게 다루고 있다.

장이우는 이후 발표한 일련의 글에서 자신의 '제3세계 문화' 개념을 더욱 구체적으로 설명했다. 특히, 1990년 『독서』 제6호에 실린 「제3세계 문화: 새로운 출발점(第三世界文化: 新的起点)」에서 그는 제임슨의 「초국적 자본주의 시대의 제3세계 문학」을 평가하며 자신의 견해를 펼쳤다. 이 글에서 그는 제임슨이 「광인일기」(狂人日記)의 '식인'을 중국 전체의 알레고리로 해석한 것에 대해 다른 관점을 제시했다. 장이우는 이 작품에서 작가가 단순히 중국 전통 문화를 비판하는 것이 아니라, 제1세계 담론에 맞서 생존하는 투사로서의 역할을 하고 있다고 보았다. 이는 제임슨의 해석과도, 일반적으로 이 작품을 중국 전통 문화에 대한 비판으로 이해하는 중국 내의 해석과도 차별된다. 장이우는 제임슨의 관점을 비판하며, 제임슨이 비록 제1세계 출신의 학자로서 제3세계를 동정적으로 바라보지만, 여전히 서구 중심적인 시각을 벗어나지 못한다고 지적했다. 제임슨의 '민족 알레고리'는 주로 문화적, 정치적 의미에 초점을 맞출 뿐, 제3세계 문학의 형식에 대해서는 제대로 이해하지 못한다는 것이다. 장이우는 제3세계의 문학이 자국의 언어로 쓰였으며, 독특한 문장 구조, 수사 전략, 장르적 규칙, 그리고 고유한 의미 표현 방식을 지닌다고 강조했다. 예를 들어, 제임슨은 「광인일기」에서 서문에 문언(文言)을 사용하고 본문에 백화문(白话文)

을 사용한 이유를 전혀 이해하지 못한다고 지적했다. 그렇기에 제3세계 문화는 제3세계의 지식인들에 의해 주도되고 설명되어야 하며, 세계의 다원적인 문화 간의 대화 속에서 자신의 목소리를 내야 하는 것이다.

다른 글들에서 장이우는 중국 특색의 '서사'의 가능성을 구체적으로 탐구한다. 그는 20세기 후반 이후 중국 현대소설에서 본토적 서사가 각성하고 있다고 보았다. 그는 80년대 중반 이래 중국 소설이 본토 서사를 탐구하기 위해 세 가지 전략을 사용해 왔다며, 다음과 같이 정리하였다. 첫째, 문화적 정체성을 얻기 위해 서구 문화와의 접촉과 대립을 묘사한다. 둘째, '신사실주의'로 대표되는 소설들은 19세기 유럽의 비판적 리얼리즘과는 다른 방식을 채택하고 있으며, 본토적 시각에서 본토의 삶의 조건을 바라보고, 제1세계의 이데올로기적 환상을 제거한다. 셋째, 백화문학의 언어 규범과 서사구조를 타파하고, 본토 서사의 가능성을 실험하며, 언어의 경계를 확장한다. 이러한 소설들은 중국 소설이 제1세계 담론에서 벗어나 제3세계 문화적 자각을 시작했다는 점을 보여준다.[18] 장이우는 이후 세 편의 글을 통해 중국 20세기 문학의 언어 문제를 집중적으로 논의했다. 그는 5·4 운동 이후 중국 현대 문학에서 사용된 언어, 즉 백화가 여러 문제를 안고 있다고 지적했다. 백화문학은 구어와 서면어, 일반 서면어와 문학 서면어의 구분을 혼동하고, 언어를 투명한 의사소통 수단으로만 취급하여 언어 자체의 특성을 탐구하지 못하였다. 그 결과 중국 현대 문학은 제3세계 문화의 고유성을 바탕으로 제1세계 문학과 대등하게 대화하지 못하고, 억압된 주변부에 머무르고 말았다. 중국어 문학의 텍스트가 제1세계를 모방하거나 종속된 형태를 넘어 독립적인 제3세계 문화의 텍스트로서 그 가치를 보여주고, 중국 문학이 세계문화의 포스트모던 흐

---

18 张颐武,「叙事的觉醒」,『上海文学』, 1990년 제5기. 张颐武,「写作之梦: 汉语文学的未来」,『当代作家评论』, 1991년 제5기.

름 속에서 자신의 '목소리'를 내고자 한다면, 중국 문학은 언어적인 자각을 가져야 한다. 이를 위해서는 백화를 초월하여 '포스트-백화'라는 문학 언어를 창조해야 한다. 소위 '포스트-백화'란 "백화의 범위 내에서 중국어 서면어의 고유한 특성을 탐구하고, 문언의 기본 특징을 일부 흡수하여 중국어 문학에서 서면어를 새롭게 창조하고자 하는 노력"[19]을 말한다.

류칭방(刘庆邦) 소설에 대한 비평을 보자. 욕망과 담론의 대립, 즉 신체와 무의식이 규칙, 질서, 의식과 대립되는 것은 모든 문명 사회의 주제이지만, 장이우는 그것이 "우리 제3세계 문화의 상황을 상징"하는 것이라고 주장한다. 또한 기억은 서사에서 흔히 사용되는 것이지만, 장이우는 기억이 "결정이 불가능한 제3세계의 처지를 나타내는 표현"으로 변했다고 본다.[20] 또 다른 글에서는 다음과 같이 서술하였다. "제3세계 대중문화의 편면성과 무력감은 모국어의 위기를 보여주는 핵심적인 측면 중 하나이다. 사람들은 언어에서 뿌리째 뽑힌 듯한 상태에 처해 있으며, 평면적이고 협소한 담론 공간에 갇혀 있다. 동시에 소비 문화의 현란하고도 눈부신 색채와 요란한 소음에 이끌리고 있다. 우리는 이미 대중문화 기기가 제공하는 전략을 빌리지 않고서는 탐구할 수 없는 상황에 처해 있다. 모국어의 위기는 바로 이러한 의미에서 제3세계 문화의 중심 과제가 되었다."[21] 장이우는 중국 대중문화에 대한 포스트식민주의적 해석을 제시하고, 일반 비평가들이 보편적이고 상업적인 것으로 간주하는 대중문화의 포스트모더니즘적 미학적 특성을 제3세계 문화 특유의 위기이자 제1세계 문화산

---

19 张颐武, 「二十世纪汉语文学的语言问题」, 『文艺争鸣』, 1990년 제4·5·6기.

20 张颐武, 「话语 记忆 叙事: 读刘庆邦的小说」, 『当代作家评论』, 1990년 제5기.

21 张颐武, 「梦想的时刻: 回返与超越」, 『文艺争鸣』, 1991년 제5기.

업이 제3세계 문화를 통제한 결과라고 보았다.

'제3세계 문화' 이론은 본래 근대성에 대한 성찰을 포함하고 있다. 장이우는 몇몇 문학 작품을 논거로 삼아 현대문학에서 나타나는 근대성에 대한 성찰을 네 가지 측면에서 설명한다. 이 네 가지 측면은 저자 신화의 붕괴, 지식인에 대한 성찰, 구원 의식에 대한 비판, 그리고 서구 문화와 가치에 대한 실망을 포함한다.[22] 이 네 가지 중 마지막 측면이 '제3세계 문화' 이론과 가장 밀접하게 관련되어 있다. 그러나 저자가 인용한 소설들은 이를 충분히 증명하지 못하는 것처럼 보인다. 서양에 대한 환상을 품은 상하이의 여대생 린다는 술집에서 일하며 한 서양 남성을 만나게 되고, 그와 매우 불쾌한 관계를 경험한다. 그녀는 상대가 그들의 관계를 순전히 금전적인 것으로 간주한다는 사실을 알게 되고, 화가 나서 그를 거절한다. 그러나 이 이야기에서 보여지는 것은 '현대 서구 문명의 가치관'이 아니라, 어떤 특정한 외국인일 뿐이다. 게다가 린다는 마지막에 다른 사람들이 보지 않는 틈을 타 달러를 주워 들었다. 왜냐하면 그녀는 여전히 돈을 모아 "떠나고" 싶었기 때문이다. (왕안이(王安忆)의 소설 「술집 여자 린다(吧女琳达)」). 다른 글에서 장이우는 제임슨이 말한 '민족 알레고리'적 글쓰기를 "근대적 글쓰기"로 분류하며, 이는 서구 계몽주의 담론에 동조하여 자기 민족을 타자화하는 글쓰기라고 설명한다. 그는 이러한 글쓰기가 대외적으로는 중국을 대변하고 중국에 대한 이미지와 인식을 제공하며, 대내적으로는 대중을 계몽한다고 본다. '포스트 신시기'에 일부 중국 작가들은 근대성에 대해 성찰하기 시작했으며, 알레고리적 글쓰기를 넘어 포스트 알레고리 시대로 접어들었다. 하지만 장이머우(张艺谋)와 천카이거(陈凯歌)와 같은 일부 예술가들은 여전히 알레고리화된 창작을 이어

---

22 张颐武, 「对现代性的追问: 90年代文学的一个趋向」, 『天津社会科学』, 1993년 제4기.

가며 제1세계 문화에 대한 동일시와 종속을 표현하고 있다.[23] 이러한 '알레고리화'된 표현은 한편으로는 '중국'을 세계사에서 추방된 특수한 공간으로 간주하는 동시에, 한편으로는 '중국'을 세계사 속으로 편입시켜 시간적으로 뒤처져 있는 사회와 민족으로 만든다. 결국 이는 서구의 욕망과 환상을 충족시키는 것이다.[24]

장이우의 '제3세계 문화'론에 대해 학계에서는 동의와 의문이 공존한다. 웨다이윈은 비교적 개방적인 제3세계 문화관을 가지고 있는데, 그녀는 제3세계로서의 중국이 세계 문화의 대화에 참여하고, 문화 경쟁에서 승리해야 한다고 주장한다. 그녀가 이해하는 '제3세계 문화'는 폐쇄적이고 고립된 본토 문화나 경직된 전통 문화가 아니라, 오늘날 글로벌 문화 속에서, 현대적인 해석을 통해 존재하는 것이다.[25] 멍판화(孟繁华)는 제3세계로서의 중국이 외래 문화에 의해 문화적 소외를 겪을 위험에 처해 있다고 동의하며, 제3세계 문화를 이론적 전략으로 선택하는 것에 찬성한다. 그러나 또 다음과 같이 우려한다. "제3세계 문화 이론이 단순히 하나의 감정적 소망이 되어버리는 것은 아닐까. … 더 이상 그 이론이 이성적으로 올바르다는 신념에서 비롯된 것이 아니라, 서구를 따라잡고 서구 문화와의 갈등으로 인해 손상된 전통 문화 자존심을 회복하려는 감정적 필요에서 나온 것이다". "이 선택이 정말로 거대한 발전 가능성을 내포하고 있는가? 서재 안의 학술적 담론인가, 아니면 시대적 감각을 지닌 이론적 명제인가?"[26]

23 张颐武, 「走向后寓言时代」, 『上海文学』, 1994년 제8기.

24 张颐武, 「后新时期中国电影: 分裂的挑战」, 『当代电影』, 1994년 제5기.

25 乐黛云, 「展望九十年代: 以特色和独创进入世界文化对话」, 『文艺争鸣』, 1990년 제3기. 「第三世界文化的提出及其前景」, 『电影艺术』, 1991년 제1기. 「比较文学与文化转型时期」, 『群言』, 1991년 제3기.

26 孟繁华, 「第三世界文化理论的提出与面临的困惑」, 『文艺争鸣』, 1990년 제6기.

계몽주의와 자유주의 입장을 취하는 학자들 중, 쉬번은 제3세계 비평에 대해 가장 깊이 있고 날카로운 비판을 제기했다. 그는 오늘날 중국에서 정부와 상업이 결합하여 유행시킨 제3세계 비평이 대립적 측면에서는 서구 및 인도의 탈식민주의 비평과 일치하는 면이 있어 보이지만, 본질적인 차이가 있다고 지적한다. 서구와 인도에서 제3세계 비판의 핵심은 '본토성'이 아니라 '반(反)억압'이며, 그 출발점은 "특정 생활 환경에서 사람들이 직면하는 실제적인 억압과 현실적 저항"이다. 예를 들어, 인도에서는 제3세계 비평의 주요 대상은 민족주의와 관방 담론의 결합과, 본토 정권에 나타난 식민지적 권력을 포함한다. 반면, 중국의 포스트식민주의 비평은 본토성을 핵심으로 삼으며, "억압에 대한 반대"라기보다는 제1세계 담론 억압에 대한 반대에 국한된다. 즉, 국내/본토의 문화적 억압에는 반대하지 않는다는 것이다. 쉬번은 오늘날 중국이 직면한 주요 억압의 형태가 사실상 제1세계로부터 온 것이 아니라고 주장하며, 중국의 제3세계 비평은 "의도적으로 또는 무의식적으로 본토 사회의 현실적 삶에서 존재하는 폭력과 억압을 감추거나 회피하고 있다"고 주장한다. 쉬번에게 이러한 중국의 제3세계 비평은 "국제적 성격만 있을 뿐, 국내적 성격이 결여된" 비판일 뿐이다. 이는 "정부의 민족주의 담론과 공존할 수 있을 뿐만 아니라, 가까운 현실 문제를 피하고 먼 문제만을 다루며 실질적인 문제를 회피하는 방식으로 정부의 이익에 부합한다". 이는 중국 정부의 이념적 통제와 소위 '저항적' 인문 비판의 무력화에 매우 유리하게 작용할 것이다.[27]

'신사실주의' 소설과 관련하여, 쉬번은 장이우가 이 소설을 제1세계 담론과의 대결로 규정한 것은 부정확하다고 여긴다. 문학 담론들 사이의 권력 위계와 억압 관계로 판단할 때, 신사실주의는 정통적 혁명 리얼리즘에

---

27 徐賁,『走向后现代与后殖民』, 中国社会科学出版社, 1996년, 220—236쪽.

대한 저항담론일 수밖에 없다. 또한 "인민의 기억"을 억압하는 것은 주로 제1세계의 문화가 아니라 토착 세력이다. 중국의 제3세계 비평이 "위험성이 낮거나 전혀 위험부담이 없는 비판 대상을 선택하는 것은 어쩔 수 없는 일이므로, 이 때문에 중국의 제3세계론을 비난할 것은 아니다. 다만 이러한 무력한 선택과 상황을 통해 문화비평의 보다 근본적인 임무를 봐야 한다. 그 임무란 곧 중국에서 시민성을 기반으로 한 민간 사회가 독립적으로 일어서고 성숙하도록 촉진하는 것이다."[28]

'제3세계 문화' 이론에 대한 논의는 중국에서 탈식민주의 이론이 비교적 초기에 반향을 일으킨 사례라고 할 수 있다. 하지만 이 논의는 이후 거의 모든 주제를 망라하게 된다. 예를 들어, 장이머우 영화에 대한 평가, '실어증' 논의, 5·4 신문학에 대한 재평가, 근대성에 대한 성찰 등이 모두 장이우 '제3세계 문화' 이론 속에서 시작되었다. 그러나 이 이론이 가진 문제점도 역시 나타난다. 예를 들어, 용어의 혼란, 표현의 모순과 유동성 등이 그 예다. 특히, 이 이론이 국제적 대립성만을 강조하고, 국내적 대립성을 다루지 않는다는 비판은 다른 주제의 논의에서도 반복적으로 제기되고 있다.

(2) 자아성, 타자성, 중국성: 장이머우 영화비평

탈식민주의는 지극히 정치성을 중시하는 비평 이론이다. 영화는 현대 대중문화의 주요 형식 중 하나로, 정치 선전에 미치는 영향력은 매우 크다. 이미 1907년에 레닌은 영화가 모든 예술 중에서 가장 위대한 힘을 지니고 있으며, 대중을 교육하는 데 가장 강력한 도구가 될 것이라고 예견했다. 이후 루나차르스키와의 대화에서 레닌은 다음과 같이 명시했다.

---

28 徐贲, 『走向后现代与后殖民』, 中国社会科学出版社, 1996년, 220—236쪽.

"모든 예술 중에서 영화는 우리에게 가장 중요하다."[29] 따라서 민족 문화 정체성의 문제가 영화 분야에서 시작된 것은 놀라운 일이 아니다. 초기에 번역된 해외 포스트식민주의 논문 역시 영화 분야 학술지에 처음 게재되었다.[30]

하지만 진정으로 사람들의 신경을 자극한 것은 장이머우 감독의 영화였다. 그의 영화는 계속해서 해외 영화제에서 상을 받았기 때문에 많은 평론가들은 그의 영화가 중국의 이미지를 상징적으로 표현한다고 간주하였다. 1980년대 말, 비평가들은 〈오래된 우물(老井)〉과 〈붉은 수수밭(红高粱)〉"의 수상을 둘러싸고 "중국의 추한 모습" 논쟁을 벌이기도 했다. 그러나 당시의 시대적 분위기로 인해 이 논의는 큰 영향을 미치지 못했다.

1992년 10월 14일, 『문회보(文汇报)』는 왕간(王干)의 글 「누가 홍등을 걸었는가?—장이머우 감독의 성향 분석(大红灯笼为谁挂?—兼析张艺谋的导演倾向)」이라는 글을 발표했는데, 이 글은 처음으로 오리엔탈리즘의 관점에서 장이머우를 비판하고 있다('오리엔탈리즘'과 '유럽중심주의' 같은 개념들이 본문에 등장하기 시작했다). 글에서는 장이머우의 영화는 중국 관객을 위해 만들어진 것이 아니라 외국 관객을 위해 만들어졌다고 지적했다. 그의 주장의 기본 논리는 장이머우 감독의 영화 「홍등(大红灯笼高高挂)」에 등장하는 등불을 매다는 민속 풍습은 현실에 존재하지 않으며, 감독이 날조하고 꾸

---

29 常青, 「列宁和电影」, 『电影评介』, 1984년 제1기.

30 1989년 『당대영화』 제6기에 장징위안이 번역한 프레드릭 제임슨의 「초국적 자본주의 시대의 제3세계 문학」이 게재되었다. 이 글에서 제임슨은 제3세계 문학이 식민주의와 제국주의 침략을 경험했기 때문에 필연적으로 민족주의적이며, 그 서술방식은 민족 알레고리일 수밖에 없다고 주장했다. 제임슨이 제안한 세계문화의 새로운 구도 속에서 제3세계 문학은 자신만의 선택과 해석에 따라 발전해야 한다는 것이다. 이 논문은 중국 학계에서 적지 않은 반향을 일으켰으며, 『영화예술』, 『문예쟁명』, 『독서』 등 잡지에서 "제3세계"를 주제로 한 일련의 글이 잇달아 발표되었다. (章辉, 「理论旅行: 后殖民主义文化批评在中国的历程与问题」)

며낸 것이라는 점이다. 이것은 일종의 사이비 민속이기 때문에 이 설정이 필연적으로 영화의 '진정성'에 영향을 미칠 것이라는 것이며, 또한 이런 사이비 민속에 속을 사람은 외국인 밖에 없으므로, 이 영화는 외국인에게 보여주기 위한 것이라는 주장이다. 저자는 이처럼 추악한 풍습은 사람들의 호기심을 만족시키기 위해 꾸며낸 것이기 때문에 오락적인 의도가 있다는 혐의를 피할 수 없다고 주장했다.

이 주장의 주요 세부 사항에는 몇 가지 문제가 있다. 예를 들어, '중국인'이나 '외국인'과 같이 전체를 뜻하는 것인지 일부를 뜻하는 것인지 구분할 수 없는 단어를 자주 사용하면 "모든 중국인이 그것이 사이비 민속이라는 것을 알 수 있을까?"라는 반박에 쉽게 노출된다. 그러나 이 중 가장 문제가 되는 것은 〈홍등〉과 같이 '현실적이고 진지한 주제 사상'을 다루는 예술 작품은 명백히 허구적인 플롯을 사용하면 안 되는가 하는 점이다. 허구적 설정의 사용이 작품의 진정성에 영향을 미치는가? 이는 예술의 허구성과 진정성 간의 관계를 둘러싼 복잡한 문제이다. 이러한 문제를 지나치게 단순화하는 것은 적절하지 않을 수 있다. 후대의 평론가들은 더 이상 그런 방식으로 장이머우를 비판하지 않았다. 장이우의 경우, 그는 "작품에서 허구를 사용하는 것은 '이야기'든 '민속'이든 모든 '작가'의 당연한 권리이며, 이를 기호화하는 것은 작가의 잘못이 아니다"라고 언급했다.[31] 장이머우의 영화가 민속을 왜곡했다는 이유로 서구에 취향에 영합했다고 비판하는 것은 몇 가지 논리적 결함이 있다.

왕간의 글은 장이머우의 영화를 '인요(人妖) 문화'와 연결시키며 결론을 맺는다. 장이머우가 한편으로는 '인요 문화'를 비판하기 위해 휴머니즘을 사용하고 있지만, 다른 한편으로는 '인요 문화'를 교묘하게 활용해 서구 관객들에게 흡입력을 가진다는 것이다. 이 글은 포스트식민주의 비평

---

31 张颐武, 「全球性后殖民语境中的张艺谋」, 『当代电影』, 1993년 제3기.

의 관점을 의식적으로 사용하여, 장이머우의 영화를 제1세계와 제3세계의 관계라는 틀 안에서 논의한 최초의 글로 평가된다.

1992년부터 1993년까지는 중국에 포스트식민주의가 도입되는 중요한 시기였으며, 동시에 장이머우 현상에 대한 비판이 절정에 달한 시기이기도 했다. 예를 들어, 중국에서 포스트식민주의 이론이 도입된 대표적인 사건으로는 1993년『독서』9호에 실린 글들이 있는데, 그 중에서 다음과 같이 지적했다. "우리의 뛰어난 예술가들 중 일부는 그들의 작품이 '세계로 나아가는' 과정에서, 서구 관객들에게 흥분, 도취, 혹은 혐오감을 유발하기 위해 불가사의하고 비인간적인 요소들을 사용한다. 이를 통해 서구 관객과 독자들에게 미학적으로 '숭고'을 느끼게 하고, 연민과 종족·문화적 우월감을 가지게 함으로써 작품이 성공하고 인기를 끌게 한다."[32] 저자는 "장이머우의 수상 경력에 빛나는 영화 시리즈를 구체적으로 언급할 필요는 없다"고 했지만, 장이머우의 영화가 그의 주요 비평 대상 중 하나라는 점은 의심의 여지가 없다.

1992년부터 다이진화는 포스트식민주의 이론적 관점에서 장이머우를 비판했다. 그녀는 장이머우의 영화에서 중국을 묘사하기 위해 '박물관'과 '표본' 등의 이미지를 사용한다고 주장했다. "중국의 역사와 문화는 서구 문화의 시각에서 신랄하고 섬세하게 묘사된, 고정된 나비가 되었다. 이를 통해 장이머우는 우리에게 포스트식민주의 문화의 매우 전형적인 모델을 제공한다."[33] 다이진화는 1980년대 후반부터 1990년대 초반까지 5세대 감독들이 상업적 조류의 압박 속에서 세 가지 선택지에 직면했다고 보았다. 하나, 관방담론의 주선율을 수용하고 반항자의 위치를 포기하는 것. 둘, 대중문화를 수용하는 것. 셋, 해외 자금의 투자로 영화를 제작하고 해

---

32 张宽,「欧美人眼中的非我族类」,『读书』, 1993년 제9기.

33 戴锦华,「裂谷: 90年代电影笔记」,『艺术广角』, 1992년 제6기.

외에서 상을 받는 것. 다이진화는 이 세 번째 선택이 예술영화를 지속할 수 있는 유일한 희망이었다고 주장했다. 그녀는 〈붉은 수수밭〉의 성공과 〈아이들의 왕(孩子王)〉의 실패를 통해 중국 영화가 세계로 나아가기 위한 충분조건을 도출했다. 타자화되고, 특별하며, 독특한 분위기를 지닌 '동방'의 경관을 보여줄 것, 향토적인 중국을 표현하되 본토 문화와 동일시되어서는 안 될 것, 반드시 스펙터클을 제공할 것. 이는 제3세계 작가들에게 부여된 문화적 운명이며, 제3세계 작가들이 성공하려면 서구 예술영화제 심사위원들의 기준과 동양 문화에 대한 기대를 수용해야 한다. 그러나 이러한 수용은 단순히 외적인 과정이 아니라 깊은 내면화를 수반한다. 그녀는 이를 5·4 시대보다 훨씬 더 절망적이고 무력한 내적 망명의 과정으로 설명했다. 예술영화 감독들은 자신들의 민족 문화와 경험을 관찰의 대상으로 주방해야 하며, 이를 타인의 담론과 표상 속에서 해체하고 고정시켜야 한다. 그러나 이로 인해 영화 제작자들은 민족적·문화적 주체로서의 인정을 얻지 못하며, 결국 민족 문화의 굴복을 대가로 영광을 얻는 것이다.[34] 그녀는 "유럽 영화제에서 서구 문화와 심사위원의 취향이 장이머우 영화의 전제 조건이 된다"[35]고 지적하였다. 〈국두〉의 본토 문화는 '동양적 스펙터클'로 위치 지어지고, 〈홍등〉은 관객의 위치를 서구적 관점, 서구인의 시선에 맞춰놓았다. 다이진화의 주장에 따르면 장이머우가 선택하고 동일시한 것은 젠더 질서 속에서 여성의 위치이다.[36]

그러나 이 시기에 등장한 장이머우의 영화에 대한 가장 중요한 비평가는 장이우와 왕이촨(王一川)이다. 1993년 『당대전영』 제3호에 실린 장이우의 논문 「글로벌 포스트식민주의적 맥락 속의 장이머우(全球性后殖民语境中

34 戴锦华, 「黄土地上的文化苦旅: 1989年后大陆艺术电影中的多重认同」, 『文化批评与华语电影』, 广西师范大学出版社, 2003년, 45쪽.

35 상동, 47쪽

36 상동, 50쪽

的张艺谋)」는 중국 포스트식민 비평이 장이머우를 어떻게 위치시키는지를 더욱 이론적, 체계적, 자각적인 방식으로 명확히 했다. 논문에서 저자는 신시기 문화의 우상이자 기적이라고 평가받는 장이머우는 기실 중국과 서구 매스미디어가 공동으로 만들어낸 신화라고 주장한다. 이 신화는 글로벌한 포스트식민주의 맥락에서만 이해될 수 있는데, 저자가 이해한 "포스트식민주의 맥락"이란, "고전적 식민주의와 그 가치가 전면적으로 종결된 이후, 서구가 자신의 지식/권력 담론을 통해 제3세계에 행사하는 지배적 역할을 뜻한다. 이는 다양한 '소프트' 이데올로기 전략과, 자신들의 가치에 대한 의심의 여지가 없는 온건한 표현을 통해, '근대성'을 바탕으로 형성된 제3세계의 '민족 국가'에 미치는 영향과 통제를 포함한다."[37] 간단히 말해, 그가 이해한 포스트식민주의 맥락은 제1세계가 제3세계에 대해 수행하는 문화적 식민화와 통제를 의미한다. 장이머우의 경우, 그의 영화는 1990년대 이후 중국 대륙의 시장화와 국제화 과정과 분명 관련이 있다. 그는 주로 다국적 자본에 의존해 영화를 제작하며, 이는 필연적으로 글로벌 시장의 소비 추세를 고려할 수밖에 없다. 이러한 상황으로 인해 장이머우를 글로벌한 포스트식민주의 문화의 맥락 속에 넣게 되는 것이다.[38]

장이우는 구체적인 영화 텍스트 분석에서, 장이머우 영화 속의 중국 이미지가 무시간적 존재로서, '타자성'을 대표하는 정지된 공간으로 나타난다고 보았다. 장이머우는 차이를 제공하는 동시에, 보편적 욕망에 대한 엿보기를 통해 초문화적 '메타언어'에 대한 동일시를 제공한다. 장이머우식의 '엿보기'는 중국을 '민속'과 '아름다움의 공간'이라는 방식으로 세계 역사의 바깥쪽에 위치시키는 동시에, '멜로드라마'적 방식으로 억압된 욕

---

37 张颐武, 「全球性后殖民语境中的张艺谋」, 『当代电影』, 1993년 제3기
38 상동

망과 무의식을 세심하게 다루면서(거의 모든 영화 속에 여성의 성적인 불안감이 드러난다) '중국'을 세계 역사 속으로 소환한다. 그러나 이 과정에서 제시되는 '중국'은 역사 속에서 파편화되고 설명할 수 없는 괴이한 힘으로 나타난다. 장이머우는 이러한 차이를 제공하면서도 동일시를 꾀하는 방식을 통해 중국에 관한 하나의 환상과 망상을 만들어낸다. 그것은 역사 밖의 또 다른 공간인 동시에, 역사 속에서 뒤처지고 반(反)'근대적인' 세계로 제시된다.[39] 장이우의 이러한 분석은 매우 깊이 있는 통찰을 담고 있다.

민족의 역사를 서술한다는 측면에서, 장이우는 장이머우의 영화가 다양한 혁신을 통해 중국 전통 주류 영화의 한계를 초월했으며, 이를 통해 기존에 억압되었던 '잠재 역사(潛历史)'를 서술할 수 있었다고 본다. 그러나 "장이머우는 작은 범위의 주류 담론(중국 영화의 전통)을 넘어선 뒤, 더 큰 범위의 주류 담론(글로벌한 포스트식민주의 담론) 속에서 일종의 특권적 지위를 누리게 되었다". 장이머우에게 있어 주변화는 주류로부터 거부된 결과가 아니라, 오히려 권위적인 주류 담론이 필요로 하는 부차적 요소로 변환되었다. 그는 '잠재 역사'를 포스트식민주의 맥락 속에서 문화적 소비의 상품으로 바꾸어 놓았다. 장이우는 이러한 과정이 심각성을 다음과 같이 설명한다. 첫째, 이는 잠재 역사에 대한 전면적 개조와 왜곡을 초래한다. 둘째, 이는 포스트식민주의 문화 속에서 값싸게 소비될 재료로 전락한다.[40]

그로부터 10년 후인 2003년, 장이우는 『전영예술』에 「외로운 영웅: 10년 후에 장이머우 신화를 다시 논함(孤独的英雄：十年后再说张艺谋神话)」이라는 제목의 글을 발표했다. 이 글은 중국과 서구의 관계를 분석틀로 삼아

---

39 상동
40 상동

당시까지 장이머우의 영화를 세 단계로 나누어 분석하였다. 1단계는 80 년대 후반부터 90년대 중반까지이다. 이 시기 장이머우의 영화는 중국의 공간적 특이성을 강조하며 중국을 세계 밖의 신비롭고 정지된 미학적 공 간으로 그려냈다. 장이우는 이를 다음과 같이 설명한다. "'중국성(中國性)' 은 냉전 이후 '중국을 해석해야 한다'는 서구의 불안감과 긴밀히 연결되 어 있다." 장이머우는 "서구의 중국 상상에서 필수적인 존재가 되었고, 그 의 '중국성'은 변화하는 중국에 대해 변치 않는 이미지를 원하는 서구 관 객들에게 중국을 해석할 수 있는 확실한 근거를 제공했다."[41] 이는 장이 머우가 해외에서 '중국성'의 상징과 거장이라는 정체성을 얻게 된 배경이 되었다. 장이머우의 이러한 위치는 경제적으로도 기반을 가지고 있다. 그 는 "다국적 자본에 의존하여 영화를 제작했고, 이러한 제작은 필연적으 로 국제 시장의 소비 흐름에 맞춰졌다. 그의 국제적 명성은 제1세계 자본 과 문화가 제3세계에 투자한 결과 위에서 형성되었다."[42] 두 번째 단계는 90년대 중후반이다. 이 시기에 중국은 세계화 추세에 편승하면서 더이상 특수한 민속과 정치만으로는 중국의 현재를 이해할 수 없게 되었다. 중국 의 신비로움은 세계화에 의해 해체되었고, 과거의 중국을 상상하는 방식 은 종결되었다. 이로 인해 중국 영화의 해외 시장은 급격히 축소되었고, 장이머우는 국내 시장으로 방향을 돌렸다. 그는 중국의 현재적 일상 경 험을 다루기 시작했으며, 때로는 민족주의적인 발언도 했다. 이를테면 칸 영화제를 격렬히 비판한 경우가 그것이다. 그러나 중국 영화 산업 전반이 부진을 겪으며 국내외 시장 모두에서 어려움을 겪자, 그는 세 번째 단계 로 나아갔다. 세 번째 단계는 〈영웅〉으로 대표되는 제국 시대이다. 〈영웅 〉은 장이머우가 해외/중국이라는 외부와 내부의 경계를 허물고, 과거 그

---

41 张颐武, 「孤独的英雄: 十年 后再说张艺谋神话」, 『电影艺术』, 2003년 제4기.
42 상동

의 영화에서 나타났던 외부지향/내부지향의 차이를 무효화한 작품으로 평가받는다. 이 작품에서 장이머우는 중국과 세계 시장을 전례 없이 통합했다. "중국은 이제 글로벌한 가치를 받아들였고, 새로운 글로벌 '강자의 철학'이 세계의 핵심 가치로 정착되면서 중국에서도 장이머우에 의해 직접적으로 표현되었다."[43] 〈영웅〉에서 '중국성'은 여전히 존재하지만, 더 이상 은유적인 의미를 갖지 않는다. 장이우에 의하면 "〈영웅〉은 제국식의 '천하' 문화와 사회질서를 긍정적으로 표현하며, 이는 현대 세계의 논리를 명백히 드러내는 것이다".[44] 장이머우의 '중국성'은 놀랍게도 글로벌 담론의 장식적 요소로 변했으며, 그는 글로벌 문화의 상징이 되었고, 글로벌 권력에 의한 '중국성' 서사의 중요한 일부가 되었다."[45] 요컨대 "장이머우는 중국에 관한 상상을 축약적으로 제공했으며, 이 상상은 글로벌화와 시장화된 문화 논리에 의해 지배되었다."[46]

장이우는 정치·경제적 맥락과 중국과 세계의 관계를 결합하여 장이머우 영화의 의미를 분석하며 매우 깊이 있는 통찰을 보여준다. 그는 세부적이고 구체적인 방식으로 중국의 문화 현상을 세계 질서와 연결 지어 분석하였다. 예를 들어, 후에 〈연인(十面埋伏)〉을 분석하면서 이 영화를 "세계화 이데올로기의 저급한 부분, 즉 소비주의 이데올로기/욕망의 미학"이라고 규정한 것은 이러한 독특한 관점을 잘 보여준다. 그는 지속적으로 '근대성'을 통해 '중국성' 문제를 이해하고자 하며, 감독이 중국성을 표현할 때 근대성과 맺는 관계를 통해 영화의 정치적·문화적·심리적 함의를 분석하는데, 이는 포스트식민주의 비평의 핵심을 포착한 것으로 매우 통찰력 있는 시각이다. 그러나 장이우는 글로벌한 맥락, 제3세계로서의 중국

---

43 상동
44 상동
45 상동
46 상동

과 제1세계의 문화적 관계를 강조하면서도, 중국 예술이 직면한 본토적 문제를 언급하는 것은 회피한다. 이 때문에 그의 많은 견해가 충분히 포괄적이고 변증법적이지 못하다는 한계를 갖는다.

1993년부터 왕이촨은 장이머우 현상에 관한 일련의 논문을 발표했다. 「누가 장이머우 신화의 감독인가?(谁导演了张艺谋神话)」(1993), 「이국 정조와 민족성 환각(异国情调与民族性幻觉)」(1993), 「자아성 혹은 타자성의 중국(我性的还是他性的中国)」(1994), 「생존의 언어성에 직면하기(面对生存的语言性)」(『당대전영』 제3호, 1993), 「장이머우 신화: 종결과 그 의의(张艺谋神话:终结及其意义)」(1997). 이 논문의 대부분은 그의 논문집 『장이머우 신화의 종결: 심미와 문예의 시야로 본 장이머우 영화(张艺谋神话的终结: 审美与文艺视野中的张艺谋电影)』(허난인민출판사, 1998)에 수록되어 있다.

장이우와 마찬가지로 왕이촨도 장이머우의 신화가 서구 세력과 밀접한 관련이 있다고 주장한다. 이 신화는 곧 중국 현대 예술이 서역에서 법(法)을 구하는 신화, 중국이 세계로 나아가는 신화, 서방에서 설법을 얻은 뒤 국내로 돌아와 운명을 반전시키는 신화이다. 그는 심리학적 용어를 빌려 장이머우 신화를 만들어낸 내재적 문화역량과 동력 기제를 설명한다. 1980년대 중국인은 현대의 자아가 전통적 아버지와 서방의 타자라는 이중의 힘에 직면해 있었다. 현대의 자아는 전통에 대해서는 부친 살해라는 원시적 정조를 만들어내고, 서구에 대해서는 이국적 정조를 만들어냈다. 그러나 서구의 힘이 너무 강력했기 때문에, 이 두 요소 모두 결국 이국적 정취로 귀결된다는 것이다. 따라서, 장이머우 신화가 대표하는 현대의 자아는 "풍부한 상상력을 통해 서구와 대등하게 대화하고, 심지어 싸워서 이기며, 서구의 힘을 빌려 전통적 아버지를 물리친 성공 신화를 만들어낸다"[47]는 것인데, 이는 착각일 뿐이다. 서구는 이 모든 것의 배후에 있는 총

---

47 王一川, 「谁导演了张艺谋神话?」, 『创世纪』, 1993년 제2기.

연출자이다. 서구의 포용 전략은 포스트식민주의 맥락, 즉 "식민주의 전략이 종결된 이후 서구가 '제3세계'(예: 중국)에게 매혹적인 감염력을 발휘하는 문화적 환경이나 분위기"를 형성하는 것이다.[48] 장이머우의 영화가 서구에 수용된 것은 단지 "세상을 향해 서방사회는 개방적이고 자유롭고 평등한 담론의 나라임을 선언하는 것"이며, 동시에 "서방사회의 맹주권을 재차 확인해주는 매력적인 간접광고"이기 때문이다.[49]

일련의 글에서 왕이촨은 이국정서과 민속의 문제에 대해 구체적으로 이야기했다. 그는 대담하게도 장이머우가 영감을 받은 것은 천카이거의 〈황토지(黃土地)〉가 해외 수상을 계기로 중국에서 높은 평가를 받은 것이라고 추론했다. 이때부터 그는 외국인의 취향을 고민하며, 국내에서는 서구를 통해 본토를 제압하고, 해외에서는 본토를 통해 서구를 제압하는 방식을 사용했다고 보았다. 그는 이국적 정취를 활용해 서구인들에게 감동과 재미를 주고 그들로부터 찬사를 이끌어냈다. 여기서 민족 정신이나 원시적 정조는 모두 관객을 즐겁게 해주는 수단으로 활용되었다. 하지만 이국적 정취는 단순히 미학적 문제가 아니라 식민주의와 관련된다. 왕이촨은 "서구가 중국식의 이국적 정취를 좋아하는 것은 의도적이든 비의도적이든 모두 그들의 식민주의적 총체적 전략의 일부"라고 주장한다.[50] 왕이촨은 제임슨의 "제3세계 문학은 모두 민족 알레고리"라는 관점에 영향을 받아, 장이머우 영화의 공간화, 추상성, 분절성, 모호성, 비정상성을 분석하며, 이것이 알레고리적 영화 텍스트임을 설명한다. 이러한 특징들이 서구 관객들을 상대로 알레고리적 중국 정취를 창조하는 것이다. 이 텍스트에서 '중국'은 무시간적이고, 고도로 압축된, 분절적이고, 모호하며, 기이한

48 王一川,「异国情调与民族性幻觉」,『东方丛刊』. 1993년 제4기.

49 王一川,「谁导演了张艺谋神话?」,『创世纪』. 1993년 제2기.

50 王一川,「异国情调与民族性幻觉」,『东方丛刊』. 1993년 제4기.

이국적 정취로 나타난다. 왕이촨의 주장에 따르면, "그들은 중국 역사를 심도 있게 이해하고자 하지 않는다. 단지 중국 정취를 감상하는 방관자로 남고 싶을 뿐이다. 그들이 필요로 하는 것은 진실이 아니라 스펙터클이다."[51] 장이머우의 영화는 동양적 기이함에 대한 서구인의 호기심을 충족시키며, 기능적으로는 일종의 민속 스펙터클이다. 섹슈얼리티 문화의 의미에서 장이머우 영화는 서구인의 관음증 욕구를 효과적으로 충족함으로써 몰래 엿보는 '열쇠구멍'이라는 특별한 기능을 수행한다. 서구의 포스트식민주의 전략 측면에서 이 영화들은 제3세계에 대한 승리감을 충족시키는 역할을 하며, 전리품과 같은 것이다. 동시에 이는 서구가 개방적이고, 자유롭고, 평등하다는 것을 보여주는 간접광고 같은 역할을 한다.[52] 결국, 장이머우 영화 속 농밀한 중국 정취가 보여주는 민족성은 근본적으로 민족적 자아의 발견이 아니라 서구의 '타자성'이다. "우리는 이런 자기 모순적 상황을 목격할 수밖에 없다. 민족적일수록 오히려 더 타자적이 되고, 민족적 특색으로 서구를 정복하려 할수록 서구에 의해 더 쉽게 정복당해 민족성을 잃고 만다".[53] "장이머우의 영화에 등장하는 중국은 진정한 자아의 중국이 아니라 타자의 중국이다. 진정한 자아의 중국에게는 여전히 발언권이 없다."[54]

1997년 발표된 「장이머우 신화: 종결과 그 의의」에서 왕이촨은 장이머우의 1994년 영화 〈인생(活着)〉의 국내 상영금지가 장이머우 신화의 종결판이라고 주장했다. 장이머우의 성공은 그가 초국적 자본을 이용해 상업적 성공을 추구하고, 국제적인 대중문화를 생산했다는 사실에 있다. 하지만 이러한 방식이 일반화되면서, 그의 영화는 관객들에게 더 이상 과거

51 상동
52 상동
53 王一川, 「我性的还是他性的中国」, 『中国文化硏究』, 1994년
54 상동

의 신비로움과 특별함을 주지 못하게 되었다. 왕이촨은 "바로 이러한 방식 덕분에, 그는 '창시자'로서 제5세대 감독들이 원래 가지고 있던 지식인으로서의 계몽적 목적을 버리고 다국적 자본을 이용한 대중문화로 전환하도록 이끌었다. 1980년대 중국 지식인들의 휴머니즘적이고 시적인 계몽과 자아실현의 이상은 이 과정에서 다국적 자본에 의해 완전히 해체되고 냉혹한 조롱을 받았다. 장이머우 신화에 내재된 계몽과 개성의 의미는 상업적 의미로 대체될 수밖에 없었다". "이런 의미에서 장이머우 신화의 종결은 1980년대 지배적이었던 지식인의 계몽과 개성이라는 신화의 종결을 상징하며, 1990년대 상업적 (다국적) 자본의 승리를 상징한다."[55] 이 글에서 왕이촨의 독창성은, 1980년대 계몽 사조의 단절이 상업적 다국적 자본에 의해 초래되었다고 본 점이다. 이는 당시 "시장 경제가 인간 정신을 훼손한다"고 주장한 인문정신 논쟁과 다소 유사한 관점을 보이지만, 왕이촨은 여기에 세계화와 서구세력의 영향을 주요 대립 요소로 추가하였다.

장이머우의 영화에 대한 포스트식민주의 이론적 해석은 처음부터 찬사와 비판을 동시에 받았다. 1992년 8월, 『독서』에 발표된 어떤 글에서는 "작품에 대한 우리의 평가는 어디에 중점은 둘 것인가? '오리엔탈리즘', '정치적 알레고리', '텍스트 중심' 영화 비평들은 공통적으로 작품 자체의 예술적 구조와 독립적 가치를 과소평가하고, 감상의 초점을 작품과 다른 것들 사이의 관계로 옮겨놓는 것 같다."[56] 저자는 예로 〈홍등〉과 〈국두(菊豆)〉를 들며, 두 작품 모두 이국적 정취를 포함하지만, 자신은 〈홍등〉이 더 세밀한 '내공'을 보여주었기에 더 좋아한다고 했다. 이를 통해, 작품에 대해 단일한 정치적 해석을 가하는 데 반대하며, 예술 자체로 돌아가 예

55 王一川, 「张艺谋神话: 终结及其意义」, 『文艺研究』, 1997년 제5기.
56 扎西多, 「劳瑞·西格尔, 异国情调, 大红灯笼及其他」, 『读书』, 1992년 제8기.

술을 이해해야 한다는 친숙한 견해를 엿볼 수 있다. 이러한 견해는 이후 "포스트식민주의 비평은 문화적 패권에만 주목하고, 민족과 문화를 초월한 예술의 공통된 미적 가치를 간과한다"는 주장으로 발전하여, 포스트식민주의 비평을 반박하는 주요 논점 중 하나가 되었다.[57] 또한, 일부 비평가는 이러한 정치적 이데올로기 비평의 문제점을 다음과 같이 요약했다. "영화를 읽어내기도 전에 이미 고정된 비평 모델이 존재하는 상태로 장이머우 영화 텍스트에서 이 이데올로기적 선입견에 부합하는 요소를 무리하게 찾아낸다. 그 결과 선입견이 장이머우 예술의 전체 면모를 가려버린다." 중국 포스트식민주의 비평의 논리에 따르면, 중국 현대 문학과 예술이 서구에 본토의 민속을 보여주거나, 서구에서 상을 받거나, 서구의 양식과 스타일을 채택하면 모두 셀프—오리엔탈리즘으로 간주된다. 중국 문화는 여전히 약세에 있기 때문이다. 그러나 문제의 본질은 포스트식민주의 비평가들이 식민지화에 대한 민감한 두려움이다.[58]

장이머우의 영화에 대한 포스트식민주의적 비평을 겨냥한 또 다른 반박은 비평가들이 "편협한 민족주의 정서"를 가지고 있다는 것이다. 둥러산(董乐山)은 장이머우의 수상을 비판하는 사람들에 대해 다음과 같이 말한다. "그들은 서구 사람들이 자신들의 부끄러운 면을 보았기 때문에 분노한다. 중국인은 체면을 중시하기 때문에, 자신의 찬란한 문명만을 보여주고 싶을 뿐, 내부의 치부를 드러내고 싶어 하지 않는다. 이는 지나치게 자만한 민족주의 감정에서 비롯된 것이다"[59] 하오젠(郝建)은 포스트식민주의 영화 비평이 일종의 문화적으로 편협한 민족주의, 마치 의화단과 같은 병적 심리일 수도 있다고 하였다. "이러한 저항은 때때로 사실과 힘의

---

57 顾伟丽, 「在全球化的阳光和阴影中」, 『上海大学学报』 2010년 제1기. 易小斌, 「对张艺谋电影后殖民批评的反思」, 『电影评介』, 2007년 제3기.

58 章辉, 「影像与政治: 中国后殖民电影批评论析」, 『人文杂志』, 2010년 제2기.

59 董乐山, 「东方主义大合唱」, 『读书』, 1994년 제5기.

균형을 무시한 채 일어나는 조직적 폭력으로 변할 수 있다. 이러한 폭력은 의화단처럼 일견 정의로운 행동같이 보일지도 모르나, 실제로는 봉건적 사고와 미신적 관념이 이끄는 무질서한 폭력일 뿐이다." 다음과 같은 질문을 제기한 이도 있다. "서구에는 현대 서구 문화를 반성하고 폭로하는 영화가 많이 있다. 예를 들면 〈아메리칸 뷰티〉, 〈양들의 침묵〉, 〈에너미 오브 더 스테이트〉, 〈피라냐〉 등 많은 할리우드 영화가 미국 사회의 정치적 암흑, 관료제도, 가정의 위기 등을 폭로하는 데 집중한다. 그런데 왜 서구인들은 이런 영화이 추한 모습을 드러내거나 악마화했다고 비난하지 않는가?"[60] 이와 함께, 포스트식민주의 비평은 특수한 시기 중국 지식인들의 미묘한 심리 상태를 반영한다는 지적도 있다. 중국 경제가 부상하고 문화가 전환하는 시기에, 서구의 강력한 문화에 직면한 지식인들은 두려움과 자부심 사이에서 갈등에 빠졌는데, 이들은 서구 문화를 받아들이고 싶어 하면서도(서구가 강력하기 때문에), 동시에 강력한 문화적 패권을 두려워했고(포스트식민주의 이론), 또 서구 문화를 견제하려 했지만(중화성, 세계 중심으로의 복귀), 자신감이 부족했다(중국 문화는 약세이므로)는 것이다. 포스트식민주의 비평가들에게 있어 서구가 중국을 부정하는 것은 중국의 악마화로, 서구가 중국을 긍정하는 것은 악마화된 중국을 감추는 것으로 간주되었다. 무엇을 하든 서구는 좋은 의도를 가지고 있지 않다는 인식이었던 것이다. 이처럼 자만심과 열등감의 혼재된 심리 상태는 장이머우 영화 비평에서 여실히 드러난다.

'(유사)민속학'의 문제에 관해, 일부 사람들은 영화는 예술이므로 당연히 허구를 허용한다고 주장한다. 또한, 왜 장이머우의 영화가 중국의 가부장제나 전통적 전제주의에 대한 비판으로 해석될 수 없는지 반문한

---

60 章輝, 「影像与政治: 中国后殖民电影批评论析」, 『人文杂志』, 2010년 제2기.

다.[61] 민속을 활용해 스펙터클을 만드는 것은 영화라는 시각 예술의 일반적인 전략이며, 중국 본토 관객들 역시 민속 스펙터클을 즐기는 것을 좋아한다. 그렇다면 서구 관객이 이를 감상한다고 해서 꼭 이데올로기적 의도를 가진 것인가?[62] 장후이(章輝)는 한 발 더 나아가, 장이머우의 '사이비 민속'이 왜 중국적 맥락에서는 전통문화에 대한 반성과 비판의 전략으로 여겨지면서, 서구에서는 '셀프 오리엔탈리즘'으로 간주되는지 의문시한다. 그는 이를 문화 정치와 지식인 윤리의 관점에서 다음과 같이 분석한다. "정치적·문화적 맥락으로 인해, 오늘날 중국의 비평가들은 장이머우의 문화 정치적 의미를 보기 싫어하거나 보지 못한다. 대신, 장이머우의 영화가 서구에 영합한다고 비난한다. 그들은 의식적으로 포스트식민주의 이론의 정치성을 제거하고 자신들이 만들어낸 이데올로기에 만족하고 있다. 이들은 권력에 대해서는 침묵하거나 고의로 외면하며, 심지어 상상 속의 서구 타자를 텍스트의 적으로 설정한다. 이는 이성을 강조하며 비판적 태도를 자처하는 지식인들에게 참으로 큰 아이러니가 아닐 수 없다." "위대한 이론은 위대한 윤리를 수반하지만, 중국의 포스트식민주의 비평은 교묘한 꾀에 불과하다. 사이드, 호미 바바, 스피박 등이 하층 계급에 대한 관심과 현실 참여 정신을 보여준 것과 비교하면, 중국 포스트식민주의 비평가들의 공허한 논의, 윤리적 관심과 현실 참여의 결핍은 부끄러운 수준이다." "포스트식민주의 시대의 모순되고 편협한 심리를 제거하고, 현대 중국 문화 내부의 차이와 모순을 직시하며, 주변부 집단을 위해 발언하는 데 지식인의 윤리적 책임을 다하는 것이 중요하다. 문화적 제국주의를 가상의 적으로 삼지는 말자. 그것이야말로 중국 포스트식민주의

61 易小斌,「对张艺谋电影后殖民批评的反思」,『电影评介』, 2007년 제3기.

62 扎西多,「劳瑞·西格尔, 류国情调, 大红灯笼及其他」,『读书』, 1992년 제8기. 章辉,「影像与政治: 中国后殖民电影批评论析」,『人文杂志』, 2010년 제2기.

비평의 올바른 길이다."[63]

장이머우 감독의 영화가 서구에 "영합한다"는 견해에 대해 장후이는 집중적인 반박하는 글을 내놓았다. 그는 '영합설'은 근거가 부족하며, 서구인들을 대변하는 억측이라고 주장한다.

장이머우의 영화는 대부분 문학 작품을 원작으로 하고 있다. 모옌(莫言), 류헝(刘恒), 쑤퉁(苏童)과 같은 작가들은 민속적 이미지와 동양적 스펙터클의 창조자이다. 장이머우는 그저 시각적 이미지로 이를 강화했을 뿐이다. 그런데 이 작가들의 작품은 다수가 외국어로 번역되어 출판되었음에도, 왜 '셀프 오리엔탈리즘'이라고 비난받지 않는가? 장후이는 장이머우가 〈귀주 이야기〉에서 의도적으로 리얼리즘 표현 방식을 사용하고, 초기 영화의 민속성과 스펙터클이 보이지 않음을 지적하며, 이 작품의 수상 이유를 셀프 오리엔탈리즘으로 설명하려는 것은 설득력이 없다고 주장한다. 또한, 동시대의 감독인 우쯔뉴(吴子牛)나 장쥔자오(张军钊) 등의 영화는 스펙터클화된 요소가 없었음에도 왜 서구 영화제에서 수상했는지 질문을 제기한다. 장이머우가 다국적 자본을 활용한 것은 사실이지만, 이는 중국의 영화 시스템 및 영화란 기술과 밀접히 연결된 문화 산업이라는 사실과 관련이 있다. 그러나 글로벌 자본의 투자를 받았다고 해서 장이머우가 서구 관객의 심리에 영합하려 했다는 것은 인과관계가 성립하지 않는다. 글로벌 자본의 투자를 받았다고 하더라고 독창적인 예술적 개성을 가진 영화는 제작할 수 있다. 예술적 개성과 자본은 공존 가능하며 모순되지 않는다. 그는 다음과 같은 질문을 던진다. "서구는 왜 장이머우를 인정했는가? 정말 장이머우가 서구의 오리엔탈리즘에 영합했기 때문인가? 중국 포스트식민주의 비평은 어떤 근거로

---

63 章辉,「影像与政治: 中国后殖民电影批评论析」,『人文杂志』, 2010년 제2기.

장이머우가 서구의 오리엔탈리즘에 영합했다고 단정하는가?" 그는 서구인의 자기 설명이 담긴 1차 자료 없이, 단지 영화 텍스트에서 발견된 '이미지 전략'을 바탕으로 장이머우를 "영합했다"고 추정하는 것은 억측이라고 비판한다. 마지막으로, 그는 중국 포스트식민주의 비평이 장이머우의 '영합'을 지적할 때, 서구 문헌을 한 줄도 인용하지 않았으며, 그러한 '단정'이 근거가 있다는 것을 입증할 주석조차 제시하지 못했다고 지적한다. 그렇다면 이는 자기 해석권의 문제로 귀결된다. 장후이는 다음과 같이 반문한다. "중국 포스트식민주의 비평의 이러한 억측이야말로 서구인을 대변하는 행위 아닌가? 그들은 무슨 자격으로 서구를 대표하는가?"[64]

그 외에 장이머우의 영화에 대한 포스트식민주의적 비판에 반박하는 논리들은 다음과 같다.

1. 포스트식민주의 이론은 서구에서 유래된 이론으로, 비평가들이 이 이론에 의존하는 것 자체가 포스트식민적 심리 상태라는 비판을 받는다. 포스트식민주의 이론 자체가 서구에서 비롯된 만큼, 다음과 같이 질문이 제기된다. "비평가들이 서구 이론의 틀, 방법, 개념을 능숙하게 다룰 때, 그들 자신이 이미 '포스트식민화'되었음을 고려하고 있는가? 그들은 텍스트 내부와 텍스트와 사회의 전체적인 연관성을 분석하고 평가하기보다는 서구인의 수용 심리를 헤아리는 데 집중하고 있지는 않은가? 이것 자체가 포스트식민적 심리 상태를 드러내는 것은 아닌가?"[65]

2. 포스트식민주의 이론은 본래 서구 중심주의를 반성하기 위한 이론

---

64 상동.

65 易小斌, 「对张艺谋电影后殖民批评的反思」, 『电影评介』, 2007년 제3기.

으로, 서구에 적용되어야 하는 것이다. 이를 중국 영화와 장이머우에 적용하는 것은 관점의 오류라 할 수 있다. "원래는 서구가 중국을 오독한 것을 비판하기 위해 사용될 수 있었던 담론이 중국의 포스트식민주의 이론가들에 의해 자기 자신을 가차 없이 해부하는 도구로 전환되었으며, 이는 중국 영화와 장이머우 영화에 대한 지워지지 않는 저주로 변모했다. 스스로의 손발을 묶어버리는 이러한 행위는 셀프 오리엔탈리즘에 기반한 관점의 오류를 범한 것이라 하지 않을 수 없다."[66]

3. 장이머우로 대표되는 현대 중국 영화는 서구의 이론과 예술 형식을 사용하여 중국의 본토의 내용을 표현하는데, 이는 호미 바바 스타일의 "혼종성(hybridity)" 전략이며, 중국 영화가 탈식민화되고 진정으로 세계로 나아가 독자적인 체계를 이루기 위해 반드시 거쳐야 하는 단계이다.[67]

4. 장이머우 영화에 대한 포스트식민주의 비평에서는 동양/서양, 제1세계/제3세계, 자아/타자의 이분법적 대립 구조가 나타난다. 이는 일종의 문화적 냉전 사고방식으로, 표면적으로는 반(反)식민주의를 표방하지만, 실제로는 식민주의의 결과를 고착화하고 지속시키는 역할을 하고 있다.[68]

5. 일각에서는 중국 영화가 블록버스터를 도입하지 않고, 세계로 진출하거나 서구를 따라가지 않으면 결국 어려움에 처할 것이라고 하며, 다음과 같이 반문한다. "해외 영화제 수상이 곧 서구에 영합하는 것인가? 굳이 스스로를 국제 영화계로부터 고립시킬 필요가 있는가?"[69]

---

66 顾伟丽, 「在全球化的阳光和阴影中」, 『上海师范大学学报』, 2001년 제1기.

67 王宁, 「后殖民语境与中国当代电影」, 『当代电影』, 1995년 제5기.

68 李晓灵, 王晓楠, 「中国后殖民主义电影批评之批评」, 『云南社会科学』, 2009년 제2기.

69 易小斌, 「对张艺谋电影后殖民批评的反思」, 『电影评介』, 2007년 제3기.

비평가와 학자들의 이론적인 서술에 비해, 논쟁의 중심에 있는 장이머우 본인의 대응은 매우 실증적이다. 자신은 창작자로서 이론에서 출발한적이 없고, 오직 감정만을 중시한다고 한다. "창작이란 무엇인가? 창작을 위해서는 자신의 감정을 존중해야 하며, 감정에서 출발해야 한다. 그렇지 않다면, 영화는 피와 살이 없는 것과 같고, 피와 살에서 확장된 이론도 논할 수 없다. 먼저 이론을 설정한 뒤, 이론에 따라 창작을 할 수는 없다. 그렇게 만들어진 영화는 단 한 편도 없다. … 그리고 나는 점점 더 모든 이론은 지나가는 것에 불과하다는 생각이 든다. 이론은 시간이 지나면 시대에 뒤처지거나 틀렸음이 증명될 수도 있다. 창작자로서 나는 점점 감정을 더 중시하게 된다. 어떤 작품을 보고 무엇을 선택할 때, 내 기준은 단하나다. 그것이 내 감정을 움직일 수 있는가 없는가." 그는 역사는 자신의 편이 될 것이라고 낙관한다. "'포스트식민'이나 '포스트모던' 같은 용어들은 지금도 그 정확한 의미를 잘 모른다. 하지만 이른바 '서구에 영합한다'는 말은 오래전부터 있어 왔다. 나는 항상 이렇게 말한다. 10년만 지나면 사람들은 더이상 그런 말을 하지 않을 것이다. 예전에 사람들이 가수 리구이(李谷一)의 '가성'을 논하면서 『인민일보』까지 그녀의 '가성'이 퇴폐적인 소리인지 아닌지 토론에 참여한 적이 있었는데, 지금 보면 그런 논의는 우스꽝스럽지 않은가? 10년 후에는 소위 내가 '서구에 영합한다'는 비판도 마찬가지로 우스운 일이 될 것이다. 이것이 바로 개발도상국의 심리이다."[70]

중국의 포스트식민주의 비평은 가장 먼저, 그리고 가장 집중적으로 장이머우의 영화 비평에 적용되었다. 장이머우의 영화는 포스트식민주의 이론의 가장 좋은 표적이 되었다. 포스트식민주의 이론은 장이머우 영화에 대한 비평과 함께 중국에 본격적으로 들어왔다고 할 수 있을 것이다.

---

[70] 상동

이전에도 포스트식민주의 이론과 관련된 주요 인물들의 저작이 소개되기
는 했지만, 이 이론이 중국의 현실과 어떻게 구체적으로 연결되는지에 대
해서는 명확하지 않았다. 그러다 왕간, 장이우, 왕이촨 등이 장이머우 영
화를 포스트식민주의 이론의 관점에서 분석하고 이를 제3세계와 제1세
계의 관계라는 틀로 비평하면서, 이 이론의 의미와 문화 현상을 이러한
방식으로도 해석할 수 있다는 점이 비로소 알려졌다. 장이머우 영화와 관
련된 포스트식민주의 논쟁은 중국성, 근대성, 민족주의, 문화 정치에 대
한 각 진영의 기본적인 견해를 충분히 반영하고 있어, 정보적 풍부함을
지니고 있다.

(3) 계몽 혹은 식민: 국민성 문제

루쉰(魯迅)은 중국 현대 문학의 기수로, 중국 인문학계에서 특별히 중
요한 위치를 차지한다. 수많은 사조가 루쉰에 대한 재인식과 평가를 통해
시작되거나 그 흔적을 남겼다. 루쉰이 제기한 '국민성 비판'이라는 의제
는 80년대 이전까지는 제한적으로 비판을 받았는데, 이는 마르크스주의
계급 관점(농민을 폄하한다는 주장)에 부합하지 않으며, 그의 미성숙한 '초
기 사상'으로 간주되었기 때문이다. 그러나 개혁개방 이후, 루쉰의 이 사
상은 '5·4 운동' 이후 문화 계몽의 핵심으로 재평가되었고, 중국 현대 문
학 연구의 주요 키워드 중 하나로 자리 잡았다. 포스트식민주의 이론의
도입은 중국의 계몽 담론에 대한 의문을 불러일으켰으며, 특히 루쉰이 주
도한 '국민성 비판'에 대한 재평가는 많은 주목을 받고 있다.

1) 펑지차이의 글로 야기된 논란
포스트식민주의 이론의 관점에서 루쉰의 '국민성' 이론에 의문을 제기
되면서 국내 학계에서 큰 주목을 받았는데, 2000년 작가 펑지차이(冯骥才)

가 『수확(收获)』 제2호에 발표한 「루쉰의 공과 '과'(鲁迅的功与"过")」이라는 글이 그 발단이다.[71] '루쉰 폄훼'로 간주된 이 글은 루쉰의 '업적'을 요약하고 긍정하는 내용으로 시작된다. 글에서는 루쉰의 중국 문학계에서의 지위가 그가 특정 문화를 대표하는 '문화인'을 창조했기 때문이라고 평가한다. 그러나 곧 방향을 전환하여 다음과 같이 서술한다. "우리는 루쉰의 국민성 비판이 1840년 이후 서구 선교사들에게서 비롯되었다는 점을 봐야 한다. … 아서 H. 스미스의 『중국인의 특징(Chinese Characteristics)』을 펼쳐 보면, 이러한 관점이 루쉰에게 얼마나 직접적인 영향을 미쳤는지 알 수 있다. 20세기 초 중국의 사상계는 서구에서 가져온 사상적 무기 중 하나로 국민성 비판을 사용했다. 루쉰, 량치차오(梁启超), 쑨원(孙文) 등이 이를 강력히 주창하면서, 이는 우리 민족의 척추에 비수처럼 꽂혔다. 이 의제는 민족의 각성을 불러일으키는 데 매우 긍정적인 역할을 했다. 내가 하고자 하는 말은 루쉰의 국민성 비판이 서구인의 동양관에서 비롯되었다는 것이다. 그의 민족적 자기 성찰은 서구인의 관찰에서 도움을 받았다." 루쉰의 '문화인'이 서구인의 동양관을 단순히 도식화한 것이 아니라 그의 창작물이긴 하지만, "루쉰은 자신이 살았던 시대에 서구인의 국민성 분석에 내포된 서구 패권 담론을 보지 못했다. … 그들의 국민성 분

---

71 펑지차이의 글 외에도, 『수확』은 같은 호의 "루쉰에 다가가기(走近鲁迅)"라는 특집에서 왕쉬와 린위탕의 루쉰 평가를 게재하여 큰 반응을 일으켰다. 루쉰의 고향인 사오싱의 작가협회, 문학예술계연합회, 사회과학계연합회, 루쉰연구회 등 관련 인사들은 이 글들을 "루쉰을 폄훼하는 집속탄"이라고 칭하며 공개 서한을 쓰고 회의를 소집하는 방식으로 "루쉰을 수호"하며 중국작가협회의 대응을 요구했다. 이후 『문예보』는 「루쉰의 혁명 정신은 모독할 수 없다(鲁迅的革命精神不容亵渎)」는 제목 하에 "루쉰 연구의 주요 쟁점에 관한 토론회" 소식을 보도했다. 『수확』은 "루쉰에 다가가기" 코너에 「나는 루쉰을 사랑한다(我爱鲁迅)」와 같은 글을 추가로 게재하며 사건은 일단락되었다. 이 사건은 학문과 정치의 관계를 매우 흥미롭게 드러낸다. 이번 사건에 대한 자세한 설명은 다음 글 참조. 陈漱渝, 「由『收获』风波引发的思考: 谈谈当前鲁迅研究的热点问题」, 『鲁迅研究月刊』 2001년 제1기.

석은 단편적일 뿐 아니라 부정적이고 비난적인 성격을 띠고 있었다." 루쉰은 서구적 관점을 사용해 자신의 문제를 해결하려 했으며, "국민성 담론에 숨겨진 서구 중심주의를 철저히 감추는 결과를 낳았다. 우리는 그의 국민성 비판에 지나치게 감복하고, 그가 창조한 독특한 '문화인' 형상에 지나치게 경탄하여, 오랜 세월 동안 국민성 이면에 자리한 선교사들의 낡고 오만한 얼굴을 들여다보려는 시도를 하지 않았다."

이 서구인들의 동양관을 지금까지 이어온 과오는 루쉰에게 있는 것이 아니라, 루쉰을 신격화한 우리에게 있다. 그는 사후에 '비판 금지'의 대상이 되었고, 이로 인해 "국민성 문제조차 아무도 감히 건드리지 못하게 되었다. 오랜 세월 동안 우리는 서구 선교사들을 맹렬히 비난했지만, 그들의 진정한 문제인 '오리엔탈리즘'은 피해 갔다. 선교사들조차도 루쉰 덕을 본 셈이다!"

보다 공정한 시각을 위해, 글은 마지막에 국민성 비판 문제에 대해 변증법적으로 분석을 시도한다. "국민성 비판 문제는 복잡하다. 이는 하나의 개념에 두 가지 내포를 가진다. 하나는 우리가 우리 자신을 비판하는 것이고, 다른 하나는 서구인이 우리를 비판하는 것이다. … 우리는 루쉰이 국민성 비판을 통해 이루어낸 역사적 업적을 인정하며, 서구인이 지적한 일부 실제로 존재하는 우리 국민성의 결함도 인정한다. 그러나 서구 중심주의자들이 중국 '인종'에 대해 폄하하는 시각은 수용할 수 없다. 우리는 문학가로서 루쉰의 편향을 비난하지 않지만, 선교사들의 오만한 태도는 단호히 거부한다."

이 글이 발표된 후 루쉰 연구계에서 거센 반동이 일어났다. 이 글이 발표된 후 루쉰 연구 학계에서 큰 논란이 일어났다. "루쉰이 선교사들의 계략에 빠졌다는 말인가?" 이는 바로 위제(余杰)가 펑지차이의 글을 이해한 방식이다. 그는 세 가지 측면에서 이를 반박했다. 첫째, 루쉰의 국민성 비판이 전적으로 서구 선교사들에게서 비롯되었다는 주장, 즉 루쉰이 선교사들의 계략에 빠졌다는 것은 루쉰 사상의 발전 과정을 명백히 왜곡한 것이다. 루쉰 자신의 경험과 이상이 그의 국민성 비판에 분명히 큰 영향을 끼쳤다. 둘째, 선교사들이 "오만하고 모든 것을 깔본다"는 전칭판단을 내리는 것은, 바로 글의 저자가 비판하려 했던 '본질주의적' 사고방식을 답습하는 것 아닌가? 모든 선교사가 제국주의의 오만한 하수인은 아니다. "상당히 많은 선교사들이 고귀한 종교적 신념을 가지고 낙후된 지역에 찾아와, 그곳의 문화, 교육, 의료 등의 발전에 큰 공헌을 했다." 셋째, 중국 국민성에 대해 중국인은 비판할 수 있지만, 외국인은 비판할 수 없다는 논리는 성립하지 않는다. 현실을 되돌아보면, 루쉰이 계략에 빠졌다고 보기는 어렵고, 국민성의 고질적인 문제는 여전히 존재하며, 심지어 더 심각해졌다. 글은 또한 문화 상대주의가 낙후된 문화를 정당화하는 충분한 근거가 될 수 없다고 주장한다. "문화 상대주의를 넘어 보편적 가치가 존재한다고 확신하기 때문이다".[72]

위제가 제시한 반박 논거는 이후 다른 사람들의 글에서 반복적으로 인용되고 더 풍부하게 발전되었다. 루쉰의 국민성 비판 사상의 기원에 관해서는, 그것이 외국 선교사들의 관점에만 의존한 것이 아니라, 더 넓고 깊은 문화적 근원, 역사적 배경, 시대적 분위기를 가지고 있다는 주장이었다.[73] 일부 연구자들은 루쉰의 국민성 비판 사상이 구민주주의 사상가들(캉유웨이(康有为), 옌푸(严复), 량치차오, 장타이옌(章太炎), 쩌우룽(邹容) 등)의 영향을 더 많이 받았다는 것을 구체적으로 고증하기도 했다.[74] 루쉰이 선교사들의 계략에 빠졌는지 여부에 대해서도 많은 이들은 루쉰이 외국인

---

72 余杰, 「鲁迅中记了吗?」, 『鲁迅研究月刊』, 2000년 제7기.

73 陈漱渝, 「由〈收获〉风波引发的思考: 谈谈当前鲁迅研究的热点问题」, 『鲁迅研究月刊』, 2001년 제1기.

74 刘玉凯, 「鲁迅国民性的批判思想的由来及意义: 兼评冯骥才先生的鲁迅论」, 『鲁迅研究月刊』, 2005년 제1기.

의 중국 국민성 비판에 대해 비판적이고 반성적인 태도를 가지고 있었다고 지적했다. 장취안즈(张全之)는 루쉰이 야스오카 히데오(安冈秀夫)의 중국 국민성 관련 저작을 비판한 사례를 인용하며, 루쉰이 오리엔탈리즘 담론을 차용하면서도 이를 격렬하게 비판했으고, 이러한 담론이 초래할 수 있는 부작용(열등감과 우월감)에 대해 높은 경계심을 가지고 있었다고 주장했다.[75] 주첸민(竹潜民)은 루쉰이 서구 선교사들의 일부 사상을 흡수한 것은 서구 자본주의 의식을 신중하게 선택한 결과이며, 이는 자신의 문제를 치유하기 위해 외국의 처방전을 가져온 일종의 설사약과 같다고 보았다. 그는 이러한 '이독제독(以毒制毒)' 방식은 오히려 효과적인 수단으로 볼 수 있으며, 루쉰이 외국인의 중국 비판을 수용한 것이 선교사의 '동양관'과는 전혀 다른 문제라고 강조했다.[76] 천수위(陈漱渝)는 루쉰의 서신과 글을 인용하여 스미스의 저작에 대해 "오류가 많다"(1933년 10월 27일 타오캉더(陶亢德)에게 보낸 편지)고 지적한 바 있을 언급한다. 루쉰이 중국인들에게 "이것을 읽고 스스로 반성하고, 분석하며, 그중 옳은 점을 이해하고, 개혁하고, 분투하며, 스스로 노력할 것을" 원했다. 또한, 루쉰은 "타인의 용서와 칭찬을 구하지 않고 스스로가 어떤 존재인지를 증명할 것"을 주장했다(『차개정잡문말편(且介亭杂文末编)』). 이는 루쉰이 외국 선교사의 관점에 대해 과학적 분석과 비판적 태도를 견지했음을 보여주는 증거로, 이후 다수의 글에서 반복적으로 인용되었다.[77]

선교사들에 대한 전칭적 부정 문제와 관련하여, 후속 글들에서는 이러한 전칭 판단이 오리엔탈리즘 담론 방식의 전형적인 특징임을 논리적으로 지적했다. 그러나 더 많은 글은 역사적 현실의 경험에서 중국에 온 선

---

75 张全之, 「鲁迅与"东方主义"」, 『鲁迅研究月刊』, 2000년 제7기.

76 竹潜民, 「评冯骥才的〈鲁迅的功和"过"〉」, 『浙江师范大学学报』, 2002년 제3기.

77 陈漱渝, 「由〈收获〉风波引发的思考: 谈谈当前鲁迅研究的热点问题」, 『鲁迅研究月刊』, 2001년 제1기.

교사들을 변호하려는 입장을 보였다. 주첸민에 의하면 "서구 선교사들도 불명예스러운 면이 있었지만, 전반적으로 그들은 동서 문명 간의 가교 역할을 했다. 중서 교류의 최종 결과는 중국이 경제, 과학기술, 문화, 교육 등 여러 면에서 국제적 흐름과 접목된 것이며, 이는 중서 모두에 이익을 주었다."[78] 왕웨이둥(汪卫东)과 장신(张鑫)은 이 문제를 서구인의 중국에 대한 관점의 객관성과 그 가치 문제로 분석했다. (1) 서로 다른 문화 간의 인식은 언제나 자기 고유 문화의 관점에서 벗어나기 어렵기 때문에, 인식의 부정확성은 피할 수 없는 것이다. 그러나 서구인들이 의도적으로 중국의 이미지를 왜곡하거나 폄하했다는 주장은 반드시 사실에 부합하지는 않는다. (2) 공정하게 말하면, 서구인의 중국에 대한 관찰은 범위의 광대함, 수준의 다양성, 내용의 세부성, 태도의 객관성 측면에서 동시대 중국인의 서구에 대한 인식과 비교할 수 없다. (3) 서구인의 중국 인식 동기를 식민 확장의 필요성으로만 치부할 수는 없다. 유럽인의 중국 관점이 식민확장의 필요에서 비롯되었다는 주장은 소련의 동양학자들이 10월 혁명 이전 중국학의 본질을 규정하면서 시작되었으며, 오늘날 서구의 포스트식민주의 이론에서 강화되고 있다. 우리는 이러한 주장의 합리성을 인정하면서도 극단으로 치우치지 말아야 하며, 동서양 문명 교류사를 생사를건 투쟁사로 보는 오류를 경계해야 한다.[79]

보편적 가치 문제와 관련하여, 주첸민은 펑지차이의 글에서 근본적인 문제 중 하나가 역사적 맥락을 명확히 구분하지 않았다는 점이라고 지적했다. "루쉰이 살던 시대에, 중국과 서구 자본주의 국가를 비교할 때, 과연 누가 선진국이고 누가 후진국이었는가? 당시의 서구 문화와 중국 문화를 놓고 봤을 때, 누가 선진 문화이고 누가 후진 문화였는가? 즉, 20세

---

78 竹潜民, 「评冯骥才的〈鲁迅的功和"过"〉」, 『浙江师范大学学报』, 2002년 제3기.

79 汪卫东, 张鑫, 「国民性作为被拿来的历史性观念: 答竹潜民先生兼与刘禾女士商榷」, 『鲁迅研究月刊』, 2003년 제1기.

기 초반 중국이 세계에서 어떤 지위에 있었는가에 대한 명확한 이해가 결여되어 있다. … 펑지차이의 글은 선진국과 후진국, 선진 문화와 후진 문화의 차이를 구분하지 않은 채, 외국의 문화의식을 무차별적으로 부정하고 있다. 이것은 결국 일종의 과대평가이다. 더 냉철히 말하면, 이는 바로 아Q의 '예전에 잘나갔던 시절'이라는 사고방식의 반영이다."[80]

펑지차이의 글을 둘러싼 논쟁은 중국작가협회 등 관방기관의 개입으로 2000년 말 일시적으로 마무리되었다. 그러나 학계의 논의는 계속해서 심화되었고, 점차 이러한 관점의 근원을 탐구하는 방향으로 나아갔다.

2) 리디아 류의 국민성 문제 토론

논의가 깊어지면서 양쩡셴(杨曾宪)은 펑지차이의 견해가 사실 독창적인 것이 아니라 주로 중국계 미국인 학자 리디아 류(刘禾)의 논문에서 나온 것임을 발견했다. 리디아 류의 글은 두 가지 판본이 있다. 가장 초기 버전은 『문학사(文学史)』제1집(천핑위안[陈平原]과 천궈추[陈国球] 편집, 베이징대학 출판사, 1993년)에 실린 「근대성 신화의 기원: 국민성 담론에 대한 의문(一个现代性神话的由来: 国民性话语质疑)」이다. 다른 하나는 리디아 류의 저서 『언어횡단적 글쓰기(跨语际实践)』(상하이삼련출판사, 1999)의 제3장 「국민성 이론에 대한 질문(国民性理论质疑)」으로, 후자는 전자(좀 더 격렬한 발언 중 일부를 삭제)에 기초하여 다른 글과 합친 것이다. 마지막으로 이 글은 「국민성 이론에 대한 질문」이라는 제목으로 리디아 류의 『언어횡단적 실천(跨语际实践)』(생활·독서·신지 삼련서점, 2002년)에 수록되었다. 마지막 버전을 기반으로 리디아 류의 견해를 살펴본다.

리디아 류의 글은 네 부분으로 나뉜다. 첫 번째 부분에서는 국민성 이론의 배경이 19세기 인종주의적 국가 이론임을 지적한다. 이 이론의 특

---

80 竹潜民, 「评冯骥才的〈鲁迅的功和"过"〉」, 『浙江师范大学学报』, 2002년 제3기.

징은 인종과 민족국가의 범주를 인간 차이를 이해하는 기본 규범으로 삼고, 서양이 동양을 정복하는 데 진화론적 이론 근거를 제공했다는 점이다. '국민성'이라는 개념은 처음에 일본에 유학한 량치차오 등이 일본에서 가져온 것이며, 중국의 비극을 국민성 문제로 귀결시켰다. 이를 기반으로 '신민(新民)' 운동이 발발했으며, 쑨원도 유사한 언어를 사용했다. 그들은 제국주의를 비판했지만, 사용하는 언어는 상대방(서구)의 담론이었다. 1911년 전후 주요 신문과 잡지들은 국민성 논의에 참여했으며, 그 논의의 기본 논점은 다음과 같이 일치했다. "중국의 국민성은 반드시 개조되어야만 새로운 시대의 생존 요구에 부합할 수 있다." 리디아 류의 글은 이 개념의 발전과 변천 과정을 비교적 상세히 정리하며, 국민성 개념이 당시 중국 지식인들에게 어떤 영향을 미쳤는지 추적한다.

두 번째 부분에서 리디아 류는 루쉰의 국민성 비판 사상이 스미스의 저작과 어떻게 연관되는지를 논증한다. 리디아 류는 루쉰이 처음에는 량치차오 등의 저작에서 국민성 이론을 접했지만, 스미스 책의 일본어 번역본을 읽은 이후에야 중국 국민성을 문학을 통해 개조하는 방식을 진지하게 고민하기 시작했다고 지적한다. 스미스의 영향을 받아, 거의 한 세기에 걸쳐 중국 지식인들은 국민성에 대해 집단적으로 집착하게 되었다. 이들은 중국 국민성을 정의하고, 찾고, 비판하며, 개조하려 했지만, 이러한 담론이 존재할 수 있었던 역사적 전제 자체는 거의 고려하지 않았다. 심지어 1980년대에도 중국 지식인들은 다시금 "중국 국민성에 무슨 문제가 있는가?"라는 질문을 제기하며, 마치 그에 대한 답이 존재하는 것처럼 논의했다. 리디아 류는 스미스의 저작에서 중국인의 수면 습관을 묘사한 한 대목을 분석하며, 이는 단순히 묘사의 정확성 문제가 아니라 언어 권력의 문제라고 주장한다. 스미스는 중국인을 묘사하면서 동물(예: 곰과 거미)을 비유로 사용했는데, 이는 인종차별과 계급 문제를 동시에 내포한다. 이러한 논의는 식민주의를 정당화하기 위한 것이며, 이는 바로 사이드가 말한 오리엔탈리즘 신화에 해당하는 것이다.

세 번째 부분은 "국민성 번역"이라는 제목으로, 루쉰이 서구의 '국민성' 이론을 어떻게 활용했는가를 탐구한다. 글은 루쉰이 처음부터 국민성 이론에 대해 복잡하고 모순된 감정을 가지고 있었음을 지적한다. 예로 들 수 있는 것이 그의 일본 유학 시절 환등기 사건이다. 이 사건에서 루쉰은 '관찰자'이자 동시에 '관찰당하는 자'의 위치에 놓였으며, 그는 이 두 위치 중 어느 하나와도 완전히 동일시하기를 거부했다. 이러한 태도는 이후 그의 많은 소설에서 반복적으로 나타나며, "루쉰이 국민성 이론에 직면했을 때 겪었던 딜레마를 드러낸다"(『언어횡단적 실천』, 92쪽)는 것이다. 그러나 다수의 문학 비평가들은 루쉰의 이러한 미묘한 분열적 태도를 간과하고, 자신을 '관찰자'의 위치에 놓음으로써 사실상 국민성 이론을 공고히 하는 데 기여했다고 본다. 루쉰의 아Q의 체면 문제에 대한 묘사는 스미스의 저작에서 서술된 내용과 매우 유사해 보인다. 그러나 리디아 류는 루쉰의 다른 텍스트와 다른 학자들의 연구를 통해, 루쉰이 서구의 국민성 이론을 수용하면서도 계급적 의식으로 이를 비판하려 했음을 보여주고자 한다. 리디아 류는 루쉰의 작품과 서구 국민성 이론의 관계를 연구할 때 가장 주목해야 할 점은 루쉰의 수용과 거부 사이의 긴장감이라고 주장한다. 이는 루쉰이 단순히 서구 이론을 받아들인 것이 아니라, 이를 적극적으로 활용하면서 동시에 비판적으로 대응했던 복합적 태도를 이해하는 핵심적 관점이라고 본다.

네 번째 부분은 이 글의 본론으로, 「아Q정전」의 서술자를 분석하여 루쉰이 국민성 이론을 어떻게 활용하면서 동시에 전복하려 했는지를 밝히려는 내용이다. 리디아 류는 분석의 초점을 소설 속 비판 의식이 어떻게 생성되었는가에 맞춘다. 분석 결과, 소설의 일부에서 서술자의 시점은 명백히 웨이좡의 범위로 제한되어 있다. 서술자는 웨이좡 마을 주민들의 시각을 통해 관찰하며, 주민들과 일정한 거리를 유지하고, 때로는 그들을 조롱하기도 하지만, 아Q의 행방에 대해 주민들보다 더 많이 아는 것은 아니다. 반면, 다른 단락에서는 서술 시점이 항상 마을 주민들과 일치하지 않는다. 서술자는 아Q의 내면으로 자유롭게 들어가며 그의 심리를 탐구한다. 서술은 언제나 웨이좡 내부에서 아Q와 마을 주민들의 상호작용을 중심으로 이루어진다. 여기서 제기되는 질문은 다음과 같다. 서술자는 웨이좡 사회에 속하는가? 그렇다면 이는 곧 중국 사회에 속하는가? 만약 서술자가 완전히 그 사회에 속한다면, 어떻게 마을 주민들을 비판하고 조롱할 수 있는가?

리디아 류는 그 답이 문자 사용 여부에 있다고 본다. 즉, 글을 아는 것과 모르는 것이 핵심적인 차이라는 것이다. 글을 안다는 것은 지식의 상징, 초월의 상징, 그리고 상등인의 상징이다. 서술자가 웨이좡 사람들을 초월할 수 있었던 이유는 바로 그의 지식과 능력 때문이다. 소설은 마지막에 아Q가 글을 쓸 줄 모른다는 사실을 조롱함으로써, 서술자는 자신의 상등인으로서의 문화적 지위를 드러낸다. 그는 계몽자의 위치에 있는 인물이다. 그는 "아Q와 철저히 대조되는 위치에서, 그들 각자가 대표하는 '상등인'과 '하등인' 사이에 놓인 깊은 간극을 우리에게 일깨운다"(『언어횡단적 실천』, 102쪽). 소설 서술자의 이러한 주체적 위치(글을 아는 자, 지식인의 위치)는 국민성 이론을 전복한다. 즉, 그는 전형적이고 본질화된 '중국 국민성'을 초월한 인물이다. "루쉰의 소설은 단지 아Q를 창조한 것만이 아니라, 아Q를 분석하고 비판할 능력을 갖춘 중국인 서술자를 창조했다. 루쉰이 서술에 이러한 주체적 의식을 주입했기 때문에, 그의 작품은 스미스의 중국인 성격론을 깊이 초월했으며, 중국 현대 문학에서 선교사 담론을 대폭 재구성했다"(『언어횡단적 실천』, 103쪽).

펑지차이의 비학술적인 글과 비교하면, 그의 주요 관점이 리디아 류의 글에서 비롯되었음을 확인할 수 있다. 펑지차이의 글은 이를 크게 단순화하고 대중화한 형태로 나타난 반면, 리디아 류의 글은 훨씬 복잡하며 이론적 깊이를 지닌다. 리디아 류의 글은 전체적으로 다음을 주장한다. 국민성 개념은 서구 인종주의 이론에서 비롯되었으며, 중국인들은 오랫동안 이에 대해 명확히 인식하지 못했다. 그러나 루쉰의 소설은 이러한 이론을 초월하는 동시에 긴장 관계를 유지하고 있다. 하지만 기존 연구자들은 이러한 점을 간과했으며, 오히려 국민성 이론이라는 식민주의 담론을 반복적으로 강화하고 확인하는 역할을 했다. 따라서 지식 담론의 고고학과 사회학이 반드시 필요하다.

평지차이는 다음과 같이 주장하였다. "루쉰의 글 속 '문화인'은 결코 서구인의 오리엔탈리즘적 관점을 도식화하거나 형상화한 것이 아니다. 그는 단지 다른 사람의 조각 작업실에 들어갔을 뿐이며, 모든 창작은 그의 독자적인 발상에서 비롯된 것이다". 또한, "서구인의 오리엔탈리즘적 관점을 지금까지 모호하게 이어온 잘못은 루쉰에게 있는 것이 아니라, 루쉰을 신격화한 우리에게 있다". 그러나 그는 매번 루쉰을 긍정한 뒤에는 "그러나"라는 전환어를 통해 자신의 긍정을 뒤집는 방식으로 논의를 전개한다. 그는 "그러나 루쉰은 그가 살았던 시대에 서구인의 국민성 분석 속에 숨어 있던 서구 패권 담론을 보지 못했다"고 주장한다. 또한, "루쉰의 뛰어난 소설들은 무의식적으로 국민성 담론에 내포된 서구 중심주의를 완벽히 은폐했다. 우리는 그의 국민성 비판에 지나치게 감복하고, 그의 독창적인 '문화인' 형상에 지나치게 경탄해왔으며, 오랜 시간 동안 국민성 이론 뒤에 자리한 선교사들의 낡고 오만한 얼굴을 돌아보지 못했다". 평지차이가 루쉰에 대해 여러 차례 긍정적인 평가를 내렸음에도 불구하고, 이러한 전환어는 그의 논점이 어디에 있는지를 분명히 드러낸다. 그는 루쉰의 국민성 비판이 서구인의 오리엔탈리즘적 관점과 무관하다고 믿지 않으며, 또한 루쉰의 잘못이 아니라 루쉰을 신격화한 사람들의 잘못이라는 의견에도 회의적이다. 따라서 앞서 평지차이의 글이 루쉰을 부정적으로 평가한다고 비판한 사람들의 주장도 틀린 것은 아니다. 평지차이의 관점이 리디아 류에게서 비롯되었다고 발견된 뒤에도(사실 일부에 지나지 않는다), 두 관점의 차이는 주목되지 않았고, 평지차이의 글에 가했던 것과 거의 동일한 비판이 이어졌다.

양쩡셴은 "평지차이의 글은 리디아 류의 국민성 신화 이론을 기반으로 한 일종의 비판적 실천일 뿐이다. 그러나 평지차이의 글과 비교했을 때, 리디아 류의 글은 더 학술적이지만 동시에 더 편향적이며, 그 관점에 동의하기 어렵다"고 했다. 리디아 류는 서구 식민주의 담론의 헤게모니에 반대하는 담론의 '전략적 우위'에서 "지난 100년간 중화민족의 진보와 해방을 추진해온 사상적·문화적 선구자들을 거의 모두 한데 묶어 그들을 국민성 신화에 의해 눈이 가려진 존재로 만들어버렸다". 리디아 류에 따르면, '루쉰의 국민성 사상의 주요 원천'은 바로 선교사 스미스가 쓴 『중국인의 특징』이며, 루쉰의 작품 속 아Q는 스미스의 이론을 거의 그대로 옮겨놓은 복사본과 같다. 루쉰은 사실상 국민성 이론이라는 식민 담론을 형상화하여 설명하고 있는 것이다.[81]

반론으로 양쩡셴은 두 가지 '국민성 담론' 개념이 존재한다고 주장했다. 하나는 인종주의에 속하는 국민성 담론이고, 다른 하나는 일반적인 국민성 담론 또는 국민성 개념이다. 후자는 인종주의 이론과 필연적으로 연관된 것이 아니라, 사실을 일반화한 서술적 담론일 뿐이다. 설령 이 개념을 외부에서 들여오지 않았더라도, 중국 학자들은 계몽의 목적을 위해 스스로 이 개념을 만들어냈을 것이며, 그 과정에서 서구 담론의 헤게모니 문제는 존재하지 않는다고 보았다. 스미스의 책에 대해 그는 다음과 같이 반박했다. "중국인에 대해 객관적인 태도를 취한 책이 어떻게 중국을 '악마화'한 책이 될 수 있단 말인가?"[82] 스미스의 저작에는 중국인의 장점을

---

81 杨曾宪, 「质疑"国民性神话"理论 : 兼评刘禾对鲁迅形象的扭曲」, 『吉首大学学报』, 2002년 제3기.

82 상동.

진심으로 묘사한 대목이 존재한다. 그는 전면적 서구화를 반대했으며, 미국 대통령을 설득해 2천만 달러의 의화단 배상금을 칭화대학 설립에 사용하도록 했다. 또한, 중국의 낙후된 농촌에서 50년간 머물렀으며, 그가 중화민족에 적대감을 품지 않았다는 사실은 명확하다. 그의 책에서 묘사된 많은 민족적 결점은 객관적으로 존재하는 사실이다.[83]

앞서 언급했듯이, 왕웨이둥과 장신은 리디아 류의 기본 이론적 전제에 의문을 제기하며, 국민성 담론이 반드시 서구 중심주의적 담론 헤게모니일 필요는 없다고 주장했다. 그들은 이러한 주장이 소련 혁명 이데올로기에서 기원한 관점이라고 보았다. 그들은 루쉰의 국민성 개념이 본질주의적 개념이 아니라 역사적 범주라고 간주한다. 루쉰이 차용한 국민성 담론은 19~20세기 피압박 민족들이 해방과 독립을 쟁취하기 위해 사용한 민족국가 이론의 중요한 일부였으며, 서구 패권 담론이 아니라고 본다. 이들은 리디아 류가 루쉰을 옹호하는 자세를 취하고 있음을 주목한 소수 의견 중 하나였다. 그러나 동시에 그녀의 논의가 "루쉰의 가장 중요한 사상적 유산을 그 자신의 손에서 공수표로 만들어버렸다"고 지적하며, 이는 "루쉰이 스스로 자신의 뺨을 때리는 꼴이 아니겠는가?"라는 질문을 던진다.[84]

왕쉐쥔(王学钧)은 '국민성'이라는 용어가 중국에 도입된 과정을 고증했다. 그는 이 개념이 처음 도입되고 정의될 당시부터 본질주의를 배제하고 있었다고 본다. 이전부터 중국의 유교 문화에는 '민성'(民性), '풍속의 개조'(移风易俗), '기질을 바꿈'(变化气质)과 같이 국민성과 유사한 의미의 개념들이 존재했다. 이들은 청말에 이르러 국민성 및 국민성 개조라는 개념으로 집약되며, 전통 관념을 현대적으로 전환하였다. 따라서 그는 루쉰의 국

---

83 상동.

84 汪卫东, 张鑫, 「国民性作为被拿来的历史性观念: 答竹潜民先生兼与刘禾女士商榷」, 『鲁迅研究月刊』, 2003년 제1기.

민성 비판을 '국민성 신화'라고 부르는 것은 개념적 오류라고 주장한다.[85]

리디아 류가 왜 량치차오와 루쉰 등 선구자들이 개척하고 지난 한 세기 동안 중국 지식인들이 실천해 온 '국민성 개조' 명제를 전복했는가에 대해 여러 해석이 존재한다. 일부는 이를 '맹목적 자부심을 지닌 민족 문화 심리' 때문이라고 한다. 혹은 그녀가 '고국'에 대해 가지는 정체성 위기에서 비롯된 것으로 보는 이도 있다. 이들은 리디아 류의 관심과 문제의식이 더이상 중국의 역사와 현실에 있지 않다고 주장한다. 대신 그녀는 자신이 속한 사회에서 약자 집단의 일원으로서 처한 현실에 초점을 맞추며, 이 환경에서 자신의 권익과 지위를 어떻게 보호하고 개선할지를 고민하고 있다는 것이다. 리디아 류가 사이드의 이론을 활용하며 그 이론에 깊이 공감하는 이유도 고국에 대한 관심이나 애정에서 비롯된 것이 아니라, 그녀가 살아가는 사회적 현실과 그 속에서 약자로서의 정체성에 기반을 두고 있다는 해석이다.[86]

국민성 이론에 관한 논쟁을 전반적으로 살펴보면, 약간 기이한 점이 있다. 첫째, 리디아 류의 글을 둘러싼 논쟁에는 많은 오해가 존재하는 듯하다. 대부분의 사람들은 리디아 류의 글을 평지차이의 관점에서 이해하며, 리디아 류의 논의가 가진 복잡성을 충분히 주목하지 않았다. 다시 말해, 리디아 류의 글에서 식민지 민중의 주체적 능동성과 저항적 실천을 발굴하려는 측면은 간과되었고, 특히 루쉰이 서구의 국민성 이론을 어떻게 전복했는지를 논의한 부분은 거의 주목받지 못했다. 역으로 비판자들은 리디아 류의 글에서 루쉰의 주체성을 옹호하는 논거를 직접 찾을 수도 있었을 것이다. 하지만 많은 이들은 리디아 류가 단순히 루쉰과 국민성 비판을 부정한다고만 생각했으며, 이는 그녀에 대한 많은 비판이 다소 부적절

85 王学钧,「刘禾"国民性神话"论的指谓错置」,『南京工业大学学报』, 2004년 제1기
86 张江南,「留学生与社会认同危机 - 读刘禾〈跨语界书写〉有感」. 张蔚,「后殖民批评与世纪之交的"国民性"讨论」,『郑州大学学报』, 2007년 제2기에서 인용

하게 이루어졌음을 보여준다.

둘째, 논쟁에서 사람들이 몇 가지 기본적인 사실과 입장에 대해 공통된 인식을 결여하고 있음을 발견할 수 있다. 예를 들어, 근대 이후 선교사들의 역사적 역할과 해외 중국학의 성격에 대해 큰 견해 차이가 존재한다. 일부(리디아 류, 펑지차이 등)는 선교사들이 식민주의 활동에 종사했으며, 중국학은 본질적으로 식민 침략을 정당화하기 위한 권력 담론이라고 본다. 그러나 다른 이들(위제, 주첸민, 양쩡셴, 왕웨이둥 등)은 정반대의 관점을 취한다. 그들은 선교사의 역할이 대체로 긍정적이었다고 평가하며, 중국학에 편향이 있다 하더라도 이는 정상적인 문화적 차이에 불과하며, 중국 맥락에서 지배적 위치를 차지하지 않는다고 주장한다. 따라서, 비판의 초점을 중국학으로 돌리는 것은 잘못된 방향 설정이라는 것이다. 실제로 많은 글들이 리디아 류의 복잡한 이론에 대해 깊이 다루기보다는, 이러한 역사적 사실 문제를 중심으로 리디아 류를 비판하는 데 초점을 맞추고 있다.

마지막으로, 앞서 언급된 두 가지 점과 관련하여 가장 중요한 문제는 진영 의식이 뚜렷하다는 점일 수 있다. 논쟁에서 발생한 많은 오해는 이러한 진영 의식에서 비롯되었다고 볼 수 있다. 이는 루쉰에 대한 의심과 옹호를 둘러싼 진영 간 대립뿐 아니라, 근대 중서 관계, 근대성과 민족성, 민족 중심주의와 보편적 가치 사이의 입장 차이를 포함한다. 특히, 마지막 쟁점은 현실적 중요성을 지니고 있어 논쟁에서 주도적 위치를 차지하고 있다. 중국 근현대사에서 수많은 사상적 논쟁을 겪으면서 형성된 관성적 사고와 고정된 사고틀이 이번 논쟁에서도 은연 중에 작동하였다. 예컨대, 루쉰을 부정하는 것 같으면 이는 곧 민족의 자기비판 의식을 부정하고, 계몽을 반대하는 것으로 간주된다. 반대로, 서구 문화를 의심하면 이는 곧 민족주의로 치부되며, 근대성의 가치를 반대하는 것으로 받아들여진다. 그 반대 입장도 마찬가지다. 이러한 진영 의식은 사실에 대한 공감대의 결여와도 상호관계가 있다.

이 모든 것은 역사적 맥락의 힘을 보여준다. 중국의 사상과 현실적 맥락에서 본래 민족주의를 해체하려는 목적으로 제기된 포스트식민주의 비평이 오히려 민족주의 담론으로 작용하거나 그렇게 간주되었으며, 중국 근대성 담론에서 기존에 존재하던 '중국/서구'라는 이분법적 담론 구조를 더욱 강화시켰다. 이러한 상황은 '국민성 이론' 논쟁에만 국한되지 않으며, 포스트식민주의와 관련된 논쟁의 여러 영역에 널리 퍼져 있다.

(4) 중화성 토론: 근대성의 대항으로서 민족주의?

1) 의제의 제기

중국 포스트식민주의 문화 비평에서 '중화성'(中华性)을 둘러싼 논의는 매우 중요하고 대표적인 주제로 꼽힌다. 이는 근대 사상사에서 민족성과 근대성, 중국 문화와 서구 문화의 관계와 같은 문제가 다시 제기된 것이다. 일부 사람들은 "중화성 명제가 중국 포스트식민주의 비평의 전형적인 대표"라고 평가한다.[87] 이 주제를 가장 먼저 제기한 것은 1994년 『문예쟁명』 제2호에 발표된 장파(张法), 장이우, 왕이촨의 글 「'근대성'에서 '중화성'으로: 새로운 에피스테메의 탐구(从"现代性"到"中华性": 新知识型的探寻)」이다. 이 글은 발표 이후 큰 반향을 일으켰다. 일부는 이 글을 중국 민족문화주의 사조 중 "가장 대표적인 글로, 강한 어조, 강력한 성향, 큰 포부, 방대한 규모로 마치 동아시아에서 패권을 잡으려는 기세"라고 평가했다.[88] 이후의 논쟁도 대부분 이 글을 중심으로 진행되었다.

이 글의 주요 제목에는 두 개의 핵심어, 즉 '근대성'과 '중화성'이 포함

---

87 章辉, 「关于当前文化批评中"中华性"问题的思考」, 『江汉大学学报』, 2007년 제6기.

88 邵建, 「东方之误」, 『文艺争鸣』, 1994년 제4기.

되어 있다. 글의 내용을 통해 알 수 있듯이, '근대성'의 구체적 내포는 다음과 같다: 서구적, 타자적, 계몽과 구망, 이상적 정신과 문화적 열정을 지닌, 비판적이고 엘리트적인 성격을 가진다. 반면, '중화성'의 내포는 중국적이고 독특한 요소들로 구성된다. 예를 들면, 새로운 백화문 언어 체계, 질적가치 중심의 경제관, 이질적이지만 조화로운 미학, 외부적으로는 분리되었으나 내부적으로는 통합된 새로운 윤리, 구조와 해체를 초월하는 사고방식 등이 이에 포함된다. 글은 근대성이 하나의 담론적 에피스테메로서 "되돌릴 수 없을 정도로 쇠퇴했다"고 단언하며, 새로운 에피스테메로서 중화성을 적극적으로 제안한다. 글의 부제는 새로운 에피스테메, 즉 새로운 세계 관점을 수립하고 이를 통해 중국 문화에 새로운 지위를 부여하려는 의도를 나타낸다.

글의 본문은 세 부분으로 나뉜다. 첫 번째 부분은 '근대성과 그 다섯 번의 중심 이동'으로, 1840년부터 20세기 말까지 100여 년간의 사회적, 정치적, 문화적 변화를 요약하고 있다. 이 글에 의하면 중국의 고전적 에피스테메는 하나의 중심화된 세계관을 창출했다. 이 세계관에서는 화하(華夏)가 문명의 중심이며, 사방의 오랑캐는 종속적 지위에 있었다. 그러나 1840년 아편전쟁을 기점으로 고전적 에피스테메가 붕괴되었고, 중국인은 자신들이 상상했던 세계 중심의 위치를 잃어버렸음을 인정하지 않을 수 없었다. 이로써 중국은 '근대성'이라는 새로운 지식 체계에 진입하게 되었다. 하지만 천하독존이라는 고전적 지식 체계의 중심화 사상의 영향으로 중국 근대성의 핵심 의제는 '중심의 재건'으로 나타났다. 중국 맥락에서 근대성은 "중심 상실 이후 서구 근대성을 참조하여 중심을 재건하기 위한 계몽과 구국의 작업"으로 정의된다. 이는 사실상 "서구가 제시한 위계적이고 선형적 역사로 특징지어진 세계관을 중국이 인정한 것"을 의미하며, 결과적으로 '타자'(서구)의 담론을 내면화하여 스스로를 타자화하는 과정을 낳았다. 이렇게 '중국의 타자화'는 중국 근대성의 기본적 특징이 되었고, 이는 중국 근대 변혁 과정이 동시에 자신의 타자화 과정으로 나타나는 것을 의미한다. 이 글은 지난 100년 동안 중국의 근대성이 기술 지배, 정치 지배, 과학 지배, 주권 지배, 문화 지배의 시기를 거쳤으며, 이 모든 것이 자신의 중심적 지위를 재건하려는 동시에 타자화의 과정이라고 주장한다. 이 글은 중국의 근대화가 타자화의 과정이었기 때문에 중심을 재구성하는 과제가 지속적으로 완성되지 못했음을 거듭 강조하고 있다.

두 번째 부분은 '근대성 전환과 세기말의 거대한 변화'에 관한 내용이다. 이 부분은 먼저 1990년대에 나타난 새로운 상황을 설명한다. 저자는 이 시기를 '포스트신시기'라고 부르며, 신시기의 이상적 정신과 문화적 열정이 끝났음을 지적한다. 하지만 동시에 시장화 과정에서 새로운 가능성이 나타나기 시작했다. 이는 '타자화에서 벗어나는' 시대이자 '근대성을 재검토하는' 시대이다. 글은 신시기 문화(80년대 문화)가 그 자체의 과격성과 현실에 대한 절망으로 인해 종말을 맞이했다고 암시하며, 이는 동시에 '근대성의 위대한 추구의 환멸'을 의미한다고 본다. 글은 포스트신시기 문화 전환의 두 가지 배경으로 냉전 종료 이후의 글로벌화와 중국 주류 문화의 시장화를 꼽는다. 당대 문화의 새로운 발전은 1840년 이후 중국 근대 문화와는 다른 특징들을 보여준다. 예를 들어, 사회의 시장화, 미학의 대중화, 문화적 가치의 다원화 등이 그것이다. 이는 '근대성'이 현실적 과정으로서 종결되고 있지만, 동시에 전통으로 응축되고 이동하여 새로운 형태로 지속되고 있다는 것을 의미한다. 근대성은 새로운 '중화성' 지식 체계 속에서 계속 연속되고 있다.

세 번째 부분은 새로운 '에피스테메'로서의 '중화성'의 의미를 구체적으로 설명한다. 이 글은 새로운 에피스테메를 모색하는 배경을 다시 논의한다. 근대적 에피스테메의 권위적 지위가 되돌릴 수 없을 정도로 쇠퇴한 이후, "권력의 진공 상태" 속에서 다양한 사상이 싹트고 있음을 지적한다. 따라서 그들은 새로운 에피스테메의 조속한 형성을 촉진하기 위해 하나의 담론적 틀을 제안해야 한다고 말하며, 그 핵심이 바로 '중화성'이다. '중화성'에는 세 가지 주요 요지가 있다. 첫째, 세계를 바라보는 데 있어 서구적 시각이 아닌 중국의 시각을 사용하는 것이다. 특히 서구의 선형적 진화사관을 초월해야 한다. 둘째, 서구에 동화되는 것이 아니라, 중국 문화의 독특성을 유지하고 세계 문화의 다양성에 기여하는 것이다. 셋째, 동양과 서양, 자본주의, 사회주의의 구분을 묻지 않고, 오직 현실 상황과 미래 목표를 기준으로 삼아 유용한 것은 모두 수용한다는 것이다. 현재 인류의 모든 진보적 경험을 받아들이는 것은 "인류와 조화를 이루는 중화 문화권의 탄생"을 위해서다. '중화 문화권'이라는 개념은 하나의 문화적 지도를 상상한 것이다. 세계 질서가 다중심화되는 방향으로 가는 가운데, 동아시아에서 중국은 종합적 국력뿐 아니라 문화적 구심력을 가지고 있기 때문에 동아시아의 중심이 될 가능성이 가장 높다. 중화 문화권은 중국 대륙을 핵심으로 삼고, 그 영향력이 대만, 홍콩, 마카오와 세계 각지의 화교, 동아시아 및 동남아시아 국가들로 확산되고 있다. 이 글은 중화 문화권을 건설하려는 목적이 동아시아가 근대화를 더 빨리 실현하도록 하고, 동시에 동양이 세계 문화의 다양성에 기여하는 데 있다고 주장한다. 이를 위해 중화 문화권을 위한 새로운 담론 패러다임으로 새로운 백화문 언어 체계, 질적가치 중심의 경제관, 이질적이지만 조화로운 미학, 외부적으로는 분리되었으나 내부적으로는 통합된 새로운 윤리, 구조와 해체를 초월하는 사고방식을 제안한다. 이 새로운 담론 패러다임을 통해 중화 문화권은 동아시아의 중심이 되고, 세계 문화의 다양성에 기여할 수 있을 것으로 기대된다.

전반적으로 이 글은 중국 근현대의 근대화 과정이 중심 지위를 상실한 이후 다시 중심으로 복귀하려는 동력에 의해 추진되었으며, 동시에 '자아 상실(즉, 타자화)'의 과정이었다고 주장한다. 그러나 1990년대에 이르러 서구의 계몽적 근대성은 자체 문제로 인해 중국에서 쇠퇴했으며, 중국은 이제 새로운 주도적 담론을 필요로 한다고 본다. 저자는 이 새로운 주도적 담론이 '중화성'이라고 주장하며, 이는 중국의 입장, 중국의 시각, 중국의 특성을 강조하는 새로운 문화이다. 이 글은 중국이 중심으로 복귀하는, 최소한 동아시아의 중심으로 복귀하는 구체적인 경로를 설계하고 있다.

2) 국가문화 전략과 지식인의 정치윤리

이 글은 국가 문화 전략을 수립하려는 성격을 가지고 있다. 이는 우선 글의 문장 표현에서 뚜렷이 드러난다. 문장의 주어로 '우리', '중국' 또는 '중국 문화'가 자주 사용된다. 특히 전략을 제안하는 세 번째 부분에서는 문장의 어조와 표현에서 '우리는 해야 한다', '중국 문화는 해야 한다'와 같은 문형이 자주 등장한다. 이러한 점에서 글 전체는 독자에게 권위적이고 명령적 담론의 인상을 준다.

둘째, 이 글은 강한 정치적 현실성을 띠며, 문화적으로 중국 정부가 중국 대륙을 중심으로 하는 새로운 동아시아 질서를 구축하는 데 어떻게 협력할지를 구체적으로 다루고 있다. 이 글에 대한 긍정적인 반응들은 주로 관방매체에서 나온 것으로, 이들 또한 '중화성'을 주로 국가 문화전략의 일환으로 간주했다. 이는 '중화성'이라는 주제가 공식적인 국가 문화전략의 성격을 지니고 있음을 더욱 뒷받침해준다.

예를 들어, 『인민일보』(해외판)은 2003년에 〈중화성과 중화민족의 부흥〉이라는 제목의 기사를 발표했다. 이 글의 요지는 중화의 문화가 현대 세계에서 독자적인 체계를 이루고 있으며, 이는 민족 부흥의 과정에서 또 하나의 정점을 맞이할 것이고, 점차적으로 글로벌 다원 문화의 발전 및 인류의 미래와 운명을 고민하는 가치 지향에 점점 더 큰 영향을 미칠 것이라는 내용이다. 또한 『인민논단』은 2011년에 〈문화 강국을 건설하기 위해서는 중화성 구축에 주력해야 한다〉라는 제목의 기사를 발표했다. 이 글은 중화성이 다른 국가와 구별되는 독특한 요소라고 주장하며, 구체적으로는 중화민족 전체의 생활 방식, 감정 방식, 담론 방식, 행동 방식, 사고 방식을 포함한다고 설명한다. 이 중 가장 중요한 것은 가치관 체계라고 강조했다. 글에서 제시한 예에 따르면, 중화성이란 전통적인 유교적 가치관, 예를 들어 효도와 같은 개념을 핵심으로 삼고 있다. 이는 중화성을 강조하는 담론이 전통적 문화적 가치를 현대적으로 재구성하여 국가 문화전략에 활용하려는 시도를 보여준다.

서구에서 본래 급진적이고 반(反)주류적인 비판 방식이었던 포스트식민주의가 중국에서는 관료적 색채가 강한 국가 전략으로 변모한 현상은 분명 다소 기이한 현상이다. 이 때문에 '중화성'은 정치적 윤리적 관점에서 많은 논자들로 비판을 받았다. 샤오젠(邵建)은 이러한 전략이 보여주는 문화적 팽창주의를 비판하며 다음과 같이 말했다. "오리엔탈리즘이 서구 헤게모니의 산물이라면, 이곳의 '신오리엔탈리즘'(이렇게 부르기로 하자)은 동양 헤게모니의 여론 주도자가 되었다. 사이드의 오리엔탈리즘 비판은 서구 문화의 중심 지위를 타파하기 위한 것이었지만, 우리는 오리엔탈리즘을 반대한 뒤 다시 동아시아에서 우리의 중심 지위를 구축하려 한다."[89] 쉬번을 비롯한 일부 비평가는 지식인과 권력 간 관계에 주목한다. 쉬번은 서구에서 포스트식민주의 비판의 의미는 단순히 제1세계 내부의 대립적 담론에 있지 않으며, 실제 사회운동과 연계된 데 있다고 지적한다. 반면, 중국의 포스트식민주의는 본래의 사회적 맥락에서 지녔던 정치적 윤리적 가치, 사회 개혁 이상, 억압적 관계와 문화적 폭력 형태에 대한 구체적인 저항 내용을 제거하고, 단지 차별성과 특수성을 과시하거나 어떤 타자와

---

[89] 邵建, 「世纪末的文化偏航: 一个关于现代性, 中华性的讨论」, 『文艺争鸣』, 1997년 제1기

대립하려는 보여주기식 태도로 전락했다고 평가했다.[90] 왕후이는 중국의 포스트식민주의를 총체적으로 평가하며 이렇게 말했다. "중국의 어떤 포스트식민주의 비평가도 주변부적 입장에서 중국 문화 내부 구조를 분석하려 하지 않는다. 그러나 이는 포스트식민주의 이론의 논리에서 당연히 요구되는 태도다."[91] 타오둥펑은 다음과 같이 논평했다. "서구 제1세계에서는 급진적인 학술이론 담론이었던 것이 중국과 같은 제3세계에 도입될 때는 그 본래의 급진성과 비판성을 잃어버릴 가능성이 크다."[92] 많은 제3세계 국가에서는 반서구적 태도와 민족 고유문화의 독특성을 모색하는 것이 이미 공식적인 문화정책의 기본적인 정치 전략이 되었다. 그러나 제3세계 국가의 포스트식민주의 비평은 국제적인 문화헤게모니를 비판하는 데 그치지 말고, 서구와는 다른 국내의 복잡하고 불평등한 권력 관계를 직시해야 한다. 오히려 제3세계 자체의 문화적 억압과 문화적 헤게모니의 본질과 근원을 탐구해야 한다.[93] 그는 심지어 학계에서 '중국 정체성'을 추구하는 행위가 포스트식민주의와 글로벌화 맥락에서 다소 상업적 조작 또는 학문적 퍼포먼스 성격을 띤다고 평가한다. "나는 중국의 포스트식민주의 비평이 글로벌화 과정에서 '중국'의 정체성 위기에 대한 불안한 반응이라기보다는, 국내외 학문 시장의 논리에 스스로 동조한 투기적 행동일 가능성이 더 크다고 본다. 또는 이는 정치적 감정으로, 서구 문화의 통합적 헤게모니에 저항한다는 구호 아래, 비서구 세계의 '특수성'을 강조하며 민족국가 내부에서 권위주의적 통치를 정당화하려는 정치인들의 의도적 활용일 수 있다. 이 통치는 종종 '주권 정치'라는 외피를 두

---

90 徐贲,『走向后现代与后殖民』, 中国社会科学出版社, 1996년, 202—203쪽

91 汪晖,「当代中国的思想状况与现代性问题」,『天涯』, 1997년 제5기

92 陶东风,「文化本真性的幻觉与迷误」,『文艺报』, 1999년 3월 11일, 陶东风,「文化研究: 西方话语与中国语境」,『文艺研究』, 1998년 제3기

93 陶东风,『文化研究: 西方与中国』, 北京师范大学出版社, 2002년, 211쪽

르고 있다." "다원주의적 문화론자나 본토 문화론자가 주장하는 '본토' 문화 요구가 민족국가 간의 국제적 틀에 통합될 경우, 이는 민족국가 내부의 문화적 차이를 은폐하고, 민족국가 내부에서 문화적 동일화를 추진하는 데 이용될 수 있다"[94] 이와 같은 관점은 자오이헝(赵毅衡), 쉬여우위, 레이이(雷颐), 샤오젠 등 다른 학자들의 논의와 유사하다.

이러한 비판의 기본 요지는, 서구의 포스트식민주의 비평은 본래 지식인이 현실 권력에 대해 경계하고 비판하려는 태도로 가득 차 있지만, 중국의 포스트식민주의 비평은 비판의 초점이 외부로만 향할 뿐 내부를 겨냥하지 않는다는 것이다. 따라서 중국의 맥락에서는 정치적 투기성이 드러나며, 도덕적 정당성을 상실하게 된다. 만약 도덕적 기반에 기초하지 않는다면, 이 글의 의도는 무엇인가? 일부 비평가들의 관점에 따르면, 그 답은 권력일 수밖에 없다. 펑린(丰林)은 '중화성'에 대한 담론이 "실제로 서구가 근대성의 보편성을 논할 때와 마찬가지로, … 잠재적으로는 담론에서 유리한 입장을 차지하려는 시도를 떨쳐내지 못하고 있다"고 주장한다.[95] 「'근대성'에서 '중화성'으로」라는 글에서 '중심'이라는 단어는 총 70회 등장한다. 이 글은 중국 고대의 에피스테메에 내재된 자아 중심주의에 대해 어떤 비판도 하지 않으며, 근대 이후 중심으로 복귀하려는 시도에 대해서도 비판하지 않는다. 오히려, 중화 중심주의 문화를 새롭게 재건하려는 방향으로 나아가고 있다.[96] 이러한 '최고가 되겠다'는 태도는 단지 힘을 숭배하는 사고방식을 조장할 뿐이며, 어떤 초월적 가치관도 제시

---

94 陶东风, 「解构本真性的幻觉与神话」, 『湛江师范学院学报』, 2001년 제4기

95 丰林, 「后殖民主义及其在中国的反响」, 『外国文学』, 1998년 제1기

96 몇 년 후, 해당 글의 제1저자인 장파는 자신의 입장을 변경한 듯하다. 그는 중국 사상사를 탐구한 한 글에서, 중국 근대 이후 중심으로의 복귀를 강조하는 자만적인 사상을 비판하며, 이러한 사고가 중국에 가져온 재난에 대해 논의했다. 다음 글 참조. 张法, 「中华性: 中国现代性历程的文化解释」, 『天津社会科学』 2002년 제4기.

하지 못하고 있다. 민족국가의 실질적 권력을 얻으려는 의도 외에도, 이 글은 저자가 담론 권력을 장악하려는 의도를 드러내고 있다. 글은 반복적으로 '중화성'이라는 새로운 에피스테메를 제안하는 배경이 계몽 권위가 쇠퇴하면서 등장한 '권력의 진공 상태'와 '다양한 목소리의 혼란'이라고 설명한다. 따라서 '중화성'이라는 새로운 에피스테메를 통해 현재 문화에 담론적 규범을 제정하려는 의도를 보인다. 이 글에 따르면, '다양한 목소리의 혼란'은 반드시 정리되어야 할 문제이며, 문화 영역에는 반드시 주도적 권위가 존재해야 한다. 게다가 '에피스테메'라는 개념 자체도 중요한 정보를 전달한다. 이 개념은 주로 푸코에게서 기원한 것으로, 이론적 배경이 이데올로기, 담론, 헤게모니, 허위의식, 신화와 유사하며, 대개 부정적인 의미를 가진다. 이러한 개념들은 모두 '진리'의 허구성과 그것이 권력과 맺는 복잡한 관계를 지적한다. 학문적 맥락에서 이들은 대부분 비판적인 단어로 사용된다. 예를 들어, 우리는 '무엇에 대한 신화를 깨부숴야 한다'는 말을 자주 듣지만, '무엇에 대한 신화를 만들어야 한다'는 말을 듣는 경우는 거의 없다. 여기서 신화는 부정적 의미로 사용된다. '에피스테메' 역시 헤게모니 성격을 가진 개념으로, 주로 '진리'의 시대적 한계를 지적할 때 사용되며, '새로운 에피스테메를 창조해야 한다'는 식으로 쓰이는 경우는 드물다. 그러나 이 글은 '담론'이나 '에피스테메'와 같은 개념을 긍정적인 맥락에서 사용하고 있다. 이는 마치 '내가 새로운 담론이나 에피스테메를 창조하겠다'고 선언하는 것과 다름없다. 저자는 '중화성'이라는 개념이 드러내는 이러한 순수한 헤게모니적 의지가 '중화성' 담론에 대해 많은 비평가들이 반감을 가지는 중요한 이유라고 본다.

3) 현실의 탈구

'중화성'에 대한 또 다른 주요 비판은 중국 현실에 대한 이해에서 비롯된다. 첫 번째는 중국의 역사적 단계와 관련된 문제다. 여전히 계몽적 이상을 고수하는 사람들은 중국의 주요 과제가 근대화 실현이라고 보며, 이 과제는 아직 완성되지 않았고 따라서 지금은 '근대성을 반성하거나 초월할 때가 아니다'라고 주장한다. 이 관점에서 샤오젠(邵建)의 견해가 대표적이다. 샤오젠은 "우리가 도대체 어떤 의미에서 소위 근대성을 완전히 획득했다고 이제는 이를 초월한다는 건가"고 반문하며, "이런 논조는 중국의 상황에 대한 무지와 오해에서 비롯된 것"이라고 지적한다. 그는 근대화는 인류 발전의 필수 단계로 건너뛸 수 없는 과정이며, 중국에서 근대화의 역사적 과제는 아직도 완전히 달성되지 않았다고 본다. 중국은 현재 농업 문명에서 산업 문명으로의 전환 과정에 있으며, 현재와 앞으로도 상당 기간 동안 4대 현대화(농업, 공업, 국방, 과학기술의 현대화)를 이루는 것이 가장 중요한 목표이다. 이것이 중국의 가장 기본적인 국정이다. 근대성을 근대화의 소프트웨어적 측면, 즉 사상적·문화적 측면의 보완 작업이며, 이 역시 아직 완료되지 않았다. 오히려 오늘날 과학과 이성이 시장화의 충격을 받고 있는 상황에서, 과학적 이성과 계몽을 더욱 강조해야 하며, 근대성의 종결을 논하는 것은 시기상조이다. 선진국인 서구의 이론을, 주국 지식인들이 아직 근대화가 완성하지 못한 중국에 적용하려는 것은 중국 현실에 대한 오독이자 이론적 오용이다.[97] 이러한 견해는 그의 반대자들에 의해 표준적인 근대성 이데올로기의 선형적 역사관으로 비판받을 수 있지만, 중국 학계 내외에서 이 입장을 공유하는 사람들이 적지 않다. 샤오젠은 특히 이를 명확하고 극단적으로 표현한다. 그는 '중화성'을 주장하는 사람들이 근대성을 완전히 서구의 것으로 간주한다고 비판하며, 이는 "인류 문명 형태의 발전이 어느 정도 보편성을 가진다는 가능성을 부정하고, 서구가 먼저 이룩한 근대성 문제를 전부 서구의 '가정사'

---

97 邵建, 「世纪末的文化偏航: 一个关于现代性, 中华性的讨论」, 『文艺争鸣』, 1995년 제1기.

로 만들어버리는 것이다"라고 주장한다.[98] 문화는 유전자처럼 작용하기 때문에 "전면적 서구화는 불가능하다". '중화성'이 추구하는 '타자화에서 벗어나려는 노력'은 "선의에서 비롯된 실수"이며, 문화는 타자의 유전자 없이는 발전할 수 없다. "타자화는 서로 다른 문화 간 발전에서 해가 되지 않을 뿐 아니라, 필수적이고 불가피하며 반드시 필요한 것이다".[99]

4) 민족주의 문제

'중화성'에 대한 비판에서 가장 자주 언급되는 단어 중 하나는 '민족주의'다. 예를 들어, 샤오젠은 이를 '문화적 민족주의'로 정의한다. 민족주의는 중립적인 개념으로 반드시 부정적인 것은 아니다. 그러나 '중화성' 담론이 나타내는 민족주의적 경향에는 어떤 문제가 있는가?

타오둥펑의 관점에서, 그것은 문화적 정체성에 대한 본질주의적 관념을 나타낸다. 그는 '중화성'이 포스트모던의 반본질주의를 통해 서구 근대성과 서구 중심주의를 성찰하는 동시에, 이 '포스트모던' 이론을 사용해 중국과 서구 간의 본질주의적 이분법적 모델을 복제하며, 새로운 민족주의 담론을 만들어냈다고 비판한다. 그 결과, 서구의 '근대성'과 서구 중심주의를 해체하는 데 사용된 이른바 '메타 담론'의 무기들(포스트모던과 포스트식민주의 이론)이 마침내 겉보기에 새롭지만 더 낡고 중심화된 메타 담론, 즉 '중화성'을 만들어냈다. 다시 말해, 반본질주의를 지향했던 포스트모더니즘과 포스트식민주의 이론은 중국에서 결국 오래된 본질주의(중화 중심주의)로 퇴행하게 되었다. 그러나 문화적 정체성에 대한 본질주의적 관념은 명백히 문제가 있다. 오늘날의 기본적이고 명백한 사실은 세계화로 인해 국가(또는 민족) 간의 문화 교류가 전례 없이 강렬하고 빈번해

---

99 邵建, 「東方之误」, 『文艺争鸣』, 1994년 제4기

졌으며, 서로 다른 민족 문화 간의 상호작용과 혼종화가 오늘날 세계 문화의 주요 '특징'이 되었다는 것이다. 그 결과, 순수하고 진정하며 절대적인 민족적 문화 정체성이나 민족적 호소력은 상상조차 할 수 없게 되었다. 다중적이고 복합적인 정체성을 이해하기 위해 우리는 본질주의에 기반한 정체성 관념(예: 중국과 서구의 대립을 중심으로 한 이분법적 모델)을 버려야 한다. 특히, 민족의 본질이나 정체성을 절대화하고 본질화하는 편협한 민족주의 정서를 버리고, 보다 유연하고 개방적인 태도로 정체성 문제를 사고해야 한다. 유감스럽게도, 그는 1990년대 중국 지식인 사회가 본질주의, 민족주의, 심지어 신냉전의 망령으로 가득 차 있음을 발견했다. 그는 문화적 차이를 인정하지만, 그 차이를 인정하는 목적은 결코 대립이 되어서는 안 된다고 주장한다. 만약 '진정성'의 기준을 절대화한다면, 이는 필연적으로 심각한 가치관의 위기와 민족 간 대립을 초래할 것이다. 이에 그는 이 글에서, 중국 지식인들이 세계화와 문화다원주의 시대에 지역성과 서구, 근대성과 전통, 중화성과 세계성, 자유주의와 민족주의 사이를 유연하게 넘나들며 선택할 수 있는 유동적인 문화적 정체성 개념을 제안한다. 그는 이를 통해 중국 지식인들이 국제적 평등 문화 관계를 모색하는 노력과 국내에서 자유로운 지적 정체성을 확립하려는 노력 사이에서 선순환적 관계를 형성할 수 있기를 기대한다.[100]

5) 논리의 오류와 의미의 모호함

많은 사람들이 논리적으로 '중화성' 담론을 비판한다. 본질주의와 이원론적 정체성을 구성하기 위해 반본질주의와 이원론적 이론을 사용하는 것에 대한 앞서 언급된 비판 외에도, 샤오젠은 "근대성"과 "중화성"이 본질적으로 다른 두 개념이라고 주장한다. 하나는 시간적 개념이고, 다른

---

100 陶东风,「文化本真性的幻觉与迷误: 中国后殖民批评之我见」,『文艺报』, 1999.3.11.

하나는 공간적 개념이다. 따라서 '근대성에서 중화성으로'라는 논리는 성립하지 않는다고 본다.[101] 그(와 많은 이들)는 '타자화'에 반대하기 위해 서구에서 수입된 이론적 담론을 사용하는 것은 스스로 모순된 행위라고 지적했다.

> 제임슨과 사이드는 민족주의 진영의 학문적 배경과 문화적 주장을 대략적으로 설명할 수 있는 두 축이다. '중화성'은 한 민족의 슬로건처럼 보이지만, 사실 서구의 포스트모던 및 포스트식민주의 이론적 담론을 바탕으로 정립되었다. 흥미로운 점은, 이는 가장 민족적인 집단처럼 보이지만, 그들이 사용하는 이론적 무기는 모두 서구 담론에서 비롯되었으며, 그들의 사고 방식, 이론적 경로, 개념적 용어는 거의 전적으로 서구식이라는 것이다. 그럼에도 불구하고 그들은 가장 민족적인 것을 표방하였다. 그러나 사실, 그들이 다른 이의 타자화를 비판하는 동시에, 자신들 또한 타자화되었다. 다만, 이 타자화는 '민족'이라는 표상(표상일 뿐)으로 나타났을 뿐이다.[102]

타오둥펑은 또 다른 논리적 혼란을 발견했다. 「'근대성'에서 '중화성'으로」라는 글은 중국 사회의 시장화를 중국 근대성 '종말'의 증거로 간주하고 있다. 또한, 시장화의 진행 속에서 나타난 세속화, 매스컴화, 소비화, 사회 계층분화 등도 근대성의 종말과 포스트모더니티의 도래를 나타내는 징후로 자의적으로 간주된다. 그러나 이러한 사회 변화의 양상은 서구와 중국 모두에서 근대성의 발생을 나타내는 주요 지표이다. 더욱 놀라운 점은, 중국의 시장화가 명백히 서구 국가들의 시장경제(이론과 실천 모두)의

---

101 邵建, 「东方之误」, 『文艺争鸣』, 1994년 제4기.
102 邵建, 「世纪末的文化偏航: 一个关于现代性, 中华性的讨论」, 『文艺争鸣』, 1995년 제1기.

영향을 받고 있음에도 불구하고, 그것이 "타자성에 대한 불안의 약화와 민족적·문화적 자기 위치 설정의 새로운 가능성"을 의미할 수 있다는 주장이다.[103] 중국 사회와 문화에서 근대성의 생성 과정을 근대성의 종말이나 포스트모더니티의 징표로 오해하는 것은, 복잡한 역사적 과정과 경험적 사실을 희생하여 '근대성에서 중화성으로'라는 이원론적 논리를 유지하려는 문제를 드러낸다. 흥미로운 점은, 이 글에서 지적된 세속화와 시장화가 반서구적 구·신 '좌파'들에게는 중국이 사회주의 노선을 포기하고 자본주의(즉, 서구)를 받아들인 개혁 시대의 상징으로 간주된다는 것이다. 이는 매우 역설적인 현상이다.

저자의 의견에 따르면, 「'근대성'에서 '중화성'으로」에는 실제로 많은 논리적 모순과 의미적 모호함이 존재힌다. 이 글은 근현대의 모든 정치, 경제, 사회적 위기를 '중심 상실'로 인한 위기로 규정하고, 80년대의 문화적 권위를 계몽주의 문화라고 명명하며, 그 쇠퇴를 스스로의 급진성과 절망 때문이라고 주장한다. 가장 혼란스러운 점은 이 글의 핵심 개념인 '중화성'의 의미 정의에서 나타나는 모순이다. 이 글은 중화성의 내포를 세 가지로 요약한다. 첫째, 서구의 관점이 아닌 중국의 관점으로 세계를 바라볼 것, 둘째, 서구에 동화되지 않고 중국 문화의 독창성을 유지할 것, 셋째, 동서양을 초월하여 전 인류를 위한 중국 문화권을 구축할 것. 앞의 두 가지는 서구 담론과 서구 문화의 대척점을 제시하지만, 세 번째 항목은 전 세계의 고대와 현대, 중국과 외국의 모든 우수한 성과를 현재 상황과 미래 목표에 따라 흡수하고 이용해야 하며, 중국 문화권이 심지어 '인간 본성과 일치한다'고 주장하면서 앞의 두 가지 요점을 사실상 해소해버린다. '인간 본성과 일치'한다는 말은 무엇을 의미하는가? 그것이 '인간 본성'과 동일하다는 의미인가, 아니면 단지 '인간 본성'과 상충되지 않는다

---

103 陶东风, 「"后"学与民族主义的融构」, 『河北学刊』, 1999년 제6기.

는 의미인가? 만약 그것이 상충되지 않는다는 의미라면, 이는 우리의 중국 문화권이나 중화성이 인간 본성에 반대하지 않는다는 뜻이 되며, 이는 지나치게 낮은 기준이다. 반대로 그것이 인간 본성과 동일하다고 주장한다면, 이는 지나치게 과장된 표현이다. 어찌 중국 문화권이 모든 '인간 본성'과 동일시될 수 있겠는가? 우리의 현재 상황은 무엇인가? 우리의 미래 목표는 무엇이어야 하는가? 무엇이 인류의 뛰어난 성과로 간주되는가? 이 모든 것에 대해 구체적인 정의가 없기에, 글의 내용은 모호하고 실체가 없어 보인다. 더욱이, 세 번째 항목은 앞의 두 가지 항목과 모순되므로 실질적 내용을 가지기 어려워 보인다. 라캉과 데리다의 포스트구조주의적 관점에 따르면, 누구도 완전히 명료하게 말하는 것은 불가능하며, 종종 욕망을 위장하거나 표현하는 데 더 가깝다. 이렇게 명백히 논리적·의미적 문제로 가득 찬 글이 무엇을 표현하려 했고, 무엇을 위장하려 했는지는 후대의 연구자들이 더 깊이 분석할 가치가 있다.

(5) 중국 문학이론 담론의 실어증과 재구성의 문제

중국 학계에서 문화연구와 문화비평에 종사하는 사람들은 대부분 문학이론을 전공한 사람들이다. 따라서 포스트식민주의 이론이 제시한 민족 정체성의 관점을 자신들의 전문 연구에 접목시키는 것은 자연스러운 일이다. 이와 관련하여 가장 큰 영향을 끼친 논쟁은 1990년대 중반부터 시작된 중국 문학 이론의 '실어증' 문제, 현대 중국 문학 이론의 재구성, 또는 고대 중국 문학 이론의 현대적 변형에 관한 논쟁이다.

1) 문제의 제기

90년대 '실어증' 비판은 세계 정치의 다극화, 중국의 국제적 위상 상승, 민족적 자존감과 자신감 고조를 배경으로 형성되었다. 초기 비판의 초점은 지난 10여 년 동안 등장한 첨단적이고 유행하는 문학 비평에 맞춰졌다. 이러한 비평은 서구의 다양한 '주의'를 성급하고 깊은 생각 없이 받아들였으며, 이는 중국 학문의 질서를 혼란스럽고 경솔하게 만들었을 뿐만 아니라, 명백한 '포스트식민주의적' 경향을 띠게 되었다. 이후의 비판은 더 나아가 5·4운동 이후 문학 비평의 근대화와 서구화 과정에 대한 성찰로 확장되었다.[104]

차오순칭(曹顺庆)과 그의 제자들은 중국 문학 이론의 '실어증'을 민족 문화 정체성의 관점에서 처음으로 제기했으며, 이는 국내 학계에서 광범위한 관심과 논의를 불러일으켰다. 1995년 『동방총간』(东方丛刊) 제3호(통권 13호)에 실린 차오순칭의 「21세기 중국 문화발전 전략과 중국 문학 담론의 재건」은 그의 '실어증' 논의의 초기 강령이라 할 수 있다. 이 글의 핵심 관심사와 문제의식은 다음과 같이 요약될 수 있다. 21세기는 중국과 서구 문화 간의 다원적 대화의 세기가 될 것이다. 그러나 중국 문학 담론은 근대에 이르러 '완전히 서구화'되었으며, 우리는 중국 고유의 문학 담론을 어떻게 세워야 세계 문학 담론 속에서 중국만의 목소리를 낼 수 있을 것인가?라는 문제를 해결해야 한다. 차오순칭은 중국 문학 담론의 '실어증' 증상을 다음과 같이 설명했다. "중국 현대 문화는 기본적으로 서구 이론적 담론을 빌려 사용하고 있으며, 독자적인 담론이 없다. 또는 스스로의 철학, 문학 이론, 역사 이론 등을 포함하는 표현, 소통(교류), 해석의 이론과 방법을 갖추고 있지 않다. 실어증에 걸린 사람이 어떻게 다른 사람과 대화할 수 있겠는가?" 이후 차오순칭은 자신의 주장을 더 구체화하며, 20세기 중국 문학 이론이 전통과 단절되었고 창조력이 부족하며, '실어증'을 앓고 있다고 주장했다. 그는 이러한 문학 전통의 단절과 상실이 5·4 시기의 급진적인 반(反)전통으로 거슬러 올라가며, 이는 '문화대혁명'

---

104 黄曼君, 『中国十世纪文学理论批评史』, 中国文联出版社, 2002년, 820쪽

시기에 절정을 이루었다고 지적했다. 그는 다음과 같이 서술한다. "'5·4'의 '공자 타도'에서 '문화대혁명'의 '사구 파괴'와 '비림비공'에 이르기까지, 이 둘은 모두 극단적 성향을 공유하며 전통 문화를 철저히 부정하고 타도하려는 경향이 있다. 다만, 5·4 시기는 주로 문화적 열등감에서 비롯되었다. 반면, '문화대혁명'의 '사구 파괴'는 열등감의 극단에서 맹목적 오만의 극단으로 미끄러졌다."[105] 물론 더 심각한 문제는 80년대 이후 서구 문학 담론이 전면적으로 수입되면서 독점적 지위를 형성했다는 점이다. 그의 견해에 따르면, "이러한 '실어증'은 이제 너무 심각한 수준에 도달하여, 우리는 서구의 온갖 유행 이론 앞에서 단순히 '흉내 내는 앵무새' 역할만 할 수 있을 뿐만 아니라, 우리 자신의 전통 문학 이론 연구에서도 실질적이고 효과적인 진전을 이루기 어려운 상황에 놓였다". 우리는 서구 이론적 범주의 보편성을 지나치게 중시하고, 특정 서구 문학 이론 개념을 만능처럼 간주하며, 문화적 차이와 모든 이론적 범주가 가지는 선천적 한계를 충분히 인식하지 못하고 있다. 이로 인해, 오늘날 온갖 '주의(主義)'가 난무하는 세계 문학 담론의 장에서 우리만의 목소리를 낼 수 없는 상황에 처했다는 것이다. 그는 이러한 '실어증'의 근본 원인을 정신적 '고향의 상실', 즉 우리 민족의 생존과 정체성의 기반이 되는 정신성의 상실로 본다. 이는 결국 정신적 창조성의 상실로 이어졌다는 것이다.

1996년 10월, 중국중외문학예술이론회, 중국사회과학원 문학연구소, 산시사범대학 중문과가 공동으로 시안에서 '고대 중국 문학 이론의 현대적 전환'을 주제로 학술 세미나를 개최했다. 같은 맥락에서, 1996년 지셴린(季羨林)은 『문학평론』에 글을 기고하여 '실어증'과 '중국 문학 담론의 재구성' 문제에 대한 논의에 참여했다. 1997년, 『문학평론』은 '중국 고대 문학 이론의 현대화 전환에 관한 토론'이라는 주제의 특별 코너를 마련해

---

105 曹顺庆, 「文论失语症与文化病态」, 『文艺争鸣』, 1996년 제2기

4호 연속으로 관련 토론 글을 연재했다. 이 글들에서 대체로 20세기 문학 이론 연구가 고대 유산을 무시했던 관행을 바로잡아야 하며, 고대 문학 이론에서 자양분을 얻어야 한다고 주장했다. 이 논의에는 힐리스 밀러(J. Hillis Miller), 웨다이윈, 차이중샹(蔡钟翔), 장샤오캉(张少康) 등 여러 저명 학자들이 참여했다. 같은 해 개최된 '제6회 중국비교문학 학회 연차학술대회 및 국제학술대회'와 '제10회 중국고대문론학회 연차학술대회'에서도 '실어증'과 중국 문학 담론의 재구성 문제가 뜨거운 토론 주제가 되었다. 이 과정에서 많은 의혹과 반론이 제기되기도 했다. 이처럼 '실어증', '고대 문학 이론의 현대적 전환', '현대 중국 문학 담론의 재구성'에 관한 논의는 점차 심화되었으며, 현재까지도 지속되고 있다.

2) 중국 문학 이론은 실어증에 빠졌는가?

중국 문학 이론 실어증'이라는 주장은 학계에서 강한 반향을 일으켰으며, 많은 이들이 중국 문학 이론이 실어증 상태에 있다는 데 동의했다. 양나이챠오(杨乃乔)는 신시대 문예비평 이론이 실천 과정에서 사용한 효과적인 이론적 담론과 개념이 거의 모두 서구에서 수입된 것이라고 보았다. 그는 이러한 '강한 포스트식민주의적 경향을 띤' 수입품들이 지난 10년간 '문화대혁명'으로 인한 문화적 단층대를 메우기 위해 사용되었으며, 이는 신시대 문화의 심층 구조에서 민족 문화가 다시 어느 정도 단절되었음을 보여준다고 평가했다. ...... 그는 이어 "중국 고전 미학 이론과 고대 중국 문학 이론의 연구와 해석의 권리를 서구에 넘겨주었다"고 지적하였다.[106] 지셴린(季羡林)은 중국 문학 이론의 실어증이 실제로 존재한다고 주장했다. "현재 세계 문학 이론계는 거의 완전히 서구에 의해 독점되어 있

---

106 杨乃乔, 「新时期文艺理论的后殖民主义现象及理论失语症」, 『徐州师范学院学报』, 1996년 제3기

으며, 새로운 학설과 주의가 끊임없이 등장하고 있다······ 이 활발한 목소리들 속에서, 유독 중국의 목소리만이 없다." 지셴린은 이러한 현상의 원인을 서구 국가들이 문화적으로 독점적 지위를 차지하고, 중국에 대해 차별과 편견을 가지고 있기 때문이라고 분석했다. 그는 또 이렇게 주장했다. "중국 문학 이론가들은 반드시 방향을 전환하고, 서구 문학 이론의 족쇄를 완전히 벗어던지며, 자신에게로 돌아가 수천 년 동안 우리가 사용해온 용어들을 세심히 점검하고 해석하며, 이를 토대로 우리 자신의 담론 체계를 구축해야 한다."[107] 첸중원(钱中文)은 이렇게 말했다. "오늘날 세계에서 중국 현대 문학 이론의 목소리를 들을 수 없다." 그는 학계에 "중국적 특색을 가진 현대 문학 이론을 창조"하기 위해 노력할 것을 호소했다. 장샤오캉은 5·4운동에서 신중국의 건국, 그리고 신시기에 이르기까지 우리의 문학과 예술학이 여전히 '서학을 본체로 한다'는 오류에서 벗어나지 못했다고 주장한다. 그는 현재 일부 연구자들이 서구 문학 이론과 미학을 맹목적으로 숭배하며, 사고방식에서부터 '담론'까지 모든 것이 서구화되었다고 비판한다. 그는 덧붙여 이렇게 지적했다. "서구의 체계를 벗어나면 거의 아무 말도 하지 못하고, 글도 쓰지 못하는 상황이다. 중국인들이 중국 전통 문학 이론을 이해하지 못한 채 문예학을 연구하면서 서구인의 뒤만 따라가고, 서구의 '담론'으로만 이야기하는 것은 참으로 우스꽝스러운 비극이다."[108] 천홍(陈洪)과 선리옌(沈立岩)은 이렇게 주장한다. "문학 이론의 '실어증' 현상의 정도와 본질에 대해서는 견해 차이가 있을 수 있지만, '실어증' 현상이 존재한다는 대전제에는 의심의 여지가 없다." 따라서, 새로운 문학 이론 담론 체계를 구축하고, 국제적으로 평등한 대화에 참여하는 것이 문학 이론계 동료들이 함께 해결해야 할 공통 과제라고 강조했

---

107 季羡林, 「门外中外文论絮语」, 『文学评论』, 1996년 제6기

108 张少康, 「走历史发展必由之路: 论以古代文论为母体建设当代文艺学」, 『文学评论』, 1997년 제2기

다.[109] 후종젠(胡宗健)은 이렇게 강조했다. "어느 정도 신시기의 문학 이론 발전은 서구 문예 이론 발전사의 응축된 복사본이라고 말할 수 있다." 그는 이어서 주장했다. "서구 문화 헤게모니와 포스트식민주의 문화 맥락에서 벗어나기 위해 우리는 반드시 중국 문학 이론의 담론을 재구성해야 한다."[110]

그러나 '실어증' 이론에 의문을 제기하는 목소리는 끊이지 않았다. 이미 1994년, 샤중이(夏中义)는 "실어증"이라는 용어가 남용되고 있다고 비판했다. 그는 20세기 중국 문학 이론을 '실어증'이라고 간주할 수 없다고 주장했다. 만약 다른 사람의 것을 계승하거나 인용하는 것을 '실어증'으로 간주한다면, 왕궈웨이(王国维)가 쇼펜하우어의 문학 이론을 흡수한 것 또한 '실어증'으로 간주해야 한다고 지적했다.[111]

"실어증" 이론에 대한 주요 문제는 다음과 같다. 첫째, 이론과 현실 사이의 불일치설이다. 이른바 '탈구'란 "실어증"이 존재한다는 것을 인정하지만, 이 실어증은 서구 문학 이론을 과도하게 받아들였기 때문에 발생한 것이 아니라, 문학 이론과 현실의 단절로 인해 초래된 것이라는 주장이다. 주리위안(朱立元)은 다음과 같이 지적했다. "현대 중국 문학 이론의 결함과 위기에 대한 '실어증' 이론의 판단에는 명백한 불일치가 존재한다. 이는 중국 문학 담론 체계가 서구 문학 담론의 일부 피상적 현상을 흡수한 사실에만 근거해, 현대 중국 문학 이론에 독자적인 담론이 결여되어 있다고 추론하고, '실어증'이 가장 근본적인 위기라고 단정하는 것이다. 그러나 이는 현대 중국 문학 이론과 현실의 관계를 완전히 간과하며, 그것이 오늘날 현실에 부합하는지, 새로운 현실이 제기하는 새로운 문제

---

109 陈洪, 沈立岩, 「也谈中国文论的"失语"与"话语重建"」, 『文学评论』, 1997년 제3기

110 胡宗健, 「文化: 是西方霸权抑或是东方神话」, 『株洲师范高等专科学校学报』, 1999년 제3기

111 夏中义, 「假说与失语」, 『文艺理论研究』, 1994년 제5기

를 해결할 수 있는지, 즉 현실의 맥락에 적합한지를 분석하지 않는다." 그는 이어 이렇게 말했다. "내가 보기에는 현대 중국 문학 이론의 문제나 위기는 이른바 '실어증'이라는 담론 체계 내부에 있는 것이 아니다. 이는 문학 및 예술 발전의 실제 맥락으로부터 발생한 어떤 소외나 단절에서 비롯된다. 즉, 이는 어느 정도 문학 및 예술 발전의 현실과 부합하지 않는 데서 기인한다."[112] 즉, 현대 중국 문학 이론은 문학 및 예술 발전의 현실과 동떨어져 있다는 문제를 가지고 있지만, 서구 문학 이론의 흡수가 그 자체로 실어증을 초래하는 것은 아니다. '탈구'의 또 다른 의미는 "실어증" 이론가들이 현대인의 삶의 조건을 구제하기 위해 전통문화를 활용하려는 시도가 일종의 역사적 착오라는 점이다. 중국의 최우선 과제는 현대화가 가져온 인간성의 소외를 반성하거나, 이른바 '생존의 시의(詩意)'를 찾기 위해 전통으로 돌아가는 것이 아니라, 근대화 실현을 가속화하는 것이다. 전통으로 돌아가는 것은 중국이 현대화를 달성할 또 다른 기회를 놓치게 할 것이다.[113] 타오둥평, 장인(蔣寅) 등도 중국 전통문학이론에 '실어증'의 문제가 있다면 그것은 전통문학이론이 현대 중국의 사회현실과 동떨어져 있기 때문이라고 주장한다.[114]

둘째, 근대 이후 서구 문학 이론이 중국 문학 이론에 흡수된 것을 옹호하는 주장이다. 일부 사람들은 서구 문학 이론의 도입이 문화적 식민지화라기보다는 긍정적인 역사적 역할을 했다고 본다. 둥쉐원(董学文)은 근현대 중국 문학계가 "자신의 이론도 없고 자신의 목소리도 없다"며 "중국 문학 이론의 담론을 재구성해야 한다"는 주장은 심각하게 일방적이고 왜곡된 것이라고 지적했다. 그는 이렇게 주장한다. "이는 중국에서 마르크

---

112 朱立元,「走自己的路: 对于迈向21世纪的中国文论建设问题的思考」,『文学评论』, 1997년 제1기

113 熊元良,「文论"失语症": 历史的错位与理论的迷误」,『中国比较文学』, 2003년 제2기

114 陶东风,「关于中国文论"失语"与"重建"问题的再思考」,『云南大学学报』, 2004년 제5기

스주의 문학 이론의 보급과 발전 과정, 그리고 중국 사회와 문학 실천과의 결합 과정에서 형성된 지역화(민족화)된 완전한 체계의 합리성을 무시하고 부정하며, 지난 한 세기 동안 중국 문학 이론 구축에서 이루어진 성과를 전면적으로 부정하는 것이다."[115] 이것은 주류 이데올로기의 목소리를 대변한다고 할 수 있다. 라이다런(賴大仁)은 다음과 같이 지적했다. "'5·4' 시기든 새로운 개혁개방 시기든 서구 문학 이론의 도입과 적용은 전반적으로 '잃어버렸다'기보다는 '얻었다'고 말해야 하며, 이는 '실어증'이 아니라 '득어(得語)'이다."[116] 중국 문학 이론이 서구 문학 이론을 수용하는 과정에서 주체성을 강조하는 이들도 있다. 가오난(高楠)은 중국이 서구 문학 이론을 흡수했다고 해서 목소리를 잃은 것이 아니며, 서구 문학 이론의 대부분이 중국에 들어온 후 중국 문학과 예술에 동화되었다고 주장한다. 그는 20세기 중국 문학과 예술 연구가 "자신의 문제를 해결하고, 자신의 의견을 표현하며, 자신의 말을 했기 때문에" 항상 주된 위치에 있었고, 외국 문학과 예술 연구는 부차적 위치에 있을 수밖에 없었다고 본다. 그는 이렇게 지적한다. "'실어증'에 대한 오진은 이러한 학문적 주체성을 간과한 데서 비롯된다. 자신의 말을 하는 것은 말이 아니라고 하고, 남의 말을 빌려서 자신의 말을 하는 것도 말이 아니라고 하며, 우리의 말이 남들에게 받아들여지지 않는 것도 말이 아니라고 간주하는 것 같다." 이어 그는 이렇게 주장한다. "중국 문학과 예술은 항상 역사가 말하라고 요구하는 것, 시대가 요구하는 것을 말해왔으며, 자신만의 사상과 이론을 말해왔다. 중국은 결코 '목소리를 잃지 않았다.'"[117]

두 번째 요점과 관련하여, 세 번째 요점은 "완전한 서구화의 환상"에 대

---

115 董学文, 「中国现代文学理论进程思考」, 『北京大学学报』, 1998년 제2기

116 赖大仁, 「中国文论话语重建: 在传统与现代之间」, 『学术界』, 2007년 제4기

117 高楠, 「中国文艺学的世纪转换」, 『文艺研究』, 1999년 제2기

한 비판이다. 타오둥펑은 근대화와 세계화 과정에서 문화 교류가 빈번하며, 비서구 국가는 서구화 경향을 보이지만, 완전히 서구화되는 것은 절대 불가능하다고 주장한다. 그는 중국의 근대 문학 이론이 중국 문학 이론의 종합적 실어증이라는 주장은 사실과 완전히 부합하지 않으며, 근현대 중국 문학 예술 이론 교과서를 살펴보면 고대와 현대, 중국과 서구 문화를 통합한 거대한 모자이크라는 사실을 알 수 있다고 지적한다. 그는 이어 이렇게 주장한다. "중국은 더 이상 중국이 아니다" 또는 "중국 문화는 더 이상 자신의 담론을 가지고 있지 않다"는 주장은 상당 부분 문화적 진정성을 요구하기 위한 잘못된 전제일 뿐이다. '진정성'에 대한 탐구는 먼저 '진정성'이 완전히 파괴되었음을 논증해야 하고, 귀향의 전제는 노숙자가 되거나 국가가 파괴되었다는 가정을 내세우는 것이다.[118] 장인(蔣寅)은 수사적으로 반문한다. "우리가 정말로 서구 문학 이론에서 담론을 통째로 빌려왔는가?…… 수십 년 동안 우리는 서구 문학 이론으로부터 실질적으로 많은 것을 배우지 못했으며, 오히려 많은 것을 놓쳤다. 우리가 서구 담론을 통째로 차용했다고 말하는 것은 착각일 것이다."[119] 또한, 장후이(章輝)는 중국의 특수한 문화적 맥락과 중국 문화의 주체성으로 인해 중국 문학 이론이 완전히 서구화되는 것은 불가능하다고 주장한다.[120]

3) 모호성 배후의 진정한 문제

실어증'을 지지하는 사람들 사이에서도 많은 모호함이 존재한다. 가장 중요한 것은 이들이 말하는 "실어증"의 의미가 동일하지 않다는 점이다. 일부 사람들은 고대 중국 전통 문학 이론의 실어증을 언급한다(차오순칭,

---

118 陶东风, 「文化本真性的幻觉与迷误: 中国后殖民批评之我见」, 『文艺报』, 1999년 3월 11일
119 蒋寅, 「如何面对古典诗学的遗产」, 『粤海风』, 2002년 제1기
120 章辉, 「后殖民主义与文论失语症命题审理」, 『学术探索』, 2007년 제4기

장샤오캉, 지셴린, 양나이챠오 등). 반면, 또 다른 사람들은 현대 중국 문학 이론의 실어증을 이야기한다(첸중원(钱中文), 후중젠(胡宗健)). 어또 어떤 사람들은 중국이 서구 문학 이론을 과도하게 차용하여 담론 규칙을 정립할 힘을 잃었다고 주장한다(차오순칭, 양나이챠오, 후중젠). 다른 사람들은 현대 중국 문학 이론이 현대 문학과 현실에 대한 설명력을 상실한 것이 실어증이라고 말한다(타오둥펑, 주리위안(朱立元), 왕지런(王纪人) 등). 반대하는 목소리들 사이에서도 이러한 모호함과 오해는 다양한 정도로 나타난다. 이 문제를 집중적이고 효과적으로 분석하려면, 먼저 의미론적 모호함, 오해, 혼란을 제거하고, "효과적으로 말할 수 없는" 의미의 실어증을 배제해야 한다. 그리고 '실어증'을 차오순칭이 말한 포스트식민주의 비판의 의미에서의 실어증으로 한정해야 한다. 차오순칭이 정의한 "실어증"은 중국 문학 이론이 서구의 문화적 헤게모니에 직면해 "표현, 소통, 해석에 관한 독자적인 학문적 규칙을 상실했다"는 것을 가리킨다. 이 학문적 규칙이란 "담론의 생성과 말하기 방식"을 의미하며, 더 구체적으로는 서구의 "의미의 형언 불가능성에 대한 강조"와는 차별화된 담론 방식을 말한다. 이제 이러한 관점에서 "실어증" 논쟁의 몇 가지 핵심 쟁점을 살펴보자.

첫째, '중국 문학 이론'이란 무엇인가? 차오순칭과 다른 많은 '실어증' 이론 지지자들(장샤오캉, 지셴린, 양나이챠오 등)은 실어증의 주체를 '중국 문학 이론'으로 정의한다. 그러나 구체적인 논의 과정에서, 그들이 정의하는 '중국 문학 이론'은 실제로는 중국 고대/전통 문학 이론임을 알 수 있다. 그들이 말하는 '중국 문학 이론의 실어증' 또는 '중국 현대 문학 이론의 실어증'은 사실상 현대 중국에서 중국 고대 문학 이론이 실어증 상태에 있는 것을 가리킨다. 마찬가지로, 그들이 사용하는 '중국 문화'라는 용어 역시 실제로는 중국 고대/전통 문화를 의미한다. 그들이 중국 문학 이론의 실어증을 한탄할 때, 실제로는 중국 전통 문학 이론의 실어증을 한탄하고 있는 것이다. 그들이 중국 문학 이론의 재구성을 촉구할 때도, 사실상 중국 전통 문학 이론을 주체로 하여 현대 중국 문학 이론을 재구성해야 한다는 것을 주장하고 있다. 따라서 이후에 '실어증 이론'이 '중국고대 문학 이론의 현대적 전환'이라는 주요 주제로 발전한 것은 전혀 놀라운 일이 아니다. 이는 전통 문화를 통해 중국의 속성을 정의하려는 시도라고 할 수 있다. 반면, 둥쉐원(董学文)은 마르크스주의를 통해 중국을 정의하려고 하며, 타오둥펑과 숑위안량(熊元良) 등은 근대성을 통해 중국을 정의하려고 한다.

이러한 중국 문학 이론과 중국 문화에 대한 재정의는 '실어증' 이론에서 가치 판단을 암묵적으로 포함하고 있다. 즉, 전통 문화는 매우 소중한 중국 문화의 뿌리라는 것이다. '5·4 운동' 이후의 근대화 과정은 한편으로는 전통에 대해 급진적으로 반대하면서, 다른 한편으로는 계속해서 서구화되어 왔고, 이로 인해 우리는 문화적 뿌리와 문학 이론의 뿌리를 상실했으며, 결국 '고향'을 잃어버리게 되었다. 이로 인해 우리는 자신만의 말하는 방식을 잃었고, 자아의 문화적 정체성을 상실했으며, 우리의 문학 이론은 독특한 방식으로 자신의 목소리를 내지 못하게 되었다. 따라서 '실어증'을 치료하기 위해서는 우리의 전통 문화(문학 이론)의 뿌리로 돌아가야 하며, 전통 문학 이론을 모체로 하여 중국만의 문학 이론을 재구성해야 한다는 것이다. 간단히 말해, '실어증' 이론의 가치적 입장은 문화적 민족주의이다. 이 이론의 사상사적 의의는('실어증' 이론의 사상사적 의의는 학술사적 의의를 훨씬 넘어선다) 다음과 같다. 이는 20세기 말에 사상적·문화적 흐름의 전환이 발생했음을 보여준다. '5·4 운동' 이후 중국 문화계의 주류는 서구에서 전래된 현대성 가치관에 따라 중국 전통 문화를 격렬히 비판해왔다. 그 과정에서 끊임없는 논쟁과 변화는 있었지만, 전체적인 방향성은 변하지 않았다. 그러나 1990년대에 들어서는 이러한 흐름이 역전되는 경향이 나타났다. 이와 같은 변화에는 다음과 같은 이유가 있다. 냉전 이후 국제 질서의 변화(문화/문명을 기준으로 한 새로운 재배열), 글로벌화에 대한 본토 문화의 반발, 1989년 이후 중국의 내정 및 외교적 상황 변화(예: 유고슬라비아 베오그라드 중국 대사관 폭격 사건, 중미 간 항공기 충돌 사건 등으로 인한 중국과 서구 간 대립 심화), 지식계 및 민간에서의 민족주의 정서의 고조.

새로운 전통문화파는 예상대로 반발에 직면했다. 전통에 대한 평가와 관련하여, 차오순칭은 "중국이 전통을 단절한 것은 강요된 것이기 때문에 병적인 것"이라고 주장했다. 이에 대해 타오둥평은 다음과 같이 반박했다. "어떤 것이 병적이고 어떤 것이 정상인지 말하기는 어렵다. 중국 고대 사회가 수천 년 동안 기본적으로 동일한 사회, 정치, 경제, 문화적 전통 내에서 느리게 발전해 온 것이 정상이고, '5·4 운동'처럼 급진적으로 반전통적인 발전 방식을 택한 것이 병적인 것인가? 아니면 자발적이고 내부에서 촉발된 발전이 정상이고, 외부의 이질적 문명 영향으로 인한 발전이 비정상적인 것인가?" 그는 또 이렇게 반문한다. "모든 후발국은 서구의 영향을 받아 근대화를 시작했는데, 그렇다면 이러한 국가들의 문화는 모두 병적인 것인가? 전통이 왜 단절되지 말아야 한다고 하는가?" 실어증 이론 뒤에는 민족 중심적 가치 판단의 입장이 자리 잡고 있다. 이는 민족 문화의 보존을 최우선 목표로 삼는다. 그러나 민족을 초월한 가치 기준이 없다면, 전통의 좋고 나쁨을 진정으로 판단할 수는 없을 것이다.

타오둥평은 다음과 같이 결론을 내렸다. "중국 전통 문화가 무조건 쓸모없는 것은 아니지만, 그 전체적 형태는 전근대적이며, 전통 중국의 소농 사회와 왕권 정치와 밀접하게 연관되어 있다. 이는 현대 사회의 정치 제도, 경제 구조 및 문화적 가치와 본질적으로 차이가 있다. 따라서 이를 전체적으로 반성하고 일부를 폐기하지 않는다면, 현대 사회에 적합한 새로운 문화 가치 체계를 창출하기는 어려울 것이다. 전통 문화를 틀로 삼아 현대적 전환을 시도한다면, 이는 중국 사회의 현대화 전환에 부합할 수 없다."[121] 저우셴(周宪)은 '실어증 이론'에 대해 "문화 원리주의적 경향"
이 있다고 지적했다. 문화 원리주의는 전통적 방식을 통해 전통을 해석하
고 옹호하며, 문화와 심지어 인종의 순수성을 유지하려 한다. 그는 '실어
증 이론' 지지자들이 민족 전통 문화를 고양해야 한다고 외치지만, 사실
그들의 주장에는 문화 및 인종의 순수성을 추구하는 경향이 깔려 있다고
보았다. 이는 외래 문화가 본토 문화에 의해 개조될 수 있다는 가능성을
부정하며, 역사적 진보의 관념을 결여한 것이다. 그들은 전통을 발전적이
고 변화하는 것으로 보지 않고, "고정되고 불변하는 방식으로 전통을 정
의한다"고 비판했다. 그러나 확실한 것은, 변하지 않는 문화적 민족성과
순수성은 존재하지 않는다는 것이다.[122] 두수잉(杜书瀛) 역시 고전 유가 전
통으로의 회귀를 지지하지 않았다. 그는 그 이유로 "유가 전통이 긍정적
인 요소를 가지고 있기는 하지만, 현대 사회와는 모순된다. 정치적으로는
전제 제도를 옹호하며, 경제적으로는 자연 경제를 유지하고, 도덕적으로
는 충(忠), 효(孝), 절(節), 의(義)를 강조한다"고 지적했다.[123] 이러한 견해는
고립된 것이 아니라, 오히려 '5·4 운동'의 계몽주의적 영향을 받은 학자들
사이에서 보편적인 견해라고 할 수 있다.

　전통에 대한 평가와 관련하여, '5·4 운동'에 대한 평가 역시 하나의 논
쟁의 초점이 되고 있다. 차오순칭은 자신의 글에서 '5·4 운동'의 반전통적
태도를 '문화대혁명'의 문화적 파괴와 동일시하며, 둘 다 "편협한 심리 상
태의 대대적인 확산"이라고 평가했다. 이에 대해 타오둥펑은 "이러한 비
교는 약간의 타당성이 있다 하더라도 매우 피상적이다"라고 반박했다. 그
는 이렇게 주장한다. "우리는 반드시 인정해야 한다. '5·4 운동'의 급진적

---

121 陶东风, 「关于中国文论"失语"与"重建"问题的再思考」, 『云南大学学报』, 2004년 제5기.

122 周宪, 『中国当代审美文化研究』, 北京大学出版社, 1997년, 258쪽

123 钱中文, 杜书瀛, 畅广元, 『中国古代文论的现代转换』, 陕西师范大学出版社, 1997년, 23쪽

반전통주의는 비록 편협했을지라도, 그것은 근대적인 '민주', '과학', '자유', '개성 해방'과 같은 계몽적 가치를 추구하는 것이었다. 반면, '문화대혁명'은 이와 완전히 반대의 방향으로, 민주와 자유, 개인 생명의 가치 및 정신적 독립성을 크게 훼손한 사건이었다." 그는 이어서 말했다. "이른바 '심리 상태'라는 관점만으로 가치 지향이 이처럼 큰 차이를 보이는 서로 다른 사회문화적 사조와 운동을 단순히 비교하며, 두 사건 간의 근본적인 대립을 간과하는 것은 매우 경솔한 행위라 하지 않을 수 없다." 타오둥펑은 "급진적인 행동이나 심리 상태는 각기 다른 목표를 가질 수 있으며, 또한 서로 다른 '혁명'의 대상을 겨냥할 수 있다"며, "전제 제도를 타파하려는 의도를 가진 급진적 운동을 민주와 자유를 억압하려는 급진적 운동과 동일시해서는 안 된다"고 강조했다.

둘째, 고대 문학 이론의 현대적 전환: 어떤 중국 문학 이론을 재구성할 것인가? '실어증'이나 전통 문화에 대한 이해에 차이가 있더라도, 논의에 참여한 대다수는 중국 고대 문학 이론에 대한 연구를 확실히 강화해야 하며, 이를 현대적으로 전환해야 한다는 점에 동의한다. 이 주제는 고대 문학 이론 학계에서 수년간 지속적으로 논의된 화두가 되었다.

이 문제는 첫 번째 문제와 밀접하게 연결되어 있다. '실어증'이란 중국 전통 문학 이론의 단절로 인해 발생한 것이라고 보는 사람들, 예를 들어 장샤오캉은 고대 문학 이론을 주체로 삼아 현대 중국 문학 이론을 재구성해야 한다고 자연스럽게 주장한다. 반면, 고대 문학 이론의 실어증이 고대 사회적 배경에서 형성된 문학 이론이 현대 문예의 상황에 적합하지 않기 때문에 발생한 것이라고 보는 사람들은 중국의 현실을 바탕으로 고대 문학 이론을 개조하고 전환해야 한다고 주장한다. 예를 들어, 퉁칭빙(童庆炳)은 "전환은 현대적 시각에서의 고대 문학 이론, 즉 고대 문학 이론의

현대적 전환이며, 이는 현대적인 해석을 의미한다"고 강조했다.[124] 첸중원
(钱中文)은 1996년 시안 회의에서, "1990년대 중반 고대 문학 이론 유산을
정리하고 계승하는 작업이 매우 필요하다"고 말했다. 그러나 그는 "현대
사회와 역사의 높은 관점에서 고대 문학 이론을 현대 문학 이론에 통합해
야 한다"고 덧붙였다. 이러한 주장은 현대적 관점에 입각해 중국 문학 이
론을 정의해야 한다는 점을 강조한 것으로 보인다.[125] 주리위안(朱立元)은
중국 현대 문학 이론 구축에서 전통을 계승해야 한다는 관점에서 볼 때,
우리가 계승해야 할 전통은 고대 문학 이론뿐만 아니라 현대와 현대 이후
문학 이론이라는 새로운 전통도 포함한다고 주장했다. 그는 20세기, 특히
'5·4 운동' 이후 형성된 새로운 전통을 전면 부정하고 오직 고대 문학 이
론의 전통만을 인정하는 견해는 재고할 가치가 있다고 지적했다. 주리위
안은 분명히 다음과 같이 말했다. "새로운 세기의 문학 이론을 구축하려
면 현대와 현대 이후 문학 이론의 새로운 전통에 기반해야 하며, 중국 고
대 문학 이론을 본질로 삼는 것은 불가능하다."[126] 한편, 다른 학자들은 고
대와 현대 문화 및 현재의 이데올로기적 맥락의 차이, 그리고 고대와 현
대 문학 이론 자체의 이질성 등을 근거로 '전환론'에 의문을 제기하고 논
의했다. 예를 들어, 쉬밍(许明)은 1996년 시안 회의에서 '전환론'에 대해
다음과 같은 질문을 던졌다. "우리는 어떤 현대적 이데올로기적 토양과
문화적 토양을 가지고 있는가? 고대 문학 이론이라는 거대한 나무를 어
디에 심어야 하는가?"[127] 왕즈경(王志耕)은 한 걸음 더 나아가 다음과 같

124 童庆炳, 「中国古代文论研究的现代视野」, 『东方丛刊』, 2002년 제1기

125 屈雅君, 「变则通, 通则久: "中国古代文论的现代转换"研讨会综述」, 『文学评论』, 1997년
제1기

126 朱立元, 「走自己的路——对于迈向21世纪的中国文论建设问题的思考」, 『文学评论』,
2000년 제3기

127 屈雅君, 「变则通, 通则久: "中国古代文论的现代转换"研讨会综述」, 『文学评论』, 1997년

이 지적했다. "특정한 담론은 항상 특정한 맥락 속에서 존재한다. 현대 문학 이론을 구축할 때, 우리는 중국 문학 이론의 역사적 맥락이 근본적으로 변화했음을 반드시 인식해야 한다." 다시 말해, 중국 고대 문학 이론이 형성된 맥락은 이미 사라졌기 때문에, 이는 단지 이론적 모델이나 연구 대상으로만 존재할 수 있다. 이를 현대 문학 비평에 적용하는 것은 마치 두 개의 서로 다른 코드 체계가 호환되지 않는 것과 같아 동일한 플랫폼에서 작동할 수 없다는 것이다.[128] 라이다런(賴大仁)은 다음과 같이 주장한다. "이론적 논리나 현실적 논리, '5·4 운동' 이후의 역사적 사실이나 오늘날의 이론적 탐구를 살펴보아도, 이른바 고대 문학 이론의 '현대적 전환'은 설득력 있는 성공 사례를 보여주지 못했다." 그 주요 원인은 아마도 고대와 현대의 문학 형태, 이데올로기와 문화적 맥락, 그리고 사람들의 이론적 사고 방식과 언어적 습관 등이 근본적으로 달라져 상호 전환이 어렵기 때문일 것이다. 더 중요한 것은, 고대 문학 이론의 사상적·이론적 자원이 현대 사회와 문학 변혁에 필요한 것을 제공하기 어렵다는 점이다. 이는 새로운 시대와 새로운 문학 발전의 현실적 요구를 충족하지 못한다는 것을 의미한다. 그러므로 중국 현대 문학 이론의 혁신적 발전 문제를 해결하려면, 이른바 고대 문학 이론의 현대적 전환에 의존할 수는 없다. 대신, 중국 현대 문학 이론의 새로운 전통을 기반으로 삼아, 중국과 서구 문학 이론 자원에서 유용한 요소를 충분히 흡수하고, 이를 통해 종합적이고 창의적으로 발전시켜야 한다.[129]

이 논의에서 고대와 현대의 문제는 중국과 서구의 문제와 늘 얽혀 있다. 차오순칭은 이 두 축을 고대-현대, 중국-서구라는 네 가지 좌표 위에

제1기

[128] 王志耕,「"话语重建"与传统选择」,『文学评论』, 1998년 제4기

[129] 赖大仁,『文学批评形态论』, 作家出版社, 2000년, 258—265쪽

서 끊임없이 이동하며 논의를 전개했다. 초기에 그는 고대 문학 이론의 실어증이 서구 문화의 침입 때문이라고 보았다(예: 1996년, 「문학 이론 실어증과 문화적 병태」). 그러나 이후에는 중국 고대 문학 이론이 현대 우리의 삶과 단절되었기 때문에 현대적 전환이 필요하다고 주장했다(예: 1996년, 「중국 문학 이론 담론 재구성의 기본 경로와 방법」, 1997년, 「중국 문학 이론 담론 재구성에 대한 재론」). 그런데 10여 년 후, 그는 다시금 "'실어증'의 근원은 고대와 현대의 이질성에 있는 것이 아니라, 중국과 서구의 이질성에 있다"고 확인했다.[130] 그의 이러한 관점 회귀에는 논리적 필연성이 있다. 만약 시대적 차이를 강조한다면, 현대 중국과 고대 중국의 차이는 무엇인가? 현대 중국은 이미 충분히 현대화되고 서구화되었다. 이런 경우, 결론은 필연적으로 서구 문학 이론을 기반으로 고대 문학 이론을 전환하고 현대 문학 이론을 재구성해야 한다는 데 이를 것이다. 반대로, '실어증'의 원인을 중서의 차이에 돌린다면, 그는 자연스럽게 중국 전통 문학 이론을 기반으로 현대 문학 이론을 재구성해야 한다고 계속 주장할 수 있게 된다.

현대 문학 이론의 재구성은 중국의 현대 문학과 사회 현실에 기반해야 한다고 주장하는 이들의 견해는 이에 반대된다. 이들은 고대와 현대 중국 사회가 정치, 경제, 문화 구조 면에서 근본적으로 다르다는 점을 이미 인식했기 때문에, 중국 문학 이론의 재구성은 주로 중국 현대의 현실에 적응해야 한다고 본다. 따라서, 문학 이론을 재구성하더라도 이는 현대와 현대 이후 중국의 새로운 문학 이론 전통을 중심으로 해야 하며, 이 새로운 전통은 의심할 여지 없이 서구 문학 이론의 큰 영향을 받았다. 이 문제를 가장 분명하게 드러낸 사람은 타오둥펑이다. 그는 다음과 같이 주

---

130 曹顺庆, 杨一铎, 「立足异质, 融汇古今: 重建当代中国文论话语综述」, 『社会科学研究』, 2009년 제3기

장했다. "중국 문학 이론이 실어증 상태인지, 또는 어떻게 재구성해야 하는지를 판단할 때, 중국 현대 현실을 기반으로 할 것인가, 아니면 중국 전통 문학 이론을 기반으로 할 것인가? 이 점이 가장 중요한 문제다." 타오둥펑은 중국 자체의 현대적 형태의 문학 이론을 구축하는 작업이 매우 어렵다고 보았다. 이 작업은 다양한 힘에 의해 제약받고, 가능한 모든 자원을 활용해야 하지만, 그중 가장 중요한 자원은 중국 현대와 현대 이후의 문화와 문학 현실일 것이다. 그는 이어서 이렇게 주장했다. "우리는 고대 문학 이론을 그대로 답습할 수도 없고, 서구 문학 이론을 그대로 가져와 중국 현대의 문화, 문학, 문학 이론을 대신할 수도 없다. 왜냐하면 이들 모두가 중국 현대의 문화, 문학, 문학 이론 현실과 단절되어 있기 때문이다."

서구 문학 이론은 서구의 현대 및 현대 이후 문화와 문학의 맥락에서 탄생했으며, 이 맥락은 중국 현대 및 현대 이후 문화와 문학의 맥락과 완전히 동일하지는 않다. 그러나 다음의 사실 역시 부정할 수는 없다. 중국 고대 문학 이론에 비해, 서구의 현대 및 현대 이후 문학 이론은 중국 현대 및 현대 이후 문학을 해석하는 데 더 적합한 경우가 많다. 이는 특히 신시기 이후 등장한 중국 현대 문학이 서구 현대 및 현대 이후 문학과 더 많은 유사성을 지니고 있기 때문이다. 예를 들어, 서구의 소설 이론(예: 서사학, 기호학 등)은 중국 현대 및 현대 이후 문학을 해석하는 데 있어 중국 고대 소설 "이론"보다 상대적으로 더 효과적일 가능성이 높다. 따라서, 중국 문학 이론의 재구성은 서구 이론을 더 많이 참고할 수밖에 없으며, 동시에 이를 적용할 때 중국의 문화와 문학 현실에서 출발하여 끊임없이 수정하고 개조해야 할 것이다.[131] 차오순칭도 자신의 글에서 이러한 근본적 차이를 인정하며 다음과 같이 언급했다. "타오둥펑 선생이 걸어가는 길

---

131 陶东风, 「关于中国文论"失语"与"重建"问题的再思考」, 『云南大学学报』, 2004년 제5기

은 서구 문학 이론에 계속 맞추는 길이다. 이는 현대와 현대 이후 현실이 '실어증' 상태에 있다는 점을 간과한 것이다. 만약 서구 문학 이론을 계속 주된 틀로 삼아 중국 문학 이론을 구축한다면, 결국 '실어증'의 길로 점점 더 멀리 나아갈 수밖에 없다." "중국 문학 이론 담론을 재구성하려면, 서구 문학 이론의 적극적 참여가 필요하지만, 그것이 더 이상 서구 문학 이론을 주체로 하는 방식이 되어서는 안 된다. 오히려 '나를 중심으로 한' 학술 규칙 아래 서구 문학 이론을 중국 문학 이론 구축에 통합해야 한다. 즉, 서구 문학 이론의 중국화를 이루어야 한다."¹³²

이 논쟁 배후에는 다른 문화들 간에 상호 해석과 이해가 가능한지에 대한 문제가 존재한다. 이는 문화 연구의 주요 의제 중 하나로, 이번 중국 문학 이론의 '실어증' 논쟁에서도 부각되었다. 이와 관련하여 차오순칭의 견해는 여전히 일관성이 없다. 그는 처음에 중국 문학 이론의 실어증을 설명하기 위해, 서구 문화의 해석에 따른 중국 문화는 진정한 중국 문화가 아니라는 점을 논증했다. 그는 다음과 같이 강조했다. "다른 문화들 간에는 서로 다른 규칙이 존재하며, 이러한 이유로 서로 다른 담론은 종종 상호 이해가 어렵다. 이는 담론 규칙의 차이에서 비롯된 것이다."¹³³ 그러나 이후 문학 이론계에서 고대 문학 이론의 현대적 전환론이 제기되면서, 차오순칭은 중국과 서구 문학 이론의 '혼성 담론 공생 체계' 및 '서구 문학 이론의 중국화'라는 목표를 제시하며, 사실상 중국과 서구의 문학 이론이 상호 해석이 가능하다는 점을 인정했다. 논의가 심화됨에 따라, 대부분의 학자들은 중국과 서구의 문화 및 문학 이론 간의 대화와 통합을 주장하며, 궁극적으로 중국과 서구 문학 이론은 상호 해석 가능하다는 점에 동의하고 있다.

---

132 曹顺庆, 邱明丰,「重建中国文论话语的三条路径」,『思想战线』, 2009년 제6기

133 曹顺庆,「21世纪中国文化发展战略与重建中国文论话语」,『东方丛刊』, 1995년 제3기

4) 모호성의 증후학적 분석

중국 문학 이론의 '실어증'과 '재구성'에 대한 논의는 한 가지 두드러진 특징이 있다. 바로 언어적 표현과 논리의 혼란, 그리고 상호 오해가 매우 많다는 점이다. 앞서 언급했듯이, '실어증'이라는 용어 자체에 여러 오해가 내포되어 있다. 예를 들어, 지셴린 조차도 '담론'(话语)을 '용어'(术语)로 이해하기도 했으며, 다른 사람들은 말할 것도 없다. 그러나 이러한 약간은 모호한 주제를 둘러싼 논쟁에서 각 진영은 현대성과 전통 문화에 대한 평가, '5·4 운동'에 대한 평가, 중국성의 정의 등과 같은 문제에 대한 자신들의 입장을 명확히 표현했다. 따라서 이 논쟁은 정보량이 풍부하고 사상사적 가치를 지닌 하나의 사회문화적 사건이자 논제라고 할 수 있다.

용어의 혼란과 오해 외에도, 타오둥펑과 숑위안량(熊元良) 등은 차오순칭 등의 '실어증' 이론에 내포된 모순과 흔들림을 분석했다. 타오둥펑은 차오순칭이 한편으로는 서구 문학 이론의 포스트식민주의적 침략에 반대하면서도, 다른 한편으로는 여전히 서구 이론가들의 관점을 인용하고 있다는 점을 지적했다. 그는 차오순칭이 때로는 중국과 서구 문화는 상호 이해와 교류가 불가능하다고 주장하면서도, 때로는 두 문화가 상호 해석이 가능하다고 주장한다고 밝혔다. 또한, 차오순칭은 '실어증'의 원인을 고대와 현대의 차이로 설명하다가도, 중국과 서구의 차이로 돌리며, 한편으로는 고대 문학 이론이 이미 '실어증' 상태라고 하면서도, 다른 한편으로는 서구 문학 이론 외의 어떤 방식으로 고대 문학 이론을 활성화할 수 있다고 주장한다고 지적했다.[134] 이러한 모순 외에도, 숑위안량은 '실어증 이론'의 지지자들이 주관적으로는 현대에 기반하고자 하면서도, 실제로는 복고주의로 미끄러지는 경향이 있다고 비판했다. 그는 이들이 표면적으로는 중국과 서구 간의 갈등을 초월했다고 주장하면서도, 실제로는 '중

---

134 陶东风, 「关于中国文论"失语"与"重建"问题的再思考」, 『云南大学学报』, 2004년 제5기

체서용'을 전형적으로 따르는 사고방식을 보여준다고 분석했다. 그는 이러한 모순과 역설이 '실어증' 이론 지지자들의 서구와 경쟁하려는 '권력 의지'에서 비롯된 것이라고 지적했다.

그들의 관점에서 볼 때, 자신만의 '문화 정체성'이 없으면 대화를 위한 '담론 권력'도 존재하지 않는다. 그러나 현재의 맥락 속에서 살아가는 '실어증' 이론 지지자들은 전통으로 현대 문학 이론을 대체할 수도 없고, 전통으로 서구의 강력한 담론을 효과적으로 방어할 수도 없다. 결국, 이들은 고대와 현대, 그리고 중국과 서구의 논쟁이라는 수렁에 빠져들어 벗어나지 못한다. 그 결과, '실어증' 이론 지지자들은 이른바 '생존론'의 차원에서 '생민(生民, 국민)을 위한 삶의 근본'을 세우지 못하며, 이른바 '담론학'의 차원에서 자신만의 웅장한 언어를 창조하지도 못한다. 그리하여 장황한 논증 끝에, 결국 자기 모순적 담론으로 결론을 맺는 경우가 많다. 예를 들어, "서구 학문의 이식된 지식 계보가 이미 20세기 중국 문화의 새로운 전통을 형성했기 때문에, 효과적인 발언은 '스며드는 방식'에서만 가능하다. 전통 문학 이론의 방식으로 현대 문학 이론을 대체할 수는 없지만, 우리는 전통 지식의 '이질적 방식'을 '삽입'하여 시를 말할 수는 있다"고 주장한다. 이러한 자기 고백은 '실어증' 이론의 모순과 역설을 상징적으로 보여주는 가장 적절한 사례라 할 수 있다. 결론적으로, 스스로 "21세기 중국 문화 발전 전략에 중대한 영향을 미친다"고 자부하는 '실어증' 이론이 실제로 얼마나 가치가 있는지는 더 이상 말할 필요가 없을 것이다.[135]

이와 비슷하게, 저우셴은 '실어증' 이론 지지자들에 대한 심리 분석을

---

135 熊元良,「"文论'失语症'": 历史的错位与理论的迷误」,『中国比较文学』, 2003년 제2기

통해 그들이 자신의 목소리를 내고, 타인의 인정을 받고자 하는 심리가 실은 자신감 부족의 표현이며, 진정한 포스트식민주의적 심리 상태라고 보았다. "우리가 자신의 문화에 대해 가지는 자신감은 스스로에서 비롯된 것이 아니라, 그것이 반대하고 있는 '중심'에서 비롯된 것 같다. 여기에는 하나의 모순적이고 역설적인 순환이 존재한다. 즉, 자신의 목소리를 내는 것은 서구 문화의 중심과 패권적 지위를 전복하기 위함이지만, 이러한 전복의 성공 여부는 아이러니하게도 그것이 반대하고 있는 '패권'의 인정을 필요로 한다. 이러한 악순환은 '실어증'이라는 진단에 내재된 논리를 전형적으로 드러내고 있다."[136]

타오둥펑은 '실어증 이론'에 존재하는 모든 문제의 핵심이 민족 중심적 가치관의 문제라고 보았다. '실어증' 이론 지지자들은 중국과 서구 문학 이론의 문제를 철저히 문화 침략과 반침략, 문화 패권과 반패권의 문제로 환원했으며, 다른 평가 기준은 완전히 포기되거나 민족주의 담론으로 전환되었다. 민족이라는 기준을 초월한 보다 높은 문화적 가치 기준은 부재한 상태다. 그들은 중국 현대 및 현대 이후 문학 이론사를 철저히 '타자화'의 역사로 묘사하며, 전통 문화는 완벽하고 흠이 없는 것이며 단지 경제적·군사적 이유로 인해 중국 지식인들에 의해 버려졌다고 암묵적으로 전제한다. 문화와 문학 이론의 득실 문제가 전적으로 중국과 서구 간의 문화적 권력 투쟁으로 전환된 상황에서는 권력을 초월한 평가 기준을 찾을 수 없게 된다. 이는 필연적으로 가치의 혼란을 초래하거나, 민족적 허무주의로 치닫게 되며, 더 가능성 높은 결과는 "적이 반대하는 것은 우리가 지지해야 하고, 적이 지지하는 것은 우리가 반대해야 한다"는 대립적 태도로 이어진다. 결국, 중국 문화와 서구 문화 모두에 대한 보편적 가치 평가 기준을 상실하고, 오직 그들의 민족적 기원만을 기준으로 판단하

---

136 周宪, 『中国当代审美文化研究』, 北京大学出版社, 1997년, 258쪽

게 된다. '실어증' 이론이 많은 문학 이론계 인사들에게 공감을 불러일으
킨 이유는 주로 그 민족주의적 입장에 있으며, 이는 적어도 일부 사람들
의 민족주의(혹은 문화적 민족주의) 정서에 부합했기 때문이다. 이 민족주
의 정서는 중국 문학 이론 구축에 대한 그들의 사고 영역과 학술적 깊이
에 큰 영향을 미쳤으며, 민족주의를 초월한 보편적 기준을 세우지 못하게
했다. 또한, 문학 이론 내부 문제에 대한 학술적 고찰도 간과하게 만들었
다. 전반적으로 볼 때, '실어증'과 '재구성' 이론은 1990년대 전반적인 민
족주의 경향이 문학 이론 영역에서 나타난 하나의 특수한 표현 형태라 할
수 있다. '실어증'에 대한 담론에서는 "어떻게 서구 문학 이론의 패권에
저항할 것인가", "어떻게 중국 문학 이론 전통을 발전시킬 것인가"에 대한
논의가 대부분을 차지하며, 정작 "문학 이론은 어떻게 발전해야 하는가"
라는 근본적인 질문은 소홀히 다뤄졌다. 이러한 민족주의적 요구는 논자
들의 학술적 입장, 태도, 그리고 구체적인 견해에 영향을 미치지 않을 수
없다.[137]

　분명히, 가치관의 유보 또는 모호성은 '중국 문학 이론의 실어증과 재
구성' 논의에서 많은 언어적 혼란의 근본적인 원인 중 하나이다. 실제로,
앞서 언급된 민족적 주제들에서도 유사한 의미적 모호성이 다양한 정도
로 존재하고 있다. 가치관의 유보, 모호성, 그리고 충돌은 이러한 혼란의
표면적 현상 뒤에 숨겨진 근본 원인의 일부를 드러내는 데에도 일정한 역
할을 한다.

---

137 陶东风, 「关于中国文论"失语"与"重建"问题的再思考」, 『云南大学学报』, 2004년 제5기

소결

중국 현대 사상사의 핵심은 중국의 현대화 문제이다. 현실 속에서 이는 개인 권리 중심의 계몽과 민족 국가의 구원 사이의 모순, 갈등, 그리고 대립으로 발전했다. 포스트식민주의와 민족 정체성 문제에 대한 논의에서 중심에 있는 것은 어떠한 민족 문화를 구축할 것인가, 중국과 서구 문화의 관계를 어떻게 처리할 것인가, 개인의 권리와 민족 국가의 권력 사이의 관계를 어떻게 조율할 것인가라는 문제이다. 이러한 논의의 문제의식은 의심할 여지 없이 중국 현대 사상사의 핵심에 내재해 있다. 따라서, 중국 현대 문화 연구에서 민족 문화 정체성에 대한 논의는 본질적으로 내재적이며 진정한 문제라고 할 수 있다.

그러나 이 진정한 문제에 대한 논의는 종종 서구의 포스트식민주의 이론 안에서 이루어지며, 중국과 서구의 정치적·문화적 차이로 인해 논의가 엉뚱한 방향으로 흐르거나, 환경이 달라져 기대와는 다른 결과가 나타나거나, 중국 현실에 잘 맞지 않는 문제가 자주 발생한다. 이는 모든 외국 이론이 중국에 들어와 적용될 때 직면하는 공통적인 문제일 수 있다. 이러한 상황에서 우리의 맥락 의식은 매우 중요해진다. 앞서 언급한 각 논제에 대한 소개를 통해 우리는 일부 현대 문화 비평가들이 귀중한 맥락 의식을 가지고 있음을 확인할 수 있다. 그들은 포스트식민주의 이론을 맹목적으로 그대로 차용하지 않고, 중국과 서구의 다른 맥락과 문제를 신중히 구별하며, 서구 비평 이론 뒤에 숨겨진 정신적 본질을 진지하게 탐구했다. 그들은 더 아름답고 자유로운 인간성과 문화를 구축하기 위해 노력하며, 이를 통해 중국 문화 비평의 주체성을 보여주고, 포스트식민주의 이론의 내적 의미를 풍부하게 하고 발전시켰다.

이 논의에서 우리는 역사와 현실에 대한 완전히 상반된 이해, 개념 사용의 모호성과 모순, 그리고 흔들림, 그리고 근본적인 가치관의 격렬한 충돌을 발견할 수 있다. 이러한 점들로 인해 전체 논의는 중의적이고, 의견이 분분하게 보인다. 이러한 혼란이 논의의 무가치를 의미하는 것은 아니다. 오히려, 바로 그 중요성 때문에 각계의 주목을 받았으며, 다양한 관점을 가진 사람들이 이에 대해 의견을 제시하면서 논의가 혼란스러워진 것이다. 따라서 이러한 혼란 속에는 사상과 문화사의 매우 풍부한 정보가 내포되어 있으며, 논의의 의의는 단순한 문학 비평을 넘어선다. 이는 현대 중국 문화 비평의 가장 중요한 구성 요소 중 하나가 되었다.

제5장

페미니즘과 젠더 문제

1. 1990년대 중반 이전의 젠더 연구

'Gender'는 '젠더' 또는 '사회적 성별'로 번역되며, 이는 문화 연구의 핵심 개념 중 하나로, 중국 현대 문화 연구에서도 중요한 시각과 논의 주제 중 하나로 자리 잡았다. 소위 '사회적 성별'이라는 개념은 서구의 페미니즘 학자들이 1970년대 초에 발전시킨 것이다. 이들은 사회적 성별이 인간의 조직 활동을 구조화하는 하나의 제도라고 보았다. 예를 들어, 모든 문화에 경제 제도와 정치 제도가 존재하듯, 모든 문화에는 고유한 사회적 성별 제도가 존재한다. 이는 다양한 사회적 체제와 관습이 사람들을 '남성'과 '여성'이라는 범주로 나누어 조직화하는 방식이다. 사회적 성별은 인간 사회의 기본적인 조직 방식 중 하나이며, 인간이 사회화되는 과정에서 가장 근본적인 내용 중 하나이기도 하다.[1] 비록 이러한 시각과 논의 주제가 서구에서 유래한 것이지만, 다른 서구 이론과 마찬가지로 중국 현대 문화 연구에서의 성별 연구 논의는 중국의 고유한 역사와 문화적 맥락

---

[1] 王政, 「社会性别与中国现代性」, 『文汇报』, 2003.1.12

에서만 충분히 이해될 수 있다.

중화 문화 체계에서의 젠더 구분은 선진(先秦) 시대의 음양설에서 비롯되었다. 이 개념에 따르면, 음양은 상호작용하는 두 가지 에너지로, 남녀는 모두 음양의 결합으로 탄생한다. 하지만 결합의 순간에 양기가 강하면 남자가 태어나고, 음기가 강하면 여자가 태어난다고 여겼다. 이러한 시기에는 성별의 차이에 대한 의미가 뚜렷하지 않았다. 그러나 한(漢) 대에 이르러 젠더 규범이 음양설에서 벗어나기 시작했으며, 남존여비의 전통적 관념이 형성되었다. 한대의 정통 이데올로기로 자리 잡은 유가 경전에서는 부부 간의 구분이 인간 관계의 첫 번째 기본 원리로 간주되었고, 여성이 종속적인 위치에 놓이는 것이 당연하게 여겨졌다. 이러한 성별 질서는 천지인의 구조적 동일성이라는 우주 질서에 대한 상상과 완벽히 부합한다고 여겨졌다. 여성의 종속적 지위는 가치의 폄하라기보다는 우주의 질서를 따르기 위한 것으로 간주되었으며, 이를 통해 천지의 조화와 지속을 추구하려 했다. 이는 자연의 이치에 순응하듯, 인간 관계의 질서에 순응해야 한다는 논리였으며, 여성에게는 반드시 지켜야 할 도덕적 의무로 요구되었다. 이러한 논리에 따르면, 만약 여성이 이 의무를 지키지 않는다면 인간과 짐승의 차이가 없어질 것이라고 여겼다. 이처럼 성별 질서를 인간 관계의 질서와 동일시하는 관행은 성별 편견을 더욱 은밀하게 자리 잡게 했으며, 여성 스스로 이러한 질서를 도덕적 자각으로 내면화하게 만들었다.[2] 근대에 서구 페미니즘이 도입되면서 중국에서도 여성 해방 운동이 일어났다. 여성들이 스스로 반항했던 서구와 달리, 중국에서 페미니즘을 가장 먼저 옹호한 것은 남성들이었다. 20세기 초는 서구에서 페미니즘 운동이 고도성장하던 시기로, 당시 중국 지식인들은 페미니즘을 선진 서구 문명의 상징으로 여겼다. 남녀평등 사상에 관한 중국 최초의 논저

---

2 朱大可, 『文化批评: 文化哲学的理论与实践』, 古吴轩出版社, 2011년, 230—231쪽.

『여성계의 경종(女界钟)』(1903)은 "18세기와 19세기의 세계는 군주제 혁명의 시대이고, 20세기의 혁명은 여권 혁명의 시대"라는 사상을 퍼뜨렸다. 이 주장은 당시 큰 호응을 얻었고, 서구 문명을 목표로 삼았던 신문화 지식인들은 이를 근거로 여권을 적극적으로 옹호했다. 그들은 "남녀평등"과 "여성해방"을 근대성의 뚜렷한 상징으로 간주했으며, 이러한 노력이 당시 여성 권리 운동의 "높은 물결"을 만들어냈다.

　서구와 달리, 중국의 여성 해방 운동은 처음부터 민족 해방과 근대화 문제와 밀접하게 연관되어 있었다. 근대화를 열망했던 중산층 남성들은 국가의 정치와 경제발전, 그리고 민족의 독립이 서구처럼 교육받고 상대적으로 해방된 여성을 가지는 데 달려 있다고 여겼다. 이러한 여성들은 훌륭하고 교육받은 아내와 어머니가 될 뿐만 아니라, 교양 있는(즉, 서구화된) 남성의 영광이 될 것이라고 믿었다.[3] 이는 중국 고대의 '정녀'(正女) 전통과도 관련이 있다. 중국 고대에서는 가정과 국가의 구조가 동일하게 구성되었으며, 여성은 가정 내에서 중요한 역할을 담당했다. "여성이 바르면 가정이 바르다"는 이유로 "바른 여성" 전통이 강조되었다. 즉, 중국의 사대부 계층은 오랜 세월에 걸쳐 지속적으로 '정녀' 전통을 유지해 왔다. 근대에 이르러, 서구 열강의 침입과 국가 존망의 위기 상황 속에서, 남성 지식인 엘리트들은 '국가'에 대한 관심으로 다시 여성에게 주목하게 되었다. 예를 들어, 중국의 약함을 중국 민족의 '기운'이 약한 탓으로 돌렸고, 이를 여성의 신체적 나약함('작은 발', 즉 전족) 때문이라고 보았다. 따라서 여성의 신체를 개선함으로써 '강한 민족을 만들어 국가를 지키야' 한다고 주장했다. 이러한 배경에서 캉유웨이(康有為)와 량치차오의 전족 폐지운동이 등장하였다.

　예를 들어, 량치차오는 중국 경제력이 유럽보다 약한 이유가 "2억 명의

---

3 理查德·W.布利特, 『二十世纪史』, 江苏人民出版社, 2001년, 70쪽

여성이 소비자 역할을 하고 있기 때문"이라고 보았다. 그는 "2억 명의 남성이 생산한 이익이 노동하지 않는 나머지 절반의 인구에게 분배되니, 이 나라가 강할 수 있겠는가?"라고 주장하며, 여성도 생산력을 갖춘 기술을 익히고 국가 발전의 인적 자원이 되어야 한다고 주장했다. 그러나 페이샤오퉁(费孝通) 및 다른 외국 학자들은 이미 전통 중국의 여성들이 가정 경제와 전체 국민 경제에서 매우 중요한 역할을 담당했다는 사실을 증명한 바 있다. 량치차오의 견해는 당시 특별한 사례가 아니었다. 당시 여성은 말할 권리가 있는 남성들에 의해 상징적 기호로서 다뤄졌다. 여성은 국가 쇠약의 원인으로 지목되거나 민족 후진성의 상징으로 묘사되었다. 남성들은 '여성 문제'(여성이 '문제'라고 간주됨)를 제기하며, 강국으로 가는 길을 찾기 위한 수단으로 삼았다. 여성은 단지 수단과 매개에 불과했고, 강국 건설이 궁극적 목표였다. 국가 민족주의의 생산과 사회적 성별 문제는 밀접하게 연결되어 있었으며, 이러한 경향은 당시와 이후의 역사 과정에서도 매우 큰 영향을 미쳤다. 캉유웨이와 량치차오뿐만 아니라 신문화 운동 시기의 천두슈(陈独秀), 후스, 리다자오도 여성 문제에 큰 관심을 보였다. 1915년에 창간된 『신청년』(新青年) 제1호에서는 이미 여성 해방 문제를 논의하기 시작했다. 5·4 운동 시기에 이르러서는 여성 해방에 대한 논의가 일종의 유행이 되었다.[4]

민족주의 외에도, 남성 지식인들의 여성 문제 논의는 유럽의 인권 사상의 영향도 있었다. 이 사상은 근대 문명에서 인권은 여성 권리를 포함해야 한다고 보았다. 신문화 운동 시기에 유교는 공격의 대상이 되었으며, 삼강오륜 중 하나인 '남편은 아내의 벼리이다'와 '남존여비' 사상은 비판의 초점이 되었다. 또한, 여성의 전족, 강제 결혼, 민며느리, 여성 교육 금지 등의 현상은 '사람을 잡아먹는' 예교의 전형으로 여겨져 비판을 받았

---

4 王政,「社会性别与中国现代性」,『文汇报』, 2003年1月12日

고, 이를 통해 유교 전통을 타파하고자 했다. 여성 문제에 대한 논의는 중국 사회 내 사회적 성별 계층과 여성에 대한 차별과 억압의 여러 폐해를 분명히 드러냈다. 그러나 이러한 논의는 남성 지식인들이 주체가 되어 이루어진 만큼, 몇 가지 한계를 지녔다. 남성 엘리트들은 위에서 내려다보는 태도로 여성을 바라보며, 여성을 소양이 부족한 집단으로 간주하고, 모든 여성을 봉건 예교의 희생자로 단정했다. 이러한 시각은 여성의 중국 5000년 문명에서의 역할과 공헌을 지워버렸으며, 여성에 대해 비역사적 정의를 내렸다.[5]

당시의 여성주의 담론에서도 여성들의 목소리가 존재했다.『부녀잡지』(妇女杂志) 등 간행물에는 여성 저자들의 글이 실렸으며, 많은 여학생들이 직접 잡지를 창간하기도 했다. 또한, 도시에서는 여성 단체와 조직이 등장했다. 이들 단체는 전족, 여아 살해, 축첩제도, 민며느리, 매춘 등의 폐습을 철폐할 것을 요구했다. 또한, 여성의 선거권, 평등한 상속권, 교육권, 평등한 노동권, 자유결혼을 주장했다. 그 결과, 여성들은 남부 6개 성에서 선거권을 획득했고, 한커우(汉口)에서는 이혼과 재산 상속 권리를 얻는 데 성공했다. 그러나 1920년대의 민주와 여성 권리 운동은 주로 중산층 인구가 많은 도시 지역에서 활발했으며, 전통적인 가족 구조와 경제생활이 여전히 견고했던 농촌 지역에서는 여성운동이 거의 발전하지 못했다.[6]

5·4 신문화운동 이후, 중국 사회의 주요 화두는 혁명이었다. 공산당과 국민당은 1차 국공합작을 통해 대혁명을 추진하는 과정에서, 여성들을 끌어들이기 위해 많은 여성주의적 의제를 수용했으나, 동시에 독립적인 여성주의 조직은 배척했다. 대혁명에 참여하지 않는 여성 단체와 활동은 "좁은 의미의 부르주아 여성주의"로 규정되었다. 이러한 일련의 정

---

5 상동

6 理查德·W.布利特,『二十世纪史』, 江苏人民出版社, 2001년, 70—71쪽

치적 조치 이후, '여권(女权)'이라는 단어는 현대 중국 사회에서 점차 부정적인 의미를 갖게 되었다. 그러나 마오쩌둥 시기의 여성해방 및 주류 사회의 성별 담론은 실질적으로 5·4 시기 여성주의 의제를 계승한 측면이 있었다. 공산당 내부에는 5·4 시기 여성운동에 적극적으로 참여했던 "신여성"들이 다수 존재했으며, 이들은 신중국 초기 5·4 시기 여성 권리 이상에 따라 여성해방을 추진한 주요 동력이었다.[7] 1950~1970년대에 걸쳐, 중국은 법적·사회적 차원에서 여성해방에서 큰 진전을 이루었다. 신중국 헌법 제6조는 다음과 같이 규정했다. "중화인민공화국은 여성을 속박하는 봉건 제도를 폐지하며, 여성은 정치, 경제, 문화, 교육 및 사회생활에서 남성과 동등한 권리를 누린다. 남녀의 결혼 자유를 보장한다." 뒤이어 제정된 결혼법은 중혼, 축첩, 민며느리 결혼을 금지했으며, 남녀 모두의 결혼과 이혼의 자유를 보호하고, 과부의 재혼을 허용했다. 또한, 토지 분배에서 남녀평등이 이루어졌다. 도시에서는 여성들이 이전에는 허용되지 않았던 다양한 직업에 진출할 수 있도록 교육받았으며, 농촌 여성들은 집단 노동에 조직적으로 참여했다. 그러나 1950년대 말에서 60년대 초의 경제 위기 속에서, 여성운동의 목표는 축소되었고, 일부 여성운동 지도자들은 침묵을 유지하거나 혁명의 시기가 무르익지 않았다는 이유로 활동을 중단해야 했다.[8] 이로 인해 중국의 여성해방 운동은 사실상 침체에 빠지게 되었다.

1980년대 중반, 문학 분야를 돌파구로 삼아 여성 문제가 급격히 재조

7 王政,「社会性别与中国现代性」,『文汇报』, 2003년1월12일

8 罗莎琳德·罗森堡,「妇女问题」, 布利特,『二十世纪史』, 江苏人民出版社, 2001年版, 78—80쪽. 이 글과 관련하여 참조할 텍스트로는 다음과 같다. 小野和子,『世纪革命中的中国妇女』, 140—186쪽. 马杰里·沃尔夫,『延缓的革命: 当代中国妇女』, 斯坦福大学出版社, 1983, 79—273쪽. 朱迪思·斯泰西,『中国的家长制和社会主义革命』, 158—194쪽.

명되면서 사회학적 논의가 이어졌다.[9] '여성 문학', '부녀 문학'이라는 개념은 이미 1920~30년대에 등장했지만, 그 내적 의미를 명확히 규정하고 논쟁적인 범주로 자리 잡은 것은 1984년에서 1988년 사이였다. 이는 1949년 이후 처음으로 중국 본토에서 성별 차이의 관점에서 여성과 문학의 관계를 논의한 것이며, 이 논의는 바로 1950~70년대 여성해방 이론의 젠더 관념 및 그 역사적 실천의 유산을 겨냥했다. 많은 논자들은 1950~70년대에 비록 사회적 실천 차원에서 여성들이 전방위적인 정치적, 사회적 권리를 얻어 남성과 동등한 민족-국가의 주체로 자리 잡았지만, 문화적 표현 차원에서는 성별 차이와 여성 담론이 억압되었다고 평가했다. 이 시기의 여성은 "남녀 모두 같다"는 형태로 역사 무대에 등장했으며, 이러한 역사적·문화적 실천의 결과 여성은 '무성(無性)'의 생존 상태에 놓이게 되었다. 여성은 자신의 독특한 생존과 정신적 상태를 보여줄 수 있는 문화적 표현을 결여하게 되었다. 바로 이러한 상황 속에서, '여성 문학'은 처음으로 '여성'을 "남녀 모두 같다"는 문화적 표현에서 분리해내려 했으며, 성별 차이를 정당화하려는 문화적 시도로 자리 잡았다. 일반적으로 1950~70년대의 계급론이 성별 차이를 억압했다고 여겨진다. 당시 마르크스주의 계보에 속한 여성 해방 이론은 여성 해방을 노동자 계급 및 제3세계 국가의 해방과 '동일한' 역사적 과제로 간주했다. 이 이론은 주로 계급 억압과 전통 사회의 구조적 권력 관계(즉, 정권, 족권, 신권, 부권)에서 여성의 불평등한 지위를 해석하며, 성차별과 억압을 계급 억압 및 전통 사회의 봉건적 억압으로 설명했다. 따라서 정치적·경제적 투쟁에서 승리하면 여성 해방은 "자연스럽게 이루어질 것"이라고 보았다. 여성을 민족 국가의 건국 운동에 조직적으로 참여시키면서, 여성 참여의 중요성이 특히 강조되었고, 심지어 "전국 여성들이 일어나는 날이 곧 중국 혁명이 승

9 李小江, 「当代妇女文学中职业妇女问题」, 『文艺评论』, 1987년 제1기.

리하는 날"이라는 주장까지 제기되었다. 그러나 여성 해방의 논의는 언제나 계급 해방과 민족 해방의 부차적 과제로 간주되었고, 계급 문제에 종속되었다. 이러한 사고의 틀 속에서는 동일한 계급 내부에서의 남성과 여성 간 성별 차이 문제나 혁명 권력 내의 가부장적 구조와 같은 문제를 이론적으로 효과적으로 설명할 수 없었다. 문화적 표현과 주체의 상상에서 여성은 비록 남성과 동일한 주체로 간주되었지만, 잠재적인 성별 계급 질서는 여전히 존재했다. 1950~70년대의 영화, 미술, 회화, 소설 속 인물 묘사에서 명확한 성별 계급이 드러나는 것은 물론이고, 마오쩌둥의 유명한 발언인 "시대가 달라졌다. 남녀는 모두 같다. 남성 동지가 할 수 있는 일은 여성 동지도 할 수 있다"에서도 여성은 여전히 남성을 모방하고 따라함으로써 '주체'가 된다는 점을 확인할 수 있다. 이는 사회적 권리 평등의 배후에서 여성으로서의 '차이성'은 억압되었음을 보여준다. 1950~70년대 여성해방 이론의 흐름을 살펴보면, 현대 중국 여성 해방 운동의 특정한 성격을 확인할 수 있다. 한편으로, 여성 해방 운동은 민족-국가, 정당-계급과 대립 관계를 형성하지 않았으며, 오히려 그것의 중요한 구성 요소였다. 그러나 다른 한편으로, 이러한 민족-국가와 계급 담론이 조직한 해방 이론은 여성의 차이성에 대한 표현을 필연적으로 억압했으며, 이를 당연한 대가로 간주했다. 이 결과, 여성은 사회적 주권을 누리는 주체인 동시에, 성별 차이를 무시당해야 하는 준(準)주체가 되었다. 여성은 반드시 '남성 동지'를 참조하여 주체가 되어야만 했다. 사회주의 여성 해방 운동과 그 실천은 현대 중국 여성들에게 이중적 특징을 가져다주었다. 한편으로, 현대 중국 여성은 여전히 세계에서 사회적 지위가 가장 높은 여성 집단 중 하나로 평가되며, 사회주의 혁명의 역사 속에서 현대 중국 여성들은 특히 강한 주체 의식을 형성하였다. 그러나 또 한편으로, 평등이라는 기치 아래에서 가부장제 구조가 여성에게 가하는 억압은 보이지 않는 요

소로 간주되어 무시되었다.[10]

모종의 역사적 계기로 인해, 1980년대 초반 1950~70년대 역사가 만들어낸 사회/문화적 전환을 반성하고 비판하는 과정에서 마르크스주의적 인도주의와 서구 19세기 인도주의 이론이 신계몽 사조의 주요 사상적 자원이 되었다. 이 신계몽주의 담론은 '구망(혁명)/계몽'과 '전통/현대'라는 맥락 속에서 제시되었다. 이 담론은 1950~70년대의 중국 사회를 '전통적' 사회, 즉 보수적이고, 낙후하며, 봉건적인 전근대 사회로 규정했다. 반면, 1980년대는 5·4 시기 문화 계몽의 의미를 이어받은 '현대적' 시기로 간주되었다. 봉건 체제에서 해방된 현대화 운동의 중요한 지표 중 하나는 바로 '인성'의 해방이었다. 특히, 개인의 가치와 다양성을 강조했다. 이와 관련하여 흥미로운 점은, 1980년대 중국에서는 '계급' 담론에 대한 반작용으로 '성별'이 '인성'을 인식하는 주요 방식으로 떠올랐다는 점이다.[11] 당시 인성에 대한 해석은 두 가지 방식으로 나타났다. 하나는 욕망과 조화를 이루는 접근으로, 세속적 욕망을 통해 혁명의 금욕주의에 저항하는 것을 강조했다. 또 하나는 여성의 주체성과 독립 의식을 강조하는 접근이다. 전자는 문제를 외부로 돌린 반면, 후자는 문제를 여성 자신에게 돌렸다. 후자의 입장은 다음과 같은 점을 인정했다. 사회주의 혁명을 통해 여성은 평등한 사회적 지위를 얻었지만, 자율적 의식은 획득하지 못했다. 중국 여성해방의 수동성은 여성을 남성, 민족 국가, 그리고 계급 해방의 부속물로 만드는 결과를 초래했다. 따라서, 여성 의식을 깨우기 위해서는 문화적·의식적 혁명이 필요하다.

인도주의 담론은 개인이 통합적인 민족 국가 담론에서 분리되는 데 효과적인 자원을 제공했지만, 그 성별 문제는 여전히 남녀평등이라는 틀에

---

10 贺桂梅, 「当代女性文学批评的一个历史轮廓」, 『解放军艺术学院学报』 2009년 제2기.
11 상동

머물러 있었다. 이는 추상적인 '인간'이라는 유토피아적 상상 속에서 '인성'의 차이를 만들어냈다. 이 이론적 맥락에서 남녀의 차이는 주로 생리적, 심리적 차이와 같은 자연적 요인에 기반한 인성 차이로 설명되었다. 그러나 인성 뒤에 숨겨진 권력과 계급 관계에 대해서는 아무도 문제를 제기하지 않았다. 이로 인해 1980년대 중국의 여성주의는 1960년대 서구의 여성주의 이론과 크게 다른 특징을 보인다. 1960년대 서구에서 제2차 여성운동이 등장한 배경은, 민주운동과 학생운동 등의 과정에서 여성들이 "함께 싸우는" 남성들과의 관계 속에 여전히 불평등이 존재함을 자각했기 때문에 성별 문제가 다시 제기된 것이다. 반면, 1980년대 중국의 여성의식은 주로 민족 국가의 주류 담론인 계급 담론에 대한 대응으로 나타났다. 여성 문학의 주창은 남성과 여성 간의 성별 관계나 문화 질서에 대한 문제 제기가 아니라, 인류의 다양성과 풍부함을 보완하려는 시도로 여겨졌다. 따라서 겉으로 보기에, 이러한 여성문학과의 관계를 강조하는 범주는 매우 온건한 태도를 보이며, 기존의 문화 질서 내에서 제한적으로 논의되었다.[12]

1980년대 후반, 중국의 페미니즘 이론과 비평은 첫 번째 전성기를 맞이했다. 이 시기에 서구 페미니즘 이론과 비평이 유입되면서, 중국의 여성 문학 비평은 신계몽주의 담론에서 어느 정도 분리되어, 독자적인 표현 체계와 담론 방식을 형성하게 되었다. 1980년대 중후반 서구 페미니즘 이론의 번역과 소개는 개혁개방 이후 형성된 '서구 학문 열풍'의 일환이었다. 번역과 수용 과정에서 서구 페미니즘 이론은 선별적으로 소개되었다. 서구 제2차 여성운동을 대표하는 4권의 주요 저작 중, 가장 먼저 번역된 것은 시몬 드 보부아르의 『제2의 성』이었다. 이 책은 당시 중국 비평계에 가장 큰 영향을 미쳤는데, "여성은 타고나는 것이 아니라 만들어지

---

12 상동

는 것이다"라는 선언이 중국의 여성 비평가들에게 강력한 통찰을 제공했다. 다음으로 번역된 책은 베티 프리던의 『여성의 신비』로, 이 책은 1960년대 미국 여성운동의 바이블로 불리며, 도시 교외 중산층 주부들의 "이름 없는 고통"을 다룬다. 그러나 당시 중국 사회의 현실이 이와 맞지 않아 큰 공감을 얻지는 못했다. 버지니아 울프의 『자기만의 방』은 1989년에 번역되었으며, 여성들이 경제적·문화적 독립을 반드시 쟁취해야 한다는 주장은 중국 사회에 광범위한 영향을 미쳤다. 흥미로운 점은, 문학 및 문학 비평과 가장 밀접한 관련이 있는 케이트 밀렛의 『성의 정치』는 가장 늦게(1999년) 번역되었다는 것이다. 이 책이 1980년대 중국 비평계에서 받아들여지기 어려웠던 이유는 아마도 이 책이 가부장제를 예리하고 격렬하게 비판하며, 남성과 여성의 관계를 "정치"의 범주로 간주했기 때문에, "양성 간의 조화"를 이상으로 삼았던 중국 비평계에서는 지나치게 급진적으로 보였기 때문일 것이다. 이 시기의 또 다른 특징은, 서구 페미니즘 이론 소개가 영미권 중심이었다는 점이다. 프랑스 페미니즘 이론은 상대적으로 적게 소개되었는데, 이는 1980년대 중국 비평계가 언어학적 전환을 온전히 받아들이지 못했기 때문이었다. 당시 문학 비평의 주류는 여전히 경험주의와 실증주의에 기반하고 있었다. 따라서, (포스트)구조주의, 정신분석, 해체주의를 이론적 기반으로 삼고 이를 대화의 대상으로 삼았던 포스트구조주의 페미니즘 비평 이론은 1980년대 후반에서 1990년대 초반까지의 중국 여성 문학 비평계에서 큰 영향을 미치지 못했다. 학자들은 '여성 문학'을 논의할 때, 여성 경험의 관점에서 여성의 특징을 발견하는 데 중점을 두었으며, 본질주의적 젠더 관념이나 진정성에 대한 전면적인 문제 제기는 이루어지지 않았다.[13]

1980년대 후반, 중국 학계에서는 '가부장제'라는 개념을 주목하기 시

---

13 상동

작하였다.[14] 이는 1980년대 후반 여성 문학 비평이 신계몽주의식의 '여성 문학' 논의를 넘어서는 데 중요한 키워드가 되었다. 가부장제라는 개념은 신계몽주의 담론에서 사용되는 '인류' 또는 '인성'이라는 개념 자체가 가부장적 담론임을 인식할 수 있는 계기를 제공했다. 이와 관련하여 가장 큰 영향을 미친 저작은 다이진화와 명웨(孟悦)가 공저한 『역사의 표면 위로 떠오르다 – 현재 여성 문학 연구(浮出历史地表-现在妇女文学研究)』(1989)였다. 이 책의 「서론」은 중국 전통 사회의 권력 관계 구조를 분석하며, 여성은 피지배적 성별로서 사회 질서의 핵심 비밀을 이루고 있다고 주장했다. "여성을 적으로 삼고 타자로 간주하여 구축된 방어 체계가 바로 가장 질서의 숨겨진 본질이다. 이를 통해 남성 사회는 여성에 대한 지배를 영원한 비밀로 유지한다." 전통 사회의 질서가 여성 지배와 억압에 기반하고 있기 때문에, "여성의 진실을 폭로하는 것"은 단순히 성별 관계나 남녀 간의 권력 평등 문제에 그치지 않는다. 이는 역사에 대한 전체적인 관점과 모든 해석 방식에 관계된다. 여성의 집단적 경험은 단순히 '인류 경험의 보완'이 아니라, 오히려 이를 전복하고 재구성하는 역할을 하며, 이를 통해 인류가 어떤 방식으로 존재해왔고 지금도 어떻게 존재하고 있는지를 새롭게 설명한다. 이 서론은 중국의 2천 년 역사뿐만 아니라 20세기 100년의 역사를 재해석하며, 특히, 여성은 '공허한 기표'로서의 운명에서 벗어나지 못했다고 주장했다. 1949년 신중국 성립 이후 여성의 역사는 아이러니한 순환을 완성했다. 이는 남성 사회의 성별 역할에 저항하면서 시작했으나, 결국 중성적 사회 역할에 동일시하는 것으로 끝났다. 『역사 표면 위로 떠오르다』는 여성의 정체성을 숨기지 않는 작가들에게 독특한 성별적 의미를 부여했다. "글쓰기는 '창조'라기보다는 '구원'이다. 그것은

---

14 다음 책을 참조. 孙绍先, 『女性主义文学』, 辽宁大学出版社, 1987. 이 책은 처음으로 가부장제의 불평등한 관계 구조 속에서 여성 문제를 논의한 것이다.

아직 '무'(無)는 아니지만 곧 '무'가 될 '자아'를 구원하는 것이며, 타인의 담론 아래 묻혀 있는 여성의 진실을 구원하는 것이다."[15] 이 결론은 1980년대 신계몽주의가 역사, 인성 또는 인류에 대해 이해했던 방식을 훨씬 뛰어넘으며, 전례 없는 급진성을 보여주었다.

1990년대 초중반에 이르러, 중국의 페미니즘 사조는 문학 분야를 넘어 사회·문화적 사조로서 주목받기 시작했다. 1995년에 열린 제4차 세계 여성 대회가 그 주요 계기로 자주 언급된다. 이 대회를 중심으로 여성 작가들의 작품이 대거 출간되었고, 신문, 잡지, TV 등 미디어에서 여성 문제를 집중적으로 다루었으며, 사회 전반적으로 여성 문제에 대한 관심이 높아졌다. 그러나 이보다 더 중요한 요인은 1990년대 시장화 과정과 함께 번성한 대중문화의 부상이다. 대중문화는 본질적으로 '음식남녀'로 표현되는 세속적 삶을 추구하며, 성/젠더와 섹스/사랑 문제는 대중문화가 가장 열광하는 주제 중 하나였다. 1995년 전후에 출간된 여러 여성 작가 총서들은 그 운영 방식, 책의 포장, 문화 시장에서의 위치 등을 통해 여성 작가를 객체, 타자, 관찰의 대상으로 설정했으며, 이는 대중문화의 상상 속에서 '여성'이라는 코드를 정의하고 소비하는 방식을 반영했다. 즉, 성별 문제의 제기 방식은 페미니스트들이 의도적으로 추진한 것이 아니라, 시장적 힘이 개입한 결과였다. 대중문화가 제기한 이러한 도전에 직면하여, 일부 페미니즘 비평 사상, 방법, 입장은 대중문화에 대한 논의와 연구에 융합되었고, 현대 중국 문화 연구의 중요한 일부가 되었다.

---

15 孫紹先, 『女性主義文学』, 辽宁大学出版社, 1987.

2. 페미니즘과 젠더문제에 관한 의제

(1) '개인화된 글쓰기'의 젠더와 계급

1990년대 여성 문학에서 가장 주목받은 흐름 중 하나는 '개인화된 글쓰기' 또는 '사적 서사'로 불리는 것들이다. 1980년대 후반, 천란(陳染), 린바이(林白), 쉬샤오빈(徐小斌), 하이난(海男) 등의 여성 작가의 작품은 주로 '아방가르드 소설(선봉소설)'이라는 범주에 포함되었다. 그러나 1995년 전후, 이들의 개인적 경험을 중심으로 한 자전적 소설은 '개인화된 글쓰기'의 대표작으로 간주되었다. 이들 소설에서 주인공의 성장 경험은 폐쇄적인 사적 생활 공간과 성장 과정 속에 배치된다. 예를 들어, 가정, 혼자 사는 여성의 침실, 개인의 성 경험 등이 그러한 공간으로 그려진다. 이러한 폐쇄적 공간에서는 젠더가 가장 중요한, 심지어는 유일한 정체성의 표지가 된다. 이 소설들에서 묘사된 여성의 성장 경험, 특히 신체와 관련된 경험은 1990년대 여성 문학에 대한 논의에서 배경이자 상상적 공간으로 기능했다.[16]

'개인화된 글쓰기'에 대해 중국 학계와 작가들 사이에서 깊이 있는 이론적 논의는 많지 않았다. 그러나 이와 관련해 중요한 긍정적 서술은 두 명의 대표적인 여성 작가로부터 나왔다. 천란은 인터넷에서 다음과 같이 발언했다. "내 몸만이 나의 언어다.""가장 개인적인 것이야말로 가장 인간적인 것이다.""나는 단지 한 사람으로서 구석의 아주 작은 위치에서 인간 개인만의 세계를 체험하고 이해하고 싶다. 이것이 바로 개인화된 글쓰기 혹은 사적 서사이다." 린바이는 자신의 글쓰기 자서전 『공중의 파편(空中的碎片)』에서 이렇게 말했다. "개인화된 글쓰기는 진정한 생명의 용솟음

---

16 贺桂梅,「当代女性文学批评的一个历史轮廓」,『解放军艺术学院学报』, 2009년 제2기

이다. 그것은 개인의 감성과 지성, 기억과 상상, 영혼과 신체의 비상과 도약이다. 이러한 비상 속에서 진정하고 본질적인 인간이 전례 없는 해방을 얻는다."[17]

청리룽(程丽蓉)은 린바이와 천란의 '개인화된 글쓰기' 선언에 서구의 '신체 서사'(身体写作) 이론의 뚜렷한 흔적이 있음을 지적한다(자세한 내용은 본 책의 제4부에서 신체 글쓰기 이론에 대한 소개 참조). 린바이 등은 '신체 서사'가 욕망 중심으로 이해될 가능성에 대해 상당히 경계했기 때문에, 이를 대신하여 '개인화된 글쓰기' 혹은 '사적 서사'라는 표현을 선택했다. 그러나 '개인화된 글쓰기'는 서구의 '신체 글쓰기'와 실제로 차이가 있다. 청리룽은 중국 문학 전통에서 개인화된 글쓰기의 잠재적 전통을 간략히 정리했다. 이 전통은 중국 고대 문학에서 규방의 한과 정서를 표현하는 작품, 5·4 시기 전통에 반기를 든 위다푸(郁达夫), 궈모뤄(郭沫若) 등의 '자전적 소설', 그리고 신시기 이후 장제(张洁) 등 작가들이 여성과 외부 세계의 관계에 주목하다가, 점차 여성 자신, 특히 여성 신체가 지닌 내적 힘과 정복력에 주목하는 경향으로 발전했다. 현실적 맥락에서 청리룽은 '개인화 글쓰기'를 중국 문단에서 '주변적' 담론이 중심으로 돌파한 결과로 본다. 이는 80~90년대 수팅(舒婷)의 시, 신사실주의 소설, 아방가르드 소설, 왕쉬()의 소설 등과 같이, 문학의 교화 전통과 정치 담론을 탈피하려는 문학적 흐름의 일부라고 평가했다.[18]

허구이메이(贺桂梅)는 '개인화된 글쓰기'의 이면이 1980년대 신계몽주의 문학 담론과 매우 다르다고 보았다. 1980년대에 중심적 위치를 차지했던 신계몽주의와 그 근대화 이데올로기와 같은 주류 담론은 1990년대에 들어 다양한 비판에 직면했다. 이러한 배경 속에서 '개인'은 더 이상

17 程丽蓉, 「西方女性主义"身体写作"理论及其中国境遇」, 『西南师范大学学报』, 2003년 제4기

18 상동

1980년대에 민족 국가 내부에서 형성된 상징적 담론과 대립적 관계를 유지하지 않게 되었다. 흥미롭게도, 바로 이 시기에 '개인' 담론과 '여성' 담론이 효과적으로 결합하여 정체성 정치를 나타내는 주요 기호가 되었다. 만약 1960년대 서구 여성운동의 구호인 "개인은 곧 정치적이다"가 사적 영역과 공적 공간 간의 경계를 허물고, 여성 개인의 경험을 정치화하고 사회 문제화하는 것이었다면, '개인화된 글쓰기'는 사적 영역과 공적 공간의 경계를 재구축하는 전제 아래 여성의 경험을 '사유화'하여 정당성을 획득하려는 시도였다. 이는 집단적 트라우마 경험 이후, 공적 생활을 본능적으로 회피하는 과정에서 나타난 결과다. 그러나 여기에는 단순히 개인과 공공 간의 대립뿐만 아니라, '개인'과 '여성'의 연결이라는 요소도 존재한다. 여성 문제가 사적 영역으로 위치되며 그 정당성이 인정될 때, 여성 문학의 정치적 의미도 변화하게 된다.[19] 자오시팡(赵稀方)은 천란과 린바이 등의 사적 글쓰기에 대해 불만을 나타냈다. 그는 이 소설들에서 "여성 의식이란 여성의 자기애, 자기만족 및 남성에 대한 증오를 벗어나지 않는다"고 평가하며, 이렇게 말했다. "이들 작품에서 여성의 은밀한 경험과 내면적 감정을 다룬 서술은 순수한 여성 의식으로 불릴 수는 있다. 그러나 우리는 이러한 사회와 단절된 여성을 어디서 찾을 수 있을지 모르겠다. 만약 그런 여성이 존재한다면, 그것은 여성의 자각이 아니라, 여성의 '자기 단절'일 수밖에 없다."[20]

쉐이(薛毅), 왕샤오밍 등 학자들은 '개인화된 글쓰기'의 중산층 속성에 특히 주목했다. 왕샤오밍은 1990년대 초중반의 여성 '해방'이란 여성 비평가들이 말하는 것처럼 모든 여성에 해당되는 것이 아니며, 실직한 여성들에게는 전혀 해당되지 않는다고 주장했다. "시대는 일부 여성들에게

19 贺桂梅,『当代女性文学批评的一个历史轮廓』,『解放军艺术学院学报』, 2009년 제2기.
20 赵稀方,「中国女性主义的困境」,『文艺争鸣』, 2001년 제4기.

만 자유와 자율을 주었고, 그들에게만 '자기만의 방'을 제공했다. 이 여성들은 매 끼니 걱정을 하지 않으며, 일상생활에서 매일 권력과 마주칠 필요도 없다. 마을 책임자나 공장 관리자, 혹은 상급자의 눈치를 볼 필요 없이, 직접적이고 노골적으로 말하자면, 이들은 이미 '샤오캉(小康)사회'에 진입한 일부 여성들이다. 이러한 여성들만이 성별 문제를 연구할 시간과 관심을 가질 수 있으며, 성별 문제를 다른 불편한 문제들과 분리할 수 있는 여유를 누린다."[21] 허구이메이는 1990년대 중국의 사회적 현실로 인해 젠더 입장에서의 급진성이 점점 더 계급/계층 입장에서는 보수성을 띤다고 지적했다. 여성 문학의 시장적 성공과 사회적 열풍을 가져온 원인 중 하나는 '개인화된 글쓰기'가 사적 생활 공간을 구성하고 상상하는 데 초점을 맞추었기 때문이다. 이는 반항적인 여성 주체를 위한 새로운 세계를 열어준 것이 아니라, 오히려 1990년대 중국 사회가 중산층을 중심으로 상상한 새로운 주류 질서의 구축에 무의식적으로 참여했다. 차별화된 여성 경험의 서술은 젠더에 대한 고정된 상상과 기존의 젠더 질서를 전복하지 못했으며, 오히려 '여성을 엿보는' 시장적 소비 과정 속에서 여성적, 개인적, 중산층의(혹은 '유행하는') 젠더 퍼포먼스로 변질되었다고 평가했다. 따라서 '붉은 양귀비 총서'에 포함된 자화상 같은 작품에서 웨이후이(卫慧)의 신체에 각인된 소설로 이어지는 과정은 그다지 복잡하거나 굴곡진 여정이 아니었다.[22] 이처럼, '개인화된 글쓰기'와 '신체 서사'는 모두 중산층 소비문화 이데올로기의 일부로 자리 잡아 매우 보수적인 성격을 띠게 되었다. 젠더와 계급 정체성을 결합하여 문화를 분석하는 이러한 접근 방식은 분명히 현실적이며 이론적으로도 큰 의미를 가진다.

---

21 王晓明, 薛毅 등, 「90年代的女性: 个人写作」(필담), 『文学评论』 1999년 제5기.

22 贺桂梅, 「当代女性文学批评的一个历史轮廓」, 『解放军艺术学院学报』 2009년 제2기.

(2) 매스미디어에서의 여성 이미지와 사회적 젠더 담론 연구

　고전 문학에서 대중문화에 이르기까지, 문학 텍스트에서 대중 미디어로의 전환은 문화 연구가 전통적인 문학 연구와 구별되는 중요한 특징 중하나이다. 문학 작품 속 여성 이미지 분석은 중국 페미니즘 문학 비평의 중요한 내용으로 자리 잡아왔지만, 문화 연구는 여성 이미지 연구를 미디어 영역으로 확장시켰다. 타오둥펑은 광고문화를 해석하면서 페미니즘적관점에서 남성과 여성의 권력관계를 분석한다.

　광고 속 성별과 사회적 역할 간의 관계는 대개 극도로 전형화되어 있으며, 그 속에는 불평등한 권력 관계가 곳곳에서 드러난다. 가장 먼저 주목할 점은 '바라보는 자'와 '보여지는 자'의 관계 패턴이다. "화이메이 여드름 클렌징"이라는 광고는 여자의 행복은 남자에게 사랑받는 것이라고 우리에게 말해준다. 광고 화면 오른쪽의 잘 차려입은 남자는 얼핏 보면 '성공한 사람'처럼 보인다. 그는 돋보기를 들고 옆 여자(광고 화면 왼쪽)의 얼굴을 주의 깊게 살펴보고는 "좋아, 화이메이 정말 대단하군. 얼굴 전체의 여드름이랑 여드름 자국까지 다 없어졌잖아. 이제 돋보기는 필요없네."라는 말을 읊조린다. 이 여성은 고개를 살짝 기울이며 달콤하고 '자신감 있는' 미소를 지으며 말한다. "얼마 전만 해도 제 얼굴은 여드름 투성이였어요. 그이는 항상 저를 놀렸죠. 화가 나서 열흘 넘게 몰래 화이메이를 사용했어요. 효과가 정말 좋더라고요. 보세요, 지금 저 정말 예쁘죠?" 이 광고는 여성에게 있어 행복은 남성으로부터 사랑받는 것이라고 말한다. 그리고 남성의 사랑을 받는 전제조건은 자신의 젊음이라는 자본이다. 따라서 아름답고 매력적임은 곧 행복의 동의어가 된다. 이러한 행복은 사회적으로 지향된 성공과는 무관하며, 오직 외모만 관련이 있다. 아름다움(얼굴의 깨끗하고 흠 없는 상태)이야말로 여성이 행복을 얻는 근본적인 조건이다. 또한, 여성의 행복은 남성의 사랑을 받는 데 있기 때문에, 이러한 아름다움은 실제로 남성을 위한 것이며, 남성에 의해 평가되는 것이다. 광고 속에서 남성은 감상자이자 심판관의 역할을 하고, 여성은 남성을 즐겁게 하는 사람으로서 존재하며, 단지 감상되고 평가받는 대상일 뿐이다.[23]

이러한 '바라보는 자'와 '보여지는 자'의 관계에서 남성은 항상 능동적으로 바라보는 주체의 위치에 있고, 여성은 수동적으로 보여지는 객체의 위치에 있다. 이는 사실상 주체/객체, 지배/피지배의 관계를 나타낸다. '진룽위 식용유' 광고에서도 이러한 관계가 드러난다.

광고 속에서 부엌에서는 아내가 요리를 하느라 징신없이 분주하고, 거실에서는 남편이 느긋하게 신문을 읽으며, 아들은 열심히 비디오 게임을 하고 있다. "밥 먹어요!" 환하게 웃는 아내가 부엌에서 나와 식탁에 음식을 차린다. 남편과 아들은 음식을 먹으며 칭찬한다. "여보, 정말 대단하네." "엄마가 만든 음식 정말 맛있어요!" 아내는 행복하고 자부심 가득한 미소를 지으며 말한다. "다 진룽위 식용유 덕분이에요." 이 광고는 얼마나 전형적이고도 진부한 행복한 가족 신화와 여성 역할 분담 모델을 보여주는가. 여성은 남편과 아들을 돌보는 현모양처로 묘사된다. 여성의 행복은 남편과 아들이 그녀의 요리 솜씨를 칭찬해주는 데서 비롯된다. 한 여성을 평가하는 기준은 그녀의 요리 실력이다. 남성의 세계는 일과 경력으로 이루어져 있고, 여성의 세계는 가정이다. 여성은 부엌을 중심으로 돌아가는 가사 도우미처럼 그려진다.[24]

---

23 陶东风, 「广告的文化解读」, 『首都师范大学学报』(社会科学版), 2001년 제6기.
24 상동

타오둥펑은 광고가 문화 속에 자리 잡은 진부한 관념과 불평등한 권력 관계에 영합하여 다양한 '행복한 삶'이라는 거짓말과 신화를 만들어낸다고 지적했다. 이러한 거짓말과 신화는 다시 이 진부한 관념과 불평등한 권력 관계를 재생산하고, 강화하며, 공고히 한다.

영상 매체는 대중문화의 주요 부분을 차지한다. 일부 연구자들은 세 가지 유형의 사극 드라마, 즉 타임슬립 드라마, '신형' 궁중 드라마, 청춘사극에 등장하는 여성 이미지와 그 내포를 분석했다. 연구자는 이 드라마들이 여성 제작자, 여성 주인공, 여성 관객을 주축으로 하는 작품임을 발견했으며, 그 안에 현대적 페미니즘 주장과 여성 주체성이 반영되어 있음을 확인했다.[25] 따라서 이러한 드라마들의 분석을 통해 현재 중국 TV 속 여성 의식에 대해 낙관적인 입장을 보였다. 사극은 중국 TV 문화에서 국가의 역할, 시장의 힘, 지식인들의 참여가 어우러진 공유 자원이다. 서사 면에서 '신화 서사', '민족 서사', '영웅 전설' 등 다양한 관점을 반영한다. 그러나 이들 서사에는 남성의 주관적 인식과 편견이 스며들어 있어, 여성의 역사적 진실을 은폐하고 있다. 로맨스물에서는 주인공이 대부분 여성이며, 이들은 대개 진실, 선량함, 아름다움을 갖춘 인물로 그려진다. 이 여성들은 이타심, 헌신, 희생을 한 몸에 담고 있다. 하지만 남성이 여성의 행복을 희생시키면서 이를 여성에게 동의하도록 요구할 때, 이는 여성의 진정한 삶, 감정, 욕망을 지우는 것을 은폐한다. 가족극에서는 드라마 속에서 반영된 남녀 간의 결혼관, 사랑관의 변화와 여성의 현실적 처지(이를테면 가정 폭력)를 다루었다.[26]

장천양(张晨阳)은 더 크고 포괄적인 연구를 진행하여, 1995년부터 2005년까지 신문과 잡지, 영화와 TV, 온라인 매체를 표본으로 하여 젠더 담론

---

25 马韶培, 白少楠, 「女性主义视角下的电视文化研究: 以热播古装电视剧为例」, 『神州』 2012년 제20기.

26 张兵娟, 『电视剧: 叙事与性别』, 박사학위논문, 河南大学, 2004년.

에 대한 질적, 양적 연구를 수행했다.

신문 연구에서 그녀는 『인민일보』, 『신민만보(新民晩報)』, 『신강복무보(申江服務報)』라는 세 가지 유형의 신문을 대상으로 수십 개의 샘플을 분석하여 여성 의제와 관련된 보도의 특징을 발견했다. 주류 당보(黨報)는 여성과 관련한 공공정책 관련 보도에 더 많은 비중을 두며, 국가 담론의 입장을 대표한다. 하지만 산문처럼 가벼운 글에서는 가정의 조화와 안정이라는 의미 체계 속에서 현대 사회의 젠더 담론을 수용하려는 의식을 보인다. 반면, 상업 논리에 있어서 주류 당보는 강한 회피 의식을 드러낸다. 전통적인 도시 석간은 여성의 사회적 생활을 보도할 때 국가의 전통적 의제와 충돌하지 않으면서도, 당보의 표현 방식과는 크게 다르다. 이 신문들은 인간적이고 개인화된 보도에 치중하며, 이는 석간의 시민적 성격에 기인한다. 석간은 일정 부분 시장 원칙을 따르며 생활 밀착형 보도를 통해 다양한 계층의 독자와 소통하려 노력한다. 그러나 이러한 상업 논리의 수용은 한계가 있어, 여성을 시장화하거나 객체화하려는 경향은 대체로 거부하는 편이다. 젠더 문제에 대한 새로운 관점을 수용하고 이를 표현하는 데 주목하며, 전통적 시민 생활의 틀 안에서 새로운 이념을 주입하고 확산시키는 데 기여하는 편이다. 긍정적으로 보자면, 석간은 인정(人情)의 틀 안에서 전통적 시민 생활 속에 새로운 이념을 주입하고 확산시킨다. 한편, 새롭게 떠오르는 도시의 소비정보 신문은 창간부터 시장 원칙을 따르며, 생활소비를 주요 콘텐츠로 삼아 독자를 끌어들이고, 전통적인 뉴스의 규범을 회피한다. 표현 방식은 자유롭고 유연하다. 한편으로는 독자를 만족시키기 위해 여성의 신체를 마케팅 요소로 사용하거나, 중산층 신흥 계급의 라이프스타일을 미화하여 소비주의를 확산한다. 또 한편으로는 보다 관대한 표현의 여지를 제공함으로써 현대적 젠더 이론이 성장할 토양을 제공하며, 여성의 독립, 여성의 자기 선택 존중, 여성의 신체에 대한 자기결정권 등과 같은 젠더 담론도 자주 표현된다. 1990년대 중후반 이후 시장화와 세계화의 맥락 속에서, 신문 미디어는 사회의 정치적·경제적 구조뿐 아니라 전통적인 문화심리에도 영향을 받으며, 다원적이고 혼합적인 젠더 문화의 양상을 드러냈다. 여성을 상품화하는 동시에, 현대적인 젠더 관념을 추구한다. 국가가 여성 공공 정책을 추진하려는 노력을 반영하는 동시에, 여성의 실제 생존 상태에 대한 무관심을 드러낸다.[27]

대중 잡지 분야에서, 연구자는 순수한 관방 잡지, 관방과 상업이 결합된 잡지, 다국적 자본에 의한 순수 상업적 잡지, 이 세 가지 유형의 여성지, 즉 『중국부녀(中国妇女)』, 『여자친구(女友)』, 『보그(时尚)』를 선정하여 조사·분석했다. 그 결과, 중국 여성지에서 성차별의 비율은 대체로 낮은 편이며, '젠더 의식'을 담고 있는 텍스트도 적지 않음을 발견했다. 그러나 가치관에 있어서는 종종 일관되지 않거나 모호한 면이 존재했다. 관방적 색채가 강한 『중국부녀』는 독자와 가까워지기 위해 시장성을 지속적으로 보강하면서도, 여전히 국가 발전과 여성 발전이라는 젠더 가치관을 고수하고 있다. 이 잡지의 이데올로기는 국가, 사회, 가정의 요구를 충족하면서도 개인적 자각을 잃지 않는 여성상을 지향한다. 관방과 상업이 결합된 『여자친구』는 "사랑의 햇살, 아름다움의 환상, 새로운 낙원"의 대변자가 되고자 하며, 현대 중국 젊은 여성들의 감정을 묘사하고 선도하는 데 중점을 둔다. 이 잡지의 이데올로기는 다소 합리적으로 이성 간의 만남과 로맨스를 추구하지만, 전통 문화에서 유래한 남성 중심·여성 종속 모델이 암묵적으로 숨어 있다. 순수 상업적 성격의 『보그』는 다국적 자본 배경의 여성지로, 여성들에게 '소비'라는 다리를 제공하여 이를 통해 자유와 해방의 세계에 도달할 수 있음을 제시한다. 이 다리를 구축하는 방법은 여성 스스로의 노력일 수도 있지만, 성별 간의 교환도 배제하지 않는다. 이 잡지의 이데올로기는 여성 개인의 자유주의적 젠더 가치관이 물신

---

27 张晨阳, 『从理想国到日常生活』, 박사학위논문, 复旦大学, 2006년.

화된 여성을 대상화하고 페티쉬화한 은유와 얽혀 있는 것이 특징이다. 이
처럼 다양한 층위와 다른 이데올로기를 형성하는 세 종류의 여성지에서,
'성평등'과 '성차별' 모두 존재하며, 실질적인 상황은 복잡하고 충돌적인
상태에 있다. 이 중, 비교적 합리적이고 심도 있는 젠더 의식을 담고 있으
며 이를 비교적 명확히 실천하는 잡지는 『중국부녀』이다. 반면, 나머지 두
잡지는 상업 논리에 의해 지배되는 이데올로기를 형성하고 있어 우려스
러우며, 젠더 의식 실천의 수준도 낮다.

영화 분야에서 연구자는 〈붉은 연인(红色恋人)〉과 〈홍하곡(红河谷)〉 두 편
의 영화를 정밀 분석하여 주선율과 상업성이 결합된 유형의 여성 이미지
을 탐구했다. 그 결과, 이들 영화 속 여성 인물들은 '혁명', '민족 국가', '성
별' 담론의 복잡한 관계망 속에 놓여 있음을 발견했다. 이들은 '성적 존
재'로서 성별을 드러내지만, '무아(無我)'의 존재 상태에 머물러 있다. 즉,
혁명을 대표하는 남성에게 헌신하거나, 민족 해방의 담론에 의존하는 형
태를 띤다. 동서양 관계의 관점에서 볼 때, 이들 여성 주인공의 이야기
는 대체로 서구 남성 주인공의 서사적 시각을 채택하고 있다. 이 여성들
은 서구 남성을 정복할 수 있는 여성 아이콘으로 숭배된다. 이러한 시각
과 여성 캐릭터의 설정은 강한 민족 정체성을 나타내지만, 더 깊은 차원
에서는 민족적 자존심의 보상 심리와 서구에 대한 인정 욕구를 드러내는
듯하다. 이같은 방식으로 여성의 개인적 담론은 국가와 민족의 거대 담론
에 통합되어 표현된다. 연구자는 영화 〈핸드폰(手机)〉을 분석하여 상업 오
락 영화 속 여성 이미지를 탐구했다. 이 영화에서 여성 캐릭터는 각각 '전
통'의 상징, '요부'의 상징, '무기력'의 상징으로 묘사되며, 이는 어느 정도
현대 여성의 실제 처지를 보여준다. 그러나 영화는 여성의 약자적 지위를
묘사하면서도, 여성의 구원의 길을 제시하지 못한다. 상업 영화에서 젠더
담론을 찾는 과정은 결국 실패로 돌아간다. 감성적 윤리극 영화(이를테면
〈아름다운 엄마(漂亮妈妈)〉)에서 여성은 '어머니'로서의 담론은 찬양받는 반

면, '개인'으로서의 담론은 억압되고, '시민'으로서의 담론은 은폐된다. 이러한 영화는 여성의 독립적 담론을 장려하면서도, 전통적인 성별 담론 속의 어머니 신화에 귀의하는 모습을 보여준다. 일상의 시민 생활을 다룬 서사는 여성의 사회 현실에서의 다양한 고통을 건드리지만, 자각적인 젠더 담론의 수준에는 이르지 못한다. 저자는 위의 여성영화에 대한 해석을 통해 다음과 같은 결론을 도출했다.[28] 1990년대 중후반 이후 여성 영화는 '내면으로의 전환' 경향을 보여준다. 역사와 거대 담론을 희석하거나, 역사를 단순히 배경으로 사용하며, 다양한 여성 개체의 독특한 감정 세계와 삶의 경험을 중점적으로 드러낸다. 이를 통해 다원화된 심미·가치 지향을 보여준다. 그러나 젠더 서사에서, 여성 영화는 다음과 같은 한계를 드러낸다. 여성 의식의 상실과 모호함, 상업적 영향과 전통적 이데올로기의 간섭, 창작과 수용 사이의 단절이 존재한다. 이로 인해, 이 시기의 여성 영화는 여성의 감정과 삶의 상태를 다루는 과정에서 젠더 담론이 빈약하고 단절적이며 모호해지는 결과를 초래했다. 단순히 중국 영화가 '성차별'적 모델이 주류를 이룬다고 말하기는 어렵다. 국가 담론, 상업적 힘, 예술적 추구, 여성적 관점, 남성 중심 문화 전통 등의 요소가 각기 다른 유형의 영화에서 서로 다른 강도로 상호작용 하면서 여성 담론과 젠더 담론의 특징과 방향을 결정짓는 것이다.

TV 분야에서, 연구자는 〈낯선 사람과 말하지 마(不要和陌生人说话)〉와 〈중국식 이혼(中国式离婚)〉을 예로 들어, 서민 서사가 중심인 드라마에서 경제 구조와 가족 구조의 변화 속에서의 결혼, 연애 및 성별 문제가 어떻게 표현되는지를 분석했다. 경제 구조의 변화로 인해 발생한 가정과 감정 문제 속에서, 전통적인 '남편이 부귀하면 아내도 대접받는다(夫贵妻荣)'라는

---

28 저자는 '여성영화'를 다음과 같이 정의한다. "창작 과정에서 여성 의식을 자각적으로 탐구하며, 가부장 중심 문화를 뚜렷하게 전복시키는 페미니즘 창작 방식으로 여성을 묘사하는 영화." 张晨阳『从理想国到日常生活』, 박사학위논문, 复旦大学, 2006년, 105쪽.

관념이 뒤집히고 비판받는다. TV 텍스트는 젠더 의식을 포함한 몇 가지 객관적 사실을 드러낸다. 예를 들어, 경제 구조 및 가족 구조의 변화로 인해 여성들이 직면하게 된 새로운 문제, 현대 여성이 사회적·가정적 역할을 떠안으면서 결혼 생활에서 겪는 어려움 등이 포함된다. 이러한 드라마 속 젠더 담론은 개방적이고 다의적이며, 심지어 모호한 특성을 보여준다. 또한, 〈정말로 사랑하고 싶어(好想好想谈恋爱)〉를 대표로 하여, 도시의 사랑 이야기를 중심으로 한 드라마에서 '서구적 현대성 상상 속의 시뮬레이션 서사와 젠더 문제'가 반영되었다고 연구자는 평가한다. 이러한 미디어 텍스트는 서구적 현대성(젠더 담론의 현대성을 포함)을 모방하기에, 젠더 담론이 모호한 상태로 나타난다. 한편으로는 서구 페미니즘 담론과 젠더 담론의 표면적인 요소를 습득했지만, 다른 한편으로는 아름다운 사랑에 대한 동경을 통해 이러한 담론이 남성 중심적으로 왜곡된다. 이러한 현상의 원인은 다음 세 가지로 분석된다. '여성의 세계'를 '사랑의 세계'로 동일시하는 설정, 관객의 소비 심리를 충족시키려는 상업적 성격, 대중들의 도덕적 규범에 부응하려는 지향성. 결국 이러한 젠더 의식의 모호성과 불확실성은, 젠더에 대한 반성, 상업적 힘, 현대성에 대한 상상, 전통적 규범 등 다양한 힘의 상호작용과 갈등에서 비롯된 것으로 볼 수 있다.

연구자는 인터넷 분야에 대한 분석을 통해, 여성 이미지의 전시와 여성적 주제 설정 등의 측면에서 현재의 인터넷 공간이 전통적인 젠더 이데올로기를 상당 부분 이어가고 있음을 발견했다. 특히 상업적 힘이 여성 이미지를 주도하는 경향이 뚜렷하다. 페미니즘 학술 사이트들을 조사한 결과, 이들 웹사이트는 젠더 의식의 진전을 위해 노력하고 있지만, 영향력은 제한적인 것으로 나타났다. 한편, 민간에서 자발적으로 운영되는 젠더 관련 인터넷 댓글을 분석한 결과, 이 댓글들은 이미 전통적 젠더 문화와 사회 권력에 대한 반성을 포함하고 있음을 확인했다. 네티즌들이 자발적으로 인터넷을 활용해 젠더 의식과 관련된 의견을 발언하는 것은 그 의미를 과소평가할 수 없는 중요한 현상으로 평가된다.

　장천양의 연구는 샘플의 크기, 대표성, 분류 방식에서 여전히 개선의 여지가 있지만, 이러한 세분화된 실증 연구는 중국 현대 매스미디어 속 사회적 성별의 복잡한 양상을 구체적으로 보여준다. 또한, 이 복잡한 담론 상황 뒤에 놓인 상업, 정치, 전통 문화 등 다양한 힘의 갈등을 초보적으로 탐구하고 있어 매우 가치가 있다고 평가된다.

(3) 젠더와 도시문화연구

　도시 문화 연구는 짐멜(Simmel) 이래로 근대성 연구에서 중요한 주제 중 하나로 자리 잡아왔다. 근대화 과정은 어떤 면에서는 도시화 과정이라고 할 수 있으며, 도시 문화는 자연스럽게 근대적 경험의 중심 요소가 된다. 1990년대 초반 이후 중국의 소비 문화의 급속한 발전은 도시의 모습과 도시에서 살아가는 사람들의 정신세계를 깊이 변화시켰다. 따라서 중국의 문화 연구는 이 현상을 직시하지 않을 수 없게 되었다. 특히 상하이에서는, 극동 제일의 도시였다는 기억과, 세계와의 연결에 대한 강렬한 열망이 결합하여, 구 상하이 도시문화(특히 해파(海派) 문학)를 중국 문화 근대성의 대표로 인식하고 이에 대한 연구가 활발해졌다. 이 연구는 도시 공간, 패션, 대중 문화를 주요 대상으로 삼으며, 학제 간 연구와 비주류 연구 등의 방법론을 채택하여 문화 연구의 뚜렷한 특성을 보여준다. 이 중에서도 '성별과 상하이 도시 문화'는 인기 연구 주제로 떠올랐으며, 다수의 여성 학자들이 적극적으로 참여했을 뿐 아니라, 리어우판(李欧梵), 장잉진(张英进), 쑨사오이(孙绍谊) 등 일부 남성 학자들도 이를 중요한 연구 자원과 방법론적 관점으로 삼아 상하이 도시 문화 연구에서 두각을 나타냈다.

　웨정(乐正)의 『근대 상하이인의 마음(近代上海人的心态)』, 신핑(忻平)의 『상하이에서 발견한 역사(从上海发现历史)』, 리창리(李长莉)의『중국인의 생활방식: 전통에서 현대로(中国人的生活方式: 从传统到现代)』는 모두 근현대 상하이에서 과시적 소비의 발전과 그것이 사회생활 및 심리적 측면에 미친 영향을 깊이 있게 탐구했다. 렌링링(连玲玲)의「여성의 소비와 소비하는 여성(女性消费与消费女性)」과 천후이펀(陈惠芬)의「'글로벌 백화점', '모던걸'과 상하이 외관 모더니티의 형성("环球百货", "摩登女性"与上海外观现代性的生成)」은 여성과 상하이 백화점의 관계를 시작으로 도시 공간, 시각 체계, 계급 및 젠더 재구성의 일련의 변화를 탐구한다. 천후이펀은 상하이의 4대 백화점이 조성한 새로운 도시 공간이 과거 집 밖으로 나서는 것이 금지되었던 양갓집 규수들에게 도시 공간으로 나서는 합법성을 부여했다고 지적했다. 백화점이 대표하는 패션은 새로운 여성 유형인 모던걸을 형성했으며, 이들은 백화점과 결합하여 외관적 이미지(오늘날의 도시 스펙터클 및 사회 외관 문화에 해당)을 현대 상하이에서 중요한 요소로 격상시키며 상하이의 과시적 소비를 새로운 단계로 이끌었다. 모던걸의 등장은 현대 중국, 특히 상하이와 같은 도시에서 새로운 사회 존재와 운영 방식이 나타났음을 보여준다. 이는 개인의 정체성과 발전 기회가 외모의 치장을 통해 획득될 수 있음을 의미했다. 이러한 변화는 단지 여성이 사회적 '승격'의 기회를 얻게 했을 뿐 아니라, 현대 상하이의 외관문화의 핵심이자 과시적 소비의 본질을 보여주는 것이기도 했다. 소비는 단순히 물질적 향유를 넘어 정체성의 상징 또는 재구성 수단이 되었으며, 전통적 계급 체계를 전복하고 정체성의 재구성과 사회적 계층 이동을 촉진했다. 모던걸을 통해 드러난 패션은 근대의 선형적 진보적 시간 관념의 형성에도 큰 영향을 미쳤다. 이러한 과정에서 도시 남성 엘리트의 모습도 극도로 서구화되었지만, 모던걸이라는 서구화된 여성 이미지는 점차 사회적 불안의 대상으로 부각되었다. '국산품 소비의 해' 캠페인에서 모던걸들은 '매국' 혐의와 함께 강도 높은 비난을 받았고, 이후 전개된 '신생활운동'에서는 이들의 옷

차림이 국가의 감시 대상이 되었다. 연구자들은 이것이 근현대 중국의 국제적 약세와 관련이 있으며, 모던걸에 대한 낙인은 사회/국가적 불안의 표출 및 전이를 나타낸다고 본다. 1930년대 점점 심화되는 국가적 위기 속에서, 성별 정치의 영향으로 이들은 초기 '가짜 양놈(假洋鬼子)'이 담당했던 역할을 대신하며 사회적 비난의 표적이 되었다.[29] 이러한 시각은 중국 근대화 과정에서 여성이 어떤 기여를 했으며 어떤 대가를 치렀는지를 되돌아보는 반성적 접근이라 할 수 있다.

젠더 관점은 현대 상하이 대중문화의 생산과 특성에도 개입되었다. 달력(月份牌)과 잡지 표지 속 여성 이미지는 여성이 중국 근대성 상상의 중요한 내용임을 보여준다. 또한, 영화 속 여성 이미지, 여배우의 개인적 매력, 연기 및 스크린 속 역할 간의 상호 주체성은 영화라는 새로운 공공 영역의 형성을 돕는 데 기여했다. 이들이 스크린에서 연기하는 역할은 종종 '사회의 신참'을 나타내며, 실제 생활에서도 이들은 직업적 지향부터 생활 방식까지 현대 사회의 신참으로 간주되었다. 이러한 요소들은 이들을 현대 상하이의 중·서 문화/신·구 문화 간 충돌과 협상의 초점으로 만들기 쉬웠다. 상하이의 근대화 과정은 물질적 변화뿐만 아니라 문화적 협상과 논쟁도 요구했으며, 영화 여배우들의 처지는 이러한 논쟁에 '적합한' 장을 제공했다.

주다커(朱大可)는 도시 건축과 성별의 관계를 통해 상하이 도시문화를 해석하며 독특한 시각을 제시했다. 그는 상하이를 여성으로 간주하며, 상하이를 중국이라는 욕망의 지도에서 여성의 엉덩이에 비유하고, 와이탄(外灘)은 외음부에, 난징로(南京路)는 질에, 화이하이로(淮海路)와 헝산로(衡山路)는 또 다른 주요 부위로 묘사했다. 그의 주장에 의하면 장강 삼각주 지역이 역사적으로 음성적(陰性的) 문화를 지향했으며, 이는 여성 욕망

<hr>

29 陈惠芬,「性别视角与上海都市文化研究」,『社会科学』2012년 제9기.

의 가장 대표적인 온상이자, 「양산백과 축영대(梁山伯祝英台)」에서 「백사전(白蛇传)」에 이르는 애틋한 욕망의 전통을 낳은 지역이다. 월극(越剧)과 황매희(黄梅戏)는 이러한 욕망의 미학을 뒷받침하여 이를 근대 시민 계층의 주요 정신적 지침으로 만들었다. 구 상하이에서는 해파 문학의 많은 남성 작가들이 욕망을 이야기한 바 있지만, 오직 장아이링(张爱玲)만이 상하이 욕망 담론에 가장 적합한 대변인이이라고 할 수 있다. 또한, 기생 류루스(柳如是), 둥샤오완(董小宛), 사이진화(赛金花) 등은 그들의 몸을 통해 민족과 국가의 진리를 표현했다. 신중국 건국 이후 상하이의 욕망은 억압되었다. 영화 〈네온등 아래의 보초병(霓虹灯下的哨兵)〉에 등장하는 파마머리에 립스틱을 바르고 영어를 구사하는 모던걸 쉬만리(徐曼丽)는 상하이 난징로의 상징이자, 죄악의 욕망을 체현한 인물로 묘사된다. 주다커는 이러한 도시문화 배경 속에서 웨이후이의 『상하이 베이비(上海宝贝)』를 논평했다. 그는 웨이후이 등이 새로운 역사적 시기에서 신체서사를 통해 여성의 욕망을 적나라하게 묘사하는 것이, 중세 및 근현대 상하이 욕망 문화의 부활과 발전을 상징한다고 보았다. 동시에 이는 국내 정치, 국제 자본, 현대 유행의 소비, 매스미디어의 복잡한 맥락 속에서 국가 담론이 정치에서 욕망으로 전환되는 것을 보여준 것이라고 평가했다. 그러나 그의 관점에서 이러한 욕망의 외침은 과장된 도시적 허위로 가득 차 있을 뿐이다.[30] 또 다른 글에서 그는 상하이의 성욕 지도와 성감대 및 국가 권력 사이의 밀접한 관계를 지적했으며, 그 새로운 욕망은 국가 권력에 의해 면밀히 감시되었다고 지적했다.

2003년, 주다커는 상하이가 '성전환 수술'을 받고 있는 것 같다는 주장을 내놓았다.

---

30 朱大可, 「上海: 情欲在尖叫」, 『二十一世纪』, 2001년

초고층 빌딩 경쟁의 세계적 흐름 속에서, 상하이는 이례적인 행보를 보이며, 강철과 콘크리트로 만든 남성성을 상징하는 거대한 조형물을 대량으로 제작하였다(이는 원래 수도 베이징이 해야 할 일이었을 것이다). 상하이에는 20층 이상 고층 건물이 2400채 이상 있으며, 이 숫자는 이미 아시아 1위에 올랐다. 이는 상하이가 도시의 음성적 이미지에서 벗어나고자 하는 강렬한 욕망과 밀접하게 관련되어 있는 것으로 보인다.

오랫동안 상하이는 여성화된 도시로 여겨져 왔으며, 이는 장강 삼각주의 장마, 비단, 면직물, 여성, 그리고 여성의 호모섹슈얼 연극인 월극(越劇)과 긴밀히 연결되어 있었다. 이러한 음성적 특성은 상하이가 WTO에 진입하는 데 지정학적 장애물로 작용했다. 상하이의 온유한 도시 철학은 피학, 수동성, 인내, 내향성을 특징으로 하며, 후기 자본주의의 권위적 이미지를 형성하기에는 부족하고, 국제 시장에서의 경쟁력을 상실할 가능성도 내포하고 있었다. 대량으로 건설된 고층 건물은 경관 정치의 속성을 변화시켰고, 외형적으로는 강렬한 자본의 호르몬 냄새를 풍기는 남성적 이미지를 만들어냈다. 이처럼 대규모로 이루어진 건축물의 성전환 수술은 관광객들에게 근대화된 남성적 경관을 제공했을 뿐 아니라, 정치인, 기업인, 시민들의 기질을 바꾸어, 이들을 자신감 있고 진취적이며 국제화된 시민으로 변모시키고자 했다. 이 수술의 최종 결과가 어떠하든, 보이지 않는 마천루의 성별 정치 문법은 중국 도시 근대화 과정을 기묘하게 다시 쓰는 결과를 낳았다.[31]

이 인용문을 통해 주다커의 문화 비평의 특징을 세 가지로 요약할 수 있다. 첫째, 성별화된 시각으로 도시를 묘사하고 분석한다. 둘째, 언어가 매우 감성적이고 자극적이다. 셋째, 문화 현상 이면의 정치적 권력에 대

---

31 朱大可,「摩天楼的阳具政治」,『南风窗』, 2003년 제8기.

한 예리한 감각을 지니고 있다.

일부 페미니즘 비평가들은 주다커가 상하이의 여성적 특성과 상하이 여성 작가(예: 웨이후이)의 글쓰기에 대한 논평을 놓고 "여성혐오적 읽기 모델이 형성되는 것"이 보인다며 강한 불만을 제기했다. 이는 가부장적 사회의 이데올로기 자원과 정치적·문화적 자본(민족주의, 성/젠더에 대한 차별, 착취, 억압, 계급 대립 등)을 동원해 지속적이고 체계적으로 여성 텍스트의 가치를 폄하하고, 여성 글쓰기의 정당성을 박탈하려는 시도로 해석된다. 주다커가 그린 "상하이의 욕망 지도"에서 여성의 신체는 대도시의 도시 구조와 마치 하나로 융합된 듯 묘사된다. 상하이 여성의 욕망에서 상하이의 욕망으로, 더 나아가 '중국의 욕망'으로 전환되는 과정에서 남성 비평가는 상하이 여성이 서구 남성에게 교태를 부린다는 비판에서 시작해, 상하이 도시 구조, 나아가 중국 국가 체제가 후기 식민주의 시대 글로벌 자본 시장에서 스스로를 헐값에 팔아넘긴다는 비판까지 쉽게 연결시킨다.[32] 왜 주다커는 상하이를 성적으로 매혹적인 여성으로 묘사해야 했을까? 왜 주다커는 반드시 상하이의 도시 구조를 성적 매력이 넘치는 여성의 신체로 그려내야 했을까? 게다가 주다커만 이런 방식으로 상하이를 상상한 것이 아니었다(장쉬둥(张旭东) 역시 또 다른 사례로 꼽힌다). 그들의 관점에서 보았을 때, 상품화된 여성과 남녀 관계를 제3세계 도시(민족국가)의 발전과 글로벌 자본주의의 관계, 심지어 우리 시대 전반의 역사적 처지에 비유하는 것은 일부 남성 지식인들의 고정된 사고방식이 되었다. 배신, 이익 추구, 방랑, 빈곤을 상징하는 '매춘 여성' 이미지를 통해, 중국의 남성 지식인들은 국가 권력과 글로벌 자본주의의 부패부정을 비판하기 위한 확고한 도덕적 기준을 찾아낸 것이다. 이제 '매춘 여성'은 단순히 성

---

32 何伟文, 杨玲, 「对女性声音的误读及荒谬推演: 与朱大可先生商榷」, 『中国文学研究』 2007년 제3기.

노동자를 폄하하는 표현이 아니라, 자본과 권력에 의해 주변화된 모든 집단을 총칭하는 용어가 되었다. 남성 지식인들은 '매춘 여성' 이미지 비판을 통해 자신들의 담론적 정당성을 옹호할 뿐만 아니라, 자신의 남성성을 과시했다. 그러나 그들 역시 일정한 정도에서는 국가 기계에 복무하는, 존엄성을 상실한 '매춘 여성'일 뿐이라는 점은 간과할 수 없다.[33] 그렇다면 여기에서 질문을 제기해볼 수 있다. 식민지 시기 상하이의 음성적 이미지를 반복적으로 소환하고 상상하는 '셀프 오리엔탈화(化)'는, 시공간이 축소되고 지역적 차이가 점점 희미해지는 포스트모던 상황 속에서 국가 기계가 독특한 도시 이미지를 형성함으로써 글로벌 투기 자본을 유치하려는 새로운 전략은 아니었을까? 이 네 가지 관계의 맥락에서, 제3세계 여성들이 전통적 가부장제와 제국주의의 이중 착취를 받고 있다는 점은 분명하다. 그녀들은 선물로 제공되는 한편, 동시에 쓰레기로 비난받는다. 주다커의 여성 신체를 출발점으로 한 사회 비판은 궁극적으로 여성 신체와 텍스트에 대한 더 가혹한 억압으로 이어졌다.[34] 그들은 주다커가 현대 사회의 모든 병폐를 여성과 여성의 욕망으로 돌리는 것이 부적절할 뿐만 아니라 국가 기계의 공모자가 될 가능성이 있다고 본다. 주다커가 여성을 중국 욕망의 '건강한' 성장을 저해하는 바이러스로 규정하는 것은 곧 '경국지색'의 현대적 버전이라고 비판 받았다. 그는 영화 〈네온 아래의 보초병〉 텍스트를 차용해 전체주의 정치가 욕망을 두려워하는 것을 조롱하지만, 반면 의도치 않게 더 많은 욕망에 대한 공포를 만들어내며, 그 결과 국가 기계가 욕망을 통제하도록 하는 근거를 제공하고 있다는 것이다.[35]

---

33 상동

34 상동

35 何伟文, 杨玲,「对女性声音的误读及荒谬推演: 与朱大可先生商榷」,『中国文学研究』2007년 제3기.

(4) 젠더 특징의 문제

중국 주류 문화에서는 남성과 여성의 성역할에 대해 극도로 엄격한 규정이 존재하지만, 비주류 문화에서는 전통적으로 성별을 초월하는 문화적 전통이 존재해왔다. 주다커는 "남자가 여성의 목소리를 내는 것"이 중국 문인들 사이에서 독특한 성별 연기 방식으로 자리 잡아 왔다고 지적한다. 송사(宋詞)에는 남성 작가들에 의해 쓰여진 여성의 언어와 정서가 대량으로 묘사되어 있으며, 이는 곤곡(昆曲)에서 절정에 이른다. 이는 남성의 목소리를 통해 여성의 섬세함과 슬픔을 표현할 뿐만 아니라, 남성의 신체를 직접 여성이 연기함으로써 독특한 아름다움을 표현하는 데 이른다. 또한, 월극은 여성 호모섹슈얼의 미학을 더욱 발전시켰다. 화목란(花木蘭)과 같은 여성 캐릭터는 사회적 지위와 가치를 얻기 위해 반드시 남성의 역할을 연기해야만 했다.[36]

현대 중국의 대중문화계에서 성별 특징에 대해 관심과 논의를 불러일으킨 사건 중 하나는 2005년의 〈슈퍼걸(超级女声)〉 현상이다. 이 프로그램은 후난위성TV에서 주최한 TV 오디션 프로그램으로, 최종 순위에 오른 리위춘(李宇春), 저우비창(周笔畅), 장량잉(张靓颖), 허제(何洁) 등은 '탈여성화' 또는 '중성화'된 이미지를 보여주었다. 특히 우승자인 리위춘은 시청자들의 문자 투표로 선정된 아이돌로, 다른 참가자들과 비교해 더욱 '남성적'인 이미지를 과시했고, 이 프로그램의 막대한 영향력과 더불어 그녀의 새로운 이미지는 수많은 팬들로부터 열렬한 지지와 모방을 이끌어냈다. 이 새로운 여성 이미지와 전통적인 미녀 이미지 간의 대비는 극명했으며, '중성화' 문제는 한동안 사회적 논쟁의 초점이 되었다.

중국의 교육학 전문가들은 이러한 젠더 역할의 중성화 현상을 해결해

---

36 朱大可, 『文化批评: 文化哲学的理论与实践』, 古吴轩出版社, 2011, 242쪽.

야 할 문제적 현상으로 간주하고, 이를 방지하기 위해 젠더 교육을 강화해야 한다고 주장한다.[37] 그러나 긍정적인 평가가 훨씬 더 많다. 많은 이들이 리위춘의 승리를 페미니즘의 승리로 해석한다.

허핑(何平)과 우펑(吳凤)은 〈슈퍼걸〉 프로그램이 전통적인 젠더 정치에 대한 반란이라고 칭찬했다. 두 남성 저자는 리위춘이 마른 체형과 각진 얼굴선을 지니고 있어 전통적인 여성의 신체 미학 기준에서 벗어나 있다고 지적한다. 하지만 바로 이런 중성적이고 다소 남성적인 외모와 특출나지 않는 음성으로도 수백만 명의 열광적인 지지자를 얻었다는 점에 주목했다. 따라서 리위춘의 우승은 남성이 여성 신체에 대해 갖는 미적 기준과 취향을 뒤집는 것이며, 이는 여성 주체적 의지의 과감한 표현이자 새로운 페미니즘의 승리라는 것이다.[38]

류전전(刘珍珍)은 사회학적 표본 조사를 통해 현대 여성 이미지에 대한 인식을 조사한 결과, 남성들이 여성 이미지에 대해 기대하는 바는 '아름답고 섹시함'과 '온화함'이라는 두 범주에 집중되어 있었으며, 그 비율은 무려 80.0%에 달한다고 밝혔다. 반면, 여성들이 스스로 기대하는 이미지는 '독립적이고 자율적인 모습'이 59.2%를 차지했다. 이는 현대 여성들의 주체적 의식이 매우 강하다는 것을 보여준다.

리위춘의 팬 중 여성의 비율이 다수를 차지하며, 여성의 리위춘에 대한 긍정적 인식(89.6%)은 남성의 긍정적 인식(36.0%)보다 훨씬 높았다. 반대로 여성의 부정적 인식(4.8%)은 남성의 부정적 인식(61.0%)보다 현저히

---

37 华桦, 「论性别角色中性化的形成及原因分析」, 『上海教育科研』 2006년 제12기. 관련해서 다음 글 참조. 王志全, 「从贾宝玉到李宇春: 青少年中性化现象调查」, 『中学生』, 2007년 제3기. 이 글에서 상하이시 교육과학원 가정교육연구지도센터 주임 러산야오와 상하이교육방송국 국장 장더밍은 현재의 중성화 풍조가 바람직하지 않다고 보며, 남자아이는 남자아이답게, 여자아이는 여자아이답게 행동해야 한다고 주장한다.

38 何平, 吳凤, 「"超级女声"与性别政治——西方马克思主义女性主义视角」, 『南开大学学报』, 2005년 제5기

낮았다.[39] 이는 리위춘 현상이 남성에 대한 여성의 승리를 상징한다는 것을 사회학적으로 확인시켜준다.

사회학자 리인허(李银河)는 〈슈퍼걸〉을 '트랜스젠더주의'의 승리로 보았다. 그녀는 연예인의 트랜스젠더적 특징으로 인해 인위적으로 구축된 성별 기준이 남성과 여성에게 가하는 억압이 완화되었으며, 남성과 여성이 '성별'을 드러내야 한다는 압박에서 벗어나 자유롭게 자신을 표현할 수 있게 되었다고 분석했다. 이러한 특징 덕분에 남성과 여성 모두 심리적 장벽 없이 그들을 좋아할 수 있다고 설명했다. 리인허는 페미니즘의 관점에서, 각 집단은 자신이 인식하는 미의 기준을 주장할 권리가 있지만, 이를 다른 집단에 강요해서는 안 된다고 강조했다. 많은 경우 남성이 여성미에 대한 판단 기준을 독점하는 경향이 있는데, 이러한 독점은 여성에게 큰 상처를 줄 가능성이 있다. 그러나 그녀는 페미니즘를 과하게 강조하지 않으며, 대신 다원성과 개별성이 가장 중요하다고 주장한다.[40]

주다커는 〈슈퍼걸〉이 젠더 혁명을 가져왔다고 높이 평가했다. 그는 〈슈퍼걸〉과 '월드컵'을 각각 남성 시민 민주주의와 여성 시민 민주주의의 장으로 보았다. 여기서 여성들은 자신들만의 '쾌락 원칙'을 실현한다. 〈슈퍼걸〉을 대하는 여성들은 전문성을 중시하여, 노래와 춤 실력이 뛰어난 참가자를 적극 지지했고, 단순히 외모만 평가하는 남성 관객들의 의견은 묵살되었다. 월드컵이 여성들의 목소리를 침묵시켰다면, 〈슈퍼걸〉은 남성들의 목소리를 침묵시켰다. 〈슈퍼걸〉의 성별 혼란 현장(중성적인 참가자가 더 큰 인기를 끌었음)과 외모 기준의 부재(미녀 참가자가 최대한 탈락됨)는 대부분의 여성 관객들을 투표 현장으로 이끌었다. 〈슈퍼걸〉은 미녀 선발대회와 차별화되어, 이전에는 늘 우대되었던 빼어난 미모의 참가자들이 대거

---

39 刘珍珍, 「女性新形象的塑造与传播——从"李宇春现象"看传媒影响下的女性形象」, 『民族艺术』, 2006년 제2기.

40 李银河, 「超女是"跨性别主义"的胜利」, 『南方周末』 2005.8.25.

탈락하는 모습을 보여주었다. 남성 중심 사회에서는 '보여지는 여성'이 자아 정체성을 박탈당한 채, 남성들의 시선 속에서 미녀, 성적 대상, 특급 보모, 위대한 어머니, 혹은 희생적인 아내로만 규정되었다. 정작 여성 자신은 소외된 채, 남성들은 여성 속에서 다양한 역할을 구현해왔다. 그러나 이번에 〈슈퍼걸〉은 드디어 여성이 스스로를 바라볼 기회를 제공한 것이다. 〈슈퍼걸〉은 마치 현실 세계의 균열처럼 모든 기존의 젠더/심미적 질서를 마비시켰다. 젠더의 혼란이라는 새로운 세계가 열렸으며, 이 세계에는 충분한 요소와 다원성이 존재하여 풍부한 개인을 조합해내는 것이 가능해졌고, 이는 남성과 여성 모두에게 축복이다. 따라서 〈슈퍼걸〉은 가히 젠더 혁명을 이끌어냈다고 선언할 수 있다.[41]

샤오잉(肖鹰)은 청춘 소비 문화의 관점에서 〈슈퍼걸〉의 중성화 현상을 분석하며, 상업과 청년 하위문화 간의 복잡한 저항과 포섭의 상호작용을 드러냈다. 이러한 복잡한 상호작용은 청년 소비문화와 스타일을 추구하는 패션의 움직임 속에서 젠더 표현의 두 가지 방향성을 가져왔다. 하나는 성의 감각적 특성이 강화된 것이고, 또 다른 하나는 성의 문화적 구분이 소멸된 것이다. 전자는 유혹과 교태의 문화가 주류가 되고 상업적으로 강화되면서 사회 전반에 걸쳐 '섹시한 청춘의 이미지'가 스며드는 결과를 낳았다. 하지만 이러한 유혹과 교태의 일상화는 성적 상징에 대한 갈망과 혐오가 공존하는 이중적 소비 심리를 유발했다. 이러한 소비 심리는 유혹과 교태의 이원화된 덫을 뛰어넘어 더 '자유롭고 진정성 있는' 청춘 스타일'을 표현하고 경험하려는 시도로 나타났다. 이것이 바로 '중성화된 청춘 스타일'이다. '중성화'는 복식과 행동에서 성별의 혼합을 통해 남성과 여성의 사회적 특성을 의도적으로 지우고, 양성 혼합성을 드러내는 '청춘 스타일'이다. 이러한 '중성화'의 크로스섹슈얼 표현은 전통적인 양성 간

---

41 朱大可, 『文化批评: 文化哲学的理论与实践』, 古吴轩出版社, 2011년, 235—236쪽.

의 사회적 구분 원칙에 전복적인 영향을 미친다. 그러나 동시에, 이러한 전복은 현대 청춘 미학 문화의 성 소비문화가 생산되면서 전개된다. 이러한 문화적 맥락에서 '중성화된 청춘 스타일'이란 실제로는 '성별을 제거한' 이미지를 통해 새로운 '성(性)적 젊음'을 연출한 것이다. 리위춘은 가장 '남성적'으로 보이는 여성으로, 그녀의 무대공연은 가장 자유롭고 진정성 있는 여성의 '성적 젊음'의 매력을 보여준다. 즉, 청춘의 심미문화에서 '중성화된 청춘 스타일'은 소비주의 문화 전략의 실천이라 할 수 있다. 이는 '성별의 제거'를 통해 '새로운 성별'를 만들어내는 문화적 생산과 소비를 의미한다. 다시 말해, '중성화'는 "성에 의해 가리워진 성의 연출"인 셈이다.[42]

류전전의 연구는 미디어 경제를 통해 확산되는 새로운 여성 이미지를 해석하려는 시도이다. 그녀의 주장에 따르면 상업 미디어는 대중을 만족시켜야 하며, 대중은 본질적으로 이질적이다. 리위춘의 인기는 특정 대중 집단의 선호를 반영하며, 미디어는 이에 응답해야 한다. 또한, 미디어의 전파는 이 집단의 관점을 더 널리 확산시켜 다른 집단에도 영향을 미친다. 그녀는 암묵적으로 중국에서 미디어의 시장화가 기존의 이념적 동질적 대중을 분화시키고 대중의 이질성을 증가시켰으며, 이것이 새로운 여성 이미지가 나타나게 된 구조적 원인이라고 시사한다.[43]

리위춘과 유사하게, 인기 있는 몇몇 남성 배우들, 예컨대 샤오선양(小沈阳)과 리위강(李玉剛)도 중성화된 공연 스타일을 선보이고 있다. 중국의 곤곡(昆曲)과 경극(京劇)에는 남배우가 여성 역할을 맡는 남단(男旦) 연기 전통이 존재하기 때문에, 리위강은 일반적으로 이 전통의 계승자이자 개혁

42 肖鷹,「青春审美文化论: 电子时代的"青春"消费」,『中国人民大学学报』, 2006년 제4기.

43 刘珍珍,「女性新形象的塑造与传播──从"李宇春现象"看传媒影响下的女性形象」,『民族艺术』, 2006년 제2기.

자로 간주된다.[44] 반면 현대적인 형식을 띤 샤오선양의 여성 연기가 인기를 끌고 있는 것은 경극 전통으로 설명하기 어렵다. 리성타오(李盛涛)는 샤오선양의 남성도 아니고 여성도 아닌 이미지가 다양한 관객의 미적 기대를 충족한다고 하였다. 남성 관객은 그에게서 남성성이 축소되고 왜곡되거나 변형된 모습을 보며 자신감을 얻고, 페미니스트들은 '여성화'된 샤오선양에게서 현대 사회에서 페미니즘 문화가 일부 '승리'한 것을 본다. 한편, 현대 사회의 '퀴어'들은 그에게서 정체성에 대한 친밀감을 느낀다. 요컨대, 젠더의 측면에서 "젠더 구분이 모호한" 샤오선양은 다양한 성별의 관객들의 미적 상상을 만족시킨다고 할 수 있다.[45] 그는 나아가 남성의 여성화 유행과 감정의 여성화에 대해 정치경제적으로 분석했다. "현대 세속 사회의 부상과 중산층의 점차적인 성장은 전통 문화 맥락에서 형성된 감정 상태를 해체하고 있다. 사람들, 특히 남성들은 전쟁과 고난의 시절 같은 특수한 상황에서 길러진 장엄함, 숭고함, 깊은 비극적 문화 인격을 상실했으며, 대신 경박하고 세속적이며 얕은 희극적 문화 인격을 형성했다." 그는 지그문트 바우만을 인용해 오늘날 시대를 "가벼운 근대성"의 시대라고 정의하고, 미카 나바를 인용해 소비사회가 문화를 여성화한다고 설명했다. "영웅이 사라진 시대에는 더 이상 영웅이 존재하지 않는다. 마찬가지로 영웅과 함께 나타나는 '양강(陽剛)의 기운'도 존재하지 않는다. 이는 삶이 현실적 생동감으로 전통적인 미학 영역에 대해 미학적 반란을 일으키고 있음을 보여준다. 샤오선양의 현실적 의미와 아이러니

---

44 邓其斌, 「论李玉刚男旦表演形式的传承与发展」, 『文艺研究』, 2012년 제3기. 仓淼, 「当代京剧梅派男旦发展状况浅析」, 『聊城大学学报』, 2011년 제2기. 李劼刚, 「绝代芳华, 东方神韵: 当红男旦李玉刚的成功之道」, 『黑龙江生态工程职业学院学报』, 2011년 제3기. 高苗苗, 代静伟, 「传统京剧与现代音乐碰撞的魅力: 谈李玉刚对京剧艺术的新探索」, 『科技信息』, 2013년 제9기.

45 李盛涛, 「〈不差钱〉"小沈阳": 一个暧昧的文化符号」, 『东方论坛』, 2010년 제2기.

기능은 바로 여기에 있다."[46]

쉬융(徐勇)은 샤오선양의 여장 연출과 경극 및 얼런촨(二人转)에서 남성의 여성 연기를 비교분석한다. 전통 공연 예술에서는 "어떻게 분장하든 간에, 분장의 대상이 되는 성별을 자신이 동일시하는 대상이자 귀속점으로 삼는다. 따라서 관객에게 성별 정체성의 혼란을 일으키지 않는다. 경극에서 남성이 여성으로 분장해 연기하는 미묘함은 성별 정체성이 혼동되지 않도록 보장한다. 이는 남성의 모습으로 여성 역할을 연기하는 것이 아니라 반드시 여성의 모습으로 연기해야 하기 때문이다. 동시에 이는 성별 정체성의 풍부함, 즉 인간이 가진 양성성(雙性同體)에 대한 상상과 욕망을 충족시키거나 이를 드러낸다. 반면, 샤오선양이 선보인 〈돈 걱정 없어(不差钱)〉와 그의 얼런촨 공연은 이러한 전통적인 정체성 방식에 의도적 또는 무의식적으로 도전하고 있다"[47] 따라서 샤오선양의 공연은 중국 전통 사회에서의 성별과 그에 따른 정체성에 명백히 도전하는 행위로 볼 수 있다. 그러나 쉬융은 나아가 샤오선양의 중성적인 분장이 〈돈 걱정 없어〉에서 스코틀랜드풍으로 표현되면서 민족주의적 함의를 드러낸다고 주장한다. 그는 "스코틀랜드라는 타자를 어릿광대의 모습으로 조롱하면서, '돈 걱정 없다'는 중국 부유층이 서구 문화를 마음껏 비웃으며 보여주는 자신감을 나타낸다"[48].

주둥리는 현대 사회 구조의 관점에서 샤오선양의 성공을 분석하며, 현대 중국의 풍자 문화가 문화대혁명의 실패에서 비롯되었다고 본다. 그의 주장에 의하면 1980년대 후반 계몽주의의 좌절과 1990년대 시장화의 전면적 시작으로 모든 정극(正劇)이 무대에서 퇴장하였다. 이 시점부터 풍자

---

46 상동

47 徐勇, 「模仿和媚俗的意识形态: 对〈不差钱〉叙述策略及其性别表达的深层分析」, 『艺术广角』, 2009년 제6기

48 상동

적 코미디가 사회 전반으로 확산되어 대중 문화를 풍미하게 되었양. 왕쉬와 거여우(葛优)에서 자오번산(赵本山), 그리고 샤오선양으로 이어지는 과정에서, 풍자가 지니던 이데올로기에 대한 도전적 의미는 점차 소멸하고, 민중의 순수한 '어릿광대(小丑)' 위치로 복귀한다. 샤오선양의 여성화는 성별 측면에서의 '격하' 또는 '지위 하락'을 상징하며, 사실상 굴종의 표상이다. 그는 1990년대 이후 주류 사회에 의해 고용되고 경시된 거대한 저층을 대표한다. 주둥리는 "이 저층은 목소리를 낼 수 없으며, 만약 목소리를 내고자 한다면, 샤오선양처럼 억압되고 왜곡된 변형된 소리와 과장된 어릿광대의 행태를 취해야만 한다. 이것이 주류 사회가 유일하게 받아들이는 저층의 발화 형태이다. 샤오선양의 독특한 음색, 즉 그의 트레이드마크인 '흠~앙~'은 실질적으로 '거세된' 민중의 목소리를 상징한다"고 설명한다. 따라서 그의 자존심을 버린 듯한 공연은 웃음을 자아내면서도 동시에 불편함과 심지어 안타까움을 느끼게 한다. 그의 극단적인 자기 비하와 자학, 그리고 철저히 저속한 퍼포먼스는 기술적으로는 동북 지역의 거친 민속 문화의 일부로 볼 수 있으나, 그 의미적으로는 현대 사회 구조 변화의 깊은 반영이라고 주장한다. 그의 표현이 범위과 강도는 체제 내의 다른 연예인들이 수용할 수 있는 한계를 훨씬 초월한다. 따라서 샤오선양은 규범과 주류를 초월한 힘을 지니고 있다. 그러나 그의 뛰어난 영향력은 단지 개인의 재능 때문만이 아니라, 그를 둘러싼 사회 구조의 결과이다. 샤오선양이 인기 가수를 모방하며 혼신의 힘을 다해 노래할 때, 억눌려 있던 감정이 해소되고 내면 깊은 곳의 상처가 위로를 받는다. 이 순간, 희극은 비극의 스타일로 전환되고, 자기 비하와 자학에 기반한 저속한 어릿광대의 정체성이 균형을 이루며 초월된다. 결론적으로, 샤오선양의 성별을 초월한 연기는 자기 비하를 동반한 것이며, 그가 속한 거대한 저층이 과도하게 희극화된 방식으로 자신을 표현할 수밖에 없는 현실을 보여준다.[49] 이를 통해 중국 문화 연구 학자들이 구체적인 연구에서 중국 사회 역사적 맥락을 긴밀히 연결하며 보여주는 소중한 학문적 태도를 확인할 수 있다.

3. 젠더 연구와 중국 맥락

현대 중국 문화연구의 다른 주제와 마찬가지로 중국의 현대 문화 연구에서 젠더 관련 이론, 즉 페미니즘과 퀴어 이론은 대부분 서구에서 기원한 개념을 수용한 결과물이다. 중국은 서구와 달리 독립적인 여성운동이나 페미니즘 이론을 발전시키지 못했으며, 이는 페미니즘 문학 비평 이론에서도 마찬가지였다. 이러한 배경 속에서 중국은 자연스럽게 서구의 이론을 참고하게 되었고, 이론적 자원, 틀, 담론 형식에 있어서 서구의 다양한 학파와 페미니즘 문학 비평을 적극적으로 차용했다.[50] 그러나 이러한 차용은 서구 이론이 과연 중국의 역사적·문화적 맥락에 적합한지에 대한 문제를 필연적으로 제기하게 된다.

추이웨이핑(崔卫平)은 '-주의'라는 이름으로 등장하는 교조적인 페미니즘 비평에 강한 반감을 표출한다. "주의란 역사와 현실에 대한 새로운 해석이라 자처하며 세상을 새롭게, 그리고 객관적으로 인식하겠다고 하지만, 실제로는 이러한 인식 활동이 시작되기 전에 이미 끝나버린 경우가 많다. 결론은 이미 준비되어 있고, 그것은 처음에 세웠던 전제와 입장에 다름 아니다. 그들은 그것을 스스로 주입하고 다시 끄집어낸다. 예를 들어, "남성은 억압자이며 여성을 약화시키는 존재다"라는 시각으로 역사를

---

49 祝东力, 「当代社会结构中的"小沈阳"」, 『天涯』, 2011년 제5기

50 陈骏涛, 「中国女性主义文学批评的两个问题」, 『南方文坛』 2002년 제5기

훑어보면, 얻을 수 있는 결과는 이보다 더 많지 않을 것이다. 그저 몇 가지 피로 얼룩진 사례를 더해서 사람들에게 과장된 인상을 줄 뿐이다."[51] 그녀는 50~70년대 남녀 평등이 실제로는 여성의 성적 차이를 지우고 여성을 억압했다는 페미니스트들의 주장에 의문을 제기한다. 이러한 주장은 남성이 여성을 억압했다거나 남성의 성적 차이는 억압받지 않았다는 것을 의미하는 것처럼 보인다. 하지만 그녀는 이 과정에서 남성 또한 피해자이자 희생자이며, 억압받은 존재였다고 본다. 남성과 여성 모두가 '무성(無性)'으로 존재했던 것이다. 따라서 그녀는 중국 여성들을 억압한 힘이 남성/필로스 중심주의가 아니라 모종의 이데올로기 힘일 가능성을 암시한다.[52]

중국 남성 역시 서구에서 말하는 '주체성'을 결코 가져본 적이 없다는 점에 대해 자오시팡(赵稀方)은 매우 상세하고 통찰력 있는 분석을 제시했다. 그의 기본 논리는, 개인주의가 서구 근대화 담론의 독특한 산물인 반면, 중국의 역사와 문화는 집단주의를 특징으로 한다는 것이다. 이런 맥락에서 남성과 여성 모두 서구적 의미의 '주체성'을 가지지 못했다는 것이다. 그러나 그는 이 문제를 민족국가의 관점에서 더 많이 바라보며, 비판의 초점을 주로 서구의 시각에 맞춘다. 그는 중국 문화가 일관되게 집단주의적 성격을 띠고 있으며, 심지어 5·4 시기의 개인주의 담론조차도 집단주의적 사유 맥락 속에 위치해 있었다고 주장한다. 서구 페미니즘이 개인주의 전통에서 남성 중심 사회를 초월하려는 여성의 독립을 추구한다면, 중국 페미니즘은 남성과의 대립을 강조하지 않고, 민족, 국가, 계급과 연결되어 발전해왔다는 것이다. 그럼에도 만약 우리가 서구의 개인주의적 페미니즘 기준으로 중국 여성의 상황을 평가한다면, 5·4 전후의 여

---

51 崔卫平, 「我是女性, 但不主义」, 『文艺争鸣』 1998년 제6기

52 상동

성 각성은 결국 민족국가 중심의 사조에 의해 흡수되었다는 결론에 도달할 것이다(이는 본 장에서 다룬 다이진화, 허구이메이 등의 견해와 관련된다). 또한 50~70년대의 "남녀가 모두 같다"는 주장은 중국 여성에게 더 큰 억압을 가했다는 관점에 이르게 될 것이다. 그러나 그는 이러한 주장이 서구 페미니즘 이론을 무리하게 적용함으로써 생겨난 하나의 허구적 문제이며, 이는 서구 이론의 식민화라고 본다. 이는 중국 페미니즘 비평이 중국 여성 문학을 논의할 때 비역사적 시각에 빠지게 만드는 결과를 초래할 것이라고 경고한다.[53]

천쥔타오(陈骏涛)는 중국 페미니즘 비평이 서구의 급진주의 노선을 따라서는 안 된다고 지적한다. 그는 중국의 페미니즘이 전 세계적으로 페미니즘 이후 시대에 태어났으며, 중용과 평화를 중시하는 중국 전통 문화의 영향을 받았기 때문에, 전통적 페미니스트의 격렬함과 편향성을 지니지 않는다고 본다. 따라서 중국 페미니즘은 온건한 노선을 걸어야 한다고 주장한다.[54] 페미니즘의 본토화를 논할 때, 취야쥔(屈雅君)은 현재 중국의 '여성 담론'을 세 가지로 분류한다. 첫째는 온건하고 관방적이며 '주류 여성 담론'을 대표하는 경우, 둘째는 서구의 비판적 시각을 받아들인 '페미니즘 담론', 셋째는 시장화된 '상업적 여성 담론'이다. 그녀는 페미니즘 비평의 현지화가 이 세 가지 담론 간의 관계를 균형 있게 고려해야 한다고 강조한다. "페미니즘 담론의 철저성은 모든 남성 중심 이데올로기에 비판적 태도를 유지하게 해준다. 그러나 서구 모델을 그대로 적용하고, 본토적 특성과 실천 전략을 무시하거나 경시하며, 특히 첫 번째 담론(주류 여성 담론)과 결합되었다는 사실을 간과한 채 일방적으로 남성 문화를 대립의 대상으로 삼는다면 이는 곧 페미니즘 자체의 발전을 막는 막다른 골목

---

53 赵稀方,「中国女性主义的困境」,『文艺争鸣』, 2001년 제4기

54 陈骏涛,「中国女性主义文学批评的两个问题」,『南方文坛』, 2002년 제5기

으로 이어질 것이다. 따라서 두 번째 담론인 '페미니즘 담론'이 현대 문화적 맥락에 진입할 때는 첫 번째와 세 번째 담론(상업적 여성 담론) 사이에서 적절한 균형점을 신중히 모색해야 한다."[55]

위의 학자들의 논의와 비평이 완벽하거나 적절한지 여부와 별개로, 이들은 모두 중국의 현실적 맥락과 서구 맥락에서 유래한 페미니즘 간의 적응성 문제에 주목했다. 이를 통해 이러한 논의는 중국 현대 사상사의 유기적 일부로 자리 잡게 되었다. 사실, 이 장에서 논의된 중국 현대 문화 비평의 젠더 관련 주제들은 매우 중국적인 특색을 지닌다. 이를 통해 우리는 중국 학자들이 중국 문제를 사고할 때 지니는 역사적 맥락 감각을 엿볼 수 있다. 이 논의들 속에는 중국 현대 사상사에 걸쳐 반복적으로 등장하는 '계몽과 구국'이라는 역사의 메아리가 담겨 있다. 중국과 서구, 개인과 민족 국가, 계몽과 구국 중 무엇이 더 근본적이고 중요한가에 대한 질문은 여전히 해결되지 않은 채 남아 있는 문제이다.

---

55 屈雅君,「女性主义文学批评本土化过程中应注意的问题」, 李小江 등 편저,『文化, 教育与性别 ― 本土经验与学科建设』, 江苏人民出版社, 2002년, 168쪽

제6장

소비주의와 신체

소비 사회의 부상과 함께 사회문화 이론 연구 분야에서는 '신체'에 대한 학문적 관심이 유례없이 높아졌다. 이로 인해 '신체사회학', '신체미학', '신체문화학'과 같은 새로운 학문 분야가 등장하게 되었다. 본 장에서는 중국에서 신체 열풍이 일어난 배경, 매스미디어와 신체 소비, 소비주의와 신체 정치, 신체 서사 등의 측면에서 중국 문화 연구계의 관련 연구 성과를 소개하고 평가하고자 한다.

1. 신체 연구 흥기의 사회문화적 맥락

신체의 해방과 전환은 복잡한 사회적, 정치적, 경제적, 문화적 요인들에 의해 형성된다. 이에 대해 터너(Turner)는 다음과 같이 설명한 바 있다. "최근 신체에 대한 관심과 이해는 서구 산업 사회의 심오하고 지속적인 전환의 결과이다. 특히, 대중문화와 소비문화에서 신체 이미지의 두드러짐과 확산은 신체(특히 그것의 재생산 능력)가 사회의 경제 및 정치 구조로부터 분리된 결과이다. … 자본주의 산업과 그에 따르는 도덕 기구 및 성

(性)에 대한 종교적·윤리적 규범은 기독교 윤리의 약화와 대중 소비주의의 부상과 함께 사라졌다. 후기 산업 사회에서 이러한 도덕적·법적 변화는 경제 구조의 변화와도 연관되며, 특히 세계 경제 질서에서 중공업 생산의 쇠퇴와 밀접한 관련이 있다. 후기 산업 환경에서는 서비스 산업의 중요성이 증대하고, 전통 도시 산업 계급이 쇠퇴하며, 생활 방식의 변화, 조기 퇴직, 여가 시간의 증가 등이 이어진다. 이로 인해 노동의 신체는 욕망의 신체로 변모하고 있다."[1]

이는 대중과 전문가를 막론하고 신체에 대한 관심의 급증이 일련의 사회적, 경제적, 문화적 전환의 산물임을 보여준다. 이는 중국과 서구 모두에서 공통적으로 나타나는 현상이다.

(1) 신체 붐의 사회문화적 맥락

1. 소비문화 속의 신체: 수단에서 목적으로

소비 문화에서 신체가 가지는 중요한 특징 중 하나는, 신체가 단순히 다른 목적(즉, 비신체적 목적)을 달성하기 위한 수단이 아니라, 그 자체로 목적이 된다는 점이다.

소비 사회 이전의 인간 역사에서 신체의 운명은 그리 좋은 편이 아니었다. 고대 사회, 중세 사회, 그리고 초기 산업 사회에는 각기 다른 목적에서 비롯된 다양한 금욕주의 전통이 존재했다. 이러한 금욕 전통에서 신체와 신체적 욕망은 위협적이고 위험하며 심지어는 더럽고, 통제 불가능한 비합리적 욕망과 열정의 매개체, 타락의 근원으로 여겨졌다. 따라서 신체는 이성, 영혼, 그리고 문화적 규범의 통제를 받아야 한다고 간주되

---

1 Bryan Turner, *The Body and Society*(second edition), London: Sage, 1996, "Introduction to the Second Edition", p.2.

었다. 이를 위해 사람들은 신체를 억압하고 통제하기 위한 엄격하고 잔인한 조치를 마련했다. 세계 각지에서 다양한 문화적 '금기'는 종종 신체를 대상으로 한 것이었다. 예를 들어, 아프리카 부족의 할례나 중국 고대의 전족이 대표적이다. 중국에서의 문화대혁명 시기의 이른바 혁명문화 또한 "이상한 복장"에 대한 엄격한 금지를 포함했다.

소비주의 이전 사회에서 신체는 주로 도구적 가치를 통해 주목받았다. 즉, 신체가 주목받는 이유는 군사적 가치, 생산적 가치, 생식적 가치 등의 목적에 기여하기 때문이었다. 이러한 사회에서는 신체를 '헌신'의 대상으로 여겼다. 이는 신체를 더 높은 이상을 위해 희생해야 한다는 윤리적 관점에서 비롯된 것이다. 예를 들어, 고대 그리스의 스파르타에서는 전투 능력을 향상시키기 위해 신체 훈련을 중시했다. 농업 문명과 초기 산업 문명에서는 신체의 생산적 가치, 특히 생식적 가치를 강조했다. 루쉰은 이렇게 말했다. "가씨 집안의 초대(焦大)는 결코 임대옥를 사랑할 리 없다.[2]" 그 이유는 무엇일까? 이는 임대옥의 신체가 소비사회에서 날씬함이라는 기준을 충족시키지만, 생식과 생산 능력을 갖추지 못했기 때문일 것이다. 따라서 그녀의 신체는 초대가 이상적으로 여기는 신체와 부합하지 않는다. 중국의 문화대혁명 시기에 넓은 어깨와 강인한 체격의 남성, 그리고 당당하고 용맹한 여성들은 생산성과 혁명성을 통합한 이상적인 신체를 상징했다. 이에 대조적으로, "백면 서생"으로 불리는 지식인은 생산적이지도 혁명적이지도 못한 존재로 여겨졌다. 결론적으로, 건강한 신체는 대개 다른 목적을 달성하기 위한 수단이었다. 이러한 목적은 종교적이거나 세속적 이상(예: 신, 공산주의적 이상, 혁명)과 같은 정신적 목표에 의해 규정되었다. 이를테면 "혁명을 위해 신체를 단련하자", 또는 "신체는 혁명의 자본이다"라는 구호에서도 잘 드러난다.

---

2 ※ 역자 주: 초대와 임대옥은 모두 『홍루몽(紅樓夢)』의 등장인물.

소비사회에 이르러 신체는 수단에서 목적이 되는 전환을 이루었다. 이제 신체의 즐거움과 아름다움 자체가 삶의 목표로 여겨진다. 소비적이고 향유적인 신체가 거리, 광장, 그리고 매스미디어를 통해 등장하며 사회를 장식한다. 소비사회는 소비할 수 있으면서 동시에 소비될 수 있는 신체를 적극적으로 만들어낸다. 이로 인해 생산 능력이나 생식 능력과 관계없는 신체의 외관, 즉 신체의 심미적 가치가 점점 더 중요해졌다. 신체는 더 이상 단순히 수단이 아닌 목적 그 자체가 되었다. 이러한 변화는 "신체는 혁명의 자본"이라는 전통적 구호를 전복시키며, 이제는 "혁명은 신체의 자본"이라는 새로운 사고로 대체된다. 여기서 '혁명'은 단순히 비유적인 표현으로, 오늘날에는 즐거움을 위한 다양한 노동과 노력을 의미한다. 즉, 열심히 '혁명'하여 돈을 벌어야만 몸이 편안하고 즐거움을 누릴 수 있다는 것이다.

　신체의 지위 변화는 신체와 의복 간 관계의 변화를 초래했다. 금욕적 문화에서는 의복이 신체를 가리고 숨기는 역할을 했다면, 소비사회에서는 의복이 신체를 드러내고 강조하기 위해 디자인된다. 가리는 행위조차 신체를 더 잘 보여주기 위한 수단으로 작용한다(이를테면 시스루 셔츠). 이로 인해 사람들은 신체 외관에 극도로 민감해졌고, 신체는 정신이 아닌 현대인의 행복과 고통의 근원이 되었다. 살이 찌면 걱정하고, 날씬하면 자신감을 얻는 경우가 얼마나 많은가. 이른바 '생활의 예술'은 신체의 예술이라 할 수 있으며, 이는 신체를 아름답게 꾸미고, 개발하며, 관리하고, 더욱 즐기는 것을 의미한다. 바로 이러한 이유로, 신체는 소비사회에서 하나의 산업이 되었다.

　우리의 시대는 젊음, 건강, 그리고 신체의 아름다움에 열광하는 시대다. TV와 영화 같은 지배적 매체는 반복적으로 암시한다. 날씬한 몸과 매혹적인 미소는 행복으로 가는 열쇠이자 행복 그 자체라는 것이다.

2. 경제형태와 산업구조의 변화

현대 소비사회, 특히 대도시에서는 문화뿐만 아니라 경제 역시 신체를 중심으로 돌아간다. 신체를 개발하고, 관리하며, 미화하고, 보전하고, 전시하며, 심지어 판매하는 활동이 경제의 핵심이 되고 있다. 다양한 기업과 조직, 그리고 수많은 개인들 모두가 신체를 위해 분주하게 움직이고 있다.

현대 도시 곳곳에 자리 잡은 목욕탕, 헬스장, 미용실, 휴양지 같은 이른바 '서비스업' 현황을 보면 신체가 경제에서 얼마나 중요한지 쉽게 알 수 있다. 이 '서비스업' 중 상당 부분이 신체를 위한 서비스다. 2003년 상하이에서 열린 '국제 과학 미용 전문가 서밋포럼'에서는 미용과 성형이 주택 구매, 자동차 구매, 여행에 이어 네 번째 소비 열풍이 되고 있다고 하였다. 중국 국가공상연합회의 통계에 따르면 2008년 말 기준 중국 본토에는 3154만 개의 미용실이 있으며, 연간 생산액은 5680억 위안으로 이는 전국 GDP의 3.2%를 차지한다. 동시에 화장품 산업 소비도 4600억 위안에 달하며 매년 25%의 성장률을 기록하고 있다. 신체의 보전과 관리는 현대인의 주요 생활 내용 중 하나로, 특히 여성들의 주요 지출 항목이 되고 있다. 현재 서구와 중국에서 떠오르는 '뷰티 산업'은 사실상 신체 산업이라고 할 수 있다. 화장품 산업은 이 신체 산업의 핵심이며, 뷰티 산업의 대표적인 작품은 매스미디어의 거의 모든 공간을 점유한 남녀 스타들이다. 이들은 이미 시각 문화의 주제가 되었다. 뷰티 산업의 중심은 아름다운 신체를 만드는 것이며, 그 기준은 바로 날씬하고 섹시하거나 근육질의 스타들이 제시하는 모델이다.[3]

산업 구조의 변화와 함께 서비스 산업과 문화 산업이 빠르게 성장하면서 문화의 경제화와 경제의 문화화라는 흐름이 나타났다. 농업이나 중공업에 비해 서비스 산업과 문화 산업은 더 높은 정신적·문화적 함량을 지

---

3 「北京"美丽产业"加速度」,『新京报』2003.11.25.

니고 있으며, 이러한 산업의 부상은 비물질적 소비, 예컨대 시각적 소비와 생활방식 소비를 더욱 중요하게 만들었다. 생산력의 발전으로 여가 시간이 증가하고, 이에 따라 인간의 수요 구조도 변화하고 있다. 실용적이지 않은 심미적, 오락적, 휴식에 대한 수요가 수요 구조에서 차지하는 비율이 높아지고 있다. 물질적 상품의 소비를 넘어 상징, 이미지, 아름다움에 대한 소비가 새롭게 등장했다. 이러한 배경에서 이른바 '레저 엔터산업', '뷰티 산업', '신체 산업', '정신 경제' 등이 부상했다. 매스미디어 산업의 발전을 보면, 매스미디어와 영상 산업의 성장은 이미지와 상징 생산 능력을 크게 향상시켰다. 일상생활에서 다양한 상징과 영상이 쏟아져 나오며, 사람들은 상품의 기호적/상징적 가치를 이전보다 훨씬 더 중시하게 되었다. 이러한 현상은 특히 명품 소비나 패션 상품 소비에서 두드러지게 나타나며, 적어도 중국의 대도시와 중소도시에서는 뚜렷하게 확인할 수 있다.

3. 근대성과 탈주술화

소비 사회의 중요한 특징 중 하나는 종교와 이데올로기가 신체를 규정, 규율, 통제하던 권위가 크게 약화되었다는 점이다. 신체는 점점 더 '자유로워지고' 있으며, 종교적 금기로부터 벗어나고 있다. 이는 근대화와 세속화가 한층 심화된 결과로, 소위 '고도 근대성'(high modernity)의 현상이라 할 수 있다. 근대성이 가진 탈종교화/탈주술화의 힘은 신체 해방을 이해하는 데 매우 중요한 요소이다. 그에 반대되는 사례로, 오늘날 종교 전통이 여전히 깊게 자리 잡고 있는 일부 국가들(예: 아랍 국가들)에서는 신체, 특히 여성의 신체가 종교적 규율(동시에 정치적 규율)의 엄격한 통제를 받고 있다는 점을 들 수 있다.[4] 중국의 문화대혁명 시기에는 준종교적 성

---

4 『베이징만보(北京晩報)』는 2003년 11월 9일에 「미스 아프가니스탄, 미인 선발대회에서 비키니를 입었다는 이유로 기소 당해」라는 제목의 기사를 게재했다. 미국에서 유학 중인 아프가니스탄 여대생 비다 사마드자이(Vida Samadzai)가 2003년 미스 어스 대회에

격을 가진 정치 이데올로기가 신체를 철저히 통제했던 사례가 있다. 당시 남녀 모두 성별 특색이 없는 옷을 입어야 했으며, 전 사회적으로 "이상한 복장"이라 불리는 것들을 철저히 제거하려는 동원 운동이 벌어지기도 했다.

서구에서 근대성 초기의 세속화와 '주술 제거' 과정은 절약과 금욕을 강조하는 신교 윤리와 함께 진행되었기 때문에, 신체는 종교의 속박에서 벗어났음에도 불구하고 세속적 생산 윤리의 제약에서 완전히 벗어날 수는 없었다. 근대성이 진전되어 소비 사회로 들어서면서, 소비 문화는 삶을 이끄는 핵심 가치를 제공하지 못했다. 이렇게 해서 종교적 신념을 잃고 거대 정치 담론에 관심이 없는 사람들에게 적어도 신체는 현대 세계에서 의지할 수 있는 자아감각을 재구축할 수 있는 견고한 기반으로 여겨지게 되었다. 우리에겐 아무것도 남지 않았지만, 적어도 우리에게는 우리의 신체가 있다. '젊음', '섹시함', '날씬함'과 같은 핵심 어휘가 중요한 가치를 차지하는 시대에, 신체의 외적 모습(외형)은 곧 자아의 상징이 되었다. 터너는 이렇게 말했다. "현대 자아의 등장은 소비주의의 발전과 밀접하게 연관되어 있으며, 현대의 자아 의식은 쾌락적 대상(음식, 기호, 소비재)을 무제한적으로 개인이 소비하는 관념과 밀접히 연결되어 있다."[5] "나는 소비한다, 고로 존재한다(I consume, therefore I am)"는 오늘날 대중이 자아를 확증하고 정체성을 형성하는 핵심으로 자리 잡았다. 이러한 자아 개념은 데카르트가 대표하는 서구 근대 철학 및 사회 사상 전통과는 크게 다르다. 데카르트는 마음/신체의 이분법에 기반을 두고 인간이 '사회적 동물'이 되는 본질적 요소는 마음/이성/사유이며, 신체/감각/욕망은 인간 본

참가하였는데, 아프가니스탄 검찰이 이를 아프가니스탄 문화 전통의 침해로 판단하여, 사마드자이가 기소될 위기에 처해 있다는 내용이었다.

5 Bryan Turner, *The Body and Society* (second edition), London: Sage, 1996.

질을 반영하지 않는 자연적, 생물적, 동물적 요소라고 보았다.[6]

특히 일부 서구 후기 사회주의 국가에서는 신체에 대한 열풍이 서구 자본주의 사회와 유사한 원인 외에도 특정한 사회문화적 요인을 포함하고 있다는 점이 주목할 만하다. 이는 후기 전체주의와 향락주의의 결합이다. 하벨(Havel)은 후기 전체주의가 대중의 정치적 절망, 정치적 냉소 및 소비주의를 어떻게 초래하는지에 대해 깊이 있는 분석을 제시한 바 있다. 그는 후기 전체주의 사회 환경에서 사람들의 정치적 참여가 형식적인 의례로 전락하면서 냉소적이고 절망적이며 현상 유지에만 급급한 전형적인 증상이 나타난다고 지적했다. 이러한 정치적 냉소는 소비주의로 직결되기 쉬운데, 권력자들은 이 소비주의를 지지하고 장려하며 심지어 이를 "소비의 자유"라고 칭하기까지 한다. 이러한 현상의 이유는 한편으로 경제 발전을 촉진하기 위함이지만, 하벨에 따르면 더 중요한 이유는 사람들의 관심을 정치적·사회적 문제로부터 전환시키거나 이를 회피하게 함으로써 권력자가 사회를 안정적으로 통제하려는 목적에 있다. 분명히 이러한 "소비의 자유"는 정치적 자유의 상실이라는 대가를 치르게 한다는 것을 의미한다.

이러한 설명은 어느 정도 중국 현대의 신체 열풍을 설명하는 데에도 적합하다. 1990년대 이후 소비주의적 맥락에서 중국의 정치적 신체는 빠르게 소비의 신체로 전환되었고, 정치적 함의를 가진 신체 서사는 패션과 시장 중심으로 재편된 욕망의 서사로 급격히 퇴행했다. 비록 종종 페미니즘 문화나 청년 문화의 "반도덕"이라는 기치를 내걸기도 하지만, 이는 본질적으로 다른 흐름으로 이해되어야 한다. 우리는 신체가 정치적 성격과 비판성, 전복성을 지닌다는 점에 주목한다. 그러나 신체가 반드시, 그리고 무조건적으로 이러한 비판성과 전복성을 지닌다고 생각하지 않는다.

---

6 吉志鵬, 「消費文化对身体的建构」, 『学术交流』, 2009년 제5기.

예를 들어 1970년대 말 유행했던 대중가요와 "이상한 복장"은 당시에 비판성을 갖추고 있었으며, 이는 당시의 사회적·문화적 맥락이 부여한 특성이었다. 하지만 소비주의 자체가 주류 문화로 자리 잡고 국가 이데올로기와 점차 일치해 가고 있는 오늘날에는 상황이 다르다. 문학계에서 이른바 "신체 서사"나 "하반신 문학"이라는 개념이 가지는 전복적 의미 역시 반드시 중국의 구체적 맥락과 긴밀히 연결하여 이해해야 한다.[7]

(2) 서구 신체이론의 소개

21세기에 접어들 무렵, 서구의 신체연구 저서가 잇달아 중국에 번역되어 소개되면서 중국 대륙에 신체 연구 붐이 크게 일었다.

1999년 춘풍문예출판사는 『신체 이미지』(마끄 르보), 『다섯 개의 신체』(존 오닐), 『신체사상』(앤드류 스트라선), 『섹스의 역사』(토마스 라커), 『몸과 사회』(브라이언 터너) 등을 담은 "신체읽기 시리즈"를 출간했다. 편집자는 각 책의 「편집자의 말」에서 이 시리즈를 출간한 두 가지 주된 이유를 다음과 같이 밝혔다. 첫째, 신체라는 주제를 중국에 소개하고 연구를 촉진하기 위해 중요한 신체 연구 학술 저작들을 집중적으로 번역·소개함으로써 새로운 시각을 제공하고 중국 고유의 신체 연구를 탄생시키고자 했다. 둘째, 소비 사회에서 신체가 단순히 육체로 취급되며 성과 상품의 소비 도구로 전락하는 데 대한 우려에서 비롯되었다. 신체의 고차원적 의미를 외면한 채, 신체를 극도로 폄하하는 현상을 보고만 있을 수 없다는 문제의식이었다. 편집자는 21세기로 접어드는 시점에서 우리 자신의 신체 지식을 다시 성찰하고, 낡은 신체 관념을 버리며, 더 깊은 사유를 통해 건강하고 아름다운 신체를 구축할 필요가 있다고 강조했다.

---

7 陶东风, 『当代中国文艺思潮与文化热点』, 北京大学出版社, 2008년, 347—349쪽.

이 총서의 첫 번째 목적은 달성했다고 볼 수 있을 것이다. 지금도 중국의 신체 붐은 계속되고 있기 때문이다. 하지만 두 번째 목적이 달성될지는 좀 더 지켜볼 필요가 있다.

2002년, 화링출판사는 "생리인문 시리즈"를 내놓았는데, 그 일환으로 『아내의 역사』(마릴린 얄롬), 『키스의 역사』(크리스토퍼 니롭), 『유방의 역사』(마릴린 얄롬), 『인간의 성: 남여의 자연사』(데스먼드 모리스), 『인간이라는 동물』(데스먼드 모리스)를 출판했으며, 2003년에는 『막대에서 풍선까지: 남성 성기의 역사』(데이비드 프리드먼)를 출판하였다.

백화문예출판사도 2003년부터 『목욕』(프랑수와 드 보네빌), 『머리카락의 역사: 시대별 패션과 환상』(로빈 브라이어), 『속옷: 한 편의 문화사』(발레리 스틸) 등 신체 관련 저서를 내놓았다.

이 모든 번역이 중국의 신체 연구를 크게 촉진한 것을 물론이다. 그러나 좀 더 시야를 넓히면 신체연구와 관련된 서구문화이론은 이미 전부터 소개되어 있었다. 그 중 영향이 컸던 것으로 푸코의 저서들을 들 수 있다. 예를 들어 『성의 역사』(칭하이인민출판사, 1999년; 상하이인민출판사, 2000년), 『말과 사물: 인문과학의 고고학』(상하이 삼련서점, 2001년; 역림출판사 2001년; 생활·독서·신지 삼련서점 2003년), 『광기의 역사』(2003년), 『감시와 처벌』(2003년) 등이 있다. 이들 저작은 대부분 이후에도 여러 차례 재출간되며 푸코의 영향력을 입증했다. 이러한 다양한 신체 연구와 관련된 이론 저작들의 번역 소개는 국내 학자들에게 풍부한 참고 자료를 제공했다. 하지만 이러한 서구 이론을 중국적 맥락에서 어떻게 소화하고 활용할 것인가 하는 문제는 여전히 중국의 신체 연구뿐만 아니라 전체 문화연구에서 완전히 해결되지 않은 과제로 남아 있다.

(3) 중국의 신체 연구 현황

중국의 신체 연구의 전반적인 상황을 살펴보면, 주로 세 가지 측면에 집중되어 있다고 볼 수 있다. 첫째, 앞서 언급한 바와 같이 서구의 신체 관련 학술 저작의 번역과 소개이다. 둘째, 소비 문화에 대한 비판과 연구이다. 셋째, 중국 전통 문화에서의 신체관에 대한 정리와 연구이다.[8] 신체 연구에 관련된 학문적 지식을 살펴보면 철학, 역사, 문학, 인류학, 정치학, 사회학, 사상사, 문화연구 등 매우 광범위한 분야를 포함한다. 이 책은 특히 문화연구 관점에서 당대 중국 신체 연구를 설명하고 분석하는 데 초점을 맞추고 있으며, 특히 소비주의와 신체 간의 관계를 다룬다. 그렇다면 문화연구는 신체를 어떻게 바라보고 신체를 연구하는가?

카발라로는 『비평문화이론』에서 '신체'에 대해 다음과 같이 설명한다.

신체는 새롭게 정의되었으며, 신체의 형태는 단순히 자연적 실체에 그치지 않고 하나의 문화적 개념으로 간주된다. 이는 외관, 크기, 장식적 속성을 통해 사회의 가치관을 암호화하는 수단이다. 신체 이미지란 의미의 구조에 스며들어 있으며, 이는 특정 문화가 주체의 의미와 위치를 구축하는 과정에서 구현된다. 모든 사회는 자신을 정의하기 위해 이상적인 신체 이미지를 창조하며, 사회적 정체성의 많은 부분이 우리가 스스로의 신체와 타인의 신체를 어떻게 인식하느냐에 관한 것이다. 이와 같은 관점은 왜 다양한 문화가 여러 법률과 의식을 통해 정기적으로 신체를 규제하고 경계를 명확히 설정하고자 시도하는지 설명할 수 있다. 신체를 꾸미는 것은 권력, 지식, 의미 및 욕망의 구조를 구축하는 중요

---

8 曾清林, 陈米欧, 「社会学视阈中的身体研究视角述评」, 『江西社会科学』, 2010년 제2기.

한 수단이다.[9]

　이로써 문화연구가 신체를 사회-문화적으로 구축된 대상으로 간주하고 있음을 알 수 있다. 문화연구의 주요 과제는 이 구축 과정이 어떻게 이루어지는지 분석하고, 이 과정에서 드러나는 권력 관계와 그 효과를 탐구하는 것이다. 엘레인 볼드윈 등의 공저『문화연구 입문』(개정판)에서는 신체를 문화의 객체로 보고, 사회와 문화적 차이를 드러내는 주요 장소로 간주하였다. 신체에 대한 문화연구에 영향을 미친 주요 이론으로는 푸코의 담론 권력 이론, 페미니즘 이론, 그리고 제2차 세계대전 이후 대두된 소비문화 이론을 들 수 있다. 푸코는 권력이 실천, 담론, 기술을 통해 인간의 신체에 각인되고 '새겨지는' 방식을 중점적으로 탐구했다. 다양한 페미니즘 이론은 여성 경험의 특수성을 분석하고 이론의 적합성을 검토하는 출발점으로 삼았다. 소비문화는 신체의 상품화를 가속화하며, 신체화된 차이를 수용하고 이를 드러내는 것을 기반으로 더 세밀하고 계층화된 서열 체계를 창출했다.[10] 사실 이 세 가지 이론은 명확히 분리된 것이 아니며, 후속 연구에서는 이 세 이론을 결합하여 신체에 대한 분석을 시도하는 경우가 많다. 본 장에서는 이러한 이론들을 바탕으로, 특히 소비주의 관점에서 당대 중국 문화연구에서의 신체 연구 현황을 분석하고 설명하고자 한다.

　중국 신체 연구의 전반적인 상황을 보면 대략 다음과 같은 몇 가지 문제가 존재한다. (1) 이론 구축의 지연. 연구에서 종종 서구 이론을 빌려 중국의 경험적 대상을 분석하지만, 이 과정에서 중국의 언어적 맥락에 대

9　卡瓦拉罗,『文化理论关键词』, 张卫东 등 역, 江苏人民出版社, 2006년, 95—96쪽. ※ 역자주: 원제는『비평문화이론(Critical and Cultural Theory)』.

10　阿雷恩·鲍尔德温等,『文化研究导论』(修订版), 陶东风 등 역, 高等教育出版社, 2004년, 268—269쪽.

한 충분한 고려가 부족하다. 이로 인해 서구 이론의 차용이 단순한 이식에 그치는 경우가 많다. (2) 이와 관련된 또 다른 문제는 중국 일상생활 속 신체에 대한 구체적인 연구가 상대적으로 부족하다는 점이다. 연구가 신체를 전체적으로 접근하는 데 집중하는 경우가 많아, 구체적인 사례 연구가 부족하다. 이 때문에 어떤 학자는 "중국의 사회과학계에서는 아직 신체 연구를 위한 학술적 맥락이 형성되지 않았다"고 지적하기도 한다.[11] (3) 경제학적·문화적 관점은 많지만 정치학적 관점은 부족하고[12] 중국 대륙 신체 현상에 내포된 복잡한 권력 관계를 정밀하게 분석하지 못하는 경우가 많다(최근 들어 이와 관련된 연구가 점차 증가하고 있긴 하다). 넷째, 중국의 신체 연구는 대체로 비판에 치우쳐 있으며, 그 과정에서 프랑크푸르트학파의 관점과 도덕적 이상주의적 입장이 혼합되어 있는 경우가 많다.

2. 매스미디어와 신체 소비

매스미디어는 현대의 신체 소비 열풍에서 의심할 여지 없이 주요 역할을 하는 주체 중 하나이다. 매스미디어는 소위 '아름다운 신체'를 부단히 선전하며, 심지어 아름다움의 기준을 제시하기까지 한다. 이는 대중이 이를 인정하고 실천하며 자신의 신체를 계획하고 수정하도록 이끌고 심지어 강요하기도 한다. 이 절에서는 매스미디어가 이상적인 신체 모델을 어떻게 홍보하고 있으며, 사람들이 이에 대해 어떻게 비판하는지를 설명하고자 한다.

---

11 黃盈盈, 『身体·性·性感: 对中国城市年轻女性的日常生活研究』, 社会科学文献出版社, 2008년, 18쪽.

12 陶东风 주편, 『当代中国文艺思潮与文化热点』, 北京大学出版社, 2008년, 346쪽.

(1) 미디어는 어떻게 '이상적인 몸'을 구성해내는가?

물론, 매스미디어가 '이상적인 신체'를 홍보하는 방식이 모두 직설적이고 교조적인 것은 아니다. 대다수의 경우, 매스미디어는 은밀한 방식들을 활용하며, 대중이 수용할 수 있는 원칙들을 따르는 경향이 있다. 여기에는 쾌락의 원칙, 패션의 원칙, 자유의 원칙, 자기중심의 원칙 등이 포함된다.

현대 사회에서 쾌락은 거의 부족한 자원처럼 여겨지며, 누구나 쾌락을 추구한다. 건강한 신체를 소유하는 것은 분명 쾌락을 얻는 중요한 기반이다. 이를 토대로 매스미디어는 신체와 건강한 신체의 중요성을 극도로 강조한다. 건강한 신체 외에도 패션에 맞는 신체 역시 대중이 추구하는 대상이다. 이는 대중이 타인을 끌어들이거나 심지어 명성과 이익을 얻는 중요한 수단이 되기도 한다. 소위 말하는 '패션 신체'는 분명히 스타의 신체를 기준으로 한다. 매스미디어에 등장하는 패션 모델의 공연, 예능과 오락 프로그램, 미인 대회와 오디션, 영화와 드라마, 광고 등에서 스타와 아이돌들은 반복적으로 어떤 신체가 아름답고 패션에 부합하는 신체인지, 그러한 아름다운 신체를 소유하는 것이 얼마나 가치 있고 자랑스러운 것인지 대중에게 설파한다. 스타들이 어떻게 피부를 관리하고, 미용을 하고, 운동하며, 심지어 자신의 신체를 교정하는지는 매스미디어에서 대대적으로 다루는 주요 내용 중 하나가 된다. 이 과정에서 스타들의 신체 계획은 일종의 모범이자 권위로 작용하며, 마치 그들의 방식을 따르면 누구나 패션에 부합하는 신체를 만들 수 있을 것처럼 보이게 만든다.

자유는 현대인이 열심히 추구하는 또 다른 중요한 요소로, 매스미디어의 홍보에서 아름다운 신체를 소유하는 것은 종종 '자유' 담론과 연관된다. 반대로 아름다운 신체를 갖지 못하면 개인은 수동적이고 곤란한 상황에 빠질 수 있다. 예를 들어, 취업, 승진, 업무 상황에서 아름다운 신체는 자신을 더욱 능숙하고 유리하게 만드는 역할을 할 수 있다. 개인의 신체는 곧 자유로운 신체로, 이는 쾌락을 즐기고 아름다움을 추구할 자유를 갖는다. 매스미디어는 또한 이른바 '신체 본위 원칙'을 세운다. 이는 신체는 신체 자체로 가치가 있다는 관점이며, 신체를 다양한 '주의'와 연결 지어 깊이 고민할 필요가 없다는 것이다. 이른바 쾌락의 원칙, 패션의 원칙, 자유의 원칙 등은 모두 이러한 신체 본위 원칙에 기반을 두고 있다. 앞서 언급했듯이, 신체는 그 자체로 목적이며, 더 이상 다른 것을 위한 수단이 아니다.[13]

많은 논문이 TV, 광고, 잡지와 같은 매스미디어가 신체를 어떻게 홍보하고 구성하는지를 구체적으로 분석했다. 예를 들어, 한 연구자는 상하이 TV의 생활 패션 채널을 사례로 들며, 이 채널이 어떻게 날씬함, 젊음, 건강, 활력을 가진 이상적인 신체 이미지를 선전하고 구축하는지를 집중 분석했다.

상하이TV 생활 패션 채널의 프로그램 〈슈퍼모델〉은 모델 런웨이 쇼를 전문적으로 다루며 여성의 이상적인 신체 이미지를 구축한다. 모델 선발 과정에서 모델의 기준은 '늘씬하고 당당한 체형', '젊고 아름다운 외모', '곡선미가 돋보이는 몸매', '총명하고 지혜로운 두뇌', '유행과 패션에 민감한 감각', '비범한 창의성', '선량하고 아름다운 심성'으로 정의된다. 이 중에서 가장 중요한 요소는 첫 세 가지로, 이는 모델이 슈퍼모델로 성장하기 위해 필수적으로 갖추어야 하는 조건이다(반면 '두뇌', '심성', '창의성' 등은 종종 명목상의 조건에 그친다). 그래서 심사위원들이 두 명의 후보 중 한 명을 선택해야 할 때, 탈락자는 더 지혜롭고 창의적인 모습을 보였음에도 불구하고, 남는 사람은 대개 모델 신체 기준에 더 가까운 비율을 가진 사람이다. 모델의 시범과 전문가의 평가를 통해 이상적인 신체 이미지

---

13 邓晓成, 「传媒时代的身体梦幻 — 关于身体的文化反思之二」, 『学术交流』, 2010년 제5기.

는 구축되며, 이는 TV를 시청하는 관객들에게 거의 반박할 수 없는 사실
처럼 받아들여진다.[14]

남성 화장품 광고가 남성 이미지를 어떻게 구축하는지 분석한 연구도
있다. 연구자들은 많은 텍스트와 상황에서 남성 이미지가 우아하고, 섹시
하며, 고급스럽고, 신사적이고, 부드럽고, 심지어는 여성스러운 아름다움
으로 형성된다고 지적했다. 이는 전통적인 남성의 강인하고 거친 '마초' 이
미지를 뒤엎는 것이다. 예를 들어, 광고 문구로는 "피부 관리와 아름다움을
추구하는 것은 여성만의 전유물이 아니다. 남자가 멋을 내면 죄인가?", "화
려하고 향기로운 남성, 공작새처럼 아름다움을 겨루다", "남성도 좋아하는
사람을 위해 꾸민다", "향기로운 꽃미남" 등이 있다. 이러한 문구들은 남성
의 아름다움을 홍보하며 소비를 부추긴다. 이른바 '꽃미남'과 남성 외모 소
비는 대중매체의 홍보가 크게 영향을 미친 결과로 볼 수 있다.[15]

일부 연구자들은 구체적인 데이터 통계를 통해 다이어트 광고가 병적
인 '마른 몸매'를 어떻게 구축하는지를 분석했다. 예를 들어, 과학적 표
본 추출을 통해 선정된 13개 브랜드의 다이어트 약 광고를 상세히 분석
한 연구에서는 광고가 다음과 같은 세 가지 두드러진 공통점을 가진다고
밝혔다. 첫째, 주요 타깃은 중장년 여성이다. 둘째, 주된 효과는 섹시하고
매력적인 '마른 몸매'를 만들어주는 것이다. 셋째, 광고는 '건강 개념의 왜
곡', '마른 몸매의 독재 조성', '체형으로 인격 왜곡', '색과 성의 과장', '신
화를 조작해 소비자를 오도' 등 여러 방법을 통해 병적인 마른 문화를 구
축했다. 예를 들어, 대부분의 다이어트 광고는 시각적 충격이 강한 비교

14　刘韵, 『都市消费文化语境下电视时尚频道对大众身体的规训 — 以上海电视台生活时尚
　　频道为例』, 석사학위논문, 复旦大学, 2008년

15　张明泉, 『传媒语境下的身体消费 — 以男性化妆品广告为例』, 석사학위논문, 华东师范大
　　学, 2009년. 陶东风 주편, 『大众文化教程』(修订版), 广西师范大学出版社, 2012년, 381—
　　385쪽.

이미지(다이어트 전후)를 통해 다이어트 전후 몸매 변화와 제품의 놀라운 효과를 강조한다. 광고의 등장인물은 제품 개발자, 생산자, 추천자, 사용자, 구매자 등 여러 역할을 맡으며, 그중에서도 스타와 일반 소비자가 가장 흔하게 등장한다. 스타의 경우, 그들은 제품의 추천자이자 소비자이며, 수혜자의 역할을 동시에 수행하며, 자신의 신체 이미지를 통해 강력한 설득력을 가진다. 한편, 일반 소비자를 모델로 한 광고는 대중적인 이미지 덕분에 다이어트 효과의 '신뢰도'를 높인다.

또한 이러한 체중 감량 광고의 카피문구나 광고 내용은 거의 모두 "아름답고 날씬한 몸매"(춰메이), "날아갈 듯한", "날랜 몸매"(경쟈오리 다이어트 차), "어여쁜 허리"(모위성메이 다이어트약), "날씬한 몸매"(다인샹 다이어트차, V26), "슬리밍"(커슈 화장품) "몸매 과시"(쳰얼 변비약), "얇은 히리"(셴메이 화장품) 등과 같은 날씬함과 관련이 있다. 특히 중요한 점은, 다이어트 광고가 추구하는 날씬함은 단순히 건강을 지향하는 날씬함이 아니라 '섹시함'에 방점이 찍힌 날씬함이라는 점이다. 광고에서는 여성의 신체 곡선을 강조하고, '가슴, 허리, 엉덩이'의 특정부위를 부각하며, 허리와 복부, 엉덩이를 집중적으로 겨냥하는 '타겟형 효과'를 강조한다. 또한, 등장 인물의 의상은 노출과 섹시함을 강조하며 강한 시각적 유혹을 제공한다.

이러한 다이어트 광고는 '날씬함의 문화'를 구축하여 소비자들이 자신의 몸을 다시 평가하도록 유도한다. 예를 들어, 날씬함을 건강과 동일시하거나 비만 여성을 "죄를 지은 것"처럼 묘사한다. 연구자들은 이러한 다이어트 광고의 문구를 구체적으로 분석하며, 광고가 여성들에게 날씬함은 자기관리 능력을 상징하고, 비만은 자기 방임, 의지 부족, 그리고 자제력 결여의 결과라는 메시지를 전달한다고 지적했다. 날씬하지 못한 여성은 항상 열등감을 느끼게 된다는 점을 은연중에 암시하며, 다이어트를 하지 않는 것은 잘못된 것이자 심지어는 죄악처럼 묘사한다. 결론적으로, 연구자들은 구체적이고 통계적인 분석을 통해 다이어트 광고가 이른

바 이상적인 날씬한 몸매를 어떻게 구축하고 있는지 설득력 있게 제시했다.[16]

그렇다면 섹시하고 날씬한 몸매를 모든 사람이 가질 수 있을까? 매스미디어는 이에 대해 확고한 긍정을 내놓는다. 누구나 가질 수 있지만, 이를 위해서는 철저한 계획과 신체에 대한 체계적인 관리가 필요하다. 이는 매스미디어가 이상적인 신체 이미지를 구축한 이후 곧바로 이어지는 신체 기술의 전수와 규율이다. 신체 기술은 다이어트 약품이나 화장품 구매뿐 아니라, 의학적 성형이나 체육 훈련과 같은 방법을 포함한다. 그러나 이러한 방식 모두 경제적 자원이 필요하며, 일정 수준의 재정적 기반이 필수적이다. 이렇게 해서 매스미디어가 선전하는 이상적인 신체는 상업 경제와 완벽하게 결합된다. 혹은 매스미디어와 상업이 공모하여 이상적인 신체를 홍보하고 구축하며, 결국 경제적 이익을 도모한다고도 볼 수 있다.[17] 예를 들어, 상하이 생활 패션 채널의 〈슈퍼모델〉은 이상적인 신체 기준을 제시할 뿐만 아니라, 모델들이 이 기준을 달성하기 위해 사용하는 다양한 신체 기술을 보여준다. 이를 통해 이상적인 몸매는 선천적인 요인뿐 아니라 후천적인 노력으로도 달성 가능하다는 메시지를 전달한다. 대중에게 이는 신체 재구성이 가능하다는 희망을 암시한다. 프로그램에서는 모델들이 소위 "엄격하고 부지런한 체형 훈련"을 통해 완벽한 몸매를 만들어내는 과정을 반복적으로 보여준다. 이는 이상적인 신체 이미지를 얻기 위해서는 쉬운 일이 아니며, 이를 위해 금전적, 정서적, 그리고 시간적 투자가 필요하다는 메시지를 내포한다. 이러한 메시지는 현실에서 소비자들이 신체 산업에서 제공하는 상품과 서비스를 끊임없이 추구하도록

16 徐敏, 钱宵峰, 「减肥广告与病态的苗条文化 — 关于大众传播对女性身体的文化控制」, 『妇女研究论丛』, 2002년 제3기.

17 张明泉, 『传媒语境下的身体消费 — 以男性化妆品广告为例』, 석사학위논문, 华东师范大学, 2009

이끈다.[18]

많은 체형 관리 광고는 단순히 모델의 신체를 활용하는 것뿐만 아니라, 사람들의 과학기술에 대한 맹신을 이용하여 신뢰도를 높이는 전략을 사용한다. 아래는 과학기술을 기반으로 한 몇 가지 체형 관리 광고의 사례이다.

"렌방 오메가 몸매기": 오메가에서 방출되는 생체 신호는 인체가 카테콜아민과 같은 특수 물질을 생성하도록 하여 분해된 지방이 아미노산, 설탕 및 기타 에너지 물질로 전환되어 진정한 전체 지방 연소를 달성할 수 있다.

"비쉬(VICHY) 라이트 슬리밍 세럼": 비쉬 연구소에서 개발한 혁신적인 경량 슬리밍 세럼 혁신적인 삼중 유화 기술은 하루 종일 활성 성분을 점진적으로 방출하여 이러한 건강한 활성 분자가 피부 깊숙한 층에 도달하여 계속 작용하면서 축적된 지방을 효과적으로 분해하고 귤껍질 같은 피부상태를 개선하며 매끄럽고 탄력 있게 한다.

"타오란쥐 성형 클리닉": 이 클리닉은 독일 비침습적 프로브와 초음파 모니터가 장착된 스위스 VACUSON 지방 흡입 및 체중 감량 시스템을 최초로 사용하여 지방 흡입 전후의 지방 두께를 정확하게 측정하고, 지방 세포를 충분히 팽창 및 유화하며, 혈관, 신경 및 근육 조직을 피해 체형을 조각하는 기능을 실현한다.

이러한 '다이어트' 광고들은 기기, 약물, 최근 유행하는 지방 흡입 기술 등을 포함하고 있으며, 비록 사용되는 방법은 각기 다르지만 모두 만족스러운 결과를 약속한다. 이 다이어트의 기반은 생명공학이나 외과 성형 기술에 의존한다. 오늘날 인간이 발명한 과학기술은 단순히 생존과 발전을

---

18 刘韵, 『都市消费文化语境下电视时尚频道对大众身体的规训 — 以上海电视台生活时尚频道为例』, 석사학위논문, 复旦大学, 2008년.

위한 환경과 조건을 변화시키고 생활 방식을 혁신했을 뿐만 아니라, 인간 자신의 신체 이미지까지 변화시킬 수 있게 되었다. 신체는 더 이상 단순히 생리적 현상으로 간주되지 않으며, 문화와 기술의 영향을 받는 대상으로 여겨지고 있다. 신체는 '자연 그대로'의 존재일 뿐만 아니라 '목적성을 지닌' 존재로 인식되고 있다. 결국 과학기술의 시대가 도래하고 과학기술이 발전함에 따라 여성들은 자신을 "완벽한 현실 외에는 다른 어떤 것도 존재하지 않는" 존재로 만들어 가는 데 필요한 기술적 지원을 얻게 되었다. 이는 미용 및 체형 관리 광고가 '과학'의 권위를 이용하여 자신의 신뢰성과 영향력을 강화하는 전형적인 사례라고 할 수 있다.[19]

『2005년 중국 미용 경제 연간보고서』에 따르면, "'미용 경제'는 부동산, 자동차, 전자 통신, 관광에 이어 중국인들에게 '다섯 번째 주요 소비 트렌드'로 자리 잡고 있다"고 밝혔다. 2004년 기준으로, 중국의 미용 서비스 산업에는 약 800만 명의 직접 고용 인력이 있었으며, 미용 관련 기관의 총수는 약 160만 개에 이르렀고, 이들의 연간 매출은 1762억 위안에 달했다. 또한 GDP에 직접 기여한 금액은 847억 위안, 세수는 약 60억 위안을 기록했다. 더욱 주목할 점은, 최근 몇 년간 미용 경제가 매년 15% 이상의 성장률을 유지하고 있다는 것이다.[20] 『모두의 건강(大家健康)』 잡지에 의하면, 2009년부터 2010년까지 중국에서 시행된 성형수술 건수는 약 340만 건에 달하며, 이 중 외과적 수술은 180만 건, 비외과적 수술은 160만 건이다. 『뉴욕타임스』는 미국과 브라질에 이어 중국이 세계에서 세 번째로 큰 성형 대국이라고 보도했다. 한국 주중 대사관의 데이터에 따르면, 2011년 한국에서 성형 수술을 받기 위해 한국을 방문한 중국인들에게 발급된 비자는 총 1073건으로, 이는 2010년 대비 386% 증가한 수치

19 陶东风, 「消费文化中的身体」, 『贵州社会科学』, 2007년 제11기.

20 张晓梅 주편, 『2005中国美容经济年度报告』, 「序言·序三」, 四川科学技术出版社 2005년, 10쪽.

다. 이는 1년 사이 중국에서 한국으로 성형을 위해 방문한 사람이 약 4배 증가했음을 의미한다. 하지만 더 충격적인 점은, 중국에서 미용 및 성형 산업이 부상한 최근 10년 동안, 매년 평균 약 2만 건의 미용 및 성형으로 인한 피해 신고가 접수되었다는 것이다. 10년 동안 총 20만 명의 얼굴이 성형 부작용으로 인해 손상된 것이다.[21]

피트니스 운동에 대해 말하자면, 피트니스는 이미 전 세계적으로 대중적인 운동이 되었다. 유럽과 북미에서는 70년대 이후로 신체 건강에 대한 관심이 점점 높아지면서, 스포츠는 전문 운동선수만의 영역이 아닌 대중의 생활 방식이자 자발적인 선택으로 자리 잡았다. 도시에서는 조깅을 하는 사람들이 독특한 풍경을 이루었으며, 각지의 체육관과 피트니스 센터의 수가 급격히 증가했다. 이제 '운동'은 소수의 스포츠 애호가들만의 일이 아니라 대중문화의 중요한 일부가 되었다. 영화 배우들은 자신들의 피트니스 비디오와 운동 프로그램을 홍보하며 대중에게 영향을 미친다. 부유층은 유료 개인 트레이너를 고용하여, 이 트레이너들이 맞춤형 운동 및 식단 계획을 설계하고, 고객이 원하는 신체 변화를 달성하도록 지도한다. 이러한 피트니스 활동을 뒷받침하는 것은 대개 건강 과학을 기반으로 한 과학적 담론이다. 예를 들어, 규칙적인 운동의 이점(심혈관 질환, 암 및 기타 신체 관련 질병의 위험 감소)을 강조하는 것이다. 운동을 지속적으로 하고, 자기 절제를 통해 체력을 단련해야만 장수와 삶의 안락함을 누릴 수 있다는 메시지가 전달된다. 이 시점에서 신체는 단순한 육체를 넘어 하나의 예술품이자 특별한 훈련이 필요한 대상, 독자적인 존재 가치를 가진 프로젝트로 여겨지게 된다.

신체 관리와 소비 문화의 내재적 요구는 서로 밀접하게 연관되어 있다. 소비 문화에서는 노화와 죽음이 불가피한 실패의 상징으로 여겨진다. 이

---

21 田石, 「中国: 全球第三整容大国10年20万张脸被毁」, 『大家健康』, 2012년 제5기.

에 따라 신체 관리는 한편으로는 노화와 죽음을 은폐하여 영원히 행복할 것 같은 환상을 제공하고, 다른 한편으로는 우리의 허영심을 충족시켜 지금 이 순간 우리가 '좋은 삶'을 살고 있음을 느끼게 한다. 반대로 신체를 소홀히 하는 것은 게으름, 자기 존중의 결여, 심지어 도덕적 결함으로 간주되며, 이는 신체 시장에서 용납되지 않는다. 서구 경제 생산의 급격한 성장과 광고 산업이 소비재 시장 확대에서 중요한 역할을 차지하면서, 20세기 초에 소비 문화와 소비주의 이데올로기가 전면적으로 등장했다. 이로 인해 전통적인 가치관은 서서히 침식되었다. 소비 문화에서 시각적 이미지의 우위는 신체 외형의 중요성을 더욱 강화했다. 신체의 외형, 즉 행동, 복장, 장식은 그 어느 때보다도 중요한 의미를 갖게 되었다. 거의 20세기 전체 동안 할리우드 영화는 외형적 아름다움, 건강, 그리고 날씬함을 개인의 매력과 가치를 상징하며 자신감의 원천으로 부각시켰다. 이른바 '자신감'이란 자신의 '몸'을 최대한 드러내는 것이다.

　사실상 이상적인 신체 기준을 설정한 것은 매스미디어였다. 오늘날 신체에 대한 제약이 사라지고, 노출 여부와 성형 여부가 더 이상 강제적인 이데올로기적 논쟁 대상이 아니며, 신체의 다양한 형태가 자유롭게 발전할 수 있는 최적의 시대일 것처럼 보이지만, 우리가 목격하는 현실은 단일화된 신체 기준과 법칙이다. 사람들은 특정 기준에 따라 자신의 신체를 조형하려 하고 있다. 동시에, 신체에 대한 규율은 대규모로 이루어지고 있다.[22]

22　刘韵, 『都市消费文化语境下电视时尚频道对大众身体的规训 — 以上海电视台生活时尚频道为例』, 석사학위논문, 复旦大学, 2008년.

(2) 매스미디어 비판

대중 매스미디어가 이른바 이상적인 신체 이미지를 형성하고 이를 상업적으로 공모하는 방식을 어떻게 이해해야 할까? 많은 연구자들은 대체로 매스미디어가 형성하는 신체 이미지가 초현실적이며 실현 불가능한 환상적 신체라는 점을 비판하고 있다.[23] 광고가 창조하는 가상적 맥락 속에서 관객은 광고를 시청하면서도 그 안에 있는 듯한 느낌을 받으며, 마치 자신이 이미 광고의 세계에서 살고 있는 것처럼 착각한다. 광고는 소비자의 욕망을 가장 집약적으로 표현하는 매체로, 광고가 짜놓은 맥락 속에서 소비자의 욕망을 통제하고 지배한다. 소비자들은 자신이 광고 속의 주인공이라고 착각하게 되며, 이는 광고가 의도적으로 추구하는 수사적 효과이다.[24]

광고가 보여주는 '현실' 자체가 가상적일 뿐 아니라, 광고에서 제시하는 개인과 그가 처한 실제 생존 조건 간의 관계 역시 상상적인 관계에 불과하다. 한 연구자는 "TV 광고는 과학과 이데올로기, 진실과 거짓, 현실과 상상 사이의 경계를 무너뜨린다"고 지적한다. 광고는 개인과 그 생활 조건 사이의 상상적이고 거짓된 관계를 유지하고 강화한다. 광고를 시청하는 관객은 소비 주체로 구조화되며, 그 과정에서 환상적 의식을 가지게 되지만 이를 인식하거나 깨닫지 못한다. 이처럼 광고가 창조한 신체 이미지는 현실, 특히 자신의 신체 현실에 대한 부정을 초래하는 파괴력을 가지게 된다. 이러한 효과는 특히 여성들이 자신의 신체에 대해 느끼는 불안을 심화시킨다. 그 결과 여성들은 반복적으로 신체 계획을 수립하고 이

---

23 张明泉, 『传媒语境下的身体消费 — 以男性化妆品广告为例』, 석사학위논문, 华东师范大学, 2009년.
24 邓晓成, 「传媒时代的身体梦幻 — 关于身体的文化反思之二」, 『学术交流』, 2010년 제5기.

를 실행하려 한다.[25]

그렇다면 소비자로서의 현대 대중은 이러한 광고와 매스미디어의 허구성을 깨닫지 못하는 것일까? 대부분의 연구자들은 매스미디어가 강력한 통제력을 가지고 있어 대중은 이를 거의 저항할 수 없으며, 받아들일 수밖에 없다고 본다. 예를 들어, 어떤 학자는 매스미디어가 강력한 담론 권력을 장악하고 있으며, 자신들의 의지와 필요, 그리고 상업적 자본에 따라 정신적 우상과 사회적 유행을 만들어냄으로써 문화 소비를 유도하고 전체 사회의 정신적 방향을 좌우한다고 주장한다. 매스미디어의 영향력과 사람들의 사고방식에 스며드는 힘은 결코 과소평가할 수 없는 수준이다.

일부 연구자들은 디지털 미디어 시대의 신체 상태를 다음과 같이 진단했다. (1) 신체의 경관화. 신체 경관은 더 심층적인 무형의 통제로, 생명의 존재론적 의미가 근본적으로 왜곡되었음을 의미한다. (2) 신체의 쾌락화. 디지털 미디어의 발전은 시각 예술이 정신적 경지에서 신체 감각적 쾌락으로 회귀하고, 주체가 몰락하는 과정을 촉진했다. (3) 신체의 에로틱화. 신체 욕망은 이미 신체의 본질과 신체 소비의 연관 구조의 중심축이 되었으며, '노출의 유토피아'와 쾌락주의는 허구적 이데올로기로 진화했다. 신체의 실용적 기능은 퇴화하고, 상징적 전시 가치가 극도로 과장되며, 신체는 상징 논리로 들어가 새로운 신체 패권을 형성했다. 디지털 미디어 시대의 신체 상태에 대한 진단 결과, 시각적 생산 방식이 반영하는 신체의 경험은 이미 심각하게 물질화되었음을 보여준다.[26] 이러한 견해는 많은 연구자들에게서 인정받았다.[27] 또한 일부 학자들은 매스미디어와 소

25 李玉晓,『当代女性身体广告的审美批判』, 석사학위논문, 兰州大学, 2007년.

26 黄念然,「电子媒介时代的身体状况」,『文艺研究』, 2009년 제7기.

27 邓晓成,「传媒时代的身体梦幻 — 关于身体的文化反思之二」,『学术交流』, 2010년 제5기.张明泉,『传媒语境下的身体消费 — 以男性化妆品广告为例』, 석사학위논문, 华东师范大学, 2009년.

비주의가 소비자(디코더) 주체의 몰락을 초래한 구체적인 측면을 설명했는데, 여기에는 의도적으로 설계된 자기애와 정체성 확립의 붕괴 등이 포함된다.[28]

결론적으로, 매스미디어가 신체를 형성하는 문제에 대해 많은 학자들은 매스미디어가 신체 해방에 긍정적인 역할을 했음을 인정하면서도, 매스미디어가 신체를 물화하고 대중을 조작하며 기만하는 것에 대해 더 많은 비판을 제기한다. 이 맥락에서 대중은 저항할 힘이 없는 존재로 간주된다. 여기서 우리는 명백히 프랑크푸르트 학파의 대중문화 이론의 흔적을 볼 수 있다. 반면, 대중 전달과 수용 이론의 또 다른 중요한 축인 스튜어트 홀의 '인코딩/디코딩' 이론에 대해 일부 학자들이 이를 간헐적으로 적용하기도 하지만, 최종적으로 강조되는 것은 여전히 디코더의 수동성과 인코더의 강력함이다.[29] 디코더와 인코더 간의 타협된 해독이나 지배적 인코딩에 대한 대항에 대해서는 거의 논의되지 않았다. 결론적으로, 디코더의 능동성을 완전히 간과하는 것은 현재 신체 연구의 한계로 지적될 수 있다.

3. 소비주의와 신체 정치

(1) 감시과 해방: 소비주의에서 신체의 역설적 존재

현대 사회문화적 맥락에서, 매스미디어가 주도하고 부추기는 이상적 신체에 의해 몸 프로젝트가 빠르게 진행되고 있다. 이를 어떻게 이해할 것

---

28 李玉晓, 『当代女性身体广告的审美批判』, 석사학위논문, 兰州大学, 2007년.

29 상동

인가에 대해 학자들 사이에 의견이 분분하다. 일부는 신체가 감시되고 있
다는 사실을 폭로하고, 일부는 몸 프로젝트의 원인이 복잡하다고 강조하
며, 또 다른 일부는 신체는 자율적으로 통제할 수 있다고 주장하기도 한
다. 나아가 푸코의 감시 이론에 의문을 제기하고 비판하는 입장도 있다.

1. 감시되는 신체

푸코의 이론에 따르면, 신체의 자기 계획은 신체 감시의 특별한 형태로
간주된다. 이 견해는 관련 논문과 저서에서 반복적으로 언급되고 있으며,
푸코의 신체 이론[30]은 현대 중국의 신체정치 연구에서 가장 중요한 이론
적 자원이라고 할 수 있다. 예를 들어, 학자들은 1949년 신중국 성립 이후
국가 권력이 국민의 신체를 어떻게 감시했는지 분석했다. 개혁개방 이전,
국가 권력은 호적 제도, 단위 제도, 인민공사 제도 등 다양한 경제적, 정
치적, 문화적, 선전 자원을 활용하고, 여성 해방, '대약진 운동', 문화대혁
명 등 다양한 형태를 통해 개개인을 통제하고, 그들의 신체 자원을 국가
건설에 동원했다. 개혁개방 이후에는 시장 경제와 도구적 합리성의 논리
가 점차 일상생활에서 강력한 국가의 역할을 대체하면서 신체의 국가화
색채가 점차 희미해졌다. 과거 신체에 부여되었던 혁명적, 신성한, 숭고
한, 위대한 등의 정치적 기호는 점차 해체되었으며, 대신 현실적이고 세
속적인 삶의 내용이 주어졌다. 특히 소비 문화, 매스미디어, 각종 광고는
신체 미학에 대해 병적이고 과도하게 홍보하며, 사람들의 소비 가치와 신
체 추구를 저급한 방향으로 이끌었다. 그 결과 신체는 점점 성적 소비와
상품 소비의 도구로 전락하며 그 자체로부터 벗어나지 못하게 되었다.[31]
학자들은 더 나아가 소비주의가 새로운 형태의 신체 훈련이라고 지적했

---

30 福柯『规训与惩罚』, 刘北成, 杨远缨 역, 生活·读书·新知三联书店2007년.

31 赵方杜, 『身体规训: 中国现代性进程中的国家权力与身体 — 以川北剑县为例』, 석사학위
   논문, 南开大学, 2010년.

다. 이 감시 형태는 전통적인 학교, 병원, 감옥, 공장, 군대 등에서의 감시 형태와는 달리 비공식적이고 비제도화된 체계로, 국가 권력 외부에 있는 시장 체계와 소비주의의 미시 권력의 영향을 받는다. 소비주의 감시 전략에는 이상적인 신체 이미지를 구축하는 것, 매스미디어를 통한 홍보와 선동, 그리고 신체 개조 기술의 표준화 및 보편적 활용이 포함된다. 이로 인해 소비 문화는 과거 신체에 부여된 속박과 가림을 해방하고, 신체의 전시와 교류에 자유를 가져오는 동시에, 신체 미학의 표준화와 보편화된 작동으로 인해 신체에 대한 억압과 폭력을 불가피하게 초래했다. 신체가 점점 더 화려하고, 아름답고, 다채로워지는 이면에는 소비 문화, 산업 생산, 기술적 합리성이 공동으로 수행하는 신체에 대한 감시 권력이 존재한다.[32]

푸코의 규율 이론에 기초한 이 분석은 많은 학자들의 지지를 받고 있다[33]. 많은 학자들은 신체 미학의 부상이 이전의 국가 권력이 가했던 감시에 비해 신체의 해방을 가져왔음에도 불구하고, 소비 문화의 감시에 빠져들게 되었으며, 이는 신체의 저항 에너지를 소멸시키고 신체의 의미적 차원을 약화시키며, 신체 소비를 개인 감시의 주요 수단으로 삼는 결과를 낳았다고 본다. 더 나아가, 이러한 감시로 인해 발생하는 쾌락은 다른 의도를 지닌 일종의 마비 상태로 여겨지기도 한다.[34]

2. 신체 감시 원인의 복잡성

그러나 소비 문화의 신체 감시가 정말로 이렇게 강력하여 우리가 저항할 수 없는 수준인가? 많은 학자들이 현장 조사를 통해 구체적이고 심층

---

32 赵方杜,「消费主义: 一种新的身体规训」,『华东理工大学学报』, 2011년 제3기.

33 吉志鹏,「消费文化对身体的建构」,『学术交流』, 2009년 제5기. 刘举,「消费语境下的身体解放与审美救赎」,『北方论丛』, 2011년 제4기. 白蔚,「改革开放以来中国女性消费身体的现代性悖论」,『中州学刊』, 2010년 제5기.

34 廖述务,『身体美学与消费语境』, 上海三联书店, 2011년, 119—121쪽.

적인 연구를 진행하면서 신체 계획의 원인이 매우 복잡하다는 점을 발견했다. 신체는 단순히 수동적으로 감시를 받는 것이 아니다. 예를 들어, 일부 학자들은 여성의 다이어트 문제를 분석하면서 다이어트 여부에 복합적인 원인이 작용하며, 단순히 신체가 감시를 받은 결과로만 볼 수 없다고 지적했다. 여성의 다이어트는 구조적 요인, 문화적 요인, 그리고 개인적 특성 요인을 포함한 종합적인 결과이다. 구조적 및 문화적 요인에는 국가의 정치 제도, 경제 제도, 문화 제도가 포함되며, 이는 다이어트 담론의 거시적 제도적 맥락을 형성하여 여성이 자신의 신체를 바라보는 방식과 다이어트를 선택할지 여부에 영향을 미친다. 하지만 여성이 다이어트를 할지 여부는 이러한 제도적 맥락에 의해 전적으로 결정되는 것이 아니며, 시장 조건에서는 여성 직장인의 다이어트 여부에 특정 미시적 실천 논리가 작용한다. 이러한 논리에는 다음과 같은 요소들이 포함된다. (1) 신체 표현성(감정성) 논리: 날씬한 몸매는 미의 상징일 뿐만 아니라, 여성 직장인의 기질적 요구와도 부합한다. 이는 뛰어난 신체 통제 능력을 의미하며, 더 많은 자원을 보유하고 있다는 인식을 준다. 이는 사회가 직장 여성의 이미지에 대해 기대하는 기준과 일치하며, 여성의 다이어트 여부에 영향을 미칠 수 있다. (2) 규범성 논리: 날씬함은 종종 건강의 상징으로 간주되며, 의학적 규범 요구에 부합한다. 반대로 비만은 부정적인 이미지로 간주된다. 주변 사람들과의 접촉에서 다른 사람들이 자신의 신체를 어떻게 평가하는지에 따라 다이어트 여부를 결정하기도 한다. 실용적인 관점에서도, 비만한 사람은 옷을 입는 데 어려움을 겪을 수 있어 날씬함이 정상적이고 규범에 부합한다고 여겨진다. (3) 도구성 논리: 취업, 결혼, 사회적 교류 등에서 날씬한 몸매는 유리한 위치를 차지하는 데 필요하다. 그렇지 않을 경우 불리한 입장에 놓일 가능성이 높다.

이러한 실천 논리는 여성의 다이어트 행동에 더욱 직접적인 영향을 미치지만, 다이어트의 실행 여부는 주관적 및 객관적 필요 논리의 제약을 받는다. 여성은 종합적이고 균형 잡힌 판단을 통해 결정을 내리게 된다. 예를 들어, 어떤 여성은 자신의 비만을 매우 심각하게 생각하지만, 어떤 여성은 비만을 인식하면서도 신경 쓰지 않아 다이어트를 실행하지 않는다. 또 다른 경우, 비만을 인정하지만 다이어트가 신체를 해치거나 비용이 과다하게 들 것이라고 판단할 경우 다이어트를 포기한다. 결론적으로, 여성의 다이어트 여부는 복잡한 원인으로 이루어져 있으며, 거시적 제도적 맥락, 미시적 개별 행동의 실천, 그리고 개인적 판단이 상호 작용한 결과이다. 이를 단순화해서 일반화할 수는 없다.[35]

3. 스스로 통제되는 신체

또한, 신체 계획에 포함된 자기 정체성과 그것이 가져오는 즐거움에 대해 특별히 논의한 학자도 있다. 이는 자신이 주도적으로 통제할 수 있는 신체로, 강한 능동성을 지닌다는 점에서 주목할 만하다. 예를 들어, 패션 잡지 『SELF』를 연구한 한 학자는 자기실현이 중국 여성들에게 가장 큰 행복의 원천이 되었으며, 능동적으로 자신의 신체를 훈련하거나 계획하는 것이 여성의 자기실현을 위한 중요한 경로임을 밝혔다. 이는 『SELF』에 실린 독자의 편지에서도 확인할 수 있다. 한 독자는 다음과 같이 썼다.

『SELF』는 저에게 다른 사람들의 비범한 삶을 보게 해주고, 긍정적이고 적극적인 삶의 태도를 배우게 해줬습니다. 최근 저는 한 가지 인생의 결정을 내리는 데 망설이고 있었는데, 마침 6월호에 실린 쩡판이의 이야기를 보게 되었습니다. 그녀는 이렇게 말했습니다. "모든 여성이 자신의 내면의 목소리를 따를 수 있기를 바랍니다. 타인이나 사회적 가치관의

---

35 黃曄, 「減肥还是不減肥 — 广州年轻白领女性的身材理想与身体实践的逻辑」, 王宁 주편, 『消费社会学 — 中法美学者的实证研究的探索』, 人民出版社, 2010년, 380—398쪽.

영향을 받아 꿈을 포기하지 마세요." 마치 운명처럼 그 문장을 보게 되었고, 제 마음은 순간 따뜻해졌습니다. 그것은 저에게 최고의 조언이자 격려가 되었습니다![36]

쩡판이가 신체 기술을 받아들이고 이에 대해 느낀 점, 그리고 이 독자가 쩡판이에 대해 보인 공감은 신체 기술이 반드시 자아를 소외시키고 자신을 잃게 만드는 것이 아니라, 오히려 여성들이 자아를 실현하는 하나의 방식이나 경로가 될 수 있음을 보여준다. 이와 유사하게, 황잉잉은 중국 도시의 젊은 여성들을 대상으로 인터뷰를 진행하여 그들이 신체 계획에 대해 가진 인식을 연구했다. 그녀는 운동과 건강 관리를 통해 여성들이 단순히 신체적인 변화를 추구하는 것에 그치지 않고, 정신적인 긍정적 영향을 강조하는 점을 발견했다. 많은 여성들은 운동이 자신을 "즐겁게 만들고", "자신감을 주며", "정신적으로 좋고", "편안하며", "활기 넘치게 한다"고 표현했다. 이는 운동뿐만 아니라 꾸미기, 미용 등과 같은 신체 실천에서도 유사하게 나타났다. 이와 같은 신체 실천의 궁극적인 목적은 '기분 전환', '정신적 활력', '자신감' 등 정신적인 차원에 초점이 맞춰져 있다. 전반적으로 여성들의 신체 실천은 '좋은 몸매' + '아름다움' + '젊음' + '건강' + '자신감'이라는 복합적인 욕구를 표현하며, 이는 어느 정도 긍정적이고 합리적인 방식으로 여성들이 자신과 신체에 대한 관심과 표현을 자극하는 역할을 한다고 볼 수 있다.[37] 따라서 전통적으로 여성들이 통제받는다는 관념에 대해 재검토가 필요하다. 황잉잉은 연구자들이 남성 문화와 상업 문화가 여성들에게 미치는 통제를 비판하더라도, 개별 여성들

36 阎思宇, 『"时尚"的"中国身体" — 中国当代都市女性的自我实现』, 석사학위논문, 复旦大学, 2011년.

37 黄盈盈, 『身体·性·性感: 对中国城市年轻女性的日常生活研究』, 社会科学文献出版社, 2008년, 297쪽.

은 자신이 신체에 대한 통제권을 가지고 있다고 느끼는 경향이 있다고 지적했다. 대부분의 여성들은 자신과 타인 간의 균형을 잘 찾아내며, 타인을 위해서일 뿐만 아니라 결국 자신을 위해 신체 관리에 나선다고 본다. 이는 궁극적으로 자신을 기쁘게 하기 위한 것이다.[38] 또한 여성들이 유행 담론이나 소비 문화를 저항하더라도, 이 저항이 반드시 '의식적인' 저항은 아닐 수 있다. 오히려 자발적인 신체 감각, 일상에서 느끼는 직장 스트레스 완화의 필요, 건강과 즐거움을 추구하는 욕구에서 비롯된 경우가 많다. 황잉잉은 다음과 같이 반문한다. "구성주의적 관점이 일상생활의 모든 세부사항과 감정까지 확장될 수 있는가? 만약 모든 사소한 감정조차 구성된 산물이라면, 주체란 어디에 존재하는가? 우리가 단지 만들어진 기계에 불과하다면, 이런 구성주의는 역사 결정론이나 문화 결정론과 무엇이 다른가?"[39]

4. 푸코의 감시이론에 대한 의문

위의 학자들의 분석을 통해 신체는 완전히 타자화되거나 비자기적인, 외부에 의해 계획된 대상이나 결과물이 아니라는 점을 알 수 있다. 신체는 다양한 원인과 신체 주체로서의 자아 요청, 그리고 자아 정체성이 얽혀 있다. 이런 맥락에서 많은 학자들은 푸코의 신체 감시 이론에 의문을 제기하며, 푸코 이론이 심오하지만 몇 가지 결함을 가지고 있다고 본다. 첫째, 감시는 반드시 폭력적이고 강제적인 것이 아니라 매우 은밀하게 작용한다. 둘째, 사람들의 신체에 대한 조형은 반드시 수동적이거나 강제적인 것이 아니라 자발적이고 자각적인 즐거움의 충동으로 전환된다. 셋째, 권력과 신체의 관계에서 푸코는 반권력 담론의 가능성을 언급하기는 했지만, 전

---

38 상동

39 黃盈盈, 『身体·性·性感: 对中国城市年轻女性的日常生活研究』, 社会科学文献出版社, 2008년, 300—301쪽.

반적으로 주체성을 부정하고 역사적 과정에서 주체의 능동적 역할을 부정한다. 하지만 현대 사회에서 신체와 권력의 관계는 상호작용적이고 변증법적이다. 한편으로 신체는 권력의 통제와 관리의 대상이 되지만, 다른 한편으로 신체는 권력에 저항하고 반항하는 수단이 될 수 있다.[40]

이러한 인식은 깊이가 있으며, 현대 사회의 발전과 자아 의식의 강화로 인해 신체가 완전히 계획될 수 없다는 점을 보여준다. 신체에 대한 계획은 매우 은밀하게 진행되며, 완전히 사라지지는 않는다. 그렇기 때문에 인간은 거의 항상 이러한 모순적 상태 속에서 살아간다. 하지만 중요한 점은 신체가 어떻게 계획되고, 어떻게 저항하며, 이러한 저항 속에서 자아를 어떻게 구축하는지를 보다 정밀하게 연구하는 것이다.

그러나 아쉬운 점은 현재 이러한 연구가 충분히 이루어지지 않고 있다는 것이다. 푸코의 일방적인 감시 이론이 여전히 신체 연구의 주요 이론적 근거로 남아 있다는 점에서 이러한 문제는 여전히 과제로 남아 있다.

(2) 보는 것과 보여지는 것: 소비주의의 성차별

소비 사회의 신체 소비에서 종종 나타나는 현상 중 하나는 신체 차별이다. 여기에는 성별 차별, 장애 신체에 대한 차별, 인종과 피부색에 대한 차별 등이 포함된다. 이 중에서 특히 신체의 성별 차별에 주목할 필요가 있다. 이러한 성별 차별은 현대 광고에서 두드러지게 나타난다. 광고 속 성별 차별 현상에 대해 다수 학자가 분석과 비판을 제시한 바 있다. 이와 관련된 내용은 이 책의 제5장 『페미니즘과 성별 문제』에서 이미 다루었으므로 여기서는 자세히 논하지 않는다. 관련 내용은 해당 장을 참고하면 된다.

---

40 陆扬 주편,『文化研究概论』, 复旦大学出版社, 2008년, 151쪽.

4. 신체 글쓰기와 그 비판

2000년경 중국 문학계에 '신체 글쓰기'가 등장해 한동안 화제가 된 바 있다. 신체 서사는 문학이나 학술의 사건일 뿐만 아니라 우리가 주목할 가치가 있는 사회적, 문화적 증상이기도 하다. 이 장에서는 중국의 신체 서사의 현황과 그것이 불러일으킨 활발한 논쟁을 살펴보고, 이를 반성하고 비판한다.

(1) 신체 서사 개념의 제기 토론

일반적으로 "신체 서사"의 개념을 처음으로 제시한 사람은 학자이자 작가인 거훙빙이다. 거훙빙 자신도 "내가 이 단어(신체 서사)를 처음 사용한 것은 사실 1995년 여름 몐몐에게 보낸 편지에서였다.[41] 훗날 한 신문과의 인터뷰에서 몐몐은 거훙빙의 주장을 확인하면서 거훙빙의 '신체 글쓰기' 개념이 '나의 글쓰기'에서 생겨났다고 지적했다.[42]

1996년 난판은 「육체 수사학:초상과 성」(『문예쟁명』, 1996년 4기)라는 논문을 발표했는데, 이 글에서 그는 문학적 글쓰기에서 '신체' 문제가 갖는 의미를 분석하고 "육체 수사학"이라는 개념을 제시했다. 난판이 언급한 '육체 글쓰기'란 "특정 코드로 표현된 의미 체계에 따라 인물의 신체 이미지를 구축하는 것"을 의미하며, 여기서의 코드는 문화적 규정성을 반영한다. 이 글은 중국 문학사 전반에서 신체/육체 서사 현상에 초점을 맞췄으며, 비록 천란, 린바이의 소설을 다루긴 했으나, 이후 신체 서사가 주로 다루는 핵심 주제와 대표적 작가(웨이후이, 몐몐 등)와는 차이를 보인다. 그

---

[41] 葛红兵, 『葛红兵闲话"新生代"』, http://stlib.net/dsps/disp_dsps.asp?sendid=5635.

[42] 『棉棉眼里的人生——和棉棉的一次对话』, http://news.21cn.com/dushi/ds/2003/07/25/1197946.shtml.

럼에도 난판의 논의는 당시 중국 문학 비평계에서 신체 문제에 대한 관심을 엿보게 하며, 이후 제시된 '문학 신체학'과 일맥상통하는 부분이 있다.

1997년 거홍빙은 「개체성 문학과 신체형 작가: 90년대 소설의 전환」(산화(山花), 1997년 제3기)이라는 발표했다. 이 글에서는 '신체 글쓰기'라는 개념을 명확히 제시하지는 않았지만, 신체형 작가의 등장과 그 특징을 비교적 상세히 설명했다. 거홍빙이 언급한 신체형 작가에는 위후이, 몐몐과 같은 작가뿐만 아니라 그들보다 앞서 활동한 한둥, 주원, 천란, 린바이 등도 포함되며, 여성 작가뿐만 아니라 남성 작가도 포함되어 있다. 따라서 거홍빙이 지칭하는 신체형 작가의 범위는 비교적 광범위했다.

이 글은 발표 직후 왕웨촨의 비판을 받았다. 왕웨촨은 「90년대 문학과 비평의 '냉풍경'」(『문학 자유담』 1997년 제3호)에서 특정 이름을 거론하지 않은 채, 거홍빙의 논의가 세속적인 글쓰기로의 발전에 "강한 자극을 주는 이론적 근거"를 제공하고 있다고 비판했다. 그는 욕망의 표현에는 반드시 '적정 수준'이 필요하며, 그렇지 않을 경우 대규모의 본능적 폭발이 일어날 것이라고 경고했다. 또한 문학 창작에서의 '성적 열풍'은 독자의 심미적 기대를 조롱하고, 진정한 개체적 글쓰기, 변방적 글쓰기, 인간적 대화를 추구하는 글쓰기를 우롱하는 행위라고 지적했다.

2000년 둥즈린은 「여성의 글쓰기와 역사적 장면: 90년대 문학사조에서 '신체 서사'를 시작으로」(『문학평론』, 2000년 제6기)라는 글에서 '육체 글쓰기' 개념을 제시했다. 여기서 말하는 신체 글쓰기는 사실상 '신체 글쓰기'와 같은 의미로 사용되었다. 이 글은 서구 페미니즘 비평의 '육체 글쓰기' 이론, 특히 시수의 이론을 바탕으로 육체 글쓰기를 설명했다. 둥즈린은 이 글에서 서구의 페미니즘 비평 이론이 중국에 도입되기 이전에도 현대 중국 대륙의 여성 글쓰기가 이미 일부 거대 서사와 거리를 두려는 경향을 보였다고 주장했다. 이 글에서 논의되는 육체 서사의 작가는 주로 딩링(丁玲), 루즈쥐안(茹志鹃), 장제(张洁), 왕안이, 톄닝(铁凝)이며, 거홍빙(葛

红兵)을 비롯한 학자들이 언급한 웨이후이, 멘멘(棉棉), 천란과 같은 핵심 작가는 포함되지 않는다.

2001년 셰유순(謝有順)은 「문학신체학」(『화성(花城)』, 2001년 제6기, 『현대 작가평론』 2002년 제1기에 요약본 수록)이라는 글에서 당시 신체의 육체성 범람 현상을 비판했다. 그는 글쓰기에서의 신체는 단순히 물질적 의미에서의 육체가 아니며, 육체는 반드시 시적 전환을 거쳐 신체의 윤리성에 도달해야만 진정한 문학적 신체가 될 수 있다고 주장했다. 이를 그는 '문학 신체학'이라고 명명했다.

기존 자료를 보면, 1995년부터 2001년 전후까지 문학 비평계에서는 '신체 글쓰기'라는 개념이 명확하게 제시되거나 이론적으로 설명된 적이 없었다. 일부 글에서 신체 글쓰기를 언급하긴 했지만, 이를 학술적 개념이나 범주로 의식적으로 사용하지는 않았다. 대신 '여성 문학,' '여성 글쓰기,' '사적 글쓰기'와 같은 개념에 부속된 형태로 다루어졌다. 웨이후이와 멘멘 등 작가에 대한 비판도 대개 여성 글쓰기 전체 맥락에서 논의되고 평가되었다.

2001년경 이후 웨이후이와 멘멘의 창작이 절정에 이르렀고, 지우단(九丹)과 주잉칭퉁(竹影青瞳)과 같은 사람들의 글, 특히 무쯔메이(木子美)의 등장으로 인해 신체 글쓰기가 2002년 전후 명확하고 독립적인 개념으로 대중의 시야에 공식적으로 등장했다. 이 시기부터 신체 글쓰기에 관한 논문과 석·박사 학위 논문이 늘어나기 시작했으며, 관련 학술회의도 잇달아 개최되었다. '신체 서사'에 대한 논의는 점차 열기를 더하며, 2004년 전후로 절정에 이르렀다.[43]

문학에서의 신체 글쓰기는 전체 문화계에서 신체 열풍의 중요한 구성

---

43 贺玉高, 李秀萍, 「"身体写作与消费时代的文化症状学术讨论会"综述」, 『文学评论』, 2004 년 제4기. 张立群, 「"当代诗歌创作中的'身体写作'研讨会"召开」, 『中国诗歌研究动态』, 2004년 제1집.

요소 중 하나로, 그 등장과 부상은 신체 열풍이 나타난 사회·문화적 맥락과 일치한다. 이 배경에는 정치적 해금, 소비주의의 강력한 통제력[44], 그리고 물론 미디어를 포함하여 신체 붐이 출현한 사회문화적 맥락과 일치한다.[45] 신체 글쓰기가 반드시 서구 이론의 영향을 받아 시작된 것은 아니지만, 신체 글쓰기가 흥행하던 시기에 작가와 비평가들은 종종 서구 이론에서 자신들의 작업을 뒷받침하거나 입증할 근거를 찾았다. 특히 엘렌 식수(E. Cixous)의 이론은 신체 글쓰기의 가장 강력한 이론적 증거로 자주 인용되었다. 그러나 서구의 신체 글쓰기 이론이 중국에 들어오면서, 상당 부분 개조되거나 변형되었다는 점도 주목해야 한다. 이에 대해 많은 학자들이 분석과 논의를 진행해 왔다.

일부 학자들은 엘렌 식수의 신체 글쓰기 이론을 분석하며, 신체 글쓰기가 페미니즘의 이론적 범주 중 하나로, 여성 글쓰기에 하나의 전략을 제공한다고 지적했다. 이는 감각적인 여성의 신체를 출발점으로 삼아 가부장적 담론을 우회하고, 여성 스스로의 언어를 구축하도록 돕는다. 이 이론은 여성 글쓰기에 대체적인 특징을 제시했는데, 비선형적이고, 비논리적이며, 비표준화된 형태를 가지며, 강한 반항적 성격을 지닌다. 또한 여성 글쓰기에 대한 방향성을 제시했는데, 역사와 역사 속 여성에 대한 새로운 인식을 통해, 여성을 역사에 통합하고, "개인의 역사가 민족 및 세계의 역사와 융합되고, 또한 모든 여성의 역사와 융합되도록" 한다는 목표를 지닌다. 이러한 목적은 단순히 여성의 육체를 전시하는 것과 '신체 글

---

44 陈定家, 『身体写作与文化症候·导读』, 中国社会科学出版社, 2011년.

45 李华秀, 「"身体写作"的成因及存在意义」, 『当代文坛』, 2002년 제6기. 禹权恒, 「"身体写作"的症候式分析」, 『长江师范学院学报』, 2011년 제3기. 陈志平, 「传播学视野下的"身体写作"现象」, 『河北省社会主义学院学报』, 2009년 제2기. 阎真, 「身体写作的历史语境评析」, 『文艺争鸣』, 2004년 제5기. 曾道荣, 「身体写作: 逐利传媒的商业运作」, 『福建教育学院学报』, 2007년 제4기.

쓰기'를 명확히 구분짓는다.[46] 그러나 식수의 이론이 중국에 차용되는 과정에서 중국의 구체적인 맥락이 충분히 분석되지 않았고, 중서양의 역사·문화적 맥락, 텍스트가 보여주는 미학적 특성, 그리고 철학적 함의의 차이점이 간과되었다는 지적도 있다.[47] 주총커(朱崇科)도 다음과 같이 지적했다.

'신체 글쓰기'는 본래 맥락에서는 서구 페미니스트 사상의 실마리를 담고 나타내는 것이었다. 그러나 중국 내지의 맥락에서는 설명하기 어려운 운명을 맞았다. 이는 원래 맥락을 종종 무시한 채 잘못 해석되었으며, 논자들과 일부 작가들은 이를 자기 포장이나 자신의 글쓰기와 비평을 과장하는 수단으로 사용하기도 했다. 상업적 목적으로는 끊임없이 논의되어야 할 대상으로 삼아졌으며, 도덕적 순수성을 고려한 시각에서는 순화되어야 하거나 저자세의 '타자'로 간주되어야 했다.[48]

결과적으로 서구의 신체 글쓰기 이론을 받아들이는 과정에서 오독, 심지어 의도적인 오독이 발생했다. 신체 글쓰기에서 신체는 육체의 특정 부분으로 단순화되었으며, 신체의 소비 가치를 강화하는 과정에서 글쓰기 본연의 반항성이 희석되거나 심지어 폐기되었다. 이는 반드시 성찰하고 주의해야 할 문제이다.[49]

---

46 王琳,「被"借用"与"误读"的"身体写作"」,『当代文坛』, 2005년 제6기.

47 欧阳灿灿, 于琦,「"身体写作"在中国的影响与变异──从性别身体的角度」,『西南民族大学学报』, 2008년 제5기.

48 朱崇科,『身体意识形态』, 中山大学出版社, 2009년, 9쪽.

49 宓瑞新,「"身体写作"在中国的旅行及反思」,『妇女研究论丛』, 2010년 제4기.

(2) 신체 글쓰기의 정의와 비판

신체 글쓰기는 무엇인가? 다른 사람들은 각자 다른 입장에서 다양한 정의와 설명을 내놓을 수 있으며, 이는 또한 논자가 신체 글쓰기의 대표적인 작가로 누구를 선정했는지와 밀접한 관련이 있다. 일반적으로, 신체 글쓰기로 분류되는 작가들은 대략 세 가지 범주로 나뉜다. 첫 번째는 웨이후이, 몐몐, 주단(九丹), 죽영청동, 목자미(木子美) 등으로 대표되는 소위 '미녀 작가'라고 불리는 작가들로, 신체 글쓰기가 지칭하는 핵심적인 작가들이다. 두 번째는 범위를 더 넓혀 천란, 린바이 등으로 대표되는 작가들로, 이들은 일반적으로 '여성 글쓰기' 혹은 '사적인 글쓰기'로 불린다. 세 번째는 범위를 더 확대하여 톄닝(铁凝), 왕안이(王安忆) 등은 물론이고 딩링(丁玲) 같은 작가를 포함하여 신체에 대해 주목하거나 이를 강조한 현대 및 현대 문학의 거의 모든 작가들을 포함한다.(이는 "문학에서의 신체 연구"라고 불리는 경우가 많다. 이들은 신체 글쓰기라는 개념과는 반드시 일치하지 않을 수 있다.)

1. 에로틱해진 신체 글쓰기

우선, 많은 학자들이 신체 글쓰기에 대해 비판적이거나 심지어 부정적인 태도를 취했으며, 주로 웨이후이, 몐몐, 쥬단, 주잉칭퉁 및 무즈메이로 대표되는 첫 번째 유형의 작가를 대상으로 한다. 예를 들어, 첸중원(钱中文)은 '신체 글쓰기'라는 개념을 '폄하의 의미로' 사용하고 있다. 그는 오늘날 '신체 글쓰기'의 등장은 특별한 배경과 내포를 가지고 있으며, 미디어의 조작과 소비주의와의 결합 결과라고 본다. 그는 신체 글쓰기가 인간의 몸을 소비재로 전환시키며, 그 부정적인 측면은 성적 묘사나 신체를 저속하게 묘사한 내용의 대량 출현을 유발해 인류와 도덕적 경계를 침해한다고 지적한다[50] 분명백히 첸중원은 신체 글쓰기를 지나치게 성적 묘사가 많은 작품으로 간주하며, 신체 글쓰기를 거의 '성 글쓰기'와 동일시하고 있다.[51]

주궈화(朱国华)는 다음과 같이 주장한다. "솔직히 말해서, 신체 글쓰기는 수사적으로 완곡하게 표현된 포르노 문학 글쓰기일 뿐이며, 성(性) 또는 섹시함이 신체 글쓰기가 추구하는 핵심이다." 주궈화는 웨이후이, 몐몐, 주잉칭퉁 등의 작품이 섹시한 신체를 활용하고 있음에도 불구하고, 미학이라는 명목으로 자신의 포르노적 성격을 부인한다고 비판한다. 그는 이들이 스스로 모순되게도 독자들에게 문학적 접근을 통해 자신들의 포르노적 환상을 정당화하라고 요구한다고 본다. 주궈화는 이들의 작품이 도덕적 허무주의 경향을 가지고 있다고 지적한다. 이 도덕적 허무주의는 매우 반동적인 성격을 지니고 있으며, 감성을 존재론적 위치에 둔다. 그러나 이 감성은 매우 협소하며, 오직 성(性)에 집중된 감성을 무책임하게 강조함으로써 이성의 최고 권위가 도전을 받게 된다. 그는 현대성이 아직 완성되지 않은 민족 국가의 상황에서 이러한 흐름을 방치한다면 계몽 정신이 근본적으로 훼손될 위험이 있다고 경고한다[52] 첸중원(钱中文)이 주로 도덕적 관점에서 신체 글쓰기를 비판했다면, 주궈화는 신체 글쓰기의 포르노적 경향을 비판하면서도 명확한 학문적 근거와 현실성을 제공하며 더욱 구체적이고 설득력 있는 비판을 제기한다.

펑야페이(彭亚非)와 황잉취안(黄应全) 등은 신체 글쓰기의 선정적 경향에 대해 그 핵심을 명확히 지적하며, 이른바 신체 글쓰기란 실상 몇몇 미녀 작가들이 여성 성경험을 다루는 글쓰기라고 주장한다. 펑야페이는 "소

50 贺玉高, 李秀萍,「"身体写作与消费时代的文化症状学术讨论会"综述」,『文学评论』, 2004년 제4기.

51 阎真,「身体写作的历史语境评析」,『文艺争鸣』, 2004년 제5기.

52 朱国华,「关于身体写作的诘问」,『文艺争鸣』, 2004년 제5기.

위 신체 글쓰기란, 개인의 신체적 의미, 특히 성경험의 의미를 최우선으로 하는 인생관에 기반한 글쓰기이며, 이는 순수하게 자기 자신, 더 나아가 자신의 육체에만 초점을 맞춘 글쓰기이다"라고 말한다. 그는 또한 "신체 글쓰기란 곧 여성 글쓰기이며, 이는 여성이 자신의 성경험을 적나라하게 드러내고 과시하는 글쓰기다. 이 점이 바로 우리 미디어에서 열광적으로 다루는 신체 글쓰기의 대표적 내포이다"라고 덧붙인다.[53]. 황잉취안도 "현재 사람들이 열광하는 '신체 글쓰기'는 신체에 관한 모든 글쓰기나 성에 관한 모든 글쓰기를 뜻하지 않는다. 이는 단지 여성의 성경험에 관한 글쓰기일 뿐이다"라고 주장한다. 그는 이를 더 상세히 설명하며, 신체 글쓰기 작가들은 젊은 여성 작가들, 즉 이른바 '미녀 작가'들이라고 지적한다. 이들은 스스로를 '에로틱 소설' 또는 '신체 글쓰기' 작가라고 미화하지만, 실제로는 전통적 의미에서의 포르노 소설 작가에 불과하다고 주장한다. 이러한 미녀 작가들의 글은 주로 남성 독자를 대상으로 하며, 남성이 신체 글쓰기의 이상적인 독자라는 것이다. 신체 글쓰기의 내용은 "여성의 신체적 경험을 적나라하게 드러내는 것"이다.[54]

신체 글쓰기의 선정적 경향에 대해 주다커는 이를 '육체 서술'이라고 표현한다. 주다커는 웨이후이로 시작하여, 무쯔메이를 거쳐, 주잉칭퉁에 이르기까지, 문학적 서술에서 시작해 일기 형식으로 발전하면서 점차 감각적이고 대중적이며 공공화되었으며, 궁극적으로는 이미지 서술을 통해 절정에 이르렀다고 본다. 그는 이들의 글쓰기를 일종의 육체 서술로 규정한다. 무쯔메이 등의 육체 서술은 저급한 노출 게임에 불과하며, 이는 대중의 엿보기 욕구를 충족시키는 데 목적이 있다고 주다커는 지적한다.[55]

53 彭亚非,「"身体写作"质疑」,『求是学刊』, 2004년 제4기.

54 黄应全,「解构"身体写作"的女权主义颠覆神话」,『求是学刊』, 2004년 제4기.

55 朱大可,「肉身叙事的文化逻辑」,『新民周刊』, 2004年6月8日.

2. 신체 글쓰기의 긍정적 의의

신체 글쓰기에 대해 강력한 비판과 반박 외에도, 일부 학자들은 이를 긍정적으로 평가하는 입장을 취하고 있다. 그러나 그 관점은 다소 다르다.

거홍빙은 1990년대 이후 중국 문화의 전환이라는 시각에서 신체 글쓰기의 긍정적인 의미를 강조했다. 그는 90년대 이후 중국 문화가 집단과 이성을 중심으로 하는 문화에서 개체와 감성을 중심으로 하는 문화로 전환했다고 주장한다. 개성 문학은 이러한 전환의 표현이며, 신체 글쓰기는 바로 이 개성 문학의 상징적 표지라는 것이다. 거홍빙은 개체성 문학의 한 특징으로 '나의 경험'이 우선되는 위치를 확립하는 점을 지적한다. 작가는 스스로를 독립적인 개체로 규정한 뒤 자신의 개인적 경험 세계를 드러내는 방식으로 글을 쓴다. 이는 신체 철학이라 할 수 있으며, 인간의 신체적 경험의 정당성을 인정한다. 신체의 법칙은 사적인 것이며, 비이성적이고 욕망적이다. 그는 개체적 문화 시대의 철학은 신체 철학이라고 주장하며, 이는 과거의 모든 영혼 철학 전통을 전복시키는 것이라고 평가한다.

개체성 문학은 단순히 개인의 이야기를 통해 인간의 탄생을 묘사하는 것에 그치지 않는다. 더 본질적으로, 이 개인 서술자는 감각적이고 신체적인 인간이지, 윤리적이거나 영혼적인 인간이 아니다.[56] 거홍빙은 신체를 감각성의 전형적 표현으로 간주하며, 이는 멘멘이 거홍빙이 그녀에게 보낸 편지를 인용하며 언급한 내용에서도 나타난다. 멘멘에 따르면, 거홍빙이 언급한 '신체성'은 욕망이나 감각을 의미하는 것이 아니라, 신체와 가장 가까운, 투명하며, 감각적으로 이성을 파악하는 방식을 가리킨다.[57]

---

56 葛红兵, 「个体性文学与身体型作家——90年代的小说转向」, 『山花』, 1997년 제3기.

57 「棉棉眼里的人生——和棉棉的一次对话』, http://news.21cn.com/dushi/
ds/2003/07/25/1197946.shtml.

문화 전환의 관점에서 신체 글쓰기를 긍정적으로 평가하는 것 외에도, 많은 연구자들은 페미니즘과 여성 해방의 관점에서 신체 글쓰기의 긍정적인 의미를 인정한다. 이들은 신체 글쓰기가 여성이 남성을 전복하는 과정을 구현했다고 본다. 그러나 이러한 긍정적인 의견은 주로 천란과 린바이 같은 작가들을 대상으로 한다. 샹룽(向榮)은 그의 글 「거울을 찢다: 여성 문학의 신체 글쓰기와 그 문화적 상상」에서 여성은 오랜 기간 동안 '대변'되는 위치에 있었다고 지적한다. 그러나 1990년대 이후 여성들은 자신의 시각으로 자신의 신체를 이해하기 시작했으며, 역사 속에서 묻힌 자아를 재발견하고 되찾으려는 노력을 기울였다. 이는 신체 글쓰기의 서사적 동기와 창작 의도이다. 간단히 말해, "신체 글쓰기란 여성이 자신의 신체에 대한 해석권을 되찾고, 자신의 바람에 따라 자신의 신체 이미지를 서술하며, 문학사 속에서 여성 신체 수사학을 재구성하는 것이다. 이는 남성이 여성을 대변하며 "그녀에게 신체가 있다"라고 말하던 대변의 역사를 종식시키려는 것이다."[58]

　다른 학자들도 비슷한 주장을 펼쳤으며, 더 나아가 웨이후이와 몐몐의 신체 글쓰기를 "급진적인 글쓰기 방식"[59]으로 간주한다. 신체 글쓰기라는 격렬한 방식을 통해 남성 중심 문화에 의해 가려진 여성의 신체와 왜곡된 영혼을 대담하게 드러내고, 주변부에서 여성의 독특한 경험을 마음껏 해석하며 전통적 도덕 질서를 단호히 전복했다는 것이다. 이들의 글쓰기는 가부장제 신화를 깨뜨리고, 남성 중심의 문화 체계를 전면적으로 도전하는 모습을 보여주기에, 결론적으로, 신체 글쓰기는 오랜 기간 동안 가부장제 사회가 남성의 여성에 대한 절대적인 지배를 바탕으로 구축한 이데올로기를 강력히 흔들었고, 이는 여성들에게 있어 반항이자 해방의 과정

58　向榮, 「戳破鏡像: 女性文學的身體寫作及其文化想象」, 『西南民族學院學報』(哲學社會科學版)2003년 제3기.

59　劉文菊, 「論衛慧, 棉棉身體寫作的邊緣化抗爭姿態」, 『黑龍江社會科學』, 2009년 제2기.

으로 볼 수 있다는 주장이다.

위의 내용은 '신체 글쓰기'를 남성 중심의 문화에 대항하는 여성의 노력과 연결시키는 대신, 시계에서의 '하반신 글쓰기' 선언은 육체적 욕망을 노골적으로 찬양하는 방향으로 전개된다. 선하오보가 잡지『하반신』의 창간사「하반신 글쓰기와 상반신에 대한 반대」에서 발췌한 내용은 다음과 같다.

하반신 글쓰기의 의미는 시 창작에서 상반신 요소를 제거하는 데 있다. 지식, 문화, 전통, 시적 감수성, 서정, 철학, 사유, 책임, 사명, 거장, 고전, 여운, 깊은 맛, 무한한 회상과 같은 상반신에 속하는 단어들은 예술과 관련이 없다. 이런 문인들의 사전 속에 있는 요소들은 현재성을 지닌 아방가르드 시와는 무관하다.

상반신적인 모든 요소는 사라져야 한다. 그것들은 마치 살찌고 끈적이는 청벌레처럼 짜증스럽다. 우리는 오직 하반신만을 원한다. 하반신은 진실하고 구체적이며 손에 잡히고 흥미롭고 야만적이고 섹시하며 숨김이 없다.

이른바 하반신 글쓰기는 철저히 형이하학적인 상태를 지칭한다. 우리에게 예술의 본질은 단 하나로, 아방가르드다. 예술의 내용 역시 단 하나로, 형이하학적이다.

이른바 하반신이라는 것은 시를 쓰는 것의 내밀한 상태, 즉 자신이 쓰는 시와 신체 사이에 어떤 관계가 있는가를 말한다. 꽉 붙어있는가? 아니면 서로 떨어져 있는가? 신체에 가까우면 원시적이고 야만적인 본질적인 힘을 가진 삶의 상태를 나타낼 것이다. 그것은 종종 하이즈海子의 유토피아적 젊음의 서정과 같은 거짓을 가져오는데, 그것은 자신의 신체의 현실에서 점점 더 멀어지고, 그래서 그는 점점 더 헛되이 되어가고, 심지어 그 자신도 속고 있다......

이른바 하반신 글쓰기는 물리적 존재감을 추구한다. 주목하라, 그것은 육체이지 신체가 아니고, 하반신이지 신체 전체가 아니다.[60]

감각적인 신체로 경직된 사상에 저항하는 것은 잘못된 것이 아니지만, 단순히 형이하적인 접근이 상반신을 진정으로 전복할 수 있는지에 대해서는 의문이 제기된다. 페미니즘의 관점에서 보았을 때, 신체 글쓰기가 전통적인 가부장제를 진정으로 전복하고 여성을 해방시켰는가에 대한 질문이 남아 있다. 이에 대해 많은 학자들이 회의적인 입장을 보인다. 예를 들어, 한 학자는 신체 글쓰기는 페미니즘과 아무런 관련이 없으며, "사상이 없으니 신체로 글을 쓰는 것"이라는 점을 명확히 지적한다.[61] 또 다른 학자는 이미 사회가 남녀 간 성적 질서를 구축해 놓았으며, 이 질서는 여성을 위한 두 가지 선택지를 제공한다고 본다. 하나는 '정상적인 여성'으로서의 양가의 부인이나 숙녀가 되는 길이고, 다른 하나는 '비정상적인 여성'으로서의 음탕한 여자나 요녀가 되는 길이다. 이 두 가지는 모두 남성의 성적 욕망을 기준으로 형성된 것이다. 무쯔메이는 기존 성적 관계의 틀에서 벗어나지 않았으며, 그녀의 저항은 단지 기존의 불균형한 성적 관계 내에서 또 다른 가능성, 즉 '음탕한 여자'가 되는 선택을 한 것에 불과하다. 무쯔메이가 자신과 남성 간의 방탕한 행위를 공개한 것은 전복적이지 않을 뿐만 아니라, 오히려 남성 주도적인 기존 성적 관계의 기본 논리를 충족시키는 것이었다. 그녀가 많은 독자를 보유한 이유는 그녀의 문학적 성취나 전복성이 아니라, 단순히 그녀가 현존하는 성적 규칙에 부합했기 때문이다. 무쯔메이가 자신을 페미니스트로 여기는 것은 큰 오해이다. 만약 그것이 페미니즘과 관련이 있다고 한다면, 이는 페미니즘의 성공을

---

60 杨克 주편, 『2000中国新诗年鉴』, 广州出版社, 2001년, 544—547쪽.
61 张国涛, 「'身体写作'批判断语」, 『北方论丛』, 2005년 제5기.

의미하는 것이 아니라 실패를 상징하는 것이다. 결론적으로, "신체 글쓰기는 전복성이 없으며, 전복성에 대한 주장은 작가가 명성과 이익을 얻으려는 욕망과 이를 부추기는 평론가들이 만들어낸 허구적인 합법성 신화에 불과하다."[62]

위의 두 가지 상반된 평가 외에도 많은 학자들이 두 가지 측면에서 신체 글쓰기를 평가하고 있다. 즉, 가부장제를 전복하고 여성 자신을 발견하는 긍정적 가치를 인정하면서도, 동시에 상업 문화와 소비 문화에 의해 이용되어 타락으로 치닫는 현실을 비판한다. 그러나 이러한 겉보기에 균형 잡힌 평가는 신체 글쓰기를 이해하는 데 있어 이론적 가치를 크게 제공하지 않는다. 우리가 이해해야 할 것은 신체 글쓰기가 의존하는 소비 문화가 어떤 중국적인 특성을 가지고 있는지이다. 그것이 단순히 서구적이거나 소위 '세계화'된 소비주의인가? 신체 글쓰기 뒤에 어떤 중국 고유의 문화적 징후가 존재하는가? 이는 서구가 아닌 중국 신체 글쓰기를 이해하는 데 있어 핵심적인 문제다. 이러한 문제에 대해 설득력 있는 설명을 하기 위해서는, 중국 소비 문화의 독특한 정치문화적 환경을 해석하는 데 있어 진지한 정치적 분석 관점을 도입할 수밖에 없다.[63]

(3) 신체 글쓰기에서 문학신체학으로

신체 글쓰기를 둘러싼 논쟁이 한창 뜨겁게 진행된 후, 학계에서는 소위 '문학 신체학' 연구가 등장했다. 이 연구는 각 시대별로 문학이 신체를 상상하고, 다루며, 표현하는 방식을 탐구하며, 신체 글쓰기 뒤에 숨겨진 풍

---

62 黄应全, 「解构"身体写作"的女权主义颠覆神话」, 『求是学刊』, 2004년 제4기.阎真「身体写作的历史语境评析」, 『文艺争鸣』, 2004년 제5기.

63 贺玉高, 李秀萍, 「"身体写作与消费时代的文化症状学术讨论会"综述」, 『文学评论』, 2004년 제4기.

부한 문화적·역사적 함의를 드러내는 데 초점을 맞추고 있다.[64]

『육체 서사의 문화적 논리(肉身叙事的文化逻辑)』에서 주다커는 여성주의 논리, 반항의 논리, 쾌락주의 논리, 시장 논리의 네 가지 측면에서 신체 글쓰기에 숨겨진 복잡한 논리적 관계를 분석했다. 주다커는 무쯔메이의 육체 서사가 처음에는 대중의 엿보기 욕구를 충족시키기 위한 저속한 노출 행위에 불과했지만, 이후 남성 대중의 압력으로 인해 여성주의 전선에서의 격렬한 투쟁으로 발전했다고 본다. 그녀들은 자신의 육체적 우위를 이용해 명성을 바탕으로 한 사회적 권리를 얻었으며, 그녀들의 반항적 서사는 도덕적 위험을 동반하고 있다고 주장한다. 그녀들은 알몸으로 높은 언어의 줄타기를 하며 전통적 공동체의 거대한 집단에 홀로 도전한다. 이는 남성 중심 사회의 독점적인 영역에서 파격적인 반란을 일으키는 행동으로 평가된다. 쾌락주의는 이데올로기적 해빙과 밀접하게 연관되어 있다. 이데올로기의 해빙은 서구 중산층이 성 해방과 성적 쾌락의 길을 가속화하는 데 기여했으며, 중국의 성적 자기 해방 또한 이러한 세계화 흐름에 부응한다. 소비 사회는 성적 욕망을 해방시키는 동시에 그 사회적 '독성'을 희석시켜 공식적인 안정성을 추구하는 사회의 요구에 부합하는 안전한 모습으로 변모시켰다. 글로벌 자본주의 시대에 시장의 영향을 받지 않는 사건은 거의 없으며, 신체 소비와 성적 경제학이 점점 발전하면서 웨이후이와 같은 인물들에게 국제 시장에서의 넓은 기회를 제공한다. 시장 논리는 문화의 속성을 확고히 규정하며, 문화를 자본 운영의 종속물로 전락시킨다.[65]

타오둥펑은 중국 현대 문학에서(무쯔메이에 이르기까지) 신체 글쓰기를 비교적 상세히 정리하고 분석하며, 그 속에 담긴 정치적·문화적 증후를

---

64 陈定家编,『身体写作与文化症候』, 中国社会科学出版社, 2011년, 179쪽.

65 朱大可,「肉身叙事的文化逻辑」,『新民周刊』, 2004年6月8日.

드러냈다. 타오둥펑은 문학과 신체가 항상 밀접하게 연결되어 있다고 지적한다. 신체가 없는 문학과 문화는 상상할 수 없으며, 신체를 배제한 글쓰기도 상상할 수 없다. 심지어 신체에 대한 어떠한 묘사도 없는 문학이라 할지라도 그것은 하나의 문화적 증후로서, '창조적 부재' 또는 '의미 있는 부재'라는 특정한 형태로 존재한다. 문학에서 신체의 부재는 그 자체로 신체를 다루는 문화적 방식 중 하나다. 따라서 논의해야 할 것은 신체가 없는/신체와 분리된 문화와 문학이 존재하는지 여부가 아니라, 각 시대의 문화와 문학이 신체를 어떻게 다루고 표현했는가이다. 이로 인해 각 시대의 문학적 상상력과 신체를 다루는 방식, 그리고 이를 통해 신체를 제시하는 방식을 고찰하는 것은 풍부한 문화적·역사적 내포를 밝힐 수 있는 길이다.(이러한 점에서 푸코의 연구는 매우 중요한 영감을 제공한다.)

타오둥펑은 먼저 신중국 건국 후 신시기 이전의 "혁명 문학"에서 신체 글쓰기에 대해 개괄적으로 설명했다. 첫째, 혁명 문학에서 개인의 신체는 기본적으로 부재하며, 문학 작품에서 신체에 대한 묘사는 매우 드물다. 신체가 묘사되더라도 그것은 정치적·계급적 기호화된 신체로, 집단적 신체(계급 신체)를 상징하는 형태로만 존재한다. 혁명 문학은 특별히 개별화된 신체 감각을 거의 묘사하지 않는다. 이러한 현상이 발생하는 이유는 사회주의 혁명 윤리(이를 '인민 윤리'라고도 한다)가 개인의 신체를 적대시했기 때문이다. 사회주의적 도덕 표현인 "아름다운 미래", "아름다운 사업", "아름다운 시대", "아름다운 헌신"은 개인 신체의 가치를 철저히 박탈했다. 이것이 혁명 문학의 신체 글쓰기가 가지는 첫 번째 특징이다.

둘째, 혁명 문학의 신체 글쓰기가 가진 또 다른 특징은 신체의 계급 정치화이다. 혁명 문예는 독특한 신체 기호학 체계, 절차, 관례, 계급 체계를 가지고 있다. 인간의 신체적 특성은 특정하고 명확한 정치적 함의를 부여받아 가치 계급 질서에 통합된다. 이는 나중에 "상투적인 묘사"(脸谱化)로 비판받았다. 예를 들어, 무산계급의 강건한 신체는 도덕적 가치와 심미적 가치 면에서 모두 지식인의 연약한 신체보다 우위에 있는 것으로 묘사된다.

셋째, 혁명 문화와 혁명 문학에서는 사상 개조와 신체 개조가 자주 결합된다. 이는 지식인들의 '상산하향 운동'에서 집중적으로 나타난다. 지식인의 상산하향은 단순히 사상 개조가 아니라 신체 개조를 포함하는 것이며, 사상 개조는 신체 개조를 통해 이루어진다. 예컨대, 체력 노동에 참여하고 지식인의 신체를 노동자, 농민, 군인의 신체로 변화시키는 방식으로 진행되며, 궁극적으로는 신체 개조로 귀결된다. 이 과정에서 각기 다른 신체적 특성이 특정 계급 신체 및 정치적 정체성과 일대일로 대응된다는 점을 알 수 있다. 이를 통해 정치 권력이 신체에 각인되는 방식을 확인할 수 있다.

넷째, 무산계급의 생산성을 강조한 신체는 남성 중심적이었고, 이는 여성의 신체를 비성별화하거나 남성화했다. '철의 여성'(铁姑娘)라는 이상적 여성 이미지가 그 시대를 대표하게 되었으며, 이는 혁명 시대의 남성 또한 혁명 담론의 억압받는 대상이자 희생자였음을 보여준다. 남성 역시 자신의 개별적인 신체적 취향을 표현할 수 없었고, 자신의 문화적 취향이나 심미적 이상에 따라 신체(머리 모양, 의복 등)를 꾸밀 권리를 가지지 못했다. 따라서 그 시대의 혁명 문화를 단순히 남성 중심 문화로 간주하는 것은 불충분하며, 오히려 문제의 본질을 가리는 결과를 초래할 수 있다.

이어서 타오둥펑은 대표적인 몇몇 작가들의 신체 글쓰기를 분석하며, 그 이면에 숨어 있는 정치적·문화적 징후를 밝혀냈다. 타오는 왕샤오보 (王小波)의 『황금 시대』(黃金时代)를 통해 작품에 담긴 '정치적 비판의 의미'를 발견했다. 그는 이 소설을 신체, 주로 성애를 통해 그 시대의 부조리에 저항하려는 텍스트로 해석했다. 소설 속 성애 행위가 큰 정치적 전복 의미를 지니는 이유는 그것이 극권주의 시대에 발생했기 때문이다. 이로 인해 소설 속 등장인물들의 성애는 정치적 개조와 사상 개조에 맞서는 유일한 무기로 작용한다.

타오둥펑은 장셴량(张贤亮)의 『남자의 절반은 여자(男人的一半是女人)』에서 신체 해방 이후 다시 계몽주의와 발전주의 이데올로기로 얽히는 모순과 갈등을 포착했다. 타오는 1980년대 초의 계몽주의가 여전히 감성과 이성, 영혼과 육체의 이분법적 사고에 얽매여 있으며, 이러한 사고가 국가와 민족 운명이라는 거대 서사와 밀접히 연결되어 있다고 지적했다. 소설 『남자의 절반은 여자』에서 신체를 다루는 방식은 이러한 이중적 특성을 보여준다. 신체를 해방하는 과정(장융린의 성기능 회복)이 결국 신체를 바치는 방향(장융린이 마지막에 황샹주를 떠나는 것)으로 이어진다. 따라서 "남자의 절반은 여자"라는 은유는 남자의 절반은 신체/육체(황샹주에 속함)이고, 다른 절반은 정신/영혼(위대한 민족 국가와 인민에 속함)임을 의미한다.

또한 타오둥펑은 모옌의 소설에 등장하는 민속문화가 강한 신체 묘사, 위화와 같은 선구적인 작가들의 객관적, 무관심, 0도 이하의 신체적 폭력 묘사, 천란과 린바이로 대표되는 여성 작가들의 사적인 글쓰기, 웨이후이, 멘멘, 무쯔메이 등으로 대표되는 미녀 작가들의 몸짓 등을 흥미롭게 분석했다[66]. 타오둥펑의 분석은 전형적인 텍스트와 역사적 맥락을 결합하는 특징이 두드러지는데, 이 분석을 통해 우리는 현상으로서의 신체와 신체의 글쓰기가 그 이면에 복잡한 사회정치적, 문화적 요인을 가지고 있음을 분명히 알 수 있으며, 이를 위해서는 그 이면에 있는 문화적 증상을 깊이 분석하여 중국인의 신체와 신체 글쓰기의 선명한 얼굴을 볼 수 있다.

타오둥펑은 자신의 분석을 통해 그가 언급한 '문학 신체학'의 매력과

---

66 陶东风, 「中国当代文学中身体叙事的变迁及其文化意味」, 『求是月刊』, 2004년 제6기.亦可陶东风『文学理论的公共性: 重建政治批评』, 福建教育出版社, 2008년, 10章.

가능성을 보여주었다. 현재 신체 글쓰기 연구는 더 이상 웨이후이, 무쯔메이와 같은 작가들에 대한 도덕적 비판이나 신체 소비 연구에 머무르지 않는다. 대신 중국 문학, 특히 현대 문학의 발전 속에서 신체 글쓰기가 가지는 의미와 그 뒤에 숨겨진 문화적 징후를 분석하는 더 넓은 '문학 신체학'으로 방향을 전환하고 있다. 이는 현대 문학 연구의 새로운 접근 방식으로 자리 잡고 있다. 이미 2005년에 이러한 방향성을 보여주는 연구들이 등장하기 시작했다. 예를 들어, 거훙빙과 쑹경이 집필한『신체 정치』(상하이 삼연서점, 2005년)는 중국 현대 문학 속 신체 글쓰기를 분석했다. 이 책은 5·4 신문화 운동 시기의 신체 개념, 혁명 시대의 신체 이데올로기, 계몽 서사와 혁명 서사 이후의 신체 글쓰기, 배고픔의 문화 정치학, 성 정치, 병든 신체 등의 주제를 다루며 작품과 함께 이를 분석했으나, 전반적으로 간략한 분석에 머물렀다. 해외 학자 주충커의『신체 이데올로기』(중산대학 출판사, 2009년)는 현대 문학의 여러 작가들, 예컨대 자평와, 위화, 왕샤오보, 천란, 지우단, 무쯔메이 등의 텍스트를 세밀히 읽으며 작품에 나타난 신체 정치에 대해 상세히 분석했다. 이를 통해 신체 글쓰기 이론과 중국의 맥락을 잘 이와 같은 경향은 커첸팅의『신체, 트라우마와 젠더─중국 신시기 소설의 신체 글쓰기』에서도 잘 드러난다. 이 책은 테닝의『장미문』, 모옌의『풍유비둔』, 왕샤오보의『만수사』, 왕안이의『장한가』, 쉬샤오빈의『뱀의 깃털』와 같은 몇몇 대표 작가들의 작품을 선정하여 분석했다. 저자는 문학 신체학의 분석 틀을 구축하려는 시도를 하였으며, 이 책에서 다룬 8가지 분석 측면을 제시하였다.

1. 감각, 배고픔, 식생활, 질병 그리고 신체
2. 섹슈얼리티, 모성, 젠더 정치
3. 출산과 양육, 건축, 공간과 신체
4. 의복, 건축, 공간과 신체

5. 트라우마, 기억과 체현

6. 폭력, 고문 및 사도 마조히즘

7. 통사구조, 언어적 이미지, 글쓰기과 신체

8. 퀴어와 젠더정치[67]

이 분석의 틀이 완전히 과학적이고 합리적이지는 않지만, 기본적으로 문학신체학에서 연구해야 할 기본 내용을 포함하고 있다. 더 나아가 중국 중국적 맥락을 결합하고 신체에 내포된 복잡한 사회정치적, 문화적 함의를 분석하는 것이 문학 신체학의 발전 방향이 될 수 있다.

---

67 柯倩婷, 『身体, 创伤与性别──中国新时期小说的身体书写』, 广东人民出版社, 2009년, 36쪽.

제7장

현대 중국의 미디어 연구

이 장에서는 현대 중국의 미디어 연구를 분석한다. 미디어 연구는 매우 복잡하고 다양하며, 거의 모든 인문학의 다양한 분과와 일부 자연과학 분야까지 아우른다. 예를 들어, 미디어 정치와 정치학, 미디어 발전과 사회학, 미디어 산업과 경제학, 미디어 영향과 교육학, 미디어 책임과 윤리학, 미디어 감시와 법학, 미디어 예술과 미학, 미디어 수용과 심리학, 미디어 본질과 철학, 그리고 미디어 기술과 광학, 전자학 등 자연과학 분야에까지 걸쳐 있다.[1] 모든 분야를 포괄할 수는 없지만, 문화연구의 관점에서 현대 중국 미디어 연구에서 중요하다고 생각되는 몇 가지 문제를 정리하고 분석하고자 한다. 그러나 우선, 문화연구의 패러다임이 현대 중국의 미디어 연구에서 주류적 위치를 차지하고 있지 않으며, 미디어 연구에서 문화연구 방법론을 의식적으로 활용한 성과는 여전히 드물다. 그럼에도 불구하고, 현대 중국의 방대한 미디어 연구 저작들에서[2] 문화연구의 이론과

---

[1] 尹鸿, 『传媒研究的专业化, 人文化, 多样化』, 王岳川 주편, 『媒介哲学』, 河南大学出版社, 2004년, 254쪽.

[2] 중국지식네트워크를 검색하면 2013년 5월 1일 현재 철학과 인문과학, 사회과학 I 집, 사회과학 II 집의 3개 분야 라이브러리에서 '미디어(媒介)'를 제목으로 한 논문 4,756편,

방법이 언급되거나 활용되는 경우를 주목할 필요가 있다. 따라서 우리가 해야 할 일은 현대 중국 미디어 연구의 방대한 영역에서 문화연구의 흔적을 주의 깊게 찾아내고, 미디어 연구에서의 문화연구 패러다임에 대해 가능한 한 정확하고 적절한 분석과 평가를 수행하는 것이다. 이는 어려운 과정이다. 이 장에서는 문화연구의 미디어 분석 패러다임에 기초하여 미디어의 생산 메커니즘, 미디어 텍스트의 내용, 그리고 수용자 연구라는 세 가지 측면에서 현대 중국의 미디어 연구를 정리하고, 분석하며, 평가한다.

1. 비판적 미디어 연구

이 절에서는 주로 문화연구와 미디어 연구의 결합을 전반적으로 정리하고 분석한다. 즉, 문화연구 패러다임을 활용한 미디어 연구, 혹은 넓은 의미에서 비판적 미디어 연구라고 불리는 연구를 다룬다. 또한, 이러한 연구 패러다임이 중국에서 발전하고 토착화되는 과정과 그와 관련된 문제를 정리한다.

(1) 미디어연구의 비판이론 패러다임

미디어 연구의 패러다임(또는 학파)은 일반적으로 두 가지로 나뉜다. 하

'매체(媒体)'를 제목으로 한 논문 22,279편, '커뮤니케이션(传媒)'을 제목으로 한 논문 6794편, '전파(传播)'를 제목으로 한 논문23,650편 등 총 57,000편 이상이 검색된다. 국가도서관에서 이 네 글자를 제목으로 한 중국어 도서를 검색하면 총 약 2만 권이 검색된다. 중복된 것은 빼더라도 미디어에 관한 논저는 6만 부(편)에 이를 정도로 방대한 분량이다.

나는 미국 미디어 연구를 대표로 하는 경험주의적 패러다임으로, 전통 학파라고도 불린다. 다른 하나는 유럽 미디어 연구를 대표로 하는 비판 이론적 패러다임이다.[3] 두 패러다임의 차이는 다음과 같다. 첫째, 전자는 커뮤니케이션을 인간의 행위로 간주하며 연구하고, 기존의 사회 제도와 커뮤니케이션 제도, 미디어 제도를 인정하며, 연구 결과를 기존 제도에 활용하는 데 중점을 둔다. 이 연구 방법은 실증적 조사, 실험 비교, 정량적 분석에 초점을 맞추며, 강한 실증주의와 기능주의적 성격을 띤다. 반면, 후자는 현대 커뮤니케이션 현상을 연구할 때 전체적이고 체계적인 접근을 사용한다. 정량 분석과 실험실 연구를 배제하지 않으면서도 주로 정성적 분석 방법을 활용하며, 대중 커뮤니케이션을 사회적 환경과 제도와 연관지어 연구한다. 이를 통해 대중 커뮤니케이션 방식과 사회 제도, 정치 구조 사이의 관계를 중점적으로 분석한다.[4] 둘째, 전자는 주로 가치 중립적인 입장을 취하는 반면, 후자는 비판적 연구를 통해 사회에 개입하고, 대중이 현실을 변혁하도록 이끌어 사회의 보다 합리적인 발전을 촉진하는 것을 강조한다. 일부 학자는 이 두 패러다임의 차이를 도표로 비교한 바 있다.[5]

---

3 학자에 따라 미디어 연구의 범주에 대한 분류가 완전히 일치하지는 않는다. 혹자는 객관적 경험주의 패러다임, 해석경험주의 패러다임과 비평이론의 세 가지 패러다임으로 구분한다. (刘海龙, 『大众传播理论: 范式与流派』, 중국인민대학출판사, 2008) 혹은 실증주의, 해석사회학 및 비판사회학 패러다임(吳飞, 万学成: 『传媒·文化·社会』, 산동인민출판사 2006), 혹은 경험-기능, 제어론, 구조주의 방법론의 세 학파(陈卫星, 『传播的观念』, 인민출판사 2004)로 구분한다. 혹자는 경험주의·기술주의·비판주의의 세 가지 연구 패러다임으로 구분한다. (胡翼青, 『传播学: 学科危机与范式革命』, 首都师范大学出版社, 2004). 그러나 전반적으로는 이분법이 더 간결하면서도 많이 쓰인다.(陈力丹, 「试论传播学方法论的三个学派」, 『新闻与传播研究』, 2005년 2호 참조).

4 段京肃, 『大众传播学: 媒介与人和社会的关系』, 北京大学出版社 2011년, 344쪽

5 李彬, 「传统学派与批判学派的比较研究」, 『新闻大学』, 1995년 제2기. 미디어연구의 비판학파와 경험학파의 구분에 대해서는 많은 논저가 있다. 다음의 것들을 참조. 罗杰斯,

전통학파의 특징	비판학파의 특징
경험적 정량적	비판적 사변적
기능주의 구체적, 실증적 효과분석 연구 중시	마르크스주의 광범위한 연계성 제어분석 중시

이 장에서는 버밍엄 학파의 문화연구 이론에 기초한 비판적 이론적 패러다임을 분석한다.

프랑크푸르트학파의 비판이론 외에도 미디어학파의 비판적 패러다임에서 사용되는 주요 이론으로는 기호학-구조주의, 버밍엄학파의 문화연구론, 정치경제학, 문화제국주의론, 포스트모더니즘 문화이론 등이 있다[6] 그렇다면 미디어학은 어떤 측면에서 문화연구이며, 미디어연구는 어떤 접근을 하고 있는가?

어니(Erni)는 『미디어 연구와 문화연구: 공생적 수렴(Media Studies and Cultural Studies: A Symbiotic Convergence)』에서 문화연구와 미디어 연구 사이의 수렴점을 지적한다. (1) '매스커뮤니케이션'은 '대중문화'에 대한 비판적 연구로 재배치. (2) 기호학과 이데올로기 비평에 대한 지식과 정치

『传播学史: 一种传记式的方法』, 殷晓蓉 译, 译文出版社, 2002, 129쪽. 黄瑞琪, 『社会理论与社会世界』, 北京大学出版社, 2005, 74—82쪽; 朱晓军『电视媒介文化与后现代主义思潮』, 中国广播电视出版社2009년, 6—14쪽; 陈力丹《谈谈传播学批判学派》, 『新闻与传播研究』, 2000년 제2기. 陈全黎, 「现代性的两副面孔—论传媒批判学派与经验学派的分野」, 『文艺理论与批评』, 2003년 제5기. 潘知常, 袁力力, 「文化研究: 传媒作为文本世界—西方传媒批判理论研究札记之一」, 『现代传播』, 2003년 제1기. 董天策, 「传媒与文化研究的学术路径」, 『学术研究』, 2012년 제1기. 蒋晓丽, 石磊, 「传媒研究的文化转向」, 『中外媒介批评』(제1집), 暨南大学出版社, 2008년. 侯卫婷, 「传播学批判学派与传统学派的分析」, 『东南传播』2009년 제1기. 梅琼林, 「方法论: 传播学批判学派与经验学派的比较分析」, 『中国社会科学院研究生院学报』, 2007년 제3기 등.

6 于德山, 『当代媒介文化导论』, 中国广播电视出版社, 2012년, 5—15쪽 참조

의 투자. (3) 미디어 연구에서 '정체성 정치'와 함께 섹슈얼리티 정치, 인종 정치, 젠더 정치 등을 포함한 정체성 기반 미디어 비평의 강화. (4) 커뮤니케이션의 정치경제학 비판과 미디어 문화연구를 연결하는 방법론적 틀을 생산하거나 구성.[7] 크리스 바커(Chris Barker)는 "문화연구의 관점에서 커뮤니케이션은 생산, 소비, 그리고 의미의 교환에 주목한다"고 언급하며, "문화연구에서 커뮤니케이션 연구는 생산(정치경제학), 텍스트(기호학, 담론 분석), 수용(또는 소비)이라는 세 가지 차원에서 수행된다"고 정의했다.[8] 이를 통해 미디어 연구의 문화연구 패러다임은 주로 미디어 생산, 미디어 텍스트, 미디어 수용자의 세 측면에서 연구되고 있음을 알 수 있다. 이와 관련하여 중국에서 가장 많이 인용되는 책은 아마도 켈너(Kellner)의 『미디어 문화(Media Culture)』일 것이다.

켈너는 이 저명한 저서에서 미디어 연구를 위한 다각적 접근법을 제안하며, 이 접근법은 다음을 포함한다고 설명한다. (1) 문화 생산과 정치경제학, (2) 텍스트 분석, (3) 문화 텍스트의 수용과 활용.[9] 켈너는 더 나아가 다음과 같이 언급했다.

> 나는 미디어 문화가 정치적·사회적 투쟁과 어떻게 맞물리는지, 그것이 일상을 형성하는 데 어떻게 기여하는지, 사람들이 생각하고 행동하는 방식에 어떻게 영향을 미치는지, 사람들이 자신과 타인을 어떻게 인식하며 자신의 정체성을 형성하는지 등을 검토한다. 이와 유사하게, 현대 미디어 문화에 대한 연구는 이데올로기적 지배를 제공하면서 현존하는 권력 관계를 재생산하는 다양한 형태를 탐구하는 동시에, 개인들이 자

7 托比·米勒编, 『文化研究指南』, 王晓路 역, 南京大学出版社, 2009년, 154쪽.

8 Chris Barker, 『文化研究智典』, 许梦芸 역, 韦伯文化国际出版有限公司 2007년, 48—49쪽.

9 道格拉斯·凯尔纳, 『媒体文化』, 丁宁 역, 商务印书馆 2004년, 7쪽.

신의 정체성을 형성하고 권력을 획득하며 저항하고 투쟁할 수 있는 자원을 제공하는 방식을 검토한다. 미디어 문화는 주요 사회 집단과 경쟁하는 다양한 이데올로기 간에 통제권을 놓고 다투는 전쟁터이며, 개인은 미디어 문화의 이미지, 담론, 신화, 그리고 거대한 스펙터클을 통해 이러한 경쟁을 경험한다.[10]

이 진술은 켈너가 이해하는 미디어 연구의 문화연구 패러다임을 종합적으로 보여준다. 즉, 미디어는 권력 투쟁의 장이며, 비판적 미디어 연구나 문화연구는 생산, 텍스트, 수용이라는 세 단계에서 숨겨진 복잡한 권력 관계를 해석하고 드러내는 데 주안점을 둔다. 이러한 연구 경로는 국내 학자들에게도 공감을 얻었으며, 유사한 논의가 다수 존재한다.[11] 일부 학자들은 비판학파 미디어 연구의 핵심 문제를 요약하며 "통제"라는 용어를 사용하였다. "간단히 말해서, 비판학파는 주로 정치, 경제, 문화라는 세 가지 측면에서 연구를 수행한다. 비판의 초점은 학자마다 다를 수 있으나, 그들은 모두 서구 마르크스주의의 관점에서 출발하며 '누가 커뮤니케이션을 통제하는가', '왜 통제하는가', '누구의 이익을 위해 통제하는가'와 같은 '통제'라는 명제를 일관되게 탐구한다. 오늘날에도 비판학파의 일부 구성원은 매스미디어 기관의 소유권과 통제 문제를 연구하고 있다. 즉, 비판학파의 중심 질문은 '왜 통제해야 하는가' 또는 '왜 통제하지 말아야 하는가'일 수 있으며, 반면 경험 학파는 '어떻게 전달할 것인가'와 '얼마나 전달할 것인가'를 중심 질문으로 삼는다."[12] 이 장에서는 권력과 통제에

10 道格拉斯·凯尔纳, 『媒体文化』, 丁宁 译, 商务印书馆, 2004년, 11쪽.

11 蒋晓丽, 石磊, 「传媒研究的文化转向」, 『中外媒介批评』(第一辑), 暨南大学出版社, 2008년. 史安斌, 「大众传播与文化研究」, 『当代传播』, 2003년 제6기. 蔡骐, 谢莹, 「文化研究视野中的传媒研究」, 『国际新闻界』, 2004년 제3기 등.

12 吴飞, 王学成, 『传媒·文化·社会』, 山东人民出版社, 2006년, 113쪽.

초점을 맞추어, 미디어 생산, 미디어 텍스트, 수용자 영향이라는 세 가지 측면에서 중국의 미디어 문화연구를 소개한다.[13]

(2) 중국에서 비판적 미디어 연구의 역사

미디어 연구의 비판학파는 중국에 비교적 이른 시기에 도입되었다. 류하이룽(刘海龙)의 연구에 따르면,[14] 1970년대 말과 1980년대에 이미 이 학파는 중국 학자들의 주목을 받았으며, 이를 소개하고 도입하기 위해 상당한 노력이 이루어졌다. 1982년 12월, 베이징에서 제1회 전국 커뮤니케이션학 연구 학술 토론회가 개최되었으며, 이후 중국사회과학원 언론연구소와 세계신문연구실이 편찬하고 인민일보출판사가 출판한 『커뮤니케이션학(传播学(简介))』이 발간되었다. 이 책은 서구 커뮤니케이션학을 중국 독자들에게 종합적이고 체계적으로 소개하며, 중국 사회에서 커뮤니케이션학의 발전에 중요한 영향을 미쳤다. 특히, 이 책은 비판 이론을 포함한 유럽 미디어 이론에 대한 내용을 담고 있다.

1986년, 장리(张黎)는 당시 미국의 실증주의적 커뮤니케이션 이론을 회고하는 글을 썼다[15]. 그러나 당시 수용자 조사 연구자들은 성과에 도취되

---

13 미디어연구에서 문화연구 패러다임의 기본적인 특징에 대해서는 다음을 참조. 秦贻 「批判的联合: 文化研究与传播政治经济学之关系演变」, 『湖北社会科学』, 2009년 제11기. 梅琼林, 「文化研究视野下的传播研究」, 『北方论丛』, 2005년 제5기. 刘晓红, 「共处·对抗·借鉴—传播政治经济学与文化研究关系的演变」, 『新闻与传播研究』, 2005년 제1기. 冯婷, 「浮出表面的文化—文化社会学的传媒研究」, 『中共浙江省委党校学报』, 2006년 제4기. 赵月枝, 邢国欣. 「传播政治经济学」, 刘曙明, 洪浚浩 편, 『传播学』, 中国人民大学出版社, 2007년

14 刘海龙, 「"传播学"引进中的"失踪者": 从1978—1989年批判学派的引介看中国早期的传播学观念」, 『新闻与传播研究』, 2007년 제4기.

15 张黎, 「美国和西欧传播研究的现状」, 『新闻学刊』, 1986년 제4기.

어 있었기에, 이러한 비판적 관점은 그들의 연구 현황과 지나치게 동떨어져 있어 진지하게 받아들여지지 못했다. 같은 해, 런민대학교 언론학부 대학원생(이후 영국 유학)인 왕즈싱(王志兴)은 제2회 전국 커뮤니케이션 연구 심포지엄에서 「유럽 비판학파와 미국 전통 학파의 분석」[16]이라는 논문을 발표하였다. 이 논문은 비판학파에 대한 상세한 분석을 최초로 제공하며 큰 주목을 받았다.

1987년, 일본에서 유학 중이던 귀칭광(郭庆光)은 중국 런민대학 신문학과에서 발행하는 『신문학논집』 제11권에 「매스커뮤니케이션 연구의 신진: 유럽 비판학파에 대한 평론」[17]을 발표했는데, 이는 중국에서 비판적 커뮤니케이션 학파를 종합적으로 소개한 최초의 논문이었다. 또한 황황(黄煌) 등이 번역한 『권력의 미디어(权力的媒介)』(화하출판사, 1989)는 중국 최초로 비판적 커뮤니케이션 학파를 소개한 성과이다.

1990년대 이후, 학계에서 비판이론을 중심으로 한 문화연구 이론에 대한 소개와 분석이 활발해지면서 관련 논문, 교과서, 단행본, 총서, 웹사이트 등이 점점 더 많이 출간되었으며, 미디어 비판학파도 크게 발전하였다. 그러나 경험주의 학파의 미디어 연구와 비교하면 비판학파의 연구는 여전히 상대적으로 약하며, 미디어 연구에서는 단지 '어렴풋하게' 존재감을 드러내는 정도에 그쳤다[18]. 심지어 경험주의 학파를 편애하는 불균형적인 현상까지 나타나기도 했다. 이에 대해 많은 학자들이 비판적 성찰을 이어왔다.

류하이룽은 초기 비판학파가 상당 부분 무시된 이유를 국내 학자들이 저널리즘 이론의 틀 안에서만 비판학파를 해석하고, 그 진정한 가치를 과

---

16 王志兴, 「欧洲批判学派与美国传统学派的分析」, 『新闻学刊』, 1986년 제6기.
17 郭庆光, 「大众传播学研究的一支新军－欧洲批判学派评介」, 『新闻学论集』, 제11집.
18 李彬, 「传播学派纵横谈」, 『国际新闻界』, 2001년 제2기.

소평가했기 때문으로 본다. 이로 인해 커뮤니케이션학의 다문화 소통 과정에서 비판학파가 '사라지는' 다소 특이한 현상이 발생한 것이다.[19] 일부 학자들은 비판정신의 결여라는 관점에서 이러한 현상을 성찰하며, 미국을 대표로 하는 실증주의적 커뮤니케이션 연구가 전혀 가치가 없는 것은 아니지만, 그것은 전체 연구가 아니라 특정 연구의 일부에 불과하다고 주장한다. 그러나 오늘날까지도 서구의 커뮤니케이션학, 특히 미국의 커뮤니케이션학에 대한 쏠림 현상은 여전히 광범위하게 존재하고 있으며, 어떤 면에서는 오히려 심화되고 있다. 이러한 현상의 근본 원인은 지난 30년 동안 중국 커뮤니케이션 연구 주체들이 자신과 학문에 대해 비판적이고 회의적인 태도를 결여했으며, 자신의 인식론적 도구에 대해 진지한 비판과 반성을 하지 않았기 때문이라고 본다. 저자는 이를 두고 "현대의 많은 커뮤니케이션 연구자들이 기존 이론과 방법의 한계, 자신의 학문적 정신의 결함, 나아가 왜 그러한 이론과 방법을 사용하여 연구를 수행하는지조차 제대로 인식하지 못하는 것은 비판정신과 성찰 능력의 부족 때문이다"라고 지적한다. 더 나아가 그는 일부 연구자들이 1세대 학자들보다도 훨씬 덜 용감하고 이상주의적이라고 평가했다.[20] 이러한 비판은 다소 극단적으로 들릴 수 있지만, 실제로 이러한 현상이 존재한다. 리빈(李彬)의 비판 또한 이와 일맥상통한다. 리빈은 중국 학계에서 특정 학파를 지나치게 선호하는 현상이 단순히 전문적 인지와 학문 체계의 문제를 넘어, 사회적, 정치적, 문화적 사조와도 밀접한 관련이 있다고 주장한다. 그는 이를 전형적인 '탈정치화의 정치'의 결과로 보았다. 그는 "문화대혁명과 사상 해방을 반성하는 시대적 분위기 속에서 저널리즘계는 한편으로는 지

---

19 刘海龙, 「"传播学"引进中的"失踪者": 从1978—1989年批判学派的引介看中国早期的传播学观念」, 『新闻与传播研究』, 2007년 제4기.

20 胡翼青, 『中国传播研究主体批判三题—基于反思社会学的视角』, 周晓虹, 成伯清 주편, 『社会理论论丛』(4辑), 北京大学出版社, 2009년, 271쪽.

나치게 정치화된 저널리즘 및 커뮤니케이션 이론과 실천을 포기했지만, 다른 한편으로는 마치 정치와 무관한 순수한 과학적 접근인 것처럼 보이는, 사실은 냉전 이데올로기가 스며든 미국의 커뮤니케이션 이론과 실천을 지나치게 숭상했다"고 지적했다[21]

미디어학의 비판적 패러다임의 약화는 중국커뮤니케이션학의 비판정신의 결여와 밀접한 관련이 있다고 할 수 있으며, 이는 중국 미디어학의 토착화에 더욱 영향을 미칠 것이다.

(3) 미디어 연구의 토착화

미디어(커뮤니케이션) 연구의 토착화라는 슬로건은 중국 커뮤니케이션 연구의 부상과 기의 동시에 등장했으며, 심지어 중국 커뮤니케이션 연구의 주요 방침, 즉 "체계적인 이해, 분석과 연구, 비판적 수용, 자주적 창조"는 매우 일찌기 제시되었다. 비록 구호는 제안되었지만, 자주적 창조를 구체적으로 어떻게 실현할 것인가에 대해서는 충분히 논의되지 못했는데, 이는 당시 중국 커뮤니케이션 연구가 아직 충분히 축적되지 않았다는 점에서 분명하다. 1990년대에 토착화 문제가 다시 제기되면서 격렬한 논쟁이 일어났다. 일부 학자들은 "과거로 돌아가기"를 강조하며 중국 전통문화 자원에서 독자적인 커뮤니케이션 이론을 발굴하고 구축해야 한다고 주장했다. 반면, 이에 대해 부정적인 태도를 보이는 학자들은 우선 서구의 커뮤니케이션 이론을 철저히 받아들여야 한다고 주장했다. 그들은 "토착화에 앞서 서구 이론을 원형 그대로 탄탄히 받아들이고 이를 충분히 이해한 후에야 토착화가 가능하다"고 보았다. 서구 이론을 제대로 이해하지 못하거나 완전히 숙달하지 못한 상태에서 토착화를 논하는 것은 어불성

---

21 李彬, 「批判学派与中国」, 『青年记者』, 2013년 제1기에서 인용.

설이라는 것이다. 또한, 일부 학자들은 대화의 원칙을 채택할 것을 제안하며, 서로 다른 관점과 학파가 논쟁을 통해 교류할 수 있도록 해야 한다고 주장했다. 이는 다양한 상황에서 서구식 용어 몇 개를 반복적으로 사용하는 데 그치지 않고, 실질적인 학술적 대화와 비판적 논의가 이루어지도록 하자는 것이다.[22]

2011년경, 중국의 젊은 학자들은 다시 한번 커뮤니케이션 연구의 토착화 문제를 제기하였다. 이 논의는 주로 '서구 이론'과 '중국 경험'의 문제를 중심으로 진행되었으며, 토착화 문제에 대한 과거 논의를 반성하고 비판하면서 중국 커뮤니케이션 이론의 발전을 이론적 측면에서 더욱 촉진하고자 했다. 예를 들어, 일부 학자들은 지난 30년 동안 커뮤니케이션 연구의 토착화 과정에서 '서구 이론'과 '중국 경험'이라는 이분법적 틀이 지속적으로 작동해 왔다고 지적했다. 이 틀은 치명적인 이분법적 인식론적 결함을 내포하고 있는데, 즉 서구는 이론을 가지고 있고, 중국은 경험만 존재한다는 가정이다. 이로 인해 토착화의 경로는 서구 이론을 검증하기 위해 중국 사례를 사용하는 것이거나, 소위 '중국 경험'에 서구 이론을 기계적으로 적용하는 것에 그치게 된다. 하지만 여기서 '중국 경험'이란 개념 자체가 모호하고 불명확하며, 이는 중국 커뮤니케이션 이론을 창조하기는커녕 오히려 중국의 경험을 활용하여 서구 이론의 사례 데이터를 '풍부하게' 하고, 서구 이론의 담론적 헤게모니를 확장하고 강화할 가능성을 높이는 결과를 초래할 수 있다.[23] 이에 대해 일부 학자들은 중국의 경험

22 余也鲁,「在中国进行传播研究的可能性」,『新闻学会通讯』, 1982년 제17기. 胡翼青,「传播研究本土化路径的迷失—对"西方理论, 中国经验"二元框架的历史反思」,『现代传播』, 2011년 제4기. 李彬,「反思: 传播研究本土化的困惑」,『现代传播』, 1995년 제6기. 王怡红,「对话: 走出传播研究本土化的空谷」,『现代传播』, 1995년 제6기 등.

23 李智,「在"理论"与"经验"之间—对中国传播研究二元路径的再思考」,『国际新闻界』, 2011년 제9기.

과 독립적인 중국 이론을 구축하기 위한 구체적인 탐구를 진행하였다. 예를 들어, 류하이룽은 토착화의 기준을 명확히 제시하며, 이를 네 가지 기본 표상으로 요약했다. 첫째, 중국 경험과 중국 문제에 대한 연구. 둘째, 중국 학자가 수행한 연구. 셋째, 연구 결과를 중국의 실제 실천에 적용할 수 있음. 넷째, 서구 패러다임 외에서 중국 패러다임을 확립하는 것. 저자는 일반적으로 커뮤니케이션 연구의 토착화란 이 네 가지 기본 표상의 조합이라고 보았다. 또한, 그는 특수성과 보편성, 응용과 이론의 좌표계를 활용하여 이 네 가지 기본 표상을 직관적으로 표현하였다.

류하이룽이 이러한 좌표 모형을 구축한 이유는 토착화 연구가 비정상적으로 발전하는 것을 방지하고, 좌표계의 네 영역이 균형 있게 발전하는 종합적 연구를 이루기 위함이다. 그는 이를 통해서만 중국 커뮤니케이션 연구가 진정으로 긴전한 토착화의 길에 들어섰다고 말할 수 있다고 주장한다.[24]

이러한 인식은 여전히 합리적이며, 중국 미디어 연구의 토착화 논의에서 교정 역할을 할 수 있다고 평가할 수 있다. 류하이룽은 이 좌표계에서 특히 이론적 방향에 대한 연구를 강화해야 한다고 지적한다. 이는 특수한 문제를 연구하는 데서 출발해 점차 보편성을 가진 이론을 형성하는 것을 목표로 한다. 그의 이러한 관점은 다른 학자들에 의해서도 논의되었다. 리즈(李智)는 커뮤니케이션 연구에서 토착화란 현지 사회의 커뮤니케이션 현상과 문제의 고유성에 기반하여 외국의 커뮤니케이션 이론을 보완, 수정하거나 부정하는 과정이며, 궁극적으로는 새로운 이론적 틀을 구축하는 것을 목표로 해야 한다고 주장한다. 국제화에 대한 성찰에서 리즈는, 본토성을 배제한 국제화는 존재하지 않는다고 강조하며, 국제화란 단순한 용어가 아니라 본토적인 것의 국제화, 즉 "본토(의) 국제화"를 의미해

---

24 刘海龙, 「传播研究本土化的两个维度」, 『现代传播』, 2011년 제9기.

야 한다고 지적했다. 그는 서구의 커뮤니케이션 이론이 중국에서 창조적
으로 본토 이론으로 변형될 경우, 이를 기반으로 끊임없이 개념화되고 추
상화될 수 있으며, 중국의 경험을 초월하여 세계의 경험과 통합될 수 있
다고 본다. 이러한 과정에서 이론은 국제 학계에서 보편적으로 수용되고
인정받는 이론으로 발전할 수 있다. 이것이 바로 본토 이론의 국제화라는
개념이다[25] 따라서, 토착화가 실제로 본토적 이론을 구축하지 못한다면,
그러한 토착화가 과연 성공적이라 말할 수 있을지에 대해 논쟁의 여지가
있다고 할 수 있다.

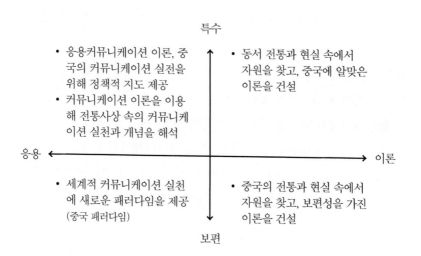

일부 학자들은 중국 현대 커뮤니케이션 연구의 대부분이 "커뮤니케이
션 역사"와 "커뮤니케이션 응용 연구"로 분류될 수 있으며, 기본적으로 혁
신을 기준으로 한 이론적 연구가 부족하다고 지적한다. 커뮤니케이션 연

25 李智,「在"理论"与"经验"之间一对中国传播研究二元路径的再思」,『国际新闻界』, 2011
년 제9기.

구의 본토적 의식의 부활과 "커뮤니케이션 이론의 본토적 기여" 실현은
중국 커뮤니케이션 학자들이 추구하는 주요 목표이다. 이를 위해 학자들
은 토착화 이론을 구축하기 위한 몇 가지 단계를 제시했다. 첫째, 중국의
경험에 기반한 연구, 둘째, 본토 경험에 기초한 중국 문제의 제기, 셋째,
선행 연구를 바탕으로 중국 패러다임을 발견하고 발전시키는 연구이다.
이는 중국 경험, 중국 문제, 중국 패러다임이라는 삼위일체의 토착화 연
구와 실천으로 요약된다.[26]

토착화 실천에 대한 구체적 탐구 외에도 일부 학자들은 비판정신의 관
점에서 토착화를 해석하고 평가했다. 예를 들어, 토착화는 운영 방법도,
연구 경로도, 획일적인 이데올로기 운동이나 학자들의 집단적 사명도 아
니라는 것이다. 토착화는 외형적인 정치 슬로건으로 제시될 것이 아니라,
내면화된 자발적 의식으로 자리 잡아야 하며, 이분법적 대립이 아니라 이
론과 경험의 자연스러운 통합과 상호작용을 통해 이루어져야 한다. 또한,
토착화 과정에서 필요한 것은 중국 학자들이 서구 학자들과의 학문적 대
화에서 보여주는 비판적 의식이다. 중국 커뮤니케이션 이론의 토착화가
실패한 주요 원인으로는 연구 주체의 비판의식 결여와 탐구의 주체성 부
족이 지적된다. 이는 제대로 된 분석 없이 서구 이론의 담론적 헤게모니
에 스스로 귀속되고, 그 지배를 당연히 여기는 태도로 이어졌다. 이른바
"학문적 자의식"과 "비판정신"은 사실상 토착화를 반서구주의로 동일시
하는 미디어 제국주의 이론의 영향을 받은 것으로 볼 수 있다[27] 결론적으
로, 중국에서 비판적 미디어 연구를 발전시키고, 미디어 연구에서 비판정

---

26 邹利斌, 孙江波, 「在"本土化"与"自主性"之间—从"传播研究本土化"到"传播理论的本土贡
献"的若干思考」, 『国际街闻界』, 2011년 제12기.

27 胡翼青, 「传播研究本土化路径的迷失—对"西方理论, 中国经验"二元框架的历史反思」,
『现代传播』, 2011년 제4기. 胡翼青, 柴菊, 「发展传播学批判: 传播学本土化的再思考」,
『当代传播』, 2013년 제1기.

신을 옹호하는 것은 중국 미디어 연구를 토착화하는 중요한 방법이라고 할 수 있다.

2. 미디어 생산에서의 권력 관계

미디어 생산 연구에 사용되는 이론적 자원은 주로 정치경제학이다. 초창기에는 문화학과 정치경제학 사이에 모순과 갈등이 있었고 논쟁을 촉발하기도 했지만, 우리는 여기서 둘 사이의 갈등을 해소하려는 것이 아니라 정치경제학 연구 패러다임을 넓은 의미의 문화연구의 일부로 간주하고[28], 이를 통해 미디어의 생산, 보급, 소비 과정과 그 안에 내포된 다양한 권력 관계를 검토한다.

(1) 미디어 생산과 정치경제학

미디어(커뮤니케이션)의 정치경제학 연구 패러다임은 1930년대에 시작되었다. 일부 학자들은 정치경제학 학파의 형성에 큰 영향을 미친 세 가지 요인을 다음과 같이 요약하였다. 첫째, 커뮤니케이션 매체가 소규모 가족 운영 형태의 기업에서 20세기의 대규모 산업으로 발전하였다. 둘째, 국가 권력이 생산자, 유통자, 소비자, 통제자로서 커뮤니케이션 과정에 점점 더 깊이 개입하게 되었다. 셋째, 커뮤니케이션 대산업과 자본주의 국가의 이익 확장이 초래한 전 세계적 커뮤니케이션 불평등과 '문화 제국주의' 현상이다.[29]

---

28 理查德·马克斯韦尔, 「文化研究里的政治经济学」, 载托比·米勒 주편, 『文化研究指南』, 王晓路 역, 南京大学出版社, 2009년.

29 李琨, 「传播的政治经济学研究及其现实意义」, 『国际新闻界』, 1999년 제3기. 또한 赵月

이 패러다임의 기본 연구 이념은 미디어의 커뮤니케이션 활동을 정치적·경제적 활동으로 간주하는 데 있다. 이는 미디어의 생산, 분배, 유통, 교환 및 소비 과정에서 정치적·경제적 요인을 연구하며, 국가, 사회, 미디어 조직, 수용자 간의 다양한 권력 관계를 규명하는 것이다. 특히, 정치적·경제적 힘이 미디어 생산과 커뮤니케이션 활동을 어떻게 통제하고 억제하는지에 주목한다. 예를 들어, 생산 수단이 어떻게 전유되고 통제되는지, 미디어 제품이 어떻게 전달되는지, 그리고 수용자가 미디어를 어떻게 (피동적으로) 소비하는지를 분석한다.

서구의 커뮤니케이션 정치경제학은 주로 마르크스주의 정치경제학에 기반을 두고 있으며, 동시에 제도경제학, 신마르크스주의 정치경제학, 프랑크푸르트 학파의 문화산업 이론 등을 흡수하고 있다. 이 학파의 주요 대표 인물로는 간햄(Garnham), 스마이드(Smythe), 와스코(Wasko), 머독(Murdoch), 실러(Schiller), 모스코(Mosco) 등이 있다.[30]

커뮤니케이션 정치경제학에 대한 연구는 중국에서 비교적 늦게 시작되었다. 현재 우리는 국제 커뮤니케이션 정치경제학 학계와 실질적으로 접점을 이루지 못한 상태이다. 이는 구체적으로 문헌 인용 면에서의 취약성으로 드러난다. 비록 커뮤니케이션 정치경제 분석에 포함될 수 있는 연구 주제가 존재하지만, 이들 연구는 독자적으로 창안한 연구 관점과 방법론을 사용하며, 아직 학파를 형성하지 못한 상태다.[31] 그러나 현재 중국에서 시행되고 있는 사회주의 시장경제는 자본주의 경제와 여러 면에서 공

枝, 邢国欣, 『传播政治经济学』 중 커뮤니케이션 정치경제학의 학술적 기원 및 발전에 대한 개괄을 참조. 刘曙明, 洪浚浩 편, 『传播学』, 中国人民大学出版社, 2007년, 516—518쪽.

30 미디어의 정치경제학에 대한 연구로는 文森特·莫斯可, 『传播政治经济学』, 胡正荣 등 역, 华夏出版社, 2000년 참조.

31 郭镇之, 「传播政治经济学之我见」, 『现代传播』, 2002년 제1기.

통점을 지니고 있다. 예를 들어, 특정 매체의 시장화, 정보의 상품화, 상품의 구매자로서 수용자의 정보 수용 동기 변화와 정보 선택 방식의 변화, 그리고 정보 콘텐츠 보급에 대한 정부 개입의 약화 등이 그것이다.[32] 이와 같은 상황은 중국 학계가 서구의 정치경제학 이론을 활용하여 미디어 비평 연구를 수행하도록 촉구하고 있다.

중국 학자 자오웨즈(赵月枝)와 싱궈신(邢国欣)은 『커뮤니케이션의 정치경제학(传播政治经济学)』에서 커뮤니케이션 정치경제학 분석 모델을 네 단계로 나누었다. 이 단계는 다음과 같다. (1) 맥락화(Contextualizing), (2) 매핑(Mapping), (3) 측정/평가(Measuring/Evaluating), (4) 실천/개입(Praxis/Intervening).

맥락화 단계에서 이들은 커뮤니케이션 정치경제학이 커뮤니케이션을 더 넓은 사회적 총체성(social totality)의 한 측면으로 간주하며, 자본주의적 생산과 재생산 과정의 일부로서 검토한다고 지적한다. 이에 대한 전형적인 사례로, 영국의 커뮤니케이션 학자 커런(Curran)의 1978년 연구를 들 수 있다. 이 연구는 영국 언론사의 맥락에서 인지세 폐지와 신문 시장 개방을 단순히 경제적 행위로만 보지 않는다. 또한, 자유주의 저널리즘 이론이 묘사하는 것처럼 정부 통제에 대한 언론 자유의 승리로 설명하지도 않는다. 커런은 영국 의회가 이 문제를 논의한 과정을 분석하면서, 영국 지배 계급 내 개혁주의자들이 시장 전면 개방을 통해 사회 담론에 대한 효과적인 통제를 달성하려는 정치적 목적을 가지고 있었다는 점을 밝혀냈다.

소위 도식화는 주로 권력 장과 통제 메커니즘의 시각화를 의미한다. 커뮤니케이션 정치경제학은 커뮤니케이션이 사회에서 어떻게 구조화되는지, 커뮤니케이션 채널의 형성에 어떤 사회적 힘이 작용하는지, 이러한

---

32 李琨, 「传播的政治经济学研究及其现实意义」, 『国际新闻界』, 1999년 제3기.

채널을 통해 전달되는 정보의 범위가 얼마나 넓은지, 그리고 커뮤니케이션 자원의 사회적 분배가 어떤 양상을 보이는지를 밝힌다. 이러한 연구는 자본, 국가, 및 기타 구조적 힘이 커뮤니케이션 활동에 어떻게 영향을 미치는지, 그리고 무역과 노동의 국제적 분업이라는 맥락에서 커뮤니케이션의 구조와 관행을 이해하는 데 기여한다. 정치경제학자들은 도식화 과정을 통해 정치경제 권력 중심과 커뮤니케이션 권력 중심(예: 국가, 미디어 그룹, 사회 세력)이 서로 어떻게 상호 구성되는지를 밝히고자 한다.

도식화를 기반으로, 커뮤니케이션 정치경제학은 특정 가치관에 따라 커뮤니케이션의 제도와 과정을 측정하고 평가한다. 측정 및 평가의 주요 내용은 다음과 같다. 경제 내에서 커뮤니케이션 산업이 차지하는 위치, 의미 생산이 자본 축적에 종속되는 정도, 커뮤니케이션 산업에서 소유권의 집중과 다원화 정도, 국가 권력, 커뮤니케이션 기관, 광고, 시장 논리가 콘텐츠, 형식, 수용자 구성에 미치는 영향, 커뮤니케이션 자원과 권력이 계급, 성별, 인종, 지역 및 국가 간에 어떻게 분배되는지, 제도적 약속과 제도적 실현 간의 간극, 해방과 억압 간의 대조적 상태 등.

그들은 커뮤니케이션 정치경제학의 학문적 실천의 목표를 불평등한 사회적 권력 관계에 도전하고, 민주주의를 심화시키며, 인간 해방의 정도를 높이는 것이라고 주장한다. 커뮤니케이션 정치경제학은 '민주주의', '민권', '사회정의', '참여' 등의 이념을 이상적 가치 목표로 삼으며, 국가를 통한 개입을 적극적으로 모색한다. 또한, 커뮤니케이션 정책 수립 과정에 참여하고 이를 민주화함으로써, 커뮤니케이션 정치경제학이 주장하는 규범적 가치관을 정책 의제로 삼아 점진적으로 실현하려 한다[33]

요컨대, 커뮤니케이션 정치경제학은 미디어 생산과 전파 과정에서 존

---

33 赵月枝, 邢国欣, 『传播政治经济学』, 刘曙明, 洪浚浩 편, 『传播学』, 中国人民大学出版社, 2007년, 519—522쪽.

재하는 다양한 복잡한 정치적·경제적 권력 관계를 비판적으로 드러낸다. 여기에는 국가 통제로부터의 정치 권력, 경제적 요인에서 비롯된 상업 권력, 그리고 미디어 조직 자체의 내부 권력 관계 등이 포함된다.[34] 이 절에서는 이러한 권력 관계가 미디어 생산에 미치는 영향을 사례 연구를 통해 설명한다.

(2) 미디어 생산에서의 권력 관계

루예와 판중당은 저널리즘 직업의 실천 공간을 보여주기 위해 논문에서[35] 다음 다이어그램을 사용했다.

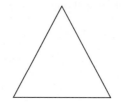

저자들은 정치 프로파간다 시스템, 상업 미디어 시스템, 그리고 언론 종사자들의 프로페셔널리즘 이념이라는 세 가지 힘이 서로 충돌하고 상

34 蔡騏,「权力的视域: 传播政治经济学与媒介研究」,『湖南城市学院学报』, 2007년 제1기.

35 이 절에서는 주석 외에 陆晔, 潘忠党,「成名的想象: 社会转型过程中新闻从业者的专业主义话语建构」,『新闻学研究』(台湾), 2002년 총71기)를 주로 인용하였다. 또한, 陆晔,「新闻生产过程中的权力实践形态研究」,『信息化进程中的传媒教育与传媒研究—第二届中国传播学论坛论文汇编』(上册), 2002년. 陆晔, 俞卫东,「社会转型过程中新闻生产的影响因素」,『新闻记者』, 2003년 제3기를 인용하였다. 앞으로는 일일이 명시하지 않는다.

호 침투하며, 심지어 교섭과 적응을 거치면서 사회 변혁 과정에서 언론 종사자들의 전문적 실천을 구성하는 역사적 장면을 만들어낸다고 지적한다. 이 도표에서 "프로페셔널리즘 이념"을 "미디어 커뮤니케이션 조직"으로 대체한다면, 미디어 생산의 일반적인 과정에서도 이러한 세력 간의 투쟁, 조정, 타협이 중요한 역할을 한다고 해석할 수 있다.

루예 등은 이들 세력 사이에서 발생하는 협력과 저항의 관계를 설명했다. 그들은 현대 중국의 언론 개혁이 당의 지도 아래 이루어졌으며, 선전 체계의 기본 원칙이 행정적 및 이데올로기적 정치 권력에 의해 강력히 유지되고 있다고 분석했다. 이 체계는 "강제"와 "협력"이라는 두 가지 형태를 통해 뉴스(미디어) 생산을 지배한다. 이를 통해 "대안적 담론"과 실천을 지배적인 이데올로기와 권력 체계에 통합하여 이를 정당화하고 규범화하며, 결국 기존 체제의 일부로 길들인다. 이러한 강제와 협력은 중국의 뉴스 검열 시스템에서 가장 전형적으로 드러난다. 때로는 프로그램이 이미 방송 일정이 잡혀 있음에도, 상부의 전화 한 통으로 내용이 변경되거나 철회되곤 한다. 이는 행정적 강제 권력의 표현이다. 또한, 매일 상급 기관이나 감독 부서에서 각 언론사 부서로 전달되는 "선전 요청"도 이에 해당한다. 이 요청의 내용은 주로 "×××로부터 받은 통지", "××× 사건 보도 자제", "모든 보도자료는 ×××로 통일"와 같은 형태로 나타나며, 이는 정치 권력의 존재를 분명히 보여준다.

그러나 미디어 커뮤니케이션 조직, 특히 조직 내의 미디어 실무자들은 체제가 자신들과 협력하기만 기다리는 것이 아니라, 협력과 동시에 체제에 대한 저항을 수행하기도 한다. 저자는 CCTV 뉴스 해설부가 주관한 프로그램과 참여자들의 논의를 통해 이러한 '저항'의 구체적 사례를 분석하였다. 저자에 따르면, CCTV의 '브랜드' 프로그램들인 〈동방시공(东方时空)〉, 〈초점인터뷰(焦点访谈)〉, 〈뉴스조사(新闻调查)〉, 〈솔직히 말하자(实话实说)〉 등의 연속적인 등장은 덩샤오핑의 남순강화 및 그에 따른 사회주의 시장경제 수립이라는 개혁 정책의 수혜를 입은 결과이다. 이들 프로그램은 광범위한 사회적 영향력과 높은 시청률을 얻었으며, 이는 당의 개혁 정책과 저널리즘 실천에서 시장적 경영 간의 상호작용을 반영한다. 저자는 이러한 상호작용의 핵심이 저널리즘 실천가들이 시장 운영의 궤도에서 당의 개혁 노선에 협력함으로써 시장적 성과를 얻는 과정에 있다고 지적했다. 이후 많은 지역 TV 방송국에서 〈초점인터뷰〉과 유사한 프로그램이 등장하면서, 미디어는 전문적 저널리즘의 이념을 더욱 반영한 콘텐츠를 생산할 뿐만 아니라 경제적 이익을 창출할 수 있었다. 이는 '저항'의 현실적 실행 가능성을 보여주는 사례로 평가된다. 예를 들어, "뉴스의 뒷이야기 파헤치기"를 테마로 한 〈뉴스조사〉 프로그램 제작에서도 이와 유사한 사례가 나타난다.

미디어 조직과 실무자들의 이러한 저항은 중국에서 흔히 "위에는 정책이 있고 아래에는 대책이 있다"는 말로 설명할 수 있다. 이 전략은 오늘날 중국 사회의 여러 분야에서 상급 권력의 명령을 우회하거나 완화하며 저항하는 효과적인 방식으로 사용된다. 예를 들어, 『베이징일보』의 1면은 검은색 필기체로 구성된 세 단으로, 당과 정부 활동에 대한 보도가 주를 이루고 있다. 독자들이 선호하는 시민 친화적인 콘텐츠를 1면에서 다룰 수 없기 때문에, 신문은 특별히 5면에 '베이징 뉴스'를 신설했다. 이 5면은 빨간색 굵은 글씨로 된 네 단 형식의 제목을 사용하여 1면보다 더 눈길을 끌도록 설계되었다. 또한, 상하이의 한 발행 부수가 많은 민간 신문도 1면은 "현물세 납부"로 활용되었지만, 나머지 면에서는 시장 수요를 최대한 충족시키는 콘텐츠를 다루었다고 한다.

저자는 이러한 우회적 수단이 매우 효과적인 전략이라고 지적한다. 이는 선전 관리에 저항하는 위험을 감수하지 않으면서도 위로부터 내려온 선전 작업을 완수하고, 동시에 미디어 자체의 이익을 최대한 보호할 수 있는 방식이다. 여기서 말하는 이익은 전문적 요구와 시장적 요구라는 두 가지 상이한, 때로는 모순되는 측면을 포함한다.

그러나 현실과 이론 사이에는 종종 큰 간극이 존재한다. 특히, 중국에서는 거의 모든 언론 기관이 정치 체제에 종속되어 있고, 정치 권력이 각급 언론 조직과 조직 내 모든 구성원을 직접 통제하기 때문에, 저항은 항상 성공적이지 않을 수 있다. 이러한 구조는 저항을 매우 어려운 과제로 만든다. 예를 들어, 언론사의 주요 간부는 모두 상급 선전 관리 부서에서 임명 및 해임되기 때문에, 뉴스 생산 과정에서 전문적 요구이든 시장적 요구이든 제약에 부딪힐 경우, 언론 책임자는 "먼저 자신의 직위를 걱정할 수밖에 없고" 자연스럽게 후퇴를 선택할 수밖에 없게 된다.

미디어 조직 내부에서는 프로파간다를 핵심으로 하는 언론 독점 체제와 언론의 행정 직급 구분으로 인해, 많은 언론인들이 전문적 이념에 따라 뉴스를 보도할 기회를 얻지 못하고 있다. 더욱이, 현재 중국에서는 편집부의 내부 권력 운영이 제도화되지 않은 방식으로 나타나는 경우가 더 많다. 루예(陆晔)는 이러한 상황의 주요 전제 조건으로, 언론 개혁이 기존 규칙의 일부를 문제시하거나 파괴했지만, 새로운 규칙은 아직 구축 과정에 있다는 점을 지적한다. 그는 이러한 비제도화된 권력 작동이 중국 문화에서 오랫동안 지속된 권력에 대한 경외와 심지어 숭배로 형성된 불문율의 결과라고 본다. 이는 언론인들에 대한 보이지 않는 권력 통제를 형성하며, 명백히 그들의 전문적 정체성에 부정적인 영향을 미친다. 관료 중심의 선전 시스템은 언론인의 전문적 정체성을 파괴하고, 그들이 전문적 이념을 실현하지 못하도록 만들며, 이로 인해 혼란스럽고 심지어 실망을 느끼게 한다. 또한, 대중문화와 상업문화의 유혹에 직면하면서 그들의 전문적 정체성은 더욱 혼재되고, 이는 점점 더 큰 고민과 혼란을 초래한다. 이에 대해 저자는 다음과 같이 주장한다. "프로페셔널리즘은 담론 실천에서 단편적이고 지엽적으로만 표현되며, 전면적이고 총체적인 특성을 가지지 못한다." 그럼에도 불구하고, 언론인의 프로페셔널리즘 이념은 현재 "언론이 독립성을 달성하고, 정보의 개방성, 합리성, 진실성, 충분성 등의 특성을 갖춘 '공적 영역'으로 자리 잡을 수 있는 유일한 제도적 틀"[36]이므로 더 많은 사고와 구축이 필요하다.

(3) 미디어 제작 사례 연구

이 장에서는 미디어 이벤트에 대한 세 가지 사례 연구, 즉 베이징 대학 100주년 기념, 홍콩 반환, 〈양란 인터뷰〉를 통해 미디어가 어떻게 생산되는지를 심층적으로 이해하고자 한다.

베이징대학 100주년 기념행사

슝하오(熊浩)는『베이징대학 100주년 기념행사: 문화 생산 행사 분석』에서, 언론 보도와 홍보를 포함한 베이징대학 100주년 기념행사를 문화 생산 행사로 간주하며, 이 행사에 다양한 사회 세력이 어떻게 참여했는지를 구체적으로 분석하였다. 그는 다음과 같이 설명한다.

> 베이징대학 100주년 기념 행사는 특정한 의미(혹은 여러 의미)를 생산하는 행사이다. 이는 명확한 목적을 가진 인위적 사건이며, 체계적이고 조직적인 운영 과정을 통해 어떤 의미(혹은 여러 의미)가 생산되고, 사회적 재생산이 이루어진다. 더욱이, 이 행사에서 이루어지는 것은 단일한 형태의 문화 생산만이 아니다. 100주년 기념이라는 문화 생산의 소재와 무대에서 다양한 사회 세력이 등장하여 각자의 역량을 발휘한다. 이들은 각자의 이해관계와 요구에 따라 다양한 장면과 상황을 활용하며, 갈

---

36 潘忠党, 陈韬文,『中国改革过程中新闻工作者的职业评价和工作满意度—两个城市的新闻从业者问卷调查』, 香港,『中国传媒报告』, 2005년 제1기.

등과 협력의 통합 과정을 통해 다층적인 생산 과정을 완성한다. 결국, 이 모든 과정이 결합되어 베이징대학 100주년 기념이라는 문화 생산 행사를 이루게 된다.[37]

이 사회 세력에는 국가, 베이징대학, 언론, 사업가, 기획자, 일반 대중, 베이징대학 동문 등이 포함된다. 이들 세력 간의 갈등과 협력, 그리고 이해관계의 조정은 결국 베이징대학 100주년 기념행사라는 결과물을 만들어냈으며, 이는 선전 미디어를 통해 표현되었다. 어떤 의미에서 베이징대학 100주년 기념행사를 하나의 '미디어 이벤트'로 간주할 수 있다. 이 미디어 이벤트는 바로 이러한 다양한 사회적 힘이 공동으로 제작한 결과물이라고 할 수 있다. 저자는 중국의 현재 선전 체계가 잠재적으로 정치적 성격을 띤 사건에 대해 국가와 정부의 엄격한 선전 지침을 가지고 있음을 지적한다. 이는 주류 관영 신문과 시장 지향적 신문이 베이징대학 100주년 기념행사를 보도한 사례에서 명확히 드러난다. 저자는 통계를 통해, 1998년 4월 말 이전에 정부의 선전 방향이 아직 결정되지 않았을 때는, 관영 신문이든 시장 지향 신문이든 보도의 '방향'을 정하지 못해 베이징대학 100주년과 관련된 뉴스가 거의 보도되지 않았다고 분석했다. 그러나 4월 30일, 장쩌민이 베이징대학을 시찰한 이후, 관영 미디어는 정부의 태도를 명확히 반영하며, 선전을 과장하기 위해 전력을 다하기 시작했다. 이는 정부가 베이징대학 100주년 기념행사를 어떻게 인식했는지를 보여줄 뿐만 아니라, 이 행사의 선전 방향과 성격을 정립하는 계기가 되었다. 정부는 "애국적이고 진보적"인 베이징대학 이미지를 적극적으로 조성하려는 노력을 기울였다.

---

37 熊浩, 『北京大学百年校庆: 一个文化生产事件的分析』, 陶东风 등 주편, 『文化研究』(2집), 天津社会科学院出版社, 2001년, 154—155쪽.

저자는 미디어 선전의 이면에서 다양한 사회 세력 간의 모순, 갈등, 그리고 협상의 과정을 구체적으로 분석한다. 국가와 정부의 입장에서 볼 때, 베이징대학은 복합적인 의미를 가진 존재였다. 베이징대학은 현 국가 이데올로기에 의해 "이단"으로 간주되는 자유주의의 중심지일 뿐만 아니라, 중국 사회에서 "불안정한 요소"로 여겨졌다. 동시에, 베이징대학은 차이위안페이(蔡元培)와 마인추(馬寅初)와 같은 혁명가들의 활동을 통해 중국 공산당 이데올로기를 선전하고, 마르크스주의의 발상지로 간주되기도 했다. 따라서, 국가와 정부 입장에서 복잡한 역사를 가진 중요한 대학의 100주년 기념행사는 국가 이념에 부합하는 의미를 표현할 수 있지만, 동시에 현 정권의 정당성을 약화시킬 잠재적 위험성도 내포하고 있었다. 이러한 이유로, 이 사건을 어떻게 보도할 것인지는 국가와 정부에게 매우 신중히 고민해야 할 민감한 문제였다.

일반 대중 사이에서 베이징대학은 독특한 문화적 품격과 지식인의 개성을 상징하는 매력을 가지고 있을 수 있다. 일부 사람들은 100주년 기념행사를 통해 자유주의의 정신을 드러내기를 기대하며, 다른 이들은 이 행사가 베이징대학의 학문적 부흥을 이끌기를 희망한다. 이러한 100주년 기념행사에 대한 민간의 기대는 당연히 정부의 기대와는 다르다.

사업가들의 시선에서, 베이징대학의 100주년 기념행사는 중국 사회의 다른 특별한 이벤트와 크게 다르지 않았다. 그들에게 베이징대학의 정치적 의미나 문화적 품격은 모두 돈을 벌 수 있는 사업 기회로 전환되었다.

기획자들 역시 베이징대학 100주년 기념행사의 뉴스 가치와 특별한 효과에 주목했다. 그들의 전문가적 배경은 이 축하 행사를 현대적인 홍보 기술로 전체적으로 포장하려는 강렬한 충동을 불러일으켰다. 어쩌면 그들 모두는 포장이 성공한다면, 이 행사가 중국 홍보 역사에 한 획을 긋는 사건이 될 것이라고 생각했을지도 모른다.

베이징대학 동문들은 100주년 기념행사에 대해 가장 절실한 기대감을 가지고 있다. 그들은 베이징대학이 긍정적인 방향으로 발전하기를 바라고, 이러한 발전은 결과적으로 동문들 자신의 발전에도 긍정적인 영향을 미칠 것이라고 믿는다.

이와 같은 다양한 기대들은 베이징대학 100주년 기념행사를 둘러싼 여러 문화 생산 과정의 초기 형태를 만들어냈다. 이러한 과정들은 각자의 이익에 부합하는 의미를 생산하고자 노력하고 있으며, 그중에서도 베이징대학과 국가는 기념행사의 기획 과정에서 관찰, 판단, 논의, 결정을 거치는 동시에 서로 간의 교류와 협력을 시도했다. 그러나 베이징대학은 여전히 국가 시스템 내에 속한 단위로서 자원과 이익 면에서 국가에 의존하고 있다. 그렇다면 베이징대학의 행동은 국가의 명령과 권력에 복종해야 하는데, 어떻게 국가와 교환 관계를 형성할 수 있을까? 베이징대학이 교환의 근거로 삼을 수 있는 자원은 과연 무엇인가?

저자는 베이징대학이 가진 고유한 자원으로 세 가지를 제시한다. 첫 번째는 베이징대학의 오랜 역사이다. 베이징대학의 100년 역사는 중화인민공화국과 공산당의 역사보다 훨씬 길다. 이러한 역사적 우위를 바탕으로 베이징대학은 짧은 역사를 가진 공화국과 공산당의 이미지를 돋보이게 하고 선전하는 데 기여할 수 있는 자격과 조건을 갖추고 있다. 이는 베이징대학이 일종의 '연장자'로서 역할을 할 수 있는 배경을 제공한다. 두 번째는 베이징대학이 역사적으로 형성한 세 가지 사회적 이미지이다. 첫 번째 이미지는 '혁명원로'와 '교육의 중심지'로서의 역할이다. 이는 신민주주의 혁명 담론에서 중요한 위치를 차지하며 국가 이데올로기의 일부로 작용한다. 그러나 이 이미지를 실제로 구현하고 유지하는 역할은 베이징대학이 맡아야 한다. 두 번째 이미지는 민간에서의 베이징대학 이미지로, 일부 지식인들에게는 '중국 자유주의의 중심'으로, 대중에게는 '진실을 말하는 베이징대학'으로 인식된다. 이러한 이미지들은 국가가 민감하게 반응하도록 만드는 요인이다. 세 번째 이미지는 국제적 이미지이다.

베이징대학은 중국의 국제적 위상을 강화하는 데 중요한 역할을 할 수 있는 국제적 평판을 보유하고 있으며, 이는 국가가 특히 중요하게 생각하는 자원 중 하나이다.

베이징대학이 국가와 대화하고 심지어 교류할 수 있는 자격을 갖추게 된 것은 바로 앞서 언급한 세 가지 자원 덕분이다. 그러나 저자는 다음과 같이 지적한다. "베이징대학이 아닌 다른 단위는 국가와 대화하고 교류하기 위해 무엇을 내세울 수 있는가? 따라서, 베이징대학 100주년 기념이라는 행사에 반영된 베이징대학과 국가의 협력이 중국 사회의 다른 많은 기구들도 국가와 대화할 수 있는 공간과 자유를 보장받고 있다는 것을 의미하지 않는다"[38] 이 지점에서 우리는 베이징대학 100주년 기념행사가 하나의 미디어 이벤트로서, 그 배후에 정치, 경제, 문화를 기반으로 한 다양한 세력의 경쟁과 교류가 얽혀 있음을 확인할 수 있다.

홍콩반환 글로벌 생중계

베이징대학 100주년 기념행사가 중국의 다양한 정치적·경제적 세력의 개입으로 만들어진 미디어 이벤트라면, 홍콩 반환에 대한 글로벌 생중계 및 보도는 세계적인 미디어 이벤트라 할 수 있다. 홍콩 학자 리진취안(李金铨) 등은 「다국적 관점에서 본 글로벌 '미디어 이벤트'(一起多国视野中的 全球性"媒介事件")」에서 글로벌 미디어 커뮤니케이션의 관점에서 이 미디어 이벤트의 다양한 제작 이유를 해석한다. 저자는 세계화의 과정은 피할 수 없는 흐름이지만, 국제 뉴스 생산의 본질은 결국 국내화와 지역화, 궁극적으로 국가화라고 지적한다. "권력 구조, 문화 형태, 정치적·경제적 이익의 제약을 받음으로써, 각국의 미디어는 주류 이데올로기를 통해 동일한

---

38 熊浩, 『北京大学百年校庆: 一个文化生产事件的分析』, 陶东风 등 주편, 『文化研究』(2집), 天津社会科学院出版社, 2001년, 187쪽.

사건을 반영하고 재현할 때 현저히 다른 양상을 보인다. 이것이 바로 '내재화' 과정이다." 홍콩 반환은 각국의 담론 공동체에서 다양한 연결성과 이익 관계를 나타내며, 이로 인해 미디어는 다양한 의미를 구성할 수 있다고 설명한다[39] 구체적으로, 저자는 홍콩귀환에 대한 보도의 차이를 여러 나라에서 분석한다.

미국 언론은 민주주의라는 깃발을 내세웠고, 영국 언론은 '대영제국'의 잔영을 반복적으로 강조했다. 호주와 캐나다 언론은 홍콩이 자국에 가지는 독특한 중요성에 주목했으며, 일본 언론은 경제적 이익에만 관심을 가졌고 민주주의 문제에는 무관심했다. "중국 정부는 언론 보도를 애국심으로 가득 찬 '국경행사'로 통합했다. 그러나 과거의 역사적 교훈에 비추어, 대중의 열정이 통제를 벗어나지 않도록 철저히 관리했다."[40] 언론 보도에 따르면, 홍콩 반환은 서구 식민주의에 대한 중화민족의 승리를 상징하며, 이는 강력한 공산당의 지도력이 없었다면 이루어질 수 없는 꿈이었다. 홍콩 반환은 단순히 150년 민족 굴욕의 종결에 그치지 않고, 마카오와 대만이 '조국이라는 대가정'으로 돌아가는 시작으로 강조되었다. 이러한 프레임은 지역적 사건인 홍콩 반환을 중국 역사라는 거시적 맥락에 위치시킨다. 중국 미디어의 역사 서술은 1840년 영국이 홍콩을 점령한 시점에서 시작해, 서구 제국주의가 부패하고 약화된 중국을 유린한 과정을 거쳐, 결국 '중국이 다시 강해진다'는 주제로 마무리되는 선형적 서사 구조를 따랐다. 그러나 이 보도들은 홍콩에서의 영국의 공적을 거의 언급하지 않았으며, 반환을 제2차 세계대전 이후 세계적인 반식민주의 맥락에서 바라보지도 않았다. 요컨대, "미디어는 중국을 하나의 민족 대가족으로 묘사하는 고도로 정치화된 신화를 재구성했다. 이와 같은 민족 축하 행사는

---

39 姆斯·库兰, 米切尔·古尔维奇, 『大众媒介与社会』, 杨击 역, 华夏出版社 2006년, 286—287쪽.

40 姆斯·库兰, 米切尔·古尔维奇, 『大众媒介与社会』, 杨击 역, 华夏出版社 2006년, 290쪽.

가족적 행사로 간주되며, 애국심과 조상 숭배 의식이 결합된 형태로 나타난다."[41]

중국 대륙 언론이 일치된 목소리로 홍콩 반환을 보도한 것과 달리, 홍콩 언론은 통일을 표면적으로 지지했지만 '대가족의 일원'이 되는 데에는 냉담한 태도를 보였다. 한편, 대만 언론은 방어적이고 부정적인 태도를 유지했다. [42] 이러한 차이를 통해 저자는 "국제 뉴스의 생산은 이데올로기 투쟁이다. 언론은 민족적 이익과 문화적 전제에 따라 뉴스를 국내화한다"고 결론지었다[43]

〈양란 인터뷰(杨澜访谈录)〉

퉁징(佟静)은 석사 논문 『미디어 사회학의 관점에서 본 TV 토크쇼 제작(媒介社会学视野下的电视访谈节目生产)』에서 〈양란 인터뷰〉 프로그램 제작에 대해 구체적으로 사례 연구를 진행했다. 그는 이 프로그램이 다섯 가지 유형의 통제에 의해 영향을 받는다고 분석했는데, 이는 정치적 통제, 경제적 통제, 제도적 통제, 기술적 통제, 전문적 통제로 나눌 수 있다.

정치적 통제는 주로 정부의 선전 정책과 권력 기관의 요구에서 비롯된 제약과 제한을 의미한다. 이 통제는 정부 부처가 프로그램의 제작 방향이나 내용에 미치는 직접적인 영향으로 나타난다. 경제적 통제는 프로그램 제작사인 양광그룹과 이를 방송하는 상하이 동방위성의 상업적 지표 요구에서 비롯된다. 프로그램 제작과 운영은 이들 기관의 재정적 목표를 충족해야 하는 제약을 받는다. 제도적 통제는 양광그룹이 민영 체제를 기반으로 운영되지만, 방송 플랫폼인 상하이 동방위성의 고유한 제도적 요

---

41 상동
42 상동. 290—291쪽.
43 상동. 294쪽.

구와 규정을 준수해야 한다는 점에서 나타난다. 이는 민간 제작사가 공영 방송 체제 내에서 활동하며 겪는 구조적 제약을 반영한다. 기술적 통제는 인터넷과 같은 신기술 및 뉴미디어 기술의 발전이 프로그램 제작과 소비 방식에 미치는 영향을 포함한다. 새로운 기술 환경은 프로그램이 기존의 방식으로는 대응하기 어려운 변화와 도전에 직면하게 한다. 전문가적 통제는 프로그램 제작진이 오랜 시간에 걸쳐 형성한 가치관, 업무 방식, 그리고 제작진의 전문가적 목표와 추구에서 비롯된다. 이는 프로그램의 품질과 방향성을 결정짓는 중요한 요소로 작용한다. 이 다섯 가지 통제는 서로 상호작용하며 〈양란 인터뷰〉의 제작과 발전에 영향을 미친다. 이 중 정치적 통제와 제도적 통제는 하나의 통합된 제약 요소로 작용하며, 경제적 통제와 함께 프로그램 제작에서 가장 큰 제한 요인으로 작동한다. 이러한 통제 요소들은 프로그램의 내용과 형식을 결정하는 데 있어 복합적인 영향을 미치며, 프로그램의 발전 방향과 성공 가능성을 제약하거나 촉진하는 중요한 역할을 한다.

구체적으로 저자는 정치적 통제가 크게 두 가지 측면에서 나온다고 지적한다. 첫 번째는 선전 관리 부서의 정책적 제약이며, 두 번째는 권력 부서의 이익 요구이다. 그러나 일부 뉴스 중심의 프로그램과 비교했을 때, 〈양란 인터뷰〉와 같은 토크쇼는 상대적으로 정치적 통제의 영향을 덜 받는 경향이 있다. 그럼에도 불구하고, 정치적 요인을 고려해야 하는 경우가 발생한다는 점은 분명하다. 이와 관련해, 〈양란 인터뷰〉의 프로그램 프로듀서인 마징쥔(马敏军)은 다음과 같이 언급한다. "TV에서 방영되는 프로그램은 반드시 정치적, 선전적, 정책적 통제를 받을 수밖에 없다. 중앙 선전부의 문서는 층층이 아래로 전달되며, 어떤 내용을 보도할 수 있는지, 어떤 내용을 보도할 수 없는지에 대해 명확한 요구가 있다. 우리는 이 정해진 범위 내에서만 제작할 수 있다." 저자는 〈양란 인터뷰〉가 지난 10년 동안 안정적으로 발전할 수 있었던 이유가 프로그램이 선전 정책을 준수하고, 정치적 위험을 적절히 회피한 것과 밀접한 관계가 있다고 분석한다.

정치적 통제와 밀접하게 연관된 또 다른 요소는 국가 정책이 방송 미디어 분야에 미치는 영향이다. 이는 민영 텔레비전 회사, 유료 방송, 디지털 텔레비전, 그리고 해외 위성 텔레비전의 운영과 관련된 정책적 제약으로 나타난다. 〈양란 인터뷰〉 또한 이러한 체제적 제약에서 자유롭지 못했다. 프로그램은 내륙 지역에 광범위하게 진출하지 못했으며, 이는 광고 유치에 어려움을 초래했고, 분화된 시청자층을 대상으로 한 유료 방송 모델을 활용할 기회 또한 제한되었다. 그러나 이후 방송 플랫폼 문제가 해결되면서, 체제와 정책적 통제의 영향은 점차 약화되었다. 상대적으로 안정된 제작-방송 분리 모델(制播分离) 아래에서, 〈양란 인터뷰〉는 이후 6년 동안 비교적 안전하게 방송을 이어갈 수 있었다. 저자는 이러한 문제들이 완전히 해결되었다고 보기는 어렵다고 지적한다. 다만, 문제들이 적절히 회피되거나 우회되었을 뿐이다. 중국 방송 미디어 분야의 체제 문제는 구조적으로 장기적인 문제이며, 이를 해결하기 위해서는 지속적인 개혁과 발전이 필요하다. 특히, 시장 개방을 점진적으로 확대하고 민영 자본의 참여를 장려해야 한다.

경제적 통제 측면에서 〈양란 인터뷰〉의 설립은 양광 위성TV라는 대형 플랫폼의 설립과 밀접한 관련이 있다. 프로그램 초기에는 양광 위성TV의 발전 과정과 그 변화가 〈양란 인터뷰〉에 미치는 경제적 영향을 결정짓는 주요 요인이었다. 양광문화가 상장되었을 당시, 시장은 위성 TV의 미래에 대해 매우 낙관적이었다. 이에 따라 회사는 "콘텐츠를 핵심으로 두 가지 정책을 병행하는" 개발 전략을 제시했다. 여기서 두 가지 정책은 위성 TV와 광대역 유료 TV 네트워크를 결합하여 역사적·문화적 콘텐츠를 개발하는 방식이다. 양란은 이 전략에 따라 고급스럽고 특색 있는 프로그램으로 시작하여, 처음부터 프로그램 브랜드를 구축하기로 결정했다. 이는 양란 개인의 관심사와 취미에 의해 영향을 받았을 뿐만 아니라, 미국의 디스커버리 채널과 히스토리 채널의 성공 사례에서 영감을 받은 결과였다. 양란은 중국의 약 4억 TV 시청자 중 10%~15%의 최고 품질의 시청자가 양광 위성TV의 충성 고객이 되기를 기대했다. 이러한 기반과 그로 인한 잠재적 수익은 매우 매력적이고 실현 가능한 목표처럼 보였다. 이러한 전략은 커뮤니케이션 이론의 관점에서 볼 때 전혀 잘못된 것이 아니었다. 현재 매스미디어는 수용자의 세분화와 틈새시장 형성이라는 트렌드를 맞이하고 있으며, 미디어가 특정 수용자층을 위해 특화된 콘텐츠를 제작·전파하는 것은 자연스러운 발전 방향으로 여겨진다. 그러나 양란은 당시 양광 위성TV가 전면적으로 구현되지 못할 경우 발생할 문제를 간과했다. 만약 방송 네트워크가 충분히 확장되지 못하면, 시청자는 목표했던 15% 중의 15%에 불과할 수밖에 없었고, 이는 실제 잠재적 시청자 수가 크게 줄어들게 되는 상황을 초래했다. 또한, 양광 위성TV의 광고는 이미지 광고가 주를 이루었으며, 소비재 광고가 거의 없었기 때문에 수익원이 크게 제한되었다. 여기에 더해, 국제 자본 시장의 자금 조달 환경 악화, 국제 경제 상황의 불확실성, 주식 시장의 침체 등이 겹치면서 미디어 운영을 위한 자금 확보가 어려워졌다. 이 시기에 양광 위성TV의 경제적 자원 부족은 〈양란 인터뷰〉 제작에도 미세한 영향을 미쳤다. 하지만, 이러한 제약 속에서도 프로그램의 품질은 유지되었으며, 그 완성도는 떨어지지 않았다.

2005년부터 〈양란 인터뷰〉는 동방위성TV와 협력하여 새로운 플랫폼에서 방송을 시작했다. 최근 몇 년 동안 TV 예능 프로그램의 인기가 높아짐에 따라, 〈양란 인터뷰〉도 황금 시간대를 떠나 토요일 밤 23시 30분에 방송되었다. 늦은 방송 시간으로 인해 시청률은 높지 않지만, 안정적인 범위를 유지하고 있다. 〈양란 인터뷰〉는 다른 프로그램과 달리 시청률 중심의 프로그램이 아니며, 프로그램의 영향력에 더 큰 가치를 두고 있다.

이러한 접근 덕분에 시청률에서 비롯되는 경제적 통제는 상대적으로 적은 편이다. 그러나 시청률 개념의 중요성이 다소 희석되었다고 해서 시청률의 영향을 전혀 받지 않는 것은 아니다. 프로그램의 시청률 보고서는 여전히 매주 진행자, 프로듀서, 감독에게 전달되며, 감독은 이를 기반으로 시청률 분석과 요약을 수행해야 한다. 정치적 측면과 시장적 측면 모두에서 정치적 통제와 권력 개입은 시장 통제보다 더 강력한 영향을 미치고 있다.

거의 모든 TV 프로그램이나 미디어 제품은 위에서 언급한 요인들의 제약을 받는다. 다만, 이러한 요인들이 각기 다른 미디어 제품의 생산에서 다른 역할을 하며, 일부 정치적 요인은 결정적인 역할을 하고, 일부 경제적 요인은 주요한 역할을 한다.

위에서 언급했듯이, 〈양란 인터뷰〉는 정치와 경제의 이중적 제약 속에서 일정한 균형을 이루며, 프로페셔널리즘에 기반한 자율성을 통해 비교적 좋은 발전을 이룰 수 있었다. 그러나 미디어가 정치와 경제의 통제 속에서 균형을 이루지 못하면, 미디어 프로페셔널리즘은 종종 무력화되고 항복하게 되며, 미디어는 이중적 '봉건화'의 상태로 치닫게 된다. 이는 많은 학자들의 주목을 받고 있는 문제이기도 하다(자세한 내용은 뒤의 "미디어와 공공 공간" 절 참조).

3. 미디어 텍스트와 헤게모니의 구축

앞 절에서는 주로 미디어 생산 이론을 소개했고, 이 절에서는 미디어 텍스트 이론, 즉 미디어가 생산하는 것에 대해 살펴보고자 한다. 미디어 텍스트 연구에는 많은 주제가 관련되어 있으며, 이를 모두 다루는 것은 불가능하지만, 미디어 텍스트 연구에서 소비주의, 정체성, 공적 영역의 구성에 대한 연구에 중점을 둘 것이다. 현대 중국에서 공공영역의 중요성 때문에, 우리는 분석에 대한 특별 절을 할애할 것이다. 이 섹션에서는 미디어와 소비주의 및 정체성 문제를 분석한다.

(1) 미디어와 소비주의 헤게모니의 구성

중국에서 소비주의의 부상에는 여러 정치적, 경제적, 문화적 요인이 작용하고 있다. 20세기 90년대 초부터 시장경제 체제가 기본적으로 완성되고 급속히 발전했으며, 물질적 생산의 상대적 풍요와 대중의 소비 욕구의 지속적인 향상이 소비주의 부상의 경제적 토대가 되었다. 정치 환경의 상대적 완화는 생산력을 크게 해방시키고 경제의 급속한 발전을 촉진했을 뿐만 아니라, 국민 생활의 자율성을 높이고 오랫동안 억압되어 온 중국인의 욕망을 해방시켰다. 문화적 측면에서는 대중문화의 부상이 가져온 엔터테인먼트화 흐름이 소비 증가를 더욱 촉진했다. 또한, 중국의 개방 수준이 높아짐에 따라 글로벌 소비주의의 흐름이 중국 소비주의 발전을 크게 촉진하는 데 중요한 역할을 했다. 이러한 요인 외에도 미디어는 중국 소비주의의 부상을 부추기는 데 중요한 역할을 했다. 미디어는 소비주의를 확산시키는 동시에 스스로 소비주의적 경향을 나타냈으며, 이러한 미디어와 소비주의 간의 상호 인과관계는 일종의 '공모'로 불리기도 한다. 이는 필연적으로 중국 소비주의의 확산과 심화를 더욱 촉진할 것이다.[44]

1. 미디어에 유도되고/창출되는 소비

일부 학자들은 미디어가 소비를 어떻게 유도하고 심지어 창출하는지를 세 가지 측면에서 설명하였다. 첫째, 특정하고 개별적인 상품의 구매

---

44 徐小立, 『1990年代以来中国传媒消费主义文化研究』, 박사학위논문, 武汉大学, 2006년.

와 소비를 유도하는 것, 둘째, 라이프스타일 소비를 조직하고 안내하는 것, 셋째, 새로운 라이프스타일과 소비 영역을 개척하는 것이다.[45]

특정하고 개별적인 상품 소비에 대한 미디어 문화의 지침은 한편으로는 대중의 일상생활에 미치는 미디어의 막대한 영향력에서 비롯되며, 다른 한편으로는 현대 사회에서 점차 풍부해지는 상품의 다양성에서 가장 뚜렷하게 드러난다. 현대 대중은 자신이 구매하고자 하는 제품을 직접 사용해본 뒤 어떤 브랜드를 선택할지 결정하기가 현실적으로 불가능하기 때문에, 매스미디어에 의존하여 대신 '결정'을 내리게 된다. 매스미디어 역시 이러한 역할을 당연한 책무로 받아들이는 듯하다. 샴푸 한 병이나 건전지 몇 개와 같은 일상용품부터 의류, 식품, 주택, 교통수단에 이르기까지, 매스미디어는 소비자에게 무엇을 소비하고 무엇을 배제해야 하는지, 어떤 브랜드를 선택해야 하며 어떤 브랜드를 무시하지 말아야 하는지 등을 끊임없이 제시한다. TV 쇼핑 프로그램은 이러한 경향을 가장 전형적으로 보여주는 사례라 할 수 있다.

이른바 라이프스타일 소비는 단순히 상품을 소비하는 데 그치지 않고, 특정 상품을 특정 유형의 사람들, 종종 특정 계층의 라이프스타일과 연결시키는 것을 말한다. 마치 이러한 상품을 소비하는 것이 특정한 생활양식을 소유하고 있음을 상징하는 것처럼 여겨지며, 이로 인해 상품은 단순히 사용가치를 넘어 상징적 가치를 가지게 된다. 결국, 상품 소비는 상징적 소비로 변모하고, 소비주의는 강요된 이데올로기로 자리 잡는다. 이와 관련하여 특정 상품의 소비를 '성공한 사람'과 연결하는 광고는 미디어에서 흔히 볼 수 있다. 타오둥평은 이러한 광고가 수십 초 안에 '성공한' 남성의 이야기를 만들어내고, 동시에 '성공한 사람들'의 모델이나 공식을 '창조'한다고 지적했다. 이 모델은 대개 35~45세의 나이, 약간 뚱뚱한 체격,

---

45 蒋原伦, 『媒体文化与消费时代』, 中央编译出版社, 2004년, 134쪽.

붉은 얼굴, 자동차와 집을 소유하며, 더 나아가 아름다운 여성을 동반하는 모습으로 묘사된다. 타오둥펑은 이러한 '성공한' 사람들의 '성공 스토리'가 그들의 개인적 노력이나 투쟁 과정을 전혀 포함하지 않으며, 마치 마술처럼 순식간에 이루어진다는 점에서 문제가 있다고 지적한다. 더욱 중요한 것은, 성공의 기준이 정신적 성취가 아니라 고급 소비재를 소유했는가에 달려 있다는 점이다. 일부 광고에서는 '성공'이 특정 상품과 단순히 동일시되기도 한다. 예를 들어, "벡스 맥주는 모든 성공한 남성의 필수품이다"라는 식이다. 요컨대, 타오둥펑은 이러한 광고들이 고생하며 창업하거나 노력하는 이야기를 전하는 것이 아니라, 누가 더 소비를 잘하고, 소비 수준이 더 높으며, 더 패셔너블하고 최첨단인지에 대해 말하고 있다고 본다. 오늘날 스타들이 지닌 막대한 인지도와 모범적 역할 때문에, 이러한 광고가 소비자에게 미치는 영향은 결코 과소평가될 수 없다.

타오둥펑은 알튀세르의 이데올로기 이론을 빌려 광고도 다른 모든 이데올로기와 마찬가지로 '소환'을 통해 그 기능을 수행한다고 더욱 깊이 논하였다. 즉, 광고는 자신이 설정한 언어 환경 속에서 아첨하는 방식으로, 우리가 광고 담론 속에서 특별한 '당신'이라고 느끼도록 만들어 기쁨을 준다. 이로써 소비자("당신")는 상상의 주체로 소환되지만, 이 주체는 분명히 광고에 의해 만들어진 허구적 주체이다. 광고는 개인과 그의 '실재적 조건' 사이의 관계를 상상적이거나 거짓된 관계로 재생산함으로써, 주체가 허위 의식을 만들어내게 하면서도 동시에 그 허위성을 인식하지 못하게 만든다. 그리고 우리가 이러한 방식으로 생각하는 순간, 우리는 이미 광고의 물질적 실천의 주체이자 부속물이 되어버린다.

2. 새로운 의미공간 만들기

앞서 언급했듯이, 미디어는 기존의 소비 행동과 소비 방식을 분류하고, 특정 소비 행동을 특정 생활양식과 연결함으로써 개인적이고 구체적인 소비 행동이 특정한 생활 행동의 일부로 자리 잡게 할 수 있다. 그러나 미디어는 이에 그치지 않고, 의도적으로 새로운 욕망과 소비 영역을 개발 하며, 대중 독자들을 이 과정에 참여하도록 유도하여 완전히 새로운 소비 패턴과 라이프스타일을 구축한다. 이는 결과적으로 관련 제품의 판매를 더욱 촉진하게 된다. 예를 들어, 소위 BOBO(부르주아와 보헤미안의 결합)족 은 실질적으로 대중 미디어가 조장한 소비 행동 또는 생활 방식의 한 사 례이다. 저자는 분석을 통해 '보보족'의 형성 과정을 다음과 같이 설명한 다. 첫째, 미디어는 현대 사회의 복잡한 태도와 가치관 속에서 두 가지 유 형(부르주아와 보헤미안)을 추출한다. 둘째, 이 두 가지 태도와 행동 규범을 전적으로 상반되는 두 사회적 성격에 기반한 것이라 상정하고 대조한다. 이어서 이들을 특정 소비 행동과 소비 패턴에 고정시킨다. 이로써 이 둘 을 초월하거나 그 사이를 오가는 모든 소비 행동은 독특하고 새로운 해석 적 사회생활 사건으로 정의되며, 이를 신흥 사회 계층과 연결하여 그 인 과관계를 분석한다. 그 결과, "새로운 사회 계층이 부상하고 있다"는 결론 을 도출하고, 현재 사회에서 유행하는 소비 행동과 생활 양식을 이 새로 운 사회 계층과 연결시킨다. 나아가 그 특징을 비교적 상세히 기술한다. 이런 방식으로 특정 사회 계층에 부합하는 소비 방식과 소비 영역이 형성 된다. 그 결과, 서점에서는 보보족에 관한 책이 잘 팔리고, 신문과 잡지에 서는 보보족 관련 기사가 많은 독자를 끌어들이며, TV 프로그램에서도 보보족 관련 콘텐츠가 높은 시청률을 기록하고 있다.[46]

3. 미디어 자체의 소비주의적 경향

1990년대 초반부터 중국의 개혁개방이 점차 심화되고 전 세계 시장경

---

46 程文超,「波鞋与流行文化中的权力关系」, 陶东风 등 주편, 『文化研究』(3집), 天津社会科 学院出版社, 2002년.

제가 급속히 발전함에 따라, 미디어는 소비주의를 유도하고 조장하는 역할을 할 뿐만 아니라, 미디어 자체의 소비주의적 경향도 점차 두드러지게 나타났다. 이러한 경향은 미디어의 전달 내용과 전달 방식에 소비주의적 성향이 반영되는 데에서 분명히 드러난다.

우선, 콘텐츠 측면에서 소비주의적 경향은 미디어에서 광고 비중의 증가로 가장 두드러지게 나타난다. 예를 들어, 신문은 초기에는 신문의 구석진 공간이나 좁은 여백에 광고를 배치했으나, 점차 전면 광고가 등장하고 이제는 별도로 제작된 광고 소책자가 나오는 수준에 이르렀다. 광고의 지위는 점점 더 중요해지고 있으며, 많은 편집자는 독자의 읽는 경험에 방해되지 않으면서도 광고에 더 많은 지면을 할애할 방안을 모색하고 있다. 심지어 일부 사람들에게는 광고를 읽는 행위 자체가 하나의 습관이 되었다. TV에서도 광고는 거의 모든 곳에서 볼 수 있다. 비록 관련 당국이 TV 드라마 중간에 광고 삽입을 제한하고 있지만, 드라마의 오프닝과 엔딩에 삽입되는 광고는 오히려 증가하고 있는 상황이다.

둘째, 미디어에서는 레저와 엔터테인먼트, 쇼핑과 관광, 인테리어, 건강 관리, 패션과 메이크업, 요리와 음식 등을 다루는 '라이프스타일'에 대한 보도가 대거 등장하고 있다. 또한 생활 소비 측면에서 시장 동향, 트렌드, 핫이슈, 패션과 유행에 관한 보도도 다수 이루어지고 있다. 이러한 라이프스타일 보도는 일부 계층(주로 성공한 사람들)의 현재 삶을 재현하는 동시에, 일상생활을 심미화하는 요소를 포함하고 있다. 일상생활의 심미화는 표면적으로는 미적 문화 현상으로 보이지만, 실제로는 소비 문화 현상이다[47]. 특히 일부 영화와 드라마는 화면을 통해 호화로운 주택, 우아한 인테리어, 세련된 의류, 명품 소비를 이상화된 이미지로 보여준다. 이

---

47 赵勇,「从审美文化到消费文化―大众媒介在文化转型中的作用」,『探索与争鸣』, 2008년 제10기.

는 객관적으로 사람들의 물질적 향유에 대한 욕구를 유도하고 자극하며, 물질적 향유를 즐기는 과정에서 삶의 의미와 가치에 대한 이른바 '새로운 이해'를 추가적으로 제공한다.

마지막으로, 미디어에서 연예 뉴스와 프로그램의 수가 전례 없이 증가했으며, 전문적인 연예 잡지와 TV 예능 채널도 등장하였다. 일부 미디어(예를 들어 후난 위성 TV)는 스스로를 예능 중심으로 포지셔닝하기도 한다. 비록 현재 중국의 미디어가 "죽도록 즐기기"[48]의 단계에 접어들었다고 단정 지을 수는 없지만, 예능 프로그램, 관련 지면, 방송 시간의 증가는 대중의 소비를 끊임없이 자극하고 있는 것은 분명하다. 이는 상품 소비를 넘어 대중이 감각적 즐거움을 추구하는 오락적 소비를 경험할 수 있게 만든다.

미디어 형식 측면에서, 미디어의 소비주의적 경향은 첫째, 미디어의 자아상을 재구성하고 포장하는 데에서 드러난다. 이는 대중에 대한 서비스 역할을 강조하며, 특히 신시대에 창간된 일부 미디어는 자신들의 명명 의미와 대중화 목적을 더욱 강화하려는 경향을 보인다.

둘째, 미디어는 뉴스의 '셀링 포인트'를 포착하거나 만들어내는 등 다양한 방법과 수단을 동원하여 콘텐츠의 '판매 가능성'을 강화하려고 노력한다. 이러한 모든 시도는 미디어가 수용자의 관심을 끌고, 이를 효과적으로 소비로 이어지게 하기 위한 목적에서 이루어진다.

마지막으로, 미디어 형식의 소비 특성은 텍스트 형식의 변화에서도 나타난다. 신문의 컬러 지면, 다수의 사진, 눈에 띄는 헤드라인은 시각적 충격을 만들어내고 사람들의 소비 욕구를 자극하는 데 기여한다. 뉴스 서술 방식에서도 차이가 뚜렷하다. 진지한 뉴스는 대체로 정확성, 간결성, 절차성을 중시하는 공식 문서 형식으로 서술되는 반면, 소비에 초점을 맞춘

---

48 ※ 역자 주: 닐 포스트먼의 개념

뉴스는 유연하고 다양한 서술 기법을 채택한다. 이러한 뉴스는 구어체와 속어를 활용해 이야기를 전개하거나 부드러운 어조와 감성적인 표현으로 산문형 기사나 스케치를 작성한다. 또한, 일부 "밀착 클로즈업"이나 "정밀 취재" 같은 기사에서는 극적인 묘사와 배열을 통해 미디어의 감동적인 매력을 극대화하여 수용자에게 강렬한 심리적 효과를 일으키고, 이를 통해 구매 행동을 유도하려고 한다. 요컨대, 미디어는 내용과 형식 양측에서 수용자의 물질적 소비와 정신적 소비 욕구를 창출하고 충족시키는 데 주력하고 있다. 현대 사회에서 미디어 상품은 음식과 같이 점점 더 사람들에게 필수불가결한 '기본 생활 수단'이자 특별한 소비재로 자리 잡고 있다.[49]

4. 미디어와 소비주의의 공모

이를 통해 미디어는 한편으로 소비문화와 소비주의를 전파하고, 다른 한편으로 스스로 소비주의적 성격을 띠며, 이 두 가지가 상호 의존적이고 상호 영향을 주고받는 관계임을 알 수 있다. 이러한 관계는 학자들이 언급했듯이 "직접적인 인과관계"를 가진다. 미디어가 이윤을 추구하면서 광고주와 스폰서의 요구를 충족시키기 위해 대량의 광고를 게재하고, 상품 소비를 촉진하는 소비주의적 가치관과 생활방식을 다양한 콘텐츠로 전파하는 것은 필연적이다. 동시에, 미디어는 저비용, 저위험, 고수익을 추구하며 대중이 선호하는 오락성과 소비성을 지닌 콘텐츠를 더 많이 생산함으로써, 미디어 문화 자체가 강한 소비주의적 색채를 띠도록 만든다.[50] 매스미디어는 소비주의를 조장함으로써 더 많은 수용자를 확보하고, 동시에 소비주의는 매스미디어의 홍보로 인해 대중에게 더욱 깊숙이 자리 잡

49 刘维红, 『论大众媒介与消费主义』, 석사학위논문, 湖南师范大学, 2005년. 徐小立, 秦志希, 「大众传媒与消费主义扩散」, 『中华新闻报』, 2007.12.19.

50 蔡骐, 刘维红, 「论媒介化社会中媒介与消费主义的共谋」, 『今传媒』, 2005년 제2기.

왔다.

미디어와 소비의 공모는 전 세계적으로 다양한 정도로 나타나고 있지만, 중국에서는 이러한 공모가 특히 깊은 정치적 원인을 가진다. 이는 국가의 미디어에 대한 엄격한 통제가 "경제적 이익의 극대화와 정치적 위험의 최소화"라는 생존 원칙을 형성했기 때문이다.[51] 소비와의 공모는 이러한 원칙을 실현하는 중요한 수단이 되고 있다. 학자들은 이러한 현상을 분석하며, 정치적으로는 언론을 엄격히 통제하면서도 경제적으로는 언론을 자유방임적으로 두는 방식이 암묵적인 규칙을 형성했다고 지적한다. 이 규칙은 "정치적으로 규정된 행동을 충실히 수행하고, 선을 넘지 않으며, 아무것도 하지 않는 것이 어떤 주장을 고수하는 것보다 낫다"는 내용으로 요약된다. 여론 감시와 사회적 주장은 시장 요구에 부응하는 것보다 훨씬 덜 안전하고 수익성도 낮다는 점에서, 이러한 규칙은 미디어가 정치적 관심과 민주적 탐구를 포기하고 소비의 장으로 이동하도록 만든다. 결과적으로, 사회적 사명감과 저널리즘 이상을 가진 일부 미디어조차도 수용자와 시장의 요구를 충족시키는 데 초점을 맞추며, 현재의 정치적·경제적 환경에서 더 쉽게 추구할 수 있는 경제적 이익을 목표로 삼게 되었다. 이미 정치적 이상보다 경제적 관심에 더 집중하는 언론의 경우, 민주주의 정치에 기여할 가능성은 더욱 줄어들었다.[52] 레이치리는 『미디어의 환상: 오늘날 생활과 미디어 문화의 분석』에서 이러한 현상을 심도있게 지적하며, 미디어가 정치와 소비 사이에서 선택을 강요받는 환경 속에서 소비주의의 강한 공모자가 되었음을 강조했다.

패션 신문과 잡지의 확산을 통해 현대 사회에서 소비 개념과 담론의 위치는 '약자'에서 '강자'로 전환되었으며, 일정한 헤게모니적 권력을 지닌

---

51 凌燕, 『可见与不可见: 90年代以来中国电视文化研究』, 北京广播学院出版社, 2006년, 8쪽.
52 徐小立, 『1990年代以来中国传媒消费主义文化研究』, 박사학위논문, 武汉大学, 2006년.

사회의 주류로 자리 잡았다. 이러한 언어와 개념은 일상생활의 영역을 넘어 '이데올로기'의 내부로 스며들며, 이데올로기의 새로운 양상을 만들어낸다. 정치 권력의 '시대에 발맞추기'는 이러한 전환을 촉진했으며, 국내에서 성장한 패션 신문과 잡지는 '소비'가 주도하는 의식과 개념의 담론적 공간을 '창조'하는 데 기여했다.[53]

미디어와 소비의 동맹 또는 공모를 통해 승리하는 것은 소비만이 아니라, 어떤 의미에서는 권력의 승리이기도 하다. 모두가 소비주의의 쾌감에 몰두할 때, 아무도 권력의 통제에 대해 깊이 생각하거나 이에 저항하지 않을 것이다. 이러한 점을 간과한다면, 우리는 미디어와 소비 사이의 복잡한 관계를 제대로 이해할 수 없다.

5. 미디어 소비주의 비판

사람들은 일반적으로 미디어와 소비주의의 공모에 대해 비판적인 입장을 취하며, 미디어가 다양한 욕망을 창출하고 생산함으로써 소비를 자극하고, 대중이 미디어가 전달하는 소비주의 이데올로기를 허구적이고 조화로운 장면으로 받아들이게 만든다고 본다. 이러한 공모는 미디어와 소비가 새로운 문화적 헤게모니를 형성하여 사람들을 통제하고, 결국 개인이 자유와 자율성을 상실하도록 이끈다는 것이다. 왕웨찬의 발언은 이와 같은 비판적 관점에서 대표적이다. 그는 현대 미디어가 잘못된 소비의 신화를 만들어내며, 그 목적은 현실의 다양한 압박 속에서 살아가는 대중에게 도취와 조화라는 허구적 이미지를 심어주는 데 있다고 지적한다. 이러한 허구적 이미지는 사람들이 현재의 정신적 스트레스나 현실적 어려움(이를테면 직장에서의 해고)을 견디도록 하며, 경제 권력과 소비주의 담론

53 雷启立, 『传媒的幻象: 当代生活与媒体文化分析』, 上海书店出版社, 2008년, 54쪽

이 지배하는 삶을 자유롭고 즐거운 삶으로 오인하게 만든다. 또한, 의식의 세뇌와 강요를 자발적인 자각으로, 사회가 개인에게 부과하는 통제를 개인 자유의 필연적 구현으로 착각하게 만든다. 결국, 이러한 과정은 사람들의 삶과 정신을 조작하기 쉬운 표준화와 통일성으로 이끌며, 점차 물질적 향유를 초월하는 가치관을 포기하고, 단순히 유행과 새로운 것만을 추구하는 방향으로 몰아간다. 왕웨촨은 이러한 문제를 해결하기 위해 매스미디어 연구가 문화 생산 양식의 소유권 또는 통제권의 문제로 돌아가야 한다고 주장한다. 이를 통해서만 문화적 의식과 권력 담론에 대한 효과적인 분석과 비판이 가능하다고 본다[54]

유감스럽게도 미디어 소비주의에 대한 이러한 비판은 기본적으로 프랑크푸르트 학파의 문화산업론, 보드리야르의 소비사회론, 알튀세르의 이데올로기 이론, 그람시의 문화헤게모니론 등 서구의 이론을 별다른 혁신 없이 따른다. 중국의 특수한 맥락에서 볼 때, 이러한 이론들이 완전히 적용될 수 있는가? 소비문화는 중국에서 전적으로 긍정적 의의를 갖지 못하는가?

다이진화는『구원과 소비(救贖与消費)』에서 대중 소비가 정통성, 금기, 신성함과 같은 정치적 기능을 해체한다고 지적하였다. 그녀는 20세기 90년대 초의 '마오쩌둥 열풍'을 분석하며, 그 이면에 소비문화와 문화소비의 현실이 존재한다고 언급했다. '마오쩌둥 열풍'의 절정과 유행은 현대 중국 정치의 이데올로기를 폭로하고 엿보는 일종의 소비로, 이는 이데올로기의 생산 및 재생산 과정일 뿐만 아니라, 중국 특유의 소비주의적 문화 트렌드로서 전형적인 생산/소비 과정을 담고 있다. 다이진화는 이를 "조롱과 신성 모독의 형태로 금기와 신성함을 최종적으로 해체하는 과정"

---

54 王岳川 주편,『媒介哲学·导言』, 河南大学出版社, 2004년, 17쪽.

이라고 표현하며, "거룩한 우상의 마지막 후광을 지워버린다".[55] 레이치리는 『미디어의 환상』에서 패션 잡지 『창의(创意)』가 '쿨 가이(酷男)'로 재현된 체 게바라를 소비하는 과정을 분석하며, 소비주의 맥락에서 게바라가 엘리트 담론에서 대중을 거쳐 대중 담론으로, 역사적 담론에서 현재적 맥락을 통해 소비자 담론으로 변모했음을 지적한다. 그는 "뉴미디어와 담론이 전통적 이데올로기의 '숭고함'과 '신성함'이라는 '유토피아'를 소비의 방식으로 해체하며, 가능한 모든 소비 대상을 소비한다"고 강조하였다.[56]

이로부터 우리는 특정 맥락에서 소비주의가 이데올로기적 헤게모니로 작용할 수 있을 뿐만 아니라, 신성하고 숭고한 것을 해체하는 정치적 기능도 수행할 수 있음을 알 수 있다. 그러나 우리의 논의는 여기에서 멈추어서는 안 된다. 핵심적인 문제는 우리가 소비를 통해 신성함, 숭고함, 금기를 해체한 뒤, 어떤 가치를 구축할 것인가 하는 점이다. 레이치리는 체 게바라가 '쿨 가이'로 소비되는 현상에 대해 다음과 같이 지적한다. "중국 사회의 현실 문제는 모호하고 희미한 기억으로 변해버렸고, 체 게바라는 '자신의 이상을 추구하고', '항상 길을 떠나는' 상징으로 전락했다. 하지만 그 이상이 무엇인지, 어떤 길에 있는지는 아무도 모른다. 그러나 그것만으로도 충분하다. 체 게바라는 이미 소비자 시장에서 가장 중요한 요소, 즉 담론의 중심에 서게 되었기 때문이다." 소비 수요의 구조 속에서 "체 게바라는 비워지고, 전설적이며 매력적이고 이야기로 가득한 '쿨 가이'로 변모했다. 그는 거대하지만 공허한 유행의 상징으로 자리 잡았으며, 그래야만 그가 빠르게 인식되고 확산될 수 있다. 이로써 체 게바라는 소비를 자극하고 내수를 확대하는 데 그의 이미지와 힘을 기여하게 된다." 그러나 "역사 속의 체 게바라와, 이 상징을 현실로 끌어낸 중국 사회의 진정한

55 王岳川 주편, 『媒介哲学』, 河南大学出版社, 2004년, 70—72쪽.
56 雷启立, 『传媒的幻象: 当代生活与媒体文化分析』, 上海书店出版社, 2008년, 53쪽.

현실은 과연 이를 감당할 수 있을까?"[57] 이런 의미에서 다이진화의 우려는 일리가 있다.

> 끝나지 않은 것이 여전히 남아 있는 가운데 새로운 것이 생겨나는 시대이다. 소비와 오락의 형태 속에서 사람들은 금기와 신성함을 해체하고, 기억과 이데올로기를 소비한다. 짐에서 벗어난 가벼운 미래는 분명 기쁨을 주며, 공식적인 담론의 틀에서 벗어난 전망은 안도감을 줄 수 있다. 그러나 금기와 경외심이 완전히 사라진 시대가 과연 낙관적 미래의 모습이라고 할 수 있을까?[58]

(2) 미디어와 정체성 구축

정체성의 문제는 문화연구에서 중요한 문제이며, 정체성의 구성은 권력과 밀접한 관련이 있으며, 미디어는 정체성 구성의 중요한 방식이다. 이렇듯 미디어와 정체성 구축의 관계는 중요한 연구 대상이 되었다. 미디어가 구성하는 정체성에는 여러 종류가 있는데, 그 중 미디어가 구축한 국민국가 정체성, 젠더 정체성[59], 계급 정체성의 구성이 더 주목을 받고 있다.

1. 미디어와 국가-국가 이미지 구축

일부 연구자들은 미디어가 한 국가의 이미지를 형성하는 방식을 세 가지로 나눈다. 첫째는 자국 미디어가 자국의 이미지를 구성하는 경우('자아

---

57 雷启立, 『传媒的幻象: 当代生活与媒体文化分析』, 上海书店出版社, 2008년, 53쪽.

58 王岳川 주편, 『媒介哲学·导言』, 河南大学出版社, 2004년, 78쪽.

59 미디어 속 여성 이미지의 구축에 대해서는 이 책의 제5장 "페미니즘과 젠더문제"에서 분석한 바 있으므로 여기서는 반복하지 않겠다. 본 장의 관련 내용을 참고하면 될 것이다.

형성'), 둘째는 외국 미디어가 타국의 이미지를 구성하는 경우('타자 형성'), 셋째는 자국과 국제 미디어가 협력하여 국가 이미지를 구성하는 경우('공동 형성')이다.[60] 이 장에서는 '자아 형성'이라는 국가 이미지 구축에 초점을 맞추며, 현재 중국 미디어가 중국의 국가-민족 이미지를 어떻게 형성해왔는지에 대해 논의할 것이다.

국가 이미지의 정체성과 구축에 관한 고전적 이론으로는 베네딕트 앤더슨의『상상된 공동체: 민족주의의 기원과 전파』[61]가 있다. 이 책에서 앤더슨은 국가, 민족 정체성, 민족주의를 "특수한 문화적 인공물"로 간주하며, 국가를 "상상의 정치 공동체"로 정의한다. 앤더슨은 이러한 공동체에 대한 대중의 상상 속에서 미디어가 중요한 역할을 한다고 강조한다. 미디어는 특정 사건과 인물에 대한 관심과 홍보를 통해 대중의 일상적인 감정을 자극하며, 대중의 심리 속에 국가와 민족에 대한 "상상의 공동체"를 구축하고, 이로써 개인의 정체성과 소속감을 확인하게 한다. 특정 사건에 대한 미디어의 관심은 시간과 공간을 중심으로 이항 대립 구조를 구축하는 방식으로 이루어진다. 시간적으로는 과거, 현재, 미래를 비교하며, 공간적으로는 자아와 타자(다른 국가-민족)를 대비한다. 미디어는 이러한 이항적 구조를 통해 국가-민족 공동체의 이미지를 형성한다.

이러한 이분법적 대립의 구조적 패턴은 다양한 미디어 사건에서 두드러지게 나타난다. 일부 학자들은 뉴스 방송이 종종 중국과 세계를 대비시키는 이원론적 모델을 사용한다고 지적한다. "'중국'에 대한 국내 뉴스 보도는 항상 정교하게 설계되고 의도적으로 유지되는 고정된 패턴을 가진다. 반면 국제 뉴스의 내용은 주로 국지적 전쟁이나 혼란, 자연재해나 인재, 정부의 불안정한 변화, 경제의 변동과 통제력 부족, 최신 과학 기술

---

60 刘小燕,「关于传媒塑造国家形象的思考」,『国际新闻界』, 2002년 제2기.

61 本尼迪克特·安德森,『想象的共同体: 民族主义的起源与散布』, 吴叡人译, 上海人民出版社, 2005년.

352 오늘날 중국의 문화연구

성과, 인문예술 풍경, 혹은 에피소드 등으로 구성된다"[62] 이와 같은 방식
은 중국의 안정, 평화, 질서를 강조하는 역할을 한다. 영화와 TV 작품에
서도 이러한 이원론적 구조는 흔히 사용된다. 예를 들어, 명나라 때 대만
을 수복한 장군 시랑(施琅)을 민족적 영웅으로 묘사하고, 강희제(康熙)를
나라를 다스리기 위해 헌신하고 국가 통합을 염려하는 명군으로 그리는
반면, 정성공(鄭成功) 세력을 지역 분리주의 세력으로 묘사한다. 이러한 묘
사는 국가 통일의 가치를 강조하고, 중화민족의 대통합에 대한 믿음을 형
성하며, 대만을 회복하려는 하나의 중국이라는 정치적 입장을 강화하려
는 의도를 담고 있다.[63]

　　미디어는 시간과 공간의 이분법적 구조를 구축하는 것 외에도, 재난이
나 국가적 경축일과 같은 특정 사건에서 조화로운 국가-민족 이미지를
반영하기 위해 가족-국가 동일 구조를 형성하기도 한다.[64] 예를 들어, 일
부 학자들은 원촨 대지진에 대한 미디어 보도를 분석하며, 미디어가 종종
'재난 피해자/비재난 피해자', '재난 피해자/국가'와 같은 이중 구조를 구
축한다고 지적했다. 이 구조는 상호 도움과 단결을 강조한다. 비재난 피
해자가 재난 피해자에게 기부를 하고, 국가가 재난 피해자를 돌보며, 피
해자는 자신을 도와준 사람들과 위대한 조국에 감사하는 모습을 통해, 국
가, 민족, 자원봉사자에게 높은 정체성을 부여한다. 이는 강력한 통합력
을 형성하여 통일되고 조화로운 국가-민족 이미지를 구축한다.[65] 또한,
미디어는 당시 총리였던 원자바오(温家宝)를 '대중 스타'로 칭송하며, 국민
적 결속력을 강화했다. 사람들은 총리와 정부를 스타를 대하듯 인식하며,

---

62 王玉玮, 『民族主义话语与中国电视文化』, 中国社会科学出版社, 2011년, 99—100쪽.

63 吴楚轩, 『电视传播与民族认同—以电视历史正剧为研究案例』, 석사학위논문, 湖南师范
　　大学, 2007년.

64 王玉玮, 『民族主义话语与中国电视文化』, 中国社会科学出版社, 2011년, 94—97쪽.

65 李春霞, 「灾难·媒介仪式与国家」, 『贵州社会科学』, 2008년 제6기.

이 정체성은 국가라는 "상상의 공동체"에 연결되었다. 이를 통해 국가에 대한 국민적 감정과 지지가 더욱 강하게 표현되었다.

위수(玉樹) 지진에 대한 언론 보도는 국가와 민족 이미지를 구축하는 방침에서 원촨(汶川) 지진과 유사한 방식을 취하고 있으며, 두 지진은 보도에서 종종 연결되어 상호텍스트적 표현을 형성함으로써 국가-민족 이미지 표현을 더욱 강화한다. 일부 학자들이 지적하듯, 원촨은 위수 지진 보도에서 정보 사슬의 연결 고리로 작용하며, 위수에 대한 진술의 일부로 등장한다. 이러한 상호텍스트적 표현은 위수와 원촨을 역사적 서사 속에 삽입하고, 역사를 뉴스 텍스트 안으로 통합한다. 원촨 지진에서 구축된 국가-민족 이미지는 위수 지진에서도 계속되고 강화되어, 과거 텍스트와 현재 텍스트가 대화와 역사적 일관성의 은유를 형성한다. 다른 시간과 장소에서 발생한 재난이지만, 동일한 국가적 단결, 동일한 민족적 화합, 동일한 국민 간의 가족적 유대가 강조되면서, 통시적 시간 차원에서 유지되는 집단 기억을 형성한다.

또한 위수 지진 보도는 상하이 엑스포에 대한 보도와 교차되며, 본래 연관성이 없는 위수 지진과 엑스포를 연결하였다. 연구자들은 위수 지진 보도가 원촨 지진을 계기로 국가 정체성을 역사적 기억에 깊이 뿌리내리게 했다면, 상하이 엑스포 보도는 미래의 발전 방향에서 국가 정체성의 글로벌 좌표를 제시했다고 지적한다. 이와 같이, 공간적 확장과 역사적 유지는 국가 공간의 지역성 및 역사성과 공존하며, 이는 단순한 지리적 공간을 초월하여 심리적 인지 공간을 통합함으로써 물리적, 사회적, 역사적 삼위일체로서의 공간을 형성한다. 특히 『인민일보』의 국가 담론은 역사와 미래, 전통과 현재, 중국과 세계라는 시공간적 차원을 아우르며, 민족, 정치, 경제, 지역이 공유하는 국가 정체성의 개념적 의미 지도를 구성한다. 이를 통해 국가 정체성은 시간적·공간적 차원에서 통합되고, 중국

의 내적 통합과 외적 방향성을 함께 담아내는 서사로 자리 잡는다.[66]

경축 행사에서 미디어는 온 국민이 참여하는 축제 분위기를 조성하여 조화롭고 단결되며 강력하고 발전적인 국가-민족 이미지를 구축하는 데 중점을 둔다. 예를 들어, 〈국경절 60주년 기념식〉은 CCTV의 생방송 중계를 통해 모든 사람이 이 성대한 '미디어 의례'에 참여하도록 소환하고, 축하 행사의 웅장한 장면을 직접 체험하게 한다. 이를 통해 "신중국의 생일"이라는 개념이 시청자의 개인적 경험 속으로 스며들게 하며, 흩어져 있는 개인들과 다양한 계층 및 성별이 집단 세계에 재편입된다. 이 과정에서 개인의 정체성 차이는 일시적으로 사라지고, 모두가 공유하는 정체성은 '중화의 자녀들'이라는 이름으로 통합된다. 사람들은 이러한 성대한 '미디어 의례' 속에서 감정적, 도덕적, 정신적 '귀속감'을 느끼며, 자신의 정체성(민족적, 국가적 등)을 재확인하게 된다. "정부와 국민이 다함께 즐기는" 장면도 이러한 축제 분위기를 강조한다. 예를 들어, 당과 국가 지도자들이 톈안먼 광장에서 일반 국민과 함께 노래하고 춤추는 모습은 국가 지도자와 일반 국민 사이의 친밀감, 소통, 상호작용을 보여줄 뿐 아니라, 외부 세계에 "국민이 가장 소중하다"라는 정치적 가치를 효과적으로 전달한다. 또한, 미디어는 국민들의 축제 분위기를 강조하며, "전국이 함께 기뻐한다"는 축제의 주제를 부각시킨다. 더 나아가, 군사, 과학기술, 문화, 사회 발전 등 다양한 분야에서 중국의 업적을 보여주며, 이는 암묵적으로 과거와의 대조를 통해 중국 국민의 민족적 자부심을 고취시킨다. 결과적으로, 이러한 보도는 강력하고 부흥한 국가-민족 이미지를 구축하는 데 기여한다.[67]

---

66 韩素梅,「国家话语, 国家认同及媒介空间——以「人民日报」玉树地震报道为例」,『国际新闻界』, 2011년 제1기.

67 曾一果,「媒介仪式与国家认同——"国庆60周年庆典"央视电视直播的节目分析」,『电视研究』, 2009년 제12기.

또한 설날특집쇼(春晩)는 국가의 위대한 단결을 표현하기 위한 미디어 의례인데, 이는 많은 논문에서 충분히 설명되었기에 여기에서 반복하지 않겠다.[68]

요컨대, TV 생방송은 각 상징적 기호들을 연결하여 이를 전파함으로써, 관객이 그러한 연결 속에 자신을 통합하고 가치를 공유하도록 한다. 이를 통해 수용자는 공통된 가치관에 기반한 정신적 '공동체'를 형성하게 되며, 결국 사회 질서를 유지하고 공고히 하는 데 목적이 있다.[69] 그러나 이러한 국가-민족의 상상적 구성은 종종 일종의 '망각'을 동반한다. 이는 이데올로기가 용납하지 않는 요소들에 대한 망각이다. 잊혀진 역사를 어떻게 환기하거나 다시 기억할 것인가가 문화연구의 중요한 과제 중 하나이다.[70]

2. 미디어와 정체성 구축의 혼종성

미디어는 미디어가 구축한 국가의 이미지뿐만 아니라 중산층[71], 이주

---

68 呂新雨, 「解读二〇〇二年"春节联欢晚会"」, 『读书』, 2003년 제1기. 呂新雨, 「仪式, 电视与国家意识形态──再读2006年"春节联欢晚会"」, 『2006中国传播学论坛论文集(Ⅰ)』. 金玉萍, 「媒介中的国家认同建构──以春节联欢晚会为例」, 『理论界』, 2010년 제1기. 朱丽丽, 「民族话语, 视觉奇观与消费主义──2010春晚的表征与传播」, 『江苏行政学院学报』, 2010년 제4기. 李婧, 「一台晚会与民族想象共同体的构建──以2009年春节联欢晚会为例」, 『新闻世界』, 2009년 제7기 등.

69 于茜, 「解析电视直播对媒介仪式的呈现──以CCTV国庆60周年庆典为例」, 『东南传播』, 2010년 제2기.

70 陶东风 주편, 『文化研究』(제11집, 社会科学文献出版社, 2011년)에서 "文化记忆: 西方与中国"에 실린 논문들을 참조.

71 何晶, 『大众传媒与中国中产阶级的兴起: 报刊媒介话语中的中产阶级』, 中国社会科学出版社, 2009년 참조.

노동자[72], 특정 집단[73]에 긍정적인 영향을 미친다. 이러한 미디어의 구성은 국가, 사회, 시장 등 다양한 복잡한 권력 관계와 맞물려 있으며, 이는 정체성의 다양성과 혼종성을 만들어낸다. 저우셴(周宪)과 류캉(刘康)은『중국 당대 커뮤니케이션 문화연구(中国当代传媒文化研究)』에서 이러한 현상을 분석했다.

첫째, 내부적으로 그들은 현대 중국 문화는 지배 문화, 엘리트 문화, 대중문화의 삼원적 구조로 이루어져 있으며, 서로 다른 문화는 인간의 정체성을 구성하는 과정에서 완전히 일치하지 않는다고 본다. 지배 문화는 항상 정치적 및 윤리적 지향을 우선시하며, 개인, 집단, 민족 집단의 정체성을 국가 정체성으로 축소하고, 더 나아가 국가 정체성을 기존 정치 체제와 집권당에 대한 동일성으로 전이시킨다. 이 과정에서 정체성의 다양성과 차이성은 특정한 동일성으로 대체된다. 국가 정체성, 민족 정체성, 체제 정체성 간의 동일성은 지배 문화가 정체성을 구축하는 데 있어서의 기본 목표이며, 이는 CCTV 설날특집쇼와 같은 주류 프로그램에서 가장 뚜렷하게 나타난다. 또한, 엘리트 문화와 대중문화 역시 각자의 고유한 정체성 요구를 가지고 있다. 그러나 미디어의 제도적 제약과 지배 문화의 지배적 구조 속에서, 이 두 문화는 필연적으로 변형되며, 지배 문화의 제약과 침투를 피할 수 없다. 중국이 현대화로 전환하는 중요한 시기에, 특히 복잡한 갈등과 문화적 차이가 만연한 현재 중국에서, 높은 수준의 구심력을 가진 통합된 정체성을 구축하는 것은 매우 중요하다.

둘째, 세계화의 진전 관점에서 볼 때, 통신과 교통의 발달 및 빈번한 국경 간 정보 흐름으로 인해 중국과 외부 세계 간의 소통과 상호작용이 점점 더 빈번해지고 있다. 이 과정에서 서구 미디어의 창의성은 이식되고,

---

72 黄达安,「"妖魔化": 农民工群体之媒介定型──国内报纸有关农民工报道的考察」, 석사학위논문, 吉林大学, 2005년 참조.

73 吕新雨,『大众传媒与上海认同』, 上海书店出版社, 2012년 참조.

모방되며, 토착화되었다. 높은 수준의 융합과 상호작용이 이루어지는 혼합된 맥락에서, 중국 미디어의 복잡성은 수용자의 정체성 구축 과정의 복잡성을 초래하였다. 정체성은 끊임없이 변화하는 과정에 있다. 현재 정체성은 두 가지 문제에 직면해 있다. 하나는 정체성 자체가 불확실하고 개방적인 과정이라는 점이고, 다른 하나는 정체성을 구성하는 미디어 문화가 다원적이고 혼합된 형태를 띠고 있다는 점이다. 이로 인해 동시대 정체성은 필연적으로 혼성적 성격을 가지게 된다. 예를 들어, 오늘날의 청년 하위문화(소위 '80후(後)' 문화, '90후' 문화 등)는 고도로 개방적이고 혼합된 미디어 문화의 영향을 받아 이전 세대보다 더욱 개방적이고 다원적이며 혼합적인 특징을 지닌다. 따라서 이들의 문화적 정체성은 더욱 복잡하다.

그들은 이를 통해 혼종화가 중국 현대 미디어 문화에 어떤 결과를 초래할지는 현재로서는 여전히 판단하기 어렵다고 지적한다. 그러나 혼합된 문화적 맥락 속에서 지역적, 민족적, 전통적 삶의 방식과 그 정체성을 어떻게 유지할 것인가가 심각한 문제로 떠오르고 있다. 그들의 견해에 따르면, 혼종성에서 벗어나 본래의 전통으로 회귀하는 것은 분명히 실현 불가능하며, 올바른 선택은 혼종성을 적극적으로 직시하고 정체성 구축의 새로운 경로를 탐색하는 것이다.[74]

4. 뉴미디어와 공적 영역의 구축

개혁개방 이후 지난 30여 년 동안 미디어와 공적 영역 문제에 대한 논

---

74 周宪, 刘康 주편, 『中国当代传媒文化研究』, 北京大学出版社, 2011년, 19—20쪽.

의는 끊임없이 이어져 왔다.[75] 이 논의에는 공적 영역과 사적 영역의 경계를 어떻게 규정할 것인가, 미디어 공적 영역을 어떻게 구성할 것인가, 그 구성 과정의 이면에 어떤 권력 관계가 존재하는가 등이 포함된다. 특히, 공적 영역 구성에서 뉴미디어의 중요성이 강조된다.[76] 따라서 이 장에서는 주로 뉴미디어(특히 웨이보[微博]와 모바일 미디어)를 중심으로 미디어와 공적 영역에 대한 논의를 요약하고 정교화한다.

(1) 뉴미디어의 근본적인 특징

1. 사적 미디어로서의 뉴미디어

뉴미디어는 종종 사적 미디어(private media)라고 한다. 이른바 사적 미디어는 한마디로 '나의' 미디어이고, '나의 미디어'는 자아, 자율성, 개성, 독립성 등은 물론 그에 수반되는 자유, 즉 자신을 자유롭게 표현하고 표현할 수 있는 자유를 담고 있다. 톈빙신(田炳信)은 『사적 미디어(私权媒体)』에서 "블로그는 자유로운 공간이다. 이곳에는 깊지도 얕지도 않고, 정사각형도 원도 없으며, 크지도 작지도 않고, 높지도 낮지도 않다. 다른 사람에게 해를 끼치지 않는 한, 원하는 만큼 단어를 입력할 수 있고, 원하는 만큼 노래를 부를 수 있으며, 원하는 만큼 허세를 부릴 수 있다"고 지적했

---

75 黄月琴, 「"公共领域"概念在中国传媒研究中的运用——范式反思与路径检讨」, 『湖北大学学报』(哲学社会科学版) 2009년 제6기. 黄月琴, 「改革新语境下的公共领域与大众传媒研究」, 『东南传播』, 2010년 제5기 참조.

76 '뉴미디어'는 고정된 지시대상을 갖는 개념이 아니다. 이 개념의 정의에 대해서는 다음의 글들을 참조. 喻国明, 「解读新媒体的几个关键词」, 『广告大观』(媒介版), 2006년 제5기. 魏丽锦, 「新媒体——一个相对的概念」, 『广告大观』(媒介版) 2006년 제6기. 匡文波, 「到底什么是新媒体?」, 『新闻与写作』, 2012년 제7기. 匡文波, 「关于新媒体核心概念的厘清」, 『新闻爱好者』, 2012년 제19기 등..

다.[77] 이 문구는 뉴미디어의 자기 정체성을 전형적으로 드러낸 것이다. 바로 이러한 이유로, 많은 학자들은 사적 권리와 자기성을 블로그(및 뉴미디어)의 주요 특성으로 간주한다.[78] 홍즈강은 「블로그: 서발턴의 담론 카니발?」(『미디어비평』, 2006년 제2집)에서 블로깅은 가장 현대적인 방식으로 "개인의 독립적 의지를 재확립"한다고 지적했다. 블로그의 주인은 원한다면 자신의 영역에서 텍스트로 '레이브 파티'를 열 수 있으며, 원하지 않을 경우 언제든 초대받지 않은 손님을 자신의 마당에서 쫓아낼 수 있다. 블로그는 개인이 자유롭게 선택할 수 있는 링크를 제공하며, 자신의 텍스트 정보를 영구적으로 보존할 수 있는 공간이기 때문에 "개인화된 표현 욕구를 최대한 충족시킬 수 있다." 그는 개성을 이 시대의 가장 두드러진 표식으로 간주하며, 이는 근대성이 추구하는 이상적 목표일 뿐만 아니라, 미적 근대성이 근대성에 반항하는 과정에서 끊임없이 드러나는 윤리적 태도라고 설명했다. 결론적으로, 그는 "블로깅은 무한하고 영원한 개인 공간에 대한 새로운 형태의 자급자족적이고 내재적인 갈망을 제공한다"고 주장했다.

이러한 블로그의 자아성과 개성은 뉴미디어의 커뮤니케이션 콘텐츠에도 반영된다. 즉, 뉴미디어 이용자가 게시하는 콘텐츠는 주로 개인의 감정, 삶과 업무 상황, 기타 사적인 사건과 관련되어 있으며, 이는 아래 그림에 잘 나타나 있다.[79] 이러한 종류의 커뮤니케이션 콘텐츠는 전통적인 미디어에서도 볼 수 있지만 분명히 주류는 아니다.

---

77 田炳信, 『私权媒体』, 汕头大学出版社, 2008년, 210쪽

78 邓瑜, 『媒介融合与表达自由』, 中国传媒大学, 2011년, 153—154쪽. 陈进, 「私权媒体的博客传播」, http://blog.sina.com.cn/s/blog_4867923001008hms.html 참조.

79 『微博媒体特性及用户使用状况研究报告』, 자료출처: 缔元信(万瑞数据)2010년8月, http://www.dratio.com/2010/0816/103613.html. 관련 통계 자료는 上海师范大学 李垒垒의 석사학위논문 『个人话语的回归——基于话语理论的微博研究』(2011년)에서도 확인할 수 있다.

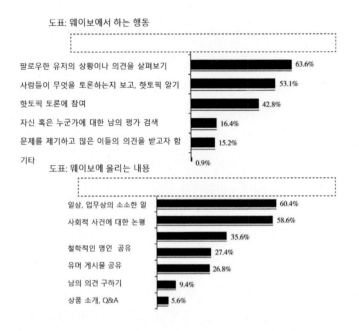

도표: 웨이보에서 하는 행동

팔로우한 유저의 상황이나 의견을 살펴보기	63.6%
사람들이 무엇을 토론하는지 보고, 핫토픽 알기	53.1%
핫토픽 토론에 참여	42.8%
자신 혹은 누군가에 대한 남의 평가 검색	16.4%
문제를 제기하고 많은 이들의 의견을 받고자 함	15.2%
기타	0.9%

도표: 웨이보에 올리는 내용

일상, 업무상의 소소한 일	60.4%
사회적 사건에 대한 논평	58.6%
	35.6%
철학적인 명언 공유	27.4%
유머 게시물 공유	26.8%
남의 의견 구하기	9.4%
상품 소개, Q&A	5.6%

휴대폰의 경우 이러한 자율성과 개성이 더 분명하다. 이러한 뉴미디어의 자율성과 개별성은 "풀뿌리 문화의 분명한 입장"[80]을 가진 대중의 정신과 풀뿌리 정신을 구현한다. 뉴미디어가 등장하기 전에는 대중이 전통미디어를 통해 자유롭게 자신을 표현하는 것이 사실상 불가능했지만, 뉴미디어에서는 거의 자원이 들지 않고도 쉽게 자신만의 공간을 확보하고 자유롭게 글을 쓸 수 있다. 이는 분명히 서민 정신과 풀뿌리 문화의 구현이라 할 수 있다.

---

80 洪治纲, 「博客: 庶民的话语狂欢?」, 蒋原伦, 张柠 주편, 『媒介批评』(제2집), 广西师范大学
出版社, 2006년에 수록.

2. 뉴미디어의 파편화

뉴미디어의 또 다른 중요한 특징은 파편화다. '파편화' 이론은 주로 서구에서 유래한 것으로[81], 최근에는 뉴미디어 연구에서도 '파편화'라는 개념이 자주 등장하고 있다. 뉴미디어의 경우 파편화는 커뮤니케이션의 내용뿐만 아니라 커뮤니케이션의 주체, 커뮤니케이션의 주체, 수용자, 커뮤니케이션 기관에서도 나타난다.

한편으로 미디어 콘텐츠의 파편화는 작고 짧은 단어 수에 반영된다, 예를 들어, 웨이보는 최대 140단어를 쓸 수 있는데, 인생의 사소한 일들과 세상의 주요 사건들, 자신과 다른 사람들의 경험, 남에게 들은 것, 심지어는 남의 것을 공유한 것까지, 잡다하고 단편적인 유형의 내용을 담고 있다. 미디어 콘텐츠의 파편화는 현대인들의 급변하는 삶과 관련이 있다. 현대인들은 깊이 생각하고 구상하고 글을 쓸 시간이 부족하기에 특정 순간에 짧은 영감을 얻기도 하고, 언제 어디서든 감정이 생길 때 공개하는 경우가 많다. 즉, 뉴미디어의 콘텐츠 작가는 순간적이고 파편화된 감정을 표현하기 위해 자유롭고 파편화된 시간을 사용하는 경우가 많기 때문에 콘텐츠의 파편화된 특성을 반영한다.[82]

커뮤니케이션 주체의 파편화는 다양한 사회 집단과 사회 계층, 다양한 기관에서 다양한 조직과 개인에 이르기까지 커뮤니케이션 주체의 다원성에 반영되며, 이 모든 것이 커뮤니케이션의 주체가 되어 뉴미디어를 통해 자신의 목소리를 표현할 수 있다. 커뮤니케이션 주체는 종종 커뮤니케이션의 수용자 또는 수신자가 되고, 그 다원성은 사회 계급의 파편화와 밀접하게 관련되어 있으며, 전체 사회는 더이상 동질적인 전체가 아니라 끊임없이 다른 사회 계급으로 분화되고, 동일하거나 유사한 계급조차도 다

---

81 迈克·费瑟斯通, 『消费文化与后现代主义』, 刘精明 역, 译林出版社, 2000년. 齐格蒙, 鲍曼, 『生活在碎片之中——论后现代道德』, 郁建兴 등 역, 学林出版社, 2002년.

82 洪偌馨, 『手机电视传播的"碎片化"语境研究』, 석사학위논문, 重庆大学, 2011년.

른 하위 계급으로 나뉘고, 심지어 계속 분할될 것이기 때문에 커뮤니케이션 대상의 파편화와 동일하다. 같은 개체일지라도 시간과 장소가 다르면 서로 다른 '하위 개체'인 경우가 많다. 커뮤니케이터의 경우, 점점 더 세분화되는 수용자를 점점 더 자세히 조사해야 한다. 그 결과 커뮤니케이션의 파편화, 수용자의 파편화, 미디어의 파편화는 정보화 시대 소셜 커뮤니케이션의 두드러진 특징이 되었다.[83]

그렇다면, 뉴미디어의 파편화는 어떤 의미를 지니는가? 일부 학자들은 웨이보의 단편적인 글쓰기가 여론에 미치는 영향이 명백하다고 지적했다. 전통적 미디어의 지배력에 도전장을 내밀었고, 공적 행사에 대한 논의에서도 현실의 다양한 압력으로 인해 침묵을 지키거나 반향을 표하는 사람들도 토론 진영에 합류했다. 그 결과, 정보 공개의 방식이 크게 바뀌어 대중에 의한 정보 창출이 향후 중요한 정보 생산 모델이 될 것이다. 웨이보(또는 블로그)의 정보도 '왜곡'될 수 있지만, 그런 상황이 나오면 곧 반대편의 목소리가 나온다. 상반된 목소리의 출현은 사건을 분석하고 진실로 돌아가기 위한 더 많은 목소리를 도출할 것이다. 따라서 일부 학자들은 이러한 글쓰기 방식이 한때 "말이 없던" 사람들이 "말하는" 힘을 되찾을 수 있게 해주었다고 지적한다. 따라서 일부 학자들은 파편화의 가장 큰 역할은 탈중앙화이며, 탈중앙화와 관련된 것은 소외의 해소라고 지적했다. 그리고 이것은 결국 공적 영역의 구축에 분명히 기여한다.[84]

3. 뉴미디어의 상호작용성

상호작용성은 뉴미디어의 두드러진 특징으로, 휴대폰, 마이크로블로그, 블로그 등에서 매우 뚜렷하게 나타난다. 전통적인 미디어의 전파 방

---

83 中国传媒大学广告研究所 편, 『新媒体激变』, 中信出版社 2008년, 31―41쪽.

84 李亚菲, 「浅谈微博的碎片化写作」, 『新闻世界』, 2011년 제5기. 张笑容, 方兴东, 「博客传播: 个人价值的崛起」, 蒋原伦, 张柠 주편, 『媒介批评』(제2집), 广西师范大学出版社, 2006년

식은 일반적으로 단방향으로 이루어져 커뮤니케이터와 수용자 간의 양방향 소통이 불가능했다. 그러나 휴대폰, 마이크로블로그, 블로그 등에서는 단방향일 수도, 양방향일 수도 있으며, 나아가 다방향 소통까지 가능하다. 이러한 미디어는 매우 강한 상호작용성을 가지며, 동시에 즉각성과 높은 시효성을 지닌다.

예를 들어, 블로그에 메시지를 게시하는 것은 상호작용을 위한 가장 일반적인 방법 중 하나이다. 블로그에 나타나는 하이퍼텍스트 링크 또한 상호작용성을 반영하며, 마우스 클릭만으로 주제와 관련된 다른 정보 페이지로 이동할 수 있다. 블로그 독자는 개별적으로 메시지를 남길 수도 있고, 여러 사람이 함께 메시지를 남길 수도 있다. 즉각적인 댓글과 소통을 통해 블로그에서의 상호작용은 매우 쉽고 자연스러우며, 동시에 매우 빠르게 이루어진다.

새로운 미디어의 상호작용성은 송신자와 수신자 간 의사소통의 강화뿐만 아니라 전체 정보 형성 과정의 변화에서도 드러난다. 즉, 정보는 더 이상 한쪽 당사자에 의존하지 않고, 양측 간의 의사소통 과정에서 형성된다. 이로 인해 전달자의 정체성은 더 이상 명확하지 않고 상호 융합되며, 송신자가 수신자가 되고, 수신자가 송신자가 되는 구조로 변모한다. 이를 통해 블로그는 편집자, 저자, 독자의 관계를 변화시켰으며, 편집자, 저자, 독자의 유기적 통합을 실현하였다. 또한, 전통적인 커뮤니케이션 방식을 한 지점에서 여러 지점으로 확산하는 방식에서 여러 지점 간 상호 교류로 변화시켰다고 할 수 있다.[85] 일부 학자들은 뉴미디어(블로그)의 상호작용 과정을 명확하게 정리했다.

블로그의 자기 전파는 저자가 일기를 쓰는 형식으로 자신의 블로그와

---

85 许光, 『颠覆还是重建: 新闻传播学视野中的博客研究』, 석사학위논문, 暨南大學, 2006년

상호작용하는 것으로 이해할 수 있다. 이를 기반으로 개인과 외부 세계 간의 상호작용, 즉 블로그를 통한 대인 커뮤니케이션이 이루어지며, 블로그 그룹(博客圈子)이 형성된다. 그룹이 형성된 이후에는 블로그와 블로그 사이의 관계가 단순한 입소문 전파에서 그룹 커뮤니케이션으로 발전한다. 그룹 형성 이후, 블로그는 특정 커뮤니티로 발전하게 되고, 사회적 연결이 더욱 강화됨에 따라 그 영향력이 확대된다. 이 과정에서 개인이 커뮤니케이션의 중심이 되며, 유사한 형태의 매스커뮤니케이션이 나타나기 시작한다.[86]

일부 학자들은 블로그나 뉴미디어의 정보 전파 방식과 상호작용적 특성이 "사회적 모습을 필연적으로 변화시키고, 국가, 사회, 개인 간의 전통적 관계를 재구성할 것"이라고 전망한다.[87] 이러한 재구성은 중국의 공적 영역 구축을 크게 촉진할 것이다.

(2) 뉴미디어의 공공성

많은 학자들은 뉴미디어의 여러 가지 특징에 근거하여 뉴미디어가 현대 중국에서 이상적인 공적 영역이 될 수 있다거나, 적어도 하버마스가 구상한 공적 영역의 본래 모습을 보여주면서 "하버마스가 말한 '이상적 공적 영역'의 형태로[88] 부상할 수 있을 것이라고 낙관하고 있다.[89] 적잖은 학자들이 이러한 의견을 공유하고 있다.

---

86 张笑容, 方兴东, 「博客传播: 个人价值的崛起」, 蒋原伦, 张柠 주편, 『媒介批评』(제2집), 广西师范大学出版社, 2006년

87 颜纯钧, 「博客和个人媒体时代」, 『福建论坛』(人文社会科学版)2003년 제3기

88 郑达威, 「信源扩张与网络公共领域现状」, 『当代传播』, 2005년 제3기

89 许光, 『颠覆还是重建: 新闻传播学视野中的博客研究』, 석사학위논문, 暨南大学, 2006년

일부 학자들은 블로그에서 정보를 게시하는 '포인트'가 단일하지 않기 때문에, 각 개인이 정보를 게시하는 '노드(node)'가 될 수 있다고 지적한다. 그들은 "인터넷에서 무수한 '노드'가 전체 '표면'을 형성할 때, 그것이 야말로 국가와 사회가 분리된 이후에 나타나는 진정한 공적 영역이 된다"고 주장한다.[90] 이것은 표면적으로 볼 때 '양'의 축적이지만, 공적 영역의 구축은 단순히 양적 축적에 그치지 않고 질적인 개선 또한 필요하다. 물론, 양적 축적은 특히 공적 영역이 부족한 중국과 같은 나라에서는 없어서는 안 될 기반이다. 이러한 이유로 일부 학자들은 뉴미디어가 사회 전체가 공론장에 적극적으로 참여하는 상황을 형성하고, 기존의 수동적 수용자 심리를 점차 참여 욕구로 전환시키는 긍정적 의의를 가진다고 강조한다. 웨이보에서 네티즌들이 게시물을 전달하고, 공유하고, 팔로우하며, 답글을 남기는 모든 행위는 여론을 표현하는 과정이자 대중이 권력을 행사하는 방식이다. 간단한 마우스 클릭으로 자신들의 투표를 던지는 셈이다. 이처럼 흩어져 있고 미세하게 보이는 연결 고리들은 지속적인 축적을 통해 힘을 모으고 중요한 기능을 수행하며, 참여와 목격을 결합한 '구경꾼 정치'라는 현상을 형성한다. 마이크로블로그 공간에서는 이러한 권력의 축적이 지역과 계층을 초월하여 국가적 공적 영역의 일부를 이루었다[91]

사회적 개인이 공적 문제에 참여함으로써 사회적 개인은 "공중(公众)"으로 변모한다. 뉴미디어는 공중에게 광대한 정치적 공간을 제공하며, 이에 따라 "침묵하는 다수" 또는 "오합지졸"이 점차적으로 자신을 표현하고 공공 문제에 대한 토론에 참여하기 시작했다. 이 과정에서 구경꾼의 역할은 그 첫 번째 단계로 간주된다. 일부 학자들은 이러한 낮은 수준의 공중

---

90 颜纯钧, 「博客和个人媒体时代」, 『福建论坛』(人文社会科学版), 2003년 제3기.

91 祁志慧, 『微型博客研究: 基于空间理论的探讨』, 석사학위논문, 暨南大学, 2012년

참여가 중요한 의미를 지닌다고 본다. 그것은 단순한 구경꾼 심리와 다르게, "내가 여기에 있다"는 입장을 표현한다. 그것은 "나와 상관없다"는 태도와 달리, "나는 알고 있다"는 요구를 나타낸다. 그것은 폭력 혁명과 달리, 비폭력적이고 비협력적인 방식, 즉 "나는 할 수 있다"는 게임을 표현한다.[92] 이와 같은 참여를 통해 블로그는 개인, 수용자, 공중 간의 역할 전환을 쉽게 가능하게 한다. 공중은 공공 사건, 공공 업무, 공공 활동에 자유롭게 "참여"할 수 있으며, 더 이상 전통적인 매스미디어의 일방향적 커뮤니케이션에서의 "표적"이 아니다. 대신, 독립적인 의견을 가지고 권위를 맹신하지 않으며, 공공 문제에서 자신의 목소리를 내고자 하는 공중으로 자리매김한다. 블로그는 공중에게 이러한 자유로운 공공 문제 참여의 플랫폼을 제공하며, "의견의 자유 시장"과 "진실의 자기 수정"을 실현할 수 있는 이상적인 장을 마련한다.[93]

뉴미디어의 상호작용성과 상호작용성의 특징은 뉴미디어를 정보 공유를 위한 공적 플랫폼으로 만들었으며, 이를 통해 누구나 이 플랫폼에서 자신의 의견을 표현하고 공공 문제를 논의할 수 있게 되었다. 이는 공적 영역의 한 형태라고 할 수 있다. 또한, 뉴미디어의 파편화는 중심을 해체하는 동시에 커뮤니케이션의 '문지기' 특권을 상당 부분 약화시켰다. 이러한 변화는 뉴미디어를 통한 정보 공개와 의견 표현의 자유를 더욱 촉진함으로써 공적 영역의 구축 가능성을 한층 더 높였다.

뉴미디어의 특성과 밀접한 관련이 있는 또 다른 논의로, 일부 학자들은 뉴미디어의 '임파워먼트(empowerment)' 기능에 주목하여, 뉴미디어가 수용자의 주체성 구축과 공적 영역의 형성에 미치는 중요한 영향을 고찰하고 있다.

92　胡泳, 「微博: 看客如何实现落地?」, 『时代周报』, 2010.11.25.

93　许光, 『颠覆还是重建: 新闻传播学视野中的博客研究』, 석사학위논문, 暨南大学, 2006년

일반적으로 임파워먼트라는 용어는 개인과 집단 두 가지 수준에서 이해할 수 있다. 개인적 관점에서 임파워먼트는 "권한 부여(enabling)" 또는 "자기 효능감(self-efficiency)"으로 정의되며, 이는 강한 개인적 효능감 인식을 촉진하여 목표를 달성하려는 동기를 강화하고, 개인이 상황을 스스로 통제할 수 있다는 느낌을 갖게 하는 과정이다. 집단적 관점에서 임파워먼트는 역동적이고, 교차적인 수준을 아우르는 관계적 개념 체계로, 사회적 상호작용 과정과 더불어 사회 정책 및 사회 변화를 위한 적극적인 개입을 포함한다.[94]

임파워먼트의 두 가지 측면은 밀접하게 연결되어 있으며, 특히 뉴미디어의 공적 영역 구축에 있어 중요하다. 수용자의 자기 임파워먼트 없이는 사회에 효과적으로 개입하여 공적 영역을 구성할 수 없기 때문이다. 현재 중국에서 시민들이 자기 임파워먼트를 위한 다른 경로와 수단이 부족한 상황에서, 뉴미디어는 시민들에게 자기 임파워먼트를 이루는 가장 효과적인 경로이자 수단으로 기능하고 있다. 많은 학자들이 이러한 점을 다양한 관점에서 논의하고 있다. 예를 들어, 일부 학자들은 대학생들의 휴대전화 사용에 대한 구체적인 조사를 통해, 중국 지식 청년들의 뉴미디어 사용이 "모바일 자생 공간"이라는 특성을 나타낸다고 지적하였다.[95] 이 "자생 공간"을 기반으로 그들은 발언권을 갖게 된다. 휴대전화는 대학생들에게는 자율적 공간을, 이주 노동자들에게는 자신들의 영역을 확장할 수 있는 강력한 도구로 작용하며, 더욱 중요한 의미를 가진다. 한편, 휴대전화는 이주 노동자들에게 비교적 원활한 일자리를 가능하게 하며, 혈연 및 지연 네트워크를 활용해 더 많은 구직 정보를 빠르고 폭넓게 얻을 수 있게 한다. 이를 통해 선택의 여지가 생기고 협상력을 가지게 된다. 또한,

94 丁未,「新媒体与赋权: 一种实践性的社会研究」,『国际新闻界』, 2009년 제10기

95 肖荣春, 白金龙,「移动的自留地: 知识青年, 新媒介赋权, 场景生产与媒介素养——以大学生的新媒介使用实践为观察」,『新闻与传播研究』, 2011년 제1기

휴대전화는 개별 이동을 보다 안전하게 보장하며, 아르바이트 과정에서도 휴대전화를 통해 권리를 보호할 수 있는 가능성을 제공한다.[96] 더 나아가, 생계를 위해 육체 노동에 의존하는 최하위 사회적 상황에서도, 휴대전화는 단순히 기술적 도구 이상의 역할을 한다. 휴대전화는 기술 이면에 존재하는 중국의 전통적인 혈연과 지연 네트워크를 통해 신뢰할 수 있는 정보, 피드백, 상호 지원, 그리고 향수를 달래는 위안을 제공한다. 이를 통해 이주 노동자들은 지역을 초월하는 견고한 사회적 네트워크를 형성한다고 볼 수 있다.[97] QQ 또한 신세대 이주 노동자들에게 강력한 임파워먼트 기능을 제공한다. QQ 채팅을 통해 그들은 사회적 상호작용을 하고, 여가를 보내며, 정체성을 형성하고 재구성하며, 성취감을 얻는다. 이를 통해 정서적 및 실질적 지원을 받음으로써 어느 정도 자기 임파워먼트를 실현할 수 있다.[98]

뉴미디어에 의한 수용자의 임파워먼트는 객관적 사실이라고 할 수 있다. 비록 뉴미디어의 임파워먼트만으로 공적 영역을 확립할 수 있다고 단언할 수는 없지만, 공적 영역의 구축을 위한 기술적 토대를 제공한다는 점은 분명하다. 공공 문제나 공공 사건에서 자신의 목소리를 내기 위해 이러한 기술은 매우 중요한 전제 조건이다.

요컨대, 뉴미디어의 개별성, 자유로움, 상호작용성, 파편화, 그리고 탈중앙화된 해체와 임파워먼트 기능은 많은 학자들로 하여금 뉴미디어가 이상적인 공적 영역을 구축할 가능성을 지니고 있다고 보게 하였다.

그러나 문제는, 이러한 공적 영역이 과연 쉽게 구축될 수 있는가? 또한,

---

96 시청자의 권리 보호를 위한 TV 사용에 관해서는 이 장의 마지막 절을 참조.

97 丁未, 宋晨, 「在路上: 手机与农民工自主性的获得——以西部双峰村农民工求职经历为个案」, 『现代传播』, 2010년 제9기

98 陈韵博, 「新媒体赋权: 新生代农民工对QQ的使用与满足研究」, 『当代青年研究』, 2011년 제8기

개인, 수용자, 공중이라는 세 가지 정체성이 정말로 '쉽게 전환'될 수 있는 가 하는 점이다. 뉴미디어의 공공성을 낙관적으로 바라보는 학자들도, 뉴미디어가 공공성을 구축하는 과정에서 직면하는 다양한 권력의 제약과 그로 인해 복잡하게 나타나는 뉴미디어의 공공성을 보다 심도 있게 검토하고 있다.

(3) 뉴미디어 공공 영역 구축의 복잡성

일부 학자들은 오늘날의 공적 영역, 즉 여론을 표출하는 미디어를 포함한 공적 영역이 다중적인 권력 관계와 얽혀 있음을 지적하며, "매스미디어의 자유로운 자유에 대한 환상을 깨뜨릴 필요가 있다"[99]고 분명히 밝혔다. 이러한 다중적 권력 관계는 정치적, 경제적 문제일 뿐만 아니라, 사회적 개인으로서의 공중 의식 문제와도 깊이 관련되어 있다.

중국에서는 정치적 통제가 완전히 자유화되지 않았으며, 정치 권력이 언론 보도에 영향을 미치는 경우가 흔히 발생한다. 타오둥펑은 중국 언론에서 니타나는 기이한 현상을 지적한 바 있다. 한편으로는 언론인들이 정당한 권익을 거칠게 박탈당하거나 심지어 폭행당했다는 보도가 종종 등장하고, 다른 한편으로는 법적 규제를 넘어서는 일부 '권위 있는' 언론 미디어가 존재한다는 점이다. 타오둥펑은 이러한 기이한 현상의 원인을 언론 권력이 법제화되지 않았고, 대신 행정 권력이나 심지어 개별 지도자의 개인적 권력에 의존하기 때문이라고 분석했다. 그는 CCTV의 〈초점인터뷰〉 프로그램을 예로 들며, 이 프로그램이 일부 주요 사건을 폭로할 수 있었던 이유는 기자가 특별한 능력을 지녔거나 법적으로 취재권을 보호받았기 때문이 아니라, 다른 기자들에게는 없는 '특별 출입증'을 소유하

---

99 南帆, 「广告与欲望修辞学」, 王岳川 주편, 『媒介哲学』, 河南大学出版社, 2004년, 82쪽

고 있었기 때문이라고 지적했다. 따라서 타오둥펑은 "중국의 미디어 권력은 여전히 중국 특유의 정치-문화적 시스템에 의존하고 있으며, 이 시스템에 대한 분석 없이는 이러한 기형적인 미디어 권력을 제대로 파악할 수 없다"고 주장한다.[100] 정치 권력은 언론에 특별한 권한을 부여할 수 있는 동시에, 통제되지 않는 언론 콘텐츠를 언제든지 제거할 수 있는 가능성을 지닌다. 블로그가 삭제되는 일이 빈번히 발생하는 것은 "블로그가 (블로그 호스팅 사이트와의 합의에 따라) 법적으로 사적 권리를 인정받는 미디어로 간주되지 않았음을 보여준다.[101]

경제적 측면에서, 시장경제의 강력한 동화력은 또한 미디어의 공공성을 제한하며, 미디어는 심지어 착취당하고 할인된 가격에 판매될 수 있는 상업적 자원이 되었다.[102] 일부 학자들은 1990년대 말 이후 새로운 시장경제가 작동하는 과정에서 나타난 광고의 역할에 주목하며, "광고가 먼저 차용되고 변형되어, 시장의 자유로운 운영 이후 권력 관계의 상호 침투를 형성하고, 중국의 사회적, 사상적, 문화적 변화를 촉진했지만, 이는 공공 공간의 출현과 가능성을 의미하지 않으며, 사람들의 자유로운 선택과 발전의 가능성을 제공하지 않는다"고 지적했다. 오히려 광고는 다른 새로운 경제적, 문화적 형태와 결합하여 중국의 문제를 더 복잡하고, 더 은밀하며, 더 시민적이고, 더 예리하고, 더 공격적으로 만들었다. 또한, 광고는 이데올로기적 강압을 대체하며, 기존의 사고 및 비판의 패러다임을 무력화시켰다."[103]

정치 권력과 경제 권력이라는 이중적 제약으로 인해 언론의 공공성이

---

100 陶东风, 「大众传播·民主政治·公共空间」, 王岳川 주편, 『媒介哲学』, 河南大学出版社, 2004년, 139쪽

101 邓瑜, 『媒介融合与表达自由』, 中国传媒大学出版社, 2011년, 157—161쪽

102 南帆, 『广告与欲望修辞学』, 王岳川 주편, 『媒介哲学』, 河南大学出版社, 2004년, 83쪽

103 雷启立, 『传媒的幻象: 当代生活与媒体文化分析』, 上海书店出版社, 2008년, 156쪽

크게 위축되었다고 할 수 있다. 대중의 공공성에 대한 관심은 종종 일시적인 충동에 그치며, 지속적인 공적 합리성이 결여되어 있다. 일부 학자들은 중국 미디어 생태계에서 정치와 오락 사이의 단절을 지적하며, "높은 수준의 오락성을 지닌 미디어 문화가 번성함과 동시에, 대중의 정치적 관심과 열정을 일정 부분 약화시키거나 억압하여, 오락의 고조와 정치적 무관심을 초래했다"고 언급했다. 이러한 단절은 특히 많은 젊은 수용자들 사이에서 정치적 관심의 감소를 초래하는 데 기여했다. 또한, "공식적 통제와 고도로 오락화된 미디어의 압력이 결합되어, 일부 사건에 대해 폭발적인 정치적·사회적 관심을 일으키는 충동을 유발한다. 하지만 사건이 끝난 후에는 모든 것이 다시 일상적인 오락 상태로 되돌아간다"[104]

실제로 우리는 정부의 통제가 강해질수록 오락화 경향이 강화되고, 심지어 특정 사건에서 대중의 감정이 집단적으로 통제되지 못하는 현상이 발생하는 것을 목격한다. 감정적으로 통제되지 못하는 이들 중 상당수는 자신과 직접적인 관련이 없는 사건을 통해 억눌렸던 감정을 표출하며, 이는 여론 속에 쌓인 불만과 감정적 분출의 형태로 나타난다. 일부 학자들은 블로그의 감정적 기능에 대해 다음과 같이 지적한다. "감정이란 가면을 벗은 후의 자아의 흥분이자, 금기를 넘어선 후의 자기 해소이며, 자신을 끊임없이 열고 다시 여는 과정이다. 이는 현실 세계에서 얻을 수 없는 정신적 위안을 추구하는 과정이기도 하다."[105] 현실의 억압이 심할수록 감정을 표출하려는 충동이 강해진다고 할 수 있다. 그러나 이러한 공공 문제에 대한 열광적인 관심은 이성적이고 지속적인 공공 관심이라고 보기 어렵다. 이에 대해 한 학자는 "이것을 공공 관심의 증가로 간주한다면

104 秦州, 『娱乐化视频——视频文化论』, 周宪, 刘康 주편, 『中国当代传媒文化研究』, 北京大学出版社, 2011년, 206—207쪽

105 邓瑜, 『媒介融合与表达自由』, 中国传媒大学出版社, 2011년, 6쪽

이는 지나치게 낙관적인 해석일 것"이라고 경고했다.[106]

　일부 학자들은 공적 영역이 사적 영역으로 침범하는 측면에서 현재 공적 영역 구성에 대한 우려를 제기하며, 공적 영역이 사적 영역에 침범할 경우 발생할 수 있는 여러 잠재적 위협과 결과를 정교하게 설명했다.

　첫째, 미디어의 공적 영역에서 공적 담론과 사적 담론의 경계가 점차 모호해지고 있다. 사람들은 개인의 사생활에 대해 이야기하는 데 열중하며, 사적인 콘텐츠는 일반적으로 오락화되는 경향이 있다. 특히, 사적인 고통과 슬픔이 공적 오락의 소재로 사용될 때, 윤리적 의미가 모호해지는 일이 빈번하다. 이러한 현상은 오늘날 중국 블로그 문화에서도 흔히 볼 수 있다. 둘째, 현대 중국 사회에서 합리적 토론 메커니즘과 절차가 부족하기 때문에, 대중 참여를 위한 소통 플랫폼인 인터넷이 많은 사적 사건에 대해 사회 정의와 공감대를 형성하기 어렵다. 이로 인해 대부분의 사적 담론은 왜곡되거나 분노의 배출구가 되며, 규범을 벗어날 가능성이 있다.[107] 셋째, 엔터테인먼트와 시청률이 모든 미디어의 생존 원칙이 된 오늘날, 개인 블로그는 종종 클릭 수를 얻기 위해 개인 프라이버시를 거래하는 전쟁터가 되고 있다. 개인 프라이버시는 모든 종류의 미디어가 경쟁하는 자원이 되었다.[108] 마지막으로, 블로그 문화는 공적 담론을 이용해 사적 영역을 침범하고, 누구나 사용할 수 있는 가상의 공적 명의를 내세워 사적 담론을 공격하는 경향이 있다. 이러한 현상은 감정적으로 과잉된 여러 온라인 실천에서 자주 볼 수 있다.

　요컨대, 사적 담론이 오락화, 상업화, 왜곡화되는 과정에서 공적 영역과 사적 영역의 경계는 더욱 모호해지고 있다. 이는 개인의 프라이버시를

---

106 常楷, 「从"广场"到"微博"——新媒体时代的公共关怀」, 『理论界』, 2012년 제10기
107 周宪, 刘康 주편, 『中国当代传媒文化研究』, 北京大学出版社, 2011년, 169쪽
108 상동, 13—14쪽

침해할 뿐만 아니라, 공적 영역이 본래 가져야 할 기능마저 약화시키며, 결과적으로 공적 영역 구축의 난이도를 증가시키고 있다.

일부 학자들은 이러한 맥락에서 언론의 이중 봉건화를 경계해야 할 필요성을 제기하였다. 잔장(展江)은 오늘날 사회주의 정치 문명의 발전 과정에서 우리가 여전히 반(反)봉건의 험난한 과제에 직면해 있다고 지적했다. 중국 언론에서 나타나는 재봉건화는 언론과 정치, 경제의 관계에서 드러난다. 잔장은 하버마스의 공적 영역 분석을 인용하며, 서구에서 이데올로기 비판 기능을 갖춘 신문 산업이 이데올로기의 압력에서 벗어나 상업 신문으로의 전환을 위한 길을 열었으며, 상업화가 필연적인 과정이 되었다고 설명했다. 하지만 뉴스 지면과 광고 지면이 점점 더 분리될 수 없게 되면서, 언론은 공적 영역을 침범하는 특권층의 사적 이익을 대변하는 집단으로 변질되었다. 또한, 상업 언론 구조의 변화는 신문 산업의 집중화, 특히 신문 그룹의 출현과 기술 통합의 추세와 밀접하게 연결되어 있다. 그 결과, 신문 산업은 상업화 과정에서 점점 더 조작에 취약한 구조를 가지게 되었다.

중국에서는 미디어 분야에서 봉건적 잔재가 완전히 제거되지 않은 상황에서 재봉건화 문제가 새롭게 대두되고 있다. 일부 지역에서는 국가와 언론의 통합이 정부와 기업의 공모로 발전하여 일종의 사이비 공적 영역이 형성되었고, 이를 통해 언론의 사이비 공공성이 만들어지고 있다. 잔장은 여러 가지 사이비 공공성을 드러낸 미디어 사건을 예로 들었다. 예를 들어, 상업 및 사적 이익 집단이 기자회견과 같은 다양한 홍보 수단을 통해 빈번히 '언론 사건'을 만들어내며, 사적 이익이 공익으로 둔갑하는 상황이 발생한다. 또한, 일부 언론은 사회 하층민이나 외지인에 대한 '감시'를 즐기면서, 정작 감독의 대상이 되어야 할 불법 권력 집단에 대해서는 아첨과 환영의 태도를 보인다. 지역 뉴스는 노래와 춤으로 평화로운 분위기를 강조하며 보도하는 반면, 외지 뉴스는 "모두 나쁜 소식"이라는

식의 부정적 방식으로 다루기도 한다.[109] 또한, 일부 학자들은 비디오 웹
사이트의 폐쇄 사례를 통해 온라인 비디오 산업에서 나타나는 이중적 봉
건화 경향을 설명했다. 이들은 인터넷이 정부 권력과 상업적 이익의 이중
압력 아래 놓이게 되면, 산업의 생명력과 혁신 능력이 반드시 사라질 것
이라고 경고한다. "칼은 여전히 머리 위에 매달려 있다".[110]

미디어 봉건화의 '칼'은 정치적·경제적 권력의 통제뿐만 아니라, 미
디어가 수용자의 욕구를 부적절하거나 허위로 구성하는 행태도 포함한
다.[111] 이것은 진정한 의미의 공적 영역의 구성이 아니다. 일부 학자들은
민생 문제에 대한 언론 보도의 문제점을 다음과 같이 지적했다.

1. 언론은 단수, 정전, 이웃 간 분쟁 등 사소한 문제를 단편적으로 보도
   하여, 거시적 차원에서 사회 환경을 분석하거나 진단하지 못한다. 이
   는 대중의 관심을 다른 방향으로 돌리거나 잘못된 방향으로 유도할
   위험이 있다.

2. 교통사고, 살인 사건, 부부 갈등, 불륜 등과 같은 선정적 뉴스를 대량
   으로 보도하며, 여론을 올바르게 이끌기 위한 전반적인 가이드라인
   이 부족하다. 오히려 수용자의 저속한 취향과 호기심을 충족시키는
   데 그친다.

3. 기자의 역할이 잘못 설정되어, 뉴스 사건에 지나치게 개입하거나 조
   작함으로써 보도된 사실이 객관적 현실이 아니라 기자나 언론의 의
   도에 따라 만들어진 '사실'이 된다.[112]

4. 사건을 "짧고, 간단하고, 빠르게" 보도하는 데만 치중하며, 사실의 내
   재적 의미에 대한 깊이 있는 분석이 부족하다. 이로 인해 뉴스가 단

109 展江, 「警惕传媒的"双重封建化"」, 『青年记者』, 2005년 제3기
110 和阳, 「网络视频走向双重"封建化"」, 『商务周刊』, 2010年1月20日
111 周晓红, 『中国中产阶级调查』, 社会科学文献出版社, 2005년, 210쪽
112 杨玉华, 「对电视民生新闻热的冷思考」, 『声屏世界』, 2004년 제8기

순히 식사 후 대화의 소재로 전락한다.

5. 보도 범위가 거의 도시 시민의 생활에만 집중되어 있으며, 중국 인구의 대다수를 차지하는 농민과 그들의 발언권은 외면당하고 있다.[113]

이처럼 민생에 초점을 맞추는 것은 진정한 공공 관심을 제대로 반영하지 못한다. 사실 더 깊이 생각해보면, 이러한 상황의 발생은 정치와 경제의 통제와 밀접하게 연관되어 있음을 알 수 있다. 정치적·경제적 세력의 강력한 통제 아래에서 언론은 이들과 관련된 이해관계를 진정으로 건드리는 것이 불가능하다. 따라서 중국 언론의 공적 영역 구축은 순탄치 않을 수밖에 없다.

5. 미디어 수용자 연구

수용자 연구는 80년대부터 중국에서 수행되어 온 미디어 연구의 중요한 부분이다. 수용자 연구의 패러다임과 방법은 다양한데, 가장 일반적인 것은 실증 연구이지만, 이 장에서는 주로 문화연구의 관점에서 현대 중국의 수용자 연구를 분류하고 분석한다.

(1) 수용자 연구의 여러 패러다임

국내 수용자 연구는 주로 서구 이론을 차용하고 있으며, 그중에서도 맥과이어의 『수용자 분석』에서 제시된 수용자 연구 분류는 널리 알려져 있고 자주 인용된다. 『수용자 분석』에서 맥과이어는 젠슨과 로젠그렌이 전

---

113 陈力丹, 「以改善民生为重点的社会建设与民生新闻」, 『新闻传播』, 2008년 제1기

통적인 수용자 연구를 다섯 가지 범주(효과 연구, 사용과 만족 연구, 문학 비평, 문화연구, 수용 분석)로 나눈 것을 기반으로, 이를 보다 간결하게 "구조적(structural)", "행동적(behavioral)", "사회문화적(sociocultural)" 세 가지 범주로 나누는 분류를 제안하였다.

이른바 구조적 수용자 연구는 수용자의 미디어 이용(예: 미디어 이용 횟수, 종류, 특정 기간 동안의 미디어 사용 흐름 등)을 조사하고 통계적으로 분석하며, 이를 사회적 관계와 결합하여 분류하는 것을 기반으로 한다. 이 연구는 수용자의 구성을 설명하고, 매스미디어 시스템과 개별 미디어 사용 간의 관계를 밝히는 데 초점을 맞추며, 주로 설문조사와 통계 분석 방법을 활용하여 미디어 산업을 연구 대상으로 삼는다. 행동적 수용자 연구는 미디어의 효과, 특히 미디어가 아동과 청소년에게 미치는 영향을 중심적으로 다룬다. 이 연구는 수용자가 미디어를 선택하고 사용하는 동기를 설명하는 데 초점을 맞춘다. 사회문화적 수용자 연구는 수용자 연구 중에서도 문화연구 모델에 더욱 가까운 접근 방식이다. 맥과이어는 이 마지막 모델의 몇 가지 핵심 관점을 간략히 설명하였다.

1. 수용자는 자신의 입장에 따라 미디어를 해석하고, 그로부터 의미를 구성하며 쾌락을 얻는다.
2. 수용자는 미디어 사용 과정과 미디어가 특정 맥락에서 표현되는 방식에 관심이 있다.
3. 미디어 사용은 사회적 과업을 지향하는 전형적인 환경의 산물이며, 이는 점진적으로 "해석 집단"에 참여함으로써 형성된다.
4. 서로 다른 미디어 콘텐츠의 수용자는 일반적으로 서로 다른 "해석 집단"으로 구성되며, 이 집단의 구성원들은 일반적으로 동일한 담론 형태와 미디어 의미를 이해하는 틀을 공유한다.
5. 미디어는 결코 수동적이지 않으며, 수용자의 구성원은 다양하다. 그 중 일부는 다른 사람들보다 더 많은 경험을 가지고 있으며, 더욱 능

동적이다.

6. 연구 방법은 일반적으로 질적이고 심층적이며, 종종 민족지학적 방법을 사용하며, 내용, 수용 행동 및 맥락을 결합하여 연구를 진행한다.[114]

요컨대, 수용자 연구의 문화연구 패러다임은 주로 민족지학적 방법을 사용하여 다양한 수용자 또는 수용자가 다양한 맥락에서 미디어를 어떻게 해석하는지를 분석하고 설명한다. 이와 관련하여, 스튜어트 홀이 제시한 세 가지 해석 방식, 즉 헤게모니적 해석, 협상적 해석, 대립적 해석 이론이 가장 잘 알려져 있다.[115] 수용자의 계층, 성별, 인종 등 다양한 정체성과 사회적 배경은 종종 수용자가 미디어를 해석하는 방식을 제한한다. 문화연구 관점에서 수용자 연구는 이러한 정체성과 배경을 중심으로 미디어와 수용자 간의 해석 관계를 분석하고 연구하는 데 초점을 맞춘다. 이와 관련하여 모리의 연구가 대표적 사례로 꼽힌다.[116] 그러나 이러한 연구 패러다임들은 상호 배타적이지 않으며, 특히 문화연구 패러다임은 앞서 언급된 두 패러다임의 연구 방법과 결과를 차용하거나 활용하는 경우가 많다. 또한, 앞의 두 패러다임 역시 조사와 분석 자료에 기반하면서 문화연구의 비판적 관점을 포함하는 경우가 많다는 점을 유의해야 한다. 따라서 본 장에서는 문화연구 패러다임을 중심으로 다루지만, 앞의 두 패러다임을 완전히 배제할 수는 없음이 분명하다.

중국의 현대 수용자 연구는 1980년대 초에 시작되었다. 1982년 4월 9일, 베이징 기자협회 수용자 조사 그룹이 설립되었고, 중국 공산당 베이징 시위원회 선전부의 강력한 지원을 받아 같은 해 6월부터 8월까지 베

---

114 丹尼斯·麦奎尔, 『受众分析』, 刘燕南等 역, 中国人民大学出版社, 2006년, 23—34쪽

115 斯图亚特·霍尔, 『编码, 解码』, 罗钢, 刘象愚 주편, 『文化研究读本』, 中国社会科学出版社, 2000년 참조. 영어원문은 Simon During(ed.).*The Cultural Studies Reader*, London: Routledge, 1993 참조.

116 莫里, 『电视, 观众与文化研究』, 冯建三 역, 远流出版事业股份有限公司. 1995년

이징 지역에서 중국 최초의 대규모 수용자 표본 조사가 실시되었다. 이는 일반적으로 중국에서 새로운 시기의 수용자 연구가 시작된 계기로 간주된다. 1986년 5월, 안후이성 황산현에서 제1회 전국 수용자 연구 세미나가 개최되면서, 중국 수용자 연구는 본격적으로 주목받기 시작했고 전문화된 빠른 발전 경로로 나아갔으며,[117] 신문, TV, 영화 및 기타 미디어에서 수용자 세분화 연구가 등장하기 시작했다.[118] 그러나 전반적으로 국내 학술계에서 미디어와 수용자의 관계에 대한 연구는 주로 수용자의 미디어 행동(접촉 방식, 습관 등)에 집중되어 있다. 맥과이어의 분류에 따르면, 수용자의 구조와 행동에 관한 연구, 즉 수용자 측정에 기반한 구조적 연구, 미디어의 효과와 활용에 기반한 행동 연구는 비교적 성숙한 반면, 문화적 차원의 수용자 연구, 즉 수용 분석에 기반한 사회문화적 연구는 상대적으로 드물다.[119] 본 장에서는 현대 중국 수용자 연구가 서구의 수용자 이론을 차용하여 뉴미디어 환경에서 수용자의 특성과 미디어 해석의 복잡성을 분석하는 방법에 초점을 맞춘다.[120]

---

117 陈崇山, 『中国受众研究20年』, 『论受众本位』, 中国社科院新闻研究所, 河北大学新闻传播学院编, 『解读受众: 观点, 方法与市场: 全国第三届受众研究学术论文』, 河北大学出版社, 2001년

118 예를 들어 黄会林이 주편한 "影视受众研究丛书"는 처음으로 수용자를 주제로 한 일련의 논문을 출판하였다. 『影视受众论』(2007), 『影视受众调查与研究』(2007), 『受众视野中的文化多样性』(2010), 『电视受众社会阶层研究』(2010)등의 8권이 출판되었고, 총서는 모두 北京师范大学出版社에서 출판되었다.

119 刑虹文, 『电视, 受众与认同——基于上海电视媒介的实证研究』, 上海交通大学出版社, 2013년, 6—7쪽

120 수용자 연구(중국의 수용자 연구 포함)에 대한 보다 자세한 문헌 검토는 曾文莉, 谭秀湖 『中国电视娱乐节目受众话语权力研究』, 中国广播电视出版社, 2012년, 13—32쪽 참조.

(2) 뉴미디어 환경에서 수용자의 새로운 특성

뉴미디어는 미디어와 수용자 간의 관계를 크게 변화시켰으며, 수용자는 전통적 미디어 환경에서와는 다른 새로운 특징을 나타내고 있다. 전통적 미디어 환경에서 수용자는 일반적으로 수동적이고 단방향적으로 정보를 수용하며, 자신의 능동성, 참여성, 미디어와의 상호작용성이 부족한 존재로 여겨졌다. 반면, 뉴미디어 환경에서 수용자는 능동성, 참여성, 상호작용성 등의 측면에서 두드러진 특징을 보이고 있다.

1. 점점 더 분화되는 수용자

수용자층의 세분화는 한편으로 수용자들이 인터넷, 휴대전화 등 다양한 미디어 자원으로 점점 더 분산되고 있기 때문이다. 또한, 미디어의 전문화는 수용자들의 선택을 더욱 다양하게 만들었다. 절대적인 수용자 수는 일정하게 유지되지만, 각 영역에 속하는 수용자 수는 지속적으로 감소하고 있으며, 이를 "파편화"라고 부른다.[121]

한편, 앞서 언급했듯이 사회 계층의 지속적인 분화와 파편화는 수용자를 더 이상 동질적인 집단으로 보지 않게 만들었으며, 이는 끊임없이 다양한 사회 계층으로 분화되는 현상을 초래했다. 동일하거나 유사한 계층도 서로 다른 하위 계층으로 나뉘는 경향을 보인다. 현대 수용자 연구는 다양한 사회 계층과 집단 간의 미디어 수용 차이를 분석하는 데 초점을 맞추고 있다. 예를 들어, 노인층의 미디어 행태를 구체적으로 분석하는 학자,[122] 70년대 이후와 80년대 이후의 미디어 수용자를 연구하는 학

---

121 任飞, 「网络媒介受众研究刍议」, 『东岳论丛』, 2012년 제6기
122 陈崇山, 「老年受众媒介行为分析」, 『新闻与实践』, 2000년 제4기 등.

자,[123] 대학생의 미디어 수용자를 분석하는 학자,[124] 사회 계층에 따른 미디어 해석과 수용의 차이를 종합적으로 연구하는 학자도 있다. 이를테면 우홍위(吳红雨)는 『TV 시청자 독해: 다양한 수요와 TV 대중화』(2009)에서 사회 계층을 엘리트, 중산층, 일반 계층, 진보 계층의 네 가지 범주로 나누고 설문조사를 통해 이러한 계층의 미디어(TV) 의존도의 다양한 특성을 분석하였는데, 고학력과 고급 경력의 젊은이들이 뉴미디어에 대한 의존도가 더 높고 노년층은 TV의 가장 충성스러운 시청자로 나타났으며, 농촌 지역 시청자는 TV 미디어에 대한 신뢰도가 가장 높은 것으로 밝혀졌다.[125]

일부 학자들은 비판적 해석의 관점에서 다양한 TV 프로그램에 대한 다양한 시청자의 선호도를 세밀하게 분석하였다. 예를 들어, 연구에 따르면, 연령 측면에서는 35세 미만의 젊은 층이 미디어 정보에 대해 더 비판적인 태도를 보이는 반면, 중년층은 상대적으로 비판성이 약하다고 지적된다. 문화 수준 측면에서는 학력 수준이 높을수록 특히 대학 학부 이상 학력을 가진 관객이 TV 미디어가 제공하는 정보에 대해 더 비판적인 태도를 보인다. 사회 계층 측면에서는 중상층, 중간층, 중하층 등 중간 사회 계층의 관객이 더 비판적인 태도를 나타내는 것으로 분석되었다. 미디어 정보에 대한 수용자의 비판적 수용 태도는 매스미디어의 급속한 발전과 정보 출처의 증가라는 배경 속에서 중간 사회 계층, 특히 중상층과 중층의 독립적이고 신중한 시각을 반영한다. 이들은 일반적으로 높은 학력을 가지고 있어 미디어 콘텐츠를 수용하는 데 있어 일정한 보류적 태도를 유지한다. 저자는 이를 바탕으로 다음과 같이 지적한다. "정보 해석의 관점

---

123 刘威, 『为大众媒介受众的70后80后』, 석사학위논문, 福建师范大学, 2011년 등.

124 詹骞, 「视频分享网站的大学生受众研究」, 『新闻爱好者』, 2010년 제14기

125 吳红雨, 『解读电视受众: 多元化需求与大众化电视』, 浙江大学出版社, 2009년, 88—107쪽

에서 볼 때, 이러한 비판적이거나 선택적인 해석은 홀이 말한 '타협적 해석' 또는 '대항적 해석' 상황에서 더 자주 나타날 가능성이 있다."[126] 전반적으로, 수용자에 대한 이러한 세밀한 조사와 분석은 수용자가 미디어를 해석하는 특성을 이해하는 데 있어 매우 중요한 의미를 가진다.

또한, 일부 학자들은 "유동적 수용자"라는 개념을 제시하였다. 이는 수용자가 특정 미디어에 접촉하면서 동시에 또는 접촉 전후에 다른 미디어를 함께 고려할 가능성을 나타낸다. 예를 들어, TV 시청자가 TV를 시청하는 동안 신문, 잡지, 인터넷 등 다른 미디어를 병행해서 이용할 수 있다. TV 시청자 관점에서 유동적 수용자는 충성도 높은 열정적인 시청자와 비(非)시청자 사이에 있는 수용자를 설명하는 데 사용된다. 이들의 기본적인 특징은 다음과 같다:

TV 프로그램 시청 시간이 짧고, TV에 대한 뚜렷한 의존성을 보이지 않는다. 프로그램 선택이 임의적이며, 고정된 시청 습관이 부족하다. TV 프로그램 시청의 지향성이 강하며, 감상 취향이 대중과 동일하기도 하지만 종종 다르기도 하다[127] 유동적 수용자라는 개념은 수용자의 파편화가 심화되는 경향을 더욱 명확히 보여준다.

요컨대, 수용자의 파편화는 전통적인 미디어가 수용자를 동질적인 집단으로 바라보던 관점을 크게 해체하였다. 이는 미디어의 전달 내용에 큰 도전 과제를 제시하지만, 동시에 미디어가 파편화된 수용자를 보다 세밀하게 고려하도록 유도할 수도 있다. 더 나아가, 미디어의 의미와 가치를 극대화하기 위해 코딩 전략의 강화를 요구하는 방향으로 나아갈 가능성도 있다.[128]

---

126 刑虹文, 『电视, 受众与认同——基于上海电视媒介的实证研究』, 上海交通大学出版社, 2013년, 73쪽

127 刘建鸣, 『电视受众收视规律研究』, 北京师范大学出版社, 2010년, 38—39쪽

128 周爱群, 胡翼青『受众研究的理论与实践』, 江苏人民出版社, 2005년, 13쪽

2. 개인화와 주도성

뉴미디어 커뮤니케이션의 다양성과 현대인의 독특한 개성은 수용자가 미디어를 수용할 때 강한 개인화 특성을 드러내게 하며, 수용자가 자신이 선호하는 미디어 형식이나 콘텐츠를 보다 자율적으로 선택할 수 있도록 한다. IPTV(인터넷 프로토콜 TV) 시청자와 관련된 연구에 따르면, 새로운 세대의 TV 시청자는 선택의 여지가 없는 프로그램을 강제로 시청하거나 의미 없는 TV 프로그램을 시청하는 것을 꺼리는 경향이 있다. 전통적인 TV와 비교할 때, IPTV 시청자는 독립적인 시청의 즐거움을 누리며, TV 방송 편성표에 의해 수동적으로 통제되는 대신, 자신의 선택에 따른 시청을 위해 기꺼이 비용을 지불한다. 연구자들은 이를 두고 "시청자는 드디어 시청 시간의 제약에서 벗어나, 역사상 처음으로 자신이 원하는 대로 TV를 시청하게 되었다"고 표현한다. TV 시청 권력이 기존의 TV 기관에서 사용자 자신의 손으로 이전된 것은 TV 소비 행태의 중요한 변화로 평가된다. '1인 수용자' 시대의 도래는 수용자의 개인화되고 능동적인 소비 패턴을 전형적으로 반영한다. 과거에는 TV, 신문, 웹 포털 등이 콘텐츠를 먼저 제공하고 사용자가 이를 수동적으로 시청하는 구조였다면, 개인을 중심으로 한 시대로 접어들면서 콘텐츠는 이제 개인을 중심으로 구성된다. 사용자는 자신의 선호에 따라 미디어 콘텐츠를 선택하고, 나아가 개인화된 프로그램 리스트를 만들 수도 있다. 이는 과거 전통적인 TV 시청자가 단순히 채널을 맞춰 프로그램을 시청하던 방식과는 분명히 다르다. 요컨대, TV 2.0 시대에 접어든 오늘날, TV 시청자는 더 이상 수동적이고 소극적인 존재가 아니다. 그들은 스스로 프로그램이나 광고를 검색하고, 자신만의 시청 시간과 장소를 선택하며, 심지어 방송 콘텐츠를 직접 제공할 수도 있다.[129] IPTV 시청자의 이러한 특징은 다른 뉴미디어에도 분명

---

129 方雪琴, 『新兴媒体受众消费行为研究』, 郑州大学出版社, 2010년, 175—181쪽

히 존재한다.

3. 참여성과 상호작용성

전통적 미디어 환경에서 수용자는 〈독자의 편지〉와 같은 형태를 통해 미디어 활동에 참여할 수 있었지만, 이러한 참여는 여전히 제한적이며 일정한 시간 간격이 필요했다. 반면, 뉴미디어 기술의 지속적인 발전으로 수용자의 참여는 더욱 강화되었으며, 언제 어디서나 즉각적으로 참여할 수 있는 가능성이 열렸다. 이는 미디어와 수용자 간의 상호작용을 한층 더 강화했으며, 특히 뉴미디어 환경에서 수용자의 정체성 이원화라는 특징으로 나타난다. 수용자는 이제 단순히 정보를 수용하는 역할을 넘어서 정보를 전달하는 역할도 수행한다.

수용자 정체성 이원화의 주요 특징은 다음과 같다. 1. 송신자와 수신자의 역할이 통합되어 정보 자극의 영향을 받아 커뮤니케이션 활동이 이루어진다. 2. 수용자는 커뮤니케이션 체인에서 높은 주도권을 가진다. 3. 단말 장비의 지원으로 정보를 저장, 편집, 전송할 수 있는 능력을 보유한다. 4. 네트워크의 지원으로 커뮤니케이션 활동의 공간적·범위적 한계를 무한히 확장할 수 있다.[130] 요컨대, 수용자는 미디어 활동에 참여하면서 콘텐츠를 공유하거나 댓글을 통해 다른 사람들과 상호작용함으로써 원본 정보가 계속 확산되고 증폭된다. 이러한 과정에서 미디어 정보는 바이러스처럼 증식하게 된다.[131]

이러한 커뮤니케이션 방식은 수용자에게 풍부한 정보를 제공하여 미디어 메시지를 비판적 또는 대립적으로 해석할 수 있는 기반을 마련한다. 그러나 이와 동시에 거짓 뉴스나 소문의 무분별한 확산으로 이어질 위험

---

130 唐曉丹, 「受众与媒介关系新特征」, 『新闻前哨』, 2008년 제6기

131 韩恩花, 周子渊, 「新媒介语境下受众的新特性」, 『新闻爱好者』, 2011년 제7기

도 있다. 하지만 수용자의 발언권과 정보 전파 채널을 차단해서는 안 된다. 다원화된 커뮤니케이션은 루머를 막을 수 있는 유일한 방법일 뿐 아니라, 정보의 진실을 이해하고 이를 독립적으로 해석할 수 있는 근본적인 방법이기도 하다. 또한, 수용자 자신이 가진 강력한 공공성 지향은 정보가 정상적이고 효과적으로 발신될 수 있는 중요한 기반이 된다.

4. 공공관심의 전반적 강화

이는 앞서 논의한 미디어의 공적 영역 구축과 밀접하게 관련되어 있다. 일반 대중이 일정한 공적 담론 공간, 즉 하버마스적 의미의 '공적 영역'에 지속적으로 진입하고, 공적 업무와 공적 생활에 진정으로 참여할 때에야 비로소 자신의 정체성을 '시민'으로 구축할 수 있기 때문이다.[132] 또한, 이러한 시민이 점점 더 많아지고 대중의 공공 의식이 강해질 때 비로소 공적 영역이 진정으로 구축될 수 있다. 사실, 앞서 언급한 수용자의 자율성, 참여성, 상호작용성과 같은 특징 덕분에 수용자는 '미디어 시민'으로서 공적 영역을 구축하는 과정에서 중요한 역할을 할 수 있다. 이는 전통적인 미디어 환경에서는 상상하기 어려웠던 일이다. 다시 말해, 뉴미디어는 미디어 시민의 탄생을 위한 중요한 계기를 제공한 셈이다. 일부 학자들은 뉴미디어와 공공 지식인 문제에 대해 구체적으로 분석하기도 했다.

일부 학자들은 매스미디어가 등장하기 이전의 공공 지식인 구성이 비교적 안정적이고 동질적이었다고 보고 있다. 이들은 주로 '문학 정전 – 인쇄 미디어'라는 전통적 모델에 의존하여 공공 영역에 지식과 의견을 제공해 왔다. 그러나 매스미디어 시대에 접어들면서, 지식인들은 대중문화와 매스미디어가 지배하는 상업 논리의 침식에 직면하게 되었다. 이로 인해 지식인들은 더 이상 주체적 위치를 유지하지 못하고, 공공 지식인의 미디

---

132 连水兴, 「从"乌合之众"到"媒介公民": 受众研究的"公民"视角」, 『现代传播』, 2010년 제12기

어상은 점점 더 부끄럽고 의심스러운 모습으로 변해갔다. 특히, 'TV 지식인'이나 '지식통(知道分子)'과 같은 새로운 유형의 지식인이 등장했는데, 이는 전통적 공공 지식인들이 자신들의 가치 인식과 발언 방식을 양도한 대가로 나타난 현상이었다. 이 과정은 전통적 공공 지식인 진영의 해체를 의미하며, 전통적 공공 지식인과 미디어가 만들어낸 '학문 스타' 혹은 '저명 학자' 간의 분리를 초래했다. 그러나 일부 학자들은 뉴미디어가 공공 지식인들이 주체성으로 복귀할 수 있는 중요한 계기가 될 수 있다고 보고 있다.

온라인 발언의 저렴한 비용과 익명성은 대중의 표현권과 전달권을 해방시켰으며, 대중이 표현하거나 발언하기 위해 별도의 대변인을 필요로 하지 않게 만들었다. 모든 사용자가 스스로 완전한 커뮤니케이션 시스템을 구축할 수 있으며, 기자의 편집, 채널 분석, 콘텐츠 표현, 비판과 판단 같은 과정도 더 이상 특정 조직만이 수행할 수 있는 작업이 아니다. 또한, 정보 공개의 즉각성, 현장감 있는 표현, 그리고 공적 사건에 대한 집중은 전통적 공적 영역의 "공적 담론과 독립적 비판"이라는 주요 특성과 정화히 부합한다. 이와 더불어, '디지털 공적 영역'의 부상은 매스미디어 시대의 일방적 중앙집권 상태를 뒤흔들었으며, 담론 권력 구조의 배치를 변화시켰다. 이는 현실에서 점점 더 비어가던 공공 영역이 디지털 플랫폼을 통해 다시 활성화될 수 있는 가능성을 열어주었다.

따라서 저자의 견해에 따르면, 새로운 미디어 환경은 과거의 전달자(커뮤니케이터)와 동일한 권한을 이전의 수용자에게 부여했다. 이는 공공 지식인을 포함한 대중이 정보에 대한 접근권, 통제권, 전파권, 그리고 정부와 사회를 감시할 권리를 되찾았음을 의미한다. 그 결과, 공공 지식인들은 매스미디어의 통제에서 벗어나 자유로운 표현과 완전한 자기 실현을 이룰 수 있는 기회를 얻게 되었다. '디지털 공공 영역'은 공공 지식인들이

자신의 주체성으로 복귀하는 것을 가능하게 하는 중요한 역할을 한다.[133]

모든 사람은 지식인이고, 모든 사람은 철학자라는 그람시의 유명한 명제를 따른다면, 수용자가 공공 영역에 적극적으로 개입하고, 중국의 공공영역 건설을 적극적으로 추진하는 한, 그들을 지식인으로 간주할 수 있다. 이를 실현하기 위해서는 각 수용자의 적극적인 행동이 필요하다. 그렇지 않으면, 아무리 우수한 미디어 플랫폼이라도 무용지물이 되고 만다. 이와 관련해 일부 학자들은 다음과 같이 분명히 지적하고 있다. "시민사회는 선물이 아니다. 시민사회의 도래는 시민적 행동을 실천하는 충분한 사람들이 필요하다. 아무도 이를 주지 않을 것이며, 시민적 행동은 결코 어려운 일이 아니다. 예를 들어, 불을 하나 덜 켜는 것, 또는 비참한 상황에서 비명을 질러 자신의 고통을 표현하는 것만으로도 가능하다."[134]

5. 포착불가능한 수용자

새로운 미디어 환경에서 수용자는 더 이상 명확하게 구분하거나 경계를 그을 수 있는 집단이 아니다. 각 수용자는 다른 미디어 선호도를 가질 수 있으며, 동일한 미디어를 두고도 다양한 해석을 내릴 수 있다. 심지어 동일한 수용자라도 다른 맥락에서 미디어에 대한 해석이 달라질 수 있다. 또한, 네트워크매체와 다양한 저장매체의 발달은 수용자가 미디어를 사용하는 데 있어 자의성과 자유를 크게 향상시켰다. 이러한 변화는 미디어가 수용자를 관리하거나 통제하는 것을 한층 더 어렵게 만들었다.[135] 그리하여 수용자는 "파악하기 어려운 집단, 또는 무수히 많은 수의 파악하기 어려운 소집단"이 되었다.[136]

---

133 冯若谷,「从大众媒介时代到新媒介时代的公共知识分子」,『东南传播』, 2011년 제9기

134 连岳,『公民社会不是恩赐的』, http://www.xxcb.cn/show.asp?id=854999

135 任飞,「网络媒介受众研究刍议」,『东岳论丛』, 2012년 제6기

136 周爱群, 胡翼青,『受众研究的理论与实践』, 江苏人民出版社, 2005년, 26쪽

일부 학자들은 홀의 세 가지 해석 방식(헤게모니적, 타협적, 대항적)이 현대 사회에서도 여전히 존재한다고 지적하고 있다. 그러나 뉴미디어의 발달, 특히 온라인 미디어의 보급은 송신자와 수신자 간의 경계를 점점 더 모호하게 만들었을 뿐만 아니라, 미디어 텍스트에 대한 수용자의 해석을 연구자의 상상을 완전히 뛰어넘게 하였다. 더 나아가, 서로 다른 해석이 만들어내는 합력(시너지) 또는 혼종적 힘은 때로는 해석자 자신조차 예상하지 못한 방식으로 소통의 방향을 완전히 바꾸는 결과를 초래할 수 있다. 예를 들어, 2009년 인터넷에서 널리 퍼졌던 '위추위(余秋雨) 기부 사건'과 '저우선펑(周森锋) – 중국 최연소 시장'은 보도의 초기 의도와 수용자의 해석, 그리고 최종 결과가 여러 차례 변형되고 왜곡된 사례이다. 특히 많은 해석이 실제로는 수용자의 진정한 관점을 반영하지 않고, 단지 더 많은 구경거리를 기대하는 심리에서 비롯된 경우도 있었다. 따라서 개인화된 커뮤니케이션 시대에서는 수용자의 심리, 욕구, 행동이 종종 충돌하거나 서로 모순되기도 하며, 커뮤니케이터가 그 행동 속에 숨겨진 수용자의 진정한 심리를 파악하기는 더욱 어려워졌다. 수용자의 욕구는 겉으로 명확히 드러난 부분 외에도, 이성적으로 보이는 행동 속에 숨겨진 많은 욕구가 있으며, 심지어는 수용자 스스로가 미디어처럼 자신의 욕구를 허구화하는 경우도 발생한다.[137]

따라서 수용자의 해석은 복잡하고 때로는 파악하기 어려운 측면이 있지만, 이것이 곧 수용자 연구가 불가능하다는 것을 의미하지는 않는다. 민족지학적 방법을 활용하여 보다 세분화된 수용자 그룹에 대한 사례 연구를 수행하는 것은 수용자 연구의 중요한 영역 중 하나로 간주된다.

---

137 吴红雨, 『解读电视受众: 多元化需求与大众化电视』, 浙江大学出版社, 2009년, 194쪽

(3) 수용자 연구의 민족지학적 방법

민족지학은 미디어 수용자 연구의 중요한 방법이지만 현대 중국의 미디어 수용자 연구에서 비교적 늦게 사용되고 있으며, 대표적인 연구성과도 많지 않고,[138] 연구 대상으로도 여전히 활용 범위가 상대적으로 좁으며,[139] 거의 모든 자료가 TV와 농촌 수용자의 수용관계로, 젠더, 인종, 문화적 정체성 등의 관점에 대한 연구는 거의 없다. 다음에서 간단히 살펴보겠다.

1. 국내 민족지학적 수용자 연구의 기본 내용

「'신원롄보'와 농민의 일상해독: 후난성 Y촌의 민족지학적 연구(〈新闻联播〉与农民的日常解读—对湖南省Y村的民族志研究)(『동남전파』 2010년 제3기)에서 리야위(李亚妤)는 후난성 Y촌에 대한 민족지학적 조사를 통해 마을 주민들이 일상생활에서 〈신원롄보〉를 시청하고 해독하는 방식을 관찰하며, 농민들이 〈신원롄보〉를 일상적으로 해독하는 데는 네 가지 유형이 있다고 제안했다. 그것은 의례형, 동반형, 학습형, 인지형이다. 이른바 의례형은

---

138 郭建斌,『独乡电视: 现代传媒与少数民族乡村日常生活』, 山东人民出版社, 2005년. 李春霞,『电视与彝民生活』, 四川大学出版社, 2007년. 吴飞,『火塘·教堂·电视: 一个少数民族社区的社会传播网络研究』, 光明日报出版社, 2008년. 刘锐,「电视对西部农村社会流动的影响——基于恩施州石栏村的民族志调查」,『新闻与传播研究』, 2010년 제1기. 袁松, 张月盈,「电视与村庄政治——对豫中付村的传播社会学考察」,『新闻与传播评论』, 2010년권 등을 참조

139 때로는 "인종지학"으로도 번역되는 민족지학은 주로 인류학의 현장 조사 방법이며 나중에 문화연구에서 커뮤니케이션에 대한 청중 연구를 수행하기 위해 차용되었다. 민족지학 연구방법은 연구자가 특정 집단의 문화에 깊이 들어가 장기간에 걸쳐 사람들의 일상생활에 개입하고, 관찰하고, 듣고, 질문하고, 자료를 광범위하게 수집하여, 행동에 대한 관련 의미와 설명을 제공하는 것을 요구하며, 연구자와 피연구자 사이의 문화적 거리를 메울 수도 있다.

Y촌 농민들이 〈신원롄보〉를 시청하면서 일상생활에서 얻을 수 없는 국가에 대한 감정적 경험을 얻는 것을 말하며, 〈신원롄보〉 시청이 하나의 의례가 된다. 내용이 이해되지 않더라도 여전히 시청을 고집하며, 이를 통해 국가적 의례의 장이 형성된다. 의례의 시간은 저녁 7시이며, 공간은 국제사회 속의 중국, 정체성은 중국인이다. 농민들은 국가 지도자와 정부의 행동을 통해 엄숙함, 자부심, 쾌감을 경험한다. 이른바 동반형은 주로 농촌 여성의 시청 방식을 요약한 것으로, 그들이 〈신원롄보〉를 좋아해서가 아니라 남편이 보니까 같이 본다는 것이다. 이는 거실(가부장적) 정치의 일종을 보여준다. 이른바 학습형은 〈신원롄보〉를 통해 국가 지도자의 권력 운용, 정부의 사회적 통제, 국제사회의 정치적 균형을 파악하며, 이를 바탕으로 국가 정치 시스템에 대한 이해를 형성하고, 심지어 이를 현실 생활의 실천에 활용한다. 예를 들어 TV에서 홍보하는 정책을 가지고 지역 관료들과 논쟁하거나, 이를 통해 자신들의 권익을 옹호하기 위해 사용한다. 이는 위안쑹과 장웨잉의 논문 「TV와 마을 정치: 위중 푸춘의 커뮤니케이션에 대한 사회학적 조사」[140]에서도 확인된다. 저자들은 위중 푸춘에서 마을 주민들이 TV를 통해 새로운 권리 보호 기술과 법치 시대의 생존 기술을 배우며, 풀뿌리 조직의 부당한 행태에 맞서 중앙정부의 정책을 협상 카드로 사용한다고 지적했다. 농민들은 지역 관료의 이데올로기적 담론에 맞서 TV에서 얻은 정치 정보를 활용한다. 이른바 인지형은 〈신원롄보〉를 시청하여 마을 일상생활의 이야깃거리를 얻는 것이다. 인지형 농민들은 정보를 얻고 외부 세계에 대한 인식을 강화하려는 동기를 가진다. 이러한 유형의 농민들은 비교적 높은 문화 수준을 가지고 있으며, 다양한 미디어를 접한 경험이 많다.

---

140 袁松·張月盈, 「电视与村庄政治——对豫中付村的传播社会学考察」, 『新闻与传播评论』, 2010.

저자의 견해에 따르면, 의례형 해독과 동반형 해독은 농민들의 〈신원 렌보〉 해독에서 1단계에 해당한다. 이 단계에서 농민들은 정서적 필요로 인해 시청 행동을 하며, 시청 과정에서 정보를 별도로 처리하지 않는 특징이 있다. 반면, 학습형 해독과 인지형 해독은 농민들의 〈신원렌보〉 해독이 2단계로 접어든 경우에 해당한다. 이 단계에서는 농민들이 정보 자체에 대한 필요로 인해 시청 행동을 하며, 시청 과정에서 정보를 처리하는 특징을 보인다.

저자는 분석을 통해 〈신원렌보〉에 대한 네 가지 해독 유형이 특정한 사람들에게만 엄격히 대응하는 것이 아니며, 동일한 사람에게도 여러 유형이 나타날 수 있지만, 항상 한 가지 유형이 주도적이라는 점을 지적한다. 저자는 이 네 가지 해독 유형의 복합성을 통해 농민들이 〈신원렌보〉를 일상적으로 해독하는 과정이 사실상 남성 권력, 정당 권력, 국가 권력이 뒤섞인 복합적 경험임을 보여준다고 본다. 한편, 농민들은 〈신원렌보〉가 전파하는 이데올로기를 수용하며 국가의 정치적 의례의 장에 들어서고, 이를 통해 중앙정부의 통치 정당성을 인정하게 된다. 이러한 과정은 특히 의례형 해독과 동반형 해독에서 두드러지게 나타난다. 이러한 해독 방식은 본질적으로 농민들의 정치 권위에 대한 숭배를 반영하며, 이는 국가 이데올로기와 일당 정치의 자연스러운 산물이다. 또한, 이를 통해 농촌에서 〈신원렌보〉 콤플렉스를 가진 충성도 높은 시청자 집단이 형성되었다.

그러나 다른 한편으로 마을 사람들은 〈신원렌보〉의 내용을 재가공함으로써 공식적 형식과 전통을 깨고, 능동적 쾌락을 얻기도 한다. 이러한 해독은 〈신원렌보〉의 정치적 내용과는 무관하며, 단지 마을 사람들의 대화의 일부에 지나지 않는다. 마을 사람들은 나름대로 〈신원렌보〉의 진지함과 정치성을 해체하며, 이를 통해 자신의 가치관과 입장을 선언하기도 한다. 비록 이러한 해독이 "매우 제한적"일지라도, 이는 마을 사람들의 자기 각성을 보여주는 중요한 사례로 볼 수 있다.

요컨대, 저자는 현재 사회 전환기에 매스미디어를 매개로 한 국가 이데올로기와 농촌 사회의 결합이 전통적인 지역 문화 논리를 통해 주도적 효과를 발휘하여 조화로운 "국가의 모습"을 창출한다고 지적한다. 그러나 이러한 효과는 농촌 사회의 발전과 함께 점차 깨지고 있으며, 농민들의 주체적 의식의 각성은 풀뿌리 문화적 저항을 낳아 국가 이데올로기에 대항하여 자신의 목소리를 내게 된다. 이처럼 헤게모니와 대항이 융합된 해독 방식은 다른 여러 민족지학 연구에서도 발견되며, 연구에 따라 그 내용이 풍부한 경우도 있고 적은 경우도 있다고 할 수 있다.

진위핑의 「TV 시청 언어와 시청자 민족 정체성 구축 - 투어타이촌의 민족지학적 조사에 기초하여」[141]는 위구르족 시청자들이 TV 프로그램을 시청하며 민족 정체성을 구축하는 문제를 중점적으로 다루고 있다. 이러한 정체성 구축은 주로 다음과 같은 방식들을 통해 이루어진다. (1) '차이'와 '동일성'을 확인함으로써 민족 경계를 구분하거나 확장하는 방식이다. 위구르족 수용자는 중국어, 외국어, 위구르어를 구별함으로써 민족 경계를 나누거나 확장하는 역할을 수행하며, 이를 통해 자신의 민족적 정체성을 획득한다. (2) 도구적 전유를 통해 민족 언어와 문화 전통을 보호하려는 인식을 고취하는 방식이다. 국가가 소수민족을 대상으로 한 다양한 라디오와 TV 프로그램은 당의 목소리를 전달하는 것을 목표로 하지만, 투어타이촌 수용자들의 중국어 프로그램 수용은 다양한 목적성을 띠며, 반드시 국가의 의도와 일치하지는 않는다. 예를 들어, 중국어 프로그램은 종종 순수한 오락 기능이나 언어 학습 도구로 사용되며, 많은 마을 주민들은 중국어 프로그램을 진지하게 시청하지 않거나 아예 시청하지 않기

---

141 金玉萍, 「电视收视语言与受众族群身份建构——基于托台村民族志调查」, 『国际新闻界』 2012년 제10기.

도 한다. 더 나아가, 중국어 프로그램이 오히려 소수민족의 언어와 문화를 보호하려는 인식을 자극하기도 한다. 이는 명백히 국가의 선전 목적과 상충하며, 적대적 해독의 한 사례로 볼 수 있다. (3) 경험 공유를 통해 문화적 소속감을 추구하는 방식이다. 일부 마을 주민들은 외국 TV 프로그램의 형식이 자신들의 실제 생활과 문화적 전통에 부합한다고 생각한다. 그들은 "이슬람을 믿는 국가의 프로그램을 시청"하며 외국 프로그램과 자신의 생활 간의 유사점과 차이점을 비교하고, 신장 TV와 외국 TV 프로그램 간의 유사점과 차이점을 비교함으로써 민족 문화 체험에 대한 요구를 충족시킨다.

결론적으로, 저자는 세계화의 맥락에서 투어타이촌의 위구르족 시청자들이 일상생활에서 다양한 언어의 TV 프로그램을 접할 수 있다는 점에 주목한다. 이러한 TV 프로그램은 사용자가 자신의 정체성을 확립할 수 있는 매개체이자 정체성을 표현하는 통로로 작용하며, 이를 통해 다양한 정체성을 구축할 수 있는 가능성을 제공한다는 점을 깨닫는다.

위의 두 사례를 주로 미디어에 대한 수용자의 해석의 관점에서 연구했다면, 다음 민족지학은 미디어 효과의 관점에서 미디어가 수용자에게 미치는 영향과 수용자의 반응에 초점을 맞춘다.

홍창후이는 『TV와 농촌의 일상생활(电视与乡村日常生活)』[142]에서 TV가 마을 주민들에게 미친 영향을 조사하였다. 그는 TV가 공인에 대한 이해를 심화시키고 지식의 지평을 넓히는 역할을 했으며, 마을 주민들의 생활 방식을 부분적으로 변화시키고, 결혼과 감정에 대한 태도를 변화시키는 데 기여했다고 분석하였다. 그러나 TV는 마을 주민들에게 주로 오락적 기능을 제공하며, 주민들은 보다 재미있는 프로그램을 선호한다. TV 프로그램이 수용자의 요구를 충족하지 못할 경우, 마을 주민들은 TV 앞에

---

142 洪长晖, 『电视与乡村日常生活』, 석사학위논문, 厦门大学, 2008년.

서 벗어나 마작, 포커와 같은 오락 활동이나 다른 장소로 옮겨갈 가능성이 높다는 점도 지적하였다.

저자는 마을 주민들이 실제로 TV 앞에서 머무르는 시간이 제한적이며, 농촌 생활의 불규칙성이 도시와 비교하여 TV 시리즈를 연속적으로 시청하는 데 방해가 된다고 지적한다. 더구나, 주민들의 교육 수준이 낮아 TV 내러티브를 완전히 이해하지 못하는 경우가 많아, 이는 TV 시청에 대한 선택성을 증가시키는 요인으로 작용한다. 그러나 대체로 마을 주민들은 TV 콘텐츠에 대해 상당히 불만을 가지고 있으며, 그 중에서도 자신들만의 프로그램이 부족하다는 점이 가장 큰 문제로 지적된다. 이러한 상황은 마을 주민들이 TV에서 벗어날 가능성을 더욱 높이는 결과를 초래한다. 결론적으로, 마을 주민들의 요구와 TV 공급 간의 모순은 주민들이 TV를 포기하도록 직접적으로 이끌고 있으며, 이러한 해독 방식은 일부 저개발 농촌 지역에서 보편적으로 관찰되는 현상이라고 저자는 분석한다.

창안촌 주민들의 TV 시청 태도는 푸웨이촌 주민들의 태도와 유사하다. 민족지학적 조사를 통해 천줜줜 등은 푸웨이촌 주민들이 TV 프로그램을 선택할 때 빠르게 즐거움을 줄 수 있는 TV 드라마, 오락 및 레저 프로그램을 선호하며, 뉴스 프로그램을 선호하는 주민은 소수에 불과하다는 점을 발견했다. 우선, 마을 주민들은 일반적으로 TV 프로그램 유형에 대한 개념이 없으며, 자신이 좋아하는 TV 드라마가 없음을 표현할 때 "볼 TV가 없다"는 표현을 사용한다. 또한, 사극에 대한 애정을 표현할 때 "일본놈와 싸우는 것을 좋아한다"는 모호한 표현을 사용하며, 그 이유를 묻는 질문에 "재미있다", "흥미롭다", "의미있다" 등과 같은 대답을 한다. 둘째, 주민들은 대개 "시간을 보낸다"는 태도로 TV 미디어와의 상호작용 과정에 참여하며, 이는 해체적 경향을 내포하고 있다. 주민들은 TV를 켜고 나서도 대부분은 바로 앉아서 조용히 TV를 시청하는 대신, "TV를 보는 것"

을 "TV를 듣는 것"으로 간주하며, TV 소리를 일상생활의 배경음으로 삼아 가족의 분위기를 더욱 활기차게 만드는 데 사용한다. 그 결과, 마을 주민들은 TV를 시청하는 데 너무 많은 생각과 감정을 쏟지 않는다. 저참여 시청 방식은 마을 사람들에게 즐거움을 주는 동시에 다른 생활의 업무를 처리할 수 있도록 한다. 마지막으로, 대다수의 마을 주민들은 "채널"이라는 개념이 없으며, 대신 "채널 번호"를 사용하는 경우가 많다. 그들이 매일 시청하는 TV 프로그램은 서로 다르며, 대부분 중간부터 시청하기 시작하고, 특정 드라마의 첫 번째 에피소드부터 끝까지 시청하려고 고집하지 않는다. 마을 주민들이 시청하는 TV 채널은 다양하고 고정적이지 않으며, 흥미로운 드라마가 그들의 주의를 가장 끌 수 있다. 광고가 나오면 곧바로 다른 채널로 전환하며, TV 프로그램 내용의 연속성에는 신경 쓰지 않는다. 이러한 저참여 시청 방식은 마을 주민들이 TV 콘텐츠에 대해 얕은 수준의 인상만 가지게 하며, 이로 인해 그들은 자주 "보고 싶은 TV를 찾지 못한다"며 채널을 자주 바꾼다. 따라서 채널과 프로그램에 대한 충성도가 매우 낮다.[143] 이러한 시청 방식은 TV가 전달하려는 이데올로기적 내용을 명백히 해체한다.

리춘샤는 「TV을 통한 이족의 의례: 이족 마을의 'TV와 생활'의 관계에 대한 민족지학적 연구」[144]에서 차오바즈라는 지역의 이족과 TV의 관계를 분석했다. 한편으로, TV는 차오바즈 이족의 삶을 변화시켰으며, 이들은 점차 TV를 자신들의 사회 구조와 지역 지식 체계에 통합시켜 마을 사람들이 이해하고 받아들이며 소비할 수 있는 미디어로 자리 잡았다. 그

---

143 陈峻俊, 何莲翠, 「电视与传统文化的社会互动研究──基于女书村落的民族志调查」, 『当代传播』, 2012년 제4기

144 李春霞, 「彝民通过电视的仪式──对一个彝族村落"电视与生活"关系的民族志研究」, 『思想战线』, 2005년 제5기. 이 글은 『电视与彝民生活』(四川大学出版社, 2007년)이라는 제목으로 발표된 박사학위 논문의 일부이다.

결과, 차오바즈는 대인 관계, 생활 방식, 시간과 공간에 대한 감각, 젠더 개념(시공간 및 젠더 정치 포함), 커뮤니케이션 환경 등에서 적절한 조정을 이루었다. 이러한 조정은 TV가 마을에 도입된 이후, 차오바즈가 질서 있고 의미 있는 문화 세계를 건설하고 유지하는 과정에서 매우 중요한 역할을 했다.

다른 한편으로, 차오바즈의 이족 주민들은 TV와 그것이 전달하는 '메시지'(이데올로기 포함)를 일종의 '납치' 방식으로 받아들였다. 저자는 조사를 통해, TV가 자체적인 화법과 전달 방식을 가지고 있음에도 불구하고, 차오바즈 주민들은 그들만의 방식으로 TV에 대한 담론을 재구성했다고 지적한다. 예를 들어, 프로그램을 "재미있는 것"과 "재미없는 것"으로 나누어 '매력'을 기준으로 프로그램을 분류하였다. 이러한 분류는 TV 채널, 콘텐츠 유형, 드라마 유형, 특정 프로그램 등을 혼합하여 기존의 미디어 전달자 시스템의 분류를 뒤엎는 결과를 낳았다. 또한, TV를 시청하는 동안 주민들은 줄거리에 대해 토론하며, 약 98%의 시간 동안 이족어를 사용한다. 그 결과, TV가 가져온 세계는 거의 완전히 '번역'되거나 차오바즈의 세계로 대체된다. 이러한 '주변' 집단인 차오바즈는 여전히 그들로부터 멀리 떨어진 TV 세계를 자신만의 방식으로 받아들이고 납치하여, 결국 그것을 자신의 세계로 전환한다. 이에 대해 저자는 다음과 같이 지적한다. "TV는 '마법의 거울'이다. TV를 시청하는 사람은 비록 타자를 보지만, 타자를 보며 동시에 '자기 자신'을 비추고 구성한다."

결론적으로, 저자는 TV와 차오바즈의 지역적 문화 및 지식 체계가 단순히 단방향으로 정보를 전달하는 것이 아니라 상호작용적 관계를 형성하고 있다고 주장한다. 나아가, 커뮤니케이션과 미디어는 단순히 정보 전달의 매개체나 '발전'의 촉진제, 근대화의 지표, 혹은 문화/근대화의 일방적 도구로 간주될 수 없다고 지적한다. 오히려, 미디어는 의례적 소환 구조로 이해될 수 있다. 의식의 참여자들은 커뮤니케이션 과정에서 공동체와 그 구성원, 민족 집단, 그리고 사회적으로 공유된 신념을 재현하며, 이를 통해 질서 있고 의미 있는 문화 세계를 구성하고 유지한다. 이 문화 세계는 인간 행동의 통제 장치이자 담지체로 작용하며, 참여자들이 이 세계의 형성과 유지에 능동적으로 기여하도록 만든다.

위의 민족지학적 사례들이 현상에 대한 설명에 더 초점을 맞춘다면, 위 안쑹과 장웨잉의 논문 「TV와 마을 정치: 위중 푸춘의 커뮤니케이션에 대한 사회학적 조사」는 주로 비판적 관점에서 전통과 현대, 중앙과 지방의 관계를 통해 TV가 마을 정치에 미치는 영향을 해석하였다.

저자는 근대성의 시간적·공간적 확장으로 인해 평범한 중국의 마을 생활 세계가 마을이라는 지역적 공간과 분리된, '부재(absent)'하는 외부 정보에 의해 구성된 체계적 세계로 편입되고 있음을 지적한다. 농민들은 TV를 통해 현대적 생활 방식에 자연스럽게 익숙해지면서, 능동적 행위 주체로서 변화하는 외부 세계에 적극적으로 적응하고 있으며, 새로운 권리 보호 기술과 법치 시대의 생존 기술을 배우고 있다. 위에서 언급했듯이, 농민들은 풀뿌리 조직들의 부당한 행동에 맞닥뜨렸을 때 중앙정부의 정책을 협상의 수단으로 활용하여 그들과 대립하거나 저항할 수 있는 힘을 갖추게 된다.

TV는 농민과 중앙 권력 사이의 시공간적 거리를 좁혀, 농민들이 TV를 통해 농촌, 농민, 농업에 관한 중앙정부의 정책을 쉽게 접할 수 있게 되었으며, 이를 통해 농민들은 자신들의 권리를 인식하게 되었다고 할 수 있다. 그러나 TV가 농민들에게 제공하는 것은 여기까지일 수 있다. TV는 그들의 지식을 확장시키는 역할을 했을 뿐, 개념적 구조와 사고 방식을 근본적으로 변화시키지는 못했다.

한편, 농민들이 받아들이는 정보는 교묘하게 필터링된 것이다. 중앙 뉴스에서 반복적으로 방송되는 민심을 달래는 메시지는, 농민들의 인지 구조 속에 이미 자리 잡고 있던 '청천(靑天) 의식'과 '영주(英主) 개념'과 강하게 공명한다. 그 결과, 중앙 뉴스에서 매일 선진적 모범 사례와 현지의 부정적인 정보가 동시에 제시될 때, 농민들은 이를 "중앙 정책은 좋지만 지방의 왜곡된 행정가들이 잘못 실행했다"라고 해석한다. 이러한 과정이 반복되면서, 이는 단순히 풀뿌리 정부의 정당성 기반을 약화시키는 데 그치지 않고, 농민들로 하여금 마을 정치에 대한 반감과 냉소적 태도를 더욱 강화하게 만든다.

한편, 중국 정치의 특수한 맥락에서, TV의 보급은 농민들이 현대 민주주의적 참여 방식을 습득하지 못하게 했다. 미디어가 전달하는 정치 정보는 권리 보호 수단과 도덕적 자원의 증가를 제외하면 단지 도구적 의미로만 작용할 뿐, 농민들의 마을 공공 사무에 대한 책임감과 참여 의식을 높이지 못했다. 농민들의 권리 의식은 관료들의 지속적인 후퇴와 TV의 끊임없는 영향 속에서 계속 성장해 왔지만, 의무감은 점점 약화되고 있다. 거시적으로 볼 때, TV를 통해 전달되는 전국적 공공 정보는 사회 통합에 긍정적인 역할을 할 수 있지만, 미시적 수준에서의 마을은 이러한 정보의 반복적인 효과로 인해 분열과 해체를 경험하고 있다.

중앙-농민-지방의 관계에서, TV의 존재는 중앙정부를 우회하기 어려운 필수적 요소로 자리 잡게 했으며, 농민들이 정보를 통제할 권리를 가지게 되었지만 의견의 자율성을 가지게 된 것은 아니다. 농민들이 정보를 해석하는 방식은 중앙뉴스에서 문제를 바라보는 관점과 문제를 이해하는 방식에 의해 강하게 영향을 받는다. 이로 인해, 농민들은 자신의 이익에 해로운 일부 주요 정책(예: 장례 개혁, 토지 수용 제도, 가족 계획 제도, 세제 개혁 이전의 조세 제도 등)에 대해서도 찬성하거나 이해하는 태도를 유지한다. 이로 인해 나타나는 결과 중 하나는, 농민들이 문제를 국가의 입장에서 사고하며, 뉴스에서 설명하는 국가 정책 실행의 추상적인 논리를 신뢰하면서도, 자신들이 경험하는 권리 박탈에 대해 깊이 인식하지 못한다는 점이다. 설령 이러한 정책들이 구체적인 실행 과정에서 농민들에게 실질적인 피해를 끼쳤다 하더라도, 농민들은 중앙정부에 책임을 묻지 않고, 기초 지방 정부가 중앙의 좋은 정책 의도를 제대로 실행하지 못했다고 비난할 뿐이다. 동시에 농민들은 중앙정부가 나서서 자신들의 억울함을 풀어주기를 기대한다.

저자는 뉴스가 권력에 의해 하나의 지식이자 담론으로 정기적이고 정량적으로 생산되어, 지역과 풀뿌리 수준을 넘어 유비쿼터스 미디어를 통해 마을 생활의 세부적인 부분에까지 침투한다고 지적한다. 새로운 기술적 수단을 통해, 국가는 농촌을 통제하는 메커니즘을 더 부드럽고 간접적이며, 은밀하고 미시적이며 세밀하게 변화시켰다. 이 과정에서 마을의 TV는 권력이 작용하는 주요 지점이 되었다. 이러한 미묘한 메커니즘의 영향으로, 농민들은 무의식적으로 근대 국가에 의해 규율되고, 지역 공동체 속의 '마을 주민'은 점차 근대 국가의 '시민'으로 변모하고 있다. 그러나, 중국 정치의 압력형 체제 하에서는 농촌 사회의 통치 규칙과 풀뿌리 수준의 권위의 원천은 변화하지 않았다. 또한 과도기적 경직된 사회 모순에 직면한 중앙정부가 정당성을 유지하기 위해 노력하는 상황에서, 매스미디어는 풀뿌리 조직을 '상부의 정책을 왜곡하는 희생양'으로 반복적으로 형상화했다. 이로 인해, '삼농(三農) 문제'가 단기간 내에 해결되지 않는다 하더라도, 농민들의 인지 구조 속에서는 중앙정부의 정당성이 지속적으로 재편될 수 있다. 하지만 이러한 과정의 대가로 풀뿌리 조직의 정당성과 권위는 상당 부분 약화되었으며, 마을의 공공 생활은 분산되고 와해되는 상태에 빠질 가능성이 크다.

2. 중국 민족지학 연구의 부족한 점

현대 중국 수용자 민족지학 연구는 몇 가지 한계를 지니고 있으며, 이는 이미 다수 학자들의 주목을 받고 있다. 주요 문제점은 다음 두 가지로 요약될 수 있다.

첫째, 연구 범위가 상대적으로 제한적이다. 연구 대상은 주로 텔레비전과 농촌 사회에 국한되어 있으며, 미디어와 시민사회, 미디어와 가족과 같은 영역에 대한 논의는 거의 이루어지지 않았다.

둘째, 묘사와 해석에 있어 강점을 보이지만, 전통 및 사회 구조, 권력 관계를 비판적으로 분석하는 관점이 결여되어 있다.

수용자 연구에서 민족지학적 방법의 활용은 수용자를 능동적 주체로 인정하는 것을 의미하며, 이는 필연적으로 다양한 권력 관계를 포함하게 된다. 서구의 신수용자 연구는 초기에는 계급, 인종, 성별, 연령 등 다양한 요인이 텔레비전 수용에 미치는 영향을 연구하는 데 집중했으며, 후기에는 포스트모던적 맥락 속에서 정체성 정치 연구의 발전과 함께, 다양한 민족, 성별, 연령의 수용자가 텔레비전을 통해 자신의 정체성을 어떻게 실현하는지에 대해 중점적으로 논의하였다. 동시에 미디어 기술의 관점을 일상적 행동 양식 연구와 결합하여 연구 범위를 확장하였다. 이러한 두 가지 특성은 일상생활 맥락에 대한 중시와 민족지학적 방법의 활용과 결합되어 신수용자 연구의 발전을 크게 이끌었다. 중국의 수용자 민족지학 연구는 이러한 관점이 상대적으로 부족한데, 이는 중국에서 민족지학적 방법을 활용한 수용자 연구가 이제 막 시작되어 여전히 탐색 단계에 있다는 점, 그리고 중국의 사회문화적 환경 및 인문·사회과학의 연구 전통과 밀접한 관련이 있다. 그러나 현재 중국은 사회 전환기를 맞이하고 있으며, 급격한 사회 변화가 초래한 계층 분화, 다양한 민족 문화의 복합성, 그리고 미디어 기술의 급속한 발전은 민족지학적 방법을 통해 수용자 연구를 수행할 수 있는 풍부한 자원과 유리한 조건을 제공하고 있다. 따라서, 다양한 지역과 민족 집단의 수용자들이 미디어를 어떻게 이용하고, 그 과정에서 어떤 의미를 부여하는지 탐구하기 위해 민족지학적 방법을 활용하는 것은 중국 수용자 연구가 토착화 노력을 기울이는 하나의 효과

적인 경로가 될 수 있을 것이다.[145]

---

145 金玉萍, 「描述, 阐释和批判: 我国与西方民族志方法受众研究的不同理论取向」, 『新闻与
传播评论』, 2011.马锋, 「超越民族志: 在解释中探寻可能之规律——传播民族志方法新
探」, 『2006中国传播学论坛论文集(Ⅰ)』. 谭华, 「关于乡村传播研究中"民族志"方法的一
些思考——以一个土家村落的田野工作经验为例」, 『湖北民族学院学报』(哲学社会科学版)
2006년 제5기 참조.

제8장

도시공간 연구

최근 인문학과 사회과학은 물론 공학과 자연과학의 영역에서도 공간이라는 주제가 뜨거운 논의의 중심에 서게 되었다. 특히 도시 공간 문제는 다수 학자들의 연구와 토론을 이끌어 내며, 새로운 학파, 개념, 방법론, 이론을 탄생시키는 원동력이 되고 있다. 나아가 이는 인문사회과학은 물론 공학과 자연과학을 포함하여 '공간적 선회'(spatial turn)를 형성하고 있다.

도시 공간 연구에는 크게 두 가지 접근법이 있다. 첫째는 설문지나 도시 관련 인구조사 자료에 기초하여 실증적 연구에 집중하는 것으로, 주요 과제는 공간적 패턴을 요약하고 이를 통해 '조화로운 도시 건설'을 궁극적 목표로 삼는다.[1] 둘째는 비판적 관점을 더 중시하며, 공간이 어떻게 생산되는지, 공간의 생산 과정에 어떤 힘이 개입하며, 어떤 실천과 결과를 낳는지에 초점을 맞춘다. 후자의 연구 방식은 도시 공간에 대한 문화연구적 접근이라고 할 수 있으며, 이는 본 장에서 논의하고자 하는 핵심 내용이다.

---

1 李志剛, 顾朝林『中国城市社会空间结构转型』, 东南大学出版社, 2011년, 最后一章

1. 현대 중국 공간연구의 흥기과 발전

(1) 현대 중국의 공간 연구의 흥기

현대 중국에서 공간 연구의 부상은 두 가지 주요 요인과 밀접하게 연관되어 있다. 첫째, 중국 도시의 급속한 발전과 그로 인해 발생한 관련 문제, 특히 부정적 문제가 현실적 동인으로 작용하였다. 둘째, 서구 공간 이론의 도입은 공간 연구가 이론적으로 부상하는 데 중요한 영향을 미쳤다. 전자는 현대 중국 공간 연구의 현실적 요인이고, 후자는 공간 연구 부상의 이론적 요인이라 할 수 있다.

1. 공간연구 흥기의 현실적 이유

주지하다시피, 20세기 90년대 이후 중국은 급속한 도시화와 심지어 '대약진'에 비유될 만한 발전 단계를 맞이하였다. 한편으로, 도시의 빠른 발전은 도시 공간의 형태와 구조에 새로운 중대한 변화를 가져왔다. 현대 도시 개발에서 공간은 단순히 사물을 배치하거나 사람들이 거주하고 생활하는 그릇의 역할을 넘어서, 사회적 관계의 발전과 변화를 나타내고, 더불어 풍부한 문화적 의미를 지니게 되었다. 다른 한편으로, 이러한 도시의 급속한 발전은 환경오염, 생태 악화, 그리고 구도심 재개발 및 철거 과정에서 발생하는 원주민과 개발업자 및 정부 간의 갈등 등 여러 부정적 결과를 초래하였다. 이러한 문제들은 공간적 이슈에 대한 사람들의 관심을 불러일으키는 계기가 되었다(아래 분석 참조).

바니 워프(Barney Warf)와 산타 아리아스(Santa Arias)는 그들이 편집한 『공간적 선회: 다학제적 시각』(The Spatial Turn: Interdisciplinary Perspectives, London: Routledge, 2009) 서문의 「도입부」에서 다음과 같이 언급하였다. "공간적 선회는 단지 일부 상아탑 속 지식인들의 산물이 아니다. 이러한 사회적 사고의 변화는 현대 세계에서의 더욱 광범위한 경제적, 정치적, 그리고 문화적 전환을 반영한다."[2]

그들은 공간적 선회를 촉발한 요인으로 다음 네 가지를 분석하였다.

(1) 세계화. 세계화는 자본과 상품의 흐름을 통해 다양한 생산자와 소비자를 연결하고, 이는 지역 간의 공간적 흐름과 차이를 야기한다. 이에 대해 저자들은 "세계화는 공간의 중요성을 제거하기는커녕, 오히려 그 중요성을 더욱 강화한다"고 지적한다. (2) 사이버 공간과 인터넷. 사이버 공간과 인터넷은 새로운 공간성의 문제를 제기한다. 사이버 공간은 일상생활의 중요한 부분이 되었으며, 그 안에서는 현실과 가상의 경계가 사라져 어디에서 시작되고 끝나는지를 명확히 구분하기 어렵다. (3) 정체성과 주체성의 변화. 세계화, 글로벌 미디어, 이주 등은 정체성과 주체성의 변천을 반영한다. 오늘날의 자아는 더 이상 고정적이고 통합된 정체성이 아니라, 다양하고 변화하며 모순된 '다중적 자아'(selves)로 나타난다. 이 자아는 자신이 생산된 공간과 밀접하게 연결되며, 이로 인해 복합적 정체성이 형성된다. (4) 지구 생태 및 환경 문제. 글로벌 생태와 환경 문제의 심각성은 공간의 중요성을 더욱 부각시킨다. 이러한 문제는 지역적으로 발생하지만, 이를 해결하려면 글로벌 관점과 접근이 필요하다는 인식이 확대되고 있다. 따라서 공간은 환경 문제를 이해하고 해결하는 중요한 차원으로 떠오른다.[3]

워프와 아리아스가 말한 내용이 현대 중국 공간 연구의 흥기를 촉진한 기본 요소이기도 하지만,[4] 중국 도시 공간 문제에 대한 연구는 분명히 중국의 특유한 정치, 경제, 문화적 특성과 결합되어야 한다.

---

2 The Spatial Turn: Interdisciplinary Perspectives, 4—5쪽.

3 상동. 5—6쪽.

4 强乃社,「空间转向及其意义」,『学习与探索』, 2011년 제3기

2. 서구 공간이론의 번역

현대 중국에서 공간연구의 발전은 서구 공간이론의 도입과 불가분의 관계에 있다. 공간 문제에 대한 서구의 관심은 오랜 역사를 가지고 있으며, 1970년대 이후 "공간적 선회" 추세가 형성되었다. 주요 대표로는 앙리 르페브르 (Henri Lefebvre), 푸코, 데이비드 하비 (David Harvey), 에드워드 소자(Edward W. Soja) 등이 있다. 현대 중국의 공간 연구는 주로 이러한 학자들의 사상과 이론에 의존하고 있으므로 이 중요한 이론가들의 견해를 간략하게 소개하겠다.

르페브르는 '공간적 선회'의 형성에 있어 선구적인 학자였으며, 그의 공간 사상과 이론은 2003년 전후로 중국에 번역 및 소개되기 시작하였다. 2003년, "도시와 문화" 총서의 제2집인 『모더니티와 공간의 생산』(상하이교육출판사)은 "공간의 생산"이라는 제목의 특집을 마련하여 르페브르의 여러 논문을 번역·소개하였다. 해당 논문으로는 「근대성이란 무엇인가?─코스타스 악셀로스에게 보내는 편지(什么是现代性?──致柯斯塔斯·阿克舍洛斯)」, 「공간: 사회적 산물과 사용가치(空间: 社会产物与使用价值)」, 「공간 정치학에 대한 반성(空间政治学的反思)」, 「도시 형식에 대하여(论都市形式)」 등이 있다. 그러나 르페브르의 1974년 대표작 『공간의 생산』은 현재까지도 중국어로 완역되지 않았으며, 일부 장(章)만이 2005년에 번역·발표되었다. 또한 르페브르의 2000년 저서 『공간과 정치』[5]는 2008년에 들어서야 중국어로 번역되어 출간되었다.

르페브르는 전통 이론이 공간을 단순하고 잘못 이해한 관점을 바로잡고자 하였다. 그는 공간이 단순히 사회적 관계의 변화 과정을 담는 정적인 '그릇'이나 '플랫폼'이 아니라고 주장한다. "공간은 사회적이다. 그것은 재생산과 관련된 사회적 관계, 즉 성별, 연령, 특정 가족 조직 간의 생

---

5 李春 역, 上海人民出版社.

물학적-생리학적 관계를 포함하며, 또한 생산 관계, 즉 노동과 그 조직의 분화와도 관련이 있다." 또한 "공간은 사회적 관계로 가득 차 있다. 그것은 단순히 사회적 관계에 의해 지탱되는 것이 아니라, 사회적 관계를 생산하며 동시에 사회적 관계에 의해 생산된다."[6]

르페브르는 공간을 세 가지 유형으로 나누었다. 첫째, "공간적 실천"(spatial practice): 도시의 사회적 생산과 재생산, 그리고 일상생활을 의미한다. 이는 사람들이 일상적으로 공간을 이용하고 경험하는 방식을 포함한다. 둘째, "공간의 표상"(representations of space): 개념화된 공간으로, 과학자, 도시 계획자, 사회 공학자 등의 지식과 이데올로기에 의해 지배되는 공간이다. 이는 기술적이고 체계적인 관점에서 설계되고 조직된 공간이다. 셋째, "표상의 공간"(spaces of representation): '거주자'와 '사용자'의 공간으로, 이미지와 상징을 통해 사회생활과 은밀히 연결된 기호 체계에 의해 직접적으로 생산된다. 이는 사람들이 생활하고 감각적으로 경험하는 공간으로, 사용자와 환경 간의 사회적 관계를 반영한다. 르페브르는 이 세 가지 공간을 각각 감지된 공간(perceived space), 구상된 공간(conceived space), 생활의 공간(lived space)으로 대응시킨다. 그는 도시 공간을 사회의 일상생활을 비판하고 공간적 정의를 주장하는 데 있어 가장 중요한 접근점으로 간주하였다.[7]

미셸 푸코(Michel Foucault)는 공간 이론에 있어 중요한 영향을 미친 또 다른 이론가이다. 푸코의 공간 권력에 대한 이해는 1997년 옌펑(严锋)이 번역한 『권력의 눈: 푸코 인터뷰집』(상하이인민출판사)에 수록된 1976년 인터뷰 「권력의 지리학」에서 처음 언급되었다. 그러나 당시 학계의 관심은 여전히 푸코의 권력 이론에 집중되어 있었으며, 그의 공간 사상은 독

6 包亚明, 『现代性与空间的生产』, 上海教育出版社, 2003년, 48쪽

7 吴细玲, 「城市社会空间批判理论的正义取向」, 『东岳论丛』, 2013년 제5기

립적인 주제로 주목받지 못했다. 2001년에는 푸코의 1967년 강연 「다른 공간의 텍스트와 맥락」, 1976년 강연 「헤테로토피아」, 그리고 1982년 인터뷰 「공간, 지식, 권력」(Space, Knowledge, and Power)」이 번역되었다. 첫 번째 강연에서 푸코는 현대 시대가 공간의 시대로 진입했음을 선언하였다. "우리 시대의 불안은 공간과 근본적으로 연관되어 있으며, 시간과의 관계보다 더 강하다. 시간은 아마도 공간에 산재하는 여러 요소들의 상이한 배치 작용 중 하나일 뿐일 것이다"[8]. 두 번째 강연에서는 20세기가 공간의 시대 도래를 예고했다고 지적하며, 현대인은 동시성과 병치성의 시대에 살고 있다고 보았다. 사람들이 경험하고 느끼는 세계는 전통적인 시간적 진화의 결과라기보다는 점과 점 사이가 상호 연결되고 집단과 집단이 얽힌 네트워크로 구성되어 있는 것이다.[9] 공간은 모든 공공 생활 형태의 기초이자 권력 작용의 기초로, 푸코는 공간, 지식, 권력의 삼위일체가 후기 현대주의 문화의 이론적 비판과 깊이 연결되어 있음을 논의했으며, 이는 하비의 논의에서도 나타난다.[10]

1973년 미국의 포스트모던 지리학자 하비는 『사회정의와 도시』(Oxford: Basil Blackwell)를 출간하여, 도시와 공간 문제를 사회 비판의 이론적 틀 안으로 통합하려고 시도했다. 중국에서 가장 영향력 있는 책은 1990년에 출간되어 2003년 중국에서 번역 및 출판된 『포스트모더니티의 조건』이다. 이 책은 처음에는 포스트모던 사상으로 인해 중국 학자들의 관심을 끌었지만 나중에 공간 연구가 부상하면서 이 책의 공간 연구, 특히 "시공간 압축"이라는 개념이 진지하게 받아들여지기 시작했다. 하비에게 "시공간 압축"이라는 용어는 "공간과 시간의 객관적 속성을 혁신적

---

8 福柯, 「不同空間的正文与上下文」, 包亚明 주편, 『后现代性与地理学的政治』, 上海教育出版社, 2001년, 20쪽

9 包亚明 주편, 『后现代性与地理学的政治』, 上海教育出版社, 2001년, 19—28쪽

10 상동

으로 변화시키는 일련의 과정을 나타낸다. 이러한 변화는 우리가 세계를 인식하고 제시하는 방식을 필연적으로, 때로는 급진적으로 바꾸게 만든다. 나는 '압축'이라는 용어를 사용했는데, 이는 자본주의 역사가 삶의 속도를 가속화하고, 동시에 공간적 장벽을 극복하는 특징을 가지고 있기 때문이다. 그 결과, 세계는 때때로 우리에게 내적으로 붕괴하는 것처럼 보이게 된다."[11] 시간의 급속한 발전과 공간적 장벽의 제거는 시간과 공간의 압축에 대한 강한 감각을 촉발시켰고, 이는 다시 문화적, 정치적 삶의 모든 측면에 영향을 미쳤다. 이후 『하비의 희망의 공간』(난징대학 출판부, 2006)과 『정의, 자연 그리고 차이의 지리학(Justice, Nature and the Geography of Difference)』(상하이인민출판사, 2010)이 번역·출간되면서 포스트모던 지리학에서 정치경제학의 비판적 차원이 확장되었다. 또한 그의 에세이도 국내에서 번역되었다.[12]

소자 또한 중국의 공간 연구에서 많이 인용되는 이론가이다. 2004년경에는 『포스트모던 지리학: 비판적 사회이론에서의 공간 재확인』(왕원빈 옮김, 상무인서관, 2004), 『제3공간(Thirdspace)』(상하이교육출판사, 2005), 『포스트메트로폴리스(Postmetrololis』(2005) 등이 잇따라 번역되었다. 이 책들에는 그의 『포스트 메트로폴리스』와 『제3 공간』에서 발췌한 내용이 담겨 있다. 그는 또한 산문집 『포스트모던 도시화: 로스앤젤레스의 여섯 가지 재구성』을 썼다.

에드워드 소자가 중국 대륙에 큰 영향을 미친 이론은 앙리 르페브르의 세 가지 공간 이론을 계승하여 제시한 "제3공간" 이론이다. "제1공간"은 객관적이고 물질적인 공간에 초점을 맞추며, 가정, 건축물, 이웃, 마을,

---

11 哈维, 『后现代的状况』, 商务印书馆2003년, 300쪽

12 「时空之间: 关于地理学想象的反思」(1989년 강연), 『都市文化研究』5辑『都市空间与文化想象』, 上海三联书店, 2008년. 「作为关键词的空间」, 『文化研究』, 10辑, 社会科学文献出版社, 2010년 등

도시, 국가, 세계 경제, 그리고 글로벌 지정학 등과 같은 공간을 대상으로 한다. 이는 공간에 대한 형식과학을 구축하려는 시도이다. "제2공간"은 주관적이고 상상적인 공간에 중점을 두며, 구상적 또는 상상적 지리학에서 개념을 도출한다. "제3공간"은 물질적 공간과 정신적 공간 간의 이분법을 초월하는 공간 사고를 지향하며, 개방적인 공간 모델로 제시된다. 소자는 이를 다음과 같이 설명한다. "주체성과 객체성, 추상과 구체, 현실과 상상, 알려진 것과 알 수 없는 것, 반복과 차이, 정신과 육체, 의식과 무의식, 분과학문과 학제 간 경계 등 모든 것을 포함한다. … 제3공간 그 자체와 '제3공간의 인식론'은 항상 개방적인 태도를 유지하며, 새로운 가능성과 미지의 세계로의 여행을 지향한다."[13] '제3공간'은 연구자가 물질적 공간에서 출발하여 도시 공간에 내재된 문화적 흔적을 탐구하고, 그 뒤에 숨겨진 문화 생태를 이해할 수 있도록 한다. 이는 도시 공간 연구에서 중요한 이론적 도구로 자리 잡고 있다.

이외에도 마이크 디어(Mike Dear)의 『포스트모던 도시의 조건』(리샤오커 역, 상하이교육출판사, 2004), 샤론 주킨(Sharon Zukin)의 『도시문화』(장팅취안 등 공역, 상하이교육출판사, 2006), 필립 웨그너(Phillip Wegner)의 『공간비평: 비평의 지리, 공간, 장소와 텍스트성』(옌자, 『문학이론 정선 독본』, 중국인민대학출판사, 2006) 등이 번역되었다.

시간적으로 볼 때, 서구 공간 이론의 중국 도입은 대부분 2000년 이후 이루어졌으며, 2005년 전후로 절정을 이루었다. 이론 도입이 늦어진 것은 중국 도시 발전의 지연과 밀접하게 연관되어 있다. 그러나 중국 도시의 급속한 발전은 서구에서 수십 년 동안 발전해 온 공간 이론들이 단기간에 중국에 대거 유입되는 결과를 초래하였고, 이는 중국 공간 연구의 발전을 촉진하는 한편, 서구 이론에 대한 이해 부족과 무분별한 적용이라는 문제

---

13 陆扬, 「析索亚"第三空间"理论」, 『天津社会科学』, 2005년 제2기

를 낳기도 했다.

(2) 현대 중국 공간 연구의 개요

현대 중국의 공간 연구는 서구 공간 이론의 번역과 도입에서 시작되었고, 이어 서구 공간 이론을 활용하여 중국의 공간 생산 실천을 연구하는 단계로 발전하였다. 이 과정에서 서구 이론을 중국의 맥락에 어떻게 적용할 것인가, 또는 서구 이론을 어떻게 토착화할 것인가 하는 문제는 이후 학자들이 중요하게 고민한 주제이다. 여기에서는 현대 중국의 공간 연구에 대한 전반적인 현황을 정리하고, 이후의 뒤에서는 현대 중국 공간 연구의 주요 주제들을 집중적으로 논평할 것이다.

1990년부터 중국 학계는 도시 공간 문제에 관심을 가지기 시작했지만, 이 시기의 연구와 관심은 분명히 아직 '선회'라고 할 수 있는 흐름을 형성하지는 못했다. 주로 지리학, 도시 사회학 등 학문 분야에서 언급되는 수준에 머물렀다.[14] 2000년 이후 도시 공간 생산 이론에 대한 연구 열풍이 나타났으며, 여기에는 르페브르, 하비 등의 이론에 대한 전문적인 연구뿐만 아니라,[15] 공간 이론 전반과 관련 분야에 대한 연구도 포함되었다.

각종 학술지에 산재한 공간 연구 논문이 많아 모두를 소개하기는 어렵기 때문에, 아래에서는 공간 연구와 관련된 주요 학술총서를 소개한다.

---

14 夏建中,「新城市社会学的主要理论」,『社会学研究』, 1998년 第4기

15 刘怀玉,『現代性的平庸与神奇: 列斐伏尔日常生活批判哲学的文本学解读』, 中央编译出版社, 2006년. 吴宁,『日常生活批判——列斐伏尔哲学思想研究』, 人民出版社, 2007년. 张子凯,『列斐伏尔"社会空间"思想研究』, 박사학위논문, 北京大学, 2008. 崔丽华,『大卫·哈维空间批判理论研究』, 박사학위논문, 北京师范大学, 2011. 唐旭昌,『大卫·哈维城市空间思想研究: 基于马克思主义政治经济学视域的考察』, 박사학위논문, 中国人民大学, 2011.

그중 가장 주목할 만한 것은 상하이사범대학 도시문화연구센터[16]에서 발행한 몇 가지 학술총서 및 번역총서이다. 대표적으로 "도시와 문화" 학술총서, "도시문화연구" 학술총서, "도시와 문화" 번역총서, "도시문화연구" 번역총서 등이 있다. 이들 총서는 공간연구에만 국한된 것은 아니지만, 거의 모두 공간 문제를 다루거나 공간연구를 주제로 한 특집을 마련하고 있어, 중국의 공간 연구 발전에 중요한 기여를 하고 있다.

『도시와 문화』는 상하이사범대학 도시문화연구센터에서 가장 먼저 출판한 학술총서로, 첫 세 권 모두 공간 연구를 주제로 한 특집을 마련하였다. 제1권 『포스트모더니티와 지리학의 정치』(바오야밍 주편, 상하이교육출판사, 2001년)은 푸코 특집(제목은 "공간과 권력")이다. 제2권 『모더니티와 공간의 생산』(상하이교육출판사, 2003년)은 앙리 르페브르 특집(제목은 "공간의 생산")이다. 제3권 『포스트메트로폴리스와 문화연구』(바오야밍 주편, 상하이교육출판사, 2005년)은 에드워드 소자의 특집(제목은 "제3의 공간")이다.

2005년부터 출간된 "도시문화연구" 학술총서는 현재 제9권에 이르렀으며, 그 중 제5권인 『도시공간과 문화 상상(都市空間与文化想象)』[17]은 '도시공간'을 주제로 하고 있다. "도시와 문화 번역총서"로는 다음의 것들이 있다. 마이크 디어의 『포스트모던 도시의 조건』[18], 호르헤 라레인의 『이데올로기와 문화적 정체성(Ideology and cultural identity)』[19], 소자의 『제3공간』[20] 및 『포스트메트로폴리스』[21], 샤론 주킨의 『도시의 문화(The

16 1998년에 센터가 설립되었고, 2002년에는 도시문화연구소가 설립되었다. 2004년에는 교육부 일반대학 인문사회과학 핵심연구거점으로 인가 받았다.

17 孙逊, 杨剑龙 주편, 上海三联书店, 2008.

18 李小科 역, 上海教育出版社, 2004.

19 上海教育出版社, 2005.

20 上海教育出版社, 2005.

21 李钧 등 역, 上海教育出版社, 2006.

Cultures of Cities)』[22], 마이크 데이비스의『죽은 도시(Dead Cities)』[23], 존 해니건의『환상의 도시(Fantasy City)』[24], 사스키아 사센의『세계화와 그 불만(Globalization and Its Discontents)』[25]. 또한, "도시문화연구 번역총서"는 2002년 도시문화연구센터의 E-연구소 설립 이후 기획된 번역 총서로, 르페브르의『공간과 정치』[26] 등이 포함되어 있다.

이 밖에도 공간 연구와 관련된 다른 서적으로, 쉐이가 편집한『서구 도시문화연구 독본(西方都市文化研究读本)』[27] (제1권『고대 도시와 현대 도시(古代城市与现代都市)』및 제3권『공간과 정치(空间与政治)』특집 포함). 왕민안(汪民安) 등이 주편한『도시문화 독본(城市文化读本)』[28], 후후이린(胡惠林) 주편의『중국 도시문화연구(中国都市文化研究)』[29] 등이 있다. 또한 타오둥펑과 저우셴이 편집한『문화연구』는 제10권과 제15권에 공간연구 특집을 다루고 있으며, 도시문화연구는『문화연구』의 정규 연구 주제가 되었다. "도시문화연구", "중국도시평론" 같은 기타 총서에 대해서는 자세히 설명하지 않겠다.

논문의 연구와 번역 외에도 바오야밍이 편집 한『근대성과 도시 문화 이론(现代性与都市文化理论)』[30]과 같은 공간 연구 관련 교재도 있다. 이는 상하이 사회과학원의 특별학과인 "서구 문학 및 문화비평 연구"의 결과로, 공간이론, 카스텔의 네트워크 공간 이론, 도시 공간과 사회 정의, 문화적 정체성과 도시 공간의 재구성, 도시 공간과 페미니즘, 도시 공간과 소비

22 张廷佺 등 역, 上海教育出版社, 2006.

23 李钧 등 역, 上海书店出版社, 2011.

24 上海书店出版社, 2011.

25 上海书店出版社, 2011.

26 李春 역, 上海人民出版社, 2008.

27 총 4권, 广西师范大学出版社, 2008.

28 北京大学出版社, 2008.

29 上海人民出版社.

30 上海社会科学院出版社, 2008.

문화 등에 관한 장을 포함한다. 2005년에 출판된 『당대 서구문예이론(当代西方文艺理论)』(주리위안 주편)에는 루양(陆扬)의 글 「공간 이론」이 포함되었다. 2006년 루양과 왕이(王毅)가 출판한 『문화연구개론(文化研究导论)』에서는 "공간 이론" 장을 별도로 서술하였다. 2012년 루양이 주편한 『문화연구개론(文化研究导论)』(고등교육출판사)에는 "공간적 선회"라는 장을 추가하여 서구 공간 이론을 소개하였다.

결론적으로, 도시 공간 문제는 현재 중국에서 높은 관심을 받고 있는 학술적 관심사이자, 문화연구의 새로운 학문적 성장점으로 자리 잡고 있다. 그러나 공간 연구는 지리학을 비롯한 관련 지식뿐만 아니라 철학, 사회학, 문화학 등 다방면의 학문적 지식을 요구하는 학제적 융합 연구로, 견고하고 독창적인 연구 성과를 이루기까지는 시간이 필요하다.(현재 중국의 공간 연구는 여전히 서구 이론에 크게 의존하고 있는 실정이다.)

2. 공간 연구의 몇 가지 주제

이 절에서는 현대 중국에서 이루어진 정치 공간 연구, 소비 공간 연구, 공공 공간 연구, 그리고 공간 정의 문제에 관한 연구를 각각 다루고자 한다. 이러한 분류는 상대적인 것으로, 공공 공간과 소비 공간 역시 정치와 밀접하게 연결되어 있으며, 하나의 공간이 정치적인 동시에 공공적이고 소비적인 특성을 가질 수도 있다. 이렇게 분류한 이유는 분석의 편의를 위한 것이기도 하고, 특정 공간의 기능이 어느 정도 중점을 두고 있다는 점 때문이기도 하다.

(1) 국가 권력 의지가 주도하는 정치 공간의 생산

정치 공간은 특정 정치적 이념이나 사상을 전달하거나 표현하기 위해 생산된 공간을 의미한다. 현대 중국에서 이러한 성격의 공간은 매우 많으며, 그중 대표적인 예가 톈안먼 광장이다. 홍콩 학자 홍창타이(洪长泰)는 톈안먼 광장의 개조 및 확장 과정을 상세히 추적하고 분석하였다. 그는 이 연구를 통해 중국 공산당의 정치적 의도가 어떻게 단계적으로 이 공간의 생산을 주도했는지를 밝혀냈다.[31]

홍창타이는 톈안먼 광장의 개조와 확장 과정에서 공산당과 정부, 중국의 건축 전문가, 소련의 건축 전문가라는 세 가지 주요 세력이 참여했다고 분석한다. 이들 세력은 각각의 입장을 바탕으로 끊임없이 협상과 갈등을 반복했으며, 최종적으로 공산당의 정치적 의도가 우위를 점하면서 톈안먼 광장은 완전히 전형적인 정치 공간으로 자리 잡게 되었다. 베이징, 특히 톈안먼 광장은 중국의 정치적 공간으로 기능하기 위해 신중하게 계획되었다. 이는 신중국 건국 이전부터 이미 공산당에 의해 준비되었던 사항이다. 공산당은 베이징 도시의 체계적인 건설을 위해 베이핑(北平)시 도시계획위원회를 설립하였고, 건축학자인 량쓰청(梁思成)이 상임위원으로 참여하였다. 량쓰청은 베이징 구도심의 고풍스러운 건축유산을 보존하면서, 서부 교외에 신도시를 건설하여 이를 베이징의 문화와 정치 중심지로 삼을 것을 제안하였다. 이러한 입장은 량쓰청과 천잔샹(陈占祥)이 공동으로 작성한 「중앙인민정부 행정중심지 위치에 관한 제안」에 구체화되었다. 그러나 이 계획은 여러 이유로 당과 건축학계의 반대에 부딪혔다. 새로운 도시를 건설하는 것은 당시 재정적으로 열악했던 신중국 초기 상황에서 비현실적이라는 점과, 량쓰청과 천잔샹의 계획안이 공산당 중앙의

---

31 洪长泰,「空间与政治: 扩建天安门广场」,『冷战国际史研究』, 2007年

정치적 의도와 부합하지 않는다는 것이 이유였다. 신중국 건국 전, 중공 중앙은 이미 "소비 도시를 생산 도시로 전환"하는 전략을 제시하였고, 베이징은 정치, 문화 중심지일 뿐만 아니라 공업 중심지로 발전해야 했다. 이는 이념적으로 강조된 노동자 계급의 주도적 지위와 부합하며 당시 정치적 방향성과도 일치하였다. 따라서 이 경우, 경제적 고려는 본래 정치적 목적을 포함하고 있었다. 이러한 상황에서 량쓰청의 설계안이 부정된 것은 전혀 놀라운 일이 아니었다.

새 정권이 행정 중심지를 구시가지에 남기려 한 것 또한 정치적 고려에서 비롯된 것이었다. 홍창타이는 중화인민공화국 건국 이전에 마오쩌둥과 중공 중앙위원회가 중난하이로 이주함으로써 옛 봉건 황궁이 사회주의 정치 권력의 중심지가 되었으며, 톈안먼은 마오쩌둥이 중화인민공화국의 건국을 선포한 성지가 되었다고 지적했다. 따라서 사회주의 신중국의 행정 중심지는 전통적인 봉건 왕조의 자금성과 결합되었다. 이는 중국공산당에 중요한 의미를 가지며, 한편으로는 새 정부의 정당성을 확고히 하고, 다른 한편으로는 공산당의 지도 아래 중국이 더 나은 미래로 나아갈 것임을 보여주는 상징이었다. 따라서 정치 중심지를 톈안먼을 중심으로 한 구시가지에 배치하는 것은 공산당에 의해 이미 결정된 사안이었기에, 량쓰청이 문화재 보호를 위해 정치 중심지를 신도시로 이전할 것을 제안한 것은 명백히 공산당의 정치적 고려와 상충되는 것이었다.

소련 전문가들이 중국에 들어온 후, 량쓰청은 이전보다 더욱 강도 높은 비판에 직면하게 되었다. 1949년 9월 중순부터 중소 분열 시점까지 여러 차례에 걸쳐 소련 전문가들이 중국을 방문하여 베이징시와 톈안먼 광장의 계획 및 건설에 참여하였다. 이들은 주로 모스크바의 도시 계획과 붉은 광장 건설 사례를 참고하였다. 핵심 아이디어 중 하나는 신중국의 정치 중심지를 구시가지에 유지하면서, 톈안먼 광장을 확장하여 국가적인 축하 행사, 군사 퍼레이드, 군중 행진을 위한 장소로 활용하는 것이었다.

이러한 발상은 공산당의 계획 방향과 명백히 부합하였다. 그러나 톈안먼 광장의 확장 규모와 장안로의 폭 등을 두고 소련 전문가들과 공산당 간의 의견 충돌이 발생하였고, 중소 관계가 악화되면서 이러한 갈등은 민족적 자존심의 문제로까지 번지게 되었다. 결국 대규모 철거 작업을 거쳐 톈안먼 광장은 44헥타르라는 거대한 규모로 확장되었는데, 이는 붉은 광장의 약 다섯 배에 달하는 크기였다. 장안대로의 폭은 소련 전문가들이 제안한 최대 폭인 40~50미터를 훨씬 넘어섰으며, 주요 간선도로는 110~120미터, 주요 간선도로는 60~90미터, 차순위 간선도로는 40~50미터, 지선은 30~40미터로 확장되어 소련 붉은 광장 주변 도로의 폭을 크게 초과하였다. 한편 공산당은 톈안먼 광장을 엄숙하고 기념적인 건축물로만 제한하고, 대규모 인파나 차량이 자주 모이는 행사장으로 개조해서는 안 된다는 소련 전문가들의 제안은 수용하였다. 공산당이 이러한 권고를 받아들인 것은 그 내용이 공산당의 정치적 의도와 부합했기 때문으로 보인다.

요컨대, 톈안먼 광장의 확장은 단순한 건축 프로젝트가 아니라 중요한 정치적 사건으로, 중국 공산당이 전통의 신성한 공간을 개조하여 정당성을 확립하고 동시에 중국의 주권을 선언하려는 의도를 나타낸다. 이 과정에서 다양한 세력 간의 갈등이 있었지만, 결국 당의 의지가 주도권을 차지하였다. 심지어 민족주의적 감정도 당의 이념적 목적에 종속되었다. 따라서 "정치사적 관점에서 볼 때, 톈안먼 광장의 변화는 중국 공산당 정권의 내부적(권력의 확립과 공고화), 외부적(소련과 서방 제국주의 세력에 대한 대응) 정책을 보여준다." 이렇게 전형적인 정치 공간으로서 톈안먼 광장이 확립되었다.

톈안먼 확장 과정은 공간 생산에서 어떠한 효과적인 반대나 저항에도 직면하지 않는 정치의 절대적 권위와 힘을 확인시켜준다. 이는 거의 다. 그러나 사회가 발전함에 따라 정치 공간은 어느 정도 쇠퇴하거나 심지어 전용되거나 재작성되기도 한다. 후다핑(胡大平)은 「역사적 맥락에서 본 난

징 장강대교: 떠 있는 기표(历史语境中的南京长江大桥——一个能指的漂浮)」[32]에서 난징 장강대교 건설에 담긴 정치 이데올로기와 그것이 상업 경제의 조류 속에서 전유되는 양상을 분석한다.

후다핑은 난징 장강대교의 건설이 초기에는 교통 필요성에서 시작되었지만, 그 과정에서 이 대교는 이데올로기적 기표로 변모했다고 지적한다. "대문자 기호로서 이 대교가 가리키는 것은 교통 기능이 아니라 정치이다."[33] 여기에서 정치적 의미는 중국 인민의 자립을 상징하며, 마오쩌둥 사상과 프롤레타리아 혁명 노선의 위대한 승리를 나타낸다. 이러한 정치적 상징은 여전히 대교 위에 뚜렷하게 남아 있는 장엄한 네 개의 '삼면홍기(三面红旗)' 교두보, 거대한 노동자·농민·병사 조각상 네 개, 붉게 빛나는 혁명 구호와 마오쩌둥 어록 여덟 개, 신중국 건설의 업적을 보여주는 200개의 주"철 부조, 그리고 다수의 해바라기와 노동자·농민·병사를 상징하는 장식들에서 분명히 확인할 수 있다.

따라서, 난징 장강대교는 사회 생활에서 단순한 다리가 아니라 대문자로 된 문화적 상징, 즉 "하나의 정치적 기념비"로 간주된다. 이러한 신성한 맥락에서 대교에 대한 폄하나 경시는 문화대혁명과 중국 혁명에 반대하는 행위로 간주될 수 있다.[34]

그러나 중국의 개혁개방이 급속히 진행됨에 따라, 대교가 처음에 담고 있던 정치적 이데올로기는 점차 희석되었고, 심지어 상업적으로 전용되기까지 했다. 예를 들어, 다리 위에 상업 광고가 등장하거나, 포토존이 마련되는 등의 현상이 나타났다. 이는 대교의 본래 이데올로기의 전용, 혹은 상업이 정치적 의미를 차용한 것으로, 정치적 이데올로기가 일상생활

---

32 陶东风, 周宪 주편, 『文化研究』(10辑), 社会科学文献出版社, 2010년

33 상동, 126쪽

34 상동, 129쪽

속에서 "탈주술화"되고 있음을 보여준다. 다시 말해, 전통적인 정치적 이데올로기가 느슨해지고, 높은 일체성을 지녔던 혁명적 이데올로기 분위기가 보다 관용적이고 개방적으로 변했음을 알 수 있다.

만약 난징 장강대교의 발전사가 정치가 끊임없이 전용된 과정이라고 말할 수 있다면, 후헝(胡恒)은 「혁명사, 쾌감, 모더니즘(革命史, 快感, 現代主义)」이라는 글에서 "신사군(新四軍) 강남지휘부 기념관"(줄여서 "N4A 기념관")의 구관과 신관에 대한 심도 있는 비교 분석을 통해 정치적 공간이 어떻게 재구성되었는지를 보여준다.

후헝은 N4A 기념관 신관 이전의 신사군 기념관들이 모두 "혁명전통 교육과 애국주의 교육"의 필요에서 비롯되었음을 지적한다. 이 기념관들의 기본적인 설계 방식은 과거에 대한 서사를 매우 직접적으로 제시하는 데 초점이 맞춰져 있다. 우선, 역사적 사건이 발생한 장소를 보존하고 이를 고정화한다. 예를 들어, 안후이성 징현의 신사군 군부 옛터 전시관은 약 15km 범위 내의 13개 자연 마을에 분산되어 있으며, 건축물은 단순히 보강과 유지 보수만 이루어진 상태이다. 리양의 N4A 구관 원래 부지는 명나라 만력 연간에 지어진 사당이다. 실내 전시는 주로 "원상 복원 전시"(사건 발생지의 장면과 인물 활동을 기념하는 방식)를 중심으로 구성되며, 기타 보충 자료를 제공하는 "보조 전시"(기타 보충 자료)는 상대적으로 적다. 마지막으로, 테마 기념물(기념비, 조각상, 휘호 등)을 추가하여 서사를 완성한다. 이러한 방식은 비교적 규범적이고 성숙한 서사 모델을 형성하며, 그 목표는 혁명전통 교육과 애국주의 교육에 있다.

그러나 사회경제의 급속한 발전과 홍색관광의 부상에 따라, 혁명의 역사는 경제 발전과 긴밀하게 결합되었다. 우선, 신관의 공간적 특성은 명백히 홍색관광을 목적으로 설립되었다. 이는 거대한 종합 기념광장 계획의 일환으로서 하나의 표준화된 인공물이다. 다음으로, 신관은 보다 복잡한 모더니즘 건축 기법을 채택하였고 시각적 요소는 완전히 기호화되었다. 마지막으로, 전시 공간은 테마에 따라 다양한 현대적 멀티미디어 기술이 사용되었다.

필자는 이러한 개조를 통해 구관이 지니고 있던 "본질적인 특성"의 충격력이 사라지면서, 역사적 쾌감의 핵심이 드러날 기회를 제공하였다. 이는 마치 보이지 않는 손과도 같아, 모더니즘 형식 체계, 현재의 이데올로기, 열악한 기술 조건, 혁명 전쟁사, 그리고 양식화된 민가 전통 등을 모두 기호 게임의 참여자로, 평등한 기호 구성 요소로 전환시켰다.[35] 이에 따라, 의미, 기호, 모더니즘 형식 체계는 새로운 3요소로 자리 잡으며, 원 부지의 건축, 유물, 유골이라는 과거의 3요소를 대체하였다. 이와 동시에, 이른바 혁명 역사에 대한 전설(예를 들어, 전장(鎭江)의 마오산(茅山) 기념관 산 기슭에서 폭죽을 터뜨리면 기념비에서 "띠띠따띠띠, 띠띠따띠띠…"하며 군호 소리가 뚜렷하게 들린다는 이야기)은 혁명 역사에 대한 존경이라기보다는 오히려 그것을 오락화한 것에 가깝다. 이로써 "(투명하고 공개적인) 과학적 진리와 (감추어진) 귀신설이 이처럼 기이하게 뒤섞여, 숭배자는 이러한 극단적 모순 상태에서 거대한 쾌감을 얻게 된다"고 묘사된다.[36] 그리고 결국 이 즐거움은 금전적 이익으로 이어진다. 군호 이야기는 기념관이 "홍색 관광"을 개발하기 위한 대표 프로젝트가 되었다.

필자는 리양 N4A 신관이 미래적 경향을 대표한다고 지적한다. "휴식형 공간 조합, 수수께끼 같은 이미지 은유, 오락적인 게임 세계가 쾌감의 다양한 소비 형태를 한데 모아 전시하고 있다".[37] 우리는 가벼운 마음으로 이러한 대중적 쾌감의 정원을 받아들이고 즐길 수 있다. 이로써 정치적 공간은 철저히 재구성되었다.

---

35 陶东风, 周宪 주편, 『文化研究』(10辑), 社会科学文献出版社, 2010년, 309—310쪽

36 陶东风, 周宪 주편, 『文化研究』(10辑), 社会科学文献出版社, 2010년, 3119쪽

37 상동, 312쪽.

(2) 틈새 공간의 저항

정치적 공간은 자본에 의해 전유되거나 재작성될 수 있으며, 그러한 저항이나 도전의 효과가 미약하더라도 직접적으로 도전하거나 저항할 수 있다. 퉁창, 리즈밍 등의 틈새 공간과 성중촌에 대한 연구는 이러한 점을 반영한다.

퉁창은『권력, 자본, 틈새 공간(权力, 资本与缝隙空间)』[38]에서 틈새 정치학을 분석하며 틈새 속에서 이루어지는 권력 투쟁을 드러낸다. 퉁창은 틈새가 객관적으로 존재하며, 그 특성상 제거될 수 없는 것이라고 본다. 인간과 사회적 실천 활동이 존재하는 한, 틈새는 필연적으로 발생한다. 틈새의 출처는 두 가지로 나뉘는데, 하나는 물리적이고 구체적인 틈새로, 예를 들어 도시와 농촌의 경계, 성중촌, 외딴 골목, 교각 아래, 배수로 등이 이에 해당한다. 다른 하나는 다양한 공식적이고 정규적인 공간을 전용하여 만들어진 틈새로, 노점상, 불법 건축물 등이 이에 해당한다. 저자는 이 두 번째 유형의 틈새에 더욱 주목한다. 이는 비공식적이고, 비가시적이며, 불확정적인 공간으로, 관련 당국이나 법적으로 공식적인 허가를 받을 수 없는 공간이다. 이러한 공간은 애매한 점유 형태로 거리, 골목, 담벼락 사이, 고층 건물 뒤편 등에서 나타난다. 이러한 틈새는 언제든지 생성될 수 있지만, 동시에 언제든지 제거될 가능성도 있다.

퉁창은 "틈새 공간"을 전유하는 이들이 사회 계층 중 가장 주변부에 위치한 최하층 집단이라고 지적한다. 이들은 주로 외지인, 쓰레기를 줍는 사람들, 정당한 직업이 없는 이들로 구성되며, 정식 혹은 준정식 직위를 얻을 가능성이 거의 없고, 독립적인 경제 활동을 하기도 어렵다. 이로 인해 이들은 틈새나 구석 같은 주변화되고 틈새화된 공간을 점유하게 된다.

---

38 상동

통창은 구체적인 관찰을 통해 난징 신제커우의 가장 번화한 지역인 더지 광장 2기 공사 현장 외부에서 외지 출신 쓰레기 줍는 사람들이 매일 광고 등 아래에서 쓰레기를 뒤지고, 건조시키고, 정리하는 모습을 묘사하였다. 필자의 관점에서 이는 중심 공간, 정상 공간을 전유하여 자신만의 틈새 공간을 형성하는 전형적인 행동으로 간주된다. 바로 이러한 틈새 공간에서 약자와 최하층 사람들은 자신들만의 틈새화된 생존 원칙을 형성한다. "감시가 있으면 떠나고, 감시가 없으면 다시 오며, 빈틈이 보이면 파고들고, 틈새가 보이면 차지한다"는 방식으로, 그들은 이러한 원칙에 따라 생존을 이어간다.

통창은 "중심-주변" 사회 구조 모델에 대한 비판적 분석을 통해 틈새 공간의 혁명적 의미를 설명한다. 그는 "중심-주변" 모델이 사회 구조를 극도로 단순화한 인식 방식이라고 지적한다. 이 모델에서는 특정 계층이 중심 영역에 위치하고, 다른 계층이 중간 지대를 차지하며, 주변화된 계층, 즉 사회 하층은 좁은 틈새나 주변에 머물 수밖에 없다는 구조를 전제로 한다. 통창은 이러한 "중심-주변" 모델이 "이데올로기적 구성의 결과"라고 주장한다.[39] 이는 현실의 복잡성을 은폐하고 특정한 안정된 공간적 구도를 만들어낸다. 그러나 현실에서는 중심과 주변의 구분이 절대적이지 않고 상대적일 뿐이다. 주변은 항상 특정 중심에 대해 상대적으로 정의되며, 중심이 달라지면 주변 지역 역시 변화한다. 중심과 주변의 구분은 다양한 사회적 힘들의 경쟁과 갈등의 결과이며, 이는 언제든 변동할 가능성을 지닌다. 따라서 순수한 중심도 없고 고정된 주변도 없으며, 이들은 다양한 사회적 활동과 사회 관계의 미묘한 변화에 따라 끊임없이 달라진다. 특히 중요한 점은 다수의 틈새, 구멍 등 이질적 공간이 중심으로 스며들어 마치 결정체가 성장하듯 중심 공간 위로 확장되며 거대한 군집

---

39 陶东风, 周宪 주편, 『文化研究』(10辑), 社会科学文献出版社, 2010년, 101쪽

을 형성한다는 것이다. 이러한 과정은 중심 공간 지대에 "균열"을 만들어 내며, 중심과 주변의 경계를 흔들리게 한다. 통창은 이를 중심에 대한 일종의 저항으로 보며, 심지어 새로운 중심을 형성할 수도 있다고 한다. 예를 들어 난징시 주장로의 전자상가 거리와 같은 사례가 그것이다. 그는 사회 운영이 고도로 기술화되는 과정에서 틈새의 대량 발생이 점점 더 불가피해지고 있다고 본다. 그 이유는 두 가지이다. 첫째, 지배적 구조의 축소로 인해 주변화된 노동 직군의 비중이 점점 더 커지고 있다. 둘째, 노동 제품의 생산이 점점 더 전문화되고, 작업 단계가 세분화되면서 개인의 노동 자체가 점점 더 분절화되고 단편화되고 있다. 이로 인해 어떤 개인도 중요한 가치를 지니거나 중심에 위치하기 어려운 상황이 되었으며, 주변화가 점점 더 보편화되고 있다(혹은 본래부터 보편적인 현상이었을 수도 있다). 다만, 다양한 "중심" 이론과 소비 중심의 동력이 이러한 사실을 은폐하며 사람들에게 허구적인 중심감을 제공하고 있을 뿐이다. 다시 말해, 중심은 인위적으로 만들어진 이데올로기적 허구에 불과하며, 주변과 틈새야말로 생활 구조의 상례적 상태라는 것이다. 따라서 어떤 공간도 절대적이거나 고정적인 것은 없으며, 모든 것은 동적인 투쟁과 경쟁 속에서 끊임없이 변화하며 상호 전환될 가능성을 지닌다. 이러한 인식은 "사회 공간의 동적 성격, 유동성, 상호작용성, 그리고 네트워크화를 강조"[40]하며, 공간의 생산과 변혁을 이해하는 데 있어 중요한 의미를 갖는다.

틈새 공간 생산의 권력 게임은 성중촌과 불법 건물에서 더 분명하게 드러난다. 『공간, 권력 그리고 저항: 성중촌의 불법 건축에 대한 공간적 정치적 분석(空间, 权力与反抗: 城中村违法建设的空间政治解析)』에서 리즈밍(李志明)은 성중촌의 권력 투쟁과 불법 건축을 분석한다. 그는 성중촌이 사회

40 殷曼楟, 『縫隙空間与都市中的社会认同危机(回应)』, 陶东风, 周宪 주편, 『文化研究』(10 辑), 社会科学文献出版社, 2010년, 111쪽

적 특성과 사회적 관계를 반영하는 특별한 공간이라고 지적했다. 성중촌은 원래 도시와 농촌의 경계에 위치한 농촌 집단 거주지로, 주로 외지에서 온 노동자들과 기타 유동 인구가 거주하는 공간이었다. 이들은 사회적 하층 또는 약자 계층에 속하는 이들이었다. 그러나 시간이 지나면서 성중촌은 점차 도시 내 쇠퇴하고 낙후된 "문제 지역"으로 변모하게 되었다. 이러한 변화는 리즈밍의 관점에서 "사회적 구성의 결과이자, 정체성 정치(특히 정부 관리 부서의 정체성 인식)의 영향을 받은 산물"[41]이다. 이러한 사회적 구성의 기초는 주로 국가가 시행한 호구 제도와 집단 토지 제도에서 비롯되었다고 저자는 강조한다.

저자는 호구 제도와 집단 토지 제도라는 두 가지 제도적 형태를 일종의 분류 통제 기술로 간주한다. 이 제도는 호구를 농업 호구와 비농업 호구로 나누어 인구를 인위적으로 공간에 따라 구분하고, 엄격한 공간 경계를 형성함으로써 공간 정화와 사회 통제라는 기능을 수행한다. 집단 토지 제도에서의 분류 통제 전략은 더욱 뚜렷하게 드러난다. 이는 집단 토지가 임의로 매매될 수 없다는 점에서 명확히 나타난다. "집단 토지는 국가의 수용을 통해 국유지로 전환된 후에야 비로소 매각, 양도, 임대가 가능하다."[42] 이러한 제도의 통치 결과는 모두 배제적이며, "공간 정화"의 효과를 낳는다. 이는 농촌의 발전과 농민의 권익을 국가 발전의 주도적 담론 밖으로 배제하는 역할을 한다. 이러한 제도는 이 공간에 거주하는 사람들의 추가적인 발전 기회와 자원에 대한 접근을 제한하며, 심지어 기회와 자원의 부족으로 인한 악순환을 초래할 가능성이 있다. 이러한 악순환은 성중촌이 한 번 형성되면 쇠퇴와 낙후라는 상황에서 벗어나기 어려운 이유이며, 궁극적으로 성중촌이 "문제 지역"으로 자리 잡게 되는 원인이다.

---

41 李志明, 『空间, 权力与反抗: 城中村违法建设的空间政治解析』, 东南大学出版社, 2009년, 140쪽

42 상동, 55쪽

그러나 성중촌이 저항을 전혀 하지 않는 것은 아니다. 저자는 푸코와 저항 지리학의 관련 이론을 인용하며, 공간이 저항 행위가 가능해지는 중요한 차원임을 강조한다. 저항은 공간을 무시하거나 피할 수 없으며, 항상 공간을 점유하고, 활용하고, 변형하려는 시도를 통해 자신만의 대안적 공간을 창조하려 한다.[43] 성중촌의 경우, 저자는 성중촌이 주변화된 지역 실체로서 이러한 주변 공간을 점유하고 탈취한 사례라고 본다. 토지를 떠난 성중촌의 농민들은 자신들만의 대안적 공간을 창출하고, 이 주변 공간에 대한 새로운 정체성 정치를 구축하였다. 이를 통해 (비록 일시적일 수 있지만) 국가가 이 주변 공간에 대해 행사하던 통제와 지배를 효과적으로 약화시키고, 성중촌 지역에서 국가 권력의 통치 논리를 저지하였다.

성중촌의 불법 건축에서 가장 중요한 특징은 공간의 점유이다. 이는 특정 시점에서 성중촌의 집단 토지를 점유하는 행위로, 드세토의 이론을 빌리자면 이러한 공간 전략은 일종의 공간 전술이다. 이는 "강자가 장악한 장소를 약자가 자신을 위해 전략적으로 전유하고 점유하며(비록 이러한 점유는 일반적으로 오래 지속되지는 않지만), 본래 자신들에게 속하지 않았던 이 공간을 일시적으로 자신들의 생존 공간으로 전환시키는 것"을 의미한다. 이러한 생존 공간은 성중촌 내에 광범위하게 분포하며, 주로 증축 및 개조 형태로 이루어진 불법 건축물들로 나타난다. "결과적으로, 이렇게 약자가 전유하고 점유한 공간은 강자가 장악한 장소의 질서와 발전 논리를 방해하거나 일정 부분 약화시킨다. 이는 강자가 장악한 장소에 약자가 도전하는 하나의 행위 예술이며, 이러한 공간 전술은 저항의 공간성에 내포된 진정한 사회적 의미이다."[44]

따라서 성중촌 공간은 강자의 권력 행사를 위한 도구일 뿐만 아니라

43 상동, 695쪽
44 李志明, 『空間, 权力与反抗: 城中村违法建设的空間政治解析』, 东南大学出版社, 2009년, 125—126쪽

약자의 전략적 저항을 위한 무기이기도 하다. 성중촌의 불법건축의 결과를 보면 불법건축을 위한 실질적이고 물질적인 공간 뿐만 아니라 상상의 공간도 창출하는데, 이는 성중촌의 집단적 토지자원을 점유하는 불법행위를 통해 경제적으로 어려운 성중촌 단위의 집단경제조직의 정의로운 공간권리에 대한 갈망과 바램을 위탁하는 것이기 때문이다. 저자는 이러한 불법 공간 건설이라는 행위는 "국가의 정통 법과 제도에 도전할 뿐만 아니라 새로운 물리적 공간 질서를 수립하며, 공간 질서는 도시와 농촌 공간에 대한 국가의 통치 관행을 어느 정도 파괴하고 방해하며 심지어 해체한다"고 지적한다.[45]

결론적으로, 성중촌과 그 불법 건축은 단순히 법률적인 문제로 국한되지 않는다. 그 속에는 농민과 농촌을 상대로 국가 권력이 공간을 구성하는 방식이 포함되어 있으며, 동시에 농민들이 자발적으로 펼치는 공간적 저항도 내포되어 있다. 따라서 성중촌과 그 불법 건축은 권력 싸움의 공간이라 할 수 있다.

3. 소비공간 연구

만약 정치적 공간의 생산에서 국가 권력이 주도적인 역할을 하며 그 목적이 대중에 대한 규율이라면, 소비 공간에서는 자본이 주도적인 위치를 차지하며, 그 목적은 명백히 상업적 이익의 실현에 있다. 그러나 소비 공간의 생산은 조금 더 복잡하다. 자본은 국가 권력, 근대성, 그리고 대중의 저항 등과 밀접한 관계를 맺고 있기 때문이다. 이에 대해 많은 학자들이 비교적 상세한 분석을 시도해왔다.

---

[45] 상동, 144쪽

(1) 아류 디즈니 소비 공간의 생산

소비 공간 생산의 중요한 방식 중의 하나는 역사문화유산의 전유이다. 이는 상하이의 "신톈디(新天地)", 난징의 "1912"와 같은 사례를 비롯해 전국적으로 유사한 소비 공간 생산에서 전형적으로 드러난다. 예를 들어, 상하이의 "신톈디"는 상하이의 옛 주거 양식인 스쿠먼(石库门)을 성공적으로 활용하였고, 난징의 "1912"는 신제커우 근처에 위치한 민국 시기의 건축군을 주로 이용하였다.

스쿠먼과 민국 건축군과 같이 근대 스타일의 건축물을 개조 대상으로 선택한 이유는 무엇일까? 장징샹(张京祥)과 덩화위안(邓化媛)은 「공간 생산에서 도시 소비 공간 만들기(空间生产中的城市消费空间塑造)」라는 글에서 그 이유를 분석했다. 첫째, 근현대의 생활사는 오늘날의 세계와 거리가 그리 멀지 않다. 많은 물질적, 정신적 문화가 여전히 사람들의 기억 속에 명확하면서도 희미하게 남아있어, 아련한 친근감을 불러일으킨다. 이러한 느낌은 소비 공간이 활용할 수 있는 가장 큰 매력, 즉 이른바 "장소적 가치"로 작용한다. 둘째, 근현대 생활문화 경관은 오랫동안 상하이의 "십리양장(十里洋场)"으로 대표되는 "기호화"된 표상을 통해 정교하고, 따뜻하며, 소위 쁘띠부르주아적 생활의 상징으로 인식되어왔다. 이는 상당수 도시 중산층과 부유층의 소비 심리와 완벽히 부합하며, 상업 자본이 활용할 수 있는 최적의 소재가 된다. 셋째, 건축과 도시의 물리적 공간 관점에서 보면, 근현대 스타일의 건축물과 거리들은 많은 도시에서 양호한 물질 유산으로 남아 있다. 중국의 현행 역사문물 및 관광도시 보호법규는 이러한 건축물의 보호와 활용에 대해 명확한 제한을 두고 있지 않아, 실내 기능 전환과 외부 경관 재구성이 비교적 유연하고 적응 가능하다. 이는 상업 개발의 내용과 방식에 큰 융통성을 제공한다. 마지막으로, 과거 개항 도시의 근현대 스타일의 건축물들은 동서양이 융합된 양식을 특징으로 한다. 이러한 스타일은 오늘날 글로벌화와 지역화의 완벽한 융합이라는 목표와도 잘 맞아떨어진다. 이에 따라, 도시 근현대 역사 건축물과 거리의 기능적 부활은 도시 경관과 문화적 정체성을 조형하는 최적의 수단으로 자리 잡으며, 사회 각계의 폭넓은 인정을 받기 쉽다.[46]

이 지점에서 우리는 소비 공간의 생산에서 문화(예: 근대 문화)가 중요한 기능을 담당하고 있음을 확인할 수 있다. 그러나 문제는, 이러한 소비 공간의 생산에서 활용되는 문화가 과연 어떤 종류의 문화인가 하는 것이다. 그것은 역사적으로 실재했던 진정한 문화일까? 많은 학자들은 소비 공간에서 활용되는 문화가 더 이상 진정한 역사 문화가 아니라, 변형되고 기호화된 문화라고 지적한다. 장징샹과 덩화위안은 사람들이 감탄하는 스쿠먼과 민국 건축이 단순히 그 건축물 자체만을 의미하지 않는다고 설명한다. 오히려 그 건축물 뒤에 숨겨진 민국 시기의 정취, 쁘띠부르주아적 생활, 그리고 옛 문인들의 풍류와 낭만적 "과거"를 떠올리게 하는 요소들이 주목받는 것이다. 다시 말해, 이러한 건축물은 이미 노스탤지어의 기호로 전환되었다. 노스탤지어는 새로운 소비 대상이 되었고, 사람들의 기억 속에서 충돌과 접합을 이루며(예: "어제와 내일이 오늘에서 만난다"는 상하이 신톈디의 홍보 문구), 나아가 다양한 소비형 상업 공간으로 물화되었다. 이러한 공간은 사람들의 소비 욕망을 자극하는 데 크게 기여하고 있다. 도시 계획가와 건축 설계자는 상업 자본의 의도에 따라, "상징적이고", "기호화된", "몽환적이고", "초현실적인" 이미지 디자인을 활용하여 사람들이 일상의 진부함에서 잠시 벗어나 "의식화된, 즐거운 신성 공간"으로 상승할 수 있도록 의도한다. 그 결과, 도시의 공공 공간은 초현실적인 안식처로 변모하게 된다. 여기에서 자본과 문화(상업 자본에 의해 의도적으로 발굴되고 강조된 특정 문화)는 "완벽한 결합"을 이룬다. 장징샹과 덩화위안

---

46 陶东风, 周宪 주편, 『文化研究』(10辑), 社会科学文献出版社, 2010년, 28—229쪽

은 이러한 결합의 결과를 "아류 디즈니"로 설명하며, 이는 도시 공간의 상업적 활력을 자극하고 자본의 증식을 충족하기 위해, 도시 계획 설계에서 대량으로 디즈니 공간 특유의 "현실을 초월한, 꿈같으면서도 진짜 같은" 표현 방식을 도입한 현상으로 본다. 이 과정에서, 전통 역사 장소의 잔존물처럼, 사람들에게 따뜻한 기억과 무한한 상상을 불러일으킬 수 있는 특정 공간 요소와 문화 기호가 활용된다. 여기에 현대적 상업 이미지와 내용이 포장되고 운영되면서, 도시 전체가 다양한 문화적 장면과 이국적 경관이 얽힌 하나의 "디즈니 공간"으로 재구성되는 것이다.

(2) 글로벌 자본의 침투

문화와 자본의 결합으로 생산된 이러한 디즈니 공간에는 글로벌화된 모습도 한 몫하면서 노스탤지어의 구성 요소 중 하나로 작용한다. 상하이의 "신텐디"나 난징의 "1912"를 보면, 프랑스, 미국, 영국, 이탈리아, 일본 등 여러 국가와 지역의 분위기를 재현한 레스토랑, 바, 고급 상점, 영화관, 갤러리 등이 곳곳에 자리 잡고 있다. 특히 상하이의 바 문화 자체는 토착화되지 않은 방식으로 도입되었으며, 그 주요 고객층은 외지 소비자들이다. 상하이의 바는 이국적 정취가 한층 짙게 배어 있으며, 각 바는 분위기와 스타일에 경쟁적으로 집중하고, 음식의 맛은 상대적으로 부차적인 요소로 여겨진다.[47] 상하이 형산루의 바 거리인 "동방 샹젤리제(东方香榭丽舍)"라는 별칭은 "소비 공간이 이국적 경관과 외국 정취에 대한 회고와 동경을 얼마나 강하게 담고 있는지, 그리고 '글로벌화' 과정에 편입되고자 하는 강렬한 열망을 얼마나 분명히 보여주는지"를 잘 드러낸다.[48] 글로벌

---

[47] 包亚明等, 『上海酒吧: 空间消费与想象』, 江苏人民出版社, 2001년, 54쪽
[48] 상동, 82—84쪽

화된 패션 소비 요소는 새로운 도시 공간 생산의 주도적 힘이 되었으며, 국제적 소비 트렌드를 쫓는 패션리더 소비층은 이러한 도시 신공간의 주요 목표 고객으로 자리 잡았다.

이로부터 우리는 본토 지역 문화와 글로벌 문화 장면이 병치되고 혼합, 혹은 콜라주되는 공간 생산 현상을 분명히 볼 수 있다. 이는 일종의 포스트모던적 생산 방식이다. 바오야밍은 상하이 신텐디 디자인의 특징을 다음과 같이 설명한다. 신텐디의 디자인은 중국적인 건축 요소인 검정색 문, 문고리, 창문, 지붕 등을 보존하는 한편, 유리와 같은 현대 건축 요소를 융합하였다. 또한 스쿠먼 내부의 분리된 공간을 터서 폐쇄적인 민가를 투명한 공공 공간으로 바꾸었다. 내부에는 중앙 냉난방 시설, 자동 엘리베이터, 광대역 인터넷 등이 추가 설치되어, 상하이에서 가장 활기차고, 가장 오락적이며, 가장 유연한 환경으로 알려진 공간을 조성하였다. 항저우시가 시후(서호) 주변에 조성한 "시후텐디" 1기 프로젝트에서도 동일한 포스트모던적 콜라주 기법이 사용되었다. 흰 벽과 검은 기와, 처마 끝의 조각, 구불구불한 회랑과 같은 전통적 요소를 대규모 유리 구조와 결합하여, 서호를 마주한 신구 혼합의 공간 집합체를 형성하였다. 이후, 충칭시 화룽차오 지역의 구도심 재개발 프로젝트인 "충칭텐디"도 이와 유사한 방식을 따랐다. 이 프로젝트는 충칭 산지의 특색을 반영한 서대문 주택, 붉은 건축물인 홍암혁명기념관, 그리고 국제적 스타일의 상품 주택 단지를 동시에 포함하여, 다양한 요소를 한 공간에 병치하였다.

다음의 글에서는 신텐디에 들어섰을 때의 상황과 느낌을 생생하게 묘사하고 있다.

푸른 벽돌로 이루어진 보행로, 알록달록한 벽돌 담장, 묵직한 검은 칠의 대문, 그리고 바로크 스타일의 소용돌이 모양으로 조각된 문 위의 페디먼트는 마치 시간의 흐름을 거슬러 그 시대로 돌아간 듯한 느낌을 준다.

그러나 스쿠먼 안으로 한 발짝 들어가면 완전히 다른 세계가 펼쳐진다. 본래 가구별로 나뉘어 있던 벽이 모두 허물어져 넓고 개방된 공간이 조성되었으며, 사계절 내내 온화한 중앙 냉난방 시설이 설치되어 있다. 유럽식 벽난로와 소파는 중국식 탁자, 의자와 나란히 놓여 있고, 바와 커피숍, 다실과 중식당이 조화를 이루며 배치되어 있다. 벽에는 현대적인 유화가 걸려 있고, 옆에는 옛날 스타일의 축음기가 조용히 주인의 문화적 취향을 이야기한다. 문 밖으로는 독특한 정취를 자아내는 스쿠먼 골목이 펼쳐져 있고, 문 안으로는 완전히 현대화된 생활 방식이 자리하고 있다. 한 걸음 차이일 뿐이지만, 마치 다른 세상에 온 듯한, 시간을 초월하는 느낌을 선사한다.[49]

이곳에서 콜라주는 단순히 공간적 차원에 국한되지 않고, 시간적 차원에서도 이루어진다. 소비 공간의 생산은 이미 시공간 전반에 걸친 콜라주로 변모했다. 바오야밍은 둥펑루의 바에 대해 이를 묘사하며 설명한다. 이 거리는 방문객들에게 신장위구르 지역의 변방적 호쾌함, 태국의 동남아 정취, 독일의 간결하고 묵직한 스타일, 영국의 신선하고 내성적인 우아함을 동시에 선사한다. 또한, 이 거리에서는 1930~40년대의 십리양장과 오늘날 부흥된 상하이탄을 동시에 경험할 수 있다. 이처럼, 서로 다른 역사적 시기와 서로 다른 지역의 공간들이 이곳에서 상호 중첩되고, 상호 개입하며, 상호 결합되거나 때로는 상호충돌과 대립을 일으킨다. 예를 들어, 영국풍의 사샤(Sasha's)는 한때 장제스와 쑹메이링의 별장으로 전해지며 수많은 호기심 많은 방문객을 끌어모은 사례로, 이러한 시공간적 콜라주의 대표적 사례 중 하나로 꼽힌다.[50]

---

49 「上海石库弄堂的新天地」, 『现代城市研究』, 2002년 제1기
50 包亚明 등, 『上海酒吧: 空间消费与想象』, 江苏人民出版社, 2001년, 86쪽

이러한 포스트모던적 콜라주 방식의 공간 모델은 본질적으로 환상적이고, 비현실적이며, 따라서 평면적이고 피상적이며 역사적 깊이를 결여하고 있다. "이러한 공간이 상하이나 중국에서 나타나는 순간, 그것은 선천적으로 비현실적이며, 이와 연결된 글로벌화된 경험 또한 동일하게 허구라는 비판을 면할 수 없다."[51] 바가 반영하는 세계와 역사는 낭만적이고, 부유하며, 약간은 사치스러운 세계로 묘사되며, 이는 평면적 세계를 제시한다. 역사적 깊이(복잡한 곡절, 투쟁, 갈등, 단절 등)는 화려한 네온사인과 휘황찬란한 분위기 속에서 감춰지고 지워진다. 이곳의 이국적 정취가 반영하는 것은 실제 세계가 아니라, 단지 가상적으로 구축된 세계일 뿐이다.[52] 분명히, 이 가상적인 세계는 상하이의 실제 세계와는 완전히 다르다. 그러나 사실 이러한 소비 공간의 생산 과정에서 추구하는 것이야말로 바로 이 환상성과 불확정성일 수 있으며, 사람들은 이러한 환상 속에서 정신적 만족감이나 문화적 자기 위안을 얻는다. 바오야밍이 말했듯이, "그곳에서 재현되는 것은 유럽이나 홍콩의 일상생활이 아니라 문화적 귀족의 정체성을 검증하는 공간이다. 은은한 촛불 아래에서 그들이 중시하는 것은 술맛보다, 미각의 즐거움이보다 문화적 자기 위안이다."[53] 따라서 소비 공간의 생산은 단순한 물질적 생산이 아니라, 환상의 생산이다. 대중이 소비하는 것은 단지 이 공간에서 판매되는 음식이나 상품만이 아니라, 그 공간이 제공하는 환상과 경험 자체이다.

---

51 상동, 90쪽

52 상동, 114쪽

53 包亚明 등, 『上海酒吧: 空间消费与想象』, 江苏人民出版社, 2001년, 54쪽

(3) 노스탤지어 저항과 그 의의

상술한 바에 따르면, 민국 문화에 대한 노스탤지어나 글로벌 문화에 대한 환상은, 모두 실재하는 것이 아니라 상업 자본이 만들어낸 환상이다. 이는 글로벌 자본주의가 상하이라는 '장소'를 조작하고 서술하는 방식이다.[54] 궁극적인 목적은 물론 높은 상업적 이익을 얻는 것이었다. 그러나 문제는, 소비 대중이 왜 이러한 환상 속에 기꺼이 몰입하며, 자신의 주머니에서 실제 돈을 꺼내어 소비하는 것을 즐기는가이다. 과연 현대 대중은 완전히 조작당한 것인가? 바오야밍 등 학자들은 이에 대해 보다 상세한 분석을 제공하지 않았다. 반면, 판뤼(潘律)는 국가-사회의 관점에서 노스탤지어의 생산 메커니즘과 그 안에서 대중이 보여주는 저항을 보다 세밀하게 분석하였다.

판뤼는 "상하이의 노스탤지어를 단순히 국가나 자본이 세계화라는 게임에 참여하기 위해 만들어낸 결과로만 해석한다면, 국가 내부 권력 구조의 복잡성을 간과할 가능성이 있다"고 지적한다. 따라서 그는 노스탤지어를 단순히 과거를 회고하는 방식으로 보지 않고, 저항의 한 형태로 해석한다. 즉, 중국 근대성의 국가적 서사 속에서 생략된 비판적 목소리를 찾는 하나의 경로로 본 것이다.[55] 저자는 상하이 해파 문화의 형성과 마오 시대 및 개혁개방 초기 상하이 공간의 역사적 형성 과정을 추적하며, "구 상하이의 공간은 가장 복잡한 정치 구조(중국 정권과 외국 조계의 공존)와 가장 다원적인 이데올로기(공산주의, 무정부주의, 민족주의, 쁘띠부르주아주의, 노동자와 학생운동, 비밀 결사, 그리고 식민주의)를 보유하고 있었다"[56]고 지적

---

54 陶东风, 周宪 주편, 『文化研究』(15辑), 社会科学文献出版社, 2013년, 179쪽

55 상동, 180쪽

56 상동

한다. 따라서 노스탤지어는 단순히 과거를 회고하는 것이 아니라, 상하이에 실제로 존재했던 다양성에 대한 추적이라고 볼 수 있다. 상하이가 형성한 해파 문화의 관점에서 볼 때, 이는 서구적 특성과 중국적 특성을 상호 배타적인 것으로 보지 않고, 두 관계를 동보적이고 상호 동화되는 과정으로 유지한다. 상하이 스쿠먼은 상하이 지역 문화가 서구적 근대성을 해석하는 방식을 전형적으로 보여준다. 중국 전통의 중정형 주택과 영국의 연립주택 형식을 결합한 이 공간 구조는 상하이인의 일상생활에서 비롯된 세속적 지혜를 반영한다. 따라서 스쿠먼은 상하이 도시 근대성이 건축으로 구현된 형태라 할 수 있다. 그것은 사실상 "오랫동안 국가 담론에 의해 억압되었던 다원적 도시 서사를 표현한 하나의 방식"[57]이라고 할 수 있다. "이는 지역적 근대성을 재해석하는 본토의 방식으로, 스쿠먼의 독특함은 바로 그것이 근대성을 지역적으로 표현한 방식이다."[58]

마오쩌둥 시대에 상하이는 중국에서 가장 부패한 도시로 간주되었다. 반(反)도시 담론 속에서, 상하이의 은행, 상업 빌딩, 백화점, 극장, 테마파크, 아파트, 그리고 스쿠먼은 실제적이거나 상징적인 측면에서 거대한 전복을 겪었다. 개혁개방 초기에도 상하이는 여전히 외면받으며 발전이 매우 더뎠다. 그러나 20세기 1990년대에 들어 국가 정책의 추진으로 상하이는 급속한 현대화 시기에 접어들었다. 이 시점에서 스쿠먼은 낡고 시대에 뒤떨어진 것으로 간주되어, 현대적 도시 개발 계획과 충돌하였다. 스쿠먼의 철거는 도시 현대화를 실현하기 위한 필연적 과정으로 여겨졌다.[59] 이는 오랜 반(反)도시적 담론의 필연적 결과라고 할 수 있다. 스쿠먼은 오랜 기간 제대로 활용되지 못했고, 과도한 인구 밀도, 부족한 위생 시

---

57 潘律, 『重读上海的怀旧政治: 记忆, 现代性与都市空间』, 陶东风, 周宪 주편, 『文化研究』 (15辑), 社会科学文献出版社, 2013년, 180쪽

58 陶东风, 周宪 주편, 『文化研究』(15辑), 社会科学文献出版社, 2013년, 186쪽

59 상동

설 등 과부하 상태로 방치되었다. 이로 인해 스쿠먼의 가치는 지속적으로 폄하되었고, 결과적으로 스쿠먼 내부에서 이루어지던 지역 주민들의 생활 또한 점차 파괴되었다.

바로 이러한 배경 속에서 신톈디의 스쿠먼 개조는 많은 시민들의 공감을 얻었다(이는 저자의 조사에 의해 입증되었다). 이러한 공감은 대부분의 사람들이 여전히 간직하고 있는 스쿠먼에 대한 생활 기억과, 이전에 스쿠먼이 오랫동안 추하고 낙후된 모습으로 비춰졌던 것과 관련이 깊다. 저자는 다음과 같이 지적한다. "만약 스쿠먼이 오랜 기간 동안 주목받고 보수되었으며, 원래 설계된 인구 밀도를 유지한 채 거주자들이 거주했고, 소유권 변동이 없었다면, 스쿠먼을 보존해야 할지 혹은 누구를 위해 보존하거나 철거해야 할지에 대한 문제가 발생하지 않았을 것이다. 스쿠먼의 몰락과 그것의 환영적 재생은 본질적으로 지역적 담론과 국가적 담론 사이의 긴장 관계의 결과이며, 글로벌 자본은 그 틈을 타 행동했을 뿐이다." 따라서 "신톈디, 혹은 스쿠먼에 대한 노스탤지어는 한편으로는 서구적 근대성이 본토에서 재생됨으로써 만들어진 신선함에 의해 촉진되었으며, 다른 한편으로는 상하이 도시화 과정에서 이루어진 정화 작업에 대한 본토의 반응, 즉 지역적 근대성에 대한 향수로 볼 수 있다." 이러한 노스탤지어는 "한편으로는 원형을 유지하려는 갈망, 곧 권력의 전시로 나타날 수 있지만, 다른 한편으로는 다양성을 추구하거나 심지어 저항의 담론으로도 작용할 수 있다."[60] 이와 같은 연구 접근법은 중국의 특수한 맥락, 특히 마오쩌둥 시대의 혁명 역사와 문화적 맥락을 고려하여 상하이 소비 공간의 저항적 의미를 해석한다는 점에서, 단순히 서구의 소비 문화 비판을 적용하는 것보다 더 큰 현실성과 역사성을 지닌다고 할 수 있다.

따라서 우리는 소비 문화가 반드시 조작적이고, 허구적이며, 비현실적

---

60 상동, 190—191쪽

인 것만은 아님을 알 수 있다. "소비 문화는 역사의 탈주술화를 위한 방식을 제공하여, 어떤 기억의 상처를 치유할 수 있다. 이 상처는 트라우마와 그 트라우마를 이야기하는 것을 억압한 데서 기인한다. 노스탤지어 공간에 대한 소비는 어떤 반기억과 관련이 있다. 이 반기억은 저항의 목소리로 존재하지만, 그것이 반드시 의식적이거나 정치적 의미에서 명확한 것은 아니다. 상하이의 경우, 도시성을 억압받았던 트라우마가 이 도시에서 다시 떠오른 소비주의와 그 서사 속에서 보상받고 있는 듯하다."[61] 이와 같이 저자는 소비 문화의 복잡성을 강조하며, 이는 우리가 근대성과 그 속에서의 노스탤지어를 이해하는 데 중요한 통찰을 제공한다고 볼 수 있다. 그러나 실제 상황은 더 복잡할 수 있다. 소비 과정에서 상징적 보상은 치유를 원하는 사람이라면 누구나 공유할 수 있지만, 물질적 보상은 종종 특정 계층에만 한정된다는 점에서 차이가 존재한다.

따라서 노스탤지어 정치는 모든 계층을 포괄하지 않을 가능성이 크다. 예를 들어, 하층 대중의 경우 경제적 여건이 부족하여 신톈디와 같은 공간에서 소비할 능력이 없으며, 그렇다면 그러한 공간을 통해 저항을 실현하는 것은 애초에 불가능할지도 모른다. 게다가 현대 소비 사회에서 소비주의의 강력한 동화 능력에 어떻게 저항할 수 있는가 하는 문제 역시 매우 복잡하다. 이러한 맥락에서, 노스탤지어 정치는 여전히 복잡한 주제이며, 이를 이해하기 위해서는 더 정밀한 분석과 연구가 필요하다.

(4) 정치권력과 자본의 협력

소비 공간의 생산에는 문화 자본과 상업 자본뿐만 아니라 정치 권력도 관여하고 있다. 치린(祁林)은「중국 현대화 과정의 표상으로서의 공간 은

---

61 陶东风, 周宪 주편,『文化研究』(15辑), 社会科学文献出版社, 2013년, 192쪽

유(응답)(作为中国现代化进程表征的空间隐喻(回应))」[62]에서 상하이 '신톈디'의 발전과 생산에 있어 정치권력의 역할을 설명했다. 다시 말해, 정치 권력이 이러한 공간 생산을 촉진한 것이다. 다만 정치적 개입의 흔적이 상대적으로 은밀하게 드러났을 뿐이라는 것이다.

첫째, 기능적 측면에서 볼 때, "신톈디"는 상하이의 도시 자원을 재활용하고, 원주민들의 주거 문제 해결에 일부 기여하였다. 이러한 성과는 상하이 시 정부의 정치적 업적 중 하나로 평가받고 있다. "신톈디"의 건설은 상하이의 정치적 이미지를 문화적 측면에서 보완하는 사업으로, 상하이 정부의 공공 이미지를 구축하는 데 도움을 준다. 동시에, 정치적 힘은 다시 "신톈디"의 이미지와 품격을 크게 강화하는 역할을 했다.

둘째, "신톈디" 구상의 독특한 점 중 하나는 중국공산당 제1차 전국대표대회 기념지를 완전히 포함하고 있다는 것이다. 이러한 배치는 "신톈디"에 상당한 정치적 우위를 부여하였다. "신톈디"는 자체적으로 정치적 상징과 이를 기반으로 한, 때로는 말로 표현하기 어려운 정치적 자본과 유리한 위치를 점하게 되었다.

셋째, "신톈디"는 건설 이후 상하이의 문화적 상징으로 자리 잡으며, 상하이에서 열린 여러 주요 정치적·상업적 행사에 참여해왔다. 대표적인 사례로, 2010년 상하이 엑스포의 "상하이관" 공간 이미지 조형이 꼽힌다. 상하이관의 전시 주제는 "영원한 신톈디"로 최종 결정되었으며, 이 구호는 "신톈디" 건축군의 문화적 역할과 정치적 표상으로서의 역할을 크게 인정한 것이다. 이로써 "신톈디"는 상하이의 "새로운 랜드마크"로 자리 잡았으며, 동시에 상하이의 정치적 상징에서 필수적인 구성 요소가 되었다.

상하이의 바 문화 형성 역시 국가 권력의 의지를 반영하며, 이는 국가와 자본이 협력하여 작동한 결과로 볼 수 있다. 헝산루에 설치된 알록달

---

62 상동

록한 색깔의 자갈 보행로와 가로수 장식, 도로 양측에 배치된 유럽풍의 보행로 분리대, 그리고 도로를 따라 새로 조성된 다수의 공공 녹지는 국가 정책과 자금의 개입 없이는 불가능했을 것이다. 또한, 상하이 정부는 헝산루의 종합적 관리를 위해 구청장을 의장으로 하고, 상무위원회, 구 건설위원회, 구 시정위원회, 구 도시계획위원회, 구 재정위원회, 구 상공국 등 관련 부서가 참여하는 합동 회의 체제를 구축하였다. 이 회의는 정기적으로 개최되어 헝산루의 종합 관리 방안을 논의하고, 갈등을 조정한다. 더불어, 구 상업 네트워크 사무실 산하에 상설 연락처를 두어 일상적인 관리와 조정 업무를 강화하였다.[63]

따라서 우리는 소비 공간의 생산이 단순히 상업 자본에 의해 이루어진 것이 아님을 알 수 있다. 국가의 정치 권력이 종종 상업 자본과 협력하여 소비 공간을 생산하는 것은 서로의 이해관계가 맞아떨어지기 때문이다. 상업 자본은 정치 권력을 통해 이윤 창출의 통로를 열고, 정치 권력은 상업 자본을 통해 더 큰 정치적 이익을 얻는다. 이로 인해 소비 공간의 생산은 단순하지 않고 복잡한 과정으로 변모하며, 이를 제대로 이해하기 위해서는 보다 심층적인 분석이 필요하다.

4. 공공 공간 연구

공공 공간은 도시 공간의 중요한 구성 요소 중 하나로, 모든 도시는 고유한 공공 공간을 가지고 있다. 공공 공간에는 거리 공간, 광장 공간, 공원 공간, 녹지 공간, 접점 공간, 자연회랑 공간 등이 포함된다.[64] 이 중에

---

63 상동, 84쪽

64 도시의 공공 공간도 각자 다른 각도에서 다르게 구분되어진다. 宛素春 등 편, 『城市空間形態解析』, 科学出版社, 2004년 참조.

서도 거리, 광장, 공원은 가장 중요한 공공 공간으로 꼽힌다. 현대(근대 포함) 중국 도시의 공공 공간은 복잡하고 곡절 많은 발전 과정을 거쳤다.[65] 본 절에서는 도시 공공 공간의 발전사를 살피는 것이 아니라, 중국 공공 공간의 기능과 그 생산 메커니즘을 주로 고찰하고자 한다.

(1) 근대성의 상징으로서의 공공 공간 : 공원

공원은 도시의 중요한 공공 공간이며,[66] 그 의미는 단순히 공공 오락과 사교를 위한 개방적 공간을 제공하는 데 그치지 않는다. 공원은 현대적 도시 생활 이념을 대표하는 공간으로, 현대적 작업·휴식 습관, 여가 개념, 생활 방식, 그리고 현대적인 시정(市政)과 시민에 대한 상상을 포함한다.[67] 그런 의미에서 공원은 현대 도시 문명의 상징이다. 많은 학자들은 중국 근대 공원의 형성과 그 현대적 의미를 정리하고 분석하였다. 전반적으로 볼 때, 청말민초 시기에 공원은 "서구 근대성의 개념이 중국에 도입된 사례"로 간주된다. 이러한 근대성은 두 가지 측면에서 드러난다. 첫째, 국가 권력이 공원의 설계와 계획에 스며들어, 근대적 권력이 미시적이고 일상적인 삶으로 확산되었음을 보여준다. 둘째, 공원이 근대 문화와 문명을 확산시키는 장으로 기능하였다.천윈첸(陈蕴茜)은 「근대성의 상징으로서의 중산공원(作为现代性象征的中山公园)」[68]에서 중산공원의 공간 생산 과정에서 나타난 근대적 특성을 상세히 분석하였다.

---

65 周波, 『城市公共空间的历史演变——以20世纪下半夜中国城市公共空间演变为研究中心』, 박사학위논문, 四川大学, 2005년

66 중국의 공원 개발 과정에 대해서는 李德英, 「城市公共空间与社会生活——以近代城市公园为例」, 『城市史研究』, 19—20辑, 天津社会科学院出版社, 2000년

67 林峥, 「从禁苑到公园——民初北京公共空间的开辟」, 『文化研究』, 15집, 124쪽

68 陶东风, 周宪 주편, 『文化研究』, 10집, 社会科学文献出版社, 2010년

첸윈첸은 이 공원이 중국에 도입된 가장 초기의 근대적 공간 중 하나라고 주장한다. 전통적인 중국에는 진정한 의미에서의 공공 공간이 존재하지 않았기 때문에, 공원의 등장은 중국에서 근대적 공공 공간의 출현을 상징한다. 민국 시기 전국적으로 설립된 수많은 중산공원은 국가 권력의 확장과 이데올로기적 교화를 잘 보여준다.

먼저, 중산공원은 전국적으로 수가 많고, 이름이 통일되었으며, 공간 배치 또한 거의 동일했다. 민국 시기에 전국의 중산공원은 309개나 되었으며, 이처럼 동일한 이름을 가진 공원이 대규모로 존재한 것은 세계 공원사에서 전례 없는 사례이다. 전국적으로 공원을 "중산"이라는 이름으로 통일한 목적은 분명히 쑨원의 국가적 정치 상징으로서의 위상을 확립하고, 이 상징을 대중에게 널리 전파하며, 근대 중국에 대한 국민적 정체성을 강화하려는 데 있었다. 따라서 중산공원 건설 운동은 국가 권력이 미시적 차원까지 깊숙이 작동한 전형적인 사례라 할 수 있다. 이러한 목적에 부합하게, 중산공원은 대개 도시에서 중요한 지역, 특히 중심축 선상에 위치하였다. 이는 과거 전통적 공간 체계에서 이 중심축 선상에 자리 잡고 있던 관청, 학궁(學宮), 사당의 지배적 위치를 대체하는 것이었다. 이와 같은 배치는 공원이 공공 활동 공간으로서 교통 접근성이 편리해야 한다는 점도 관련이 있지만, 더 중요한 이유는 정부가 중산공원의 위상을 부각시키고자 했기 때문이다. 즉, 중산공원을 통해 쑨원의 상징과 국민당 이데올로기의 중심적 지위를 강조하려는 의도가 있었다.

또한, 중산공원은 명확하고 의도적으로 배치된 공간적 상징 체계를 가지고 있었다. 예를 들어, 각지의 중산공원에는 일반적으로 쑨원의 동상, 중산기념당, 기념비, 기념정 등이 마련되어 있었다. 공원 내에는 "민주정"과 "중산정"이 세워졌으며, 공원의 중심에는 쑨원의 동상이 배치되었다. 동상은 주로 청동이나 석조로 만들어졌으며, 동상 아래에는 쑨원의 유훈이 새겨져 있었다. 만약 동상을 설치할 조건이 되지 않는 공원이라면, 대형 초상화나 유화를 대강당이나 주요 홀에 걸어 놓아 사람들이 쑨원을 인식할 수 있도록 하였다. 이러한 동상과 초상화는 중산공원이 쑨원의 상징을 선전하는 기능을 강화하는 데 기여하였다. 많은 사람들이 특히 하층 대중은 쑨원의 동상을 참배하면서 그에 대한 감각적 인식을 형성하였다. 더불어, 공원 입구의 현판에는 일반적으로 "자유", "평등", "박애", "천하위공(天下为公)" 등의 문구가 적혀 있었고, 입구에는 삼민주의 내용을 담은 대련이 걸리는 경우도 있었다. 예컨대 "천하위공"과 "이당치국(以党治国)", "삼민주의"와 "오권헌법(五权宪法)"이 짝을 이루는 식이다. 국민당은 삼민주의의 핵심 키워드를 중산공원 공간에 복제하여, 대중이 쑨원의 사상적 핵심을 시각적으로 직접 이해하도록 하고, 이를 통해 "민중 교화"의 효과를 달성하고자 했다. 이처럼, 중산공원은 정교하게 설계된 공간 배치를 통해 국가 이데올로기를 은밀한 방식으로 공간 속에 충분히 드러냈다. 이는 과거와 다른 새로운 민족 국가를 세우려는 열망을 표현한 것으로, "현대 국가와 민족의 상징 공간"[69]이자 '중국 근대성의 심오한 반영'[70]이기도 하다.

중산공원의 근대성이 드러나는 또 다른 측면은 근대 문화와 근대 문명에 대한 선전과 교육이다. 우선, 중산공원에는 잘 갖추어진 농구장, 테니스장 등의 시설이 마련되어 있었다. 이러한 시설의 목적은 중국인의 체력을 강화하는 데 있었다. 그러나 더 깊은 차원에서 이는 민족적 위기 속에서 근대 중국인이 느꼈던 강국에의 염원을 반영한 것이었다. 둘째, 근대 중국인들이 서구를 따라잡고 이를 능가하려는 꿈을 꾸면서, 서구의 지식 체계와 문화는 중국이 학습하고 숭배하는 대상으로 자리 잡았다. 이에 따라 공원은 서구 지식을 전파하는 매개체로 기능하게 되었다. 민국 시기,

---

69 陶东风, 周宪 주편, 『文化研究』(10辑), 社会科学文献出版社, 2010년, 143쪽
70 상동, 153쪽

정부는 공원을 교육부 관할로 편입하여 사회 교육을 시행하는 기관으로 삼았다. 이에 따라 도서관, 동물원, 박물관, 유물 전시관, 국산품 전시관, 민중 교육관 등의 기관이 중산공원의 제한된 공간 안으로 속속 들어섰다. 이로써 공원은 지식을 전파하고 민중의 문화적 소양을 높이는 공간으로 변모하였다. 예를 들어, 샤먼 중산공원에는 박물관, 도서관, 전시실, 종탑, 동물 사육장이 설립되어 있다. 이러한 공간 시설들은 공간적 의미만으로도 학문 분류 의식과 공공 의식의 확산에 기여하였다. 또한, 이들 내부에 전시된 유물, 전시품, 도서, 신문 등은 근대 과학, 문명, 지식의 전파에 적극적인 역할을 했다. 따라서 대중 교육관이 중산공원에 들어섬으로써, 대중을 규율하고 문화적 소양을 향상시키는 데 유리한 환경을 조성하였다.

민국 시기에 이처럼 방대한 중산공원 네트워크가 등장한 것은 근대 민족 국가의 통일화와 규범화의 산물로, 근대성을 잘 드러내는 사례이다. 그 원인을 살펴보면, 근대 중국은 오랫동안 외세의 침략에 시달리며 민족 전체가 민족적 위기를 극복하고 독립과 부강으로 나아가려는 강렬한 염원을 품게 되었다. 이 민족적 꿈은 서구 근대 문명을 본보기로 삼고 계몽 정신을 자극원으로 하며, 진화론의 강력한 영향을 받아 도구적 이성을 사고방식의 기본 틀로 하는 심리적 패턴을 형성했다. 이는 곧 중국의 계몽 근대성이라 할 수 있다. 중산공원의 공간적 구성은 이러한 근대성을 매우 잘 반영하고 있다. 특히, 공원은 일상생활 속에서 정치적 이데올로기의 속성을 드러내고 국민 규율을 강화하는 특성을 지니고 있다. 이는 곧 중국의 지역적 특성을 지닌 근대성의 탄생을 상징하는 중요한 지표라 할 수 있다.[71]

71 胡俊修, 李勇军, 「近代城市公共活动空间与市民生活——以汉口中山公园(1929—1949)为 表述中心」, 『甘肃社会科学』, 2009년 제1기

(2) 국가와 자본의 주도 하에 공공 공간의 생산

현대 중국의 공공 공간 생산에서 국가 권력이 참여하는 것 외에 또 다른 중요한 힘은 바로 자본이다. 더욱이, 국가와 자본은 종종 상호 이용하며, 결국 각자의 이익을 달성하는 데 협력한다. 이 과정에서 공공 공간의 공공성은 국가와 자본 모두가 자신들의 행위를 정당화하는 명분으로 사용되곤 한다.

정융(郑勇)은 그의 석사 논문 『"광장"의 흥망성쇠("广场"的兴盛与衰败)』에서 민족지학적 접근을 통해 도시의 중심 광장의 흥망사를 보여준다. 이를 통해 우리는 국가의 정치 권력과 시장 자본의 힘이 어떻게 광장이라는 공공 공간의 생산과 변혁을 주도했는지를 명확히 이해할 수 있다.

저자가 분석한 광장은 산둥성 남서부 옌후진(沿湖镇) 중심 지역에 위치한 광장이다. 신중국 성립 이전, 이곳은 농민들이 밀을 찧고, 곡식을 말리며, 밀짚과 옥수수대를 쌓아두기 위해 마련한 빈 공터였다. 신중국 성립 초기 집단화 과정에서, 정부는 통합 관리를 실시하고 회의를 자주 개최해야 하기 때문에 충분히 많은 인원을 수용할 수 있는 대형 회의장이 필요했다. 이에 따라 광장의 서쪽에 극장을 건설하기로 결정하였고, 이는 회의 개최를 용이하게 했다. 동시에, 정부의 행정 기관도 광장 북서쪽에 위치한 주가대원(周家大院)에 입주하게 되면서, 광장은 옌후진에서 중요한 위치를 차지하게 되었다. 이로 인해 정치적 기능이 두드러지기 시작했으며, 이에 따라 상점과 문화·오락 활동(예: 민간 연극 공연)도 증가하였다. 이러한 변화는 인민공사 시기에 절정을 이루었다. 이 시기의 광장에서는 정치가 가장 중요한 기능으로 자리 잡았으며, 정치적 역할이 광장의 발전과 흥성의 주요 동력이 되었다. 1980년대 초반, 광장 내 시장이 더욱 번창하면서 광장은 정치·경제·문화·레저 및 오락의 중심지가 되었고, 다양한 기능이 결합된 다목적 공간으로 발전하였다. 이 시기에 광장은 전성기에 접어들었다.

1984년 5월, 옌후진이 정치 체제 개혁을 시행하면서 정부는 주가대원에 있던 행정 사무소를 진 중심 거리의 동쪽 끝, 성(省) 지방도로에 가까운 위치에 새로 지은 정부 청사로 이전하였다. 이로 인해 진 정부가 광장에서 이탈하면서, 광장의 기능이 변화하기 시작했다. 이전에는 정치적 활동이 지배적이었으나, 이제는 그러한 역할이 약화되었다. 다만 극장에서 대규모 회의를 열거나 촌 간부 선거를 진행할 때에만 정치적 기능이 두드러질 뿐이었다. 한편, 시장 교역의 활성화와 특히 옌후진의 수산 양식업이 발전하면서, 광장은 점차 경제 활동이 주도하는 공간으로 변모하였다.

그러나 1990년대 중후반에 수산시장의 급격한 확장이 광장의 수용 능력을 초과하면서 광장 시장이 진의 중심가로 이동하기 시작하였다. 이로 인해 광장 시장은 쇠퇴의 길을 걷게 되었다. 그 이후, 극장의 폐쇄와 텔레비전 및 인터넷과 같은 새로운 공공 공간의 등장으로 광장이 담당했던 기능들이 대체되면서, 광장은 빠르게 쇠락의 길로 접어들었다. 2009년경, 진 정부는 전체적인 도시 개발 계획을 발표하며 광장을 포함한 진 전체의 공공 공간을 개조하려고 했으나, 이해관계자들이 많아 계획은 효과적으로 시행되지 못하고 계속 지연되었다.

옌후진의 광장을 보면, 국가 권력과 경제 자본이 공공 공간의 생산과 발전에서 지속적으로 주도적인 역할을 해왔음을 알 수 있다. 이러한 양상은 현재 다른 지역의 도시 계획에서도 동일하게 나타난다. 다만, 현대 도시 계획과 공간 생산 과정에서는 다양한 세력 간의 복잡한 관계와 갈등, 특히 정부의 정치적 권력에 대한 저항이 더욱 부각되고 있다. 실제로 도시 계획과 공간 생산 과정에는 세 가지 주요 세력이 참여한다. 정부는 주로 정치적 이익을 추구하며 공공 공간을 자신들의 권력을 드러내는 수단으로 활용한다. 개발업자들은 경제적 이익을 극대화하기 위해 공공 공간을 상업적 자원으로 본다. 시민들은 보다 많은 여가 공간을 원하며 삶의

편안함과 심리적 만족을 추구한다.[72]

『도시 교통 공학과 공간 사회 관계(城市交通工程与空间社会关系)』에서 쉬젠강(徐建剛) 등은 난징시 한커우로 서쪽 연장 공사를 비판적으로 분석하였다. 이를 통해 국가의 정치 권력과 자본이 공공 공간의 생산을 어떻게 주도하는지, 그리고 도시 공간 계획에서 제3의 세력인 시민들이 정부 주도의 도시 계획과 공간 생산에 어떻게 저항하는지를 확인할 수 있다. 정부는 한커우로 서쪽 연장이 교통 체증과 혼잡을 효과적으로 완화할 수 있다고 주장한다. 그러나 저자들의 분석에 따르면, 한커우로 연장 공사는 교통 체증 해소에 미미한 효과만을 가져올 뿐이며, 오히려 경제적, 사회적, 환경적 측면에서 부정적 영향을 초래한다. 경제적 측면에서는 막대한 공사비용을 수반하며, 특히 철거와 건설 비용이 매우 높다. 사회적 측면에서는 사회적 불공정성을 초래할 가능성이 있다. 한커우로 서쪽 연장 공사의 터널은 주로 승용차 전용 통로로 설계되어 있어, 소수의 사람들, 특히 정부 관계자들에게만 주로 혜택을 제공할 것으로 보인다. 또한, 도로 폭이 제한된 상황에서 승용차 차로의 폭을 늘리려면 자전거 도로와 보행로가 축소될 수밖에 없으며, 이는 결과적으로 사회적 불평등을 심화시킬 수 있다. 환경적 측면에서도 우려가 제기된다. 공사 동쪽 끝에 위치한 기존 도로에서는 이미 대기오염 문제가 존재하고 있다. 터널 입구에서 차량이 대기하거나 정체될 경우, 배출되는 자동차 배기가스 농도는 정상 도로 구간보다 10배 이상 높다. 만약 이 공사가 완공된다면, 새롭게 형성될 주요 교차로 역시 교통사고와 교통 오염이 가장 심각한 지역 중 하나가 될 가능성이 크다.

저자들에게 있어 가장 중요한 문제는 경제적, 사회적, 환경적 영향이 아니라, 문화적 영향이다. 한커우로 서쪽 연장 공사가 가져올 가장 큰 피

---

72 「消費主义视閾下主题公园空间设计的文化表达」, 『江西社会科学』, 2012년 제9기

해는 문화적 특색을 지닌 지역의 파괴에 있다. 이 공사는 난징대학을 포함한 4개의 대학과 그 주변 커뮤니티가 형성한 문화적 특색이 강한 구역을 관통하게 되며, 이는 이 지역의 문화적 가치를 측정할 수 없을 만큼 훼손할 가능성이 크다. 이러한 손실은 단순히 지역의 특색을 훼손하는 데 그치지 않고, 도시의 지속 가능한 발전에도 중요한 부정적 영향을 미칠 수 있다.

저자는 둥난대학, 허하이대학, 난징대학, 난징사범대학이 연결되어 형성된 백년도 시 문화특색 경관구역을 분석하였다. 이 지역은 도시의 개방형 공간 체계에 융합되어 있으며, 독특한 경관과 역사·문화적 축적물을 가지고 있다. 또한, 대학 내부와 주변 지역 간에 접근성이 뛰어난 서비스 시스템을 보유하고 있다. 이 네 개의 대학은 공공적 활력이 넘치는 문화 구역을 형성하고 있으며, 이는 난징시의 문화적 아이콘이라 할 수 있다. 이 구역은 난징의 중요한 문화적 자산으로, 난징 도시 계획에서 가능한 한 이 지역을 보호하고 피해를 최소화해야 한다. 특히, 이 동서 방향의 띠모양 지역은 난징의 문화와 정신적 중심지로 자리 잡아야 하며, 이 지역을 분절하거나 파괴해서는 안 된다. 한커우로 서쪽 연장 공사는 교통 체증 완화라는 목표를 달성하지 못할 가능성이 높으며, 오히려 경제적, 사회적, 환경적, 문화적 측면에서 부정적 영향과 막대한 비용을 초래할 것이다. 이러한 결과는 난징시의 지속 가능한 발전에 심각하고 돌이킬 수 없는 부정적 영향을 미칠 것이다.

리옌페이(李彦非)는 그의 저서『도시의 기억 상실: 베이징 후통과 사합원의 소멸을 사례로(城市失忆: 以北京胡同四合院的消失为例)』에서 도시 철거로 인한 문화적 손실을 다루고 있다. 그는 1950년대부터 90년대까지 도시 건축 담론에서 사합원(四合院)과 후통(胡同)에 대한 해석과 평가를 탐구하며 다음과 같이 지적했다. "경제 실용론과 건축 진보론이 주도하는 담론 속에서, 후통과 사합원 같은 민간 건축물에 대한 인식은 기능과 기술에 편중되었으며, 형식과 예술적 가치를 소홀히 다루었다. 이들 건축물이 지역 기후와 현지 재료 활용에 적합한 경험을 제공한다는 점은 인정되었지만, 결국 후퉁과 사합원의 형식은 현대적 기능과 기술에 적합한 도로 및 고층·현대식 건축물로 대체될 운명이었다."[73] 1980년대에 이르러서야 예술적 및 문화적 가치가 비로소 주목받기 시작했으나 현대 문화 산업의 흐름 속에서 종종 과도한 경제적 요소가 주입되면서 상업화로 이어지는 경향을 보인다.

저우지우(周计武)는 쉬젠강 등의 논문에 대한 응답인 「도시 계획 성찰(反思城市规划)」에서 공간 생산에서 국가 권력과 자본의 주도적 역할을 한층 더 강조하며, 도시 공간 개발을 "권력과 자본이 주도하는 경제 개발형 모델"로 규정했다. 이 개발 모델은 양날의 검과 같아서, 혁신적이고 상징적인 성과를 가져올 수 있는 동시에 파괴적인 부정적 효과도 초래한다. 이러한 부정적 효과는 공간에 대한 갈등과 쟁탈을 심화시키며, 도시 계획이 약속했던 경제 발전과 사회 진보를 크게 훼손한다. 더 나아가, 이는 대중의 불만, 불안, 심지어 공포를 증가시키는 결과를 낳는다. 공간 개발과 관련된 이해관계자들은 자신들의 이익이 훼손될까 우려하며, 동시에 가속화되는 공간 생산 과정이 자신들을 '뿌리째 뽑아' 과거에 누렸던 공간적 기억과 정체성을 잃게 될까 걱정한다. 이처럼 자본과 권력이 주도하는, 공간 효율성을 목표로 하는 경제 개발형 모델은 '민간 공동체'에 의해 의문시되어 왔으며, 이러한 의문은 점점 더 커질 것이다.

(3) 공공 공간 및 공공 영역

공공 공간은 종종 하버마스의 "공론장" 이론과 연결되어 분석된다. 하

---

73 陶东风, 周宪 주편, 『文化研究』(15辑), 社会科学文献出版社, 2013년, 155—156쪽

버마스의 공론장은 주로 정치적·문화적 개념으로, 물리적 의미의 공공 공간을 매개로 하지만, 그 본질은 인간 간의 대화와 소통이 이루어지는 공간을 가리킨다. 물리적 의미의 공공 공간, 예컨대 광장은 정치적·문화적 소통과 대화를 수용하며 사람들이 집회, 연설, 정치 토론, 정치적 견해를 표현하는 장소로 기능하기에, 정치적 공공 공간인 동시에 단순히 사람들이 여가를 즐기고 휴식을 취하는 장소로만 활용될 수도 있다.

슝웨즈(熊月之)의 연구에 따르면, 대략 20세기 초반 이전까지 중국에는 정치에 대해 공개적으로 논의할 수 있는 공공 공간이 거의 존재하지 않았다고 한다. 정치인들은 대개 자신의 집에서 비밀 회의를 열거나, 일부 공공 공간(가장 대표적인 예로 음식점과 기생집)에서 모임을 가졌다. 그러나 공원의 건설은 이러한 상황을 크게 변화시켰다. 공공 공간은 시민들에게 대규모 집회를 통해 민주 사상을 표현할 수 있는 장소를 제공하였다. 시민들은 이러한 공간을 활용하여 대중 집회의 형태로 자신의 정치적 태도와 이상을 표현할 수 있게 되었다. 예를 들어, 1911년의 쓰촨 보로운동(四川保路运动) 당시, 청두 시민들은 소성공원(少城公园)에 모여 철도 국유화에 반대하고 자신들이 건설한 철도의 주권을 지키기 위해 집회를 열었으며, 이는 신해혁명의 서막을 열었다. 또한, 1915년, 일본이 제시한 〈21개조 요구〉와 이에 대한 북양 정부의 타협 정책에 항의하기 위해 30만 명 이상의 베이징 시민이 중앙공원에서 대규모 공개 집회를 열었다. 이처럼 공원은 환경이 비교적 개방적이고 분위기가 자유로우며, 접근성이 좋아 광범위한 대중을 끌어들일 수 있었다. 이러한 특징으로 인해 공원은 다양한 사회 조직과 정치 세력이 집회와 선전 활동, 민중 동원을 위해 활용하는 주요 장소 중 하나로 자리 잡았다.

구체적으로 장원(张园)에 대해, 슝웨즈는 장원이 만청 시기 상하이의 중요한 공공 활동 공간이었으며, 상하이 각계각층이 집회와 연설을 위해 이용했던 장소였음을 지적한다. 슝웨즈가 당시 신문에 보도된 장원에서의 집회를 통계적으로 분석한 결과, 1897년 12월부터 1913년 4월까지 장원에서 열린 주요 집회는 39건에 달했다. 이 집회의 발기인과 참가자를 살펴보면, 학계, 상업계, 정부 관료, 민간 인사 등을 망라하며, 남녀노소와 계층 구분도 없었고, 때로는 외국인도 참가하였다. 또한, 이곳에서는 혁명파와 개량파, 급진파와 보수파를 막론하고 다양한 사상과 주장이 공존하였다. 명실상부한 공공 장소였던 것이다.

장원 집회와 연설의 중요한 특징은 공개성, 개방성, 참여성이다. 많은 집회와 연설이 사전에 공지가 이루어졌으며, 각계각층의 참여를 환영하였다. 장원은 사람들이 많이 모이는 장소였기 때문에, 이곳에서 열린 집회는 대중의 주목을 쉽게 끌며 강한 반응을 일으켰다.

슝웨즈는 장원과 같은 공공 공간의 형성이 중국 사회에서 자연스럽게 발생한 것이 아니라고 지적한다. 이는 중국의 전통적 정원, 극장, 찻집 같은 활동 공간이 자연적으로 발전한 결과도 아니며, 서구를 그대로 모방한 결과도 아니다. 장원의 공공 공간 형식은 여러 요인에 의해 형성되었다. 첫째, 전통적 요인으로, 지식인들이 정치적 의견을 논하고 천하를 자신의 책임으로 여기는 태도, 찻집에서 차를 마시며 이야기를 나누거나 기생집에서 유흥과 업무를 병행하는 활동 등이 포함된다. 둘째, 서구적 요인으로, 언론의 자유, 집회와 연설, 성명 발표 등이 있으며, 이는 후일 거리 정치로 발전하였다. 셋째, 더 중요한 요인은 상하이 조계지의 특수한 지위다. 조계지는 중국 영토이면서도 중국 정부의 직접적인 관할을 받지 않는 특성을 가지고 있었다. 이 특성은 중국의 대일통 정치 체제에 틈새를 만들었는데, 이 틈새는 물리적 공간으로는 작았지만, 정치적·문화적 영향력은 매우 컸다. 청 정부의 통치 체계에서 이 틈새는 통치력이 약한 지역으로, 반정부 세력이 활용할 수 있는 정치적 공간으로 작용했다.

여기에서 우리는 중국의 공공 공간의 크기가 대체로 하층 민중 스스로 결정할 수 있는 것이 아니라, 국가 권력에 의해 주어진 것임을 알 수 있다. 이러한 제공이 자발적이든 강제적이든 상관없이 말이다. 이에 따라 일부 학자들은 근대 도시 공원과 같은 새로운 형태의 공공 공간을 공론장 이론과 연결하려는 시도에서 두 가지 문제를 충분히 고려해야 한다고 지적한다. 첫째, 도시 공원이 하버마스가 말하는 공론장이 될 수 있는지는, 도시 공원이 대중이 공공 여론을 표현하고 공공 사안을 비판할 수 있는 장소가 되는지에 달려 있다. 공원 내에서 이루어지는 모든 활동, 심지어 정치적 활동까지도 공공 여론의 표현으로 간주해서는 안 된다. 때로는 공원에서 공식적인 의례적 활동이 열리기도 하며, 일부 단체가 공원 공간을 활용하여 내부적 논의만을 진행하는 경우도 있다. 이러한 경우를 공공 여론으로 간주하는 것은 적절하지 않다. 따라서 이에 대한 더욱 상세하고 심층적인 탐구가 필요하다. 둘째, 도시 공원을 넘어 전체 도시 공공 공간으로 논의를 확장할 경우, 이러한 공간이 공중이 공공 여론을 표현할 수 있는 공간이 될 수 있는지는 특정한 역사적 맥락에 달려 있다. 이는 공간 자체의 속성에 달려 있지 않다. 따라서 근대 도시 공원과 더 나아가 도시 공공 공간 전반에 대해 더 구체적이고 맥락화된 분석이 필요하며, 중국 공공 공간 생산의 복잡성을 충분히 고려해야 한다.[74]

실제로 많은 학자들의 연구에 따르면, 현대 중국의 공공 공간은 대개 틈새 공간 속에서 존재한다. 이는 국가 정치 권력의 중심에서 형성된 틈새이거나, 국가와 자본 간의 갈등에서 형성된 틈새로 나타난다. 현대 중국 공공 공간의 역사적 발전 과정을 보면, 특히 문화대혁명 이전에 이러한 특징이 명확히 드러난다. 이러한 위치 설정은 중국 공공 공간의 탈정치화, 여가화, 오락화를 직접적으로 초래했다. 이와 관련된 대표적인 사례가 바로 단위 대원(単位大院)과 같은 폐쇄형 공공 공간이다.

---

74 戴一峰, 「多元视角与多重解读: 中国近代城市公共空间——以近代城市公园为中心」, 『社会科学』, 2011년 제6기

1950년대 이후 계획 경제 체제 하에서 국가는 일련의 도시 건설 작업을 실행하였다. 이 과정에서 도시 계획 이론에 따라 주민들의 출퇴근 편리성을 고려하고, 당시 신도시 지역의 도시 인프라 수준이 열악한 상황에 대응하기 위해, 중국 도시 건설은 직장과 거주 공간의 근접성을 중시하는 원칙을 채택하였다. 이에 따라 '대원제(大院制)' 방식으로 가족 거주 구역이 조성되었다. 60년대부터 각 단위(單位)는 각자의 의도와 필요에 따라 독립적으로 토지를 확보하여 대원을 설립하고, 자체적으로 숙소 구역을 건설하기 시작하였다. 이로써 중국 도시 공간 구조에서는 단위를 기본 조직 단위로 하는 독특한 거주 형태가 형성되었다. 계획 경제 체제 하에서 담장으로 둘러싸인 단위 대원은 단순한 거주 공간이 아니었다. 이곳에는 사무실, 생산 공간뿐만 아니라, 기숙사, 식당, 목욕실, 화장실 등 생활 시설도 포함되어 있었다. 이러한 대원은 내향적이고 자족적인 집단 생산 및 생활 공동체 공간으로 기능하였다.[75]

이러한 거주 형태에 대해 학자들은 다음과 같이 지적한다. "단위 대원은 실제로는 폐쇄된 담장으로 둘러싸인 이익 집단으로, 명목상으로는 공공 소유라는 속성을 가지지만, 공간 환경에서는 사실상 '사유화된 영역'으로 나타난다. 이는 계획 경제 시대 도시 공간과 건축 공간의 강한 폐쇄적 특성을 초래했다. … 단위 대원의 존재는 상당 부분 도시 공공 생활 공간을 동질화된 대원 내부로 분산시켜 도시 공공 시설에 대한 수요를 약화시켰다. 또한, 연속적으로 폐쇄된 담장은 거리의 활력을 앗아가버렸다."[76] 따라서 단위 대원은 중국에서 문화적·정치적 의미의 공공 공간을 형성하는 데 기여할 수 없으며, 오히려 이익 갈등으로 인해 소규모 집단의 폐쇄적 영토로 변모하는 경향이 강하다. 이는 중국에서 정치적 공공 공간의

---

75 周波, 『城市公共空间的历史演变——以20世纪下半夜中国城市公共空间演变为研究中心』, 박사학위논문, 四川大学, 2005년

76 于雷, 『空间公共性研究』, 东南大学出版社, 2005년, 74쪽

구축과 발전에 명백히 불리한 요인으로 작용한다.

일반적으로 대중들이 공공 공간을 이용하는 주요 목적은 여가, 오락, 및 운동이다. 한 학자가 타이후 광장(太湖广场)에서 시민들의 행동을 현지 조사한 결과, 사람들이 광장을 찾는 주요 목적은 산책, 자녀와 함께 시간 보내기, 더위를 피하는 것 등으로 나타났다.[77] 이로 인해 중국의 공공 공간은 주로 "물리적 공간의 의미"[78]에 가깝고, 사람들의 일상 생활과 더 밀접하게 연결되어 있다는 사실을 알 수 있다. 이는 이전 학자들이 분석한 베이징, 청두, 장원 등의 공공 공간에서도 잘 드러난다. 이러한 오락과 여가는 사람들 간의 교류와 대화를 통해 때로는 독특한 문화적 형태(예: 찻집)를 형성하기도 하지만, 주로 인간 간의 소통을 증진하는 역할을 한다.[79]

왕민안은 『거리의 얼굴(街道的面孔)』[80]에서 거리와 인간, 그리고 일상생활 간의 밀접한 관계를 생생하게 묘사하고 분석하며, 동시에 거리의 정치적 의미를 드러낸다. 그에 따르면, 거리는 도시의 기생물로, 도심 속에 자리 잡고 있는, 동시에 도시를 양육하고 활성화시킨다. 거리가 없다면 도시도 존재하지 않는다. 거대한 도시라는 기계는 거리를 통해 활력과 생명력을 지닌 유기체로 변모한다. 왕민안의 서술에서 거리는 건축물, 거

---

77 田谆君 等, 「城市广场休闲者空间行为特征研究——以无锡市太湖广场为例」, 『人文地理』, 2009년 제3기

78 戴一峰, 「多元视角与多重解读: 中国近代城市公共空间——以近代城市公园为中心」, 『社会科学』, 2011년 제6기

79 吴聪萍, 「公共空间的变迁与城市日常生活——以近代南京茶馆为例」, 『北京科技大学学报』(社会科学版), 2009년 제3기. 刘士林, 「市民广场与城市空间的文化生产」, 『甘肃社会科学』, 2008년 제3기. 胡俊修, 李勇军, 「近代城市公共活动空间与市民生活——以汉口中山公园(1929—1949)为表述中心」, 『甘肃社会科学』, 2009년 제1기. 戴一峰, 「多元视角与多重解读: 中国近代城市公共空间——以近代城市公园为中心」, 『社会科学』, 2011년 제6기

80 『都市文化研究』, 2005년

리 위의 사람들, 거리 위의 상품과 친밀한 관계를 형성한다. 거리와 건축물은 서로의 위치를 정하며, 이들의 위치 관계는 도시의 지도와 안내도를 구성한다. 특히 거리와 사람들 간의 관계는 더욱 밀접하다. 거리는 문인, 거지, 기생처럼 늘 이곳을 찾거나 거주하는 이들을 만들어낼 뿐 아니라, 제한적인 공간에서 벗어나고자 하는 사람들에게는 "자유의 인클레이브(enclave)"가 된다. 거리는 잠시 동안 사람들을 일상의 정치 논리와 권력 논리로부터 벗어나게 하여, 그들에게 위안을 제공한다. 거리는 이처럼 넓고 관대한 그릇처럼 다양한 사람들을 품으며, "거리의 평등 정신"을 구현한다. 그리고 바로 이 평등이 사람들이 거리에서 모일 수 있는 전제 조건이 된다.

거리의 평등은 또한 거리에 있는 모든 사람들이 정체성을 상실하거나 숨긴 상태, 즉 거리의 낯선 사람이라는 점에서 비롯된다. 정체성이 없고 익명성을 지닌 낯선 사람의 존재는 자유의 기본 조건이 된다. 거리는 사람들로 하여금 일상의 제도와 규율을 벗어던지게 한다. 기본적인 교통 규율을 제외하면, 거리에서는 규율이 없기에 거리는 도시에서 가장 혼란스러우면서도 가장 자유로운 공간이 된다. 오늘날처럼 관료제가 지배하는 시대에 거리와 같은 반(反)규율적 장소는 사람들에게 하나의 낙원으로 작용한다.

거리가 거리 위의 상품과 맺는 관계를 살펴보면, 거리는 상품의 거처이다. 거리가 한 번 상품이 집적되는 장소가 되면, 교통 기능과 이데올로기적 기능은 크게 약화된다. 정치적 건축물은 이러한 장소에 자리 잡지 않으며, 일부 변화한 거리는 차량 통행조차 금지된다. 그렇게 되면 거리는 완전한 상업과 경관의 공간으로 변모한다. 거리는 사람들에게 모든 소비 욕망을 충족시키는 자족적인 세계가 된다. 이곳에서는 사람들이 먹고, 마시고, 놀 수 있다. 음식점, 숙소, 은행, 우체국, 이발소, 술집, 사진관, 목욕탕 등 소비 장소의 기능들이 상호 보완하며, 완전한 생활 세계를 구성한다. 이로써 소비에 있어 어떤 결핍이나 부족함도 남기지 않는다. 사람들은 거리에서 끊임없이 쇼핑과 놀이를 통해 감각 경험을 변화시킨다. 이에 따라 거리는 사유와 철학, 난해함과 깊이, 이성적 사고와 계산, 영원과 본질, 그리고 불변의 결단을 억제한다. 이것은 하나의 생활 정치로, 이는 이성 정치에 대항하는 감각 정치, 실용 정치에 대항하는 소비 정치, 그리고 관료 정치에 대항하는 오락 정치이다.

마지막으로 왕민안은 이렇게 말한다. "나는 거리를 사랑하지 않는 사람은 결코 자연을 사랑하지 않는 사람이라고 믿는다. 왜냐하면 자연의 비밀은 곧 거리의 비밀이기 때문이다. 오늘날 자연과 거리는 모두 초현실주의적 경험이자, 일상생활의 법칙에서 벗어나는 것이며, 권력 논리를 잠시 넘어서 관료 기구(bureaucratic apparatus)의 반면보상이며, 비정치적 공기의 탐욕스러운 들숨이기 때문이다."

결론적으로, 왕민안에게 거리는 사람들의 일상생활과 밀접하게 연결되어 있지만, 이 일상생활은 단순한 삶이 아니라 생활 정치를 구현한다. 거리는 자유롭고 평등한 산책과 쇼핑을 통해 사람들의 감성과 감각을 해방시키며, 권력이 가져다주는 억압을 해소한다. 이는 곧 공공 공간 정치의 한 측면을 보여준다. 그러나 이러한 인식에 대해 의문을 제기할 수도 있다. 단순히 산책과 쇼핑으로 정치적 의도가 실현될 수 있는가? 만약 그렇다면 주체의 능동성은 어디에 있는가? 그럼에도 불구하고, 거리가 사람들에게 제공하는 자유와 평등, 내면의 안정과 자아의 회복, 그리고 이를 통해 권력으로부터의 회피는 공공 공간이 마땅히 가져야 할 기능이 아니겠는가?

5. 공간 정의 연구

공간 정의는 공간 생산이 반드시 지키고 추구해야 할 목표로, 공간 생산의 본래적 의미를 담고 있다. 이는 공간 생산 과정에서 나타나는 부정의적 현상에 대응하기 위해 제기된 개념이다. 국내 많은 학자들은 이 문제에 대해 다양한 논의를 펼쳤으며, 관련 회의를 개최하기도 했다.[81]

(1) 공간 정의의 개념과 내용

1. 공간 정의의 개념

공간 정의란 무엇인가? 간단히 말해, 공간 정의는 공간의 생산, 분배, 소비 과정에서의 정의에 대한 요구를 의미한다.[82] 또는 공간 정의는 공간 생산과 공간 자원 배분 영역에서의 사회적 공정성과 공평성에 대한 요구로 볼 수 있다. 이는 공간 자원과 공간 산물의 생산, 점유, 이용, 교환, 소비에서 정의를 추구하는 것을 포함한다.[83] 다른 공간 정의에 대한 정의들도 대체로 비슷하므로, 여기서는 더 이상의 설명을 생략한다. 요컨대, 공간 정의란 사회 정의가 공간 생산 과정에서 구현된 형태라고 할 수 있다.

공간 정의 문제에 대한 관심은 서구에서 비교적 긴 역사적 발전 과정을 거쳐왔다. 이론적 서술과 논증의 맥락에서 마르크스, 엥겔스부터 르

---

81 2010년 4월 25일, 중국 최초의 "지구 공간 이론과 중국의 도시 문제" 청소년 정상회담이 교육부 인문사회과학 핵심 연구 기지인 쑤저우대학 중국 특성 도시화 연구 센터, 쑤저우대학 장쑤성 개발 연구소의 공동 후원으로 개최되어 공간 정의 문제가 논의되었다.

82 强乃社, 「城市空间问题的资本逻辑」, 『苏州大学学报』(哲学社会科学版) 2011년 제4기.

83 何舒文, 邹军, 「基于居住空间正义价值观的城市更新评述」, 『国际城市规划』, 2010년 제4기.

페브르, 하비, 소자까지 다양한 학자들이 이와 관련된 논의를 펼쳤으며,[84] 1960~70년대에 일어난 서구의 새로운 사회운동의 영향을 받았다. 이 사회운동은 정체성 정치, 도시 권리, 차이의 권리, 사회 정의에 대한 관심을 불러일으켰으며, 이는 도시 사회 정의에 대한 관심으로 확장되었다. 이러한 흐름은 도시 공간을 배경으로 한 도시 사회 정의 연구의 열기를 촉발시켰다.[85]

현대 중국에서 공간 정의 문제에 대한 관심은 공간 이론의 부상과 밀접하게 연관되어 있다. 그러나 공간 정의는 비교적 중요한 독립적 주제로 다루어지기 시작했음에도, 소비 공간 연구와 같은 다른 공간 문제 연구에 비해 등장 시점이 다소 늦은 편이다. 현재 확인된 공간 정의를 주제로한 가장 초기의 논문은 펑펑즈(冯鹏志)의「시간 정의와 공간 정의: 지속가능발전 윤리관의 새로운 유형—요하네스버그 지속가능발전 세계정상회의를 통해 본 지속가능발전 윤리 층면의 재구축(时间正义与空间正义: 一种新型的可持续发展伦理观——从约翰内斯堡可持续发展世界首脑会议看可持续发展伦理层面的重建)」(『자연변증법연구』 2004년 제1호)로 보인다. 논문의 제목에서도 알 수 있듯, 이 글은 지속 가능한 발전의 관점에서 공간 정의를 논의하며, 이를 시간 정의와 결합하여 분석하고 있다. 따라서 이 시점에서 공간 정의는 독립적인 문제로 연구되지 않았다. 22006년, 런핑(任平)은「공간 정의—현대 중국의 지속가능 도시화의 기본 방향(空间的正义—当代中国可持续城市化的基本走向)」(『성시발전연구』 2006년 제5호)이라는 논문에서 현대 중국 도시 공간 생산에서 나타난 문제를 구체적으로 다루며, 공간 정의의 기본 원칙을 심도 있게 분석하였다. 공간 정의란 현대 중국에서 조화로운 도시를 구축하는 기본 경로라고 주장하며, 논문은 카스텔, 하비, 르페브르 등 학자들의

---

84 吴细玲,「城市社会空间批判理论的正义取向」,『东岳论丛』, 2013년 제5기

85 黄晴,『城市公共物品与城市发展利益分配的空间正义: 中国城市更新带来的挑战与机遇』, 석사학위논문, 山东大学, 2011년

공간 정의에 관한 논의를 직접적 또는 간접적으로 인용하였다. 이들 이론은 이후 중국에서 진행된 공간 정의 연구의 핵심 이론적 자원으로 자리잡은 것들이다.[86]

또한 현대 중국에서 공간 정의 문제가 주목받는 이유는 현대 중국의 도시화와 도시화로 인한 수많은 불의와 사회적 갈등과 밀접한 관련이 있다(자세한 내용은 아래 참조).[87]

2. 공간 정의의 윤리적 소구

가오춘화(高春花) 등에 따르면[88], 도시 공간 정의의 윤리적 소구는 대략 다음과 같다. (1) 평등성: 이는 공간 정의의 가장 중요한 윤리적 소구이다. 평등성은 다음을 포함한다. 모든 주민이 생활 공간 체계에서 평등하게 대우받을 공간 권리의 평등, 모든 주민이 "집을 가질 권리"를 실현할 기회를 가질 공간 기회의 평등, 모든 주민이 공간 이용에서 동등한 결과를 누려야 한다는 공간 결과의 평등. (2) 인간중심성(屬人性): 이는 도시 공간의 생산과 소비에서의 인문적 지향을 말한다. 인간중심성의 윤리적 내포는 다음과 같다. 도시 공간은 "인간을 위한 공간"이어야 하며, "사물의 감옥"이 되어서는 안 된다. 도시는 사람들이 집의 감각을 누릴 수 있는 공

---

86 黃晴, 『城市公共物品与城市发展利益分配的空间正义: 中国城市更新带来的挑战与机遇』, 석사학위논문, 山东大学, 2011. 董慧, 「空间, 生态与正义的辩证法——大卫·哈维的生态正义思想」, 『哲学研究』, 2011년 제8기. 马晓燕, 「空间正义的另一种构想——"差异性团结"及其反思」, 『哲学动态』, 2011년 제9기. 马晓燕, 「居住分化与空间正义之研究」, 『2012中韩20次伦理学国际讨论会论文集』, 2012년4월23일. 李春敏, 「大卫·哈维的空间正义思想」, 『哲学动态』, 2012년 제4기. 李晓乐등, 「环境·正义·阶级——略论戴维·哈维的空间正义思想」, 『自然辩证法研究』, 2012년 제11기. 刘红雨, 「论马克思恩格斯空间正义思想的三个维度」, 『西北师范大学学报』(社会科学版)2013년 제1기 등등.

87 曹现强, 张福磊, 「我国城市空间正义缺失的逻辑及其矫治」, 『城市发展研究』, 2012년 제3기

88 高春花, 孙希磊, 「城市空间正义的伦理反思」, 『光明日报』, 2011年4月26日제014면. 또한 李建华 등, 「论城市空间正义」, 『中州学刊』, 2014년 제1기

간이어야 하며, "비인간적 존재"로 소외되어서는 안 된다. (3) 다양성: 이는 도시 공간이 활력을 유지하는 원천이다. 이러한 다양성은 단일 건축물이나 거리 스타일 같은 가시적 물질 구조에 존재할 뿐만 아니라, 생활 습관, 존중 의식, 포용 능력 같은 무형의 사회적 자본에도 뿌리내리고 있다. 도시 공간의 생산, 분배, 소비는 도시 주민의 다양한 요구를 충분히 존중하고 충족시켜야 하며, 풍부하고 생동감 있는 도시 공간을 조성해야 한다.

일부 학자들은 공간 정의를 몇 가지 측면으로 구분하여 설명하였다. 첫째, 주거 정의는 개인의 주거권이 박탈되거나 침해받지 않아야 한다는 것을 의미하며, 이는 주거 정의의 최소한의 공정성이다. 이에 따라 인위적인 주거 격리, 주거 계층화, 주거의 양극화를 반대하며, 주거 공간의 빈부 격차를 줄이는 것이 중요하다. 둘째, 교통 정의는 교통 자원의 이용과 분배에서의 정의를 가리키며, 세 가지 공정을 포함한다. 교통 수단 사용에서 사람들의 권리와 의무의 공정성, 교통 시설의 편리성을 공유하는 측면에서의 공정성, 도시 교통 체계에서 다양한 지역 거주자들이 교통 자원을 누리는 권리의 공정성이 그것이다. 셋째, 환경 정의는 "하드 환경"과 "소프트 환경" 두 가지 측면을 포함한다. 하드 환경은 도시의 주거, 교통 시설과 밀접하게 연결되며, 소프트 환경은 도시 생활과 관련된 문화 환경을 가리킨다. 현재 소프트 환경은 주로 사회 공공 활동 공간과 문화·교육 자원의 분배를 포함한다.

공간 정의가 어떠한 내용을 포함하든, 가오후이주(高慧珠) 등은 "사람을 중심에 두는 것"이 공간 정의의 가장 근본적인 핵심이라고 지적한다. 도시 건설에서 사람을 중심에 두는 원칙을 관철한다는 것은, 사람의 일상 생활 공간 모든 측면에서 이를 구현하며, 사람을 배려하고, 보호하며, 사람의 기본 권리를 옹호하고, 삶의 질을 향상시키는 공간 정의 원칙을 준수하는 것을 의미한다. 현실 속의 사람은 사회 공간 활동의 주체이다. "민생"을 중심에 두지 않고, "대다수 사람들의 근본적인 이익"을 바탕으로 하지 않는 사회 공간 건설은 정의라고 부를 수 없다.[89]

(2) 공간정의가 제기된 이유

공간 정의를 강조하는 이유는 현실 생활에서 공간 생산 과정에서 정의롭지 않은 경향이 나타나고 있기 때문이다. 공간과 관련해 정의롭지 않은 현상은 주로 다음 몇 가지 측면에서 드러난다.

첫째, 공간 점유의 불평등이다. 이는 일부 사람들은 많은 공간을 점유하는 반면, 다른 사람들은 거의 공간을 점유하지 못하거나 아예 점유하지 못하는 상황을 의미한다. 이로 인해 공간의 빈부 격차와 공간적 빈곤 현상이 나타난다. "개미족(蟻族)", "주택 노예(房奴)", "달팽이집(蝸居)" 등의 용어는 이러한 공간 점유의 불평등 현상을 상징적으로 드러낸다. 거주 공간의 불평등뿐 아니라, 이와 관련된 생활 공간, 공공 공간, 심지어 공간 내에서 제공되는 물품이나 자원에서도 불평등한 상황이 존재한다. 공간 빈곤 현상은 두 가지 주요 영향을 미친다. 한편으로는 사람들의 생활 상태, 생활 방식, 사회적 심리, 가치관, 정서 등에 영향을 주어, 열등감, 소외감과 같은 부정적 감정을 유발하며, 심지어 범죄율을 크게 증가시킬 수도 있다. 다른 한편으로는 도시 거주민들 간의 소통과 교류를 방해하고, 도시 건설에 대한 책임 의식과 참여 의식을 약화시킨다. 이는 궁극적으로 시민사회의 건강한 발전에 심각한 부정적 영향을 미칠 수 있다. 따라서 공간 빈곤 문제는 단순히 개인의 도덕적 존엄성에 관한 문제가 아니라, 사회적 정치윤리 문제라고 할 수 있다.

---

89 高惠珠, 刘严宁, 「以人为本, 空间正义与上海城市建设」, 中国人学学会编, 『以人为本与中国特色社会主义建设: 第十二届全国人学学术研讨会论文集』, 现代教育出版社, 2011년, 222—224쪽

둘째, 인간중심성 측면에서 공간 부정의는 공간의 소외로 나타나며, 이는 공간 물신주의의 형성을 통해 드러난다. 공간 물신주의란 사회적 실천에서 창출된 사회적 관계가 사물화된 형태로 나타나며, 사람들이 주택, 자동차 등 물질화된 것을 인간성의 본질이자 행복의 궁극적 근원으로 여기고, 이를 얻기 위해 어떠한 대가도 마다하지 않는 현상을 의미한다. 공간 물신주의는 사람들의 눈과 마음을 가리고, 존재론적 혼란을 야기한다. 도시 주민들은 자신들이 직접 만든 도시에서 소외되며, 도시 공간은 막스 베버가 묘사한 "철의 감옥"으로 변모한다.

셋째, 다양성 측면에서 공간 부정의는 공간의 획일성과 공간의 분화로 나타난다. 이는 다음 세 가지로 구체화된다. 1. 공간 형태의 획일화이다. 단일한 도시 발전 모델과 도시 확장 운동은 많은 도시들이 공간 생산 과정에서 도시의 특색과 역사적 맥락을 무시하게 만든다. 2. 공간 배치에서 과학적 원칙을 위반하고 단일한 기능 구역화를 초래한다. 이는 거주지와 직장 간 왕복에 사람들이 매일 많은 시간을 소비하게 만들며, 교통 혼잡을 야기할 뿐만 아니라 삶의 질과 행복 지수를 심각하게 저하시킨다. 결국 이는 조화로운 사회의 형성에 부정적인 영향을 미친다. 3. 거주 공간의 빈부 격차이다. 인구 밀도, 토지 가치, 건강에 유익한 환경, 미적 관심, 거주 환경 등의 요인에 따라 거주 공간은 "부유층 지역"과 "빈곤층 지역"으로 나뉜다. 부유층 지역은 자연 환경이 아름답고 생활 시설이 잘 갖춰져 있으며 공공 공간이 풍부한 반면, 빈곤층 지역은 정반대의 상황이다. 공간의 과도한 분화는 도시 주민들 간의 격리를 초래하며, 이는 도시 사회의 극화, 도시 빈곤, 도시의 단편화를 심화시키는 결과를 낳는다.[90]

---

90 高惠珠, 刘严宁, 「城市建设彰显"空间正义"」, 『社会科学报』, 2011年1月13日3版.高春花, 孙希磊, 「城市空间正义的伦理反思」, 『光明日报』, 2011.4.26.14면. 高春花, 孙希磊, 「我国 城市空间正义缺失的伦理视阈」, 『学习与探索』, 2011년 제3기. 徐震, 「关于当代空间正义 理论的几点思考」, 『山西师范大学学报』(社会科学版)2007년 제5기. 曹现强, 张福磊, 「我国

그렇다면 공간 부정의 현상은 왜 발생하는가? 그 원인은 다양하다. 가치론적 관념 문제, 현실적인 도시 발전 및 공간 관리에서의 권력 중심적 문제, 그리고 도시 계획이 어떻게 인간 중심적 가치를 실현할 것인가에 대한 문제 등이 포함된다. 차오셴창(曹現强)과 장푸레이(张福磊)는 도시 공간 정의 가치의 결여가 공간 부정의 현상이 나타나는 중요한 원인이라고 지적한다. 서구 국가들은 1970년대부터 점점 더 두드러진 도시 공간 문제에 대해 반성하기 시작했으며, "공간 정의"를 도시 정책의 우선적 가치 중 하나로 자리매김하였다. 하지만 이에 비해, 중국의 도시 공간에서는 부정의 문제가 점차 심화되는 현실이 나타나고 있다. 시 정부는 공공 정책의 수립 및 시행 과정에서 공간의 공정성을 우선적 가치로 삼지 않았으며, 일부 지역에서는 반대되는 가치 선택과 정책 방향이 나타나기도 했다. 특히 공간 효율성을 목표로 하는 도시 개발에서 GDP 기여도와 세수 증대를 강조하는 반면, 시민의 권리와 사회 정의는 간과되었다.[91]

리젠화(李建华)와 위안차오(袁超)는 공간 부정의의 외부적 요인과 내부적 요인을 현실적 측면에서 분석하였다. 외부적 요인(외적 작용력)은 구조적 동력으로, 일반적으로 소득 수준, 제도적 변화, 공공 정책 등과 같은 원인을 가리킨다. 내부적 요인(주민의 내적 작용력)은 문화적 동력으로, 일반적으로 문화적 요인으로 인해 발생하는 계층 내 압축(내부 경쟁 심화) 등을 의미한다. 사회 구조적 요인과 문화적 요인의 이중 작용은 도시 공간에서 부정의적 현상의 발생을 초래하였다.[92] 그러나 이것은 사례별로 분석될 필요가 있다.

城市空间正义缺失的逻辑及其矫治」, 『城市发展研究』, 2012년 제3기

[91] 曹现强, 张福磊, 「我国城市空间正义缺失的逻辑及其矫治」, 『城市发展研究』, 2012년 제3기
[92] 李建华, 袁超, 「论城市空间正义」, 『中州学刊』, 2014년 제1기

(3) 어떻게 공간 정의를 실현할까

많은 학자들이 공간 정의를 달성하는 방법이나 방법에 대해 자신의 견해와 제안을 제시했다. 대략적인 개요는 다음과 같다.

첫째, 도시의 본질을 반성하고, 가치 이성을 도시 공간 발전의 "합목적성"의 근거로 삼으며, 인간 중심의 공간 생산 가치관을 확립해야 한다.

일부 학자들은 인간의 전면적 발전의 관점에서 공간 정의를 논의하였다. 현대 중국에서 과학적 발전관은 마르크스주의와 맥락을 같이하면서도 시대에 맞게 발전한 과학 이론으로, 그 핵심은 인간의 전면적 발전이라는 사회 발전의 본질적 속성을 파악한 것이다. 이는 인간 중심을 견지하며, 현실적 관점에서 인간의 전면적 발전에 주목한다. 즉, 인간의 자유롭고 개성적인 전면적 함양, 인간 수요의 전면적 충족, 인간 소양의 전면적 향상, 인간 능력의 전면적 발휘를 목표로 한다. 이는 사물을 보는 관점으로 인간을 평가하는 것을 반대하며, 인간을 보는 관점으로 사물을 평가하는 것을 주장함으로써, 인간을 물질의 속박으로부터 해방시키는 것을 지향한다. 인간의 전면적 발전의 관점에서 보면, 공간 발전은 GDP 성장이 아니라 사람들의 행복한 삶을 목표로 해야 한다. 인간과 도시 공간의 관계에서 도시 공간은 이 목표를 촉진하고 실현하는 매개체와 수단으로 작용해야 한다. 공간 발전 과정에서는 공공 참여 제도를 확립하여, 규범화된 절차와 방식으로 이해관계자의 요구를 표현할 수 있도록 해야 한다. 또한, 공간 발전의 결과는 모든 사람에게 혜택을 주어야 하며, 특정 권력층이나 자본 소유자들만을 위한 것이 되어서는 안 된다. 이를 통해, 공간 빈곤, 공간 소외, 공간 분화 문제를 해결하는 데 발전 윤리적 관점에서의 학문적 근거가 마련될 수 있다.[93]

---

93 高春花, 孙希磊, 「我国城市空间正义缺失的伦理视阈」, 『学习与探索』, 2011년 제3기. 王

인간의 전면적 발전 관점에서 공간 정의를 이해하고 강조하는 것 외에
도, 천중(陳忠)은 철학적 차원에서 인간과 공간의 관계를 분석하며, 도시
화 과정에서 나타나는 소외와 공간 물신주의를 비판하였다. 이는 공간 정
의를 심층적으로 이해하는 데 중요한 이론적 의의를 가진다. 천중은 공간
물신주의를 초월하고 이를 돌파하며, 공간과 도시 정의를 구축하기 위해
서는 인간과 공간의 관계에 대해 심도 있는 철학적 반성이 필요하다고 강
조한다. 이를 위해 역사와 현실, 자아와 환경의 통합적 윤리 전략이 요구
된다. 이러한 전략에는 다음이 포함된다. 1. 유한성과 무한성이 통합된 인
간화된 시공간관을 확립해야 한다. 이는 시공간을 단순히 주관적인 개념
으로 간주하여 사람들이 시공간을 무제한적으로, 무한하게 개입하고 통
제하며 창조할 수 있다고 생각해서는 안 된다는 것을 의미한다. 동시에,
모든 현실적 주체에게 시간과 공간은 유한하다는 사실을 인식해야 한다.
즉, 어느 누구도 영원히 살거나 특정 공간을 영구히 점유할 수 없다. 이는
도시 문제의 심각성, 공간 생산과 분배에서의 독점과 불평등, 무제한적
인 사유화 추세 등 오늘날 직면한 여러 문제를 해결하는 데 기본적 의미
를 가진다. 2. 공간의 변증법적 속성과 "공공성"을 확인하고, 개인성과 공
공성이 유기적으로 통합된 공간 운영 체제를 지속적으로 구축해야 한다.
도시는 공간의 중요한 매개체로서 항상 개인성과 공공성의 통합을 특징
으로 한다. 개인 공간이 지속적으로 존중받는 동시에 공공 공간이 끊임없
이 확장되는 것은 도시 발전의 전반적인 경향이다. 개인성과 공공성이 통
합된 공간 운영 체제를 점진적으로 구축하는 것은 공간과 도시의 지속 가
능성과 지속적인 평화를 확보하기 위한 필연적 선택이다. 3. 공간 윤리의
다층성과 "미시성"을 확인하고, 거시적 관점과 미시적 관점이 통합된 도

志剛, 「空間正義: 从宏观结构到日常生活──兼论社会主义空间正义的主体性建构」, 『探
索』, 2013년 제5기

시와 공간 정의를 지속적으로 구축해야 한다. 지금까지의 도시와 공간 윤리는 주로 거시적이고 정치적 힘에 의해 주도되었으며, 자본과 권력을 쥔 정치 엘리트, 기술 및 관리 전문가가 주체로 기능해 왔다. 반면, 미시적 사회적 힘과 일상생활의 주체는 공간 운영과 공간 실천의 주체로 거의 참여하지 못했다. 이는 도시의 혼란과 심지어 도시 반란을 초래하는 중요한 원인 중 하나이다. 공간 정의와 도시 정의를 구축하는 핵심, 혹은 근본적인 내용은 미시적 영역과 일상생활 영역에서 보통 사람들, 거주자들, 공간의 실제 사용자들이 공간의 생산과 재생산 과정에서 주체적 지위를 보장하고 실현하는 것에 있다. 미시적 정의는 도시 정의와 공간 윤리 전환의 중요한 방향이다.[94]

둘째, 위의 논의가 이론적으로 공간 정의의 목표를 탐구한 것이라면, 구체적인 실천, 특히 정부 차원에서는 공간 정의를 유지하기 위한 제도와 정책을 구축하는 것이 이를 실현하는 중요한 보장이 된다.

학자들은 중국 도시에서 공간 정의의 결여를 해결하기 위해서는 제도와 공공 정책의 뒷받침이 필요하다고 명확히 지적한다. 도시 공공 정책, 특히 공간 정책은 공간 정의 가치를 간과해온 기존의 태도를 변화시켜야 한다. 1. 공공 정책은 공간 자원을 공정하게 분배하여, 서로 다른 공간 집단이 도시의 공공 기반 시설과 기본 공공 서비스를 공정하게 누릴 수 있도록 해야 한다. 이를 통해 우세한 집단이 약자 집단을 공간적으로 착취하는 현상을 줄이려는 노력이 필요하다. 2. 공공 정책은 "차별의 원칙"을 시행하여, 공간 자원을 약자 집단에게 어느 정도 편파적으로 보상할 수 있어야 한다. 3. 공공 정책은 도시 공간의 다양성을 간과해서는 안 되며, 도시 공간 개발에서 일률적인 접근을 피해야 한다. 또한, 일부 비공간 정

---

94 陈忠,「城市异化与空间拜物教——城市哲学与城市批评史视角的探讨」,『马克思主义与现
实』, 2013년 제3기

제2부 · 의제와 패러다임 분석   463

책도 공간 정의에 간접적인 영향을 미친다. 예를 들어, 호구 제도는 농민이 농촌에서 도시로 이동하는 공간적 흐름을 저해할 뿐만 아니라, 도시 주민 간의 공공 서비스 접근에서의 불공정성을 초래한다. 이는 도시 공간에서의 "신분에 기반한 차별"이며, 약자에 대한 암묵적인 공간적 배제이다. 따라서, 제도와 정책의 보장 없이는 공간 정의를 실현하기 어렵다는 것을 알 수 있다.[95]

셋째, 시민 개인 차원에서도 공간 정의를 실현하기 위해서는 시민들이 자신의 권리를 지키기 위한 의식과 참여 능력을 강화할 필요가 있다. 중국의 시민 사회는 역사적 요인과 제도적 제약으로 인해 여전히 맹아 단계에 머물러 있다. 그러나 공간 차원의 사회 정책 수립과 실행은 정부, 시장, 사회라는 세 주체가 전면적으로 참여하고 상호작용하는 과정이어야 한다. 특히 약자 집단의 참여는 단순히 자신의 이익을 표현하는 것을 넘어 자기 권한을 부여받는 과정이기도 하다. 시민이 분배 정책에 기꺼이 참여하고 이를 실행할 능력을 갖출 때, 공간 분배에서의 차별을 야기하는 힘을 억제할 수 있다. 시민들은 자신의 분배 요구를 정책 목표에 통합하고, 정책 수립에 충분하고 진정성 있는 피드백 정보를 제공함으로써, 궁극적으로 공간 분배 정의를 실현할 수 있을 것이다.[96]

이로써 우리는 도시 공간 정의를 실현하기 위해서는 정부와 개인의 공동 노력이 필요하며, 동시에 학문적 탐구 또한 필수적임을 알 수 있다. 현재 많은 학자들이 제시한 공간 정의 실현 방안과 접근법은 주로 실천적 차원에 초점이 맞춰져 있다. 그러나 공간 정의와 그 실현 문제는 다층적이고 다방면에 걸친 복합적인 시스템 문제로, 이론과 실천, 정부와 대중, 문화와 자본 등 다양한 측면을 포함한다. 특히 이론적 차원에서는 사

---

95 曹现强, 张福磊, 「我国城市空间正义缺失的逻辑及其矫治」, 『城市发展研究』, 2012년 제3기

96 黄晴, 『城市公共物品与城市发展利益分配的空间正义: 中国城市更新带来的挑战与机遇』, 석사학위논문, 山东大学, 2011년

회 정의, 인간의 주체성, 개인성과 공공성 등 일련의 근본적인 문제들이 연관된다. 이러한 기초적 이론 문제가 해결되지 않는다면, 공간 정의 문제 역시 실질적이고 효과적으로 해결될 수 없다. 따라서 이러한 관점에서 볼 때, 공간 정의 문제는 단순히 공간의 문제가 아니라, 인간의 발전 문제이자 인간의 자유로운 발전 문제이다. 이는 명백히 복잡한 시스템적 문제로, 심도 있는 분석과 연구가 필요하다.

제3부

제도 분석

제9장

문화연구와 문예학이라는
학문분과에 대한 성찰

1990년대 후반부터 21세기 초, 중국 문예학계에서는 문예학 학문에 대한 반성 열풍이 일어났다. 이는 포스트모더니즘 이론의 도입과 문화연구, 특히 일상생활의 심미화 주제에 대한 논의가 중국에서 부상한 현상과 긴밀히 연결되어 있다. 이 반성은 문예학의 확장과 경계초월의 문제, 문학의 심미성과 자율성 간의 관계 문제, 문예학(지식인 포함)과 현실의 관계 문제 등을 중심으로 전개되었다. 본 장에서는 이러한 문제들을 둘러싸고 문학 이론계에서 이루어진 논쟁을 소개하고 평가한다.

1. 문예학의 주변화를 둘러싼 논쟁

문화연구로 인해 촉발된 문예학의 확장 문제에 관한 논쟁은 문예학 학문 반성의 중요한 내용이다. 이른바 '확장' 또는 '경계 넘기', '확대'란 문학 연구 대상이 고전 문학 작품에서 대중 문학, 나아가 문학적 성분을 포함한 일부 대중문화(예: 광고)로 확장되는 것을 의미한다. 이에 대해 일부는 이를 찬성하고, 일부는 반대하며, 찬성자와 반대자 모두 각자의 입장과 이론적 근거를 가지고 있다.

(1) 일상생활의 심미화와 문예학의 경계 문제 제기

이미 2000년에 "일상생활의 심미화"라는 주제가 공식적으로 제기되었다. 2002년 『절강사회과학』 제1호에는 문예학의 성찰에 관한 일련의 논문이 실렸는데, 이 중 타오둥펑의 「일상생활의 심미화와 문화연구의 부상—문예학 학문 반성을 겸하여(日常生活的审美化与文化研究的兴起—兼论文艺学的学科反思)」는 중국의 학술적 맥락에서 일상생활 심미화의 의미와 문예학이 이 현상에 어떻게 대응해야 하는지에 대해 최초로 의견을 제시한 글이었다. 타오둥펑은 일상생활의 심미화와 심미 활동의 일상생활화가 문학 예술뿐만 아니라 전체 문화 영역의 생산, 전파, 소비 방식에 깊은 변화를 초래했으며, 더 나아가 "문학"과 "예술"이라는 개념 자체를 변화시켰다고 지적한다. 만약 문예학이 일상생활의 심미화와 심미 활동의 범용화라는 사실을 회피하고, 고전 작가와 작품만을 강의·연구하며, 고전 작품에서 도출된 특성을 문학의 영원불변한 "본질"이나 "법칙"으로 고집한다면, 문예학은 일상생활 및 공공 영역과의 건설적이고 긍정적인 관계를 구축할 수 없게 되며, 결국 쇠퇴와 고갈로 이어질 것이라고 주장한다. 이에 따라 타오둥펑은 문예학 연구 대상의 확장을 주장하며, 문예학이 당대의 급변하는 문예/심미 활동에 적시에 주목하고 대응하는 데 장애가 되는 가장 큰 지식적 장벽은 바로 폐쇄적인 자율론적 문예학이라고 본다. 이런 자율론적 문예학은 당대 문예/문화 활동, 특히 문화와 예술의 시장화·상업화, 일상생활의 범문예화/범심미화 현상을 효과적으로 설명하지 못할 뿐만 아니라, 연구 대상을 스스로 얽매어 일상생활 속 심미 현상과 문화 현상(예: 대중문학, 유행가, 광고 등)을 연구 범위에서 배제한다(이는 광고, 유행가, 심지어 워크맨 등도 중요한 연구 대상으로 삼고 있는 서구 문화연구와 뚜렷한 대비를 이룬다). 따라서 타오둥평은 폐쇄적인 자율론적 문예학을 극복하기 위해서는 문예학의 경계 확장을 촉진해야 한다고 주장한다.

일상생활 심미화가 학술적 주제로 공식적으로 부각된 중요한 계기는 2003년 11월 베이징에서 수도사범대학 문예학전공이 주최한 "일상생활의 심미화와 문예학 학문 반성" 토론회와 『문예쟁명』 2003년 제6호에 실린 "신세기 문예이론의 생활론적 화제"라는 제목의 논의였다. 이 논의에는 타오둥평의 「일상생활 심미화와 뉴미디어 문화인의 부상(日常生活审美化与新媒介文化人的兴起)」, 왕더성의 「영상과 쾌감——우리 시대 일상생활의 미학적 현실(视像与快感——我们时代日常生活的美学现实)」을 포함한 8편의 글이 포함되었다. 이를 계기로 최근 2년 동안 중국 대륙의 미학 및 문예이론계에서 대규모 이론 논쟁을 촉발한 "일상생활의 심미화"라는 화제가 본격적으로 등장하였다.

이번 논쟁을 전체적으로 살펴보면, 주제는 주로 두 가지 측면에 집중되어 있다. 하나는 미학적 논쟁으로, "새로운 미학 원칙"에 관한 것이다. 대표적인 글로는 루수위안(鲁枢元)의 「이른바 "새로운 미학 원칙"의 부상을 논하다——"일상생활 심미화"의 가치 지향에 대한 의문」[1], 「가치 선택과 심미 이념——"일상생활 심미론"에 대한 재고」[2], 그리고 왕더성(王德胜)의 「"새로운 미학 원칙"을 옹호하며——루수위안 교수에게 답함」[3] 등이 있다.

둘째, 문예학 학문 반성의 관점에서 전개된 논쟁으로, 주로 문예학 학문 경계 문제에 집중되었다. 이와 관련된 대표적인 글들은 『문예연구』 2004년 제1호에 실린 "문예학이라는 학문분과에 대한 성찰(文艺学的学科反

---

1 鲁枢元, 「评所谓"新的美学原则"的崛起—"日常生活审美化"的价值取向析疑」, 『文艺争鸣』. 2004년 제3기

2 鲁枢元, 「价值选择与审美理念—关于"日常生活审美论"的再思考」, 『文艺争鸣』, 2004년 제5기

3 王德胜, 「为"新的美学原则"辩护—答鲁枢元教授」, 『文艺争鸣』, 2004년 제5기

思)"이라는 주제 하의 논문들로, 천샤오밍(陈晓明), 가오샤오캉(高小康), 차오웨이둥(曹卫东), 타오둥펑 등이 참여하였다. 타오둥펑은 「일상생활의 심미화와 문예사회학의 재구성」에서, 일상생활 심미화가 문예학에 주는 의미는 심미와 생활의 경계를 허물고 문학 자율성에 대한 관점을 도전하며, 1980년대에 형성된 문예학 패러다임이 깊은 위기에 직면하게 되었다는 점이라고 지적한다. 타오둥펑은 현재의 과제가 문예학과 사회생활 간의 연결을 재구축하고, 새로운 문예-사회학적 연구 패러다임을 주창하는 것이라고 주장한다. 천샤오밍의 「역사의 단절과 접궤 이후: 당대 문예학에 대한 성찰」과 차오웨이둥의 「정체성 담론과 문예학 학문분과 성찰」 또한 중국 현대 문예학 학문에 내재된 본질주의와 과학주의 경향을 비판하였다. 천샤오밍은 문예의 본질은 진리를 토대로 하고, 전제를 형식으로 한다는 등의 명제를 반성해야 한다고 주장하며, 문예학 체계의 틀은 소련에서 차용된 것으로, "이념에 의존해 구축된 문예학 체계는 이념이 다소 약화되면서 중심적 힘을 잃었다"고 지적한다. 차오웨이둥 역시 문예학 학문 건설의 근본 동기는 문예학을 엄격한 과학으로 확립하려는 데 있었다고 지적하며, 이에 따라 문예학의 학문적 사명이 "교화"에서 "훈련"으로 격하되었다고 주장한다. 현재 문예학 재건의 과제는 교화의 충동을 회복하고, 중국에서 "문학 공공 영역"의 발전을 촉진하는 것이라고 강조한다. 또한 문예학에 비판적 차원을 도입하고, 사회적 맥락과 문학 자체의 고유한 법칙을 결합해야 한다고 주장한다. 위의 글들이 전통 문예학 학문에 대해 비교적 급진적인 반성을 보여준 것과 달리, 가오샤오캉의 「문화 비평에서 학술 연구로의 회귀」는 문예학 전환 문제를 논의하면서 반성 자체에 대해 보다 신중한 태도를 취하고 있다. 가오샤오캉은 현재 문화 비평의 범람 현상에 대해, 문화 급진주의적 정서가 진지한 학문적 태도를 압도해서는 안 된다고 지적하며, 공공 영역에서 벗어난 전문화된 글쓰기를 극복해야 한다고 주장한다. 그는 "공공 지식인의 사회적 책임감과 공공적 입장"이 단순히 사회적 여론과 동일시될 수 없으며, 현실적 관심과 학문적 공정성에 기반한 지식 탐구 활동이 더 중요하다고 강조한다.[4] 전반적으로 볼 때, 위에서 언급된 여러 글들은 모두 기존 문예학 학문 체제를 재조명하고, 그 안에 내재된 본질주의적 사고방식을 반대하는 경향을 보인다. 비록 문예학 재건을 위한 구체적인 방법론에서는 의견 차이가 존재하지만, 모두 문예학의 주변부에서 학문적 반성을 시작하고 있다는 공통점을 가진다. 즉, 이들은 사회문화적 전환과 지식인의 가치 입장을 바탕으로, 문예학을 현대성 사건으로 바라보거나 이를 구체적인 현대 문화적 맥락에서 고찰하고자 한다.

"일상생활 심미화" 논의는 1990년대 이후 전개된 심미문화 논의와는 분명한 차이가 있다. 당시 등장했던 "심미문화"라는 범주에 대해 학계는 엄격한 통일된 정의를 내리지 않았으며, 연구의 방향과 방법에 대한 심층적 논의도 부족했다. 게다가, 많은 경우 "심미문화"라는 표현은 여전히 전통적인 문학예술을 지칭하는 데 그쳤다. 반면, 오늘날 일상생활 심미화 연구가 제시하는 심미의 "내파(內爆)"와 경계의 소멸 같은 범주와 명제는 새로운 연구 시각으로 신흥 대중문화를 조망할 것을 요구하고 있다. 일상생활 심미화 연구는 과거 "비심미적"으로 간주되었던 의복, 가구, 음식, 환경, 광고 등 일상생활 양식을 연구 시야에 포함했을 뿐만 아니라, 연구 방법의 근본적인 전환도 가져왔다. 사회학적 이론의 시각에서 연구 대상은 일련의 변화 과정으로 이해되며, 찬성이나 반대를 위한 기정사실로 보지 않는다. 따라서, 현대의 일상생활 심미화 현상 연구는 특히 사회적·문화적 맥락과 같은 문제들에 주목한다. 이는 단순히 텍스트의 심미적 가치를 분석하고 판단하는 전통 문예학의 연구 범위를 넘어선 것이며, 나아가

---

4 陶东风, 「日常生活的审美化与文艺社会学的重建」. 陈晓明, 「历史断裂与接轨之后: 对当代文艺学的反思」. 曹卫东, 「认同话语与文艺学学科反思」. 高小康, 「从文化批评回到学术研究」, 『文艺研究』, 2004년 제1기

전통 미학 연구의 근본을 흔드는 변화를 의미한다고 할 수 있다.

(2) 문화연구와 '경계의 이동'론

일상생활 심미화가 촉발한 문예학 학문 반성은 문화연구의 사조와 결합하면서, 문예학 학문에 대한 인식을 심화시켰다. 문화연구를 지지하는 학자들은 문학 연구의 경계 확장을 대체로 긍정적이고 지지하는 태도를 보이며, 문화연구의 영감과 영향 아래 문학이라는 학문 자체의 발전에 대해 더욱 명확하고 심도 있는 인식과 반성을 하게 되었다고 본다. 이러한 과정은 문예학 경계 문제에 대한 논의를 촉진하였다. 타오둥펑은 이 분야의 대표적인 학자로, 그는 「이동하는 경계와 문학 이론의 개방성」[5]이라는 글에서 영국 현대 문화연구 센터의 초기 학술 활동과 중국 문예학 학문 체계의 발전 상황을 통해 다음과 같은 견해를 명확히 밝혔다. 문예학의 학문 경계, 연구 대상과 방법, 심지어 "문학"과 "예술"의 개념 자체도 고정불변한 것이 아니며, 이동하고 변화하는 것이다. 이는 단순히 "객관적으로 존재하는 영원한 실체"로서 사람들이 발견하기를 기다리는 것이 아니라, 복잡한 사회문화적 힘에 의해 구성된 산물이라는 것이다. 따라서 사회적·문화적 맥락의 변화는 필연적으로 "문학"의 정의와 문예학의 학문적 경계를 재구성하게 된다. 타오둥펑은 학문 경계의 이동이 오늘날 사회과학 전반에서 보편적인 현상이라고 지적한다. 따라서, 현대 중국 문예학은 현실을 직시하고, 일상생활에서 새롭게 나타나는 문화·예술 활동 방식에 긴밀히 주목하며, 연구 대상과 방법을 적시에 조정하고 확장해야 한다고 주장한다. 그는 다음과 같이 주장하였다.

---

5 陶东风, 「移动的边界与文学理论的开放性」, 『文学评论』, 2004년 제6기.

생명력을 가진 학문은 적극적이고 개방적인 자세를 가져야 하며, 경계를 돌파하고 영역을 확장하려는 태도를 지녀야 한다. 문학 이론의 도약적 발전은 대개 경계가 허물어지고 타 학문의 연구 방법이 적극적으로 '침투'할 때 발생한다. 그리고 이러한 선구적인 학문적 성취는 종종 문학 연구의 "외부인"들에 의해 이루어져 왔다. 문학 이론이 발전하려면 문학 이론의 개방성이 반드시 필요하다.

진위안푸의 관점은 타오둥평의 견해와 기본적으로 일치한다. 진위안푸는 「오늘날 문학예술 경계의 이동」,[6]에서, 당대문학 연구에서 나타나는 이른바 "문화적 선회"는 역사적 발전의 큰 흐름과 현실적 실천의 요구에서 비롯된 동시에, 문학 내부 요소의 운동 결과라고 보았다. 진위안푸는 전환기 당대문학에는 명확하고 의심의 여지가 없는 경계가 없다고 주장한다. 현재 대중문화, 영상 문화, 이미지, 미디어, 네트워크 문화 등의 변화는 우리가 소설, 시, 산문, 희곡이라는 네 가지 문학 장르에만 고착하려는 태도를 고수하지 않는 한 무엇이 문학이고 무엇이 문학이 아닌지를 쉽게 구분할 수 없게 만들었다. 역사적으로도 고정된 경계를 가진 문학은 존재한 적이 없다. 독립된 문학은 18세기 이후 근대 대학 교육이 확립되면서 점진적으로 완성되었으며, 문예학 내에서 문학이 포함하는 장르나 유형역시 항상 변화해 왔다. 문학의 경계는 실질적으로 끊임없이 변동해 왔다. 시, 소설, 희곡, 산문과 같은 주요 문학 유형 및 그보다 더 세부적인 문학 유형들은 역사상의 다양한 시기와 서로 다른 전파 시대에 따라 문학의 영역에 '편입'되어 왔다. 또한, 각 역사적 시기마다 문학의 "주류" 유형도 달랐다. 이러한 점은 서구 문예 발전사에서도 동일하게 드러난다. 예를 들어, 소설의 경우, 산업혁명은 인쇄업과 제지업의 비약적 발전을 가져왔

---

6 金元浦, 「当代文学艺术的边界的移动」, 『河北学刊』, 2004년 제4기.

고, 이는 미디어 혁신을 통해 전파 방식의 혁명을 일으켰다. 이를 통해 공공 영역의 변화와 문학 형식의 갱신이 이루어졌으며, 소설, 특히 장편소설이 이러한 환경 속에서 19세기 이후 문학의 주류로 자리 잡았다. 오늘날, 디지털 미디어가 가져온 또 다른 커뮤니케이션 혁명은 문학에도 또 한 번의 변혁을 촉발하고 있다. 문학은 다시 한 번 경계를 넘어 확장할 뿐만 아니라, 새로운 전환점에 직면해 있다.

영화문학, TV문학, 인터넷문학, 심지어 광고문학과 같은 새로운 문학 형식들이 등장하고, 대중문학, 대중가요(가사) 예술, 다양한 여가 문화 예술 방식과 같은 주변적 문체들이 이미 문학 연구의 시야에 들어왔다. 문학에서 출발해 문화로 확장되면서, 더 많은 신생 문화 예술 형식들이 창조되어 오늘날 문학과 문화학의 관심과 연구 대상이 되었다. 오늘날의 심미 활동은 과거 문학과 예술의 경계 및 범위를 규정했던 한계를 이미 크게 초월하고 있다. 오늘날 대중문화 생활의 중심을 차지하는 것은 더 이상 소설, 시, 산문, 희곡, 회화, 조각 등과 같은 고전적인 예술 장르가 아니다. 대신 광고, 유행가, 뮤직비디오, 노래방, TV 연속극, 온라인 게임, 심지어 패션과 피트니스와 같은 새로운 범(泛)심미적, 범예술적 활동이 그 자리를 대체하고 있다. 예술 활동의 장소 또한 대중의 일상생활로부터 분리된 고상한 예술 공간을 넘어, 대중의 일상생활 공간 깊숙이 스며들고 있다. 따라서 현대 문예학 연구는 기존의 엘리트주의적 울타리에 머무를 필요가 없으며, 일상생활 속 새로운 심미 현상에 주목해야 한다. 이는 문예학의 문화적 전환이 필연적으로 포함해야 할 과제이다. 이후 진위안푸는 「역사의 성찰 속에서 나아가기」[7]과 「일종의 서술 재구성──현대 문예학에 대한 학문적 성찰」[8]에서 자신의 관점을 보다 체계적이고 심도 있게 설

---

7 金元浦, 「在历史的思索中前行」, 『社会科学战线』, 2005년 제1기
8 金元浦, 「重构一种陈述──关于当下文艺学的学科检讨」, 『文艺研究』, 2005년 제7기

명하며, 역사적으로 고정되고 불변하는 경계를 가진 문학은 존재한 적이 없음을 재차 강조하였다.

쉬량(徐亮)[9], 천샤오밍[10], 위훙(余虹)[11]과 같은 학자들도 문학적 경계넘기[12]라는 객관 현상을 설명하고, 문학 연구가 문화적 선회를 이루어야 한다고 주장했다.

장팅팅(張婷婷)은 글에서 학문 경계에 지나치게 집착하는 태도를 비판하며, 경계를 지킬 것인지 확장할 것인지, 또는 어떻게 경계를 나눌 것인지에 너무 많은 에너지를 쏟는 일이 큰 의미가 없다고 주장한다. 그녀는 오늘날과 같은 대변혁의 시대에, 많은 심미 현상 자체가 이미 다양한 속성과 의미를 복합적으로 지닌 체계로 존재하며, 여러 학문과 밀접하게 연결되어 있다고 지적한다. 인문학자로서 가장 시급한 과제는 관련 학문과의 상호 자극 및 상호 생성 속에서, 새로운 환경에서 출현하는 수많은 새로운 현상, 새로운 유형, 새로운 문제를 해석하려 노력하는 것이지, 경계를 나누는 데 급급할 필요는 없다는 것이다. 게다가, 경계란 인위적으로 명확히 설정하기 어렵고, 학문 경계의 상대성과 유동성은 학술 연구, 특히 인문학 연구의 일상적 상태라고 본다. 따라서 연구는 문제 중심적 접근으로 이루어져야 한다고 강조한다. 현실이 제공하는 실질적인 문제, 즉 새로운 문화적 토양에서 자라나며 문예학 및 관련 학문 연구의 발전과 활력을 제약하는 핵심적인 문제를 발견하려고 노력해야 한다는 것이다. 학

---

9 吳文薇, 「新中国文学理论50年学术研讨会综述」, 『文学评论』, 2000년 제4기

10 陈晓明, 「文学的消失或幽灵化?」, 『问题』(1辑), 中央编译出版社, 2003년

11 余虹, 「文学的终结与文学性的蔓延」, 『文艺研究』, 2002년 제6기

12 欧阳友权, 「文艺边界拓展与文论原点位移」, 『廊坊师范学院学报』, 2007년 제4기. 欧阳友权, 「文学研究的范式, 边界与媒介」, 『文艺争鸣』, 2011년 제7기. 金元浦, 「重构一种陈述——关于当下文艺学的学科检讨」, 『文艺研究』, 2005년 제7기. 杨玲, 「论从文学研究到文化研究的范式转型」, 『首都师范大学学报』(社会科学版), 2008년 제5기

문의 규범적 경계를 희석하고, 현실과 변화를 직시하며, 학문적 입장의 암묵적 제약 속에서도 새로운 대상에 대응하는 노력을 기울이는 것이 중요하다. 이러한 태도는 매우 계몽적인 자세로, 문예학의 발전에서 지나치게 이론의 세세한 부분에 얽매이는 것보다 현실 문제에 매진하는 것이 더 필요하다고 지적한다. 이는 현재 중국 문예학 연구에 있어 가장 필요한 자세라고 주장한다.[13]

문학 연구의 문화적 전환에 대해, 왕닝(王宁)은 이를 세계화의 관점에서 분석하였다. 그의 글 「세계화 맥락에서의 문화연구와 문학 연구」[14]에서, 왕닝은 문화연구의 학제성, 반(反)엘리트주의, 반문학 계급주의가 강한 엘리트 의식과 계급적 관점을 지닌 전통적 문학 연구에 강력한 도전을 제기했다고 명확히 지적한다. 이로 인해 많은 대학의 영문학과에서는 전통적 문학 강좌를 축소하고, 여성 연구, 인종 연구, 미디어 연구, 정체성 연구 등 오랫동안 문학 연구의 범주 밖에 있던 "주변적 담론"을 포함한 현대 문화연구 강좌를 늘려가고 있다. 문화연구는 기존의 학문 경계를 허물고, 엘리트 문화와 대중문화의 경계를 점차 희미하게 만들었으며, 동양 및 제3세계의 문화가 주변에서 중심으로 이동해 문학 연구의 담론권에 들어오게 되었다. 전통 문학 연구는 점점 엘리트 학자의 상아탑에서 벗어나기 시작했으며, 신비평(New Criticism)의 형식 구조 분석 방식은 점차 더 광범위한 문화학적 분석과 이론적 해석으로 대체되고 있다. 하지만 문학 연구가 형식주의의 좁은 영역을 넘어 문화연구의 광범위한 맥락으로 들어간다고 해서 문학 연구가 소멸되는 것은 아니다. 왕닝은 문학 연구와 문화연구 간의 관계를 적절히 조율한다면, 문학 연구의 협소한 범위를 넓히고, 좁은 의미의 엘리트 문학의 한계를 확장하며, 문화 비평의 요소를 도

13 张婷婷, 「文艺学"边界"论争之我见」, 『社会科学战线』, 2005년 제5기
14 王宁, 「全球化语境下的文化研究和文学研究」, 『文学评论』 2000년 제3기

입함으로써 위기에 처한 문학 연구가 새로운 세기에서 다시 번영을 누릴 가능성을 얻을 수 있다고 주장한다.[15]

(3) 문학 연구의 확장에 대한 의문과 비판

문학 연구의 확장에 대한 의문과 비판은 주로 "일상생활 심미화"라는 주제를 중심으로 전개되었으며, 그 대표적인 학자로 첸중원(钱中文)과 퉁칭빙(童庆炳)을 들 수 있다. 이들 학자는 문학 연구 경계의 이동성을 부정하지는 않지만, 문학 이론의 "확장" 주장에 대해서는 강한 의문을 제기한다.

퉁칭빙(童庆炳)은 심미 개념을 출발점으로 삼아, 문화연구가 제기한 일상생활의 심미화 또는 심미화된 일상생활이 인간의 감정을 진동시킬 수 없으며, 이는 심미의 얕은 층위에 머물러 있을 뿐 깊은 층위에 도달하지 못한다고 지적했다. 이러한 얕은 층위의 심미는 인간의 감정과 정신에 영향을 주는 것이 아니라 단순히 감각에만 영향을 미치는 것으로, 이는 대상에 대한 감각적 평가에 불과하다고 보았다. 따라서 이러한 심미는 비극이나 희극을 감상할 때의 감정적 평가와는 동일 선상에서 논의될 수 없다고 주장했다. 퉁칭빙은 전통적인 문학이 여전히 활발하게 존재하고 있다는 점을 강조하며, 문예 연구가 이러한 생생한 현실을 무시하고 일상생활의 심미화에 주목해서는 안 된다고 보았다.[16] 2005년 초, 「일상생활 심미

---

15 王宁,「文学研究疆界的扩展和经典的重构」,『外国文学』, 2007년 제6기. 王宁,「面对全球化: 从文学批评走向文化批评」,『文学前沿』, 2000년 제1기. 王宁,「"文化研究"与经典文学研究」,『天津社会科学』, 1996년 제5기. 黄青喜,「全球化语境下的文化研究与文学研究」,『河南大学学报』(社会科学版), 2005년 제6기.

16 童庆炳,「"日常生活中审美化"与文艺学的"越界"」,『人文杂志』, 2004년 제5기

화와 문예학」[17]에서 그는 "일상생활 심미화"가 새로운 현상이 아니며, 보편적 의미를 지닌 현상도 아니라고 주장했다. 그의 주장에 따르면 "일상생활 심미화"에 기반한 "새로운 미학"이란 단지 "경제적으로 여유있는 자들의 미학"일 뿐이며, 이를 문예학 연구에 포함시키는 것은 사실상 "문학종결론"을 주장하는 것에 다름없다. 현재 문학이 주변화되긴 했지만, 고유한 심미적 영역을 지닌 문학은 어떠한 예술도 대체할 수 없다고 강조하며, 문학은 결코 종말을 맞이하지 않을 것이다. 문학이 여전히 고집스럽게 존재하고 있는 한, 문예학의 대상은 문학적 사실, 문학적 문제, 그리고 문학적 활동이어야 하는 것이다. 문예학은 이러한 사실, 문제, 활동의 변화에 따라 변화할 수는 있지만, 결코 문학을 버리고 "일상생활의 심미화"에 치중해서는 안 된다.

일부 학자들은 퉁칭빙의 주장을 지지하며, 이에 호응했다. 주리위안 등은 오늘날 사회에서 나타나는 새로운 문학 현상이 양적 측면에서 문학의 지도를 확장시켰을지는 몰라도, 이것이 문학의 심미적 규정성이나 경계와 범위의 소멸로 이어지지는 않았다고 강조했다. 그들은 문학의 경계는 여전히 명확하며, 문학과 일상생활의 경계도 사라지지 않았다고 주장했다. 따라서 현대 문예학은 여전히 문예의 자율적 입장을 견지해야 하며, 문학을 중심으로 삼아야지 무한히 확장해서는 안 된다고 강조했다.[18] 또한, 일부 학자들은 문화연구로 문학 연구를 대체하려는 시도를 본말전도의 오류로 간주하며 이를 비판했다. "문예학의 대상이 문학 텍스트에서 문학화된 생활로 확장되는 것은 두려운 일이 아니지만, 외연의 확대가 곧 내포의 모호화를 의미하지는 않는다. 문예학 연구의 목적과 과제는 궁극

17 童庆炳,「日常生活审美化与文艺学」,『中华读书报』, 2005.1.26
18 朱立元, 张诚,「文学的边界就是文艺学的边界」,『学术月刊』, 2005년 제2기

적으로 중국 현실의 필요와 문학 자체의 발전에 초점을 맞추어야 한다.[19] 일부 논자는 일상생활의 심미화와 문예학 문제 사이에 명확한 경계를 그으며, "일상생활 심미화" 또는 "대중 심미문화"에 대한 연구와 문학 이론 연구는 근본적으로 서로 다른 학문 분야와 체계에 속한다고 하며, 다음과 같이 주장하였다. 전자는 "생활 미학"이나 "문화 미학"의 범주에 속하는 반면, 문학 이론은 문학 자체를 연구하고 문학에 대한 이론적 반성을 다루는 것으로, 양자 간에는 본질적으로 질적인 차이가 있다. 서구의 문화연구 이론을 도입해 중국의 문학 이론 위기를 극복하려는 시도는 성공 가능성이 낮을 뿐만 아니라, 문학 이론을 더욱 범용화시키고 궁극적으로 학문으로서의 존재 정당성을 상실할 위험이 있다. 문화연구가 점진적으로 문학의 영역을 잠식하고 확장해 나간다면, 결국 우리 시야에서 문학의 완전한 소멸을 초래할 가능성이 있다.[20].

결론적으로, 문학 연구의 확장에 대한 의문은 기본적으로 문학의 심미적 내포에 대한 이해에 기초하고 있다. 문학의 심미적 내포는 심미 활동의 확장과 함께 풍부해질 수 있지만, 문학 자체는 여전히 명확하고 흔들리지 않는 독립적이고 자족적이며 때로는 폐쇄적인 경계를 가지고 있다는 것이다. 문예학이 아무리 경계를 확장하더라도, 그것이 비문학적이고 비심미적인 생활 영역으로까지 확장될 수는 없다고 주장한다. 이와 같은 심미주의적 입장에서 문학의 자족성과 자율성을 강조하며 문예학의 '확장'을 비판하는 관점은 당시 많은 학자들로부터 의문과 비판을 받았으며, 이는 문학의 심미성에 대한 논쟁을 촉발시켰다(자세한 내용은 아래 참조).

19 郝春燕, 「文艺学移动的边界与坚守的空地」, 『东方论坛』, 2005년 제4기
20 胡友峰, 「文学理论: 当前危机及其应对方式」, 『广东社会科学』, 2008년 제6기

(4) 문학 연구와 문화연구의 상보성

현실에 대한 대응이라는 관점에서 문화연구 학자들은 문예학의 경계 확장을 긍정적으로 평가한다. 반면, 심미주의적 관점에서는 문예학의 경계 확장을 의심하거나 비판하는 학자들도 있다. 이러한 상반된 입장 외에도 문학 연구와 문화연구를 서로 다른 학문적 길로 보되, 이 두 영역이 절대적으로 공존 불가능하거나 상호 보완할 수 없는 것은 아니라는 견해도 존재한다. 이러한 관점은 루양의 「문학 연구와 문화연구」[21]에 잘 드러난다. 루양은 문학 연구와 문화연구를 상이한 성격을 가진 두 영역으로 보며, 문학 연구의 경계는 과거에도 존재했고, 현재에도 존재하며, 앞으로도 계속 존재할 것이라고 주장한다. 그는 문학과 문화연구의 경계가 열려 있으며 상호 교차하는 형태를 띠고 있다고 보았다. 또한, 문학이 주변화되고 있다는 점은 부인할 수 없는 사실이라고 지적하면서도, 주변화가 곧 몰락을 의미하지는 않는다고 강조한다. 루양은 문학 연구가 인간 영혼의 즐거움에 초점을 맞추는 활동이며, 그것만으로도 충분히 존재할 이유가 있다고 보았다. 반면, 문화연구는 현재 활발히 진행 중이며, 우리가 그것을 좋아하든 싫어하든, 현대 사회를 해석하는 학문으로서 강력한 생명력을 지닌다고 평가한다. 그는 현 학문 체계에서 학제 간 연구가 점차 주목받고 있음을 언급하며, 전통 학문이 확장되면서 여성 연구, 동성애 연구, 소수 민족 연구, 영화 연구, 시각 문화 연구 등 과거에 "타자"로 간주되던 주제를 포괄하고, 이를 대중적 이론으로 번역함으로써 학문 체계 내에서 타자의 위협을 해소하고 있다고 지적한다.

루양은 문화연구에서 보편화된 '문화' 개념이 타자를 자아로 복원하거나 지배 문화의 한 형태로 대체하는 장을 제공한다고 보았다. 이러한 관

---

21 陆扬, 「文学研究和文化研究」, 『人文杂志』, 2004년 제5기.

점에서 그는 문화연구가 문학 연구에 있어서도 결코 "위협적인 존재"가 아니라고 주장했다. 루양은 다음과 같이 주장한다.

> 문학 연구와 문화연구는 각자의 길을 가며 평화롭게 공존할 수 있다. 두 영역이 상호 교차를 원할 때, 이를 서로의 참조점으로 삼으면 될 것이다. 사실 문학은 문화연구의 방법에 대해 결코 낯설지 않다. 따라서 문학 연구가 문화연구에 흡수되거나 전환될 우려는 논할 필요가 없으며, 서로 비난하거나 공격할 이유 또한 없다. 이 둘은 이미 각자의 방향으로 나아갔기 때문이다. 게다가 중국에서 문화연구가 과연 얼마나 큰 영향력을 가지게 될지는 여전히 의문으로 남아 있다.

루양의 이러한 인식은 문화연구와 문학 연구 사이의 복잡한 관계를 크게 완화시키거나 심지어 단절시킬 가능성을 보여준다. 그는 두 연구가 병행하여 발전하면서 상호 참조하고 상호 촉진할 수 있음을 강조하며, 두 연구를 인위적으로 결합하려는 시도가 문제 해결이나 이론 발전에 전혀 도움이 되지 않는다고 주장했다.[22]

위에서 언급된 문예학의 경계 확장에 대한 논쟁 외에도, 이 논쟁 자체를 하나의 사건으로 분석하여, 이 논쟁 뒤에 숨겨진 더 큰 이론적 문제를 드러낸 학자들이 있다. 이는 리춘칭(李春青)의 「문학이론 경계 논쟁에 대한 다차원적 해석」[23]에 잘 나타나 있다. 리춘칭은 "문학 이론 경계" 문제에 대한 논의가 사실상 1980년대 이후 형성된 문학 이론의 주류 연구 모드와 최근 부상한 문화연구 모드 간의 대립으로 요약될 수 있다고 보았다. 발화자 정체성의 관점에서 보면, 문예 이론 연구 모드와 문화연구의

---

22 同样陆扬, 「重申文化研究」, 『文艺争鸣』, 2010년 제17기. 王逢振, 「文化研究和文学研究的关系」, 『文学前沿』, 2000년 제1기

23 李春青, 「关于"文学理论边界之争"的多维解读」, 『文学评论』, 2005년 제1기.

대립은 "입법자"와 "해석자"라는 두 가지 지식인 문화 정체성 간의 충돌을 반영하며, 이는 단일 문화 지향과 다원적 문화 공생 사이의 갈등을 포함하고 있다.입법자로서의 전자는 인도주의와 엘리트 의식을 고수하며, 가치 지향 면에서 강한 사회적 책임감과 도덕적 이상주의를 드러낸다. 학문적 차원에서는 심미 중심주의와 심미적 유토피아 정신으로 표현된다. 반면, 해석자로서의 후자는 명확한 탈근본주의와 탈중심적 담론의 입장을 취하며, 현실 문화 현상에 대한 관심과 개입을 강조한다. 또한 연구과정에서 연구대상과의 적절한 거리와 "가치 중립" 태도를 유지할 것을 제안한다. 그러나 후자의 가치 입장이 불확정적이거나 암묵적이기 때문에, 그것이 추구하는 "비판적 효과"에 도달하기가 어렵다는 점도 지적된다.

결론적으로, 앞서 논의된 문예학 경계 확장 문제는 단순히 경계의 문제가 아니라, 포스트모더니즘 맥락에서 문학과 문예학을 어떻게 새롭게 인식할 것인가라는 일련의 중요한 질문을 포함하고 있다. 이러한 인식은 실천적인 성과로도 이어졌으며, 그 대표적인 사례가 바로 타오둥펑이 편집한『문학이론 기본문제』[24]이다. 이 교재는 문화연구의 이론과 방법을 문학 이론에 의식적으로 도입하여 문학 이론 교재의 혁신을 시도한 대표적인 저작으로 평가받는다. 이 책은 문예 활동의 생산, 전파 및 소비 방식의 변화를 통해 현대 문예의 현황을 설명하고 있다. 주요 논점은 다음과 같다. 1. 문예 활동의 심화된 시장화, 상업화 및 산업화. 2. 상업화 및 대중 미디어의 보급으로 인한 대중 일상생활의 심미화와 그에 따른 심미 활동의 일상화(또는 심미의 범용화) — 텔레비전 연속극, 광고, 대중가요 등이 대중의 주요 문화 소비 대상으로 부상. 3. 예술 소비 방식 및 목적의 변화—예술 수용의 레저화와 일상화. 4. 새로운 지식인/문인 유형, 문화 및

---

24 陶东风 주편, 『文学理论基本问题』, 北京大学出版社, 2004년 제1판, 2005년 제2판, 2007년 제3판, 2012년 제4판.

예술 종사자, 그리고 '미디어 개입' 계층의 등장. 5. 문화 생산 및 전파 기관의 종류와 성격의 변화.

타오둥펑은 이러한 변화 속에서 현재의 대학 문예학(일반 문예학도 상당 부분 포함)이 현대 사회의 문화 및 예술 활동에 적극적이고 효과적으로 개입하지 못하고 있음을 지적한다. 그는 개혁개방 이후, 특히 1990년대 이래 문예의 생산 방식, 전파 방식, 대중문화 소비 방식에서 나타난 거대한 변화를 설명하지 못하고 있다고 본다. 따라서 타오둥펑은 문예학이 보다 근본적인 변화를 통해 현대 사회와 유의미한 연결을 만들어야 한다고 주장했다.[25]

다음에서는 문학의 심미성/자율성이라는 두 가지 핵심 문제, 그리고 문예학(그리고 지식인)과 현실의 관계에 관한 논쟁을 집중적으로 분석한다.

2. 문학적 심미성/자율성에 관한 논쟁

(1) 문학적 '심미'의 의미에 관한 논쟁

오늘날 중국 학계에서 일상생활 심미화에 대한 관심은 처음부터 학문 체계 구축 문제에 대한 고민과 함께 진행되었다. 일상생활 심미화라는 명제 자체는 전통을 넘어서고 고전을 '침범'하는 성격을 내포하고 있다. 국내 일부 연구자들에게 심미화의 의미는 "예술(심미)과 일상생활의 경계를 허무는 것"에 있기 때문에, 사회 전환 과정에서 전통적인 문예학 학문 체계가 점차 '주변화' 경향을 보이는 상황에서, 일상생활 심미화의 등장은

---

25 陶东风,「大学文艺学的学科反思」,『文学评论』, 2001년 제5기

문예학 및 미학 학문 체계를 재고하고 재구축할 수 있는 중요한 계기를 제공하는 것처럼 보인다.

1980년대의 문예학 연구는 심미성과 문학성에 대한 연구(혹은 '내부 연구')를 주장하며, 심미적 관점에서 문학이라는 독특한 정신 현상을 조망할 것을 제안했다. 그러나 일상생활이 점차 심미화되는 현실에 직면하여, '심미'라는 범주의 내포가 점차 모호해지기 시작했다. 한편으로, 대중 미디어의 확산과 함께 문학은 점차 주변화되었다. 이는 벨(Bell)이 묘사한 바와 같이, 심리적 거리, 심미적 거리, 그리고 사회적 거리의 축소가 시각 문화의 도래를 상징한다. 다른 한편으로, 심미의 범주는 "경험으로서의 정신적 승화"에서 "생활 방식으로서의 문화"로 전환되기 시작했다. 이에 따라 "예술의 문화"(고급 문화)가 다루는 현상의 범위는 점점 더 확장되었으며, 광범위한 대중 생활과 일상 문화를 흡수하게 되었다. 이제 어떠한 사물이나 경험도 실천에서 문화와 관련된 것으로 간주되고 있다.[26]

이에 따라, 문예학의 반성적 연구자들은 일상생활 심미화의 등장이 과거 자율론적 문예학 관점과 방법이 심미의 범용화라는 사실 앞에서 설명력을 상실하게 만들었다고 지적한다. 이는 단지 80년대 이래 문예학이 확립한 연구 대상을 의문시하는 데 그치지 않고, 그 연구 방식에도 도전을 제기한다. 1980년대 중국 문예학의 주류 담론은 학문의 자율성을 명확한 가치 요구로 내세웠고, 이를 바탕으로 체계적인 이론 틀과 연구 방법을 구축하였다. 이 담론은 문학의 내부 연구, 그리고 이론의 과학성, 체계성, 독립성을 강조했다. 그러나 현대의 반성적 연구자들은 이 이론 담론 자체가 어떤 본질주의적 사고방식을 내포하고 있다고 보고, 이를 활용해 오늘날 문학(심미)과 생활이 점점 융합되는 현실을 의문시하는 것은 필연적으로 문학과 심미 활동을 공공 영역으로부터 멀어지게 만드는 결과를 초래

---

26 迈克·费瑟斯通, 『消费主义与后现代文化』, 刘精明 译, 译林出版社, 2000년, 139쪽

할 것이라고 주장한다. 따라서 이들은 문예학 경계의 확장을 주장함과 동시에, 새로운 사고 패러다임으로 연구 대상을 바라보는 시도를 모색하고 있다. "문예학의 출로는 심미의 범용화라는 사실을 정면으로 마주하는 데 있으며, 일상생활에서 새롭게 나타나는 문화/예술 활동 방식에 긴밀히 주목해야 한다. 문예학은 적시에 연구 대상과 연구 방법을 조정하고 확장하며, 단순한 내부 연구의 한계를 보완하기 위해 새로운 문학-사회 연구 패러다임을 재정립해야 한다."[27] 이 시점에서 문화연구는 현재의 역사적 맥락에서 새로운 성장점으로 부상하였다. 문화연구는 한편으로 연구 대상을 고전 작품의 범위를 넘어 확장할 것을 주장하면서도, 다른 한편으로 문학 작품에 대한 관심을 반드시 배제하지는 않는다. 문화연구는 새로운 연구 지향을 통해 문학 작품을 재사유하고 재해석할 것을 제안하며, 문학 작품 내재적 문학성의 형성, 작품 내부에 얽혀 있는 지식과 권력 사이의 복잡한 관계와 같은 새로운 접근 방식을 가진다.

심미화를 주장하는 자들의 이러한 판단에 대해 일부 학자들은 완전히 동의하지 않는다. 이들은 일상생활 심미화로 인해 고전 문학 연구가 주변화되는 현상을 인식하면서도, 문학 본위의 입장을 유지하며 이러한 현상을 해석하려 한다. 이 학자들은 이미지화 시대의 도래가 문학의 종말을 초래하지 않을 것이라고 주장한다. 오히려, 문학과 예술은 자체의 독특한 심미적 영역을 가지고 있다고 본다. "문학 이론의 경계는 이동하며, 끊임없이 이동하지만, 이는 문학적 사실, 문학적 경험, 문학적 문제의 이동에 따라 이동하는 것이다. 문학은 언제나 문학이다. 일상생활에서 약간의 문학성을 겼다고 해서 아무 것이나 문학이 될 수는 없다."[28] 또한, 이들은 일상생활 심미화가 삶과 예술을 완전히 합일시키지 않았다고 지적하며, 이

---

27 陶东风, 「文化批评的兴起及其与文学自主性的关系——兼与吳炫先生商榷」, 『山花』, 2005년 제9기

28 童庆炳, 「文学理论的边界」, 『江西社会科学』, 2004년 제6기

미지화의 확장이 심화되는 시대에도 여전히 초월적 특성을 특징으로 하는 문학성을 지켜야 한다고 주장한다.

일상생활 심미화에 대한 논쟁은 양측이 이 명제를 서로 다르게 이해하면서, 일상생활의 심미화 현상 자체에 대한 해석에서도 어긋난 담론에 빠지게 되었다. 많은 학자들은 일상생활 심미화가 현대 사회에서 새롭게 등장한 것이 아니라 오래전부터 존재해왔던 현상이라고 본다. 예를 들어, 퉁칭빙(童庆炳)은 자신의 글에서 다음과 같이 지적한다. "일상생활 심미화는 지금에 와서야 생긴 것이 아니라, 오래전부터 존재해온 현상이다. 예컨대, 고대 중국의 관리 가문에서는 아름다운 옷을 입고, 맛있는 음식을 먹으며, 집을 지을 때는 반드시 후원을 만들고, 업무가 끝난 뒤에는 늘 금(琴), 기(棋), 서(書), 화(畫)와 함께했다." 또한, 루수위안은 다음과 같이 주장한다. "길고 긴 농업 사회에서, 심미는 단지 일상생활에 스며든 것에 그치지 않고, 일정 규모의 '문화 시장'을 만들어내기도 했다. 이는 오늘날의 여가, 오락, 건강을 위한 소비 공간과 유사한 주루(酒楼), 찻집(茶肆), 서원(书场), 묘회(庙会), 구란(勾栏), 극장(戏院), 무관(武馆), 기루(妓院) 등을 예로 들 수 있다. 예술 소비의 측면에서 보면, 명·청 시대 시정의 속곡(俗曲)과 시조(时调), 예컨대 〈괘지아(挂枝儿)〉, 〈팔각고(八角鼓)〉, 〈마두조(马头调)〉 등은 오늘날의 유행가와 비슷하다. 쑤저우 고대 정원에서 보이는 '환경 설계'는 당시의 시와 송사의 심미적 경지를 부동산 개발에서 극도로 활용한 사례라 할 수 있다. 명대 문진형(文震亨)과 이어(李渔)가 '거실'과 '공예품(器玩)'에 대해 논한 심미적 취향은, 오늘날 어떤 인테리어 회사 사장과 비교해도 부족함이 없었다. 그들이 저술한 『물지』(物志), 『한정우기』(闲情偶寄)는 일종의 '심미 일상생활화'의 대중 교양서로 볼 수 있다."[29]

---

29 鲁枢元, 「评所谓"新的美学原则"的崛起——"审美日常生活化"的价值取向析疑」, 『文艺争鸣』, 2004년 제3기

그러나 일부 학자들, 특히 일상생활 심미화의 주창자인 타오둥펑과 연구자인 리춘칭은 이러한 지나치게 포괄적인 해석에 대해 의문을 제기했다. 타오둥펑은 일상생활 심미화 현상이 출현하게 된 현대 사회의 문화적 맥락을 강조한다. 그는 소비문화와 시각 이미지 문화의 급속한 발전, 3차산업과 문화산업의 부상, 비물질적 기호 소비 활동의 확산 등을 현대적 맥락으로 제시하면서, 이러한 현상이 현대 사회생활에서 지니는 "보편성"과 "대중성"을 강조한다. 이를 통해 그는 중국 고대 사대부 계층이나 서구 산업혁명 이전 시대 소수 귀족의 심미화된 생활 방식과 현대의 일상생활 심미화 현상을 구별해야 한다고 주장한다.[30] 리춘칭에 따르면, 비록 두 현상이 모두 심미와 생활이 융합된 형식을 가지고 있지만, 고대 사회의 이른바 심미화는 심미의 분화를 기초로 하여 형성된 것으로, 사대부 지식인의 심미적 취향을 대표한다. 반면, 오늘날의 심미화는 지식 계층의 통제를 벗어난 사회적 힘에 의존하며, "일상생활 심미화가 독립적이고, 지식 엘리트 세력 범위 밖의 문화 현상, 즉 '타자'로 자리 잡게 되었을 때, 비로소 그들은 이러한 문화 현상을 놀라운 시선으로 주목하게 되었다."[31] 따라서, 일상생활 심미화는 단순히 과거 엘리트 문화 속의 유사한 문화 현상과 동일시될 수 없으며, 단순히 통속 문화의 범주로 완전히 귀속되어 검토될 수도 없다. 현대 상업 요소의 등장은 문화의 장(場)을 과거의 단순한 엘리트 문화와 대중문화, 혹은 엘리트 문화와 주도 문화 간의 대립에서 더 복잡한 논리로 전환시켰다. "세 가지 문화는 특정 문맥에 따라 상호 작용하는 구조를 가질 뿐만 아니라, 내재적 전환 가능성 또한 존재한다."[32] 이러한 관점에서 오늘날 일상생활 심미화에 대한 연구는 단지 중

---

30 陶东风,「也谈日常生活的审美化与文艺学」,『中华读书报』, 2005.2.2.

31 李春青,「在消费文化面前文艺学何为」,『北京师范大学学报』(社会科学版), 2004년 제2기

32 周宪,『中国当代审美文化研究』, 北京大学出版社, 1997년, 198쪽

국 문화 현상을 서구 이론에 끼워 맞추는 것이 아니라, 이를 계기로 중국 당대 사회문화를 보다 포괄적으로 이해하고 성찰하려는 시도이다. 따라서 일상생활 심미화를 검토하려면 구체적인 역사적·문화적 맥락과 연결하여 살펴보아야 하며, 각 문화적 맥락에서 발생하는 구체적 문제들을 면밀히 관찰할 필요가 있다.

일상생활 심미화 연구를 비판하는 이들 중 일부는 시적 정신을 인간 품격의 고양으로 간주하며, 점점 평범해지는 사회 속에서 문학과 예술이 맑고 투명한 정신적 영역을 개척할 수 있다고 믿는다. 또 다른 일부는 예술가가 시적인 방식으로 일상생활에 녹아드는 것과 현재 논의되는 일상생활 심미화를 구분하여, 전자를 일상생활에 대한 심미적 이상의 고양으로 간주한다. 반면, 오늘날의 일상생활 심미화는 심미적 활동이 '구원'에서 '물화(物化)'로 전락한 것으로 이해되며, 심미 이론의 쇠퇴와 일상생활 영역에서 심미 현상이 대량으로 출현하는 결과를 낳았다고 해석된다.[33] 이러한 관점들은 고전적 '심미' 시각에서 일상생활의 심미화와 문예학의 구축을 바라본 것이다. 특히 심미의 초공리성이나 예술의 생활 초월성이라는 의미에서, 이들은 반복적으로 심미의 생활화와 생활의 심미화 사이의 차이, 그리고 심미 범주의 다층성을 강조한다. 일상생활에서 나타나는 심미화 현상은 감각적 욕망의 표출로 간주되어 배제의 대상이 되기도 한다.

중국 당대의 일상생활 심미화 연구자들은 전통적 의미의 '심미'와 일상생활 속 '심미화'를 구분하면서, 서구 후기 현대주의와 소비문화 이론 자원을 비교적 많이 차용하였다. 이들은 후자가 소비주의 논리의 확산 및 시각적 사회에서 이미지와 기호의 범람과 관련이 있다고 본다. 따라서 일

---

33 童庆炳, 「文艺学边界三题」, 『文学评论』. 杜书瀛, 『艺术与生活并未合一』, 『人文杂志』, 2004년 제5기. 鲁枢元, 「评所谓"新的美学原则"的崛起──"审美日常生活化"的价值取向析疑」, 『文艺争鸣』, 2004년 제3기

상생활 심미화는 심미가 엘리트 문화적 취향에서 미디어 시대에 심미의 민주화로 전환되었음을 의미할 뿐만 아니라, 심미 내포의 근본적 변화를 나타내기도 한다. 심미적 거리의 소멸은 기존의 충격력을 점차 감각적 자극으로 대체하게 하였으며 "차이는 심미화의 범위나 정도가 아니라 그 본질에 있다. 현실이 '심미적 범용화' 이후 더 이상 존재하지 않고, 오직 심미의 세계만 존재하며, 달리 말하면, '현실'이란 없고 '초현실'만 존재한다."[34] 여기서 '심미'라는 용어의 사용은 일상생활 심미화가 초래한 경계의 소멸과 생활 공간의 가상화를 강조한다. 그들이 말하는 '심미'는 하나의 감각을 대표하며, 그 내부에는 심미와 욕망, 고급 취향과 저급 취향의 구분이 존재하지 않는다.

어느 정도까지는 심미 범주에 대한 서로 다른 이해가 일상생활 심미화 논쟁 각 측의 인식 차이를 심화시켰다고 할 수 있다. 그러나 이러한 착종된 논의는 중국 문예학 연구 분야 자체의 일정한 논의 궤적을 반영하며, 사회 전환기의 여러 문화적 징후를 내포하고 있다. 현재 일상생활 심미화에 대한 의문 제기는 주로 1980년대 이후 문예학이 확립한 주류 담론 입장에서 비롯된다. 이는 학문적 자율성을 기반으로 심미와 문학성에 관한 자체적인 담론 체계를 창립하고 사용하는 것을 주장하는 입장이다. 이러한 심미관은 예술과 일상생활 사이의 긴장 속에서 심미의 자율성을 구축한다. 이는 '심미'가 주체의 독특하고 고유한 몰입적 관찰을 필요로 하며, 현실 생활의 대립면에 위치하기 때문이다. 동시에 이러한 초월적인 감정 경험은 어느 정도 인간 주체성의 완전한 실현으로 간주되기도 한다. 1980년대의 문화적 맥락에서 '심미'는 모든 사회적 한계를 초월하고 인간의 자아 가치를 실현하는 자유의 경지로 여겨졌다. 학문의 자율성 추구와 함께, 당시 문예학이 구축한 자아, 개체, 인간성, 무의식, 자유, 보편성 등에

---

34 金惠敏, 「从形象到拟像」, 『文学评论』, 2005년 제2기

관한 문화 철학적 담론 체계는 학술적 '현대성'으로 나아가는 경로를 반영하는 것이기도 했다. 그러나 주목할 점은, 당시 문예학이 심미적 관조에 대해 사회로부터 거리를 두는 듯한 태도를 보였다고 하더라도, 동시에 심미가 취향일 뿐만 아니라 교양이라는 관점을 충분히 흡수했다는 점이다. 이는 예술이 삶에 개입하고 인간의 전체적 인격을 고양하는 것을 주장하는 방향성과도 일치한다.[35] 이러한 '초월'은 단순히 사회와 분리된 심미적 태도가 아니라, 오히려 '심미'라는 형태로 사회에 다시 개입하려는 시도이기도 하다."

1990년대 이후, "심미성"은 분열의 국면에 접어들었다. 과거에는 특정한 "정치"에 대항하는 과정에서 학계 전반이 공통된 반성적 비판을 제기하던 시기가 있었지만, 90년대 이후 문학과 예술은 점차 다원화된 양상을 띠게 되었다. 대중문화는 일상생활에 대량으로 유입되었으며, 소비와 생활방식 자체가 점점 개별화되고 심미화되는 경향을 보이기 시작했다. 이러한 심미화 현상에 직면하여 일부 학자들은 과거의 심미주의 담론을 이어받아 심미성의 초월적 특성을 유지하고 이를 무한히 신성화하였다. 이러한 과정에서 심미 담론 속에 내재된 문학/사회라는 이원적 모델이 점차 축적되었고, 이후의 연구와 논의에서는 대중 소비문화가 "정치"를 대신하여 심미성과 대립하는 또 다른 축(심미성/대중 소비문화)으로 자리 잡았다. 그러나 다른 연구자들에게는 심미성이 지닌 개별적이고 세속적인 차원이 전에 없이 주목받았다. 이들은 대중 소비문화가 도덕적 타락을 초래했는가, 혹은 자율론적 문예학이 필연적으로 일원적 사고방식을 표상했는가와 같은 문제를 논의의 본질로 보지 않았다. 오히려, "일상생활의 심미화와 문예학적 반성"이라는 담론 자체를 분석하며 연구 주체가 "심미성", "문학성", "일상생활의 심미화"라는 개념을 어떻게 이해하는지, 이 개

---

35 王元驤, 「文艺理论中的文化主义与审美主义」, 『文艺研究』, 2005년 제4기

념의 형성과 변천이 무엇을 의미하는지를 규명하고자 했다. 따라서 일상
생활의 심미화와 문예학 학문 문제에 대한 논의는 단순히 현재 진행 중인
학문적 논쟁을 넘어서, 진정으로 반성적인 연구 시각을 모색하는 방향으
로 나아가야 함을 알 수 있다.

(2) 문학의 독립성과 자족성을 둘러싼 논쟁

이 문제는 앞서 논의된 문제와 밀접하게 연결되어 있다. 앞서 언급한
바와 같이, 일상생활의 심미화와 문화연구는 전통적인 심미 개념을 넘어
섰으며, 현대 사회에서 보편적으로 나타나는 심미화 현상을 직시하고 연
구 대상과 방법을 시의적절하게 조정하며, 새로운 문학-사회 연구 패러
다임을 재구성하려고 한다. 그러나 문화연구와 문화 비평에 대해 회의적
이거나 비판적인 입장을 취하는 이들은 대개 심미주의적 입장을 고수한
다. 이들은 문학을 독립적이고 자율적이며 때로는 폐쇄적인 것으로 간주
하며, 문화연구와 문화 비평이 문학에서 근본적으로 벗어난 활동이라고
본다. 여기서 사용되는 주요 논리는 영미 신비평(New Criticism)에서 비롯
된 것으로, 이는 1980년대 중국 학계에서 유행했던 '이분법'과 맞닿아 있
다. 즉, 문화연구를 문학의 내부 연구와 대립하는 외부 연구로 간주하며,
일부는 이를 저급한 사회학적 비평으로의 회귀로 간주하기도 한다. 이들
은 문화 비평이 문학의 '심미' 본질에서 벗어났을 뿐만 아니라 문학과 완
전히 분리되었다고 주장한다. 또한, 문화 비평이 존재할 수는 있지만 이
는 문학 비평을 대체할 수 없으며, 특히 문학의 심미 연구 또는 내부 연구
를 대체해서는 안 된다고 본다.
예를 들어, 『남방문단(南方文坛)』 1999년 제4호에 실린 인터뷰 「오늘날
의 비평에 대한 질의응답」에서, 첫 번째 질문은 "왜 현재의 문학 비평이
점차 문화 비평으로 전환되고 있는가? 문학 비평이 다시 문학으로 돌아

갈 수 있을 것이라 생각하는가?"였다. 이 질문에 대해 다수의 학자들은 문화 비평을 '내부 비평'에 대응하는 '외부 비평' 혹은 심미 비평에 대립하는 사회학적 비평으로 간주하며, 문학 비평이 "문학으로 돌아가야 한다"고 주장했다. 예를 들어, 다음과 같은 견해가 있다. "문화 비평은 결국 외재적 연구로, 비평적 사고 측면에서 볼 때, 과거의 사회학적 비평과 본질적인 차이가 없다. 따라서 그것은 여전히 문학에 너무 많은 '의미', '상징'을 부여하려는 경향이 있으며, 이는 문학을 비문학화할 위험을 초래한다"(吳义勤). "문학 비평의 '장(場)'은 결국 문학이다. …… 나는 너무 많은 비평가들이 '문화', '사상' 또는 '정신' 속으로 깊이 빠져 문학을 잃어버리는 것을 원하지 않는다"(施战军). 이러한 견해는 매우 일반적이며, 이러한 비평가들은 1980년대 심미/예술 자율성의 입장을 상당히 고수하는 경향을 보인다. 이들의 이론적 기반은 1980년대 중국에서 비교적 유행했던 러시아 형식주의와 영미 신비평에서 비롯된 것이다.

이와 관련하여 옌징밍(阎晶明)과 우쉬안(吳炫)의 견해는 매우 대표적이다. 옌징밍은 다음과 같이 지적한다. "90년대의 문학 비평은 학술 규범이 더욱 부족한 시대였다. 80년대 문단에서 활발히 활동하던 비평가들은 이 시기에 대거 전향하여, 시선을 더욱 방대한 목표로 돌렸다. 문학이라는 측면에서 볼 때, 이는 목표가 모호해진 상황이었다. 비평가들의 주의력은 더 큰 문화의 문제로 옮겨가 분산되었다." 그는 인문 정신과 포스트모더니즘 논의를 예로 들며 다음과 같이 묻는다. "이러한 학술 주장들이 문학 비평에 어느 정도 속한다고 할 수 있는가?" 옌징밍은 이러한 논의들이 이미 "문학에서 목표가 벗어난 상태"에 있다고 본다. 이렇게 "목표에서 벗어난" 비평은 그에 의해 "문화 비평"으로 규정된다. 그는 "문화 비평"에서 문학 작품은 단지 비평가들이 마음대로 사용하는 "작은 참고 자료"로 전락한다고 지적하며, 우려를 담아 다음과 같이 쓴다. "문학 비평은 이렇게 문화 비평에 의해 대체되어 하찮고 부차적인 동반자로 전락한다. 작가

와 작품에 대한 구체적인 해석은 유행을 따르지 못하고 사상적 날카로움
이 부족한 가련한 행위로 여겨진다." 이에 따라 그는 다음과 같이 호소한
다. "문학 비평은 '자체'로 돌아가야 하며, '텍스트 해석'으로 돌아가야 한
다. 이것이 문학 비평이 문학의 부속물이 되지 않고, 문화 비평에 의해 희
석되지 않는 유일한 길이다." 이러한 주장 속에서 옌징밍의 전제는 여전
히 문학 비평과 문화 비평은 별개의 것이라는 점이다. 그는 오직 문학 비
평만이 "문학 자체"를 지향한다고 본다. 하지만 여기서 물어야 할 점은 과
연 "문학 자체"란 무엇인가라는 것이다. 역사적 맥락에서 독립적이고 보
편적이며 본질화된 "문학 자체"라는 것이 과연 존재할 수 있는가? 이 질
문은 단순히 논의의 전제가 아니라, 오히려 심층적으로 탐구해야 할 주제
일 것이다.

우쉬안의 글은 오늘날 중국 문화 비평을 가장 집중적이고 체계적으로
비판한 사례 중 하나로, 그는 문화 비평의 "다섯 가지 문제"를 열거하며
이와 관련된 논의를 전개한다. 그 중 첫 번째 문제는 "오늘날 문화 비평이
문학 독립의 근대화 경로를 해체하고 있다"는 점이다. 우쉬안은 "'문학 독
립'은 문화 근대화에서 요구되는 '인간 독립'이라는 요구를 따르는 것으
로 규정하며, 이는 '인간 중심'에서 '텍스트 중심'으로 이어지는 논리적 연
장선에 속한다"고 본다. 이는 문화가 문학에 미치는 긍정적 영향이자, 신
문학이 '문이재도(文以載道)' 전통을 벗어나 독립적 형태를 모색하려는 노
력으로 평가된다. 그는 이 노력을 다음과 같이 정의한다. "이러한 노력은
전통적인 문학과 문화의 관계를 혁명적으로 재조정하려는 시도로 이해
해야 한다." 우쉬안은 한 세기 동안 중국 학자들이 서구 문학의 독립적 속
성과 형태를 참조하며 "예술을 위한 예술", "창작의 자유" 같은 근대적 주
장을 제기하거나, "문학 주체론", "예술 형식 본체론" 같은 서구 근대 문학
독립 관념에 의존해 왔다고 지적한다. 이 과정에서 "예술의 무력함"이나
"문화의 부적합성"이 드러났을 수는 있지만, 이러한 노력 자체는 두 가지

중요한 의미를 가진다고 본다. 첫째, 이는 문학이 정치와 문화의 도구로 기능했던 현실에서 벗어나려는 실질적 의미를 지닌다. 둘째, 이는 중국 문학이 독립적 근대적 형태를 모색하는 과정에서 축적된 역사적 의미를 가진다. 그러나 우쉬안은 이러한 문학의 근대화 과정이 문화연구에 의해 "저지당했다"고 비판한다. 그는 "문화 비평은 더 이상 문학 자체의 문제에 관심을 두지 않으며, 일부 학자들에게는 이미 진리를 장악한 것처럼 '오늘날의 문학 비평'으로 간주되고 있다"고 지적한다. 이러한 맥락에서 우쉬안은 문화 비평이란 "비근대적 형태 또는 반(反)근대적 형태의 문학 비평"이라고 규정하며, 이는 "문학 자체의 문제를 더 이상 논의하지 않는다"는 점에서 드러난다고 주장한다. 우쉬안의 논리는 다음과 같다. 문학의 근대성 또는 근대화란 곧 문학의 자율성을 의미한다고 보며, 이를 위배하는 것은 근대성이라는 합리적 역사적 과정을 거스르는 행위로 간주한다.

일부 학자들은 이 문제에 대해 다소 격렬한 태도를 보이며, 문화 비평과 문학 이론 및 문학 비평이 본질적으로 양립할 수 없는 이질성을 가진다고 주장한다. 그들은 문화 비평의 등장이 문학 연구의 발전이 아니라 문학 연구에서의 일탈로 간주되며, 어떤 면에서는 문학 연구에 돌이킬 수 없는 손상을 초래할 가능성도 있다고 본다. 이들에 따르면, 문화 비평이 문학 연구에 미치는 가장 큰 해악은 문학을 단지 하나의 일반적인 문화 현상으로 간주하면서 그 안에 포함된 이데올로기적 메커니즘과 사회·정치적 기능을 분석 대상으로 삼는 데 있다. 이는 문학이 다른 문화 형태와 근본적으로 구별되는 특징을 지워버리는 것과 다름없으며, 이로 인해 문학 이론과 문학 비평이 존재할 수 있는 기반 자체를 무너뜨린다고 본다. 따라서 문화 비평을 문학 이론이 처한 곤경을 타개할 '치유제'로 간주하려는 시도는, 결국 '갈증을 해소하기 위해 독이 든 물을 마시는 행위'에

다름 없다고 한다.[36]

일부 학자들은 "문학 비평을 구하자"[37]고 주장하기도 했다. 문화 비평
이 수행하는 작업은 단지 "문화적 고증"에 지나지 않으며, 문학 비평의 본
질적 사명인 "심미적 판단"을 철저히 간과한다. 이와 같은 상황에서 문학
의 "문학성"은 점차 "문화성"에 의해 완전히 잠식되고, 비평가의 직업적
정체성 또한 소멸된다. 현재 우리의 문학 비평은 점점 문화 비평으로 변
질되어 가고 있으며, 스스로의 개성을 기꺼이 소모하고 있다. 문학 비평
이 작품의 "문학성"보다는 "문화성"에 지나치게 집착하게 되면서, 본연의
자리에서 점점 멀어지고 있는 것이다. 만약 이러한 경향이 지속된다면,
우리가 눈앞에서 문학 비평의 소멸을 목도하게 될 가능성이 매우 크며,
이를 방지하기 위해서는 "문학 비평을 구해야 한다"는 것이다.

결론적으로, 문화연구를 비판하는 학자들에게 "심미"는 그들이 문화연
구를 비판하며 내세우는 가장 강력한 기치다. 이들은 문학의 심미적 특성
을 강조하기 때문에, 문학 연구는 무한히 확장되어 문학의 근본적인 특성
을 상실해서는 안 된다고 주장한다. 또한, 문학의 심미적 특성을 강조하
기 때문에, 문학 연구와 문화연구는 명확히 구분되어야 한다고 본다. 따
라서, 문화연구의 등장은 문학 연구의 발전에 도움이 되기는커녕, 문학의
독립성과 자족성을 심각하게 훼손하거나 심지어 삼켜버릴 수 있다는 우
려를 제기한다. 그렇다면, 이들이 말하는 "심미"란 과연 어떤 의미를 가지
는가? 우리는 심미를 어떻게 이해해야 하는가? 이는 사실상 문화연구와
문학 연구의 대립에서 핵심적인 개념으로 자리 잡고 있다.

---

36 苏宏斌, 『文化研究的兴起与文学理论的未来』, 『文艺研究』, 2005년 제9기
37 路文彬, 『救救文学批评──让文学批评回到文学』, 『文艺争鸣』, 1998년 제1기

3. 문학연구(및 지식인)의 현실 참여에 대한 논쟁 [38]

(1) 문예학과 공적영역의 구축

문화연구가 문학 연구에 가져다준 것은 단지 연구 영역의 확장이 아니라, 사고 방식의 전환과 문학 연구와 공적 영역의 관계 변화이다. 이를 통해 문학 연구는 보다 비판적인 자세로 현실을 민감하게 주목하고 대응하며, 현실에 개입할 수 있게 된다. 또한 당대 조건에서 문학 활동에서 발생하는 다양한 변화를 폭넓고 깊이 있게 대면하며, 이 변화의 배후에 있는 사회적·문화적 메커니즘을 효과적으로 탐구할 수 있게 된다. 타오둥평은 그의 논문 「문학이론에 대한 학제간 문화연구의 도전」[39]에서 문화연구가 문학연구가 공공의 사회문제에 비판적으로 개입하는 데 도움이 될 수 있음을 분명히 지적했다. 그의 글에 따르면, 문화연구는 끊임없이 자기 반성과 자기 해체를 수행하는 지식 탐구의 영역으로, 비판적 언어를 실행한다. 문화연구의 핵심 임무 중 하나는, 학과 체제 뒤에 숨겨진 역사적으로 특수한 이익-권력 메커니즘을 폭로하고, 학과 체제가 어떻게 지배적인 문화를 생산하고 이를 정당화하는지를 드러내는 것이다. 문화연구는 확립된 학문 체제와 학과가 내포하는 정치적, 경제적, 학문적 이익을 적극적으로 반성하고 저항해야 한다고 주장한다. 이러한 이익은 대개 공공연하게 드러나는 것이 아니라, 학문 체제가 확립한 특정 지식 탐구 방식에 은폐되거나, 과학적 진리와 심미적 가치 평가 시스템 속에 숨겨져 있다.

---

[38] 이 주제에 대한 논쟁은 크게 눈에 띄지는 않았다. 왜냐면 현재 학계는 기본적으로 문학연구 및 지식인은 마땅히 현실에 적극적으로 개입하고 대응해야 한다고 여기기 때문이다. 따라서, 본 절에서 주로 다루는 것은 타오둥평 등 문화연구 학자들의 관점이다.

[39] 陶东风, 「跨学科文化研究对于文学理论的挑战」, 『社会科学战线』, 2002년 제3기.

20세기 후반부터 서구 문화연구는 서구 전통 인문학에 날카로운 도전을 제기했으며, 문화연구가 중국에서도 부상하면서 이러한 도전은 중국 인문학자들이 직면한 현실적인 문제로도 자리 잡았다. 타오둥평은 중국 대학의 문학 교육에서 학과화가 교사와 학생 모두의 비판적 사고 능력을 상실하게 만드는 방식을 대표적으로 보여준다고 지적한다. 예를 들어, 문학이론 교과서가 문학의 본질을 이해하는 데 있어 심각한 본질주의적 경향을 드러낸다는 것이다. 문화연구가 저항하는 것이 바로 이러한 본질주의적 경향이며, 문화연구는 해체의 기능을 발휘한다. 문화연구는 우리가 비역사적, 비맥락적인 학과 실천에서 벗어날 것을 요구하며, 대신 문화 생산과 지식 생산의 역사성, 지방성, 실천성, 맥락성을 강조한다.

타오둥평은 점점 더 심화되는 학문 분야의 분화가 각 학문의 전문가들이 자신의 지식을 공공 영역과 연결 짓는 것을 방해한다고 지적했다. 학문적 연구는 전문가들에게 자신들의 전문 영역과 관련된 소수의 문제에만 집중하도록 요구하며, 이는 불가피하게 공공 영역의 문화적 논쟁으로부터 멀어지게 만든다. 그러나 문화연구의 관점에서 문학 연구를 바라본다면, 문학 연구는 본질적으로 비판적인 문화연구의 일환이며, 해방의 과정이라고 이해해야 한다. 이 과정이 공공 영역과의 연결을 벗어난다면 상상할 수 없는 일이 될 것이다. 문학 연구는 광의의 사회 정치적(좁은 의미의 당파적 정치가 아닌 넓은 의미의 사회정치)의 관점에서 지식인의 역할을 다시 정의해야 한다. 가장 중요한 점은 대학 내외에서 지식인의 역할을 새롭게 형성하는 것이다. 문학 비평가는 주요 문화적 가치에 관한 논의에 자발적으로 참여해야 하며, 이러한 논의를 자신의 학문 연구와 유기적으로 결합해야 한다. 현재 중국의 문학 비평은 대중의 일상생활과 밀접하게 관련된 새로운 문화 형식과 실천(예: 대중문화)에 대해 적극적으로 관심을 가지고, 감정적인 접근이 아닌 진지한 태도로 그들의 이데올로기적 효과를 분석해야 한다. 또한 교실에서 발하는 목소리를 공공 영역으로 확장해야 한다.

결론적으로, 문화연구가 문학 연구에 가져다주는 것은 단순히 몇 가지 연구 주제를 추가하는 데 그치지 않는다. 더 중요한 것은 문학 연구에 새로운 현실을 바라보는 관점과 태도를 주입하고, "문학 이론이 문학 연구를 통해 사회 비판으로 나아가는 통로가 되게 하며,"[40] 문학 연구를 자율성에 안주하며 독자적으로 향유하는 방식이 아니라, 공공성을 띤 담론으로 전환시키는 작업이다.[41]

(2) 문학이론의 정치적 차원의 재구성

문학 이론의 정치적 차원을 재구성하는 것은 문학 이론의 공적 영역을 구성하는 중요한 방법이자 방법이다. 정치적 관점에서 중국 문학 이론에 주목하는 것은 중국 현대 문예학의 발전에 매우 적절하고 실천적인 의의가 있으며, 이는 또한 타오둥평으로 대표되는 문화연구자들이 중국 현대 문예학에 대해 깊이 있게 성찰한 결과이기도 하다. 타오둥평은 「문학이론의 정치적 차원의 재확인」과 「문학이론: 왜, 그리고 무엇을」[42]을 통해 이 문제를 보다 상세하고 체계적으로 해설하고자 했으며, 이를 위해 두 권의 관련 저작물도 출판하였다.[43]

타오둥평은 이러한 논문과 저서에서, 문화연구에서 이해하는 "정치" 개

---

40 李春青, 「文化研究语境中的文学理论建设」, 『求是学刊』, 2004년 제6기

41 黄卓越, 「从文化研究到文学研究——若干问题的再澄清」, 『求是学刊』, 2004년 제6기

42 「重申文学理论的政治维度」, 『文艺研究』, 2006년 제10기. 「文学理论: 为何与何为」, 『文艺研究』, 2010년 제9기. 그 외 「重建文学理论的政治维度」, 『文艺争鸣』, 2008년 제1기. 「论文学公共领域与文学的公共性」, 『文艺争鸣』, 2009년 제5기

43 『文学理论的公共性——重建政治批评』, 福建教育出版社, 2008년. 『文学理论与公共言说』, 中国社会科学出版社, 2012년

념을 통해 문학 이론의 정치적 차원을 구축할 필요성과 가능성을 다시 검토하였다. 그는 중국 문학 이론계에 널리 유포된 하나의 공통된 인식, 즉 문학 이론의 자율성과 정치성을 대립적으로 파악하는 경향을 비판하였다. 이러한 관점은 "비정치화"만이 문학 이론 지식 생산의 자율성을 보장할 수 있다고 주장하는데, 타오둥핑은 이것이 "정치" 및 문학 이론과 정치의 관계를 협소하게 이해했으며, 특정 시기와 특정 맥락에서의 "정치"를 보편적 의미에서의 "정치"로 간주하고, 특정 시기와 특정 맥락에서 문학 이론과 정치의 관계를 문학 이론과 정치의 보편적 관계로 착각했다고 지적한다. 타오둥핑은 서구의 저명한 문화 이론가들(예: 이글턴, 부르디외 등)과 정치 이론가들(예: 아렌트, 하벨 등)의 견해를 인용하며, 문화연구에서 말하는 "정치"는 우리가 흔히 이해하는 정당 정치가 아니라, 사회 문화 영역에서 무소불위로 존재하는 지배와 반지배, 헤게모니와 반헤게모니의 투쟁을 의미한다고 주장한다. 이는 학술 연구(연구자 본인을 포함하여)와 그것이 이루어지는 사회적 환경(공공 영역) 간의 깊은 연관성을 포함한다. 타오둥핑은 모든 인문과학 연구가 그것이 뿌리를 내리고 있는 사회적 현실 환경(물질적 이익, 정치적 입장, 문화적 관념으로 가득 차 있는)으로부터 완전히 독립적일 수 없다고 지적한다. 따라서 사회적 현실이라는 토양에 뿌리내린 문학 이론을 포함한 인문학 연구는 이러한 의미에서의 "정치"를 피할 수 없다고 강조한다.

타오둥핑은 이에 대해 문학과 문학 연구가 본질적으로 광의의 정치성을 포함하고 있다면, 공공적 관심을 고수하는 문학과 문학 이론 지식은 필연적으로 광의의 정치성을 가지게 된다고 주장한다. 따라서 문학의 정치성을 단순히 부정하거나, 무조건적으로 문학 이론 연구의 비정치화를 장려하는 것은 문예학 지식을 공공성에서 멀어지게 할 위험이 있으며, 이는 현실 생활의 중요한 문제들에 적극적으로 응답할 수 없게 만들고 사회 문화적 논의에 참여하는 능력을 상실하게 만든다. 그러나 비정치화와 공공성의 상실은 이미 현대 문학 이론 지식 생산에서 위기의 징후로 나타나고 있다. 타오둥펑은 이러한 현상이 사회 전반의 정치적 무관심과 상응하며, 특정 정치 상황을 반영한다고 본다. 개혁개방 이전 30년, 특히 문화대혁명 시기에 국가 권력이 독점적인 통제를 행사함으로써 문학 예술 활동이 독립성과 자율성을 상실하고, 진정한 의미의 문학 공공 영역을 형성할 수 없었다면, 개혁개방의 진행과 경제 건설의 비약적 발전은 사회 경제 영역의 확장이 공공 정치 영역을 잠식하고 공공 영역이 퇴화하는 결과를 초래했다고 본다. 이로 인해 물질적 필요의 충족을 중심으로 하는 경제적 관심이 1980년대의 공공 정치에 대한 관심을 상당 부분 대체하였으며, 이른바 "최대의 정치"로 자리 잡았다고 지적한다. 대중의 소비 열정이 유례없이 높아진 동시에 정치적 냉담이 곳곳에서 퍼지고 있다는 것이다. 물질적 경제 생활에 대한 관심을 핵심으로 하는 이 생명 철학이 생존 경쟁에서의 성공과 실패에만 집중할 때, 시민의 책임과 의무는 시간과 에너지의 낭비로 간주될 수밖에 없다. 이러한 배경 속에서 문학 이론을 포함한 인문사회과학 지식 생산에는 두 가지 경향이 나타난다. 첫째는 실용화와 대중화로, 문학 이론 지식을 사회 대중의 물질적 소비와 문화적 소비를 직접적으로 지원하기 위한 수단으로 사용하는 것이다. "나는 소비한다, 고로 존재한다"라는 '신체 미학'과 '생활 미학'의 해설자와 변호사 역할을 하며, 본질적으로 공공성과 무관한 사적 사안을 공공화한다. 예를 들어, 오늘날 대중 미디어에서 즐겨 다루는 스타들의 흥미로운 일화들은 본질적으로 사적 영역에 속하지만, 대중 미디어의 적어도 절반 이상을 차지하고 있다. 문화 산업과 문화 미디어 종사자들이 전국 대학과 연구 기관에서 급속히 부상한 것이 이를 증명한다. 둘째는 장식화, 박물관화, 그리고 상아탑화이다. 문예학의 지식을 통해 주요 공공 사안을 비판적으로 다루지도 않고, 대중적 관심에 영합하지도 않는 학자들이 자주 선택하는 '전문화'의 길이다. 이 두 경향은 차이점이 상당하지만, 모두 문예학 지식 생산의 비정치화에 속한다.

　이에 따라 타오둥펑은 문학 이론의 이러한 위기를 극복하기 위해서는 문학 이론 지식의 정치적 차원을 재확인해야 한다고 깊이 있게 지적한다. 여기서 말하는 정치적 차원은 물론 문화대혁명 시기의 "정치를 위해 봉사한다"는 의미에서의 정치가 아니라, 공공 영역 내에서 자율적 행위를 실현하는 의미에서의 정치이다.

(3) 성찰적이고 구성주의적인 문학 이론을 향하여

　문학 이론의 성찰성을 강조하고, 이러한 성찰성을 통해 구성주의 문학 이론으로 나아가는 것은 문화연구의 영향을 받은 문학 이론의 또 다른 변화로 볼 수 있다. 「문학이론: 왜, 그리고 무엇을」에서 그는 문학이론의 성찰적 성격을 분명히 강조하고 구성주의 문학이론의 발전을 주창하였다.

　타오둥펑은 포스트모더니즘, 구조주의, 포스트구조주의 및 문화연구 등 사조가 중국에서 부상함에 따라, 최근 중국에서는 문학 이론 학문에 대한 성찰 열풍이 일어났으며, '성찰(反思)'이라는 용어가 최근 몇 년간 문예학 논문과 학술회의에서 가장 자주 등장하는 용어 중 하나가 되었다고 지적한다. 그가 설명하는 바에 따르면, '성찰'이란 부르디외의 해석에 근거하여, 이론과 지식 자체에 대한 자기성찰적 사고, 다시 말해 발화자 자신과 사고하는 주체 자신을 돌아보는 사고를 의미한다. 문학 이론에 있어 성찰은 곧 문학 이론의 자각을 뜻한다. 전통적이고 본질주의적인 문학 이론은 성찰적이지 않다. 이는 문학의 본질을 연구자의 구성 행위와 무관하게 존재하는 실체적 존재로 간주하며, 단지 이 실체에 대한 '정확' 또는 '부정확'한 반영만을 허용한다. 그러나 구성주의적 문학 이론은 결코 신비롭고 자존적이며 실체적인 '문학'이 존재한다고 가정하지 않는다. 구성주의는 사람들이 '문학'을 어떻게 구성하는가에 관심을 가진다. 문학 이론의 이러한 자기성찰적 발화 방식은 오늘날 문학 이론 연구가 전례 없는 자각성을 획득했음을 충분히 보여준다. 성찰 정신을 가진 문학 이론의 관점에서, 문학이 실체가 아니라 구성물이라면, 문학과 문학 본질에 대한 다양한 구성 역시 전통적 인식론적 의미에서 절대적인 표준을 가질 수 없다. 이는 그 '표준' 자체도 구성물이기 때문이며, 그것 또한 역사적, 사회적, 문화적, 권력적 맥락 속에 깊이 얽혀 있기 때문이다.

타오둥펑은 다시 한번 구성주의가 대화주의로 나아야 할 필연성과 필요성을 강조했다. 문학에 관한 절대적이고 유일한 "진리"는 존재하지 않으며, 단지 문학에 관한 다양한 발화만이 존재한다. 이 다양한 발화 중 어떤 것도 자신이 절대적 진리라고 주장할 수 없으며, "진리"에 대한 어떤 구성도 한계를 지니고 있기에 대화가 필요하다. 우리가 대화가 필요한 이유는 실체화된 문학의 본질을 찾아낼 수 없기 때문이다. 문학 이론에 대한 이러한 대화 규칙이 실제로 민주적인 문화적 협의의 원칙에 해당한다. 그가 경계하는 것은, 일부 문학 이론이 비학문적 요소를 등에 업고 대화를 거치지 않은 채 자신을 "절대적 진리"로 선언하고, 다른 모든 이론을 오류로 간주하며, 다른 문학 이론의 발언권을 박탈하는 행위다. 이와 같은 의미에서, 이른바 "문학 이론의 죽음"이라는 주장은 부적절하다. 진정으로 죽은 것은 본질주의적이고 자기 폐쇄적이며 스스로를 가두는 문학 이론이다. 반면, 성찰적이고 구성주의적인 문학 이론은 결코 죽지 않을 것이다. "많은 사람들이 말하는 '문학이 죽었다', '문학 이론이 죽었다'는 표현의 진정한 의미는 문학과 문학 이론이 단지 전환기를 맞이했을 뿐이라는 것이다." 이는 문화연구가 문예학 학문에 대한 성찰을 통해 제공한 소중한 유산이기도 하다.

제10장

문화연구:
제도와 분과 사이의 서성임

문화연구의 제도화와 반제도화, 분과화와 반분과화 자체는 문화연구의 중요한 문제 중 하나로, 서구뿐만 아니라 중국에서도 이 주제는 오랜 시간 동안 뜨겁게 논쟁되어 왔으며 현재도 진행 중이다. 이 문제는 문화연구의 지식적 위치와 발전 전망과 깊이 연관되어 있으며, 그 중요성은 결코 과소평가될 수 없다. 본 논문은 주로 중국 대륙 문화연구계에서 이 문제와 관련하여 제기된 다양한 관점과 논쟁을 정리하고 분석하며, 특히 중국의 특수한 상황과 문화연구 기관의 실제 조건을 결합하여 중국 문화연구와 제도 및 분과학문 체제의 관계에 대해 건설적인 의견을 제안하고자 한다.

1. 체제화와 분과화

제도화와 분과화는 밀접하게 관련되어 있으나 반드시 동일한 것은 아니다. 현재의 대학 제도는 상당 부분 학문 분과를 기반으로 구축되어 있으며, 대학의 학과 및 부서는 대학 제도와 그 일상적 운영의 기본 틀을 이루고 있다. 학과 및 부서의 설정은 학문 분과를 기본 기준으로 삼는다. 인문학을 예로 들면, 신중국 성립 이후 대학의 학과는 철학, 역사, 중문을 중심으로 설정되었다. 일반적인 종합대학은 이 세 학과를 포함하고 있었다. 20세기 말과 21세기 초에 들어서면서 대학에서는 학과를 학부로 개편하는 경향이 나타났고, 많은 대학이 철학, 역사, 중문을 합쳐 '인문대학'으로 재편했다. 그러나 인문대학 내부에서는 여전히 문학, 역사, 철학이라는 세 분과가 독립적으로 존재한다. 따라서 문화연구의 제도화 문제는 자연스럽게 문화연구와 학문 분과의 관계에 초점이 맞춰진다. 즉, 문화연구는 하나의 독립된 학문 분과로 간주될 수 있는가? 만약 그렇다면, 분과화된 체제를 구축해야 하는가?

문화연구의 학문적 위치에 대해 비교적 보편적으로 인정되는 견해는, 문화연구가 간학제적, 초학과적, 나아가 반(反)학과적인 학술 탐구 분야라는 것이다. 이러한 모든 용어들의 공통적인 인식은 다음과 같다. 즉, 문화연구는 비록 문학, 사회학, 철학, 정치학, 역사학, 커뮤니케이션학, 인류학, 경제학 등 다수의 학과와 밀접한 관련을 맺고 있다 하더라도, 엄격한 의미에서의 독립적인 학과가 아니라는 것이다. 비유적으로 말하자면, 문화연구는 "학문 사이를 서성이는"[1], "학문 간의 거대한 연합"[2]이다. 문화연구 학자들은 거의 한목소리로 문화연구의 학과화를 의심하고, 비판하는데, 그 중요한 이유 중 하나는 학과화 체제가 문화연구의 현실에 대한 참여와 비판이라는 개입 기능을 약화시키거나 상실하게 만들며, 그 공공성을 저하시킬 뿐만 아니라 억압할 수 있다는 점이다. 이러한 모든 인식은 현재 학문 체제의 경직성과 그 강력한 동화 능력에 대한 판단을 바탕으로

---

1 『文学理论的公共性——重建政治批评』, 福建教育出版社, 2008년. 『文学理论与公共言说』, 中国社会科学出版社, 2012년

2 金元浦, 「文化研究: 学科大联合的事业」, 『社会科学战线』, 2005년 제1기. 罗钢, 孟登迎, 「文化研究与反学科的知识实践」, 『文艺研究』, 2002년 제4기 등.

이루어진 것이다.

저우셴은 오늘날 고도로 학과화되고 체계화된 학문 환경에서 문화연구의 운명이 낙관적이지 않다고 지적한다. 이는 문화연구의 고도화된 학과화가 본래의 반항성과 전복성을 상당 부분 변화시켜, 현재의 학문 체제와 규범에 부합하는 일종의 "순응적 지식"으로 귀속되게 만들었다는 점에서 드러난다. 문화연구는 강의실에서 강의되고, 교재로 재인쇄되어 출판되며, 학과로서 구축되고, 학술 논문으로 전문 학술지에 발표되며, 직위 승진의 수단으로 전환되어 문화 자본으로 이용된다. 문화연구의 '반학과성'은 '학과성'에 의해 규율되고 있으며, 결국 소수의 전문가와 학자들만이 소통하는 암호화된 언어로 전락할 위험에 처해 있다. 이에 대해 저우셴은 다음과 같이 주장한다. "문화연구는 체계화와 학문화된 권력/지식 공모 구조에 대한 전복과 반항으로, 구속받지 않고 자유롭게 사회문화적 현실 문제를 파고드는 데 그 목적이 있다." 비학과화와 비체계화는 문화연구의 비판적 성격을 보장하는 핵심이라고 할 수 있다.[3]

문제는 이론적으로 문화연구를 학문분과로 간주하지 않을 수 있지만, 현실적으로는 비학과화를 자처하는 이러한 지식 탐구 활동이 일정한 생존 공간을 필요로 한다는 점이다. 연구자의 학문적 배경과 체계화된 신분, 특히 중국 대륙의 민간 사회가 충분히 발달하지 못한 상황에서, 문화연구와 관련된 기관이나 센터 등은 거의 모두 대학이나 공식 연구기관 내부에 설립되어 있다. 이는 문화연구가 관리 체제, 연구 평가 체제, 직위 평가 체제, 연구비 지원 체제 등을 포함한 체계화된 운명에서 완전히 벗어날 수 없게 만든다.

그러나 체계화와 학과화는 분명히 구분되며, 문화연구의 비학과적, 반학과적 특성은 비체계화를 의미하지 않으며, 더욱이 대학과의 단절을 뜻

---

3 周宪, 「文化研究: 为何并如何?」, 『文艺研究』, 2007년 제6기

하지 않는다. 오늘날과 같이 학술 연구가 체계화된 시대에 대학과 완전히 분리되어 문화연구, 특히 제도화된 문화연구를 수행하는 것은 사실상 불가능하다. 더 나아가, 대학 체계에 의존하면서도 대학의 전통적 학과 체계에서 독립된 상태를 유지하는 것이 많은 문화연구 기관들의 자발적(혹은 어쩔 수 없는) 선택이 되고 있다. 실제로 대학 체계는 단일한 고정체가 아니며, 대학 체계 내부에서도 비학과적인 문화연구 기관을 설립할 수 있다. 이러한 기관들은 한편으로는 대학의 연구비와 기타 지원(예: 사무 공간, 도서 자료 등)을 누리면서도, 다른 한편으로는 학과에 대한 상대적 독립성을 유지한다. 예를 들어, 영국 버밍엄 대학의 현대문화연구센터(CCCS)도 오랜 기간 대학 체계와 일정한 거리를 유지해 왔다. 한편으로 이 센터는 자체적인 재원, 연구 이념, 작업 방식을 가지고 있어 대학에 전적으로 의존하지 않았으며, 학부생을 모집하지도 않았다. 그러나 다른 한편으로는 여전히 대학의 여러 자원을 활용해야 했고, 대학원생을 모집하며, 연구원들이 대학에서 직위를 평가받는 등 대학 체계와 긴밀히 연결되어 있었다. 중국의 상황도 이와 유사하다.

따라서 문화연구와 대학 체계의 관계를 명확히 설명하려면, 현행 대학 체계와 학과 체계 간의 관계를 분석할 필요가 있다. (학과 체계가 있다고 하더라도, 그것이 완전히 고착된 상태인가?) 이러한 문제들에 대해 학계는 현재 명확하고 구체적인 분석을 명백히 결여하고 있다.

2. 문화연구 기구의 설립

비록 반체계화와 반학과화의 목소리가 일방적으로 우세한 것처럼 보이지만, 실제로 국내외의 문화연구는 거의 전적으로 대학에 의존하고 있다. (이는 대학 내 학부나 학과에 설치되거나, 대학 직속 기관으로 설립되는 등 다양한 형태를 취하지만, 어느 경우든 문화연구가 인적·물적 자원 면에서 체계의 지원을 일정 정도 받고 있음을 의미한다.) 특히 국내 대학은 거의 모두 체제 내 대학에 해당하기 때문에, 대학에서 이루어지는 문화연구는 이미 일정 수준으로 체계화되었다고 볼 수 있다.

문화연구의 제도화에서 중요한 표지와 구체적인 형태는 주로 관련 연구 및 교육 기관의 설립, 관련 학위 과정의 설정, 관련 학술지의 발간, 그리고 관련 연구 활동과 교육 활동의 전개 등으로 나타난다. 이 중 기관의 설립이 핵심적인 단계이다. 앞서 언급했듯, 대학 내에 기관을 설립하는 것이 반드시 전면적인 체계화를 의미하지는 않는다. 특히 이는 학과화의 완성을 뜻하지 않으며, 상대적으로 독립적인 입장과 운영 공간, 더 나아가 비판성과 공공성을 완전히 상실하는 것을 의미하지도 않는다. 아래에서는 몇 가지 사례를 들어 이를 설명해 보겠다.

사례 1: 베이징대학 문화연구 워크숍 文化研究工作坊

1995년 10월, 다이진화는 베이징대학 '비교문학 및 비교문화연구소' 내에 '문화연구 워크숍'을 설립하였으며, 이 워크숍의 공식 명칭은 다소 길고 복잡한 '베이징대학 비교문학과 비교문화연구소 문화연구실'이었다. 이 기관의 설립에 대해 다이진화는 다음과 같이 언급하였다. "나에게 있어, 이는 문화연구가 새로운 학문 연구 분야로서 제도화 과정을 시작했다기보다는, 나와 학생들이 사회적 관심을 공유할 수 있는 학문적 공간을 제공하기 위한 것이다." 다시 말해, 다이진화는 이 기관을 문화연구의 체계화의 상징으로 간주하지 않았다. 이 기관은 정식 인원 배치가 없었고, 체제에서 오는 재정 지원이나 기타 형태의 지원도 받지 않았으며, 체제에 대해 어떠한 명확한 책임, 의무 또는 과제를 지니고 있지도 않았다. 다이진화는 이 연구실에서 수행하는 문화연구의 입장, 주제, 방법 등을 다음과 같이 더 구체적으로 밝힌다. 즉, 대중문화 또는 이른바 유행문화를 연구 대상으로 삼고, 사회 비판을 입장으로 하며, 중국 사회의 변천과 재구성 과정에서 나타나는 계급, 성별, 인종의 다중적 표현과 복합적 서술을 주요 주제로 삼아, 복잡하고 풍부한 중국 당대 문화를 해명하려는 노력을 기울였다고 한다.[4] 그러나 이 연구실이 의존하고 있는 '비교문학과 비교문화연구소'는 여전히 베이징대학이라는 공립 중점 대학 내의 한 기관으로, 학교나 학부로부터 자금 지원과 기타 지원(예: 장소 및 도서 자료 등)을 받았다.

2008년 12월, 워크숍은 '영화와 문화연구센터'로 확장되었다. 이번 확장은 영화 연구의 비중을 강조하며, 영화 연구와 문화연구 간에 상호 활용의 관계를 형성하였다. 즉, 영화 연구는 문화연구를 통해 연구의 시야와 방법을 넓혔고, 문화연구는 영화 연구를 통해 전통 학과에 보다 가까이 다가갈 수 있었다.

사례 2: 상하이 사범대학 도시 문화연구 센터

1998년 9월에 설립된 상하이사범대학 도시문화연구센터[5]는 베이징대학의 문화연구 워크숍과 비교해 볼 때, 현대 중국문화연구의 체계와 학문 소속을 보여주는 전형적인 사례임이 분명하다. 이 센터는 도시문화, 특히 상하이 문화를 연구 대상으로 하는 학제 간 연구 기관으로, 연구 범위는 도시 경관, 도시 공간, 도시 역사, 도시 소설, 도시 시민 생활, 도시 비교, 도시 대중문화/인터넷 문화 등 도시문화의 거의 모든 측면을 포괄하고 있다. 따라서 도시문화 연구는 전통적인 학과 분류를 넘어서는 명백한 학제적 혹은 학문 간 성격을 지니고 있다.[6] 이 센터는 2004년에 교육

---

4 戴锦华, 『书写文化英雄——世纪之交的文化研究·后记』, 江苏人民出版社, 2000년, 325—326쪽

5 http://www.ucs.org.cn

6 孙逊, 「都市文化研究: 一门世界性的前沿学科」, 『光明日报』, 2005.9.13.

부로부터 일반 고등교육기관 인문사회과학 중점 연구기지로 승인되었는데, 이는 센터가 공식 기관의 신분과 안정적인 경제적 지원을 확보했음을 의미하며, 체계화의 색채가 강화되었음을 보여준다. 이에 따라 센터의 학교 내 지위도 다른 연구 기관들과는 비교할 수 없을 정도로 높아졌다. 센터는 독립적인 인력 배치를 보유하고 있으며, 전담 지도 기구가 있고, 학술위원회도 설립되어 있다. 그러나 일반적으로 학과 단위로 운영되는 학부나 학과와는 달리, 센터의 구성원은 본교 소속 전임 연구자뿐만 아니라 외부 전문가와 겸임 연구자도 포함되어 있어 비교적 유연한 구조를 보인다. 또한 센터는 현대 도시문화 연구, 국제 도시문화 비교 연구, 도시문화사 연구의 세 가지 연구 방향과 이에 상응하는 연구실을 운영하며, 정보 자료실과 사무실을 갖추어 도서 정보 자료 관리, 센터의 일상 업무, 대외 교류 및 협력 업무 등을 담당하고 있다. 센터의 학술 간행물인『도시문화연구』역시 체계화와 학제화의 이중적 특성을 보여준다. 한편으로는 학교 체제에 의존하고 있으나, 다른 한편으로는 일반 학술지에 비해 학문적 제약을 덜 받는 특징을 지닌다.[7]

사례 3: 상하이대학 문화연구학과

상하이대학 문화연구학과(Program in Cultural Studies)는 2004년 7월 1일에 설립되어 상하이대학 문학학부에 소속된 기관으로, 현재 중국 내에서 공식적으로 '학과(系)'라는 명칭을 사용한 첫 번째 기관이다. 그러나 이 '학과'라는 중국어 명칭의 영어 번역은 'program'으로, 일반적으로 '프로그램 기획'으로 번역되며, 전통적인 의미의 학원(school)이나 학과(department)와는 다소 차이가 있다. 이러한 명칭과 그 영어 번역 자체는 다양한 함의를 내포하고 있다. 이 기관은 학제 간 학술 연구에 중점을 두

---

7 「上海师范大学都市文化研究中心简介」,『江西社会科学』, 2005년 제3기

며, 학제적 연구 기관으로서의 특성을 지니고 있지만, 동시에 학교와 문학학부의 통합 모집 계획에 포함되어 박사 및 석사 과정을 운영하고 있다(현재는 학부생을 모집하지 않음). 일반적인 학문 분과와는 다르게, 문화연구계는 현대 중국 문화를 비판적으로 분석하고 깊이 연구할 수 있는 폭넓은 시야를 가진 전문 인재 양성을 목표로 한다고 명확히 밝히고 있다. 예를 들어, 박사과정의 교육 목표는 다음과 같다.

1. 역사적 깊이를 지닌 세계적 사회와 문화적 시야.
2. 현대 지배적인 문화 생산 메커니즘의 복잡한 작동 방식을 통찰할 수 있는 분석 능력.
3. 폭넓고(서구식에 국한되지 않은) 활발한 이론적 사고와 그에 상응하는 언어 능력.
4. 기존 조건에서 건전한 문화 발전을 추진할 실천적 의지와 그 능력.
5. 우수하고 아름다운 사회문화적 미래를 상상할 수 있는 상상력과 자신감.

분명히, 학과 단위로 설립된 어느 학부나 학과(예: 문학학부 또는 중문학과)도 이와 같은 방식으로 자신의 교육 목표를 규정하거나 서술할 수는 없을 것이다. 이러한 체제 내 문화연구 교육 및 연구 기관을 통해 문화연구와 대학 체제, 그리고 학과 제도의 관계를 이해하는 데 매우 전형적인 사례를 제공한다.

문화연구학과의 창립자인 왕샤오밍에 따르면, 이 기관은 "억지로 현행 대학 체제에 뛰어든 것"이며,[8] 이는 문화연구가 현재 처한 미묘한 상황을 보여준다. 왕샤오밍은 어떤 의미에서 문화연구의 기본 입장 중 하나가 반체제적이라고 본다. 그러나 현재 중국의 정부 주도 체제 환경에서는 거의

---

8 王曉明,「文化硏究的三道難題——以上海大学文化硏究系为例」,『上海大学学报』(社会科学版), 2010년 제1기

모든 중요한 자원이 체제 내부에 집중되어 있다. 대학 체제에 진입하지 않고 체제의 자원을(정보 채널, 재정 지원 등) 활용하지 않으면, 문화연구는 사실상 전개되기 어렵다. 이러한 배경에서 왕샤오밍은 문화연구문화연구 학과를 설립하기로 했으나, 이를 체제에 굴복하거나 체제, 특히 학과 체제의 규범을 무조건 수용하는 것으로 보지 않았다. 왕샤오밍은 문화연구 학과의 명확한 원칙 중 하나를 다음과 같이 언급했다. 문화연구는 '중국 현대문학'과 같은 전공이나 학문 분과(discipline)가 아니라, 문화를 바라보고 사회를 이해하는 하나의 사유 방식(approach)이며, 좁은 전공의 제약을 받지 않는 학문적 시야라는 것이다. 이를 위해 그들은 다음과 같은 실천적 탐구를 진행했다. 첫째, 문화연구 학사 학위 과정을 개설하지 않고, 학부생들에게 선택 과목만 제공한다. 학생들이 특정 전공에서 체계적인 지식을 충분히 습득한 후 문화연구 과정을 이수하도록 권장한다. 둘째, 문화연구 대학원 학위 과정을 설립하되, 석사와 박사 과정 모두에서 문화연구는 하나의 연구 방향일 뿐, 독립적인 전공 전체로 설정하지 않았다. 대신 이 과정은 다른 전공에 소속되어 있다. 셋째, 강의의 '학제적' 성격에 맞춰 문화연구학과는 소규모 전담 교수진만 구성하였다. 학과의 최고 의사결정기구인 학과위원회는 11명으로 구성되었으며(학과장을 포함), 이들은 모두 교내 다른 5개 기관(중문학과, 사회학과, 영상예술학과, 미디어학과, 지적재산학부)에서 왔다. 왕샤오밍은 이러한 제도를 통해 문화연구의 체제화된 교육이 필연적으로 초래할 수 있는 전문화 경향을 극복하고자 했다. 마지막으로, 문화연구 교육이 대학의 울타리를 넘어 광범위한 사회적 공간으로 확장될 수 있도록 지속적으로 노력했다.(예를 들어, 중국의 현재 현실 상황에 대한 다양한 토론회나 좌담회를 조직)

그럼에도 불구하고, 왕샤오밍은 문화연구가 체제 내에서 생존하는 한, 곤란한 처지에서 벗어날 수 없다고 본다. 대학 내에서 문화연구를 위한 독립적인 공간을 개척하려면, 우선 문화연구가 독립적인 '학문 분과'로서의 지위를 확보해야 한다. 그리고 문화연구가 독립적인 '학문 분과'라고 주장하려면, 그것이 다른 학문 분과의 관점에서는 볼 수 없는 고유한 연구 대상을 가지고 있으며, 이에 상응하는 분석 이론과 방법을 갖추고 있음을 명확히 해야 한다. 단지 문화연구가 하나의 approach라고만 주장하는 것은 불충분하다.[9]

사례 4: 수도사범대학 문화연구원

2012년 2월 14일, 수도사범대학 문화연구원이 정식으로 설립되었다[10]. 이 연구원은 베이징시 당위원회와 시정부의 공식 승인을 받아 설립된 전액 예산 지원 사업 단위로, 베이징시 교육위원회에 소속되어 있다. 또한, 수도사범대학와 민주당 베이징시 당위원회가 공동으로 구축한 학술 연구 및 정책 자문 기관으로, 이를 통해 이 연구원의 공식적 성격이 더욱 두드러진다는 점을 알 수 있다.

그러나 연구원이 수도사범대학에 설립되었기 때문에 중앙정책연구실이나 국무원발전연구센터와 같은 정부 직속 연구기관과는 차이가 있다. 또한 문화연구원은 준공식적 성격에도 불구하고 독립적인 입장을 포기하지 않았다. 연구원은 자신의 "목적"을 다음과 같이 설명한다. "연구원은 학술 연구를 근본으로 삼고, 국가 문화 중심의 최고 설계를 중심 과제로 삼아, 국가와 베이징 문화 발전이 직면한 주요 이론 및 실천 문제를 연구하며, 정부의 전략적 의사결정을 위해 학술 지원과 정책 제안을 제공한다. 동시에 학술형 싱크탱크와 연구형 싱크탱크라는 이중 정체성을 가진 고급 연구기관을 구축하고자 노력한다." 이는 학술 연구와 정책 자문이라는 이중적 역할을 매우 분명하게 드러내고 있다. 이러한 역할은 "학술 본

---

9 상동

10 http://www.bjcs.edu.cn/cn

위, 공공 관심, 수도 의식, 글로벌 시야"라는 연구원의 모토에서도 나타난다. 학술 본위와 공공 관심을 강조한 것은, 연구원의 독립성(공식적인 정책 수립 기관에 대한 상대적 독립성)과 공공성(좁은 전문성에 대한 반대)을 부각시키기 위한 것이다. 연구원이 문화산업이나 공공문화서비스 관련 연구기관과 차별화되는 점은 그 선도적 연구 지향에 있다. "연구원은 현재의 문화 최전선 문제 연구에 전념하며, 국가와 베이징 문화 발전의 최신 동향에 적극적으로 대응하고, 고도 기술 조건과 전환기 사회 맥락에서 나타나는 최신 문학예술 형태를 면밀히 주시하며, 국제 인문사회과학 발전의 최신 동향과 보조를 맞춘다." 또한 연구원은 사회 개입 기능을 매우 강조하며, "학술 연구를 전개하는 동시에 다양한 형태의 문화 활동, 특히 민간에서 활발히 이루어지는 실험적이고 창의적 에너지가 넘치는 문학예술 실천에 적극 개입한다. 이를 통해 도시의 문화 실천 과정에 실제로 참여하며, 생생하고 직접적인 문화 체험을 얻어 학술 연구와 정책 자문에 신선한 활력과 현실적 근거를 불어넣고, 사회 실천과 학술 연구의 변증법적 상호보완을 실현하고자 한다."고 명시하고 있다.[11]

3. 문화연구 학생모집 체제

입학 제도는 대학 체제의 중요한 구성 요소로, 문화연구의 입학 제도와 대학 내 학과 입학 제도의 차이를 검토하는 것은 문화연구와 대학 체제 간의 관계를 살펴볼 수 있는 효과적인 접근 방식이다.

대학 체제는 학문분과를 단위로 운영되며, 교육부의 학문분과 목록에는 문화연구라는 1급 분과가 포함되어 있지 않다. 따라서 문화연구는 일

---

11 상동

반적으로 1급 분과(대개 중국언어문학) 아래의 2급 분과나, 2급 학문분과 (대개 현대문학 또는 문예학) 아래의 연구 방향으로 입학 제도를 운영한다. 이는 문화연구가 학문분과 체제와 타협한 한 가지 사례로 간주될 수 있으며, 국가의 2급 학문분과 설정 관리가 점진적으로 완화된 것도 그 배경으로 들 수 있다. 많은 대학이 자체적으로 연구 방향을 설정할 권한을 가지게 된 것이다.[12] 이러한 배경 속에서 문화연구는 2급 학문분과로서 점차 일부 대학에 설립되었고, 2002년 이후 지금까지 국가학위위원회에 등록된 문화연구 또는 관련 2급 학과가 일부 대학에 설치되었다.

연도	학교	1급 학문분과	새로 설치된 문화연구 및 관련 2급 학문분과
2002	쓰촨대학	중국언어문학	문화비평
2004	산둥대학	중국언어문학	심미문화학
2004	베이징외국어대학	외국언어문학	비교문학과 트랜스문화연구
2005	상하이사범대학	중국언어문학	도시문화학
2006	난징대학	중국언어문학	문화연구
2007	수도사범대학	중국언어문학	문화연구

관련 대학의 특정 대학원 입학에서 문화연구와 관련된 중등 학문 또는 관련 연구 방향은 다음과 같이 설정된다.

---

12 『关于做好博士学位授权一级学科范围内自主设置学科, 专业工作的几点意见』(学位 [2002]47号), 『关于做好博士学位授权一级学科范围内自主设置学科, 专业备案工作的通 知』(学位办[2002]84号), 『学位授予和人才培养学科目录设置与管理办法』, 『授予博士, 硕士 学位和培养研究生的二级学科自主设置实施细则』, 『关于做好授予博士, 硕士学位和培养 研究生的二级学科自主设置工作的通知』(学位办[2011]12号), 『关于二级学科自主设置有关 问题的通知』(学位办便字20120301号). http://www.moe.gov.cn

수도사범대학: 2009년에 문화연구 2급 학문분과를 설립하여 박사 과정을 모집하기 시작하였다(교육부 기록에 따르면 2007년에 문화연구 2급 학문분과로 등록). 초기에는 두 가지 연구 방향인 '문화연구'와 '문화시학'을 제공하였으나, 이후 '문화연구' 한 가지 방향만 남게 되었다. 이 새롭게 설립된 2급 학문분과의 전공 시험 과목으로는'서양 문화연구 이론'과 '현대 중국 문예 사조 및 문화적 주요 이슈'가 있었다(일부 연도에는 시험 과목 명칭이 약간 달라져 '서양 문화 이론'과 '현대 중국 문화연구'로 표기되었으나 본질적인 차이는 없었다). 석사 과정은 2013년에야 박사 과정과 동일한'문화연구' 2급 학문분과가 설립되었다. 그 이전에는 문예학 2급 학문분과로 운영되었다.

상하이대학 문화연구과: 문화연구학과는 2004년 설립 이후, 중국문학, 사회학, 영상예술 등 기존 박사 학위 과정 내에 문화연구 방향을 설정하여 박사 과정을 모집하였다(학위는 여전히 원래 전공으로 수여되었다). 2010년과 2011년에는 중국문학과와 협력하여 독립적인 문화연구 석사 및 박사 과정을 설립하였고, 2011년과 2012년에 각각 문화연구 학위를 수여하는 석사 및 박사 과정을 모집하기 시작하였다. 2013년에는 문화연구학과가 독립적인 문화연구 석사 및 박사 과정을 모집하였으며, 2~3개의 세부 연구 방향을 설치하였다. 석사 과정은 '도시 문화와 일상생활 분석', '뉴미디어 문화 분석' 두 가지 연구 방향이 있으며, 박사 과정은 '도시 문화와 일상생활 분석', '중국 혁명과 사회주의 문화 연구', '젠더와 문화 연구' 등 세 가지 연구 방향을 설치하였다.

베이징외국어대학: 2008년부터 문화연구 방향의 박사 연구생을 모집하기 시작하였으며, 이는 2004년에 신설된 2급 학문분과 '비교문학과 문화 학제간연구' 아래에 설정된 '서양 문학 이론과 문화연구' 방향에서 이루어졌다. 그러나 이 과정은 주로 이론에 중점을 두며, 문학 이론의 교육을 중심으로 운영되었다(물론 20세기 후반 이후 문학 이론과 문화 이론이 상당 부분 겹치는 경우가 많다). 학생들의 연구 주제와 논문 작성은 문화연구를

포함할 수 있으나, 이를 주요 초점으로 삼지는 않는다. 입학 시험 전공과목인 '현대 서양 문학이론'과 '현대 서양 사상사'에서 학문적 분과와 학제 간 접근을 모두 고려하는 경향을 확인할 수 있다. 석사 과정에서는 2008년 북경외국어대학에서 외국문학연구소를 설립하여 '영미 문학이론과 문화연구'와 '서양 문학이론과 문화연구'라는 두 가지 모집 방향을 설치하였다(2009년 이후에는 '영미 문학이론과 문화연구' 방향의 학생만 모집).

이 외에도, 베이징어언대학에서는 박사 과정에서 2006년, 석사 과정에서 2004년부터 '비평사와 문화연구' 방향을 설치하였다. 쓰촨대학에서는 박사와 석사 과정 모두 2004년에 '문학 비평' 2급 학문분과를 설립하고, 그 아래 '문화연구'와 '문화 산업 운영 및 관리' 두 가지 방향을 설치하였다. 난징대학에서는 박사 과정이 2006년부터 '서양 미학과 문화연구'를 개설하였고, 2008년에 '서양 문학이론과 문화연구'로 명칭을 변경하였다. 2009년부터는 '문화연구' 방향을 추가로 설정하였으나, 2013년에는 '문화연구' 방향이 사라지고 '현대 문화연구' 방향으로 대체되었다. 석사 과정에서는 '시각 문화' 방향도 개설되어 있다.

이 외에도 일부 대학은 문화연구라는 2급 학문분과를 설립하지 않았으나, 문예학 2급 학문분과 아래에 문화연구 및 관련 연구 방향을 설정한 경우가 있다. 예를 들어, 중국인민대학의 진위안푸는 문예학 아래에 '문화연구와 문화시학' 방향을 두었으며, 푸단대학의 루양은 2007년부터 박사 과정의 연구 방향으로 '문예이론과 문화연구'를 개설하였다[13] 위의 분석을 통해 알 수 있듯이, 문화연구가 신설된 2급 학문분과(또는 2급 학문분과 아래의 연구 방향)로 자리 잡은 것은 한편으로 국가 정책의 완화와 관련이 있고, 다른 한편으로 관련 연구자들의 학문적 경로와 연관이 있다. 그

---

13 루양 본인은 2007년에 시작되었다고 회고하지만, 모집 요강을 살펴보면 실제로는 2008년에 시작된 것으로 보인다.

러나 명칭이 복잡하고 변화가 잦으며, 일부는 비정기적으로 설정되기도
하여, 문화연구 대학원생 모집에 다소 불안정성을 야기하였다. 따라서 문
화연구가 성숙한 2급 학문분과로서 제대로 정착할 수 있을지는 아직 해
결해야 할 과제가 남아 있다. 그러나 어떤 경우든 공통점은 문화연구가
기존 2급 학문분과와 결합되어 있다는 점이다(이는 모집 방향이든, 교과 과
정 설치든 마찬가지이다).

4. 문화연구 학술지의 딜레마와 돌파구

문화연구와 체제화의 관계를 고찰할 때, 학술지를 통해 접근하는 것도
유의미하다. 문화연구 분야에서 두 가지 영향력 있는 학술지가 있다. 하
나는 북방의 수도사범대학에서 타오둥펑이 (공동 주편 중 한 명)으로 참여
한 『문화연구』이며, 다른 하나는 남방의 상하이대학 문화연구학과에서
왕샤오밍이 주편(공동 주편 중 한 명)으로 참여한 『열풍학술』이다. 이 두 학
술지는 문화연구를 촉진하는 데 중대한 영향을 미쳤다. 이 두 학술지가
어떻게 체제의 제약 속에서 돌파구를 마련했는지 분석하는 것은, 문화연
구와 체제 간의 관계를 이해하는 데 중요한 시사점을 제공한다.

2000년 6월, 국내 최초의 문화연구 전문 학술지인 『문화연구』가 창간
되었다. 창간호 제1집의 「서문」에서 주편 타오둥펑은 『문화연구』를 창간
한 목적은 "서구 문화연구(이론가, 이론적 관점 및 학파 포함)의 소개와 중국
자체의 문화연구를 동시에 추진하는 것"이라고 밝혔다.[14] 이 학술지의 내
용은 다음과 같은 영역을 포괄한다. "서구 문화연구의 역사와 최신 연구
성과를 소개하고, 중국의 문화 이론가들이 서구 문화연구의 고전 문헌을

---

14 陶东风 등 주편,『文化研究·前言』(1辑), 天津社会科学院出版社, 2000년, 4—5쪽

번역하며, 중국 현대 문화 문제(예: 대중문화 문제, 미디어와 공공성 문제, 탈식민 비평 문제, 민족 문화 정체성과 민족 정치 문제, 젠더 정치 문제, 문화연구와 인문학 재건 문제, 지식인의 역할과 기능 문제 등)를 논의한다. 또한, 서구 문화 이론이 중국에서 전파되고 적용되는 방식을 고찰하며, 서구 문화 이론과 중국의 지역적 경험 간의 관계를 탐구한다." 이와 같은『문화연구』의 학술적 지향은 대개 문학, 역사학, 철학, 사회학, 정치학 등 전통적인 학문 분과에 따라 편집 구성을 설정하는 경향의 전통적인 인문사회과학 학술지와 구별된다.

'문화연구'는 중국에 전파된 이후 강력한 생명력과 막대한 영향력을 즉시 드러내며, 기존의 중국 인문학 및 사회과학을 넘어선 새로운 지식-이론의 성장점으로 자리 잡았다. 이러한 상황에서『문화연구』와 같은 학술지를 창간하는 것은 시의적절한 결정임에 틀림없다. 그러나 이처럼 높은 기대와 현실적 중요성을 짊어진 학술지를 실제로 운영하는 과정은 많은 어려움에 직면했다.

첫째, 출판사가 여러 차례 교체되었다. 총 14집밖에 되지 않았지만, 네 개의 출판사가 참여했으며, 그중 한 출판사는 단 한 집만 출판했다. 둘째, 출판 시기가 일정하지 않았다. 이러한 불규칙성은 양질의 원고를 확보하기 어려운 점과 일부 관련이 있지만, 출판사가 빈번히 교체된 점과도 밀접하게 연결되어 있다. 예를 들어, 제4집에서 제5집으로 넘어가는 과정에서 출판사가 교체되었고, 이 사이에 약 2년의 공백이 생겼다. 2004년에는 아예 출판되지 않았다. 제8집에서 제9집으로 넘어가는 과정에서도 출판사 교체로 인해 1년 이상이 소요되었으며, 2009년에는 역시 출판되지 않았다. 초기에 설정했던 "연간 2집 발행" 계획은 물론이고, "연간 1집 발행" 조차도 어려운 상황이었다. 셋째, 주최 측에도 변화가 있었다. 초기에는 타오둥펑이 문화연구에 관심을 가지고 이를 위해 기여하고자 했던 학자들, 예컨대 진위안푸와 가오빙중 등을 모아 출판을 주도했으며, 개인적인 성향이 강했다. 이후 난징대학 인문사회과학 고급연구원이 참여하여 한 기를 주최했으며, 그 뒤로는 난징대학 인문사회과학 고급연구원과 수도사범대학 문학학부이 공동으로 주최했다. 2012년에는 수도사범대학 문화연구원이 설립되면서 주최 측이 수도사범대학 문화연구원과 난징대학 인문사회과학 고급연구원으로 바뀌었다. 주최 측의 변동은 한편으로 학문적 협력과 관련이 있다. 예컨대, 난징대학 인문사회과학 고급연구원의 원장인 저우셴은 문화연구 분야에서 높은 업적을 쌓아왔으며, 그의 참여는 학술지의 역량과 영향력을 강화하는 데 분명히 기여했다. 다른 한편으로, 주최 측 설립의 이면에는 경제적 고려도 분명히 작용했다. 특히 제9집 이후부터 학술지는 명확한 재정 지원을 받기 시작했으며, 바로 이 시점부터 『문화연구』는 비로소 정식 궤도에 올랐다. 2010년에는 두 기를 출판하며 안정된 운영을 시작했다.

위의 분석을 통해 알 수 있듯, 『문화연구』의 여정은 분명 순탄치 않았다. 그러나 이는 학술지 자체의 품질에 문제가 있어서가 아니다. 주편인 타오둥펑은 학술지의 학문적 품질을 최우선으로 삼으며, "차라리 부족하더라도 남발하지 않는다"는 원칙을 거듭 강조했다. 실제로도 『문화연구』에 게재된 논문들은 시간이 지나도 가치를 인정받을 만한 수준을 유지하고 있다. 이를 뒷받침하듯, 2008년에 『문화연구』는 2008~2009년 CSSCI 등재지로 선정되었으며, 이는 학술지의 품질을 명확히 보여준다. 그러나 『문화연구』가 걸어온 험난한 길 뒤에는 심층적인 체제적 문제가 자리 잡고 있다. 중국의 학술지는 국가신문출판총서의 통합 관리를 받으며, 정식 학술지가 되기 위해서는 출판총서의 발행번호(刊号)가 반드시 필요하다. 이는 체제의 승인을 뜻하지만, 『문화연구』는 이 번호를 얻지 못했다(다른 대학의 총간물도 마찬가지다). 따라서 정식 학술지가 아니라 "책의 형태로 대체된 학술지"로 출판사를 통해 간행되었다. 더욱이 『문화연구』와 같은 학술지는 학문적 성격이 강해 경제적으로 거의 수익이 나지 않으며, 현재의 학술 평가 체제에서는 이러한 비공식 학술지가 학자들에게 별다른 이득을 제공하지 못했다. 이러한 이유로 출판사가 이와 같은 학술지를 받아들이지 않으려 하고, 저자들 역시 투고를 꺼리는 것은 충분히 이해할 수 있다.

이러한 난관을 돌파하기 위해『문화연구』는 정식 발행번호 체제 바깥에서 체제와의 협력을 모색해야 했다. 이를 통해 안정적인 재정 지원을 확보하고, 협력자를 자주 바꾸거나 불안정한 임시 자금을 찾는 문제를 해결하고자 했다.『문화연구』가 수도사범대학 문화연구원의 기관 학술지가 된 이후에야 체제 내에서 안정적이고 충분한 자금 지원을 받게 되었고, 출판 주기가 비교적 안정적으로 변할 수 있었다.

그러나 체제와 결합한다고 해서 반드시 학술지가 내용과 운영 이념에서 독립성을 상실하거나, 체제의 도구로 전락하는 것은 아니다. 실제로,『문화연구』는 난징대학 인문사회과학 고급연구원 및 수도사범대학 문학학부와 공동으로 운영되거나 수도사범대학 문화연구원의 기관지가 된 이후에도 일관되게 자신의 발간 이념과 방향을 유지해왔다. 이 과정에서『문화연구』는 민간적 입장을 잃지 않았으며, 투고된 원고의 품질에 대한 엄격한 요구를 지속했다. 또한, 일반적인 학술지에서 흔히 볼 수 있는 학문 분과별 섹션 편집 방식을 따르지 않았다.『문화연구』제1집부터 제12집까지 게재된 글은 인터뷰, 자료집, 주요 키워드 등을 포함해 총 229편으로, 1집당 평균 약 19편에 달한다. 편집 체계에 있어, 제1집을 제외한 모든 집에서 특정 주제를 설정했다. 주요 주제는 다음과 같다. 시각 문화, 신체 소비와 정치, 대중 매체, 영화(영상), 하위문화, 팬덤과 스타 문화, 젠더, 인종, 문화 기관, 공간 문제, 담론 분석, 문화 기억, 문학과 문화, 문화와 권력, 지식인(하버마스와 부르디외 특집) 등. 이러한 주제들은 문화연구의 거의 모든 측면을 포괄하며, 동시에 국내 정식 인문사회과학 학술지에서 흔히 나타나는 학문 분과별 분절 구조의 폐단을 완전히 타파했다. (이러한 분절

구조는 사실상 학문 분과 간의 영향력 경쟁을 반영하며, 그 결과 각 호마다 모든 학문 분과에서 일정 수의 글을 실어야 하는 타협이 이루어지곤 한다. 특히 대학 학술지에서 이런 현상이 두드러진다.) 특히 『문화연구』 제8집은 '문화연구의 중국적 문제와 중국적 시각"이라는 주제를 논의하는 데 거의 한 호 전체를 할애해 16편의 글을 게재했으며, 문화연구의 현지화를 심도 있게 다루었다.

『문화연구』의 험난한 여정과 달리, 상하이대학 문화연구학과에서 발간하는 『열풍학술』과 '열풍' 총서는 비교적 순조롭게 진행되었다. 『열풍학술』은 현재까지 6집이 출판되었으며, 제1집은 광시사범대학출판사에서 출판되었으나, 이후는 모두 상하이인민출판사에서 출판되었다. 특히 제3집부터는 상하이시 제3기 중점학과(중국 현대문학)의 지원을 받았으며, 설령 이러한 특별한 재정 지원이 없더라도 문화연구학과의 지원 아래 출판에 큰 어려움이 없었다. 이는 『열풍학술』이 초기부터 상당히 높은 체제화 수준을 갖추고 있었음을 보여준다.

『열풍학술』이 출판 과정에서 겪은 어려움은 주로 학술 연구의 여론 환경에서 비롯되었다. 이는 자신이 직면한 현실 문제를 얼마나 심도 있게 논의할 수 있는지, 그리고 어떻게 "통찰력 있는 사고"를 만들어낼 수 있는지와 같은 문제와 관련이 있다. 이러한 불안과 고민은 사실 『문화연구』역시 직면했던 문제이다. 두 학술지가 공통적으로 직면한 문제를 함께 살펴보면, 이는 모두 체제와 다양한 정도로 연관되어 있음을 알 수 있다. 예를 들어, 현실 생활 속 주요 문제에 대한 심층 연구는 종종 여론 규제의 어려움을 초래할 수 있다. 또한, 체제 내 학술 평가 체제가 이러한 학술지에 대한 투고를 줄게 만들어, 원고 모집에 어려움을 초래하는 등의 문제도 있다.

『열풍학술』은 코너 구성에서도 학문의 경계를 더 과감히 허물고 있다. 예를 들어, "지금을 읽다," "현장으로 돌아가기," "재해석," "이론·번역," "열풍·관찰," "열풍·포럼," "주변부의 기억" 등의 코너는 더욱 유연한 접근을 보여준다. 제1집의 「편집 후기」에서 편집자는 자신들의 학제적 시각과 입장을 명확히 표명하며, "현대 중국의 다양한 문제에 학문적으로 사고하고 응답한다"는 목표를 다음과 같이 밝혔다.

> 『열풍학술』은 학제적 학문 시야와 연구 방법을 견지하며, 현대 사회, 역사, 정치, 경제, 문학, 문화 등 여러 학문 분야를 위한 공통의 소통 플랫폼을 구축하고자 노력할 것이다. 이러한 소통을 통해 현대 중국의 진정한 문제를 발견하고, 이를 엄숙하고, 진지하며, 실질적인 학문적 응답으로 연결하고자 한다. 또한, 현대 중국을 글로벌하고 더욱 복잡한 맥락 속에서 학문적으로 조망하고자 하며, 따라서 "문제"에 대한 의식은 『열풍학술』의 주요 학문적 동력 중 하나가 될 것이다. 『열풍학술』은 현대 중국에 대한 관찰과 연구에 주력하며, 현대 중국 역사와 현실이 제기하는 거대한 도전을 회피하지 않을 것이다. 반대로, 우리는 이러한 도전에 대한 적극적인 응답을 목표로 삼을 것이다.[15]

현대적 의식과 문제 지향을 바탕으로 중국 문제에 대한 새로운 이론과 패러다임을 형성하는 것이 『열풍학술』의 핵심 목표이다. 이를 구체적으로 이해하기 위해 "지금을 읽다"라는 코너를 살펴보면, 『열풍학술』의 학술지 운영 방식과 스타일을 엿볼 수 있다. 현재까지 출판된 "지금을 읽다" 코너의 주제는 다음과 같다. 부동산과 도시 공간 문제, 미디어와 생활 구조 문제, 삼농 문제에 대한 현대적 반성, 교육과 사회적 관심 문제, 온라인 게임과 새로운 생활 방식 문제, 노동의 의미와 미적 감각의 상실 문제 등이 그것이다. 이 모든 주제는 매우 시의적이며, 현대 사회에서 부각되는 기본적인 문제들로, 기존 학문 분과로는 포괄할 수 없는 주제들이다.

---

15 王曉明, 蔡翔 주편, 『热风学术·编后记』(1辑), 广西师范大学出版社, 2008년, 264쪽

예를 들어, 제3집의 "지금을 읽다" 코너는 삼농 문제를 다루며, 이 주제에 대해 7편의 글을 실었다. 이 글들은 개혁개방 이후 농촌과 농민들이 직면한 문제를 다양한 측면에서 조명했다. 예를 들어, 농촌 노인의 자살 문제, 고부 관계와 부부 관계 문제, 농촌의 종교 신앙 문제, 농민 정체성의 변화 문제 등을 다루었다. 이러한 글들은 문제를 해석하며 매우 중요한 결론을 제시했다. 즉, 개혁개방이 농민들에게 경제적 혜택을 제공했지만, 농촌의 "고통," "빈곤," "위험"은 여전히 해결되지 않았다는 것이다. 오히려 농민 내부의 새로운 갈등과 억압, 지역 간 계층 및 문화 차이는 기존의 삼농 문제 개념으로는 설명할 수 없는 새로운 차원을 드러낸다. 이러한 새로운 차원의 "고통," "빈곤," "위험"은 농촌 문화의 쇠퇴와 붕괴, 농촌 사회 윤리와 도덕적 가치의 위기, 사회 중심축의 사회에서 가정, 다시 개인 중심으로의 이동 등에서 나타난다. 이는 단순히 경제적 풍요를 제공하는 정책만으로는 해결할 수 없는 문제이다. 게다가 이러한 문제들은 오늘날 글로벌화, 금융위기 등 거대한 배경 속에서 더욱 복잡해지고 있다. 이는 단순히 농업, 농촌, 농민 문제를 넘어 전체 사회문화와 그 미래에 대한 거대한 질문으로 확장된다.[16] 따라서, 농민들이 경제적 혜택을 얻는 동시에, 그들의 문화적, 심리적 혜택에도 주목해야 한다. 그렇지 않으면, 경제적 혜택 역시 그 효과가 상당히 제한될 수밖에 없을 것이다.

이러한 주제들 외에도, 『열풍학술』은 "5·12 대지진"과 "글로벌 금융위기"와 같은 당대의 주요 사건에 특히 주목하며, 이에 대한 분석과 해석을 제공하였다.

---

16 王晓明, 蔡翔 주편, 『热风学术·编后记』(3집), 上海人民出版社, 2009년, 320쪽

간단한 결론

앞서 논의했듯이, 문화연구의 체제화가 반드시 문화연구의 종말을 의미하는 것은 아니다. 단순히 문화연구를 체제와 대립적인 관계로 설정하거나, 문화연구가 체제에서 완전히 벗어나야 한다고 지나치게 강조하는 것은 현재 상황에서 실현 불가능한 유토피아적 이상에 불과하다. 이는 문화연구를 막다른 길로 몰아넣을 뿐이다(특히 재정 문제 하나만으로도 거의 해결이 불가능하다). 현재 중국에서 문화연구가 발전하려면, 한편으로는 학문에 대한 연구자들의 집념과 이른바 "자유로운 정신과 독립적인 사상"이 필요하다. 다른 한편으로, 우리는 현재 대학 체제가 완전히 경직된 구조가 아님을 인식해야 한다. 정부와 대학은 어느 정도 학제 간 연구를 장려하며, 학문적 경계를 초월한 문제 중심의 공적 참여를 지향하는 연구 기관 설립을 독려하고 있다. 따라서 문화연구자들은 체제 내에서 허용된 공간과 자원을 활용해 연구를 진행할 수 있다. 물론 이는 연구자들의 지혜와 전략이 요구되는 부분이다. 일부 논자들은 한편으로는 문화연구의 "순수성"을 과도하게 이상화하거나, 비판성과 독립성을 체제와의 완전한 단절과 동일시하는 경향이 있다. 또 다른 한편으로는 체제의 폐쇄성과 경직성을 과도하게 부각하며, 이를 문화연구와 완전히 대립적인 관계로 간주하기도 한다.

[이 장은 교육부의 철학 및 사회 과학 발전 보고서 프로젝트, 프로젝트 승인 번호 13JBGP031의 "문화연구 발전에 관한 연례 보고서"의 중간 결과이다.]

제11장

문화연구 교육

본 장에서는 문화연구의 교육 상황과 교재 개발에 대해 고찰하고자 한다. 이는 앞 장에서 다룬 문화연구의 체제화 문제와 밀접한 관련이 있지만, 동시에 독립적이고 중요한 주제로서 별도의 장에서 논의할 필요가 있다. 특히 중국 대륙에서의 문화연구 교육은 아직 시작 단계에 불과하기 때문에, 교육 계획, 강의 개요 및 강의 내용이 아직 표준화되지 않았으며, 강의자의 지식 배경과 연구 성향에 따라 매우 강한 개별성을 띠는 경우가 많다. 예를 들어, 동일한 '문화연구 입문'이라는 강좌가 개설되더라도, 그 구체적인 내용은 강의자에 따라 크게 다를 수 있다. 또한, 대부분의 문화연구 교육 계획과 강의 개요가 공개되지 않고 있어, 완전하고 상세하며 정확한 자료를 찾기가 어려운 경우가 많다. 따라서 필자는 관련 강의의 담당자들에게 직접 문의하는 방식으로 중국 대륙의 문화연구 교육 현황을 최대한 복원하고자 했다.

1. 문화연구 관련 교과목 개설

현재 중국 대륙의 문화연구 교육은 크게 두 가지 범주로 나뉜다. 하나는 중문학과(일반적으로 문학학부 또는 인문학부 소속)에 집중된 형태로, 학부, 석사, 박사 과정을 포함하며, 교과목의 성격은 일반적으로 선택 과목이다. 다른 하나는 독립된 문화연구학과에 집중된 형태로, 현재로서는 상하이대학 문학학부 산하 문화연구학과가 유일하다. 후자의 경우, 문화연구는 단순한 교과목이 아니라 하나의 학과로서 운영되기 때문에 비교적 체계적인 교육 체계와 방식을 갖추고 있다. 그러나 후자의 사례가 매우 적기 때문에, 여기에서는 첫 번째 유형의 문화연구 교육만을 살펴보도록 하겠다. 현재 이러한 유형의 문화연구 교육은 수도사범대학, 베이징언어대학, 중국인민대학, 베이징대학, 푸단대학, 쓰촨대학, 난징대학 등에서 이루어지고 있다.

수도사범대학의 문화연구과정은 타오둥펑이 설립했으며 커리큘럼은 큰 변화를 겪었다. 초창기(2003-2012)에 타오둥펑은 '대중문화 입문', '문화연구개론', '서구 근대성의 사회문화이론 입문', '중국 현대 문학-문화사조' 등의 과목을 개설했다. '대중문화 개론'과 '문화연구 개론'은 주로 석사 과정 학생을 대상으로 하며 문화연구 또는 대중문화연구 (서구와 중국을 병행하되, 서구 이론을 중심으로 함)의 기본 이론을 소개한다. '서구 근대성의 사회문화이론 입문'은 박사 과정 과목으로, 주로 서구 문화이론의 고전 텍스트를 해석하기 위해 텍스트 세밀히 읽기 방법을 사용한다. '중국 현대문학과 문화사상'은 박사 및 석사 과정 학생 모두에게 제공되며 현대 중국 문화의 몇 가지 주요한 주제와 경향을 다룬다 (예 : 왕쉬와 건달문학, 일상생활의 심미화와 문예에 대한 학문적 성찰 등). 2012년부터 타오둥평 자신의 연구가 문화대혁명의 서사, 특히 문화대혁명을 주제로 한 소설에 더 집중됨에 따라 타오둥펑은 '현대문학과 정치문화' 강좌를 개설했다. 이 과정은 텍스트의 면밀한 읽기를 강조하며 량샤오성(梁晓声), 옌롄커(阎连科), 왕안이, 위화(余华)와 같은 작가의 작품이 주요 해석 대상에 포함된다.

최근에는 수도사범대학 문화연구소 설립과 예술학부와의 연계로 대학원생 양성이 진행됨에 따라 더 많은 교원과 연구자가 문화연구 교육에 종사하고 있으며, '벤야민과 아감벤'(왕민안 담당), '근대성과 현대문화이론'(왕민안 담당), '영국문화 특강'(후장평 담당), '물질문화연구'(쉬민(徐敏) 담당), '시각문화연구 특강'(왕민안 담당), '프랑크푸르트학파의 문화이론'(순스충(孙士聪) 담당), '뉴미디어연구 특강'(천궈잔(陈国战) 담당), '현대 영상문화연구'(가이치(盖琪) 담당), '도시문화연구 특강'(정이란(郑以然) 담당), '공공문화 및 문화 정책 연구'(장루(蒋璐) 담당) 등 일련의 새로운 과목이 개설되었다.

베이징언어대학의 문화연구 과정은 황쥐웨(黄卓越)가 주도하고 있다. 황쥐웨는 2001년경부터 주로 영국을 중심으로 여러 지역의 문화연구를 적절히 통합한 '문화연구 일반 이론' 강의를 개설하여 매년 강의하고 있다. 이 과목은 박사 과정과 석사 과정 학생들을 대상으로 하는 공통 과정이다. 또한, 박사 과정 학생들을 대상으로 '문화연구의 분류', '문화이론 특강', '문화이론의 분류', '문화연구와 비평사의 원문 번역 실습' 등의 강의를 지속적으로 개설하고 있다. 황쥐웨는 현재 중국에서 영국 문화연구의 주요학자 중 한 명으로 꼽히며, 최근 몇 년간 석사 및 박사 과정 학생들에게 영국 문화연구 고전 저작 읽기 및 관련 논문 작성을 지도하고 있다. 2012년에는 황쥐웨가 지도학생들과 함께 논문집 『영국 문화연구: 사건과 문제』(英国文化研究: 事件与问题)를 출판했는데, 중국에서 유일하게 영국 문화연구를 전문적으로 다룬 책으로, 영화이론, 도덕적 공황 연구, 인종 문제, 대중문화 연구, 문화정책 연구, 정체성 이론 등 다양한 주제를 포함하고 있다. 최근 몇 년 동안, 베이징언어대학의 다른 교수들도 대학원생을 대상으로 탈식민주의 이론, 페미니즘 연구, 중국계 미국인의 문화연구와 같은 광의의 문화연구 강좌를 개설하고 있다.

푸단대학에서는 주로 루양이 대표적인 인물이다. 난카이대학에 재직 중이던 시절, 루양은 학부생들에게 '대중문화연구' 강의를 진행한 적이 있으며, 교재로는 왕이(王毅)와 공동 집필한『대중문화와 미디어』(大众文化与传媒)를 사용했다. 2007년 푸단대학로 부임한 이후에는 학부생을 대상으로 '문화연구 입문' 강의를 개설했는데, 이는 복수학위 과정에 포함되었다. 현재 이 강의에서는 루양이 편집·출판한『문화연구 입문』(文化研究导论)(고등교육출판사, 2012)을 교재로 사용하고 있다. 루양은 또한 푸단대학 중문학과 석사 과정에 문화연구 강의를 개설했으나, 박사 과정 전공 강의는 개설하지 않았다. 대신 푸단대학에서 '문학이론 및 문화연구'라는 공식 명칭으로 문화연구 전공 박사과정들을 지속적으로 지도하고 있다.

푸단대학의 니웨이(倪伟)는 2002년 봄부터 '문화연구 개론'강의를 2002년 봄과 가을, 2004년 봄, 2008년 봄(시각문화연구, 제2전공 선택과목) 등 총 4차례에 걸쳐 진행하였다. 이 강의는 모두 학부생 대상으로, 지정 교재는 없다. 2008년 이후로 과목이 개설되지 않았고, 이후 문화연구 관련 강의는 주로 루양이 담당하고 있다. 니웨이의 '문화연구 개론' 강의는 다음과 같다. (1) 문화연구의 전통과 현황: 문화연구란 무엇인가, 프랑크푸르트 학파의 문화 비평, 알튀세르의 이데올로기 이론, 영국 문화연구 등. (2) 문화연구의 특수 주제: 시각 문화, 공간의 사회 이론, 현대 중국 도시의 공간 생산 등.[1]

베이징대학에서는 주로 다이진화가 문화이론 관련 강의를 담당하고 있다. 개설과목으로는 '대중문화 연구', '문화연구의 이론과 실천' 등이 있다. 또한, 장이우와 허구이메이도 '현대문학과 대중문화', '문화이론 입문'

---

1 http://www.xici.net/d24587698.htm

등의 과목을 개설하였다. 이 강의들은 주로 중국 현대문학과 당대문학 대학원생들을 대상으로 하며, 모두 선택 과목이다.

화동사범대학의 문화연구 과정은 주로 니원젠(倪文尖)과 황핑(黃平)이 담당한다. 니원젠은 학부과정에 '문화연구개론' 과목을 개설했으나 지난 5, 6년 동안은 황핑이 담당하고 있는데 그의 전공이 근현대문학이기 때문에 수업은 주로 근현대문학과 관련된 것이거나, 문화연구방법으로 중국현대문학을 분석하는 것이다. 예를 들어, 2012학년도 교과목의 제목은 '문화연구도론: 인터넷문학과 문화를 중심으로'(2012년 봄학기)이며, 강의 계획서에는 개론, 문화연구와 당대 중국, 청년, 인터넷과 사회변혁, 인터넷 문학의 자료준비, 전통 미학의 변형, 온라인 역사 소설, 세계화의 현실적 상상력, '샤오쯔(小资)'와 '순정(纯情)', 인터넷 문학과 청년 문화의 전망 등이 포함되어 있다.[2] 2013년 봄 학기의 문화연구 과목 강의 계획서에 약간의 변화가 있었는데, '중국 특색'과 국학의 부흥, '홍색경전'의 전기화, '대국굴기' 서사, 온라인문학 및 기타 장르 소설, 블록버스터 및 코미디, TV의 변화, 미디어의 변화, 청년의 자치, 청년의 상징적 저항 등으로, 전년도 강의 계획서와 크게 달라진 모습을 보였다.[3]

이 대학들 외에도 유사한 문화연구 과목을 개설한 다른 대학들이 많이 있지만, 여기에서는 일일이 설명하지 않는다. 이들 대학의 문화연구 강좌를 살펴보면, 문화연구 과목이 점점 더 많은 대학에서 개설되고 있으며, 문화연구 일반 이론의 관점에서든, 강사의 개인 연구 관심과 전통 학문을 결합한 관점에서든 점차 폭넓은 공감과 영향력을 얻고 있음을 알 수 있다. 그러나 일부 학교를 제외하면, 현재 대부분의 학교에서 문화연구 과목은 주로 선택 과목으로 개설되고 있다. 이로 인해 강의는 매우 불안정

---

2 http://blog.sina.com.cn/s/blog_5dcf517401012yah.html

3 http://blog.sina.com.cn/s/blog_5dcf51740101cucl.html.

한 상황이다. 예를 들어, 어떤 학기에는 개설되지만 다른 학기에는 개설되지 않거나, 몇 년간 운영된 후 중단되는 경우도 있다. 이는 이 과목에 대한 사람들의 이해가 아직 충분히 성숙하지 않았음을 보여준다. 따라서 교육의 연속성과 표준화를 강화할 필요가 있다. 또한, 많은 학교의 문화연구 커리큘럼은 강사 개인의 연구 관심과 특색이 강하게 반영되는 경우가 많다. 이는 교과목 설정이 학문 일반의 지식 요구보다는 개인적인 연구 관심사를 기반으로 이루어지는 경우가 많다는 것을 의미한다.

2. 상하이대학 문화연구와 교수

(1) 교육 커리큘럼

상하이대학 문화연구학과의 체계와 교육은 현재 중국 내에서 가장 체계화된 사례로 꼽는다. 그러나 이 학과는 문화연구 학사 학위는 개설되지 않았으며, 학부생들에게는 선택 과목만 개설되어 있다. 학생들이 특정 전공에서 체계적인 지식 훈련을 완전히 받은 후에 문화연구 과목을 수강하도록 권장한다. 학부생 대상 선택 과목은 총 3개로, '문화연구 개론', '문화연구 이론 강독', '문화연구의 방법과 실천'이 있다. 이 과목들은 모두 3, 4학년 학부생 대상이다. 2009년부터는 모든 학년의 학부생들을 대상으로 하는 '문화연구 개론'이 상하이대학 문학학부의 학부 필수 과목 4개 중 하나로 지정되었다. 하지만 학생들이 이 4개의 과목 중 2개만 선택적으로 이수하면 되기 때문에, 여전히 상당 부분 선택 과목의 성격을 유지하고 있다.

문화연구 석사 및 박사 학위 과정을 위한 교과과정의 구체적인 구성은 아래 두 표와 같다.

문화연구 석사 학위 과정 교과목

분류		과목명	시수	학점	개설학기	비고
학위과목	정치이론	중국특색사회주의이론과 실천연구	36	2	1	
		자연변증법개론	18	1	2	둘 중 하나 선택
		마르크스주의와 사회과학방법론	18	1	2	
	제1외국어	공공영어	100	3	1, 2	
		전공영어	40	2	3	
	전공기초	문화연구 기본이론	40	4	1	
		뉴미디어 특강	40	4	5	
필수과목	문헌강독세미나	현대초기중국사상	40	4	2	본 시간표에 있는 과목 외에 기타 전공의 문헌강독세미나를 1과목 반드시 이수할 것.(4학점)
		젠더, 사회와 문화	40	4	1	
		당대문화분석 특강	40	4	4	
		문화연구방법론	40		3	
	학술세미나	학술세미나		2		
		문화연구실천		4		
선택과목	영어	배양계획 작성 않음.				
보충과목		학생의 구체적인 상황에 따라 지도교수가 학부 주요 과목 2~3개 지정 수강.(졸업학점으로 계산하지 않음)				

문화연구 박사 학위 과정 교과목

분류		과목명	시수	학점	개설학기	비고
학위과목	공공기초	중국마르크스주의와 당대	36	2	1	필수
		제1외국어(영어)	120	4	1, 2	
	전공기초	문화연구이론 최전방	40	4	1	
		문화연구방법론	40	4	3	

분류		과목명	시수	학점	개설 학기	비고
필수 과목	학술 세미나	학술세미나		5		
		문화연구실천		4		
선택 과목	정치 이론	마르크스주의경전저작선독	202	2	2	
	영어	배양계획 작성 않음.				
보충 과목		학생의 구체적인 상황에 따라 지도교수가 석사과정 과목 1~3개 지정 수강.(졸업학점으로 계산하지 않음)				

이 교과과정은 중국에서 최초로 설정된 문화연구 석사 및 박사 학위 과정의 교과목 구성으로, 일부 세부 사항에 변동이 있을 수 있으나, 주요 전문 과목은 대부분 이 범위에 포함된다. 예를 들어, 2013년에 새롭게 발표된 전문 과정[4] 역시 여기에 포함된다.

(2) 상하이대학의 문화연구 공동 강좌

2006년, 상하이의 5개 대학 및 연구기관(상하이대학, 화동사범대학, 상하이사범대학, 푸단대학, 상하이사회과학원 문학연구소)의 문화연구 학자들은 공동으로 문화연구 석사 과정의 통합 강좌 시스템을 구축하였다. 이 시스템은 문학 및 영상 텍스트 분석, 문화연구 이론서 강독, 중국 사회주의 문화 문제, 중국 근대성의 개혁과 문제 등 다양한 과목으로 구성되었으며, 해당 5개 대학 및 연구기관의 학자들이 화동사범대학에서 순번을 정해 강의를 진행하였다. 그러나 이 통합 강좌는 약 2011년경에 중단되었다. 왕샤오밍의 설명에 따르면, 통합 강좌가 중단된 주된 이유는 강의 프로그램이 한 차례 완료된 뒤, 주요 강의자들이 잇달아 강의 및 연구를 위해 출국하게

---

4 http://wxy.shu.edu.cn: 8080/MainPage/MoreCourse.asp

되면서 이를 계기로 잠정적으로 강의를 중단하기로 결정했기 때문이다. 2014년 3월 말, 이 강좌는 다시 시작되었으며, 강의 장소가 화동사범대학에서 상하이대학으로 변경되었다. 강의 시간 및 진행 방식은 이전과 크게 달라지지 않았다.

문화연구 공동 과정은 분명 타이완의 문화연구 공동 과정에서 영감을 받은 것이다. 이 과정은 겉보기에는 단순해 보일 수 있지만, 특정 분야 교수들의 팀워크를 발휘하고, 문화연구의 영향력을 키운다는 점에서 중요한 의미를 가진다. 문화연구는 학문 간의 대규모 협력을 기반으로 하는 작업이다. 이러한 대규모 협력은 다양한 학문적 배경을 가진 교수들의 협력을 반드시 포함해야 문화연구의 학제적 역할을 더 잘 수행할 수 있을 것이다.

(3) 교육 실천

석박사 과정 모두, 문화연구 과정의 교과과정에는 문화연구 실습 과목이 포함되어 있다. 여기서 말하는 실습은 단순히 글쓰기를 배우거나 전통적인 학술 토론을 의미하는 것이 아니다. 이는 학생들이 실제로 현장을 찾아가, 현대 중국의 생생한 현실을 관찰하고 경험하며, 학습한 문화연구 이론을 바탕으로 이를 사고하고 분석하는 활동을 의미한다. 2004년부터 문화연구학과는 '삼농(三农)' 문제 대토론의 영향을 받아, 학생(대부분 대학원생)들을 농촌으로(예: 산둥성 빈곤 지역과 후베이성 곡물 생산 지역) 보내는 활동을 조직하기 시작했다. 이를테면, 산둥의 빈곤 지역이나 후베이의 곡창 지대에서 '지식 나눔 교육(支教)'을 실시하고, 문화 및 사회 조사를 진행했다. 농촌 방문 외에도 일부 학생들은 상하이 외곽의 이주 노동자 자녀 학교에서 자원봉사를 하며 교육 활동을 수행하기도 했다. 학생들에게 이러한 실습은 농촌 문화 현실에 대한 직접적인 이해를 심화시킬 수 있는 기회를 제공한다. 또한, 이를 통해 도시 주류 문화의 운영 방식을 이해하는 데도 도움을 준다. 일부 학생들은 방문했던 농촌 지역의 문화적 상황을 개선하기 위해 전문적인 단체를 조직하고, 장기적으로 참여하는 계획을 세우기도 했다. 그 과정에서 비록 저항과 어려움이 있었지만, 그 의미와 효과는 분명하며, 심지어 그 창의성은 탁월하다고 할 수 있다. 예컨대, 『향토 중국과 문화연구』에는 학생들이 농촌을 조사한 결과와 감상, 그리고 분석을 담은 글이 수록되어 있다. 허후이리(如何慧丽)는 란카오(兰考)에서 진행된 농촌 건설 실험과 농촌 노인 협회에 대한 성찰을, 허쉐펑(贺雪峰)은 농촌 문화 활동에 대한 조사 결과를, 장스융(张世勇)은 여성의 여가 활동에 대한 조사를 각각 수록했다. 이러한 글들은 농촌에서 얻은 1차 자료에 기반한 것으로, 학생들이 농촌 문제는 물론 더 나아가 중국 문제를 연구하는 데 있어 중요한 의미를 가진다. 이러한 교육 실습 활동은 현재도 지속적으로 진행되고 있다.

3. 문화연구와 관련된 웹 사이트

문화연구 관련 웹사이트는 북쪽 지역에서는 인민대학 진위안푸(金元浦)가 편집한 '문화연구망(文化研究网)'과 남쪽 지역에서는 상하이대학 현대문화연구센터를 기반으로 한 '당대문화연구망(当代文化研究网)'이 있다. 이 두 웹사이트는 단순히 자료의 저장소 역할을 하는 것뿐만 아니라, 교육적 기반으로도 기능한다. 특히 '당대문화연구망'은 포럼, 교류 공간, 과제 공유 등의 기능을 포함한 플랫폼을 제공하였다(그러나 이 기능은 현재 폐쇄되어 있다). 지면의 제약으로 인해, 이 장에서는 상하이대학 당대문화연구센터의 '당대문화연구망'만 소개한다.

'당대문화연구망'

　'당대문화연구망'은 상하이대학 당대문화연구센터의 공식 웹사이트이다. 2001년 11월, 중국 당대문화센터는 중국 최초의 전문학술기관으로 설립되어 중국당대문화를 연구하고 있다. 그 구성원은 주로 문화연구학과 구성원이며 책임자는 왕샤오밍이다. 센터는 2002년에 '당대문화연구망'[5]을 개설했다.

　'당대문화연구망'은 단순히 상하이대학 문화연구학과의 보조 웹사이트나 기관 사이트가 아니라(문화연구학과는 자체 독립 기관 웹사이트를 보유하고 있다), 그 자체로 문화연구를 촉진하는 중요한 플랫폼으로 기능하며, 다양한 활동을 조직하거나 주요 논문을 게재할 수 있다. 예를 들어, 2012년 4월 7일부터 12월 4일까지 약 200편 이상의 논문이 게재되었으며(다른 시기의 글은 통계 불가), 이들 논문은 당대문화연구센터의 교수와 학생의 글뿐만 아니라, 다른 학자들이 타 매체에 발표한 글을 재게재한 것도 있다. 글은 '신생활, 신문화', '도시와 농촌', '현대의 재난', '제3세계', '사회주의 문화', '오락과 문예', '현대문학 생산 메커니즘', '문화, 창의, 산업', '지식 생산', '저항하는 신체' 등 여러 주제로 나뉜다. 이와 같은 주제 설정은 다소 중첩되는 부분이 있지만, 전반적으로 '당대문화연구망'이 현실 문제에 강렬히 관심을 두고 있음을 반영한다(이는 논문 내용에서도 잘 드러난다). 예를 들어, 양투안(杨团)의 「푸한 향촌사구 속으로(走进蒲韩乡村社区)」, 칭화대학 '신생대농민공연구'팀의 「농민공 생산메커니즘 하의 신세대 농민공 "农民工生产机制"下的新生代农民工」, 원톄쥔(温铁军)의 「농민의 유동문제와 신시기 노사관계(农民流动打工问题和新时期的劳资关系)」, 장무란(张木兰), 류젠민(刘建民), 옌빙(闫冰)의 「피춘: 민간 NGO와 도시 이주노동자 공동체(皮村:民间NGO与城市外来打工者群落)」 등이 있다.

---

5 http://www.cul-studies.com/.

이들 글 중 다수는 민족지 연구의 특징을 지니고 있으며, 구체적인 경험과 관찰을 바탕으로 삼농(三农) 문제를 다루고 있다. 이들은 문제를 반성하고 비판하면서 해결 방안을 제시하려는 시도를 보여준다. 예를 들어, 「푸한 농촌사구(社区)로 들어가다」라는 글은 비록 강연 원고 형식이지만, 연구 대상인 산시(山西) 융지(永济) 푸한(蒲韩) 농촌 사구에 대한 심층 조사와 분석을 포함하고 있다. 글은 푸한 농촌 사구의 건설 현황 경험을 요약하고 분석하면서, 이전의 농촌 사구 촉진 방식이 일정 부분 성과를 거두었음에도 불구하고 농민 집단의 약자 지위를 근본적으로 변화시키지 못했으며, 도시와 농촌 간 격차 확대를 억제하지 못했다고 지적한다. 이에 따라 글에서는 단편적인 해결책으로는 중국 삼농 문제를 근본적으로 해결할 수 없기에 전체적인 시스템의 탑다운(top-down)식 정책이 필요하며, 탑다운 정책에는 발전 방향, 발전 모델, 이를 지원하는 조직 및 정책과 법률이라는 네 가지 요소가 포함되어야 한다고 주장한다. 한편, 「'농민공 생산 메커니즘' 하의 신세대 농민공」이라는 연구 보고서는 구체적인 조사와 분석을 통해 농민공 생산 체제를 두 가지 기본 층위로 정의한다. 첫째는 분할형 노동력 재생산 제도이고, 둘째는 공장 전제주의 체제이다. 여기에 더해 도시 문화의 내면화라는 또 하나의 층위가 추가된다. 연구팀은 새로운 세대의 농민공의 생활방식, 소비방식, 정체성 인식, 직업과 개인의 삶에서 추구하는 바 등이 점점 더 도시화되고 있으며, 동시에 농촌 생활과 생산에 대한 거리감도 형성되고 있음을 지적했다. 또한 새로운 세대 농민공의 행동력은 더욱 강해졌으며, 이익 요구와 시민권 쟁취를 위한 행동이 점점 더 명확해지고 있다. 따라서 향후 "기업 시민"과 "사구 시민"이라는 개념을 고려해볼 만하다.

요컨대, '당대문화연구망'에 게재된 이들 글은 모두 문화연구학과 교수와 학생의 작업은 아니지만, 웹사이트의 주제 선정을 통해 방향성과 의도를 명확히 드러난다. 이는 곧 현재 사회의 주요 이슈에 대한 관심과 비판적 사고를 강조하는 왕샤오밍의 연구 방향과도 일치한다.

회의 조직 측면에서, 문화연구학과가 설립되고 '당대문화연구망'이 개설된 이후, 다양한 규모의 회의, 좌담회, 강연 등이 꾸준히 개최되었다. 문화연구학과 웹사이트와 '당대문화연구망'의 통계에 따르면, 2011년 6월부터 2012년 7월까지 약 1년 동안 20회 이상의 좌담회, 강연, 포럼이 열렸으며,[6] 한 달에 평균 거의 2건이다. 이 비율은 분명히 전통적인 학부에 비해 많은 편이다. 이러한 회의는 기본적으로 현실 세계의 문제와 밀접한 관련이 있으며, 2012년 8월 18일과 12월 1일에 각각 개최된 "우리의 도시" 포럼은 "유원지만 있는 도시"와 "機가 된 음식"를 주제로 개최되었다. '시민, 생활, 진보'를 이념으로 삼아, 토론의 공간을 조성하고 새로운 도시 생활을 상상하고 창조하기 위해 각자의 의견을 자유롭게 개진하며, 도시 생활의 진보를 위해 진지하고 합리적인 목소리를 기여하는 것을 목표로 한다.

4. 문화연구 교재 편찬

교재 개발은 문화연구 교육의 핵심적인 요소 중 하나로, 이는 문화연구의 체제화를 보여줄 뿐만 아니라, 학술적 성과를 교육적 자원으로 전환하는 중요한 역할을 한다. 중국 대륙의 문화연구 교재는 점차 소개 및 번역 중심에서 자체 집필로, 단일화된 내용에서 보다 다양화된 내용으로 전환되는 과정을 거쳐 발전해 왔다.

---

6 http://wxy.shu.edu.cn: 8080/MainPage/ViewLecture.asp?vType=会议

(1) 총론성 교재

현재 중국에는 3권의 문화연구 교재가 있는데, 모두 푸단대학 루양이 편집한 것으로, 대학원 교재『문화연구도론』[7], 학부 교재『문화연구개론』[8],『문화연구도론』[9] 등이 있다.

대학원 교재『문화연구도론』은 은 중국 학자가 집필한 최초의 문화연구 교재로, 교육부 학위관리와 대학원 교육사에서 추천한 교재이자, 교육부 인문사회과학 프로젝트의 지원을 받은 저서이다. 이를 통해 이 책의 중요도를 알 수 있다. 이 책은 출간 이후 판매 실적이 우수했으며, 반응도 비교적 좋았다. 루양에 따르면, 초판 발행 부수는 5,000부였으며, 1년 이내에 모두 판매되었다고 한다. 이는 독자가 단순히 문화연구 전공 대학원생에 국한되지 않고, 대중문화를 관심 있게 여기는 일반 독자들까지 포함했음을 보여준다. 심지어 일부 평론가들은『문화연구도론』을 통해 〈슈퍼걸〉과 〈타이타닉〉의 암호를 해독할 수 있다고 평가하기도 했다.[10]

이 책의 집필 방향에 대해 저자는 문화연구의 기원과 발전을 차분히 서술하는 동시에, 가능한 한 종적(縱的)과 횡적(橫的) 관점에서 시야를 확장하고자 하였다. 종적 관점에서는 문화연구의 배경을 근대성의 발전 맥락 속에 위치시켰으며, 횡적 관점에서는 후기 현대 관련 이론과 사상의 전개를 그것이 문화연구에 미친 영향과 교차 정도에 따라 각각 서술하였다.[11] 이러한 구조는 편찬자의 넓은 이론적 시야를 반영하며, 근대성과 후기 현대성의 맥락에서 문화연구를 이해하는 데 중요한 참고 자료와 가치

---

7 陆扬·王毅,『文化研究导论』, 复旦大学出版社, 2006
8 陆扬 주편,『文化研究概论』, 复旦大学出版社, 2008. 참가저자 刘康, 周宪, 王宁 등.
9 陆扬 주편,『文化研究导论』, 高教出版社, 2012. 참가저자 陶东风, 王毅, 周宪, 欧阳友权 등.
10 陆扬,『文化研究的必然性』,『吉林师范大学学报』, 2009년 제3기
11 陆扬, 王毅,『文化研究导论』, 16쪽

를 제공한다. 근대성 이론과 문화연구는 20세기 두 가지 주요 학술적 사유의 경로이다. 저자는 데카르트, 루소, 칸트, 보들레르, 르 코르뷔지에 등 다섯 명의 사상가를 선택하여 그들의 근대성 사상을 설명하였고, 제도적 근대성과 문화적 근대성이라는 두 가지 근대성을 정리한 후, 문화적 근대성의 특징을 부각하였다. 특히 이 문화적 근대성은 문화연구와 내재적 연관성을 가진다. 이 외에도 교재에는 상하이의 바(bar), 카페, 복식과 같은 주제에 대한 흥미로운 사례 분석이 다수 포함되어 있다. 그러나 이 교재에는 몇 가지 논의가 필요한 부분도 존재한다. 예컨대, 서로 다른 이론 체계 간의 연관성과 그것이 문화연구와 맺는 관계를 보다 명확히 설명하여 학생들이 더 체계적인 이해를 가질 수 있도록 할 필요가 있다. 또한, 이 교재는 주로 서구 문화연구 이론을 다루고 있으며, 국내의 토착화된 문화연구에 대한 소개는 다소 부족하다. 문화연구에서 중국적 의식과 중국 문제를 강화할 필요가 있다.[12]

두 번째 교재는 학부생을 대상으로 한 문화연구 교재로, 일반 고등교육 '11차 5개년 계획' 국가급 기획 교재이자, 신문출판총서 '11차 5개년 계획' 국가 중점 도서로 지정되었다. 이로 인해 이 교재는 『문화연구도론』보다 더 많은 정부 지원을 받았다. 이 교재는 주로 문화연구와 관련된 몇 가지 주요 주제를 중심으로 구성되었다. 예를 들어, 문화연구의 발전 역사, 연구 방법, 현황, 문화와 계급, 탈식민주의 이론, 젠더 연구, 시각문화, 일상생활의 심미화 연구, 대중매체 연구, 청년 하위문화 연구 등이 포함된다. 이러한 주제들은 비록 문화연구의 모든 영역을 완벽히 포괄할 수는 없지만, 학부 교재로서는 충분하다. 각 주제를 서술할 때, 저자들은 체계적이고 간결한 방식으로 내용을 전개하며, 이론적 논리를 명확하고 정확

12 马凌, 「"不可能完成的任务"—评陆扬, 王毅著〈文化研究导论〉」, 『社会学家茶座』 18辑, 山东人民出版社, 2007.

하게 정리하였다

이 교재는 문화연구의 토착화 의식과 중국 의식을 강화하였다. 제2장에서는 「문화연구의 중국적 의미와 중국적 문제」를 특별히 다루고 있다. 교재는 지식 생산과 전파, 학문적 통제 및 사회·정치·경제 권력 관계에 대한 문화연구의 높은 성찰과 비판 정신이 중국의 지식 생산과 학문 제도의 전환을 이해하는 데 매우 유익하다고 한다. 이는 중국의 인문학과 사회과학 분야에서 역사와 현실에 대한 자성적이고 비판적인 의식이 부족하기 때문이며, 문화 연구는 필수적인 비판적 입장을 제공할 수 있다. 그러나 이것이 서구의 이론적 모델을 그대로 중국의 현실 문제에 적용하라는 의미는 아니다. 오히려 중국에 대한 분석과 연구를 통해 이론적·학술적 패러다임에서의 혁신 가능성을 탐구해야 한다. 먼저 현대 중국의 학술적 구성과 정치, 경제, 사회의 관계, 특히 권력과 지식의 복잡한 관계를 심도 있게 고찰해야 한다. 다음으로 중국만의 문화연구 의제를 설정해야 한다. 중국을 포함한 세계 각국의 문화연구 의제와 방안의 설계에서 강한 서구적 색채가 드러나며, 이는 종종 서구의 '자국 문제'에서 비롯된다. 중국과 서구의 차이로 인해 중국의 문화연구는 이론적 혁신과 의제의 재구성이라는 과제를 안고 있다.

결론적으로, 문화연구는 서구 인문사회과학계에서 전향적이고 혁신적인 의식과 강렬한 사회적 관심을 지닌 신흥 분야로서, 중국에서 큰 발전 가능성을 얻기 위해서는 중국의 역사와 사회적 현실에 기반을 두고 학문적 혁신, 지식 혁신, 이론 혁신을 적극적으로 촉진해야 한다. 이 교재가 보여주는 중국적 의식에 대해 왕이촨은 글을 통해 긍정적 평가와 찬사를 보냈다.[13]

---

13 王一川, 「文化研究走进课堂」, 『文汇读书周报』, 2008.5.30.

이 교재는 문화연구의 토착화를 이론적으로 서술하는 것 외에도, 일부 주제에 대한 논의에서 이러한 중국적 의식을 드러내고 있다. 예를 들어, 포스트식민주의 문화 이론에서는 마르크스주의의 중국화 문제를 특별히 다루었으며, 청년 하위문화 연구에서는 중국 청년 하위문화를 분석하였다. 이는 문화연구의 본체화와 중국 의식이 이 교재의 중요한 편찬 방향일 뿐 아니라, 문화연구와 중국 현실을 긴밀히 결합한 구체적 사례라고 할 수 있다.

2012년 고등교육출판사에서 출간된 『문화연구개론』에 대해, 주편인 루양은 「후기」에서 이 교재가 이전의 두 교재와 비교해 "완전히 새로운 책"이라고 하였다. 그렇다면, 이 교재는 무엇이 새로워졌는가? 첫째, 체계적인 구성에서 더 명확하고 간결해진 점이다. 이 교재는 주제 배치가 가장 명료한 교재로, 전반적으로 문화연구의 주제를 중심으로 구성되었다. 여기에는 페미니즘, 청년 하위문화, 문화적 정체성, 시각문화, 신체 정치, 팬덤문화, 온라인문학 등 문화연구의 주요 연구 주제가 포함된다. 이전 두 교재는 이러한 주제 체계의 구성이 명확하지 않았다. 첫 번째 교재인 『문화연구개론』은 근대성의 관점에서 문화 연구에 접근했지만, 좁은 의미의 문화 연구를 충분히 설명하지 못하였고, 이론적 가지가 너무 많아 학생들이 이해하기에 어려움이 있었다. 두 번째 교재인 『문화연구개론』은 문화 연구의 주제를 강화했으나, 다루는 문제들이 많아 논리가 명확하지 않았다. 예를 들어, 매체와 소통에 대한 내용에서 한 장은 '소통과 문화', 다른 한 장은 '뉴스 소통과 민주 정치'로 다루어 내용이 중복되는 경향이 있었다.

둘째, 이 교재의 또 다른 새로운 점은 문제에 대한 분석과 설명이 간결하고 명료하여 독자에게 명쾌하게 읽히는 즐거움을 준다는 점이다. 이것은 본 교재가 지닌 매우 중요한 특징 중 하나이다. 이러한 간결하고 명확한 특징은 교재의 목차에서도 느낄 수 있다. 예를 들어, 제2장 「문화 연구의 패러다임 전환」은 네 개의 절로 나뉘어 있다. 문화주의, 구조주의, 헤게모니 이론, 네트워크 이론으로 구성되어 있어, 패러다임이 어떻게 전환되는지를 한눈에 파악할 수 있도록 명료하게 정리되어 있다. 또한 제9장에서 온라인 문학을 다루는 절의 구성도 온라인 문학의 탄생과 발전, 온라인 문학과 전통 문학의 차이, 온라인 문학의 형태와 특징, 온라인 문학의 가치와 한계로 나뉘어 있는데, 이러한 구성은 독자로 하여금 내용을 한눈에 파악할 수 있게 하고 명확한 이해를 돕는다.

셋째, 이 교재의 또 다른 새로움은 내용 면에서 문화 연구의 최신 주제로 확장되었고, 새로운 자료의 활용에도 주의를 기울였다는 점이다. 예를 들어, 이 교재는 이전 두 교재에 없었던 몇 개의 장을 추가하였다. 제7장 '소비 문화 속의 신체 정치'와 제8장 '팬덤 문화'가 그러하며, 이는 교재가 문화 연구의 최신 발전 흐름을 긴밀히 반영하고 있음을 보여준다.

마지막으로, 이 교재는 사례 분석을 중시하며, 특히 토착적 사례를 추가하여 교재의 토착화 의식을 강화하고 학생들이 보다 쉽게 받아들일 수 있도록 하였다. 예를 들어, 「시각문화」 장에서는 〈아바타〉, 〈스피드〉, 〈와호장룡〉, 〈영웅〉 등 영화를 사례로 들었다. 또한, 「팬 문화」 장에서는 슈퍼걸 팬덤과 〈사병 돌격〉 팬 게시글 등, 학생들에게 친숙한 예시를 통해 거부감 없이 내용을 이해하도록 하였다. 「온라인 문학」 장에서는 초기와 현재 유행하는 온라인 문학 작품을 언급하였으며, 이 중 많은 작품은 학생들이 이미 읽어본 경험이 있는 것들로 구성되었다. 이러한 사례 활용으로 인해 학생들의 수용성이 높아진다.

결론적으로, 이 최신 『문화연구도론』은 비교적 완성도가 높은 교재로 평가할 수 있으며, 학부생뿐만 아니라 문화연구에 관심 있는 독자들에게

도 많은 사랑을 받을 것으로 기대된다.[14]

루양이 주편하거나 집필한 세 권의 "문화연구" 명칭을 가진 교재 외에도, 관련된 문화연구 교재로는 쩡쥔(曾军)이 주편한『문화비평교정(文化批评教程)』이 있다. 우선, 이 교재는 2008년에 출간되었으며, 상하이대학 교재 개발 특별 예산의 지원을 받아 제작된 선택 과목 교재이다. 이는 문화 비평에 초점을 맞춘 교재로, 이전에 많은 서양 문학 이론 교재들이 문화 비평 이론을 다루긴 했지만, 문화 비평 이론을 전문적으로 소개하고 해설한 교재로는 첫 번째 책이라 할 수 있다. 따라서, 이 교재는 일정한 개척적 의미와 가치를 지닌 것으로 평가된다.

둘째, 이 교재는 명확한 목표 설정과 체계적인 사고를 바탕으로 구성되었다. 서문에서 주편 쩡쥔은 이 교재가 20세기 서구 문화 비평 이론에 중점을 두고 있다고 언급하였다. 그러나 이론 자원의 선택에 있어 한편으로는 20세기 문학 이론과의 밀접한 관계를 고려하는 동시에, 다른 한편으로는 중국적 문제의식을 기준으로 관련 실천 분야를 선정하였다. 이러한 명확하고도 현명한 교재의 방향성은 내용 구성에도 반영되었다. 교재는 서구 문화 비평 이론의 대표적인 유형을 비교적 체계적으로 서술하고 있는데, 여기에는 서구 마르크스주의, 구조주의와 기호학, 정신분석, 미디어문화, 소비 문화, 사회학적 접근법, 공간이론, 문화전통 등의 주제가 포함된다. 집필 과정에서 편집진은 이들 이론의 서구적 맥락과 중국적 문제의식을 충분히 고려하였고, 이를 유기적으로 결합하였다. 이는 학생들이 서구 문화 비평 이론을 이해함과 동시에, 중국적 문제를 염두에 두고 학습할 수 있도록 하며, 교재의 높은 실용성과 현실성을 보여준다.

셋째, 이 교재는 '문화연구'라는 학과적 이미지를 약화시키고, 20세기

---

14 迟宝东,「文化研究与大学文学教育——评陆扬主编的『文化研究导论』」,『马克思主义美学』, 2012년 제15권1기

문화 비평 이론의 전반적인 흐름과 특징에 초점을 맞추어 내용을 전개하였다. 이러한 접근은 적절한 판단으로 평가된다. 쩡쥔은 '문화 비평'과 '문학 연구', '문화 연구' 간의 관계 문제가 현대 중국 문예학계에서 제기되고 끊임없이 논의되고 있다고 언급하였다. 이는 문제를 제기하는 연구자들의 지식적 배경이 주로 문학 연구자들이기 때문이다. 문학 연구는 연구 대상을 문학으로 제한하지만, 방법론적으로는 문화 연구와 문화 비평의 성과를 충분히 흡수해 왔다. 반면, '문화연구'는 버밍엄 학파와 지나치게 밀접하게 연관되어 있으며, 특히 1970년대 스튜어트 홀의 주도로 형성된 특징들이 문화 연구에 대한 고정된 인상을 심어주었다. 이에 쩡쥔은 이 개념을 잠시 보류하고, 보다 유연한 개념인 '문화 비평'을 사용하는 것이 필요하다고 보았다. 이 용어는 현대 서구의 문화 사조, 관념, 그리고 관련된 실천 영역을 포함할 수 있는 개방적인 장점을 지니고 있다. 이러한 이유에서 본 교재는 최종적으로 '문화 비평'이라는 명칭을 채택하였다.[15]

마지막으로, 편찬 체계에 있어 본 교재는 이론적 개관과 문헌 읽기를 결합하는 방식을 시도하였다. 이를 통해 학생들이 이론의 기본 지식을 이해하는 것을 바탕으로 원전을 정독함으로써 이론을 더욱 깊이 이해할 수 있도록 하였다. 이러한 교재 편찬 체계는 거의 일반적인 체계로 자리 잡은 상태이다.

다만, 본 교재는 비평 사례 분석에 있어 다소 부족한 면이 있어 이를 강화할 필요가 있다. 이를 통해 학생들이 이론을 활용하여 비평적 실천을 수행할 때 참고할 수 있도록 해야 한다.

국내 학자가 편찬한 교재 외에도, 한 권의 번역된 해외 문화연구 교재를 언급하지 않을 수 없다. 그것은 바로 2004년 7월, 타오둥펑이 주도하여 번역한, 엘레인 볼드윈(Elaine Baldwin) 등 여러 학자가 공동 집필한『문

---

15 曾军 주편,『文化批评教程·前言』, 上海大学出版社, 2008년, 1—2쪽

화연구 입문』(고등교육출판사)이다. 이는 국내에서 처음으로 등장한 정식 문화연구 교재로, 중국 문화연구에 큰 영향을 미쳤으며, 많은 학교에서 개설한 문화연구 과목의 교재로 사용되었다. 2005년에는 베이징대학출판사에서 이 교재의 영어 복제본을 출판하기도 하였다.

(2) 대중문화 교재

문화연구, 문화비평 등 일반 교재 외에도 대중문화에 관한 교재가 많은데, 그 중 일부는 지속적으로 재인쇄되고 있는데, 이는 중국에서 대중문화가 번성하고 있다는 사실을 어느 정도 반영하고 있으며, 고등 교육 출판사를 비롯한 유명 출판사의 참여도 대중문화가 대학 강의실의 일반적인 교육 내용이 되었음을 보여준다. 현재까지 출간된 대중문화 교재로는 왕이촨이 편찬한 『대중문화도론』[16], 타오둥펑이 편집한 『대중문화교정』[17], 모린후(莫林虎)의 『대중문화신론』[18], 저우즈창(周志强)의 『대중문화이론과 비평』[19], 자오융(趙永)의 『대중문화이론 신편』[20]이 있다.

이러한 대중문화 교재는 기본적으로 두 가지 범주로 나뉘는데, 하나는 대중문화 현상의 해석에 초점을 맞추고 다른 하나는 대중문화 관련 이론의 해석에 초점을 맞추는 것으로, 일반적으로 둘 다를 포괄한다.

대중문화 현상의 해석에 초점을 맞춘 교재는 범주별로 제시되어 있지만, 각 교재는 다양한 유형의 대중문화를 다루고 있다. 왕이촨의 대중문화 장르는 영화문화, TV문화, 인터넷문화, 대중음악, 대중문학, 시각문화,

---

16 王一川 주편, 『大众文化导论』(일명 王本), 高等教育出版社, 2004.
17 陶东风 주편, 『大众文化教程』(일명 陶本), 广西师范大学出版社, 2008년 초판, 2012년 재판.
18 莫林虎, 『大众文化新论』(일명 莫本), 清华大学出版社, 2011년,
19 周志强, 『大众文化理论与批评』(일명 周本), 高等教育出版社, 2009년
20 赵勇 주편, 『大众文化理论新编』(일명 赵本), 北京师范大学出版社, 2011년

광고문화, 패션문화, 청소년 하위문화 등이다. 타오둥펑의 책에는 영화 및 TV 문화, 대중 소설, 대중 음악, 인터넷 문화, 광고 문화, 시각 문화, 신체 소비, 팬 문화 등이 포함된다. 모린후의 책에는 대중 소설, 영화, 대중 음악, 애니메이션 문화, 뮤지컬 및 패션 문화가 포함된다. 이를 통해 대중문화의 가장 기본적인 유형인 대중소설(대중문학), 대중음악, 영화·TV 문화를 제외한 다른 책들은 서로 다른 강조점을 두고 있음을 알 수 있다. 모린후의 책은 비교적 새로운 애니메이션과 뮤지컬을 추가한 반면, 타오둥펑은 대중문화 분야에서 매우 중요한 유형인 팬문화를 다룬다.

대중문화는 영화나 대중음악과 같은 대중문화 상품만을 포함하는 것이 아니라, 대중문화 참여자로서의 팬 역시 대중문화의 중요한 한 축을 이룬다고 말할 수 있다. 팬이 없다면 대중문화의 번영도 불가능할 것이다. 따라서 타오둥펑에서 팬덤 문화를 추가한 것은 대중문화 연구의 한 공백을 메운 것이라 할 수 있다. 또한, 2판에서 타오둥펑은 신체 소비라는 장을 추가하였는데, 이는 다른 두 교재에는 없는 내용이다. 각 교재가 대중문화 유형을 선정함에 있어 서로 다른 방식을 취한 것은 편찬자의 개인적 관심과 밀접한 관련이 있으며, 동시에 편찬자가 대중문화를 구성하는 다양한 요소의 상대적 중요성에 대해 어떻게 이해하고 있는지를 반영한다고 할 수 있다.

첫째, 편찬 체계에 있어 각 교재 버전의 구성은 완전히 일치하지 않는다. 전반적으로 교재는 크게 두 부분으로 구성된다. 첫 번째 부분은 대중문화의 발생, 특성, 기본 이론 등에 대한 전반적인 서술로, 한두 장을 차지한다. 두 번째 부분은 대중문화의 다양한 유형을 개별적으로 해석하고 분석하는 내용으로, 여기에는 해당 대중문화 범주의 개념 정의, 역사적 서술, 기본 특성과 생산 메커니즘 분석, 관련 이론 소개, 사례 분석 등이 포함된다. 이러한 체계는 비교적 명확하며, 일정한 단계적 성격을 가지고 있어 학생들이 대중문화를 점진적으로 깊이 이해하도록 돕는다. 이를 통해 대중문화와 관련된 지식을 습득하는 한편, 관련 이론을 바탕으로 대중문화에 대한 인식과 평가를 형성할 수 있다. 이 부분은 일반적으로 교재의 대부분을 차지한다. 이러한 체계는 모든 교재 버전에 공통적으로 나타나지만, 타오둥평의 책에서 특히 두드러진다. 상대적으로 볼 때, 타오둥평의 책은 이론 분석이 사례 분석보다 더 많으며, 반면 왕이촨과 모린후거의 모든 장에서 별도로 사례 분석을 배치하고 있다.

둘째, 구체적인 내용 구성에서 타오둥평은 구 교재의 내용 구성을 참조하여(예: 타오둥평 등이 번역한『문화연구 입문』), 본문에 글상자, 주요 이론가, 주요 개념 등을 설정하여 구성하였다. 이는 본문 내용을 보완하는 추가적 요소로, 글상자는 주로 본문 자료를 보충하는 1차 자료로 구성되어 있다. 이러한 구성은 학생들이 내용을 이해하고 습득하기에 용이하도록 돕는다. 또한 각 장의 말미에 소결론과 추가 읽기 자료를 포함하여 학생들이 더 깊이 읽고 이해할 수 있도록 유도하고 있다.

셋째, 대중문화의 이론적 분석과 감상 경험을 어떻게 균형 있게 다룰 것인가도 교재가 직면해야 할 중요한 문제이다. 모린후는 과거 대중문화 교재들이 이론성이 강하고 분석의 깊이는 있었지만, 몇 가지 한계가 있다고 지적하였다. 예를 들어, 서구 이론을 수용하면서 중국의 정치, 경제, 문화적 환경에 대한 고찰이 부족했고, 많은 학자가 대중문화의 구체적인 발전 과정에 대한 충분한 이해와 대중문화 작품에 대한 감상 경험이 부족하여, 논의가 이론으로 끝나버리고 작품의 실제 독해를 통한 이론의 정제와 승화가 이루어지지 못했다는 점이다. 이러한 문제는 모린후의 책에서 많이 개선되어, 각 장에 구체적인 사례 연구를 추가하였다. 예를 들어, 통속소설 부분에서는 하이옌(海岩)의 소설을 분석하였고, 영화 부분에서는 〈투명장(投名狀)〉을, 대중음악에서는 저우제룬(周杰伦)의 곡을 분석하였다. 이는 명백히 강한 본토적 특성을 지니고 있으며, 저자의 경험적 감각도 포함되어 있다. 그러나 대중문화에 대한 감상 경험이 중요하긴 하지만, 학생들에게 대중문화를 분석하는 방법을 전달하고 일정한 가치적 입장을 형성하도록 돕는 것도 매우 중요하다. 그렇지 않으면 대중문화 교재는 단순히 대중문화 감상용 독서 자료로 전락할 위험이 있다. 왕이촨은『대중문화 입문』(수정판)의 서문에서 이 점을 특히 강조하며 다음과 같이 언급하였다. "대학생의 대중문화 소양 함양은 그들이 일반 개인 또는 국민으로서 대중문화를 감별하고 향유하는 데 도움을 줄 뿐 아니라, 지식인 또는 문화인으로서 대중문화를 적극적으로 학문적으로 분석하거나 비판하는 데에도 기여해야 한다." 물론, 이론과 감상을 어떻게 잘 결합할 것인지는 여전히 대중문화 연구자들이 노력해야 할 과제로 남아 있다.

자오융과 저우즈창의 대중문화 교재는 이론 소개에 중점을 두고 있다. 자오융의 책은 베이징사범대학출판사에서 출판한 '신세기 고등학교 교재·문예학 시리즈' 중 하나이다. 저우즈창의 책은 구성 체계에서 매우 독특한 특징을 보이는데, 각 절의 시작 부분에 예비 독서(예: 미리 읽기)가 포함되어 있으며, 본문 안에는 심층 독서, 독서와 사고 등과 같은 코너가 마련되어 있어 가독성이 높다. 또한 컬러 인쇄로 제작되었으며, 정교한 삽화와 세심하게 디자인된 레이아웃을 통해 시각적인 완성도가 높다. 내용 면에서 교재는 대중문화의 사회학 이론, 대중사회 이론, 비판 이론 등을 간결하고 명료하게 소개하고 있다.

자오융 책은 이론 서술, 원전 인용, 구조 구성 등에서 정확성, 적합성, 명료성을 추구하고자 하였다. 이를 위해 주편자는 다수의 저명한 번역 학자를 초청하여 인용할 원전을 새롭게 번역하거나 검토하였으며, 정확성을 기하고자 하였다. 따라서 교재에서 인용한 자료가 과거의 것이더라도, 새로운 번역을 통해 일정 부분 새로운 자료로서의 의미를 가지게 되었다. 둘또한, 이 교재는 대중문화 이론의 서술에 있어 명확하고 체계적이다. 대중문화 이론을 세 가지 범주로 분류하였는데, 첫째는 대중문화의 창시적 이론으로, 비판 이론, 기호학 이론, 문화연구 이론을 포함한다. 둘째는 대중문화 참여 요소에 관한 이론으로, 대중매체 이론, 키치 예술 문제, 중산층 취향 문제, 청년 하위문화 이론, 팬문화 이론 등이 있다. 청년 하위문화 이론과 팬문화 이론(자오융은 이 중 청년 하위문화 이론과 팬문화 이론을 앞의 셋과 구분하여, 이 두 가지는 대중문화의 재생산을 강조하며 대중문화 참여자들이 형성한 대중문화로 볼 수 있다고 하였다.), 셋째는 대중문화를 연구하는 지식인 이론이다. 이러한 분류는 명확하기는 하나, 학생들이 이를 완전히 받아들일 수 있을지는 검증이 필요할 것이다. 예를 들어, 키치 예술은 대중문화와 매우 밀접한 관계가 있지만, 이를 완전히 대중문화 이론의 범주로 포함하기는 어렵다. 또한, 지식인과 대중문화를 다룬 장은 앞서 언급된 창시적 대중문화 이론과 일정 부분 중복되는 면이 있다.

또한, 각 장의 앞부분에 배치된 고전 텍스트 읽기와 그에 따른 해설은 학생들에게 서구 대중문화 이론의 원형을 그대로 제공하며, 대중문화 이론을 이해하고 소개하는 데 중요한 의의를 가진다. 궁극적으로, 우리의 대중문화 이론은 현재로서는 대부분 서구 이론의 도입과 차용에 크게 의존하고 있으며, 우리의 독창적인 이론은 아직 제대로 창출되지 않았다는 점을 부인할 수 없다.

어쨌든 이 교재는 대중문화 이론에 대한 포괄적인 입문서라고 할 수 있는데(타오둥펑의 『대중문화교정』은 대중문화의 여러 이론을 한 장에 할애하고 있다), 독자와 학생들이 대중문화를 이해하는 데 중요한 참고가치가 있다.

부록

홍콩과 타이완의 문화연구

이 부록은 주로 홍콩과 타이완의 문화연구의 발전을 소개하며, 중국 대륙의 문화연구에 참고자료를 제공하고자 한다. 실제로 홍콩과 타이완의 문화연구는 매우 발전되어 있고, 제도적, 학술적 연구와 사회활동 모두 비교적 완벽한 운영 절차를 갖추고 있으며, 사회적으로도 긍정적인 의미를 지니고 있다. 이것들은 본토 문화연구를 촉진하는 데 강력한 참조 의미를 가진다.

1. 타이완 문화연구

(1) 타이완 문화연구의 부상

1998년 11월 14일, 타이완 문화연구 학회가 설립되었으며, 이는 타이완 문화연구의 역사에서 획기적인 사건으로 여겨진다. 그러나 타이완 문화연구는 이 때 처음 등장한 것이 아니다. 계엄령 해제 이후 타이완 사회에서 나타난 다양한 사회운동과 문화적 논쟁, 규율 제도에 대한 반성과 비판 등 장기적이고 진화하는 과정이 있었다. 류지후이(刘纪蕙)에 의하면 "1980년대 중후반부터 권위주의 체제에 도전했던 여러 운동, 그리고 지식계에서의 본토화 반성과 실천, 예를 들면 1988년에 좌익 비판적 입장에서 출발한 『타이완사회연구 계간』, 1991년에 변방의 위치에서 정통성을 도전한 『섬의 변방(島嶼边缘)』, 그리고 당시 대거 등장했던 거리 정치극장과 포스트모더니즘 문학·예술. 이러한 변화의 저변에는 타이완 지식장의 변방에서 시작된 어떤 지층적 압박과 변형이 연관되어 있다."[1]

---

1 刘纪蕙, 「根源与路径: 文化研究10周年」, 『思想15 文化研究: 游与疑』, 台北联经出版事业股份有限公司, 2010년, 51쪽

특히 20세기 80년대 중반 이후 타이완 사회는 계엄령 해제로 인해 정치적 변화를 겪으며 큰 변동이 일어났고, 이로 인해 다원적인 균열들이 나타났다. 그중 중요한 현상 중 하나는 당시 급증했던 문화 비평/논평이었다. 이러한 비평은 사회적 현실에 직접적으로 개입하며 이후의 문화 연구와 연결되었다. 예컨대, 『자립조보(自立早报)』와 같은 신문의 부간은 문화 비평을 위한 칼럼을 개설했으며, 심지어 전면 지면을 당시 젊은 세대의 논객들에게 외주 형식으로 제공하기도 했다. "문화 비평은 신문 부간에서 문학 창작과 비평을 대체했을 뿐만 아니라, 문화 공간 전반에 걸쳐 새로운 문학 장르, 다양한 문화 상품, 여러 글쓰기 방식과 기존의 담론 형식 간의 대립을 창출했다." 이러한 영향을 받아 『중국논단(中国论坛)』, 『인간잡지(人间杂志)』, 『신문화(新文化)』, 『당대(当代)』와 같은 다수의 문화 비평 잡지가 등장했으며, 『부녀신지(妇女新知)』, 『타이완공운(台湾工运)』 등 일부 사회운동 단체의 기관지 간행물도 출판되었다. 또한, 문화 비평은 저널리즘 잡지와 학술 저널에도 스며들었으며, 『전쟁기기 총서(战争机器丛刊)』, 『섬의 변방』과 같은 책의 형태로도 발표되었다.[2]

그러나 시장의 긴축, 정치 권력 재편성의 완성, 재야 사회운동 에너지의 제도화, 언론의 상대적 보수화 등의 흐름 속에서, 80년대 한때 격동적이고 활기를 띠었던 문화 비평/논평은 점차 피로한 모습을 드러내기 시작했다. 비판적 성격을 가졌던 문화 부간은 점차 무력한 문예 부간으로 퇴보하였으며, 유토피아적이고 초현실적인 형식을 가지면서도 현실과 밀접하게 연결된, 사상적이고, 주변적이거나 공격적인 글은 더 이상 게재될 수 없게 되었다. 천광싱은 이를 "타이완 공론장의 위기"라고 규정하며, 특정한 글쓰기 형식과 입장을 충족시키는 글만이 소위 공론장에 진입할 수

---

2 陈光兴, 「文化研究在台湾到底意味着什么?」, 陈光兴 주편, 『文化研究在台湾』, 巨流图书公司, 2001년, 12—15쪽

있는 상황이라고 하였다. 이와 같은 상황 속에서 학계의 지식인들은 이러한 급진적 사유의 흐름이 퇴조하는 현상을 반성하고 비판하기 시작했으며, 문화 연구라는 형식을 통해 자신의 목소리를 내며 사회 현실에 개입하려는 노력을 기울였다.[3]

따라서 타이완에서 문화연구의 부상은 계엄령 해제 이후 문화비평 운동의 부상과 밀접한 관련이 있을 뿐만 아니라 사회 및 정치 체제의 재편과 경제적 소비주의로 인한 쇠퇴 이후 공공 지식인들의 관심이 높아진 것과 관련이 있다.

또한 타이완에서 문화연구의 부상은 지역 지식 실천에 대한 지식인들의 자기반성과 밀접한 관련이 있다. 이는 점점 더 정교해지는 학문 분화에 대한 불만으로 나타나는데, 이러한 분화는 지식인들이 사회현상을 포괄적이고 심층적으로 분석하는 데 심각한 제약을 초래한다. 연구 대상이 구체적일수록 지식의 구조 역시 더욱 제한되기 때문이다. 류지후이는 다음과 같이 주장하였다. "문화연구가 일어나는 이유는 문제의 시급성과 지식에 대한 불만족 때문이다. 사회학 분야에서 비판 이론과 문학·예술의 고찰로 나아가거나, 역사학이 확장하여 문학·예술, 젠더와 정치경제에 대한 고려로 이어지며, 문학·예술에서 시작해 민족 관계, 사회역사적 맥락, 정치·경제적 요인에 대한 탐구로 확장되는 것은 모두 근본적인 문제의식에 의해 추동되고 이루어진 연결과 확장이다. 문화연구는 그저 공허한 이름일 뿐이며, 학제 간 연구는 표면적인 현상에 불과하다. 문화연구라는 모호한 이름이 지지하고 허용하는 다양한 학제 간 경로 아래에서 실제로 일어나는 것은 끊임없이 변화하고 발생하는 지식 활동이다."[4]

학제간 지향의 추구는 실존주의, 페미니즘, 포스트구조주의, 기호학, 정

---

4 刘纪蕙, 「根源与路径: 文化研究10周年」, 『思想15 文化研究: 游与疑』, 台北联经出版事业股份有限公司, 2010년, 52─53쪽

신분석학, 포스트모더니즘 등 외래 문학 이론 및 문화 이론의 유입과 밀접한 관련이 있다. 이러한 이론들은 사고와 방법론의 층위에서 기존 학문의 경계를 넘어섰으며, 이후의 학제간 연구를 위한 공간을 제공하였다. 한편, 문학 연구자들은 더 이상 '문학'의 전당에 갇혀 '순수 문학 연구'에만 머물 수 없게 되었고, 서로 다른 학문적 인지 모델을 마주하며 이들과의 대화를 시도해야 했다. 학제간 문학 연구는 필연적으로 연구자가 자신의 학문적 경계를 넘어서서 학제간 대화를 전개해야 함을 의미했다. 다른 한편으로, 다양한 비판 이론의 연마와 문화적·정치적 정세에 대한 성찰을 통해, 타이완의 영미문학 및 비교문학 연구자들은 학문과 사회의 관계를 직시해야 했으며, 타이완 학술사상의 축적 과정에서 형성된 역사적 배경을 검토하고, 새로운 주제를 설정하며, 지역적 문제의 맥락에 대응해야 했다. 이로부터 새로운 이론적 틀의 구축이 시작되었다.[5] 이 모든 과정은 타이완 문화연구 발전에 큰 기여를 했다. 천광싱은 다음과 같이 지적한다. "기존의 다양한 학문 분야를 관통하는 이러한 이론적 담론들은 현대 지식 생산의 복잡성을 더 이상 효과적으로 다룰 수 없는 학문적 분류의 경직성을 어느 정도 반영한다. 다양한 이질성을 허용하는 새로운 공간이 열려야만 새로운 상황에 대응할 수 있다. 문화연구는 바로 이러한 새로운 가능성을 계승한 것이다."[6]

위에서 살펴본 타이완 문화연구의 부상 요인 외에도, 타이완 지식인들의 타이완 사회에 대한 개입 의식과 자기 성찰은 타이완 문화연구가 부상하게 된 내적 원동력이었다. 이는 1988년에 창간된 『타이완사회연구 계

---

5 刘纪蕙, 『文化研究与台湾状况』, http://www.frchina.net/forumnew/forum-redirect-tid-21533-goto-lastpost.html 혹은 http://ows.cul-studies.com/community/liujihui/200505/2000.html

6 陈光兴, 「文化研究在台湾到底意味着什么?」, 陈光兴 주편, 『文化研究在台湾』, 巨流图书公司, 2001년, 12—13쪽

간(台湾社会研究季刊)』의「발간사」에서도 분명히 드러난다.

　타이완 사회연구는 무한한 생명력을 품고 있는 방대한 시민사회를 기반으로 해야 하며, 자기비판적 의식을 가지고, "사회 및 행위 과학의 중국화"와 같이 특수하고 구체적인 문제의식이 결여된 모든 형식주의적 명제를 과감히 버려야 한다. 나아가 타이완의 미래 운명을 앞서 내다보는 입장에서, 타이완의 특수하고 구체적인 문제의식을 주체로 삼아야 한다. 이는 문제의 근원을 철저히 파헤치고, 해결과 변화를 추구하는 근본적인 입장에 기반하여, 타이완 사회의 현실에서 출발해야 한다. 이 과정은 역사-구조적 관점에서 우리 사회를 심층적이고 종합적으로 고찰하고, 윤리적·실천적 의의에서 "우리는 무엇인가"라는 질문을 자기비판적으로 던지며 이루어진다.

　『타이완사회연구』의 역대 특집 기획은 학문을 통해 사회에 개입하려는 의지를 명확히 보여주며, 다양한 분야의 배경에서 타이완의 특수한 문화와 사회 문제를 탐구하려는 의도를 드러낸다. 류지후이의 통계에 따르면, 『타이완사회연구』의 기획 내용은 "문화연구 특집" 외에 대체로 다음 세 가지 유형으로 나눌 수 있다. 첫째, 타이완의 정체성과 이데올로기에 관한 성찰, 둘째, 타이완 사회, 계급, 성별, 노동 문제 등의 연구, 셋째, 정치, 경제, 현대화 및 세계화 문제에 대한 연구이다. 이러한 기획 구성을 통해 학계가 현재의 문화적 문제에 직면하여 실천적 의지를 얼마나 강하게 가지고 있는지를 엿볼 수 있다.[7]

---

7 刘纪蕙, 『文化研究与台湾状况』, http://www.frchina.net/forumnew/forum-redirect-tid-21533-goto-lastpost.html, http://ows.cul-studies.com/community/liujihui/200505/2000.html

(2) 타이완 문화연구의 성립

1. 제도적 설정

타이완에서 문화연구는 매우 잘 발달되어 있으며, 다양한 문화연구 관련 기관과 연구센터(연구실, 연구소)의 설립과 밀접한 관련이 있다. 국립칭화대학(清華大學) 아시아태평양/문화연구실[8], 자오퉁대학(交通大學) 사회문화연구소[9], 스신대학(世新大學) 사회발전연구소[10], 푸런대학(輔仁大學) 외국어학부 트랜스컬처연구소,[11] 국립타이난대학(國立台南大學) 인문사회과학부 타이완문화연구소[12], 타이완롄허대학(联合大學) 시스템문화연구 국제센터[13] 등이 그것이다. 여기서는 그 중 몇 가지만 다루겠다.

국립 칭화대학 아시아태평양/문화연구실

아시아태평양/문화연구실은 1992년에 설립되어 국립칭화대학 인문사회과학부에 소속되어 있다. 이 연구실은 지식 생산의 차원에서 아시아의 통합을 촉진하고, 아시아태평양 지역의 문화연구를 활성화하는 것을 목표로 하고 있다. 실제로, 아시아태평양/문화연구실은 설립 이후 타이완은 물론 아시아 전체의 문화연구를 진흥하는 데 있어 중요한 역할을 수행해 왔다.

타이완 내에서는 연구, 교육, 학술회의, 초청 강연, 강연, 포럼, 출판 및 다양한 민간 단체와의 협력을 통해 문화연구의 번영을 촉진하였다. 예를

---

8 http://apcs.hss.nthu.edu.tw/main.php.

9 http://www.srcs.nctu.edu.tw/srcs/index.aspx

10 http://cc.shu.edu.tw/~e62/index.html.

11 http://www.giccs.fju.edu.tw/01_cross.html.

12 http://www.gitc.nutn.edu.tw/index.htm.

13 http://iics.ust.edu.tw/home.htm.

들어, 1998년에 문화연구학회 설립 당시 학회의 첫 번째 회의 장소는 바로 이 연구실이었다. 2000년에는 연구실이 쥐류출판사(巨流出版社)와 협력하여 2년 동안 비평/문화연구 도서 시리즈를 출판하였다. 2004년부터는 중앙대학 및 자오퉁대학와 협력하여 타이완 연합대학 석사과정 문화연구 대학 간 프로그램을 설립하였으며, 인문사회학부의 인문사회학과 학사과정을 개설하였다.

1998년에는 양안과 중화권 국가들간의 상호작용 차원에서 제1회 문화연구 학술회의를 개최하였으며, 2000년과 2005년에는 타이베이시와 공동으로 두 차례에 걸쳐 아시아 화문문화 포럼을 개최하여 중화권 비평계를 연결하고자 하였다. 1992년과 1995년에는 아시아를 주제로 대규모 국제회의를 개최하여 아시아 비판 학계 간의 교류를 열었다. 이 두 회의의 성과물이 1998년에 출판된 국제 문화연구의 역사적 문헌인『궤적: 인터아시아 문화연구(軌迹: 亚际文化研究)』이다. 이를 기반으로 연구소는 국제적인 출판사인 루틀리지의 요청으로『인터아시아 문화연구: 운동(亚际文化研究: 运动)』의 주간을 맡게 되었다. 이 학술지는 편집진의 형태로 운영되며, 타이베이, 후쿠오카, 방갈로르, 서울 등지에서 아시아 문화연구 국제학술회의를 개최하여 아시아 학계 간의 교류를 증진하였다.

교육 측면에서는 주로 "타이완 연합 대학 시스템"과 협력하여 문화연구 석사 프로그램을 제공하며 총 18학점으로 문화연구 입문의 필수 과정, 5개의 특별 과정 그룹 및 기타 과정으로 나뉜다. 문화연구개론의 필수과목은 문화연구의 성립사, 중요쟁점, 사상기원, 주요논쟁, 핵심개념 등을 가르친다. 5개 주요 교과목은 비판이론, 주체와 근대성, 시각문화와 공연예술, 문화생산과 문화정치, 지식, 기술, 세계화이다. 이 통합 프로그램은 문학, 역사, 철학, 사회학, 인류학, 심리학, 커뮤니케이션, 교육 및 예술과 같은 다양한 분야의 지식 형식을 결합하여 학제 간 대화를 촉진하고 인문학 및 사회 연구의 새로운 지식 및 연구 주제에 대해 논의한다.

아시아 지역에서 가장 오래된 문화연구 학술기관 중 하나인 아시아태평양연구소는 문화연구 교육을 강화했을 뿐만 아니라, 아시아 비판적 지식 공동체의 교류와 통합을 적극적으로 촉진하였다. 또한, 문화연구 학회 및 타이완 연합대학 시스템의 국제 문화연구 센터 설립을 추진하며, 타이완과 아시아 전체의 문화연구에 탁월한 공헌을 하였다.

타이완 연합대학 시스템 문화연구 국제센터

2003년부터 타이완 연합대학 문화연구팀은 문화연구 부서 간의 협력을 촉진하기 위해 타이완 연합대학 시스템 내 대학 간 문화연구 과정을 개설하였다. 2003년에는 자오퉁대학 사무실이 설립되었고, 2004년에는 중앙대학 사무실과 칭화대학 사무실이 설립되었으며, 2009년에는 양밍대학이 문화연구팀에 합류하였다. 2010년 2월, 타이완 연합대학 시스템 4개 대학 총장 회의에서 4대 연구 그룹 간의 대학 간 연구 협력과 커리큘럼 기획을 구체적으로 추진하기 위해 '타이완 연합대학 문화연구 국제센터 준비실'이 설립되었고, 이는 2010년 3월에 정식으로 발족하였다. 2012년 6월, 교육부로부터 '아시아 문화연구 국제 석사 과정(타이완 연합대학 시스템)'의 설립 승인을 받았으며, 2012년 7월에는 교육부의 승인을 받아 '타이완 연합대학 시스템 문화연구 국제센터'가 정식으로 설립되었다. 이 과정은 2013년 9월에 정식으로 첫 신입생을 모집할 예정이다.

국립 타이완 연합 대학 시스템의 문화연구 국제센터의 목적은 세 가지이다.

(1) 타이완 연합대학 시스템의 4개 대학이 참여하는 인문사회과학 분야의 학제 간 연구 및 교육을 위한 통합 플랫폼을 구축한다. 현재 연합대학 시스템은 교통대학의 '아시아태평양/문화연구실', '신흥문화연구센터', '인문사회이론연구실', '영화연구센터', 중앙대학의 '성/별연구실', '영화문화연구실', '시각문화연구센터', 칭화대학의 '아시아태평양/문화연구

실', 양밍대학의 '시각문화연구실'을 포함한 총 9개의 문화연구 관련 연구 센터(실)를 통합하고 있다.

(2) 연합대학 시스템 내에서 문화연구의 학문적 국제화를 추진한다. 국제센터는 2012년 '아시아 문화연구의 미래 국제 심포지엄', '동아시아 마르크스주의 국제학술 워크숍' 등을 포함하여 여러 차례의 국제학술대회를 개최하였다.

(3) 문화연구 학위 과정의 국제화를 촉진하며, 이는 주로 아시아 지역 문화연구 국제 석사 및 박사 과정 학생 모집과 양성 프로그램에 반영된다.

문화연구 국제센터는 4개 대학이 공동으로 설립한 단체로, 각 대학마다 문화연구 국제센터 사무실을 두고 있다. 국제센터는 학술위원회와 학위과정위원회를 두어 연간 학술 활동 및 학위과정의 기획을 담당하고 있다.

문화연구 국제센터에는 4개 대학에서 온 약 60명의 교원이 강의를 맡고 있으나, 교육은 학교를 단위로 진행하는 것이 아니라 연구 분야를 중심으로 각 대학의 관련 교원을 통합하여 운영된다. 현재 15~25명으로 구성된 4개의 주요 연구 그룹이 형성되어 있다. 비평 이론과 아시아 모더니티, 젠더 연구, 현대 사상과 사회 운동, 시각 문화. 시각 문화 연구 아래에는 미술사와 영화 연구라는 두 가지 주요 발전 방향이 있다.

문화연구 국제센터는 4개 대학의 역량을 통합하여 기존 단일 학교 연구팀의 4배에 달하는 연구 성과와 에너지를 창출하며, 학생들에게 보다 우수한 교육 자원을 제공하는 새로운 유형의 문화연구 교육 모델을 제시한다. 이 점은 상하이대학 문화연구팀의 인정을 받았으며, 상하이대학은 이를 본받아 문화연구 교수팀을 적극적으로 구성하고 문화연구 공동 과정을 개설하고 있다.

그러나 타이완 연합대학 시스템 문화연구 국제센터의 발전에는 몇 가지 문제가 있다. 예를 들어, (1) 연합대학 시스템은 각 대학의 행정 시스템과 실질적인 연계 관계를 구축하지 못했다(계획된 예산 프로젝트는 제외). 타이완 연합대학 문화연구 국제센터 설립은 각 대학의 교무회의와 학교 발전위원회를 통과하여 교육부의 승인을 받았음에도 불구하고, 문화연구 국제센터와 각 대학 사무실에서 추진하는 사업이 각 대학의 중장기 발전 계획에 포함되지 않았다. (2) 문화연구 국제센터와 각 대학 연구실의 연구 성과는 국내외에서 가시성을 확보했으며, 핵심 구성원들은 국제적으로 저명한 원로 학자들로, 자주 해외에서 강연하거나 학술 활동에 참여하고, 국제 세미나와 국제 출판 협력 계획을 수행하고 있다. 또한, 4개 대학의 젊은 학자들을 적극적으로 지원하고 있음에도 불구하고, 각 대학 내부와 연합대학 본부에서는 이러한 성과와 활동이 충분히 주목받지 못해 오히려 가시성이 낮은 상태이다. (3) 문화연구 국제센터와 각 대학 사무실의 사무 공간, 행정 문서 처리, 예산 항목 코드는 여전히 기존 학과의 공간과 행정 절차를 그대로 사용하고 있다. 그럼에도 불구하고 타이완의 문화연구는 여전히 매우 역동적이며, 지속적인 영향을 미치고 있다. 이는 타이완 문화연구학회의 발전에서 명확히 드러난다.

문화연구 학회

문화연구학회는 1998년 11월 14일, 문화연구 분위기 조성과 국제 학술 교류 촉진을 목적으로 설립되었다. 학회는 '문화연구'에 깊은 관심을 가진 다양한 학문 분야의 학자, 연구자, 그리고 문화 종사자들을 결집하여 기존 학문 분야를 연결하고, 확산하며, 교류하고, 초월하는 것을 목표로 한다. 연구 주제, 연구 방법, 문제 의식, 사회적 실천 등의 영역에서 활력을 불어넣어 학문의 경직성을 타파하고자 한다. 학회의 주요 활동으로는 교육 자료 수집, 강연, 세미나 및 연례회의 개최, 교육 및 학술 회의 정보 제공, 회원 간 통신 배포, 국내외 관련 기관과의 연계, 관련 저널 및 저서 출판 등이 있다.

2005년 9월, 반년간지로 창간된 저널 『문화연구(Router: A Journal of Cultural Studies)』는 새로운 학술지로서 첫 발을 내디뎠다. 창간사「라우터를 켜라(启动路由器)」에서『문화연구』의 편집자들은 문화연구에 대한 자신들의 해석을 제시하였다. 창간사에 따르면,『문화연구』는 현대 이론 사조, 사상사, 사회문화사, 예술 연구, 과학기술 연구, 미디어 연구, 도농 연구, 젠더 연구, 민족 연구, 타이완 연구, 아시아 연구 및 기타 관련 분야를 결집하고 교류하는 중국어권의 새로운 학술지가 되는 것을 목표로 한다. 적절하게 표현하자면, 이는 "반(反)학제적 저널"이다. 창간사는 다음과 같이 지적한다. "어떠한 시대에도 학문은 질서 있게 분류되고 지속적으로 확장될 수 있으나, 반드시 '반학제적'인 유동적 공간이 존재해야 한다." 20세기 중반에는 '비판 이론'이 이러한 공간의 대명사였으며, 세기가 바뀌면서는 '문화연구'가 이를 대체하는 대명사가 되었다.

학술지의 영문 명칭에 '라우터'라는 단어를 사용하는 이유에 대해 편집자는 '라우터'라는 단어가 연결과 소통의 의미를 가지고 있으며, 이는 문화연구의 '반(反)학제적' 경향과 일맥상통한다고 설명했다.

『문화연구』는 지금까지 14호를 발간했으며 각 호에는 기본적으로 주제가 있으며 각 주제는 타이완의 현실에 세심한 주의를 기울인다.

또한, 문화학회는 2001년 3월 15일 창간된 온라인 학술지『문화연구월보(文化研究月报)』를 창간하여 다음과 같은 주제의 논문을 게재하고 있다.

(1) 정치, 문화 관찰: 뤼수롄(吕秀莲) 사건, 민족 정체성, 선거 문화, 화해의 가능성 또는 불가능성, 전환기적 정의에 대한 담론, 정치적 폭력에 대한 연구, 급진적 평화, 탈식민지 타이완 등.

(2) 문화현상과 공공정책의 분석과 비판: TV 개혁과 미디어 정치, TV와 도시 감시, 영화 환경과 산업, 이민과 외국인 노동 문제, 외국인 신부와 대리모, 생명정치와 생명 관리, 사회적 트라우마와 경제적 치유 전략,

인본주의 의학과 질병 내러티브, 박물관 문화 정치, 스포츠 등 문화 현상과 공공 정책에 대한 분석과 비판, 올림픽과 문화, 베스트셀러와 출판문화, 학생복, 동물권, 환경정치, 세계화, 사회운동의 다원주의, 신체개조 문제 등

(3) 대중문화 분석: 도시 공간, 대중음악과 소비문화, 음식문화, 엑스터시, 타이커(台客), 팬문화, 퀴어 연구, 썬더볼트, 성 산업, 원조 교제 등.

(4) 동아시아 문제: 상하이 모던, 동아시아 탈냉전 문제, 미얀마 연결망, 일본 민족주의, 중국굴기, 세계화 속 일본과 '타이완'의 문화적 상호작용 등.

(5) 학술 제도 검토: 문화연구의 방법론과 학술 프로그램 규칙에 관한 좌담회, 타이완 학술 교육의 국제화 문제, 교육 개혁의 문제점, 우수성 추구 방안(교육부의 대학 통합 정책에서 시작), 세계화와 학생 산업, SCI/SSCI 신화에 대한 검토 등.[14]

『문화연구월간』과 『문화연구』는 현실에 대한 깊은 고민과 비판을 반영하는 울림이라고 할 수 있다.

저널 발간 외에도, 문화연구 학회는 문화연구와 관련된 회의 및 강연을 조직하여 문화연구의 발전에 중요한 역할을 해왔다. 특히 문화연구 연례회의를 주최하며 학술 교류를 촉진해 왔다. 1999년 제1회 연례회의를 시작으로, 현재까지 총 15회의 연례회의가 개최되었다.

2009년도 학술대회를 예로 들자면, 이번 학술대회는 문화연구 학회 창립 10주년을 기념하여 개최되었으며, 그 내용은 문화연구의 거의 모든 측면을 포괄하였다. 문화전향 문제, 문화연구 10주년 회고, 문화연구의 전망과 과제와 같은 전반적인 주제뿐만 아니라, 현지조사, 번역과 문화연구

---

14 刘纪蕙, 「根源与路径: 文化研究10周年」, 『思想15 文化研究: 游与疑』, 台北联经出版事业股份有限公司, 2010년, 54—55쪽.

등 문화연구 방법론에 대한 고찰이 이루어졌다. 또한, 젠더/정치, LGBT 생활/정치, 대중음악, 감각 문화, 약물 문화, 신체 기술, 문화 음식, 도시/ 소비 경험, 문화 관광(여행, 소비), 실향민, 외성인/권촌(眷村) 경험, 문화경 관(지리경관, 문화공간), 질병, 방랑, 미디어 생산과 소비, 신흥 기술과 지식 생산, 창의 도시 운동 등 다양한 주제에 대한 연구가 다루어졌다. 이처럼 문화연구의 거의 모든 주제가 직간접적으로 다뤄졌다고 할 수 있으며, 이 는 타이완 문화연구의 실질적 성과를 잘 보여준다. 또한, 이들 주제는 대 부분 타이완과 직접적이거나 간접적으로 관련되어 있어, 타이완 문화연 구의 존재론적 경향을 반영하고 있다.

이번 연례회의의 일부 논문은 『사상』 제15호에 게재되었으며, 이 호의 제목은 "문화연구: 유(游)와 의(疑)"였다. 이는 문화연구가 "다양한 사상 계 보 사이를 유영하며, 기존 학문적 상상에 의문을 제기한다"는 의미를 담 고 있다. 유(游)와 의(疑) 사이에서 문화연구는 문화의 의미와 범주를 재구 성할 뿐만 아니라, 지적 활동의 사상적 의미를 부각시켰다.[15] 요컨대, "유" 와 "의"라는 두 단어는 문화연구의 특성과 기능을 비교적 정확하게 요약 한 표현이라고 할 수 있다.

2009년 연례학회와 비교하면, 1999년 연례학회는 규모가 훨씬 작았으 며(분과회의 없음), 주제별 토론도 적었다. 주요 주제는 공간, 이론, 번역, 여성, 신체, 동질성, 탈식민성, 영화, 미디어, 록 음악 등이었으며, 몇 개의 포럼도 함께 진행되었다. 학회 발표 논문은 나중에 모아져 『타이완의 문 화연구』[16]로 출판되었다. 덧붙이자면, 타이완에서 가장 초기의 문화연구 학술대회는 1992년 칭화대학 문학연구소가 주최한 '문화적 전망: 새로운 국제적 문화연구를 향하여'라는 주제로 열린 학술대회일 것이다. 이 학술

---

15 『思想 – 文化研究: 游与疑』, 台北联经出版事业股份有限公司, 2010, 50쪽.

16 陈光兴 주편, 『文化研究在台湾』, 巨流图书公司, 2001.

대회는 10개 지역과 국가에서 초청된 문화연구 주요 학자들이 참여했으며, 1992년 타이완에서 발생한 맥도날드 폭탄 테러 사건을 실마리로 삼아 '글로벌'과 '로컬'의 충돌을 탐구하며 새로운 '문화적 전망'을 제시하고자 했다. 학회 발표 논문은 나중에 『맥도날드 내파(內爆麦当奴)』[17]로 출판되었다.

문화연구학회는 대규모 연례학술대회를 개최할 뿐만 아니라, 타이완 사회의 다양한 문화 현상을 비판하는 '문화 비평 포럼'을 자주 개최하며, 타이완 문화연구의 현실에 대한 관심과 사회적 개입의 정신을 구현하고 있다. 예를 들어, 최근 열린 문화 비평 포럼(제98회, 2012년 12월 7일)은 미취업 박사의 생존 문제에 초점을 맞췄다. 포럼에서는 고등교육의 확대와 함께 고학력 실업률 문제가 최근 일반화되었음을 지적하였다. 한창 전성기에 있는 박사들이 일자리를 구하지 못해 생존의 딜레마에 빠지고, 일부는 철도 노동자로 일하거나 심지어 실직으로 인해 방화를 저지르는 사례도 있었다. 포럼은 이러한 문제가 단순히 사회적 인적 자원의 왜곡 문제가 아니라, 새로운 형태의 사회적 문제로 발전했다고 보았다. 이번 포럼은 타이완 고등교육의 현재 문제를 깊이 성찰하였으며, 대학 교원의 과잉과 강의 부족이라는 모순이 동시에 존재하는 이유를 탐구하였다. 또한, 정규직 교수직 공석 동결 이후 떠돌이 박사들이 처할 상황에 대해 논의하고, 높은 학력이 실업으로 이어지는 구조적 요인을 분석하며, 개인 및 조직이 취할 수 있는 저항 전략을 공유하였다.

제94회 문화 비평 포럼(2012년 5월 7일)은 제레미 린 열풍에 관한 문제를 집중적으로 다루었다. 2012년 미국 NBA에 중국계 미국인 농구 스타 제레미 린이 등장하여 전 세계를 놀라게 했으며, 한동안 '린새니티'(Linsanity)로 불리기도 했다. 그러나 이번 포럼은 제레미 린의 뛰어난

---

17 陈光兴, 杨明敏 주편, 『内爆麦当奴』, 岛屿边缘杂志社, 1992.

농구 실력에 초점을 맞춘 것이 아니라, "아메리칸 드림"과 결합된 미디어 전파의 관점에서 린새니티 현상의 문화적 의미를 탐구하는 데 중점을 두었다. 포럼 공지에서도 언급했듯이, 제레미 린 열풍은 마치 '아메리칸 드림' 영화의 궁극적인 리메이크판처럼 보인다. 만약 선수의 부상이 이 멋진 이야기를 잠시 중단시키지 않았다면, 이 '린새니티'의 미디어적, 사회적 중요성에 대해 차분히 논의할 기회조차 없었을 것이다.

포럼은 농구 코트를 넘어, 사회, 미디어, 자본, 국가 등 다양한 관점에서 제레미 린 현상이 가져온 함의를 함께 논의하고자 하였다. 포럼은 때로 직접적으로 정치 문제를 다루며, 현안에 대한 비판을 제기하기도 한다. 예를 들어, 제60회 문화 비평 포럼(2009년 7월 30일)에서는 "빅 브라더는 말하고, 작은 사람들은 침묵한다: 마잉주 정부의 자유 통제"라는 주제로 마잉주 정부의 자유 통제를 비판하였다. 포럼 공지에 따르면, 마잉주 정부가 집권한 이후 타이완의 사회 활동은 긴축과 다당제 통제 상태로 진입하였으며, 시민들은 정부가 자유롭게 의견을 제시하기 시작한 반면, 평범한 사람들은 더 이상 반박하거나 자신의 의견을 자유롭게 표현할 권리를 박탈당한 듯한 억압감을 느끼게 되었다. 이는 자유롭게 의견과 희망을 표출할 수 있는 공간이 법적 제한을 받기 시작했기 때문이라고 분석하였다. 이에 따라 포럼 주최 측은 자유의 가치를 긍정적으로 재확인할 뿐 아니라, 현대 타이완 사회에서 자유가 규제되는 방식을 면밀히 검토할 필요가 있다고 강조하였다. 오늘날 우리는 단순히 자유와 인권 가치의 문제에 직면해 있는 것이 아니라, 보다 미묘한 사회적 운영이 표현의 자유, 집회의 자유, 생활의 자유를 제한하고 있음을 마주하고 있다. 사회 내에서 자유가 일정 부분 제한될 수 있다는 점을 이해하지만, 바로 이 때문에 자유를 규제하는 논리, 작동 방식, 권력 배치를 심도 있게 검토하고 그 문제를 진지하게 직면해야 한다고 포럼은 주장하였다. 필자에 의하면 이러한 자유에 대한 신중한 사고와 정치에 대한 끊임없는 질문이야말로 문화연구의 핵심적 활력이다.

또한, 문화연구학회는 현실에 적시에 대응하기 위해 강연회를 개최하였다. 예를 들어, 다음과 같은 주제들이 다루어졌다. 후쿠시마 원전 사고에 대한 관심(「원전 사고 전후의 방사능 논쟁」, 2012년 12월 20일), 친환경 경제에 대한 관심(「친환경 경제의 탐구: 농업과 산업의 변화와 연결」, 2012년 11월 29일), 주부연맹협동조합에 대한 관심: (「소비로 사회를 변화시키다: 주부연맹 협동조합 이야기」, 2012년 11월 15일), 개인 파업에 대한 관심: (「뜨거운 태양과 폭풍우 속의 투쟁 – 화룽터우펀 공장 노조의 100마일 하이킹과 100일 파업」, 2012년 10월 18일)

2. 기타 저널

『문화연구』 외에도 타이완 문화연구의 주요 저널로는『섬의 변방』,『사상(思想)』,『타이완사회연구(台湾社会研究)』 등이 있다. 이 저널들은 비록 문화연구를 위해 특별히 창간된 것은 아니지만, 그 내재된 사상적 경향은 문화연구와 공통점을 지니고 있다. 따라서 우리는 이 저널들을 문화연구의 중요한 저널로 간주한다. (문화연구학자들 역시 이들을 문화연구의 '내부 저널'로 여긴다.)

『섬의 변방』은 1991년 10월 29일에 공식적으로 창간되었으나, 1995년 14호 발행을 끝으로 중단되었다.『섬의 변방』은 비록 14호로 그쳤지만, 타이완에서 큰 반향을 일으키며 당시 정치 문화 비평의 중요한 장이 되었다. 이 잡지는 1987년 계엄령 해제 이후 타이완에서 등장한 수많은 정치적·문화적 비판 성향이 뚜렷한 학술지 중 하나였다. 그 설립은 심오한 사회적·정치적·문화적 배경을 바탕으로 이루어졌다. 천샤오인(陈筱茵)은 다음과 같이 설명하였다. "『섬의 변방』의 부상은 단기간에 이루어진 것이 아니라, 타이완의 '계엄령-계엄령 해제' 시대에 다양한 사회 세력이 수렴하고 경쟁한 결과이다. 1980년대와 1990년대 초반, 정치·경제적 환경 변화와 대중의 열정 감소, 반대 운동의 해산과 분산 속에서 설립되었다."[18] 『섬의 변방』의 구성원들은 대부분 좌파 운동의 사상적 맥락을 이어가며, 스스로를 "타이완 범좌파 모임"으로 지칭하였다. 이러한 이유로 이 잡지 는 강렬한 정치 비판 성향을 띠게 되었다.

『섬의 변방』이 폐간된 이유는 일부 재정적 제약이 있었지만, 이것이 주 요하거나 결정적인 이유는 아니었다. 잡지가 폐간을 결정하고 독자들에 게 구독료를 환불한 이후에도 약 7만 위안의 자금이 남아 있었기 때문이 다. 따라서 폐간에는 재정적 문제 외에 여러 다른 요인들이 작용하였다. 우선, 당시 타이완 정치세력의 발전은 주변적 발전의 공간을 크게 압축시 켰다. 이는 타이완 계엄령 해제 이후 통치 방식이 보다 유연해지면서 반 대 세력을 통합하거나 흡수하려는 다양한 방식이 동원된 데에서 분명히 드러난다. 국가 권력과 정치적 반대 세력은 "통일과 독립"이라는 의제를 강조하며, 이를 통해 새로운 형태의 이념적 통제를 형성하였다.

둘째, 경제력의 발전 역시 주변적 발전의 여지를 크게 압축시켰다. 이 는 주로 고도로 자본화되고 상품화된 소비 사회에서 나타나는데, 주변부 와 약소 문화는 강력한 주류 문화 속에서 무시되거나 배제되기 일쑤이며, 때로는 자본주의에 의해 전유되는 자원으로 변질된다. 이러한 과정에서 광고, 마케팅, 포장 등을 통해 대중적 유행이 창출되고, 이데올로기적 상 품화로 욕망의 대상이 되며, 결국 사고의 단일화를 초래한다. 다시 말해, 『섬의 변방』 폐간에는 학술지 내부적인 요인도 작용하였다. 학술지의 편 집 전략을 보면, "주제별 독립 주편" 방식을 채택하여 고정된 주편이 전체 기획을 총괄하지 않았다. 이로 인해 학술지는 조직 면에서 완전한 통합성 을 갖추지 못했을 뿐만 아니라, 주제 선정에서도 일관되고 통일된 뚜렷한

---

18 陈筱茵, 『「島嶼邊緣」: 一九八, 九〇年代之交台湾左翼的新实践论述』, 석사학위논문, 国立交通大学社会与文化研究所, 2006년.

경향을 형성하기 어려웠다. 이러한 문제는 학술지의 주제 선정이 지나치게 산만하고 비약적인 점에서도 드러난다. 이는 결국 학술지 내부의 응집력 부족으로 이어져 분산화되기 쉬운 구조를 초래하였다. 게다가 당시 지식인들의 사상적 배경도 비교적 복잡하였다. "좌파"로 불리는 지식인들조차도 큰 이념적 차이를 보였으며(예: 통일/독립 문제에 대한 이견), 학술지 내부에 민주적 소통 메커니즘이 부족하여 구성원 간 충분한 논의와 결속이 이루어지지 않았다. 이러한 응집력의 부족은 학술지의 약점으로 작용했다. 또한, 편집진의 나이가 들고 사회 참여도가 높아짐에 따라 『섬의 변방』의 "동인(同仁)" 성격의 편집 업무에 계속 참여하기가 어려워졌고, 초창기 창간 시기의 "높은 참여 수준"을 유지하는 데 필요한 시간과 에너지를 확보하기도 어려웠다. 결국, "구성원들의 마음이 흩어지며" 각자 자신의 길을 걷기 시작했고, 폐간은 불가피했다.

『섬의 변방』의 폐간은 정치적, 경제적, 그리고 제도적 요인들이 문화연구의 발전을 크게 제한하고, 기존 학문 분류 체계가 문화연구 학문 팀 내 결속력을 약화시키는 상황을 상징적으로 드러낸다고 할 수 있다.

『섬의 변방』은 "주제별 독립 주편" 방식을 채택하여, 각 호마다 비교적 독립적인 주제를 다루었다. 예를 들어, 창간호는 그람시 탄생 100주년 기념 특집, 제2호는 「과학, 이데올로기, 여성」, 제4호는 「광고, 독자, 상품」이라는 주제로 구성되었다.

『섬의 변방』의 초기 4호는 번역된 내용이 많아 독창성이 부족했으나, 제5호부터는 독창적인 내용이 크게 증가하였다. 이는 타이완 저작권법의 제정과 관련이 있으며, 잡지의 방향이 변화하게 된 계기로 작용하였다. 이후 타이완의 주요 공공 문제를 논의하는 것이 저널의 주요 방향으로 자리 잡았다(제5호 「편집 보고」 참조). 제5호의 주제는 "원주민"으로, 잡지가 타이완 지역 문화에 대해 얼마나 깊은 관심을 가지고 있었는지를 잘 보여준다. 이 호에 실린 주요 기사로는 다음과 같은 것들이 있다. 「나라는 어디에 있는가? 국민은 누구인가?── 기릉운수 사건에 대한 초보적 관찰」,「18가지 기준: 공공사업의 정치경제학」,「원주민의 모국어 문제에 대한 몇 가지 생각」,「타이완 원주민의 정치경제학적 의미」.『섬의 변방』은 1990년대에 큰 영향을 미쳤으며, 폐간된 후에도 일부 잡지들은 이 잡지에 대한 찬탄과 존경을 표하는 기사를 게재하였다.

> 『섬의 변방』은 "주변적 사고와 노마드적 전투"라는 기치 아래 4년간 출간되었으며, 학문적 계보와 사회적 맥락을 연결한 담론 실천을 담은 지적/정신적 역사라고 할 수 있다. 이 잡지는 정치적이면서도 리비도적 성격을 가지고, 가부장적, 독립적, 우파적, 식민지적, 민족 중심적, 이성애적, 성차별적 헤게모니 구조에 도전하였다. 예상치 못한 방식으로 진보를 이루었다고 평가받는 본토주의자들, 충직한 독립주의자들, 남진을 시도한 준타이완제국의 개척자들 모두에게 도전장을 내밀었다. 성욕 담론과 전복적/퀴어적 글쓰기는 그림과 함께 담겨, LGBTQ 계열의 영향력을 크게 확장시켰다. 심지어 반대 진영에서도 이를 성 담론과 관련된 참고서처럼 여길 수밖에 없게 만들었다.[19]

이런 말에는 어느 정도 감정이 담겨 있을지 모르지만, 문화연구란 그런 힘을 발휘해 민주주의 사회의 발전에 나름의 기여를 하는 것인지도 모르겠다.

『타이완사회연구』와『사상』와 같은 다른 학술지도 타이완의 지역 문제에 초점을 맞추고 비판적 의식을 강조했고 이는 큰 영향을 미쳤다. 여기에서 자세히 설명하지는 않겠다.

---

19 陈筱茵,『〈岛屿边缘〉: 一九八, 九〇年代之交台湾左翼的新实践论述』, 석사학위논문, 国立交通大学社会与文化研究所, 2006년. 이 부분의 주요 내용은 천샤오인의 논문에서 참고하였으며, 이에 감사의 뜻을 전하는 바이다.

3. 문화연구 관련 과목

타이완에는 많은 문화연구 강좌가 있다. 1999년 류지원(刘纪雯) 등은 타이완의 문화연구 강좌를 정리한 바 있는데,[20] 이 글에서는 최신의 온라인 강좌 자료를 추가로 참고하여 타이완의 문화연구 강좌를 크게 세 가지 유형으로 나눌 수 있다. 이 세 가지 유형은 문화연구 개론 과정, 문화연구 전문 과정, 그리고 문화연구와 전통 학문이 결합된 연구로 구분되며, 일부 강좌는 이 범주들 사이에서 중복되기도 한다. 문화연구 개론 과정에는 문화연구 계보학, 문화연구 도론, 문화연구 통론, 문화연구 개론, 문화학 총론, 문화연구, 이론과 실천, 문화연구와 비판 이론, 문화와 사회, 정치문화 연구, 현대 문화이론, 현대 문화연구의 쟁점 등이 포함된다. 이러한 강좌들은 문화연구의 전반적인 흐름과 핵심 개념, 그리고 학문적 기반을 다룬다. 문화연구 전문 과정은 강좌 수가 가장 많은 분야로, 특정 주제나 문제를 중심으로 심도 있는 연구와 논의를 진행한다.

세 번째 범주에는 전통 학문과 결합된 다양한 과정이 포함되는데, 이는 문화연구가 다른 학문에 영향을 미치고 그 안으로 침투한 결과이며, 동시에 문화연구의 중요한 영향을 반영한다. 이 범주에 속하는 주요 강좌로는 현대문학이론 및 문화연구, 대중문학 및 문화연구, 추리소설과 로맨스소설의 이론과 응용, 타이완 가요와 문화연구, 소설과 문화연구, 영화와 문화연구, 대중음악의 장르와 문화연구, 영화, 문화와 사회, 영화문화연구, 예술교육과 상호문화연구, 문화연구와 교육, 비판교육학 연구 등이 있다.

이와 같은 강좌 구성에서 알 수 있듯이, 타이완의 문화연구 교육은 이미 매우 완성도 높은 체계를 갖추고 있다. 교육과정의 다양성과 현실 문제와의 밀접한 연계는 타이완 문화연구 교육의 중요한 특징으로 자리 잡았다. 이러한 특성은 학문적 융합과 현장성을 강조하는 문화연구의 본질

---

20 陈光兴 주편,『文化研究在台湾』, 巨流图书公司, 2001, 435—449쪽

을 반영하며, 실제 교육 환경에서 실질적인 영향을 미치고 있다.

(3) 간략한 결론: 타이완 문화연구의 기본적 특징

자료와 지면의 제한으로 인해 이 장에서 타이완 문화연구에 대한 포괄적이고 심층적인 분석을 시도하는 것은 어렵지만, 지금까지의 논의를 통해 타이완 문화연구의 주요 특징을 대략적으로 이해할 수 있다. 이는 국제적 관점, 지역적 관심, 협력 정신으로 요약할 수 있다. 국제적 관점은 타이완의 문화연구 관련 기관들의 활동에서 분명히 드러난다. 예를 들어, 문화연구 연례회의, 문화연구 국제센터 등의 운영이 이에 해당한다. 이러한 기관들은 국제적 학술 교류를 촉진하며, 타이완 문화연구가 세계적인 학문적 네트워크와 연결되도록 돕고 있다. 지역적 관심은 강좌의 구성, 논문의 발표, 학술회의의 주제 등에서 명확히 나타난다. 타이완 문화연구는 그 사유의 핵심에 타이완 본토 문화를 두고 있지만, 그 시야는 아시아를 넘어 세계로 확장되어 있다. 이러한 접근은 타이완 문화연구가 세계와 조화를 이루고, 아시아에서 중요한 학문적 영향력을 행사할 수 있게 하는 요인이다. 협력 정신은 국제문화연구센터의 설립에서 잘 드러난다. 또한, 문화연구가 주최하는 다양한 학술대회와 심포지엄에서 사회복지사, 정부 관료, 비정부기구 관계자 등이 활발히 참여하는 모습은 문화연구가 다양한 분야와 협력하고 있음을 보여준다. 이는 문화연구의 협력적이고 통합적인 성격을 구체적으로 증명하는 사례들이다. 결론적으로, 타이완 문화연구가 강력한 생명력을 가지는 이유는 사회와의 긴밀한 통합과 밀접하게 연관되어 있다. 이러한 점들은 우리가 문화연구를 수행하는 데 있어 참고해야 할 중요한 요소들이다.

2. 홍콩의 문화연구

(1) 홍콩 문화연구의 부상

홍콩에서 문화연구가 부상하게 된 데에는 여러 요인이 작용했으나, 그 근본적인 원인은 홍콩 지식인들의 자국 문화의식에 대한 자각이며, 이는 홍콩의 독특한 문화적 특수성과 깊은 관련이 있다.

홍콩은 원래 영국의 식민지였으나, 영국은 홍콩에서 영국 문화를 강압적으로 이식하거나 중국 문화를 배제하지 않았다. 결과적으로 중국 문화와 영국 문화가 홍콩에서 병행하여 발전할 수 있었다. "식민 정부는 '중국 문화'를 선별적으로 이용했지만, 대체로 이를 방임하였다."[21] 이러한 병행 현상은 홍콩 지식인들이 자신들의 문화를 성찰하고, 본토 문화와 식민지 경험 사이에서 의미를 재구성할 수 있는 여지를 크게 남겨주었다.

1960년대와 70년대에 접어들면서 홍콩 사회는 사회적 발전과 함께 사상적 개방이 활발해지기 시작했다. 특히, 통신 기술과 전자 매체의 급속한 확장은 문화 생산과 유통의 전반적인 환경에 엄청난 변화를 가져왔으며, 이는 홍콩의 기존 문화 체계와 문화 개념에 강한 충격을 주었다. 이러한 변화는 사회 전반에서 문화에 대한 탐구, 토론, 그리고 성찰의 움직임을 활성화시키는 계기가 되었다.[22] 이 시기부터 1980년대에 이르기까지 홍콩에서는 보급문화(대륙에서 말하는 대중문화에 해당)를 포함한 주변적인 문화 비평이 활발히 이루어졌다. 당시 많은 신문과 잡지에는 텔레비전, 영화, 만화, 대중가요, 도시 트렌드, 청소년 문화 등 다양한 대중문화를 다

---

21 罗永生, 「前言·文研十载来时路」, 罗永生 주편, 『文化研究与文化教育』, 进一步多媒体有限公司, 2010년, 15쪽

22 罗永生, 「前言·文研十载来时路」, 罗永生 주편, 『文化研究与文化教育』, 进一步多媒体有限公司, 2010년, 16쪽

룬 평론이 실렸다. 또한, 일부 정기간행물에서는 자발적으로 조직된 단체나 사회적 압력을 가하는 단체의 연구 보고서가 게재되었으며, 홍콩 영화 회고전을 다룬 특집호가 발행되기도 했다. 이러한 흐름은 홍콩 사회에서 문화에 대한 관심과 성찰이 깊어지고, 대중문화 연구가 학문적이면서도 실천적인 방식으로 자리 잡기 시작한 시기임을 보여준다.

일반적으로 말하자면, 이 시기의 연구는 시간, 자원, 그리고 글쓰기 체재의 제약으로 인해 대개 연구자 개인의 관찰과 일부 서구 문화연구 이론에 의존하여 이루어졌다. 엄밀히 말해 정교한 논증을 갖춘 학술적 저작으로 보기는 어렵다. 그럼에도 불구하고, 이러한 저술들은 오랜 세월 동안 학계에서 소홀히 다루어져 온 대중문화에 대해 열린 논의의 장을 마련하였으며, 일부는 학계의 연구 방향에 영향을 미치기도 하였다. 특히, 우쥔슝(吳俊雄)과 장즈웨이(張志伟)는 당시 대중문화 연구의 두 가지 장점을 다음과 같이 지적하였다. 첫째, 방법론적 측면에서 대중문화의 복잡하고 깊은 의미를 읽어내기 위해 많은 논자들이 내용 분석, 기호학, 심층 인터뷰, 민속학적 방법 등 다양한 문화 분석 방법을 채택하였다. 이러한 방법들은 대중문화를 독창적으로 해석하는 데 기여하였다. 둘째, 이 시기의 저작들은 1970~80년대 홍콩 학계에서 충분히 주목받지 못했던 대중문화 이론, 급진적 커뮤니케이션 이론, 헤게모니 이론 등 서구 문화연구 이론을 소개하였다. 이리하여 당시 학계에서 다루지 않았던 새로운 질문들이 제기되었다. 예를 들어, 홍콩 여성 잡지는 어떤 의식을 전달하는가? 젊은 세대 사이에서 택시 열풍이 일어난 이유는 무엇인가? 소비는 어떻게 다양한 사회 계층의 정체성을 규정하는가? 홍콩 영화에서 홍콩인의 순수함은 어떻게 표현되는가? 대중문화는 홍콩인의 정체성을 어떻게 형성하는가? 권력, 대중문화, 문화적 정체성과 이데올로기 사이에는 어떤 관계가 존재하는가? 등. 이러한 문제들은 이전까지 홍콩 학계에서 거의 다뤄지지 않았던 주제들이었으며, 대중문화와 정체성, 그리고 이데올로기 간의 관계를 학문적으로 조명하는 계기를 제공하였다. 이러한 연구들은 홍콩 대중문화 연구의 초기 발전에 중요한 기여를 한 것으로 평가된다.[23]

요컨대, 1970년대와 1980년대 이후 홍콩의 일부 학자들은 문화연구에 본격적으로 관심을 가지기 시작했다. 이들은 문학비평 이론을 바탕으로 문화연구의 사회사적 분석 지향을 흡수하여 '문화'라는 관점을 통해 문학연구의 범위를 확장하고, 전통적인 '미학'과 '고전'의 관점을 넘어서는 연구를 시도하였다.[24] 이는 홍콩에서 문화연구가 부상할 수 있었던 기초이자 선구적인 역할을 담당한 움직임이었다.

문화연구가 본격적으로 발전하는 계기가 된 것은 바로 '97년 문제'로 촉발된 '정체성의 위기'였다.[25] 홍콩 학자 탕웨이민(唐维敏)은 "현실적인 문화정치적 맥락에서 볼 때, 홍콩 문화연구의 부상은 주로 1997년 홍콩 반환이 가져온 결과 중 하나이다"라고 지적하였다. 그는 또한, "1989년 민주화 운동 이후 홍콩의 문화연구 내부 여건이 더욱 고조되었으며, 1999년 마카오 반환은 이러한 분위기를 다시 한 번 고조시켰다"[26] 홍콩 문화연구자인 천칭차오(陈清侨) 역시 1997년 문제가 홍콩 지식인들에게 큰 충격을 주었음을 강조하면서, "학계에 있는 사람들에게 이 문제는 그들이 축적해온 지식에 대해 직접적으로 큰 물음표를 던졌다"고 언급하였다.[27]

---

23 吴俊雄, 张志伟, 「导言: 阅读香港普及文化」, 吴俊雄, 张志伟 편, 『阅读香港普及文化 1970—2000』(修订版), 牛津大学出版社, 2002년, xviii—xx쪽

24 罗永生, 「前言·文研十载来时路」, 罗永生 주편, 『文化研究与文化教育』, 进一步多媒体有限公司, 2010년, 16쪽

25 罗永生, 「文化教育对文化研究的挑战」, 罗永生 주편, 『文化研究与文化教育』, 进一步多媒体有限公司, 2010년, 68쪽

26 唐维敏, 「台湾问题的(不)在场证明: 侧记2001年香港文化研究国际研讨会」, 『文化研究月报』4期.http://www.ncu.edu.tw/~eng/csa/journal/journal_04.htm

27 陈清侨, 「文化研究在香港——我在文化研究的日子」, 孙晓忠 편, 『方法与个案: 文化研究演讲集』, 上海书店出版社, 2010년, 75쪽.

97년 문제는 홍콩 문화연구의 부상과 번영을 촉발한 중요한 정치적 사건이었다고 할 수 있다. 이 사건은 홍콩 사람들이 자신들의 정체성 문제에 관심을 갖게 하고, 나아가 자신들의 미래에 대해 깊이 고민하게 하였으며, 이 과정에서 의식적인 문화 비평의 태도를 형성하도록 이끌었다. 이러한 문화 비평 의식은 1970년대 학생운동 말기에 제기된 '문화 비평'의 흐름을 어느 정도 계승한 것이기도 하다. 당시 미디어와 대중문화를 비판의 대상으로 삼아 이를 사회와 새로운 문화 환경에 개입하는 중요한 수단으로 활용했던 경향이 홍콩 문화연구의 기반으로 자리 잡았다.[28] 97년 문제는 이와 같은 문화 비평적 접근을 새로운 차원에서 재점화하며, 홍콩 문화연구가 더욱 체계적이고 자각적인 방식으로 발전하는 데 결정적인 계기를 제공하였다.

홍콩에서 문화연구의 부상은 앞서 언급된 문화적, 정치적 요인 외에도 홍콩의 학문 체제와 깊은 관련이 있다. 뤄융성은 홍콩의 인문학적 학문 생태계를 "비대칭적인 공공 공간"으로 묘사한 바 있다(「문화교육이 문화연구에 던지는 도전(文化教育對文化研究的挑戰)」 참조). 홍콩은 한편으로 비교적 자유롭고 개방적인 정치적, 언론적 공간을 가지고 있으며, 법치주의 전통 아래 액티비즘, 사회운동, 공공 비판 등 다양한 사회적 전통을 축적해왔다. 그러나 다른 한편으로, 홍콩의 학문 체제는 효과적이고 포괄적인 '탈식민지화' 과정을 거치지 못한 관료적 식민지 학술 체제로 남아 있다. 그 결과, 이 체계 내에서는 주체성을 부각할 수 있는 인문학적 학문이나 연구 전통이 발전하지 못했으며, 비교적 자유롭고 활발한 사회 활동과 사회운동에 필요한 인문학적 성찰과 지식 자원을 충분히 제공하지 못하고 있다. 이러한 '비대칭성'은 홍콩 사회의 일반적인 반지성주의와 냉소주의,

---

28 罗永生, 「前言·文研十载来时路」, 罗永生 주편, 『文化研究与文化教育』, 进一步多媒体有限公司, 2010년, 16쪽

그리고 이러한 문화적 풍토에 영향을 받은 교육 및 시험 제도와도 밀접한 연관이 있다.[29]

　이러한 비대칭성이 초래한 결과는 다음과 같다. 한편으로는 홍콩 학계가 자신의 학문적 폐쇄성을 비판할 수 있는 여지를 가지게 되었고, 다른 한편으로는 이러한 비판이 극복하기 어려운 장애물에 의해 방해받지 않는다는 점이다. 이로 인해 이러한 비판은 순조롭게 이루어질 수 있었을 뿐 아니라, 체제 내에서 연구 자금 지원을 비교적 용이하게 받을 수 있는 환경이 조성되었다. 예를 들어, 펑잉첸(冯应谦)는 연구 자금 측면에서 홍콩의 관련 부서와 학교 행정이 많은 지원을 하고 있다며, 1997년부터 총 350만 홍콩달러의 연구 보조금을 받았다고 밝혔다. 이를 통해 그는 여러 연구 프로젝트를 완료했을 뿐만 아니라, 홍콩의 문화 생태에 대한 전략적 개입을 보여주는 정기간행물인 『홍콩대중문화』(Journal of Hong Kong Popular Culture)를 학생들과 함께 출판하도록 지도하였다. 또한, 마제웨이(马杰伟)는 록밴드에 대한 논문을 발표하면서 연구 계획서를 작성해 연구 보조금을 신청하는 것이 많은 지역 연구 프로젝트에서 중요한 자원이 된다고 지적하였다. 이와 같이 홍콩에서 문화연구가 활발하게 이루어질 수 있었던 이유는, 홍콩 정부 부처가 문화 문제에 대해 높은 중요성을 부여하고, 이에 따라 연구 성과가 최대한 활용될 수 있는 환경을 조성했기 때문이다. 이는 연구 활동이 단순히 학문적 성과에 그치지 않고, 사회적·문화적 맥락에서 실제적인 영향을 미치는 데 기여할 수 있도록 만든 중요한 요인으로 평가된다.[30]

　문화연구에 대한 홍콩 인문학 체계의 개방적인 태도는 문화연구의 발

29　罗永生, 「文化教育对文化研究的挑战」, 罗永生 주편, 『文化研究与文化教育』, 进一步多媒体有限公司, 2010년, 68쪽

30　唐维敏, 「台湾问题的(不)在场证明: 侧记2001年香港文化研究国际研讨会」, 『文化研究月报』4기, http://www.ncu.edu.tw/~eng/csa/journal/journal_04.htm.

전과 번영에 있어 매우 중요한 역할을 했다고 할 수 있다. 학문 생태계가 지나치게 경직되어 변화가 거의 불가능한 환경에서는 문화연구가 진정으로 발전하고 번영할 수 없다는 점은 쉽게 상상할 수 있는 일이다. 홍콩 인문학 체계의 이러한 개방성은 문화연구가 새로운 시각과 방법론을 도입하고, 기존 학문 체계의 경계를 넘어서 발전할 수 있는 토대를 제공했다. 이는 홍콩 문화연구의 독창성과 생명력을 유지하는 데 핵심적인 요소로 작용했다고 볼 수 있다.

(2) 홍콩 문화연구 제도의 건설

홍콩에서는 다양한 문화연구센터를 설립하는 것 외에도, 2001년 6월 7일 '홍콩문화비평학회'가 설립되었다. 이는 학문적 제도화의 관점에서 볼 때, 매우 상징적인 사건이라 할 수 있다.[31]

1. 관련기관 설치

90년대 초반부터 홍콩의 거의 모든 고등교육기관에서 홍콩문화에 관한 학술세미나를 개최하고 있으며, 일련의 대규모 연구 프로젝트와 연구센터가 출범했다. 1994년, 홍콩 문화연구센터는 홍콩대학 보조금 위원회로부터 300만 홍콩달러의 보조금을 받아 홍콩 문화연구 프로젝트에 의해 설립되었다. 이 센터는 또한 미국 록펠러 연구 기금으로부터 자금을 지원받았고, 『홍콩 문화연구 시리즈(香港文化研究丛书)』와 홍콩 문화에 관한 서적 9권을 출판했으며, 홍콩 문화연구에 관한 국제학회를 조직했다.[32]

---

31 朱耀偉, 「九十年代香港文化研究: 体制化及其不满」, 『香港社会科学学报』 제26기(2003년 가을/겨울호)

32 http://www.rih.arts.cuhk.edu.hk/rih/hkcs/hkcs_s.htm.

1999년 홍콩 대학은 세계화와 문화연구 센터[33]를 설립하고 홍콩 문화 및 사회 연구 프로젝트를 수상했다. 홍콩과학기술대학에는 문화연구센터가 있고, 홍콩시립대학에는 다문화연구센터 있다.

2001년 6월 7일에는 다양한 문화연구센터가 설립되었을 뿐만 아니라 홍콩문화비평연구소가 설립되었는데, 이는 "제도적 관점에서 매우 상징적인 것"이다.[34] 이 학회는 홍콩 문화연구의 발전을 촉진하기 위해 설립되었으며, 학문적 기관들과의 협력을 통해 문화연구를 체계적으로 지원하고자 했다. 이 조직은 홍콩대학 비교문학 연구소, 중문대학 커뮤니케이션학부, 링난대학 문화연구학과, 성시대학 영어 및 커뮤니케이션학과, 홍콩이공대학 문화연구센터 등의 학자들이 협력하여 구성되었다. 이를 통해 학문적 자원의 결집과 협력을 도모하며, 홍콩 문화연구의 발전에 중요한 역할을 했다.

또한, 2000년 9월, 링난대학 문화연구학과가 정식으로 설립되었다. 이는 문화연구가 대학 학부 교육에 본격적으로 제도화되었음을 상징하는 중요한 이정표였다.

2. 교육과정 개설

교육 측면에서는 홍콩중문대학과 홍콩대학이 잘 갖추어져있는 편이다. 홍콩중문대학의 문화 및 종교학과[35]는 문화연구의 학부 및 대학원 과정을 개설하였다. 학부 문화연구 과정은 3년제와 4년제로 나뉘며, 전체적으로 강좌 내용에 큰 차이는 없다. 이 과정에서는 여러 주요 연구 분야를 다루며, 대표적으로 '문화 담론과 일상생활', '재현과 미디어', '젠더와 섹슈

---

33 http://www.complit.hku.hk/csgc/csgc.html.

34 唐維敏,「台湾問題的(不)在場証明: 側記2001年香港文化研究国際研讨会」,『文化研究月报』제4기, http://www.ncu.edu.tw/~eng/csa/journal/journal_04.htm

35 홈페이지 주소 http://www.crs.cuhk.edu.hk/ch/.

얼리티', '문화 비평과 문화 실천' 등이 있다. 핵심 필수 과목으로는 문화연구 개론, 공간 문화연구, 문화연구 방법론, 텍스트와 이미지 비평적 분석 등이 포함된다. 선택 과목은 연구 분야별로 세분화되어 있으며, 다음과 같은 과목들이 개설되어 있다. '문화 담론과 일상생활' 분야에서는 문화와 여행, 근대성과 도시 문화, 현대 소비문화, 청소년과 대중문화 등이 있다. '재현과 미디어' 분야에는 홍콩 영화, 시각문화 이해, 패션 문화 등이 있다. '젠더와 섹슈얼리티' 분야에는 신체 정치와 재현, 퀴어 이론과 문화 등이 있다. '문화 비평과 문화 실천' 분야에는 문화연구의 학문적 독해와 글쓰기, 문화 정책, 인터아시아 문화연구, 문화와 창의 산업 등이 있다.

(트랜스)문화연구 문학석사 과정은 필수 과목과 선택 과목으로 나뉘어 있다. 필수 과목으로는 '문화연구 기본 주제 I'과 '문화연구 기본 주제 II'가 있으며, 선택 과목으로는 '홍콩 도시경관과 문화적 재현', '문화와 예술 속의 신체', '트랜스문화연구와 젠더, 사랑, 섹슈얼리티', '미디어와 대중문화', '문화 정체성 정치', '중국의 사회, 문화와 정치' 등이 있다. 또한, 문화연구 철학석박사 연계 과정에는 '현대 문화의 형성', '재현 이론', '바흐친과 문화 이론', '프랑스 페미니즘', '논문 연구' 등의 과목이 개설되어 있다. 문화 및 종교학과에서 제공하는 문화연구 과정은 비교적 잘 갖추어져 있으며, 문화연구의 거의 모든 주요 분야를 포괄한다고 할 수 있다.

홍콩중문대학 전공진수학원에서 개설한 '대중문화와 미디어 연구' 고급 학위 과정은 다양한 과목을 포함하고 있다. 주요 과목으로는 문화연구 개론, 청소년, 젠더 및 사회, 세계화와 도시 문화, 중서 사상과 문화 개론, 대중문화 개론, 소비문화와 창조산업, 대중문화와 미디어 특강(1): 애니메이션과 비디오 게임, 대중문화와 미디어 특강(2): 패션과 음악, 대중문학

과 습작, 미디어 연구 개론, 창의적 텍스트와 영상 등이 있다. [36]

홍콩중문대학의 전공진수학원은 중국 대학에서 설립한 평생 교육 대학과 유사한 일종의 성인 교육이다.

홍콩대학의 문화연구 석사 과정은 주로 비교문학과에서 운영되며, 문학과 문화연구 석사학위(MALCS)[37]를 수여한다. 이 학위 프로그램의 주요 목표는 다음과 같다. 첫째, 문화 이론에 대한 학생들의 지식을 넓히고 심화시키며, 문학, 영화, 문화연구의 다양한 접근 방식을 비교하고 탐구한다. 둘째, 문학, 영화, 문화연구에서 제기되는 주요 논쟁에 참여하도록 하여 비판적 사고를 함양한다. 셋째, 홍콩, 현대 중국, 아시아 문화의 문화적 관습과 맥락에 중점을 두되, 이에 국한되지 않고 글로벌 틀 내에서 다양한 문화적 관습과 환경을 이해하도록 장려한다. 넷째, 문학, 영화, 문화연구 분야에서 독립적인 연구를 수행하기 위해 필수적인 비판적 분석 기술을 개발한다. 다섯째, 고급 학위를 준비할 수 있는 지식과 기술을 제공하여 학문적 성장을 지원한다.

학위 프로그램에는 핵심필수과목인 "예술과 산업 사이의 문화"이 있고, 그 외 여러 개의 선택과목이 있다. 이를테면 '정체성 구성하기', '내러티브의 예술과 정치', '근대성과 그 길', '성 차이에 대한 문제제기', '현대 중국의 문학과 영화' 등이 있다. 비교문학과에는 박사 학위과정도 있다. [38]

3. 학술회의 개최현황

1979년 2월 18일, 다양한 배경을 가진 문화계 인사들이 홍콩 예술센터에서 '제1회 홍콩 대중문화 세미나'를 개최하였다. 이는 홍콩 대중문화 연

---

36 http://scs-hd.scs.cuhk.edu.hk/commfiles/syllabus/LT_popcult_syllabus.pdf.

37 http://www.complit.hku.hk/malcs/index.html.

38 http://www.complit.hku.hk/postgrad/mphil_phd.html.

구의 시작으로 평가된다. 이후 1980년대에는 대중문화 비평이 본격적으로 홍콩의 지역 신문과 잡지에서 발전하기 시작했다.

1991년, 홍콩대학 아시아연구센터는 '제1회 홍콩 문화와 사회' 세미나를 주최하였다. 이 행사는 학계에서 주목받았으며, 많은 이들이 이를 통해 홍콩의 본토 문화 연구가 학문적 연구기관에서 공식적으로 출발했다고 평가하였다. [39]

같은 해에 홍콩대학에서 '홍콩문화와 사회'에 관한 학술대회가 열렸는데, 이는 '홍콩문화'의 기치를 높이 내건 최초의 학술대회라고 할 수 있다. [40]

1993년 1월, 홍콩중문대학는 '제1회 문화 비평 국제회의'를 개최하였다. 이후 홍콩 문화연구 프로젝트는 1996년과 1997년에 각각 두 번째와 세 번째 국제회의를 개최하였으며, 이 회의의 주제는 각각 '현대 대도시의 문화정치와 문화', '미디어와 대중'이었다.

2001년 6월 4일과 6일, 홍콩시립대학 영어커뮤니케이션학과는 "문화, 대담, 연구(홍콩과 그 너머: 문화연구의 동서 비판적 대화)"라는 주제로 세미나를 개최했다. 여기에는 국내외에서 연사들이 참석했으며, 호주 시드니 대학의 이엔 앙(Ien Ang), 링난대학의 메간 모리스(Meaghan Morris), 미국 노스캐롤라이나 주립대학의 로렌스 그로스버그(Lawrence Grossberg), 뉴욕대학의 토비 밀러(Toby Miller) 등 많은 문화연구 학자들이 참석했다. 또한 타이완의 학자들인 탕웨이민(唐維敏), 랴오빙후이(廖炳惠) 등 다수가 참석하여 학문적 논의를 풍부하게 만들었다. 이는 심포지엄이 지역 간, 학문 간 경계를 넘는 특성을 갖고 있음을 잘 보여주는 사례였다. 심포지엄의

39 吳俊雄 등,「港式文化研究」, 吳俊雄 등 주편,『香港·文化·研究』, 香港大学出版社, 2005년, 1쪽.

40 朱耀偉,「九十年代香港文化研究: 体制化及其不満」,『香港社会科学学报』, 제26기(2003년 가을/겨울호).

주요 논의 주제는 다음과 같았다. '도시 문화와 도시적 상상', '지역 정체성과 학문의 정치', '계급과 노동 정치', '미디어 재현의 정책과 정치', '글로벌화의 정치', '경계를 넘는 상상', '문화연구의 방향' 등.

2003년 11월, 제2회 '홍콩 문화와 사회' 심포지엄이 개최되었다. 이 회의는 첫 번째 심포지엄과 조직적으로는 아무런 연관이 없었지만, 그 정신은 일맥상통하는 부분이 있었다. 이번 심포지엄은 두 가지 특징을 지녔다. 첫째, 학문적으로 비교적 성숙한 모습을 보여주었다. 참가자들은 본토에서 문화연구를 수행함에 있어 중심 주제, 기본 개념, 연구 방법, 그리고 글쓰기 전략에 대해 비교적 견고하고 공통된 이해를 공유하고 있었다. 둘째, 본토 문화와 사회의 특수성을 강조했다.[41]

4. 관련 정기간행물 및 서적의 발행

관련 학술지로는 1993년 홍콩대학 비교문학과에서 발간한『문화평론』(文化评论), 1994년 홍콩중문대학의 홍콩문화연구 프로젝트에서 발간한『홍콩문화연구』(香港文化硏究), 2006년 9월 링난대학에서 발간한 온라인 잡지〈문화연구@링난〉(文化硏究@岭南) 등이 있다.[42] 또한, 2008년 6월 책으로 창간된『본토논술』(本土论述)은 연 1회 발간되었으며, 2012년 현재 4호까지 출판되었다. 이 외에도, 1990년 10월 홍콩중문대학에서 창간한『21세기』(二十一世纪)는 학문적 영향력이 매우 큰 학술지로 평가된다.

도서 출판 측면에서는 '홍콩 독본 시리즈'(香港读本系列), '홍콩문화연구 총서'(香港文化硏究丛书), '습문화 시리즈 총서'(拾文化系列丛书) 등이 대표적인 출판물로 소개될 수 있다.

'홍콩 독본 시리즈'는 홍콩대학 아시아연구센터의 '홍콩 문화와 사회

---

41 吴俊雄 등,「港式文化研究」, 吴俊雄 등,『香港·文化·研究』, 香港大学出版社, 2005년, 2쪽.
42 http://www.ln.edu.hk/cultural/about/bg.php

연구 프로젝트'의 일환으로 기획된 출판물이다. 이 시리즈는 정치, 경제, 사회, 문화 등 다양한 측면을 다루고 있으며, 대표적인 저작으로 다음과 같은 책들이 있다. 『홍콩 대중문화 읽기(阅读香港普及文化: 1970—2000)』(우쥔슝(吴俊雄), 장즈웨이(张志伟) 편, 2002), 『홍콩문학@문화연구(香港文学@文化研究)』(장메이쥔(张美君), 주야오웨이(朱耀伟) 편, 2002), 『우리의 지방, 우리의 시간: 홍콩사회 신편(我们的地方我们的时间: 香港社会新编)』(셰쥔차이(谢均才) 편, 2002), 『도시 서사: 홍콩의 정체성과 문화(书写城市: 香港的身份与文化)』(판이(潘毅) 편, 2003), 『홍콩 젠더 논술: 서발턴, 불공정, 차이, 월경(香港性别论述: 从属·不公·差异·越界)』(천제화(陈洁华) 등 편, 2004). 이 책들은 모두 옥스퍼드 대학에서 출판되었다.

'홍콩 문화연구 총서(香港文化研究丛书)'는 홍콩 문화연구 프로그램의 일환으로 기획되었으며, 대학 보조금 위원회(UGC)의 교육 개발 지원금(Teaching Development Grant)을 받아 출판되었다. 『정감의 실천: 홍콩 대중음악 가사 연구(情感的实践: 香港流行歌词研究)』(천칭차오(陈清侨) 편, 1997), 『정체성과 공공문화: 문화연구 에세이집(身份认同与公共文化: 文化研究论文集)』(천칭차오 편, 1997), 『문화적 상상력과 이데올로기: 현대 홍콩 문화정치에 대한 논평(文化想象与意识形态: 当代香港文化政治论评)』(천칭차오 편, 1997), 『누구의 도시인가: 전후 홍콩의 시민문화와 정치논술(谁的城市: 战后香港的公民文化与政治论述)』(뤄융성 편, 1997), 『전복의 즐거움: 홍콩 아속음악문화(乐在颠错中: 香港雅俗音乐文化)』(위샤오화(余少华), 2001) 등이 있다.

'습문화 시리즈 총서'는 2010년 홍콩 링난대학 문화연구학과 설립 10주년을 기념하여 출판된 총서로, 다음과 같은 저작들이 포함된다. 『문화연구와 문화교육(文化研究与文化教育)』(뤄융성 편), 『홍콩 아상블라주(组装香港)』(마궈밍(马国明) 편), 『금융쓰나미 전에 쓴 글(写在下一次金融海啸之前)』(쉬바오창(许宝强) 등 편), 『상식×문화연구(通识×文化研究)』(Cult 통(通) 편), 『문화 G 포인트(文化G点)』(개정판, 허용화(何咏华) 등 편).

(3) 링난대학 문화연구학과 [43]

1. 문화연구학과의 설치와 교학

1997년 7월, 링난대학의 일반교육대학은 문화학(BA, Hons)에 새로운 학위 프로그램을 개설할 계획이었다. 1999년 9월에는 사회과학부, 중국어학과, 영어학과 등 관련 학부의 지원을 받아 프로그램을 시작했다. 2000년 9월에는 문화연구학과가 신설되었다. 처음에는 학생 수가 25명으로 제한되었지만, 첫해에 가입을 신청하는 학생 수가 35명으로 늘어났다.

문화연구학 학사(BACS)는 홍콩 최초의 학위로 3년제와 4년제로 나뉜다. 2000년 9월, 문화연구학과는 최초의 철학 석사(Mphil) 및 철학 박사(PhD) 프로그램을 시작했다. 2003년, 홍콩 최초의 자체 자금 조달 교육 시간제 문화연구 석사 프로그램이 시작되었다. 현재 문화연구학과는 이러한 유형의 과목을 주로 다루고 있다.

문화연구학과는 문화연구 커리큘럼에 대해 체계적인 정의를 내리고 있으며, 여기에는 장기 목표, 구체적인 목표, 학습 성과, 지역적 특성 등이 포함된다. 특히 주목할 점은, 문화연구가 홍콩의 본토 현실에 깊이 주목하며, 이를 반영하여 홍콩의 사회적, 문화적 과제에 대응할 수 있는 전문성과 실무 능력을 갖춘 인재를 양성하는 데 중점을 두고 있다는 것이다. 교육 목표에서는 학생들에게 현대 세계의 생동감 있는 텍스트와 맥락을 주목하고, 그들이 매일 직면하는 문화적 실천과 사회적 메커니즘에 대해 독립적으로 판단할 수 있는 능력을 키우는 것을 강조한다. 구체적인 목표로는, 학생들이 홍콩과 같은 아시아 대도시에서 나타나는 사회적, 역사적, 문화적 실천의 양상에 대해 비판적 관점을 형성하고, 이를 국제적 문

---

43 http://www.ln.edu.hk/cultural.

화연구의 관점에서 이해할 수 있도록 돕는 것이 포함된다. 또한, 학생들이 사회적, 직업적 환경에서 강한 자기 방향성을 갖추고, 비판적이고 창의적으로 홍콩과 중국의 현재 문화적 상황과 변화하는 역사적 맥락을 반영할 수 있도록 한다. 이러한 교육을 통해 두 가지 주요 학습 성과를 추구한다. 첫째, 학제적 문화 지식과 문화연구 기술을 갖춘 시민을 양성하는 것이며, 둘째, 졸업생들이 비판적이고 실용적인 지식을 활용하여 미디어 및 문화 산업, 교육, 비즈니스, 공공 서비스, 지역 사회 사업 등 다양한 문화 관련 분야에서 능동적으로 활동할 수 있도록 하는 것이다.

결론적으로, 링난대학은 창의적이고 엄격한 문화 교육 프로그램을 통해 사회적 요구에 부응하고자 혁신적인 문화연구 학위 프로그램을 도입하였다. 현지화 교육은 링난대학 문화연구학과의 주요 양성 방향 중 하나로, 이는 학과장 천칭차오를 비롯한 교수진의 연구와 교육 철학에서도 잘 드러난다. 천칭차오는 문화학과 연구팀 대부분이 다양한 지역사회 실천, 문화 및 사회 운동에 참여하고 있거나 참여한 경험이 있으며, 현실적인 문제들에 깊은 관심을 두고 있다고 강조했다. 이러한 철학은 '지역'과 '글로벌'의 접합과 연결을 기초로 삼아 커리큘럼 설계에 반영되었으며, 학생들이 교실을 넘어 사회적 실천에 참여하고, 문화적 이해를 삶의 영역에 적용하도록 장려한다. 시간제 석사 과정의 목표에 대해 천칭차오는 "이 프로그램은 현지 연구 인재를 양성하고, 현직 문화 및 미디어 종사자, 지역사회 활동가, 교육자 등에게 문화연구를 공통의 학문적 플랫폼으로 제공하는 것을 목적으로 한다"고 밝혔다. 이러한 교육 철학은 2005년 중등학교 교사를 위한 교양 대학원 디플로마 프로그램의 출범으로 구체화되었으며, 이는 새로운 고등학교 교양 교육 커리큘럼의 요구에 부응하고자 설계되었다..[44] 또한, 문화연구학과 교수 뤄융성은 링난대학 문화연구가

---

44 陈清侨,「总序·文化研究与"拾文化"系列」, 罗永生 주편, 『文化研究与文化教育』, 进一步多

"다양한 문화연구 전통을 교실의 맥락에서 재구성하고, 축적된 지식 자원을 비판적으로 흡수하여 이를 비판적이고 성찰적이며 실질적인 학습으로 전환하여 학생들이 교실 밖에서도 다양한 형태의 문화적 실천을 할 수 있도록 한다"고 언급했다. 이러한 철학에 따라, 커리큘럼은 개방적인 접근법을 채택하며, 미국, 영국, 호주 등의 문화연구 발전 경험과 더불어 아시아, 중국, 홍콩의 문화연구 성과를 적극적으로 통합하여 설계되고 있다.[45]

구체적인 커리큘럼을 살펴보면, 문화연구학과는 주로 학부, 석사, 박사 과정으로 나뉜다. 학부 과정은 문화연구(명예) 학사 학위 과정으로, 3년제와 4년제로 구분된다. 3년제 학사 학위 과정은 일반적으로 기초 과정, 핵심 진급 과정, 분류 선택 과목, 프로그램 선택 과목, 그리고 학교에서 규정한 필수 과목으로 나뉘며, 총 90학점을 이수해야 한다.

기초 과정은 필수 과목으로, 주로 1학년에 개설되며 상업문화와 일상생활, 문화 분석 입문, 현대 문화의 형성, 문화연구 방법론, 현대 중국의 문화 변화 등 5개 과목이 포함된다. 핵심 진급 과정은 2학년과 3학년에 개설되며, 문화 비평 실습, 문화 표현과 해석, 문화적 가치와 신념, 문화 정책과 제도 등이 있다. 분류 선택 과목은 학생이 연구하고자 하는 방향에 따라 선택되며, 학사 학위는 "사회 및 역사 문화 연구"와 "문학 및 미디어 문화 연구"의 두 가지 주요 연구 방향으로 나뉜다. 선택 과목으로는 홍콩의 문화 형성, 문화와 역사 서술, 문화 권력과 정부, 현대 중국 사상, 홍콩 서사, 미디어, 문화와 사회, 젠더와 성적 특성 및 문화 정치, 홍콩 대중문화, 현대 중국 문학 등이 있다. 프로그램 선택 과목은 주로 이러한 과목들 중에서 선택하며, 이 외에도 학교에서 제공하는 통합 교육 과목이 포함된다.

媒体有限公司, 2010년, 9쪽.

45 罗永生, 「文化教育对文化研究的挑战」, 罗永生 주편, 『文化研究与文化教育』, 进一步多媒体有限公司, 2010년, 69—70쪽

4년제 과정은 총 120학점을 이수해야 하며, 주로 필수 과목과 선택 과목으로 나뉘며, 각각 8개의 과목으로 구성된다. 필수 과목으로는 문화연구의 관점 I, 문화연구의 관점 II, 문화연구 방법론 I, 문화연구 방법론 II, 문화와 현대 세계 I, 문화와 현대 세계 II, 비판적 글쓰기 워크숍 I, 비판적 글쓰기 워크숍 II 가 포함된다. 선택 과목은 약 30개 과목이 제공되며, 학생들은 문학 및 문화연구, 현대 중국의 문화 변화, 글로벌 문화 및 시민권, 문화, 권력 및 정부, 젠더 및 문화연구, 섹슈얼리티 연구, 사회 및 문화 인류학, 영화 및 연극 연구, 미디어, 문화 및 사회, 홍콩 대중문화, 현대 중국 사상, 탈식민주의, 교육과 문화연구, 문화 정책과 공동체 등 다양한 과목 중에서 선택할 수 있다. 이러한 선택 과목들은 교육 및 문과 교육 연구, 지역사회 및 문화 정책, 창의성과 미디어 연구의 세 가지 연구 방향으로 분류된다.

대학원 과정(MCS)은 2년제 겸임 과정과 1년제 전일제 과정으로 구성된다. 문화연구학과는 석사 과정의 특징을 다음과 같이 요약한다. 첫째, 현재의 문화 실천을 성찰하고 대안적인 가능성을 모색하도록 돕는다. 둘째, '대중문화의 비판적 측면'과 '문화연구의 교육적 실천'이라는 두 가지 주요 주제에 중점을 둔다. 셋째, 학제 간 협력 학습 모델을 채택한다. 넷째, 지역 및 국제 학술적 연계와 교류를 중시한다. 이로부터 석사 과정 역시 교육의 실용성과 지역적 맥락을 강조하고 있음을 알 수 있다. 교육 과정은 다양한 분야에서 비판적 교육 실천에 문화연구를 적용하는 것을 강조하며, 학생들이 비판적이고 창의적으로 사고할 수 있는 능력을 키우는 데 목적을 두고 있다. 또한, 학생들이 오늘날 문화 상품의 복잡한 과정을 보다 깊이 이해하고, 급변하는 현대적 맥락에서 각자의 전문적 실천에서 마주하는 한계와 가능성, 새로운 도전과 시급한 문제들을 해결할 수 있는 능력을 갖추도록 한다.

석사 과정은 필수과목과 선택과목으로 나뉘며, 필수 과목으로는 문화연구 관점, 대중문화에 대한 비판적 사고, 교육학과 문화연구, 문화연구 방법론 등이 있다. 선택과목으로는 문화사, 영화와 TV 문화, 세계화와 현대 사회의 변화, 홍콩 도시문화, 문화 실천 워크숍, 문화 제도와 정책 특강, 논문 세미나, 독립 프로젝트 연구 등이 포함된다.

문화연구 학과에서 운영하는 주요 저널은 온라인 저널 〈문화연구@링난〉이다. 이 저널은 링난대학 문화연구학과의 대학원생들이 연구 결과를 발표할 수 있는 플랫폼으로 만들어졌다. 웹사이트에 따르면, 문화연구 석사과정 학생들은 학위 과정 중에 다양한 주제로 7~8편 이상의 학술 논문을 작성한다. 일부 논문은 시간적 제약으로 인해 개선이 필요할 수 있지만, 상당수의 논문이 일정한 학문적 수준에 도달해 있으며, 이는 홍콩 사회에서 잃어버린 비판적 문화 전통을 되살리는 데 기여하고 있다. 〈문화연구@링난〉은 학생들의 우수 논문을 기반으로 정기적으로(2개월마다) 편집되어 특별 주제 형식으로 온라인에 게시된다. 예를 들어, 창간호는 홍콩의 도시 풍경과 도시 개발이라는 주제를 다뤘으며, 세 명의 학생 논문이 실렸다. 이 논문들은 일반적인 학술 논문 길이에 부합하지만, 홍콩의 신문과 잡지가 허용하는 길이를 초과한다. 이 저널은 긴 글을 기피하는 홍콩 언론의 관행을 깨고, 글의 길이가 논의 주제와 깊이에 따라 달라질 수 있도록 설계되었다. 현재까지 32호가 발간되었으며, 주요 주제로는 정체성 구축과 정체성 정치, 글로벌 소비 패턴의 지역적 변용, 도시 개발의 딜레마, 홍콩의 문화와 정체성, 탈식민지화된 중국, 포스트 올림픽 시대의 중국, 젠더와 정체성 정치, 여성의 문화 정치, 홍콩 음악 문화, 부동산 패권과 도시의 슬픔, 신해혁명 100주년, 그리고 문화연구와 사회 참여 등이 있다.

특집 외에도, 저널은 문화 평론, 영화 리뷰, 공연 예술 행사에 대한 평론을 포함한 짧은 리뷰 기사를 게재하며, 문화연구 관련 전문가들과의 인터뷰 내용을 정리하여 게시하기도 한다. 이러한 짧은 리뷰와 인터뷰 기사

역시 정기적으로 추가로 게시된다.

2. 문화연구와 문화교육에 대한 성찰

앞서 언급한 천칭차오와 뤄융성 등의 논의를 통해 문화연구학과는 문화연구와 교육을 결합하려는 노력을 기울이고 있음을 알 수 있다. 여기서의 교육은 특히 홍콩의 현실 생활에 초점을 맞추고, 문화연구를 실제 세계에 적용하는 교육을 지향한다. 이것이 바로 문화연구학과뿐만 아니라 홍콩 문화연구 전반의 핵심적인 지도 이념이라 할 수 있다.

뤄융성은 「문화교육에 대한 문화교육의 도전(文化教育对文化研究的挑战)이라는 글에서 이에 대해 자세히 설명했다.

뤄융성은 문화연구의 존재 방식에 대해 세 가지를 지적했다. 첫째, 특정 학문 내에서 분석 도구나 이론적 접근 방식으로 활용되는 문화연구, 둘째, 다양한 학문의 주변부에서 지식에 도전하거나 전복적인 역할을 하는 문화연구, 셋째, 교육과 연구기관의 일부로서 교과과정(학문 혹은 준학문)의 형태로 존재하는 새로운 '문화교육'이다. 링난대학의 문화연구학과는 세 번째 범주에 속한다.[46]

뤄융성은 새로운 문화-지식 생산과 소비 체계 속에서 학술적 문화연구의 발전 공간과 가능성을 재고해야 하며, 문화연구가 무엇을 의미하는지, 그리고 그것을 수행한다는 것이 무엇을 뜻하는지를 끊임없이 질문해야 한다고 주장했다. 이러한 문제에 대한 반복적인 질문은 단순히 '지식인'이 문화연구의 이상적 전통을 어떻게 '옹호'할 수 있는가를 넘어서며, 문화연구가 제도와 협력할 것인지, 또는 어느 정도까지 타협할 수 있는지의 문제를 초월하는 것이다. 오히려 '지식인'의 생산과 재생산이 본래의 '이

---

46 罗永生, 『文化教育对文化研究的挑战』, 罗永生 주편, 『文化研究与文化教育』, 进一步多媒体有限公司, 2010년, 66—67쪽.

상적' 토양에서 분리되어 새로운 문화교육의 공간에서 끊임없이 재구성되고 있는 상황에서, 우리가 다양한 위치에서 '문화'가 무엇인지, 그리고 미래 문화연구의 가능성이 무엇인지 재고할 수 있어야 한다. 또한 홍콩의 문화연구는 홍콩이 '문화적 사막'이라는 식민지적 신화를 깨뜨리는 데 기여할 수 있고, 홍콩이 동서양 문화의 만남의 장이라는 상투적 서술에도 도전할 수 있다. 그러나 우리는 여전히 문화연구가 장기적인 관점에서 문화교육 또는 문화학습으로 전환되어 단순히 이론적 개념 위에 세워진 도덕적 우월감에 기반한 공허한 비판적 자세가 아니라 능동성의 원천으로 작용할 수 있는 방법을 질문해야 한다. 사실, 문화연구를 연구자(지식 생산자)의 이상(연구 계획)으로만 보지 않고 동시에 '교육'의 이상(교육 계획)으로 본다면, 우리는 '문화연구'와 새로운 '문화교육' 간의 관계를 직시해야 한다.[47]

문화연구와 교육의 관계를 묻는 것은 문화연구의 가르침을 강조하는 것뿐만 아니라 문화연구와 인문주의 및 인문학 교육을 결합하여 홍콩의 현실에 개입하는 문화연구의 주도권을 높이는 것이라고 할 수 있다. 이 것이 문화연구의 핵심이자 궁극적인 목표이며, 그렇지 않다면 문화연구는 아카데미에만 있을 뿐 의미와 가치가 거의 없다. 문화학과의 많은 학생들도 이를 직접 느끼고 실천하고 있다. 예를 들어, 루제링(陆洁玲)은 "나에게 문화연구는 더 이상 단순한 학문이나 연구 방법이 아니라 자기 성찰과 자기 구성의 과정이다. 내가 경험하고 경험한 것은 대학의 한 부서가 어떻게 교육사업을 하고 사회와 문화정치에 어떻게 개입하는가에 초점을 맞추는 '문화연구'이다.[48] 이러한 이유로 문화학과는 홍콩의 현실을 연구하기 위해 민족지학적 방법을 사용하는 데 더 큰 중점을 두었다. 예를 들

---

47 상동, 72—73쪽.

48 陆洁玲, 「"无权"还是一种"威胁"?一个关于年长妇女的文化研究」, 罗永生 주편, 『文化研究与文化教育』, 进一步多媒体有限公司, 2010년, 242쪽

어, 여우징(游静)은 마카오 소년 교도소에 수감되어 감독을 받고, 법원에서 '상습범'으로 유죄 판결을 받아 1년에서 수년에 이르는 형을 선고받은 12-16세 '소녀들'에 대한 비디오 조사와 분석에서 이른바 '범죄자', '주변인', '문제아'가 마음속으로 정상인과 근본적으로 다르지 않으며, 이 젊은 이들의 편견을 강화하는 것은 국가기구의 통제라는 것을 밝힌 바 있다.[49] 쉐추이(薛翠)는 또한 허베이와 인도의 농촌 농민의 문제를 조사하기 위해 민족지학을 어떻게 사용했는지 설명했다.

요컨대, 문화연구는 학문일 뿐만 아니라 교육이기도 하며, "자기 변화와 집단 변화의 가능성을 탐구하고, 그럼으로써 위기를 새로운 사고와 행동으로 전환할 수 있는 가능성을 낳는"[50] 홍콩 학자들의 실천적 관심사이기도 하다.

(4) 홍콩문화연구의 본토의식

앞서 언급했듯이 홍콩문화연구의 중요한 특징 중 하나는 '본토의식', '본토', '본토화'의 핵심 개념인 홍콩문화연구의 본토화에 초점을 맞추고 있다는 점이다. 홍콩의 문화연구는 어떤 의미에서 '본토의식'을 중심으로 이루어진다고 말할 수 있다.

1. 본토의식의 정의와 해석

홍콩 학자들에게 '본토의식'은 다층적이고 풍부한 의미를 가진 개념으로, 선험적이고 자명한 '본토'나 '본토의식'은 존재하지 않는다. 본토의식

---

49 游静, 「在操演与不操演之间: 看被囚少年的影像实践」, 罗永生 주편, 『文化研究与文化教育』, 进一步多媒体有限公司, 2010년

50 刘健芝, 「文化研究的关怀」, 罗永生 주편, 『文化研究与文化教育』, 进一步多媒体有限公司, 2010년, 307쪽

역시 차이와 모순을 포함하며, 사회의 발전과 세계화의 진전에 따라 이는 지속적으로 구성되는 과정이다.

2008년에 창간된『본토담론(本土论述)』에서 마자후이는 어원적 관점에서 본토는 객관적으로 존재하지 않으며, 다양한 형태가 존재한다고 지적했다. 따라서 "우리가 '본토'를 언급할 때, 누구의 '본'인지, 어떤 주체의 '본'인지, 어느 공간적 지점의 '본'인지, 어느 시간적 지점의 '본'인지 명확히 해야 한다"고 말했다. 예를 들어, 노동자의 본토인지, 여성의 본토인지, 새로운 이민자의 본토인지, 혹은 '좌익'의 본토인지 등을 구체적으로 밝혀야 한다고 보았다. 이를 바탕으로 마자후이는 본토란 결코 자명한 초월적 존재가 아니라, 반드시 '담론'을 통해 창조되고, 구성되고, 발견되고, 해석되고, 재해석되는 인식과 정체성이라고 설명했다. 그는 본토란 필연적으로 주관적이고, 다원적이며, 변동하는 속성을 가지며, "본토는 본질적으로 '본토담론'과 동일하며, '담론' 없이는 '본토'도 없다"고 주장했다.[51] 바로 이러한 이유에서 일부 학자들은 본토나 본토담론에 대해 굳이 언급하거나 정의하지 않으려 한다. 이는 어떤 정의도 일정한 배타성과 자기제약을 가지며,[52] 이는 개념의 풍요로움과 다양성을 모호하게 할 것이기 때문이다.

본토에 대한 이러한 이해가 본질주의적 사고방식을 방지할 수는 있지만, 본토가 구체적으로 어떻게 구성되는지에 대해서는 여전히 상세한 분석이 필요하다. 천쉐민(岑学敏)은 "본토"에 대한 몇 가지 해석을 제시했다. 홍콩 식민지 정부에 있어, '홍콩'과 '본토'(의식)를 장려하는 목적은 주로 '탈중국화'였다. "좌파"의 관점에서, 본토는 "지역의 풀뿌리 민중과의 연

---

51 马家辉:『没有"论述", 何来"本土"?』, 本土论述编辑委员会, 新力量网络编:『本土论述 2008』, 上书局2008년, 5쪽.

52 王慧麟:『创刊感言』, 本土论述编辑委员会, 新力量网络编:『本土论述2008』, 上书局2008년, 4쪽

대, 그리고 현재 직면한 불공정과 불의에 맞서는 투쟁"이다. 따라서 본토는 하층민에 대한 관심과 밀접히 연결된다. 학계와 비평계에서는 본토가 지식인들이 홍콩을 정의하고 위치시키기 위한 수사로 사용된다. 천쉐민은 "중영공동선언이 '매듭지어지고', '97년 반환'이 눈앞에 다가왔으며, 미래가 불확실한 상황에서, 문화계와 비평계에서는 자신의 문화가 사라질지 모른다는 정체성 위기가 나타났고, 이로 인해 일종의 세기말적 '종말 의식'이 생겨났다"고 말했다. 동시에 서구 학계의 중국학과 유럽·미국 중심주의에 대항하기 위해, 학계와 비평가들은 홍콩의 '지위'를 확립하려 했다. 이에 따라 90년대에는 홍콩 또는 미국에 있는 여러 홍콩 학자들이 '틈새', '주변', '혼합' 등으로 홍콩을 정의하고 위치시키려 했다. 그러나 천쉐민은 이러한 정의가 "홍콩 사회의 복잡성과 차이성을 충분히 검토하지 못하고 있으며, 그저 추상적이고 일반적인 진술에 불과하다"고 지적했다.

따라서 이 맥락에서 "누구의 본토인가"라는 질문은 매우 중요하다. 이를 바탕으로 일부 학자들은 자신들의 삶의 경험에 근거한 본토성을 강조한다. 천쉐민은 자신의 경험을 통해 본토에 대한 그녀의 이해를 설명하면서, 자신들이 경험한 본토는 "매우 '순수하며' 또한 '매우 비정치적인' 것이었다"고 지적했다. 그녀는 "우리는 홍콩 대중음악을 듣고 홍콩 영화를 보며 자랐고, 우리의 '본토'는 사대천왕과 애니메이션뿐만 아니라 장문인(奖门人, 증지위[曾志伟])과 아리(阿叻, 천바이샹[陈百祥]), 심지어 도라에몽과 캡틴 츠바사와 같은 일본 애니메이션까지도 있다. 천쉐민은 이러한 소비 대상들이 곧 그들의 본토이며 "그 당시에는 언젠가 내가 이것을 '본토'라고 부르게 될 줄도 몰랐다"며 "물론 이 '본토'가 어떤 긍정적인 에너지를 가지고 있고 어떤 부정적인 에너지가 있는지 구분할 수 없을 것"이라고 말했다. 97년 반환이 가져온 정체성 위기에 대해 그녀는 다음과 같이 말한다. "'중영공동선언' 이후 등장한 이 '정체성 위기'는 보편적이지 않았다. 7·1 대규모 시위는 나와 또래 친구들(즉, 교실에 있던 동급생들)에게 처음으로 의식을 깨닫고 각성하는 계기가 되었다. 이전의 정체성 위기로 현재의 현상을 설명하려는 시도는 결국 축적하거나 해결할 수 없는 방식이 될 수밖에 없다. 수업 시간에 말하는 '본토'와 숙제를 위해 작성해야 했던 '본토', 그리고 우리가 실제로 경험한 '본토'가 동일한 이름을 가지고 있지만, 그 의미는 완전히 다른 차원에 속한다. 하지만 모두가 같은 용어를 사용하다 보니 같은 주제를 이야기하고 있다는 오해가 발생했으며, 우리들의 경험에 속하지 않는 이론을 적용해 이러한 경험을 다루려고 했을 때 필연적으로 오독이 발생할 수밖에 없다."[53]

　이로부터 본토는 개인의 경험과 밀접하게 연관되어 있으며, 사람마다 다른 경험을 가지므로 각자의 본토 의식도 다를 수 있음을 알 수 있다. 이 점은 천즈제(陈智杰) 또한 인정한 바 있다. 그는 홍콩의 본토 담론을 구축하는 데 있어, 도시 계획, 유적 보존, 문화 기반 시설 등과 같은 사회 정책뿐만 아니라 에그타르트, 밀크티, 차찬탱(홍콩식 찻집), 좁은 골목길, 이웃 간의 관계 등과 같은 생활 단편들, 심지어 홍콩 민주화의 진전과 사회의 핵심 가치 등도 포함되는 홍콩 고유의 생활 경험과 떼려야 뗄 수 없다고 지적했다. 이러한 요소들은 모두 홍콩 사람들이 본토를 상상하는 매개체가 된다. 하지만 홍콩 사람들의 생활은 매우 다양하며, 시대와 계층이 다르면 생활 경험도 크게 다를 수 있다. 심지어 같은 시대나 계층에 속한 사람들조차도 생활 경험이 서로 다를 수 있으며, 이로 인해 집단적 기억 역시 상당히 다를 수 있다. 더 나아가 이러한 경험들은 시장과 사회 발전 속에서 서로 경쟁하기도 한다. "그러므로 우리는 홍콩 본토 생활 경험을 특정한 상상으로 간단히 정의해서는 안 되며, 정부나 사회가 특정 생활 경

---

53 岑学敏, 「本土Lost In Translation」, 本土论述编辑委员会, 新力量网络 편, 『本土论述 2008』, 上书局, 2008년, 139—140쪽

험에 대해 정책적 지원과 보호를 제공하려 할 때에도 반드시 사회 구성원들의 반복적이고 깊이 있는 논의를 거쳐야 한다". [54]

경험은 본토에 분명히 중요한 의미를 가지지만, 단순히 경험만을 강조하면 종종 상대주의에 빠질 위험이 있다. 이에 대해 뤄융성은 본토 의식 주체의 반성성을 강조했다. 그는 온전한 주체성이란 역사적 존재 요소를 포함한 주체성으로, 도구적 이성을 틀로 삼는 추상적이고 단면적인 주체가 아니라고 지적했다. 후자의 경우 인간을 자신의 문화, 역사, 전통, 공동체, 나아가 자연과 단절시키기 때문이다. 뤄융성은 진정으로 온전한 주체성이란 두 가지 측면을 포함해야 한다고 보았다. 첫째는 생생한 생활 경험이며, 둘째는 반성성으로, 이는 구체적인 역사 발전 속에서 본토성의 구성을 분석하는 것이다. 그는 "주체성은 궁극적으로 본토 생활의 공통된 경험, 가치와 감정을 기반으로 하여 자각적이고 반성적으로 미래를 탐구하며, 본토 생활 공간에서 살아가는 사람들의 주체성을 드러낼 수 있어야 한다"고 강조했다. [55] 주체성의 각성이 없는 본토성은 단지 지역적 색채, 생활 방식, 방언, 생활 습관 등에만 관심을 가질 뿐이다. 이러한 방식으로 구축된 본토성, 지역적 정체성, 대도시주의 등은 종종 배타적이고 허구적인 자기 정체성에 그치며, 심지어 기회주의적인 모습을 보이기도 한다. 이에 대해 천즈제는 이것이 새로운 문화적 헤게모니를 형성할 위험이 있다고 지적한다. 그는 "홍콩은 단일한 목소리로 대변될 수 없으며, 본토 논술을 재건할 때도 반드시 합의를 강요해서는 안 된다. 백화제방(百花齐放), 즉 다양한 의견과 관점이 존재하는 것도 나쁘지 않다. 그러나 사회의 다양한 목소리와 홍콩 본토 논술에 대한 다른 해석, 그리고 다양한 사회적

---

54 陈智杰,「警惕文化霸权——为重建香港本土论述的社会场域把脉」, 本土论述编辑委员会, 新力量 편,『本土论述2008』, 上书局, 2008년, 158—159쪽

55 罗永生,「迈向具主体性的本土性?」, 本土论述编辑委员会, 新力量网络 편,『本土论述 2008』, 上书局, 2008년, 174쪽

힘들이 평등하게 대화할 수 있는 장을 마련하는 것이 중요하다"고 주장했다.

우쥔슝은 「홍콩 본토 의식을 찾아서」(1998)에서 홍콩 본토 의식을 네 가지 층위, 즉 생활 양식, 일상적 상식, 이데올로기, 그리고 체계적 담론으로 나누었다. 그는 본토 의식을 논하려면 어느 층위에서 이야기하고 있는지를 명확히 해야 한다고 보았다. 왜냐하면 본토 의식의 발전 과정에서 정당, 영국령 홍콩 정부, 중국 정부, 그리고 다양한 대중 매체가 각 역사적 순간마다 특정한 역할을 수행해왔기 때문이다. 이들 사이의 타협, 대립, 혹은 불균형의 관계를 면밀히 검토해야 한다는 것이다. 그는 "본토 의식을 찾는 행위 자체가 본래 역사적 통찰과 현실 정치의 힘겨루기가 혼재된 행위"라고 지적했다.[56] 마제웨이는 「TV 문화의 역사적 분석」에서 TV 미디어가 홍콩인의 정체성을 어떻게 구축했는지를 구체적으로 분석하였다. 예를 들어, 1960~70년대에 홍콩의 TV, 특히 드라마는 중국 대륙 사람들을 무지하고, 뒤처지고, 가난하며, 천박한 '촌뜨기'로 묘사하였으며, 이는 홍콩인들이 가진 똑똑하고, 능률적이며, 식견이 있고, 현대적인 이미지를 부각시키는 데 대조적으로 활용되었다. 이를 통해 홍콩인의 자아 정체성을 구축했다. 1980년대에 이르러 홍콩의 TV 산업은 큰 타격을 받았으며, TV의 문화적 의미는 약화되고, 산업화가 강화되었다. 이로 인해 TV의 영향력은 줄어들었고, 대중적이고 저급한 노선을 채택하게 되어 홍콩 본토 의식의 구축에 기여하지 못했다. 1980~90년대에는 중국 대륙과 홍콩 사이의 정치적 사건들이 홍콩 TV 매체의 보도에 영향을 미쳤다. 홍콩 TV에서는 중국 대륙과 관련된 프로그램이 자주 등장했으며, 이는 한편으로 홍콩인들로 하여금 '중국인', '중국 문화'에 대한 정체성을 강

---

56 吳俊雄, 「寻找香港本土意识」, 吳俊雄, 张志伟 주편, 『阅读香港普及文化1997—2000』(修订版), 牛津大学出版社, 2002년, 95쪽

화시켰다. 그러나 다른 한편으로는 대륙의 정치에 대한 깊은 우려를 낳았고, 이로 인해 정체성에 대한 모순이 발생했다.[57]

2. 본토의식의 형성

홍콩 본토 의식의 형성은 홍콩 자체의 특수한 지위와 밀접하게 연관되어 있으며, 홍콩의 정치·경제 및 사회 발전과도 연결되어 있다. 동시에 이는 중국 대륙과의 정치·경제적 비교 속에서 점진적으로 구축된 것이다.

홍콩은 중국의 일부이지만, 완전히 중국에 속하지는 않는다. 이러한 독특한 식민지적 지위는 많은 사람들에게 "빌린 시간, 빌린 장소"[58] 또는 "틈새", "주변", "혼합"[59]이라고 불린다. 홍콩의 이러한 독특한 지위는 1960년대 이전까지는 특별히 주목받지 않았으며, 일반적으로 홍콩의 '본체화' 운동은 1960년대 말에서 1970년대 초에 시작된 것으로 여겨진다.[60] 그 이전까지 홍콩 주민들은 주로 "임시 거주"라는 심리를 가지고 있었으나, 그 이후로는 점차 홍콩을 자신의 집으로 여기는 정서적 정체성이 자리 잡기 시작했다.[61] 이러한 변화는 1960~70년대 홍콩에서 발생한 일련의 정치적, 경제적, 사회적 운동과 밀접하게 관련되어 있다. 예를 들어, 1967년의 노동조합 폭동 사건이 있다. 1967년 이후 1970년대에 이르러, 홍콩에서는 정체성을 확립하려는 두 가지 상반된 움직임이 나타났다. 하나는 급

---

57 吳俊雄, 张志伟 주편, 『阅读香港普及文化1997—2000』(修订版), 牛津大学出版社, 2002년, 681—694쪽

58 张炳良, 「香港"身份"迷思」, 本土论述编辑委员会, 新力量网络 편, 『本土论述2008』, 上书局, 2008년, 74쪽

59 岑学敏, 「本土Lost In Translation」, 本土论述编辑委员会, 新力量网络 편, 『本土论述2008』, 上书局, 2008년, 138쪽

60 朱耀伟, 张美君, 「导论: 文学研究与文化研究之间」, 朱耀伟, 张美君 주편, 『香港文学@文化研究』, 牛津大学出版社, 2002년, xxii쪽, 주석16

61 상동

진적이거나 이상주의적 성향을 가진 젊은 세대가 주도한 '뿌리 찾기' 운동이나 "중국을 알고, 사회를 걱정하자"라는 민간 운동으로, 이는 친공이든 반공이든 중국의 정신을 추구하며 반식민주의를 지향했다.[62] 다른 하나는 홍콩 정부가 추진한 공식적인 "본토 귀속" 정체성 확립으로, 영국령 홍콩 정부는 현지화를 추진하며 점차 공무원 체제를 개방하고, 진취적인 사회 정책과 지역 사회 개발을 통해 중국과 구별되는 홍콩 본토 정체성을 형성하려 했다. 이 과정에서 "시민권"과 "사회"라는 개념이 대대적으로 확산되었다.[63] 그러나 중국의 문화대혁명이 야기한 정치적, 경제적 혼란은 홍콩의 경제 호황을 돋보이게 했고, 이를 통해 홍콩 사람들은 "중국은 나쁘고, 홍콩은 좋다"는 인식을 형성하며 자기 긍정과 "홍콩인"이라는 정체성을 확립하게 되었다.[64]

홍콩 자체의 고도 경제 발전과 1970년대 중국 대륙의 정치적, 경제적 혼란 사이의 극명한 대조는 이전에 존재했던 홍콩과 대륙 간의 모순적 관계에 직접적으로 도전했다. 과거에는 홍콩이 대륙에 대해 종속적인 감정을 가지고 있거나, 심지어 자신의 본토 문화를 경시하는 경향이 있었다면, 1970년대에 이르러 홍콩 사람들은 스스로를 일으켜 세우며 대륙과 어깨를 나란히 할 수 있게 되었고, 나아가 대륙과의 차이를 강조하며 본토 의식을 형성하게 되었다. 또한 영국령 홍콩 정부가 시행한 본토화 정책은 그 목적이 반공과 홍콩인의 반식민 감정 및 민족 감정을 완화하려는 것이었지만, 이 과정에서 추진된 일련의 조치들과 조성된 "홍콩" 정체성

---

62 张炳良,「香港"身份"迷思」, 本土论述编辑委员会, 新力量网络 편,『本土论述2008』, 上书局, 2008년, 75쪽

63 朱耀伟, 张美君,「导论: 文学研究与文化研究之间」, 朱耀伟, 张美君 주편,『香港文学@文化研究』, 牛津大学出版社, 2002년, xxii쪽

64 张炳良,「香港"身份"迷思」, 本土论述编辑委员会, 新力量网络 편,『本土论述2008』, 上书局, 2008년, 75쪽

은 홍콩인들에게 공유된 장(場)을 제공했다. 이를 통해 홍콩인들은 본토 의식이라는 문제를 자각하기 시작했다.[65]

또한, 1970년대에 이르러, 홍콩에서 태어나고 자란 세대(즉, 2차 세계대전 이후 베이비붐 세대)는 자신들의 정체성을 찾기 시작했고, 이들은 당시 홍콩의 번영하는 경제가 제공한 정체성에 대한 긍정적인 인식을 더 쉽게 받아들였다(앞서 언급한 바와 같다). 이후 1980년대에서 1990년대에 걸쳐, 1997년 반환을 앞둔 홍콩인들은 "불안"하거나 심지어 "공포"를 느끼며 홍콩의 "대안적 정체성" 속으로 더 깊이 숨어들었고, 이로 인해 자신들의 정체성 문제에 더 큰 관심을 기울이게 되었다. 1989년 6·4 사건은 홍콩인의 정체성 의식을 더욱 강화시켰고, 대륙과의 경계를 명확히 하려는 노력을 부추겼다. 이를 통해 우리는 홍콩의 본토 의식이 대륙의 정치·경제적 발전과 밀접하게 연결되어 있음을 알 수 있다. 이는 한 학자가 지적했듯이, "항상 '홍콩'이라는 정체성은 중국의 현대적 상황과 홍콩이라는 경외적 공간과의 미묘하거나 모순적인 관계에 의해 결정되며, 변화하는 중국에 의해 지배되고 정의된다"고 볼 수 있다.[66]

2003년부터 2004년까지 홍콩에서는 또 한 번의 "본토 운동"이 발생했다. 이 운동은 2003년 말에 일어난 사회 운동에서 비롯되었으며, 이는 리둥제(利東街) 재개발 문제로 인해 시작된 웨딩거리와 리둥제를 보존하려는 사회 운동, 그리고 2004년에 발생한 퀸즈피어 철거를 반대하는 점거 운동을 포함한다. 이 문화 보존 운동에 대해 본토 행동의 일원인 천징후이(陳景輝)는 다음과 같은 특징들을 제시했다. 1. 본토의 수호: 우리가 소중하다고 여기는 것들, 예를 들어 역사적 전통, 하층민의 생활 방식, 그리

65 朱耀偉, 张美君, 「导论: 文学研究与文化研究之间」, 朱耀偉, 张美君 主编, 『香港文学@文化研究』, 牛津大学出版社, 2002년, xxii쪽

66 张炳良, 「香港"身份"迷思」, 本土论述编辑委员会, 新力量网络 편, 『本土论述2008』, 上书局, 2008년, 75쪽

고 지역사회의 발전 등을 지키는 것. 2. 본토의 보편성: 소수의 운동에서 시작해 모두가 공유할 수 있는 문화적 의미를 추구하는 것. 3. 본토의 역사적 감각: 과거와 현재가 일관되고 연속성을 가지며, 풍부한 의미를 지닌 주체로 존재하는 것. 4. 본토의 주체성: 반항, 작은 사람들, 중하층 계급을 중심으로 하는 것. "본토 행동은 홍콩의 문화가 중국 전통의 오천 년 문화나 용의 문화가 아니라고 본다. 홍콩이 강조해야 할 것은 위대한 인물에 대한 숭배나 대기업만이 중요하다는 것이 아니다. 오히려 우리는 작은 사람들에게 더 많은 역사적 지위를 부여해야 하며, 홍콩의 역사는 작은 사람들이 자신의 운명을 거부하고 주체적으로 만들어낸 것이라는 점을 강조해야 한다"고 말했다. 그는 이어서 "우리가 과거에 노력했던 경험들을 되찾는 것이 중요하며, 이러한 경험들은 홍콩의 발전에 매우 중요하다. 이 작은 사람들의 홍콩 이야기를 이해하는 것은 매우 중요한 과제이며, 이를 통해 우리는 우리의 전통을 이해하고 정체성을 파악할 수 있다".[67]

보존 운동은 홍콩의 하층민, 즉 작은 사람들이 투쟁을 통해 만들어낸 홍콩 고유의 역사적·문화적 전통을 구축했다고 볼 수 있다. 이는 많은 홍콩 사람들에게 진정한 홍콩 본토 정신으로 간주되며, 홍콩 서민 정신의 표현으로 여겨진다. 이로써 우리는 홍콩 본토 의식이 자체적인 경제 번영과 중국 대륙과의 비교 속에서 점진적으로 형성되어 왔음을 알 수 있다. 이러한 과정은 홍콩 본토 의식에 뚜렷한 경험성과 평민성을 부여하며, 이는 추상적인 이론적 구성과는 구별되는 특징을 이룬다. 이것이 홍콩 본토 의식의 중요한 특성 중 하나이다.

---

67 陈景辉, 「本土运动的缘起」, 本土论述编辑委员会, 新力量网络 편, 『本土论述2008』, 上书局, 2008년, 31쪽

3. 홍콩 문화연구의 독창성

홍콩 문화연구의 본토 의식 탐구는 홍콩 문화연구의 근본적인 특징이라고 할 수 있다. 이는 다른 국가의 문화연구와는 차별화되는데, 홍콩 문화연구는 엘리트 문화를 해체하거나 국가 권력에 저항하는 데 중점을 두지 않고, 논의의 공간을 열고 한때 목소리를 잃었던 본토 문화를 묘사할 가능성을 모색하는 데 초점을 맞춘다. 마제웨이는 이에 대해 비교적 충분히 설명하였다. 그는 홍콩의 문화연구가 특정한 탈식민화와 재민족화의 사회문화적 맥락에서 등장했다고 지적한다.

제2차 세계대전 후 몇십 년 동안, 홍콩은 민족적 귀속이 없는 식민지였다. 정치적 충돌을 피하기 위해 중국 정부와 영국 정부는 현지 문화에 민족주의적 영향을 과도하게 미치는 것을 회피했다. 이는 홍콩 사람들이 자신들의 정체성을 규정할 강력한 역사적 또는 민족적 서사를 가지지 못했다는 것을 의미한다. 따라서 홍콩 문화연구 학자들은 국가 권력에 대한 저항보다 본토적 정체성 표현에 더 많은 관심을 기울인다. 이는 국가 권력이 매우 두드러지는 중국 대륙의 문화연구와는 분명히 구별된다.

또한, 계급에 대한 관심에서도 홍콩은 대륙과 다르다. 홍콩은 경제 발전이 빠르고 계층 이동성이 높아 계급 경계가 희미하다. 따라서 계급 저항을 중시하는 문화연구 이론은 홍콩의 맥락에서 직접적으로 적용되기 어렵다. 이는 대륙과의 또 다른 차이점이다. 세 번째 차이점은 고급 문화 문제이다. 홍콩은 이민 사회로서, 이민 사회의 특성상 홍콩의 문화 구조는 엘리트 문화를 중시하지 않는다. 홍콩의 대중문화 논쟁은 강렬하지 않으며, 본토 엘리트 문화와 서민 문화 간의 뚜렷한 대립도 존재하지 않는다. 이는 대륙과 분명히 다르다.[68] 이로부터 우리는 홍콩 문화연구가 본토

---

68 马杰伟, 「周边视角: 香港的话语文化研究」, 托比·米勒 『文化研究指南』, 王晓路 등 역, 南

성에 집착하며, 교육과 결합하여(본 장 제3절 참조) 문화연구를 실천화하고 본토화하려는 노력을 기울이고 있음을 알 수 있다. 이는 홍콩 문화연구로부터 우리가 얻을 수 있는 중요한 시사점이다.

京大学出版社, 2009년, 213—216쪽

| 저자 소개 |

타오둥펑 陶东风

1959년생. 1991년 베이징사범대학에서 문학박사 학위를 취득하였고, 수도사범대학 중문과 교수로 재직하였다. 현재 광저우대학 인문학부 교수로 있으면서, 중국의 대표적인 문화연구 학술 간행물인 『문화연구文化研究』의 편집장으로 활동 중이다.

허레이 和磊

1972년생. 2005년 수도사범대학에서 문예학 전공으로 박사학위를 취득하였다. 현재 산둥사범대학 문학원 교수이다.

허위가오 贺玉高

1975년생. 2006년 수도사범대학에서 문예학 전공으로 박사학위를 취득하였다. 현재 정저우대학 문학원 교수이다.

| 역자 소개 |

김태연 金兌研

이화여자대학교 중문과 졸업 후, 서울대학교 중문과에서 석사학위를, 중국 베이징대학 중문과에서 현대문학 전공으로 박사학위를 취득하였다. 현재 서울시립대학교 중국어문화학과 교수이다. 저서로 『디지털 폴리스』(공저, 2024), 『21세기 중국사회의 문화변동』(2013), 역서로 『아이돌이 된 국가』(공역, 2022), 『이미지와 사회』(공역, 2020) 등이 있다.

동서대학교 공자아카데미·대한중국학회
〈중국 인문·사회과학 학술저서 번역·출판 지원 사업〉

오늘날 중국의 문화연구

초판 인쇄 2025년 1월 23일
초판 발행 2025년 1월 31일

저   자 | 타오둥펑 陶东风·허레이 和磊·허위가오 贺玉高
역   자 | 김태연 金兌研
펴 낸 이 | 하운근
펴 낸 곳 | 學古房

주   소 | 경기도 고양시 덕양구 통일로 140 삼송테크노밸리 A동 B224
전   화 | (02)353-9908 편집부(02)356-9903
팩   스 | (02)6959-8234
홈페이지 | www.hakgobang.co.kr
전자우편 | www.hakgobang@naver.com
등록번호 | 제311-1994-000001호

ISBN 979-11-6995-575-1 94820
     979-11-6995-577-5 (세트)

값 46,000원